DESPUÉS DE ESA NOCHE

DESPUÉS DE ESA NOCHE

KARIN SLAUGHTER

Traducción de Victoria Horrillo Ledesma

HarperCollins *Español*

DESPUÉS DE ESA NOCHE. Copyright © 2023 de Karin Slaughter. Todos los derechos reservados. Impreso en los Estados Unidos de América. Ninguna sección de este libro podrá ser utilizada ni reproducida bajo ningún concepto sin autorización previa y por escrito, salvo citas breves para artículos y reseñas en revistas. Para más información, póngase en contacto con HarperCollins Publishers, 195 Broadway, New York, NY 10007.

Los libros de HarperCollins Español pueden ser adquiridos con fines educativos, empresariales o promocionales. Para más información, envíe un correo electrónico a SPsales@harpercollins.com.

Título original: *After that Night*

Publicado en inglés por William Morrow en los Estados Unidos de América en 2023

Publicado en castellano por HarperCollins Ibérica, 2024

PRIMERA EDICIÓN DE HARPERCOLLINS ESPAÑOL, 2024

Traducción: Victoria Horrillo Ledesma

Este libro ha sido debidamente catalogado en la Biblioteca del Congreso de los Estados Unidos.

ISBN 978-0-06-338276-3

24 25 26 27 28 LBC 5 4 3 2 1

Para Liz

«Recuerda hablar desde la cicatriz, no desde la herida».

Anónimo

Buenos días Dani disfruté mucho la otra noche… pocas veces puedo estar con alguien que sea inteligente además de guapa… una combinación muy rara.

???

Tengo la información de contacto de la campaña de Stanhope si todavía te interesa trabajar como voluntaria.

Quién eres?

Qué gracia! Sé que están buscando voluntarios, ¿todavía te interesa echar una mano? Puedo pasar a recogerte cuando vaya a la sede si quieres.

Lo siento creo que te equivocas de persona

Vives en Juniper, en el edificio Beauxarts no?

No ahora vivo con mi novio

Me encanta tu sentido del humor, Dani
En serio, me apetece mucho pasar más tiempo contigo
Sé que te encanta la vista del parque desde tu habitación en
la esquina
A lo mejor puedes presentarme a Polainas

Cómo sabes el nombre de mi gato?

Lo sé todo sobre ti.

En serio esto es cosa de Jen?
Me estás asustando

No dejo de pensar en ese lunar que tienes en la pierna y en
las ganas que tengo de besarlo
… otra vez…

Quién coño eres?

¿De verdad quieres saberlo?

No tiene gracia. Dime quién cojones eres.

Hay boli y papel en el cajón al lado de tu cama
Haz una lista de todo lo que te aterra
Eso soy yo

PRÓLOGO

Sara Linton sostenía el teléfono pegado a la oreja mientras observaba a un médico interno residente examinar a un hombre con un tajo abierto en la parte posterior del brazo derecho. El flamante doctor Eldin Franklin no estaba teniendo un buen día. Llevaba dos horas en el turno de urgencias y ya le había amenazado de muerte un luchador de MMA drogado y había tenido que hacerle un tacto rectal a una indigente, con pésimos resultados.

—¿Te puedes creer que me haya dicho eso?

La rabia de Tessa chisporroteaba a través del teléfono. Sara sabía, sin embargo, que su hermana no necesitaba ningún estímulo para quejarse de su nuevo marido, así que siguió vigilando a Eldin. Hizo una mueca al verle cargar con lidocaína una jeringuilla como si fuera Jonas Salk probando la primera vacuna contra la polio. Prestaba más atención al vial que al paciente.

—Me parece increíble —añadió Tessa.

Sara hizo ruiditos conciliadores al cambiarse de oreja el teléfono. Buscó su tableta y abrió la historia del paciente de Eldin. El corte del brazo era lo de menos. Según las anotaciones de la enfermera de triaje, el hombre de treinta y un años tenía 38 grados de fiebre y sufría taquicardia, agitación aguda, confusión e insomnio.

Levantó la vista de la tableta. El paciente no paraba de rascarse el pecho y el cuello como si notara algo arrastrándosele por la piel. El pie izquierdo le temblaba tanto que la cama temblaba con él. Era

3

obvio que se hallaba en pleno síndrome de abstinencia alcohólica; tan obvio como decir que el sol saldría por el este.

Eldin no captaba ninguna de esas señales, lo que no era del todo una sorpresa. La Facultad de Medicina era, por definición, una institución que no te preparaba para el mundo real. Pasabas el primer año aprendiendo cómo funcionan los sistemas corporales. El segundo lo dedicabas a entender los fallos de esos sistemas. El tercero se te permitía ver pacientes, pero solo bajo supervisión estricta y a menudo innecesariamente sádica. El cuarto año entraba en juego el proceso de asignación de plazas, que era como el peor concurso de belleza de la historia, y consistía en esperar a ver si ibas a poder hacer la residencia en una institución prestigiosa e importante o en el equivalente a una clínica veterinaria de una zona rural en las chimbambas.

Eldin había conseguido plaza en el Grady Memorial Hospital, el único hospital público de Atlanta y uno de los centros de traumatología de nivel I más solicitados del país. Le llamaban *interno* porque estaba aún en el primer año de residencia, lo que, por desgracia, no le impedía creer que ya estaba de vuelta de todo. Sara comprendió que su cerebro ya se había desconectado cuando se inclinó sobre el brazo del paciente y empezó a anestesiar la zona. Seguramente estaría pensando en la cena o en una chica a la que quería llamar, o quizá en los intereses de sus muchos préstamos estudiantiles, que equivalían aproximadamente al precio de una casa.

Sara lanzó una mirada enfática a la enfermera jefe. Johna también estaba observando a Eldin, pero, como toda enfermera, iba a dejar que el médico novato aprendiese por las malas, lo que no tardó en suceder.

El paciente se echó hacia delante y abrió la boca.

—¡Eldin! —gritó Sara, pero ya era demasiado tarde.

El vómito regó como una manguera de bombero la parte de atrás de su camisa.

Eldin se incorporó tambaleándose y, tras un momento de shock, empezó a tener arcadas.

Sara se quedó en su silla, detrás del puesto de enfermeras, mientras el paciente se dejaba caer de espaldas sobre la camilla con cara de alivio momentáneo. Johna se llevó a Eldin a un lado y empezó a regañarlo como si fuera un niño pequeño. A Sara, su expresión avergonzada le resultaba familiar. Ella también había hecho la residencia en Grady y había recibido regañinas como aquella. En la Facultad de Medicina nadie te avisaba que así era como se aprendía a ser médico de verdad: a base de humillación y vómitos.

—¿Sara? —dijo Tessa—. ¿Me estás escuchando?

—Sí, perdona. —Intentó volver a centrarse en su hermana—. ¿Qué decías?

—Decía que cómo puede ser que le cueste tanto darse cuenta de que el puto cubo de la basura está lleno. —Tessa apenas hizo una pausa para respirar—. Yo también trabajo todo el día, así que ¿por qué tengo que ser yo quien se ponga a limpiar y quien doble la ropa, haga la cena y saque la basura cuando llego a casa?

Sara mantuvo la boca cerrada. Las quejas de Tessa no eran nuevas ni imprevistas. Lemuel Ward era un capullo y un egoísta, uno de los más grandes que Sara había conocido, y eso era mucho decir teniendo en cuenta que se dedicaba a la medicina.

—Es como si me hubieran fichado en secreto para *El cuento de la criada*.

—¿La serie o el libro? —Sara procuró que su tono no sonara muy mordaz—. No recuerdo ninguna escena en la que sacaran la basura.

—No me dirás que no es así como se empieza.

—Doctora Linton. —Kiki, una de las recepcionistas, tamborileó con los dedos en el mostrador—. Traen de rayos al del box tres.

Sara le dio las gracias con un gesto y buscó las radiografías en la tableta. El paciente del box tres era un esquizofrénico de treinta y nueve años que había ingresado con el nombre de Deacon Sledgehammer y presentaba una roncha del tamaño de una pelota de golf en el cuello, tenía 39 grados de fiebre y sufría escalofríos incontrolables. Había reconocido sin tapujos que llevaba casi toda la vida siendo adicto a la heroína. Al colapsársele las venas de las piernas, los brazos, los pies, el pecho y el vientre, había recurrido a las inyecciones subcutáneas, un método llamado *skin-popping*. Después había empezado a pincharse directamente en la arteria yugular y la carótida. Las radiografías confirmaban lo que sospechaba Sara, pero haber acertado no le produjo ningún placer.

—Mi tiempo es tan valioso como el suyo —dijo Tessa—. No tiene ni puta gracia.

Sara estaba de acuerdo, pero no comentó nada mientras cruzaba la sala de urgencias. Normalmente, a esa hora de la noche estaban hasta arriba de heridas de bala y arma blanca, accidentes de tráfico, sobredosis e infartos. Quizá fuera por la lluvia o porque los Braves jugaban contra los Tampa Bay, pero en la sala reinaba una extraña calma. La mayoría de las camas estaban vacías y solo se oía alguna que otra conversación, acompañada por los zumbidos y los pitidos de las máquinas. Sara era oficialmente la pediatra de guardia, pero se había ofrecido a sustituir a otro médico para que pudiera asistir a la feria de ciencias de su hija. Llevaba ya ocho horas de su turno de doce y lo peor que había visto de momento era la vomitona que había bañado a Eldin.

Y la verdad es que había tenido bastante gracia.

—Mamá, claro, no ha sido de ninguna ayuda —prosiguió Tessa—. Solo ha dicho: «Un matrimonio es un matrimonio, aunque sea malo». ¿Se puede saber qué significa eso?

Sara ignoró la pregunta mientras pulsaba el botón que abría las puertas.

—Tessie, llevas seis meses casada. Si ahora no eres feliz con él…

—Yo no he dicho que no sea feliz —contestó, aunque cada palabra que salía de su boca indicaba lo contrario—. Solo estoy cabreada.

—Bienvenida al matrimonio. —Sara se dirigió hacia los ascensores—. Tendrás que pasarte diez minutos argumentando que ya le has dicho algo, en vez de volver a decírselo.

—¿Ese es tu consejo?

—He tenido mucho cuidado de no darte ninguno —señaló Sara—. Mira, ya sé que es una mierda decir esto, pero o encuentras una manera de solucionarlo o no la encuentras.

—Tú encontraste la manera de solucionarlo con Jeffrey.

Sara se llevó automáticamente la mano al corazón, pero el tiempo había atenuado la punzada de dolor que solía acompañar el recuerdo de su viudez.

—¿Olvidas que me divorcié de él?

—¿Y tú olvidas que yo estaba allí cuando pasó? —Tessa hizo una pausa para tomar aliento—. Lo solucionasteis. Volviste a casarte con él. Eras feliz.

—Sí, lo era —convino Sara. Pero el problema de Tessa no era una aventura extramatrimonial, ni un cubo rebosante de basura. Era haberse casado con un hombre que no la respetaba—. No te estoy ocultando información, es que no hay una solución universal. Cada relación es distinta.

—Claro, pero…

La voz de Tessa se apagó de pronto cuando se abrieron las puertas del ascensor. Los pitidos y zumbidos de las máquinas se disiparon a lo lejos. Sara sintió en el aire una corriente eléctrica.

El agente especial Will Trent estaba al fondo del ascensor. Tenía la vista fija en el móvil, lo que le permitió darse el lujo de contemplarle en silencio. Alto y delgado, de anchos hombros, el traje de tres piezas que vestía, de color gris oscuro, no conseguía ocultar su cuerpo de corredor. Tenía el pelo rubio mojado por la lluvia. Una cicatriz le zigzagueaba por la ceja izquierda y otra le subía desde la boca. Sara se preguntó con delectación cómo sería el tacto de aquella cicatriz si presionara sus propios labios.

Will levantó la vista y le sonrió.

Ella le devolvió la sonrisa.

—¿Hola? —dijo Tessa—. ¿Has oído lo que…?

Sara colgó y se guardó el teléfono en el bolsillo.

Mientras Will salía del ascensor, ella hizo recuento de las diversas maneras en que podría haberse preparado para estar presentable por si acaso se encontraba con él, empezando por no recogerse la melena en un moño de abuela en lo alto de la cabeza y terminando por limpiarse bien el kétchup que le había caído por la pechera del uniforme durante la cena.

Will fijó de inmediato los ojos en la mancha.

—Parece que tiene…

—Sangre —dijo Sara—. Es sangre.

—¿Seguro que no es kétchup?

Ella negó con la cabeza.

—Soy médica, así que…

—Y yo soy detective, así que…

Estaban los dos sonriendo cuando Sara se dio cuenta de que Faith Mitchell, la compañera de Will, no solo iba en el ascensor con él, sino que estaba a medio metro de distancia.

Faith soltó un fuerte suspiro y le dijo a Will:

—Voy a ir empezando y tal.

Will se metió las manos en los bolsillos mientras Faith se encaminaba hacia las habitaciones de los pacientes. Miró al suelo, luego miró de nuevo a Sara y por último miró pasillo abajo. El silencio se prolongó hasta hacerse incómodo. Era un don que tenía Will. Era increíblemente torpe y el hecho de que a ella se le trabara como nunca la lengua cuando estaba con él tampoco ayudaba.

—Cuánto tiempo —se obligó a decir.

—Dos meses.

Le hizo una ilusión ridícula que Will supiera cuánto tiempo llevaban sin verse. Esperó a que dijera algo más, pero, por supuesto, no dijo nada.

—¿Qué les trae por aquí? —le preguntó—. ¿Están trabajando en un caso?

—Sí. —Pareció aliviado al hallarse en terreno conocido—. Un tipo discutió con su vecino por una recortadora de césped y acabó cortándole los dedos. Cuando llegó la policía, el tipo se metió en su coche y se estrelló contra un poste telefónico.

—Un verdadero cerebro criminal.

A Sara le dio un extraño vuelco el corazón al oír su carcajada repentina. Intentó que él siguiera hablando.

—Eso parece competencia de la policía de Atlanta, no un caso para la Oficina de Investigación de Georgia.

—El de la recortadora de césped trabaja para un traficante de drogas al que llevamos un tiempo intentando atrapar. Esperamos poder convencerle de que hable.

—Pueden recortarle la condena a cambio de que declare.

Esta vez no se le escapó la risa. La broma cayó como un peso muerto entre los dos.

Will se encogió de hombros.

—Eso pensamos hacer.

Sara sintió que el rubor le subía por el cuello e intentó frenéticamente pisar terreno firme.

—Estoy esperando a que suban a un paciente de rayos. No suelo rondar por los ascensores.

Él asintió, pero no dijo nada más y la sensación de incomodidad volvió a instalarse entre ellos. Se pasó los dedos por el mentón, rozando la tenue cicatriz que recorría su mandíbula afilada hasta el cuello de la camisa. Su anillo de casado centelleó como una luz de advertencia. Al notar que ella se había fijado en la alianza, volvió a meterse la mano en el bolsillo.

—En fin. —Sara tenía que poner fin a aquello antes de que sus mejillas echaran a arder—. Seguro que Faith le estará esperando. Me alegro de volver a verle, agente Trent.

—Doctora Linton. —Will le dedicó una leve inclinación de cabeza antes de alejarse.

Para evitar mirarle con anhelo, Sara sacó su teléfono y le mandó un mensaje a su hermana disculpándose por haber colgado tan bruscamente.

Dos meses.

Will sabía cómo ponerse en contacto con ella y no lo había hecho.

Claro que ella también sabía cómo ponerse en contacto con él y tampoco lo había hecho.

Repasó mentalmente su breve conversación, saltándose el chiste del recorte de condena para no volver a ponerse roja como un tomate. No sabía si Will estaba tonteando con ella o si solo intentaba ser amable, o si ella era una boba y estaba desesperada. Lo que sí sabía era que Will Trent estaba casado con una exinspectora de la policía de Atlanta que, además de tener fama de ser una arpía, acostumbraba a desaparecer durante largas temporadas. Y que, a pesar de todo, él seguía llevando su anillo de casado.

Como decía su madre, «un matrimonio es un matrimonio, por malo que sea».

Por suerte, las puertas del ascensor se abrieron antes de que pudiera adentrarse más en esa madriguera.

—Hola, doctora. —Deacon Sledgehammer estaba arrellanado en su silla de ruedas, pero hizo el esfuerzo de enderezarse por ella. Llevaba una bata de hospital y calcetines negros de lana. Tenía el lado izquierdo del cuello horriblemente rojo e hinchado y los brazos, las piernas y la frente salpicados de cicatrices redondeadas, fruto de años de chutes subcutáneos—. ¿Ya sabe qué me pasa?

—Sí. —Sara relevó al celador y empujó la silla por el pasillo, resistiéndose al impulso de volverse para mirar a Will como la mujer de Lot—. Tiene doce agujas rotas en el cuello. Varias de ellas han producido abscesos. Por eso tiene el cuello hinchado y le cuesta tragar. Tiene una infección muy grave.

—Vaya, hombre. —Deacon soltó un suspiro ronco—. Eso suena a que no voy a salir de esta.

Sara no iba a mentirle.

—Podría ser. Vamos a tener que operarle para retirar las agujas y luego tendrá que quedarse ingresado al menos una semana para que le administremos antibióticos por vía intravenosa. Habrá que controlar además el síndrome de abstinencia, así que no va a ser fácil.

—Menuda mierda —masculló él—. ¿Vendrá usted a visitarme?

—Claro que sí. Mañana no trabajo, pero el domingo estaré aquí todo el día. —Sara pasó su tarjeta por el escáner para abrir las puertas. Por fin se permitió mirar a Will. Estaba al final del pasillo. Se quedó mirándole hasta que dobló la esquina.

—Me dio sus calcetines.

Sara se volvió hacia Deacon.

—La semana pasada, cuando estaba en el Capitolio. —Deacon señaló los gruesos calcetines que llevaba puestos—. Hacía un frío de narices. El tío se quitó los calcetines y me los dio.

A Sara volvió a darle un vuelco el corazón.

—Qué amable.

—Seguro que ese cabrón del poli les puso un micro. —Deacon se llevó un dedo a los labios—. Tenga cuidado con lo que dice.

—Entendido. —Sara no iba a ponerse a discutir con un esquizofrénico que sufría una infección muy grave. El hecho de que tuviera el pelo castaño rojizo y fuera zurda ya había dado pie a una larga discusión.

Llevó la silla al box tres y ayudó a trasladar a Deacon a la cama. Sus brazos eran esqueléticos, casi como palillos. Estaba desnutrido. Tenía tierra y mugre incrustadas en el pelo. Le faltaban varios dientes. Rondaba los cuarenta años, pero aparentaba sesenta y se movía como un octogenario. Sara no estaba segura de que fuera a sobrevivir a otro invierno. Si no acababa con él la heroína, lo harían los elementos o una nueva infección.

—Sé lo que está pensando. —Deacon se recostó en la cama con un quejido de anciano—. Quiere llamar a mi familia.

—¿Usted quiere que la llame?

—No. Y tampoco avise a los servicios sociales. —Se rascó el brazo clavando las uñas en una cicatriz redonda—. Mire, yo soy un mierda, ¿vale?

—Conmigo no lo ha sido.

—Sí, ya, porque me ha pillado en un buen día. —Se le quebró la voz al decir la última palabra. Empezaba a darse cuenta de que quizá no estuviera vivo al día siguiente—. Mi salud mental es lo que es, y además soy un yonqui. Me encanta el jaco, joder, y no se lo pongo fácil a la gente.

—Ha tenido mala suerte. —Sara mantuvo un tono comedido—. Eso no lo convierte en una mala persona.

—Ya, claro, pero lo que le hice pasar a mi familia… En junio hará diez años que me repudiaron, y no los culpo. Les di motivos de sobra. Les mentí, les robé, los engañé, les pegué... Lo que le decía: un auténtico mierda.

Sara apoyó los codos en la barandilla de la cama.

—¿Qué puedo hacer por usted?

—Si no salgo de esta, ¿puede llamar a mi madre y decírselo? No para que se sienta culpable ni nada de eso. La verdad es que creo que será un alivio para ella.

Sara se sacó un bolígrafo y una libreta del bolsillo.

—Escriba aquí su nombre y su número.

—Dígale que no tuve miedo. —Apretó el bolígrafo con tanta fuerza que Sara oyó cómo arañaba el papel. Los ojos se le habían llenado de lágrimas—. Dígale que no la culpo. Y que... Dígale que la quería.

—Espero que no lleguemos a eso, pero le prometo que la llamaré si es así.

—Pero antes no, ¿vale? Porque no necesita saber que estoy vivo. Solo si... —Se le quebró de nuevo la voz. Le temblaban las manos cuando le devolvió la libreta y el bolígrafo—. Usted ya me entiende.

—Sí. —Sara le puso un momento la mano en el hombro—. Voy a avisar a cirugía. Le pondremos una vía central y así podré darle algo para que esté más cómodo.

—Gracias, doctora.

Sara cerró la cortina al salir. Descolgó el teléfono que había detrás del puesto de enfermeras y llamó a cirugía para hacer una consulta; después introdujo en el ordenador las instrucciones necesarias para que le pusieran la vía central.

—Hola. —Eldin se había duchado y se había puesto un uniforme limpio—. Le he dado diazepam intravenoso al borracho. Está esperando una cama.

—Añade además multivitaminas y quinientos miligramos de tiamina por vía intravenosa para prevenir...

—La encefalopatía de Wernicke —dijo Eldin—. Buena idea.

A Sara le pareció un poco engreído para alguien a quien acababan de bañar con un chorro de vómito. Como supervisora suya, aunque solo fuera por esa noche, tenía el deber de dejarle las cosas claras para que aquello no volviera a ocurrir.

—Eldin —le dijo—, no es una idea, es un protocolo de tratamiento para evitar convulsiones y tranquilizar al paciente. La desintoxicación es un verdadero infierno. Es evidente que tu paciente está sufriendo. No es un borracho. Es un hombre de treinta y un años que intenta sobreponerse a su adicción al alcohol.

Eldin tuvo la decencia de parecer avergonzado.

—Vale. Tienes razón.

Sara no había terminado.

—¿Leíste las notas de la enfermera? Hizo una historia social detallada. El paciente dijo que se tomaba entre cuatro y cinco cervezas al día. ¿El año pasado te enseñaron alguna regla de oro?

—Que siempre duplique el número de bebidas que declara tomar un paciente.

—Correcto. Tu paciente también informó que estaba intentando dejar el alcohol. Lo dejó a palo seco hace tres días. Lo pone aquí, en su historia.

La expresión de Eldin pasó de la vergüenza a la indignación.

—¿Por qué no me lo dijo Johna?

—¿Por qué no leíste sus notas? ¿Por qué no te diste cuenta de que el paciente tenía un principio agudo de supergripe y se rascaba como si tuviera hormigas imaginarias corriéndole por la piel? —Sara advirtió que volvía la vergüenza, lo que honraba a Eldin. Se daba cuenta de que la culpa era suya—. Aprende de lo que ha pasado, Eldin. Y atiende mejor a tu paciente la próxima vez.

—Tienes razón. Lo siento. —Eldin respiró hondo y exhaló despacio—. Dios, no sé si alguna vez le tomaré el tranquillo a esto.

Sara no podía dejarle hecho polvo.

—Te digo lo que me dijo a mí mi adjunto: o eres un médico estupendo o eres un psicópata que ha conseguido engañar a la persona más inteligente que te ha supervisado jamás.

Eldin se rio.

—¿Puedo hacerte una pregunta?

—Claro.

—Hiciste la residencia aquí, ¿verdad? —Esperó a que ella asintiera—. Me han dicho que te dieron una beca para hacer la especialidad con Nygaard. Cirugía cardiotorácica pediátrica. Es impresionante. ¿Por qué renunciaste?

Sara estaba intentando formular una respuesta cuando sintió otra alteración en el aire. No era la corriente eléctrica que había sentido al ver a Will Trent al fondo del ascensor. Eran sus años de experiencia e intuición, que le advertían que la noche estaba a punto de torcerse.

Las puertas de la dársena de ambulancias se abrieron de golpe y Johna apareció corriendo por el pasillo.

—Sara, ha habido un accidente justo enfrente. Un Mercedes y una ambulancia. Están sacando a la víctima del coche ahora mismo.

Sara corrió hacia la sala de traumatología con Eldin detrás. Notó cómo aumentaba el nerviosismo del interno y procuró mantener un tono de voz calmado cuando le dijo:

—Haz exactamente lo que te diga. Y no estorbes.

Se estaba poniendo una bata estéril cuando los técnicos de emergencias entraron con la paciente sujeta a una camilla. Estaban empapados por la lluvia. Uno de ellos le dio los detalles.

—Dani Cooper, mujer, diecinueve años, accidente de tráfico con pérdida de conocimiento, dolor torácico y dificultad para respirar. Iba a cincuenta cuando chocó de frente con la ambulancia. La herida del costado parece superficial. Presión sanguínea: 80/40; frecuencia cardiaca: 108. Los ruidos respiratorios son débiles en el lado izquierdo y normales en el derecho. Está alerta y orientada. Vía en la mano derecha con suero normal.

De repente, la sala de traumatología se llenó de gente que ejecutaba un *ballet* de coreografía precisa pero caótica. Varios enfermeros, un terapeuta respiratorio, un técnico de rayos, un transcriptor… Cada cual cumpliendo su función: poner vías, extraer sangre, mecanografiar, cortar la ropa, colocar el manguito del tensiómetro, el oxímetro de pulso, los cables, el oxígeno, o monitorizar cada paso que se daba y quién lo daba.

Sara gritó:

—Necesito un perfil bioquímico doce con diferencial, radiografías de tórax y abdomen y otra vía de calibre grueso para sangre por si hace falta. Ponedle una sonda y hacedle un análisis rutinario de orina y drogas. Necesito un TAC de cabeza y cuello. Avisad a cirugía vascular para que estén preparados.

Los técnicos de emergencias trasladaron a la paciente a la cama. La joven tenía la cara blanca. Le castañeteaban los dientes y tenía los ojos desorbitados.

—Dani —dijo Sara—, soy la doctora Linton. Soy quien va a atenderte. ¿Puedes decirme qué ha pasado?

—El c-c-coche... —Dani apenas podía susurrar—. Me des-desperté en el...

Le castañeteaban tanto los dientes que no pudo terminar.

—Tranquila. ¿Dónde te duele? ¿Puedes señalármelo?

Sara vio que se llevaba la mano a la parte superior izquierda del abdomen. Los técnicos de emergencias ya habían cubierto con gasa la herida superficial que tenía justo debajo del pecho izquierdo. Eso no era todo, sin embargo. Tenía también una marca de color rojo oscuro en el torso, en el lugar donde había recibido un golpe fuerte; posiblemente, el impacto del volante. Sara aplicó el estetoscopio al vientre y auscultó luego ambos pulmones.

—Los ruidos intestinales son normales —informó alzando la voz—. Dani, ¿puedes respirar hondo, por favor?

Se oía un silbido laborioso.

Sara dijo dirigiéndose a la sala:

—Neumotórax izquierdo. Preparadla para tubo torácico. Necesito una bandeja de toracostomía.

Dani trató de seguir con los ojos la ráfaga de movimiento. Se abrieron armarios y se cargaron bandejas: gasas, tubos, Betadine, guantes estériles, bisturí, lidocaína...

—Tranquila, Dani. —Sara se inclinó, intentando distraerla de aquel caos—. Mírame. Tienes afectado el pulmón. Vamos a ponerte un tubo para...

—Yo n-no... —La chica se esforzaba por respirar. Su voz apenas se oía entre el ruido—. Tenía que escapar...

—Muy bien. —Sara le echó el pelo hacia atrás buscando signos de traumatismo craneoencefálico. Por algo Dani había perdido el conocimiento en el momento del accidente—. ¿Te duele la cabeza?

—Sí... Me... Oigo pitidos y...

—Perfecto. —Sara le examinó las pupilas. Era evidente que sufría una conmoción cerebral—. Dani, ¿puedes decirme dónde te duele más?

—É-él me hizo daño. Creo... Creo que me ha violado.

Sara sintió una sacudida de horror. Los sonidos de la sala se desvanecieron. Ya solo oía la voz crispada de Dani.

—Me echó droga en la bebida... —La joven tosió al intentar tragar saliva—. Me desperté y... Estaba encima de mí... Luego me encontré en el coche, pero no recuerdo cómo... y...

—¿Quién? —preguntó Sara—. ¿Quién te ha violado?

Comenzaron a temblarle los párpados.

—¿Dani? Quédate conmigo. —Sara acercó la mano a su cara. Sus labios iban perdiendo color—. Necesito ese tubo torácico ya.

—Detenlo... —dijo Dani—. Por favor..., detenlo.

—¿Detener a quién? —preguntó Sara—. ¿Dani? ¿Dani?

La chica clavó los ojos en los suyos rogándole en silencio que la entendiera.

—¿Dani?

Sus párpados comenzaron a agitarse de nuevo. Luego se detuvieron. Su cabeza cayó hacia un lado.

—¿Dani? —Sara apretó el estetoscopio contra su pecho. Nada. La vida de la joven de diecinueve años se desvanecía. Sara guardó su pánico en otro sitio y dijo—: No hay latido. Adelante con la RCP.

El terapeuta respiratorio sujetó la bolsa Ambú y la máscara para forzar la entrada de aire en los pulmones. Sara entrelazó los dedos y apoyó las palmas sobre el corazón de Dani. La reanimación cardiopulmonar era una medida de urgencia destinada a impulsar manualmente la sangre hacia el corazón y el cerebro hasta que, con suerte, el órgano volvía a bombear a ritmo regular. Sara presionó el pecho de Dani apoyando en él todo su peso. Se oyó un horrible crujido cuando las costillas cedieron.

—¡Mierda! —Sara sintió que las emociones empezaban a apoderarse de ella. Procuró dominarse—. Tiene volet costal. La RCP no sirve. Hay que desfibrilar.

Johna ya había acercado el carro del desfibrilador. Sara oyó que el aparato alcanzaba su máxima potencia mientras las palas presionaban el cuerpo inerte de Dani.

Apartó las manos, alejándolas de la cama metálica.

—¡Cuidado! —Johna pulsó los botones de las palas.

El cuerpo de Dani se sacudió, atravesado por tres mil voltios de electricidad dirigidos hacia su pecho. El monitor parpadeó. Todos esperaron unos segundos interminables para ver si el corazón volvía a ponerse en marcha, pero la línea del monitor se aplanó y empezó a sonar la alarma.

—Otra vez —ordenó Sara.

Johna esperó a que el desfibrilador se cargara. Otra descarga. Otro parpadeo. Otra línea plana.

Sara repasó a toda prisa sus opciones. La RCP no servía. El desfibrilador, tampoco. No se le podía abrir la caja torácica rompiendo las costillas porque no había nada que romper. El volet costal o tórax inestable se definía como la fractura de dos o más costillas contiguas en dos segmentos o más, lo que provocaba una desestabilización de la pared torácica que alteraba la dinámica respiratoria.

Por lo que alcanzaba a ver, Dani Cooper presentaba múltiples fracturas en las costillas segunda, tercera y quinta debido a un traumatismo producido por un objeto contundente. Los huesos astillados, que flotaban libremente dentro del pecho, podían atravesar el corazón y los pulmones. Las probabilidades de que la joven de diecinueve años sobreviviera se habían reducido a un solo dígito.

Los ruidos que Sara había bloqueado mientras la atendía llenaron de golpe su cerebro. El siseo inútil del oxígeno. El chirrido del manguito del tensiómetro. El crujido de los trajes EPI mientras todos calculaban en silencio las probabilidades cada vez más escasas.

Alguien apagó la alarma.

—Vale —dijo dirigiéndose a sí misma. Tenía un plan. Retiró la gasa que cubría la laceración del costado izquierdo de Dani. Regó la herida con Betadine, dejando que se desbordara como una fuente—. Eldin, háblame del margen costal.

—Eh... —Eldin observó las manos de Sara mientras se ponía unos guantes estériles nuevos—. El margen o reborde costal es el arco que forman los cartílagos costales inferiores hasta el esternón. Las costillas undécima y duodécima son flotantes.

—En general, terminan más o menos en la línea axilar media y dentro de la musculatura de la pared lateral. ¿Correcto?

—Correcto.

Sara tomó un bisturí de la bandeja y lo hundió en la herida, cortando con cuidado la capa de grasa hasta alcanzar el músculo abdominal. Luego siguió cortando hasta llegar al diafragma para hacer un agujero del tamaño de su puño.

Miró a Johna. La enfermera tenía los labios entreabiertos por la sorpresa, pero asintió. Si Dani tenía alguna posibilidad de sobrevivir, era aquella.

Sara metió la mano en el agujero. El músculo del diafragma succionó su muñeca cerrándose en torno a ella. Los huesos de las costillas rozaron sus nudillos como las teclas de un xilófono. El pulmón estaba aplastado como un globo sin aire. El estómago y el bazo eran suaves y resbaladizos. Cerró los ojos y se concentró en la anatomía mientras hurgaba en el pecho de Dani. Tocó con la yema de los dedos el saco lleno de sangre del corazón. Con mucho cuidado, rodeó el órgano con la mano. Miró el monitor y apretó.

La línea plana dio un salto.

Volvió a apretar.

Otro salto.

Siguió bombeando sangre a través del corazón. Flexionaba los dedos rítmicamente, imitando la cadencia propia de la vida. Volvió a cerrar los ojos mientras aguzaba el oído, a la espera de un pitido del monitor. Veía el mapa de las arterias como un dibujo topográfico.

Arteria coronaria derecha. Arteria descendente posterior. Arteria marginal derecha. Arteria descendente anterior izquierda. Arteria circunfleja.

De todos los órganos del cuerpo, el corazón era el que suscitaba más emociones. Podía estar roto o rebosante de amor o alegría, o dar un extraño brinco cuando te encontrabas con el hombre que te gustaba en el ascensor. Te llevabas la mano al corazón para jurar lealtad. Te dabas palmadas en el corazón para expresar fidelidad, sinceridad o respeto. De alguien cruel se decía que «no tenía corazón». En el sur, a alguien que no tenía muchas luces se le llamaba «corazón bendito». Un acto de bondad «te llegaba al corazón». Cuando Sara y Tessa eran pequeñas, Tessa tenía la costumbre de hacerse cruces en el pecho. Le robaba la ropa a Sara, o un CD o un libro, decía «que me muera ahora mismo si he sido yo» y se hacía la señal de la cruz sobre el corazón.

Sara no sabía si Dani Cooper moriría o no, pero prometió sobre el corazón de la joven que haría todo lo posible por detener al hombre que la había violado.

TRES AÑOS DESPUÉS
1

—Doctora Linton. —Maritza Aguilar, la abogada de la familia de Dani Cooper, se acercó al estrado de los testigos—. ¿Puede contarnos qué pasó después?

Sara tomó aire antes de decir:

—Fui subida en la camilla hasta el quirófano para seguir accionando manualmente el corazón de Dani. Me pusieron la ropa quirúrgica y luego se hicieron cargo los cirujanos.

—¿Y después?

—Asistí a la operación. —Sara parpadeó. A pesar de que habían pasado tres años, aún veía a Dani tumbada en la mesa de operaciones: los ojos cerrados con cinta adhesiva, un tubo saliéndole de la boca, el pecho abierto en canal, las blancas esquirlas de las costillas esparcidas como confeti dentro de la cavidad torácica—. Los cirujanos hicieron todo lo que pudieron, pero Dani estaba muy mal. Se la declaró muerta aproximadamente a las dos y cuarenta y cinco de la mañana.

—Gracias. —Maritza volvió a la mesa a consultar sus notas. Empezó a pasar páginas. Su compañero se inclinó para decirle algo en voz baja—. Señoría, si me permite un momento...

—Que sea rápido —contestó la jueza Elaina Tedeschi.

La sala quedó en silencio, salvo por el ruido que hacían los miembros del jurado al cambiar de postura en sus asientos y las toses y estornudos que se oían de vez en cuando en la tribuna medio llena. Sara volvió a respirar hondo. Llevaba ya tres horas en el estrado. Acababan de volver del receso de la comida y todo el mundo estaba cansado. Aun así, mantuvo la espalda erguida, la cabeza mirando al frente y los ojos fijos en el reloj del fondo de la sala.

Había una periodista en la tribuna, tecleando en su teléfono, pero Sara procuraba no prestarle atención. No podía mirar a los padres de Dani porque su dolor era casi tan aplastante como su esperanza de que algo, lo que fuese, pusiera punto final a su duelo. Tampoco podía mirar al jurado. No quería arriesgarse a establecer contacto visual con ninguno de sus miembros y darle una impresión equivocada. Hacía un calor sofocante en la sala. Un juicio nunca era tan rápido ni tan interesante como parecía en la tele. Los informes médicos podían ser densos y confusos. Sara necesitaba que los miembros del jurado se concentraran y prestaran atención, no que se preguntaran por qué la testigo los miraba mal.

Lo importante de aquel juicio no era ella. Era cumplir la promesa que le había hecho a Dani Cooper. Había que detener al hombre que la agredió.

Dejó que su mirada se posara en Thomas Michael McAllister IV. El joven de veintidós años estaba sentado en la mesa de la defensa, entre sus carísimos abogados. Sus padres, Mac y Britt McAllister, se hallaban justo detrás de él, en la tribuna. Conforme a las instrucciones de la jueza Tedeschi, a Tommy no se le denominaba «el acusado», sino «el demandado», para que el jurado tuviera claro que se trataba de un causa civil, no de un proceso penal. Lo que se dirimía allí no era el encarcelamiento del reo o su libertad, sino millones de dólares de indemnización por el homicidio involuntario de Daniella Cooper. Mac y Britt podían permitirse pagarlos, pero había otra cosa en juego que ni siquiera su enorme riqueza podía garantizar: la buena reputación de su hijo.

Hasta el momento, habían hecho todo lo posible por proteger a Tommy, desde contratar a un publicista para que diera forma a la narrativa mediática en torno al caso, hasta contratar a Douglas Fanning, un abogado al que apodaban el Tiburón por su habilidad para eviscerar a los testigos en el estrado.

Solo hacía dos días que había empezado el juicio y Fanning ya había conseguido que se desestimaran lo que él llamaba las «indiscreciones juveniles» de Tommy, como si a todos los jóvenes los detuvieran a los once años por torturar al perro del vecino, los acusaran de violación en su penúltimo año de instituto o los pillaran con un alijo de MDMA en la mochila una hora antes de la graduación. Eso era lo que se conseguía por 2500 dólares la hora: convertir a un depredador en un niño de coro.

Tommy, desde luego, iba vestido para el papel: había cambiado el traje hecho a medida que lucía en una columna de cotilleos el año anterior por un traje negro corriente, con corbata azul clara y una camisa Oxford blanca no demasiado tiesa, todo ello elegido sin duda por un asesor judicial que durante meses se habría centrado en las estrategias más ventajosas y las palabras clave, que luego habría colaborado codo con codo con Douglas Fanning para seleccionar a los mejores jurados y que ahora tendría a un jurado fantasma reunido en algún lugar cercano al tribunal, un jurado al que le presentarían las mismas pruebas que al jurado real para ayudar a la defensa a modificar sobre la marcha su enfoque del caso.

Nada de eso, sin embargo, podía ocultar la arrogante inclinación de la barbilla de Tommy McAllister. Tommy había pasado toda su vida en los espacios más exclusivos de Atlanta. Su bisabuelo, cirujano, no solo había sido uno de los pioneros de las técnicas quirúrgicas de sustitución de articulaciones, sino que había ayudado a fundar uno de los principales hospitales ortopédicos de Atlanta. Su abuelo, general retirado, había estado al frente de la investigación de enfermedades infecciosas en el Centro de Control de Enfermedades. Mac era uno de los cardiólogos más respetados del país y Britt se había formado como obstetra. Así pues, no era de extrañar que Tommy siguiera la estela familiar y estuviera a punto de empezar el primer curso de Medicina en la Universidad Emory.

Pero también era el hombre que había drogado y violado a Dani Cooper.

Al menos, eso creía Sara.

Tommy conocía a Dani Cooper de toda la vida, o casi. Habían estudiado en los mismos colegios privados, eran socios del mismo club de campo, frecuentaban los mismos círculos sociales y, en el momento de la muerte de Dani, estaban matriculados en un curso preparatorio de ingreso en la Facultad de Medicina, en la misma universidad. La noche de la muerte de Dani, se los vio discutir en la fiesta de una fraternidad estudiantil. Fue una discusión acalorada. Tommy la agarró del brazo y ella se desasió bruscamente. Nadie sabía qué pasó después, pero era el coche de Tommy —un Mercedes Roadster de 150 000 dólares— el que conducía Dani cuando se estrelló contra una ambulancia aparcada frente al hospital. Era el esperma de Tommy el que se encontró en su cuerpo durante la autopsia. Tommy McAllister no había podido proporcionar una coartada para las horas transcurridas entre el momento en que Dani salió de la fiesta y el momento en que llegó al hospital Grady. Conocía, además, los detalles íntimos que figuraban en los mensajes de texto amenazadores que Dani había recibido durante la semana anterior a su muerte.

Por desgracia, la fiscalía del condado de Fulton solo podía actuar basándose en pruebas, no en convicciones. Solo podía abrirse un proceso penal si había indicios de culpabilidad más allá de toda duda razonable. Sara estaba dispuesta a admitir que en aquel caso había dudas. La fiesta de la fraternidad estaba llena de chicos con los que Dani tenía relación estrecha. Nadie podía contradecir a Tommy cuando afirmaba que la discusión entre ellos se había resuelto, que Dani le había pedido prestado el Mercedes y que, si había esperma suyo en su cuerpo, era porque habían mantenido relaciones sexuales consentidas dos noches antes de su fallecimiento. Nadie podía afirmar tajantemente que esa noche Tommy se hubiera ido de la fiesta con Dani. Había mucha gente en la fiesta que conocía detalles íntimos de la vida de Dani. Y lo que era más importante: nadie había podido localizar el teléfono desechable desde el que se enviaron los mensajes amenazadores.

Afortunadamente, en un juicio civil lo importante era la preponderancia de las pruebas, no la duda razonable. Los Cooper tenían numerosas pruebas circunstanciales a su favor. La demanda por homicidio involuntario que habían interpuesto contra Tommy McAllister exigía una indemnización de veinte millones de dólares. Pese a que era un montón de dinero, no era eso lo que los movía. A diferencia de Mac y Britt, llevar el caso a juicio les había costado los ahorros de toda una vida. Y sin embargo, habían rechazado todas las ofertas de acuerdo porque lo que querían, lo que necesitaban para asimilar la trágica muerte de su hija, era que alguien rindiera cuentas públicamente.

Sara les había advertido que tenían pocas probabilidades de ganar. Maritza les había dicho lo mismo. Ambas sabían cómo funcionaba el sistema, y este rara vez favorecía a la gente sin dinero. Y lo que era más importante: todo el caso dependía de que el jurado considerara a Sara una testigo fiable. La sala de traumatología era un caos la noche que murió Dani Cooper. Sara era la única persona que había oído decir a la joven que la habían drogado y violado. Debido a la naturaleza del caso, eso significaba que su vida personal se observaría a través de un microscopio. Para desacreditar su testimonio, la defensa tendría que desacreditar su personalidad. Todo lo que había hecho, todo lo que le había sucedido en la vida, sería diseccionado, analizado y —lo que era más angustioso para Sara— criticado.

No sabía qué la aterraba más: que los episodios más oscuros de su vida salieran a la luz en un juicio público o incumplir la promesa que le había hecho a Dani.

—Doctora Linton. —Maritza por fin estaba lista para continuar. Volvió al estrado sosteniendo una hoja de papel entre las manos. No se la tendió a Sara. La mantuvo cerca de su pecho, tratando de generar suspense.

El truco funcionó. Sara sintió que el jurado se ponía alerta cuando la letrada dijo:

—Me gustaría retroceder un momento, si no le importa. Revisar algo de lo que se ha hablado antes.

Sara asintió con la cabeza y luego, para facilitarle las cosas al taquígrafo de la sala, contestó:

—De acuerdo.

—Gracias.

Maritza se dio la vuelta y pasó por delante del estrado del jurado. Cinco mujeres, cuatro hombres, una mezcla típica del condado de Fulton: blancos, negros, asiáticos e hispanos. Sara vio que seguían con los ojos a la letrada, algunos estudiando su rostro, otros intentando ver lo que contenía la hoja de papel.

Maritza tomó su bloc de notas de la mesa y lo colocó sobre el atril. Tenía el bolígrafo en la mano. Se puso las gafas y miró sus notas.

No era Douglas Fanning, pero era muy buena en lo suyo. No necesitaba que un asesor judicial le dijera cómo debía vestirse, como tampoco lo necesitaba Sara. Ambas eran mujeres que se habían abierto paso en campos dominados por hombres y sabían por experiencia que, para bien o para mal, el jurado daría más importancia a su apariencia que a lo que saliera de su boca. El pelo recogido para demostrar que eran personas serias. Maquillaje ligero para demostrar que aun así se esmeraban. Gafas para demostrar inteligencia. Falda recatada y americana a juego para demostrar que seguían siendo femeninas. Y tacones de no más de cinco centímetros para demostrar que no se excedían en sus esfuerzos.

Demostrar, demostrar y demostrar...

Maritza miró a Sara y dijo:

—Antes del receso para comer, nos habló usted de sus estudios y su currículum, pero, para que el jurado lo tenga presente, es usted licenciada en Pediatría y en Medicina Forense, ¿correcto?

—Así es.

—La noche que Dani Cooper ingresó en urgencias, trabajaba usted en el hospital Grady como pediatra, pero actualmente trabaja como forense para el GBI, la Oficina de Investigación de Georgia, ¿correcto?

—Técnicamente, soy patóloga forense. —Sara se permitió mirar al jurado. Eran las únicas personas de la sala cuya opinión importaba—. En todos los condados de Georgia menos en cuatro, el puesto de forense es un cargo electo para el que no se requiere la licenciatura en

25

Medicina. Si hay indicios de delito, el forense del condado suele remitir la investigación de las circunstancias de la muerte al Departamento de Patología Forense del GBI. Ahí es donde entramos mis colegas y yo.

—Gracias por la aclaración —dijo Maritza—. Entonces, cuando examinó inicialmente a Dani Cooper en urgencias, ¿diría usted que estaba recurriendo a dos disciplinas en las que tiene amplia experiencia?

Sara sopesó la mejor manera de formular su respuesta.

—Diría que evalué a Dani primero como médica y después como patóloga forense.

—¿Ha revisado el informe de la autopsia de Dani Cooper, catalogado como prueba 113-A?

—Sí.

—¿Cuáles fueron, si los hubo, los resultados toxicológicos sobre sustancias controladas?

—Los análisis de sangre y orina no fueron concluyentes.

—¿Eso le sorprendió?

—No. En el hospital se le administraron múltiples fármacos, entre ellos Versed, o midazolam, que se utiliza como relajante muscular prequirúrgico. En un análisis toxicológico, dicho fármaco puede confundirse químicamente con Rohypnol.

—Antes nos ha explicado que el Rohypnol es la llamada droga de la violación, ¿es así?

—Sí.

—Siendo usted médica, o trabajando en un centro sanitario, ¿hasta qué punto le resultaría difícil robar un frasco de Rohypnol, si se lo propusiera?

—En un hospital no hay Rohypnol. No es un fármaco aprobado por la FDA para su uso en los Estados Unidos. Y tratar de robar un vial de Versed sería extremadamente arriesgado. Hay múltiples controles internos para evitar robos y abusos —afirmó Sara—. En cambio, el Rohypnol se consigue fácilmente en la calle, así que, en un caso hipotético, lo que haría sería buscar a un traficante de drogas y comprarlo.

—¿Puede decirnos si se encontró algún rastro de ADN en la autopsia de Dani Cooper?

—Se hallaron restos de esperma en la vagina anterior y el cuello uterino de Dani. Las muestras se enviaron al laboratorio del GBI para analizarlas. El laboratorio generó un perfil de ADN para su cotejo posterior.

—¿Puede decirnos cuál fue la conclusión del laboratorio?

—Se dictaminó científicamente que el ADN coincidía sin lugar a duda con la muestra extraída a Tommy McAllister.

Maritza hizo otra pausa y fingió revisar sus notas mientras daba tiempo a que el jurado asimilara la información. Sara dejó que sus ojos se desviaran hacia Douglas Fanning. El Tiburón estaba escribiendo en su bloc de notas con la cabeza gacha. Se comportaba a todos los efectos como si nada de lo que dijera Sara tuviera importancia. Había hecho lo mismo durante su declaración, seis meses antes. Entonces Sara se había dado cuenta de que era una estratagema para ponerla nerviosa.

Ahora le molestaba comprobar que estaba funcionando.

Maritza carraspeó antes de continuar.

—Doctora Linton, ¿puede decirme si aquella noche observó algo más que le pareciera extraño?

—Me informaron que Dani conducía el coche, pero la laceración que tenía en el torso estaba aquí, en el lado izquierdo, justo debajo de las costillas. —Sara se señaló esa parte del cuerpo—. Cuando uno conduce, el cinturón de seguridad va del hombro izquierdo a la cadera derecha. Si la herida de Dani la hubiera causado el cinturón de seguridad, habría estado en el lado derecho, no en el izquierdo.

Maritza no la presionó para que aventurase una conclusión, sino que pasó a la siguiente pieza del rompecabezas.

—Ha visto usted las pruebas 108-A a F, las imágenes que grabaron esa noche las cámaras de seguridad del exterior del hospital. En ellas se ve como el Mercedes del demandado choca contra la ambulancia, ¿correcto? Según usted, ¿fue una colisión frontal?

—Sí.

—¿Qué otras impresiones extrajo cuando vio la grabación? —Al ver que Fanning empezaba a removerse buscando una objeción que formular, añadió—: Me refiero a sus impresiones como experta que ha participado en la investigación de numerosos accidentes de tráfico.

Fanning se tranquilizó. Sara respondió:

—Me pareció que el coche se dirigía hacia el aparcamiento del servicio de urgencias y que, en el último momento, enderezó las ruedas, disminuyó la velocidad y chocó contra una de las ambulancias aparcadas en la dársena.

—Bien, en la grabación no se ve al conductor a través del parabrisas, ¿correcto?

—Correcto.

—Pero sí se ve que a Dani la sacaron del lado del conductor del Mercedes, ¿correcto?

—Sí.

—Usted ha declarado antes que leyó el atestado del accidente que hizo la sargento Shanda London. ¿Recuerda a qué velocidad iba el coche cuando chocó contra la ambulancia?

—El ECM indicaba que el coche iba a treinta y siete kilómetros por hora en el momento de la colisión.

—La sargento London nos habló del ECM ayer por la mañana, pero ¿podría usted recordarnos brevemente qué es?

—Es el módulo de control electrónico, el aparato que registra todos los datos en los segundos que anteceden a una colisión. En resumidas cuentas, es como la caja negra de un avión, pero para coches.

—¿Hubo algo más en los datos recogidos por el ECM que le llamara la atención?

—Dos cosas: confirmaba la desaceleración que yo había observado en las imágenes de las cámaras de seguridad. El Mercedes pasó de cincuenta y cuatro kilómetros por hora a treinta y siete. Y revelaba, además, que el coche no frenó antes del impacto.

—¿Señoría? —Maritza se acercó a la jueza con la hoja de papel—. ¿Puedo referirme a la prueba 129-A?

La jueza Tedeschi asintió.

—Adelante.

Fanning se dignó por fin a levantar la vista. Se bajó las gafas de leer por el puente de la nariz. Tenía los cristales manchados. Si Tommy McAllister estaba programado para parecer un profesional joven pero esforzado y luchador, Douglas Fanning estaba contraprogramado para parecer cualquier cosa menos lo que era en realidad: el hábil abogado defensor de los ultrarricos. Llevaba el pelo largo y gris recogido en una trenza. Tenía el traje arrugado y manchas en la corbata. Afectaba un acento sureño que Sara no oía desde tiempos de su abuela y a menudo fingía que le costaba encontrar información para que se notara lo menos posible que era licenciado en Derecho por la Universidad Duke. Mientras que Sara y Maritza hacían todo lo posible por parecer competentes y profesionales, a Fanning se le presuponían ambas cualidades, aunque aparentara que todo le traía sin cuidado.

—Doctora Linton. —Maritza colocó por fin la hoja de papel en el retroproyector—. ¿Reconoce esta prueba, catalogada como 129-A?

Sara se había vuelto hacia el monitor de la pared, como todos los demás.

—Es una copia del diagrama corporal que descargué de internet para anotar mis hallazgos anatómicos. Al final de la página está mi firma, junto con la fecha y la hora.

—Descargó el diagrama de internet —repitió Maritza—. ¿No habría sido más fácil hacer fotografías?

—Como profesional médico, todos los datos que recojo están sujetos a la HIPAA, la ley federal que regula el almacenamiento y la difusión de información médica sensible. Mi teléfono del hospital no tenía cámara y yo no podía garantizar la seguridad de mi móvil personal.

—De acuerdo, gracias. —Maritza señaló la pantalla—. Esas equis en las costillas, ¿qué representan?

—Las fracturas óseas que produjeron lo que se denomina un volet costal o tórax inestable.

—Ya nos explicó ese término esta mañana, así que pasaré a preguntarle si, en el caso de Dani, pudo ser el cinturón de seguridad lo que causó el volet costal.

—En mi opinión, no. El coche no iba lo bastante rápido como para causar esa lesión.

—¿Qué pudo causarla, entonces?

Fanning se removió de nuevo. Quería dejar claro que ahora sí le estaba prestando atención. Su bolígrafo había trazado una marca en el bloc. Hizo algunos ruidos, como si se dispusiera a protestar, pero Maritza se le adelantó.

—Lo diré de otro modo —dijo sin apartar los ojos de Sara—. Doctora Linton, según su experiencia como patóloga forense, ¿qué tipo de traumatismos pueden causar el tórax inestable?

—Tuve un caso en el que el fallecido cayó desde la azotea de un edificio de oficinas de dos plantas. Otro conducía una camioneta que chocó contra la mediana de hormigón de una autopista a unos ciento cuarenta y cinco kilómetros por hora. Otro era un niño al que un cuidador golpeó hasta matarlo.

La sala entera se estremeció.

—Entonces —prosiguió Maritza—, ¿no estaríamos hablando de ir a treinta y siete kilómetros por hora y chocar de frente contra el lateral de una ambulancia aparcada?

—En mi opinión, no.

Fanning hizo otra marca en el bloc.

—Anteriormente un perito nos ha dicho que la bolsa de aire del interior del Mercedes se retiró del mercado seis meses antes del accidente. Se infló, pero no sabemos si se infló correctamente. ¿Cambia eso su valoración?

—No. En mi opinión —Sara vio que Fanning hacía otra marca—, aunque no hubiera habido bolsa de aire, a esa velocidad el impacto contra el volante no habría causado lesiones tan graves en el pecho de Dani.

—En el caso que nos ocupa, ¿el volet costal produjo una hemorragia importante?

—Sí, pero internamente, dentro del cuerpo. Externamente, la única sangre visible procedía de la laceración superficial que tenía en el costado.

—Dani tenía colapsado un pulmón. ¿Eso le dificultaba el habla?

—Sí, el aire de que disponía era muy limitado. Solo podía hablar en susurros.

—Como médica, dada la gravedad del estado de Dani, ¿le concede importancia al hecho de que le dijera que la habían drogado y violado?

—Sí —contestó Sara—. Generalmente, cuando tengo un paciente en situación de estrés agudo, su atención se centra en intentar salir de esa situación estresante. Dani se centró en contarme lo que le había pasado.

Maritza volvió al diagrama corporal que mostraba la pantalla.

—¿Qué es esa equis en la parte posterior de la cabeza de Dani?

—Indica un traumatismo craneoencefálico producido por un objeto contundente.

—¿Puede explicarle al jurado a qué se refiere con «traumatismo craneoencefálico producido por un objeto contundente»?

Sara hizo amago de responder, pero de pronto la asaltó la ansiedad. Fanning la miraba fijamente. Sus ojillos oscuros y brillantes no perdían detalle mientras empuñaba con fuerza el bolígrafo. Sara temía su interrogatorio casi tanto como él parecía disfrutar imaginándolo.

Maritza le hizo un gesto de asentimiento casi imperceptible. Las dos sabían lo que estaba en juego. Se trataba de Dani. De que Sara cumpliera su promesa.

Procuró hablar con voz firme cuando dijo dirigiéndose al jurado:

—Un traumatismo craneoencefálico producido por un objeto contundente es un golpe en la cabeza que, sin llegar a romper el cráneo, provoca una conmoción cerebral, una contusión o ambas cosas.

—¿Qué tenía Dani Cooper? —preguntó Maritza.

—Una conmoción cerebral de grado tres.

—¿Cómo llegó usted a esa conclusión?

—Entre otras cosas, porque encontré un edema en la parte posterior de la cabeza tras su fallecimiento.

—¿Qué es un edema?

—Una acumulación de líquido en los tejidos o cavidades del cuerpo. Es básicamente una hinchazón —le explicó Sara al jurado—. Te haces daño, como cuando te golpeas la rodilla con la mesa, y el cuerpo manda fluido como si dijera «Oye, ten cuidado con la rodilla mientras intento repararla».

—Grado tres. —Era evidente que Maritza intentaba ayudarla a recuperar el aplomo—. Explíquenos eso, por favor.

—Hay cinco grados de conmoción cerebral, según su gravedad. El grado tres se caracteriza por una pérdida del conocimiento inferior a un minuto. Hay también otros indicadores, como la reacción de la pupila, el pulso, la presión sanguínea, la respiración, los patrones del habla, la respuesta a preguntas y, por supuesto, el edema.

—¿Podría ser el reposacabezas del asiento del conductor la causa de la conmoción cerebral de grado tres que sufría Dani?

—En mi opinión, no. —Al girarse hacia el jurado, Sara vio que el bolígrafo de Fanning trazaba otra raya—. Solemos pensar en el reposacabezas como en un elemento que nos hace más cómoda la conducción, pero en realidad está diseñado para mejorar la seguridad. Si sufres una colisión frontal u otro coche golpea el tuyo por detrás, tu cabeza se sacude hacia delante y hacia atrás. El reposacabezas evita que sufras un latigazo cervical grave, una lesión en la columna vertebral o incluso la muerte. Dada la velocidad a la que circulaba el Mercedes, la estructura rígida del interior del reposacabezas no podía provocar ese traumatismo.

—¿Tuvo ocasión de echar un vistazo al interior del Mercedes antes de que se lo llevara la grúa?

—Sí.

—¿Cuál fue su primera impresión?

—Que no había sangre en la bolsa de aire.

—¿Por qué considera eso relevante?

—Como hemos comentado, Dani tenía una laceración superficial en el costado izquierdo y la sangre había traspasado la camiseta. Si la lesión se hubiera producido durante el accidente, lo lógico sería que hubiera sangre en la bolsa de aire.

Maritza hizo una pausa antes de pasar a la siguiente pieza del rompecabezas. El jurado estaba absorto en el interrogatorio. La mayoría de sus miembros habían empezado a tomar notas en sus cuadernos de espiral.

—Centrémonos en esa palabra, «laceración». Tiene un significado médico específico, ¿verdad, doctora Linton?

Fanning se recostó en su silla. Se quitó las gafas de leer, pero no soltó el bolígrafo. Sabía que ya la había puesto nerviosa otras veces. Intentaba hacerlo de nuevo.

Sara trató de concentrarse en el jurado.

—Clasificamos una herida como laceración —explicó— cuando hay rotura o desgarro de un músculo, del tejido o de la piel. Desde el punto de vista forense, las laceraciones pueden ser de fisura, alargadas, comprimidas, desgarradas o dentadas.

—¿De qué tipo era la laceración de Dani Cooper?

—De fisura, lo que significa básicamente que se empleó fuerza suficiente para que se rasgara la piel.

—¿Y «superficial» significa…?

—Aunque suene obvio, significa que no se trata de una herida profunda —respondió Sara—. Por lo tanto, sangra, pero no requiere puntos de sutura. La sangre acaba coagulándose y la herida se cura por sí sola.

—¿Había algo dentro del Mercedes que pudiera causar la laceración?

—Nada que yo viera.

—¿Registró el vehículo?

—Sí. No entendía las heridas que tenía Dani. Quería una explicación.

¿Cuánto tiempo pasó inspeccionando el coche?

—Dispuse de unos diez minutos, hasta que llegó la grúa.

—Doce minutos, según las imágenes de las cámaras de seguridad —dijo Maritza—. Conforme a su experiencia como médica y patóloga forense, ¿qué cosas pueden causar una laceración superficial en ese mismo lugar durante un accidente de tráfico?

—Cristales rotos, pero las ventanillas del Mercedes estaban intactas. El cinturón de seguridad, pero repito que la lesión de Dani estaba en el lado izquierdo y lo normal habría sido que, si iba conduciendo, la tuviera en el lado derecho. —Tuvo que hacer una pausa antes de continuar. Se le había secado la boca. Estaban llegando al final del interrogatorio de Maritza—. También puede haber objetos que actúen como proyectiles dentro del vehículo en el momento del impacto. He visto ordenadores portátiles, juguetes de plástico, iPads, teléfonos... Cualquier cosa con un borde duro puede causar ese tipo de laceración si en el momento de la colisión sale disparada a gran velocidad.

—¿Encontró algo de esa índole en el coche?

—No. Por lo que pude ver, el único objeto que había en el coche era un zapato, una sandalia negra que estaba metida debajo el asiento delantero. Por lo demás, el interior estaba completamente vacío.

—Antes hemos oído que trasladaron el coche a la acera para despejar la dársena de ambulancias. ¿Sabe cuánto tiempo estuvo allí el coche desatendido?

—No sé el tiempo exacto, pero Dani estuvo en el quirófano unas tres horas.

—Muy bien, volvamos a su diagrama. —Maritza volvió a señalar la pantalla—. Estos círculos rojos que marcó aquí, en las nalgas de Dani, ¿puede explicarnos su significado?

—En mi opinión —vio que Fanning hacía otra raya en el bloc—, parecen marcas producidas por unos dedos al clavarse en la piel. Su disposición indica que alguien le agarró la parte posterior de la pierna y la nalga izquierdas.

—¿Vio usted que alguien en la sala de traumatología o en el quirófano la agarrara por esa parte del cuerpo?

—No.

—¿Y el personal de la ambulancia, cuando la sacaron del coche? Sé que no estaba usted presente cuando sacaron a Dani —aclaró Maritza—, pero ¿podrían haberle dejado esas marcas?

—Las marcas que vi en el cuerpo de Dani no eran recientes. Por su color, yo diría que eran de varias horas antes.

—¿En qué se basa para establecer esa hora?

—Un hematoma se produce cuando un traumatismo hace que la sangre se filtre en la piel o en el tejido de detrás de la piel. Con el tiempo, esa sangre pierde oxígeno y empieza a cambiar de color. Este proceso puede durar unas horas o unos días. Es entonces cuando se aprecia el color azulado, morado o incluso negro. Los hematomas de Dani eran de color rojo. En mi opinión —Sara advirtió que el bolígrafo de Fanning volvía a moverse—, el color indica que los hematomas se habían producido como mínimo una hora antes. Posiblemente más.

—¿Se basa en su experiencia como médica?

—Como pediatra. Los niños suelen darse muchos golpes y tener moratones. Y no suelen ser muy fiables a la hora de narrar sus percances.

Una mujer del jurado asintió con la cabeza. Tenía treinta y pocos años; seguramente era madre y tenía un niño pequeño en casa. Sara se había fijado en ella desde el principio y la había apodado para sus adentros «la Tomadora de Apuntes» porque, de todos los miembros del jurado, era la que más notas tomaba.

—Doctora Linton. —Maritza juntó las manos y se apoyó en el atril—. Si no le importa, querría dejar claros algunos puntos. ¿Le dijeron a usted que Dani Cooper conducía el coche?

—Sí.

—Pero ¿la laceración que tenía en el costado no podía ser consecuencia del impacto del coche contra la ambulancia?

—En mi opinión, no.

Fanning hizo otra marca.

—Y el tórax inestable, en su opinión, ¿no lo causó la colisión del coche contra la ambulancia?

—En mi opinión, no.

Otra marca.

—¿Y el traumatismo craneoencefálico no lo causó la colisión del coche contra la ambulancia?

—En mi opinión, no.

Otra.

—Y las marcas de los dedos en el muslo izquierdo y en la nalga de Dani Cooper, en su opinión, ¿no fueron resultado del accidente ni de su manipulación dentro del hospital?

—En mi opinión, no.

Otra.

—Entonces, como patóloga forense que ha visto a centenares de víctimas de accidentes de tráfico y médica que ha atendido a centenares de heridos en colisiones de vehículos, siendo usted la doctora que atendió a Dani Cooper y después de haber visto las imágenes de vídeo del accidente, ¿cómo cree que encajan todos esos hallazgos contradictorios?

—No encajan de ningún modo —contestó Sara—. Las lesiones físicas que sufría Dani Cooper no eran resultado del accidente de coche.

Maritza hizo otro paréntesis para que el jurado asimilara esa información.

—Doctora Linton, ¿quiere usted decir que alguien agredió a Dani Cooper antes de que se pusiera al volante de ese coche?

—En mi opinión profesional, a Dani la golpearon brutalmente con un objeto contundente. De algún modo consiguió subirse al Mercedes y llegar conduciendo hasta el hospital, pero perdió el conocimiento al desviarse hacia el aparcamiento de urgencias. Su cuerpo se relajó. Sus manos soltaron el volante. Su pie se despegó del pedal. El coche se estrelló contra la ambulancia. —Miró directamente a los miembros del jurado—. Dani sabía que sus lesiones eran muy graves. Me suplicó con su último aliento que detuviera al hombre que la había agredido.

Se hizo un silencio total en la sala.

Los miembros del jurado miraban fijamente a Sara. La Tomadora de Apuntes apoyó la barbilla en la mano con gesto reflexivo.

Solo se oyó un leve chasquido cuando el reloj de pared marcó el paso de otra hora.

Un suspiro de Douglas Fanning rompió el silencio. El abogado defensor se puso las gafas de leer y pasó ruidosamente las páginas de su bloc de notas. Había tenido numerosas oportunidades de protestar mientras Sara testificaba, pero había mantenido la boca cerrada. Sara no era tan ilusa como para creer que era su dominio del tema lo que le había hecho callar. Fanning confiaba en que su turno de preguntas sería tan brutal que el jurado empezaría a dudar de cada palabra que había salido de boca de Sara.

—Gracias, doctora Linton. —Maritza miró a la jueza—. Señoría, no tengo más preguntas de momento.

Tedeschi miró el reloj. Sara se debatía entre el impulso de acabar cuanto antes y el deseo de que su declaración se alargara un día más, pero la jueza no echó mano del mazo.

—Señor Fanning —dijo—, nos queda aproximadamente una hora. ¿Prefiere dar por terminada la sesión por hoy y que prosigamos mañana por la mañana?

Douglas Fanning se levantó, alisándose la corbata sobre su barriga redonda.

—No, gracias, señoría. No voy a tardar mucho.

Sara exhaló despacio mientras el abogado defensor recogía sus cosas. El corazón le latía con fuerza dentro del pecho. Le sudaban las manos. Como médica, había aprendido a compartimentar sus emociones. Si te dejabas dominar por el pánico o la pena, no podías ayudar a tus pacientes. Ahora, enfrentada a un hombre cuyo único trabajo consistía en humillarla y avergonzarla, debía fortalecer su determinación.

Fanning se lo tomó con calma. Bebió un largo trago de un vaso de agua. Intentaba de nuevo ponerla nerviosa. Era una testigo excelente, la clave del caso Cooper. Sin duda el asesor judicial de Tommy, sus relaciones públicas y, sobre todo, sus padres habrían comentado durante las sesiones de estrategia que el principal objetivo de Fanning era, necesariamente, hacer saltar por los aires, rota en mil pedazos, la credibilidad de Sara.

Britt McAllister, en particular, le habría proporcionado munición en abundancia.

—Doctora Linton. —Fanning agarró los lados del atril con visible vehemencia—. ¿Sabe cuántas veces en los últimos cinco minutos ha pronunciado la frase «en mi opinión»?

Sara asintió, porque había llevado la cuenta de sus marcas con el bolígrafo.

—Creo que han sido doce.

Fanning apretó la lengua contra un lado de la mejilla, pero Sara advirtió el destello de sus ojos. No estaba irritado. Estaba encantado. Olía sangre en el agua.

Dijo:

—Así es. Doce veces ha dicho la frase «en mi opinión». Ello se debe a que lo que nos acaba de contar, todas esas conjeturas acerca de que Dani recibió una paliza y luego subió al coche, es solo su opinión, ¿verdad?

Sara sabía que no debía titubear.

—Sí.

—Estamos todos aquí, en este tribunal, por su opinión, ¿verdad?

Ella juntó las manos sobre el regazo.

—Solo puedo hablar por mí. Estoy aquí porque me pidieron que testificara.

—Las circunstancias que rodearon la trágica muerte de Dani… Afirmó usted que eran sospechosas, en su opinión. —La miró por encima de las gafas—. ¿Es así?

—Sí.

—Persuadió usted al forense del condado de Fulton de que le hiciera la autopsia a Dani Cooper, ¿verdad?

—Tendría que preguntarle usted al doctor Malawaki cómo tomó esa decisión.

—Pero usted le dio su opinión, ¿no es cierto?

—Sí.

—Y la sargento Shanda London, la agente del Departamento de Policía de Atlanta que hizo el atestado del accidente, a ella también le dio su opinión, ¿verdad?

—Sí.

Fanning volvió a su bloc de notas. Pasó el dedo por el margen como si quisiera asegurarse de que no olvidaba nada importante, pero saltaba a la vista que todo aquello no era más que un preámbulo.

—¿En qué momento se enteró usted de que el Mercedes pertenecía a Tommy McAllister?

—Me lo comunicó la sargento London.

—La sargento London ha declarado que usted respondió, y cito textualmente: «Joder, su padre y yo éramos compañeros de clase». ¿Es eso cierto?

—Sí. —Sara separó los labios para tomar una pequeña bocanada de aire, armándose de valor para lo que sabía que vendría a continuación—. Mac y yo fuimos juntos a la Facultad de Medicina de Emory y luego hicimos las prácticas y la residencia en el hospital Grady.

—Durante ese tiempo, la madre de Tommy, la doctora Britt McAllister, también estuvo en Grady, ¿verdad?

—Sí. —Sara sintió que el nudo de tensión se apretaba—. Britt es mayor. Creo que nos sacaba cinco o seis años.

Advirtió que Britt se crispaba en su asiento. Siempre había sido muy susceptible con el tema de la diferencia de edad. Y con el hecho de haber «atrapado» a Mac cuando él aún estaba estudiando, al quedarse embarazada de Tommy.

—¿Tienen ustedes una relación estrecha? —preguntó Fanning—. ¿Los McAllister y usted? ¿Coinciden con frecuencia?

—Hacía quince años que no los veía.

—¿Porque se marchó usted del hospital Grady al acabar su residencia?

—Sí. —Sara tuvo que parar para tragar saliva. Fanning se estaba acercando al objetivo—. Volví a casa para estar con mi familia.

—Luego hablaremos de eso. —Fanning la estudió detenidamente para ver cómo reaccionaba a su advertencia—. Descuide.

Sara mantuvo una expresión pasiva. Esperó a que él formulara otra pregunta.

—En el campo de la medicina, ¿qué es una beca de especialización?

—Al completar la residencia, puedes elegir entre empezar a ejercer la medicina general o seguir formándote en una especialidad. En ese último caso, optas a lo que se denomina una beca de especialización para recibir formación práctica avanzada en una subespecialidad concreta.

—¿Una especialidad como cirugía cardiotorácica pediátrica?

—Sí.

—El padre de Tommy, Mac, fue su competidor más feroz durante su periodo de residencia, ¿no es cierto?

—A los residentes se los evalúa constantemente comparándolos entre sí. Todos éramos competidores feroces.

—Sea como fuere, Mac y usted competían por una beca muy prestigiosa en cirugía cardiotorácica pediátrica, ¿verdad? Para especializarse con la doctora Nygaard.

Sara reprimió el impulso de aclararse la garganta.

—Tendría que preguntarle a la doctora Nygaard a qué candidatos consideró.

—Pero Mac consiguió la beca y usted, como ha dicho, se marchó a casa, ¿verdad? Volvió al sur de Georgia, donde se puso a trabajar en una clínica pediátrica. ¿No es así?

Sara sintió el impulso de contestar que pasado un tiempo había comprado la clínica, pero reprimió esa parte de su ego.

—Sí, así es.

—Como médica, y como patóloga forense, en su opinión, ¿qué es más prestigioso, ser cirujana cardiotorácica pediátrica en Atlanta o trabajar por cuenta ajena en una clínica pediátrica del sur de Georgia?

Fanning buscaba que se pusiera a la defensiva, pero ella no iba a darle ese gusto.

—En la jerarquía médica, Mac está indudablemente por encima de mí. Es uno de los mejores cirujanos de Atlanta.

Fanning enarcó una ceja. No solo en Atlanta. Mac figuraba sistemáticamente en los cinco primeros puestos de todas las clasificaciones nacionales.

—En todo caso, debió de ser un varapalo para usted. Estar en la cima de su profesión y, de la noche a la mañana, encontrarse atendiendo dolores de oído y mocos.

La jueza cambió de postura esperando, evidentemente, una protesta, pero Maritza le había dicho a Sara que no protestaría a menos que la mirara en busca de ayuda.

Sara no apartó los ojos de Fanning, que había vuelto a agarrar el atril, preparándose para la dentellada final. Lo único que podía hacer era esperar.

—Doctora Linton —dijo el abogado—, usted tiene un interés personal en todo esto, ¿verdad?

Se le encogió el estómago.

—Murió una joven de diecinueve años. En efecto, eso me lo tomo como algo muy personal.

—Pero no se trata solo de eso, ¿no es así?

Sara no iba a ponérselo fácil.

—Todos los médicos se preocupan por sus pacientes, pero, cuando pierdes a uno, llevas ese peso en el alma el resto de tu vida. Le prometí a Dani que me ocuparía de esto.

—Que se ocuparía de esto. —Fanning repitió la frase con fervor propio de un predicador—. Mis hijas me cuentan que hay un lema, un *hashtag*: «Cree a las mujeres». ¿Apoya usted esa iniciativa, doctora Linton? ¿Cree a las mujeres?

Sara notó un sabor a bilis en la boca. Faltaban escasos segundos para que Fanning atacara.

—¿En general o se refiere a algo en particular?

—Bueno, cuando investiga un delito de agresión sexual, ¿parte siempre de la creencia de que la mujer dice la verdad?

—Si estoy investigando es porque la víctima ha fallecido, de

41

modo que no suelo enfocar el caso dando por sentado que la víctima ha mentido sobre su asesinato.

Se oyó una risa en las filas del jurado. Sonó aguda y estentórea en la enorme sala. Era la Tomadora de Apuntes, la mujer —seguramente madre de un niño pequeño— que había estado atenta desde el principio y de la que probablemente el asesor judicial de Tommy creía que sería elegida para presidir el jurado cuando este se reuniera para deliberar y emitir un veredicto.

Fue evidente que se avergonzó de su estallido. Se tapó la boca con la mano y lanzó una mirada contrita a la jueza. Después, sacudió la cabeza y miró a Sara en señal de disculpa.

Ella no respondió, pero dejó escapar un largo y lento suspiro. La risa había cambiado las cosas. El nudo de tensión se había aflojado; lo sentía en cada parte de su cuerpo.

Y Fanning también. Bajó la mirada hacia sus notas. Se pasó la lengua por los dientes y dijo:

—Señoría, ¿me permite un momento, por favor?

—Que sea rápido —contestó Tedeschi.

El abogado volvió a la mesa para conferenciar con su colega. Sara no alcanzaba a oírlos, pero sabía lo que estaban diciendo. ¿Significaba aquella risa que la Tomadora de Apuntes estaba de parte de Sara? Si Fanning iba por Sara, ¿se volvería la posible presidenta del jurado contra Tommy? ¿Influiría en los demás miembros del jurado para que hicieran lo mismo? ¿De verdad iba a venirse abajo la estrategia que habían preparado con tanto cuidado solo porque una madre de treinta y tantos años se hubiera reído?

Sara no podía hacer otra cosa que esperar.

Se miró las manos. Vio el brillo de su anillo de compromiso. La piedra era de cristal verde barato y estaba arañada por un lado. Había tenido que cambiar la alianza de plata original por una de oro blanco porque se había deslustrado con el uso. Solo había una cosa que amara más que aquel anillo: el hombre que se lo había regalado.

—¿Doctora Linton? —Douglas Fanning regresó al atril.

Sara miró de frente sus ojillos brillantes. Se desprendió del miedo y la ansiedad. No había literalmente nada que pudiera hacer en ese momento para influir en las siguientes palabras que pronunciaría el abogado. Lo único que podía controlar era su propia reacción. El alivio que le produjo esa certeza hizo que una sonrisa se dibujara en la comisura de sus labios.

Dijo:

—¿Sí?

—El…, eh… —Fanning había perdido pie. Volvió a mirar a su colega con nerviosismo. Luego hojeó sus notas—. Los expertos están empezando a abandonar el antiguo sistema de clasificación de las conmociones cerebrales, ¿correcto?

—Depende del hospital, pero, en el momento de la muerte de Dani, ese era el protocolo.

—De acuerdo. —Hizo una pausa para carraspear—. Las conmociones cerebrales de grado tres ¿van acompañadas de pérdida de memoria? ¿De amnesia?

Sara abrió la boca y respiró hondo por primera vez.

—A veces, pero suele ser pasajera.

—¿Y de dificultades para hablar?

Sara volvió a respirar. Ahora era Fanning quien estaba nervioso. Ella estaba bien.

—A veces, pero, igualmente, son…

—Pasajeras. —El hecho de que terminara la frase en su lugar era una clara señal de retirada. Quería acabar cuanto antes. Se ciñó al guion de su bloc de notas—. ¿Y las alucinaciones? ¿Son típicas de las conmociones cerebrales de grado tres?

—Pueden darse alguna vez, pero es raro. —Sara procuró que su tono no sonara triunfal.

—Sus colegas, el doctor Eldin Franklin y la enfermera de traumatología Johna Blackmon, declararon que no oyeron a Dani decir nada aquella noche. ¿Eso le sorprende?

—No. Como ya le dicho, Dani sufría un colapso pulmonar. —Sara tomó otra bocanada de aire liberadora—. Además, en la sala de trauma todo el mundo tiene un papel muy definido. Yo estaba al mando, así que la comunicación con el paciente era tarea mía. Eldin y Johna tenían cada uno su función.

Fanning miró sus notas.

—¿Mencionó Dani los mensajes de texto anónimos que había recibido en el móvil?

—No.

Otra mirada.

—Drogar a alguien y agredirle son delitos muy graves, ¿no cree?

—Sí.

Otra mirada.

—¿Informó a sus compañeros de lo que le había dicho Dani?

—No —contestó Sara—. No hubo tiempo.

—¿Y en quirófano? ¿Se lo dijo a alguno de los cirujanos o a las enfermeras?

—No. —Sara se sentía como si hubiera puesto el piloto automático—. No hubo tiempo.

—La primera vez que se lo dijo a alguien fue cinco horas más tarde, ¿verdad? Le contó a la sargento London lo que había dicho Dani, pero solo después de que ella le informara de que el coche pertenecía al hijo de su antiguo rival, el doctor Mac McAllister. ¿Verdad?

—La sargento London fue la primera persona a la que se lo dije, sí.

—Dígame. —Fanning pasó la página para continuar con su lista de preguntas—. Después de una relación sexual consentida, ¿cuánto tiempo puede permanecer el esperma en la zona vaginal?

—Tanto si el sexo es consentido como si no, puede hallarse esperma eyaculado en el aparato reproductor femenino entre cinco y siete días después del coito.

—¿Tiene alguna prueba de la fecha o la hora en que se depositó el esperma?

—No.

—¿Tiene pruebas, como un arma que pueda mostrarnos, de que se usó algún objeto para golpear a Dani esa noche?

—No.

—¿Tiene pruebas de qué pudo causar los hematomas que presentaba en el muslo y la nalga izquierdos?

—No.

—¿Tiene pruebas de que Dani no consumió por propia voluntad drogas recreativas esa noche?

—No.

—¿Tiene pruebas de que se marchara de la fiesta con Tommy McAllister?

—No.

—¿Tiene pruebas de cómo llegó a ponerse al volante de su Mercedes?

—No.

—¿Tiene pruebas de que perdió el conocimiento mientras conducía, antes de chocar con la ambulancia?

—No.

—¿Tiene alguna prueba que corrobore que Dani le dijo que la drogaron y la violaron esa noche?

—No.

—De modo que no hay ninguna prueba real y verificable de todo lo que usted alega. ¿Verdad, doctora Linton? —Fanning recogió el bloc de notas del atril—. No es más que su opinión.

Sara lo vio volver a la mesa. Esperó mientras se sentaba en la silla y dejaba sobre la mesa el bloc y luego el bolígrafo, y mientras se alisaba la corbata y la chaqueta antes de mirar a la jueza. Había vuelto a contener la respiración cuando Fanning abrió la boca.

—No tengo más preguntas para la testigo, señoría —le dijo a la jueza.

Y se acabó.

Tres años de angustia. Seis meses de temor. Casi cuatro horas de testimonio.

Por fin se había terminado.

Sara esperaba sentir euforia, pero notaba los sentidos embotados. Oyó que la jueza daba por concluida su declaración, pero el sonido se propagaba muy despacio. Le pareció que se movía sumergida en agua al levantarse, recoger su bolso y bajar del estrado. Solo entonces miró a Maritza, que le hizo un gesto de aprobación. Los padres de Dani le dedicaron una sonrisa triste, tratando de animarla. Sintió que la periodista la miraba fijamente mientras tecleaba con denuedo en el teléfono. Britt también la miraba, pero no con curiosidad. Estaba aferrada al brazo de Mac. La animosidad de ambos era como una presencia malévola en la sala. El ardor de su odio la siguió hasta que las puertas se cerraron tras ella.

El pasillo estaba casi vacío. Era tarde. Había una multitud esperando en los ascensores. No se sentía con fuerzas para estar rodeada de gente. Echó a andar en dirección contraria, hasta que encontró el aseo. Pasó de largo junto a los lavabos y entró en el último retrete. Se sentó en el váter, apoyó la cabeza en las manos y se echó a llorar.

Por Dani. Por sus padres.

Y finalmente —libre ya del resplandor de la sala del tribunal, lejos de la periodista, de Douglas Fanning, del jurado y de la puta Britt McAllister—, lloró por sí misma. Había sobrevivido. Había hecho todo lo posible por cumplir la promesa que le hizo a Dani. La ansiedad y el miedo que la atenazaban cada vez que pensaba en testificar iban remitiendo poco a poco. Miró el anillo de su dedo y se recordó a sí misma que la vida siempre encontraba la manera de mejorar.

La puerta del baño se abrió de golpe.

Fue como el disparo de una escopeta.

Levantó la cabeza con recelo. Vio avanzar por el suelo de baldosas un par de Manolo Blahniks de color azul marino. Se detuvieron delante de los lavabos. El grifo se abrió a tope. Por un momento solo se oyó el ruido del agua yéndose por el desagüe. Después, la mujer soltó un gemido grave y lastimero.

—Dios —susurró—. Dios mío, Dios mío…

Se le doblaron las rodillas. Se dejó caer al suelo. Su bolso Hermès Kelly de diez mil dólares cayó a su lado y su contenido se desparramó por las baldosas. Maquillaje, llaves, cartera, tampones, chicles. Sara retiró los pies cuando unas gafas de sol Cartier salieron disparadas por debajo de la puerta del retrete y chocaron contra la base del váter.

Reconoció las gafas. Las había visto colgando del bolso que hacía juego con los zapatos que hacían juego con el traje Versace que vestía Britt McAllister.

—¡Dios! —gritó Britt. Se dobló sobre sí misma hasta casi tocar el suelo con la cabeza.

Sara mantuvo los pies en alto. Había multitud de razones para que Britt McAllister le desagradara, pero no le producía ningún placer ver a una mujer doblada literalmente por la pena. Era un momento demasiado descarnado, demasiado íntimo. Solo quería desaparecer. Entonces miró las gafas de sol y el recelo volvió a invadirla. Esperó casi un minuto a que Britt rompiera a llorar, rezando por que se olvidara de las gafas y se marchara.

Pero no lo hizo.

Sorbió por la nariz al incorporarse, tratando de recobrar la compostura. Volvió a sorber. Aunque se olvidara de las gafas, querría papel para secarse los ojos. La cerradura del retrete sonó cuando intentó abrir la puerta.

Sara se sintió físicamente enferma.

—Ho... —La voz de Britt se entrecortó—. ¿Hola?

Sara no supo qué hacer, salvo recoger las gafas de sol. Se levantó del váter y abrió la puerta.

Britt seguía de rodillas. La miró, pero tardó en reaccionar. Saltaba a la vista que estaba bajo la influencia de algún fármaco. Se balanceaba. Tenía las pupilas contraídas y los ojos vidriosos. Sara vio que un pastillero plateado se había caído y estaba abierto bajo el lavabo. Las pastillitas azules tenían una V característica en el centro: 10 mg de Valium. Había más de una docena; un montón para llevarlas en el bolso.

Sara cerró el grifo. Dejó las gafas de sol junto al lavabo. Deseaba marcharse con cada molécula de su ser. Nunca había sido fácil llevarse bien con Britt. Era mezquina, intrigante y a menudo cruel, pero también era una madre cuyo hijo estaba siendo juzgado. Por muy culpable que fuera Tommy, seguía siendo su hijo.

Sara cortó un poco de papel higiénico. Se lo tendió y preguntó:

—¿Quieres que vaya a buscar a Mac?

—No, yo… —Britt se llevó la mano a la boca, intentando reprimir sus emociones—. Por favor, Sara. Por favor, dime que no es demasiado tarde.

Sara percibió la cruda desesperación que había detrás de aquella súplica, pero surtió el efecto contrario. ¿Estaba aquella mujer suplicándole literalmente de rodillas que volviera a la sala y mintiera?

—Mi testimonio ha terminado. He dicho la verdad sobre lo que pasó.

—¿Crees que no lo sé? —gritó crispando las manos en el aire—. ¡Sé que has dicho la verdad! ¡Sé lo que le hizo a esa chica!

Sara se quedó tan anonadada que no pudo responder.

—Sé cómo es. —Britt posó las manos sobre el regazo. Apartó la mirada de Sara y la fijó en el suelo—. Llevo veinte años viviendo con ese miedo. Sé perfectamente cómo es.

Sara no podía moverse. No podía pensar ni respirar.

Sé lo que le hizo a esa chica.

—Ahora parará —murmuró Britt—. Tommy está asustado. Sé que parará. Aún está a tiempo de ser un buen hombre.

Sara sentía que el corazón le latía con violencia en el pecho. Su mente funcionaba a mil por hora. Sabía que a Tommy lo habían acusado de violar a otra chica dos años antes de que muriera Dani.

Sé cómo es.

Se agachó despacio delante de Britt. No sabía lo que iba a decir hasta que las palabras salieron de su boca.

—¿Cómo sabes lo que le hizo a Dani?

—Los oí.

—¿Los oíste? —Procuró que su voz no sonara angustiada. Dani podría haberse salvado—. ¿Oíste a Dani cuando la estaba…?

—No es culpa de Tommy. Todavía puede cambiar. —Britt empezó a sacudir la cabeza—. Esta vez escarmentará. No es como Mac.

Sara se sentía desbordada por lo que estaba oyendo. Apenas podía asimilarlo.

—¿Mac también estuvo implicado?

—Mac siempre está implicado. —Britt hablaba en tono monocorde, pragmático—. A los demás no puedo detenerlos, pero a mi hijo puedo salvarlo.

—¿A los demás? —repitió Sara—. Britt, ¿qué quieres decir?

No respondió. Se secó los ojos con las manos. El rímel le manchó la yema de los dedos y la cara. Al fin pareció darse cuenta de que sus pertenencias estaban desparramadas por el suelo. La cartera. Una barra de labios. Las llaves. Su estuche de sombra de ojos se había roto, diseminando polvo de tonos terrosos por las baldosas. Empezó a trazar círculos con el dedo en el polvo. Sara la observaba casi paralizada mientras las palabras que había dicho rebotaban en su cerebro.

Sé cómo es. Llevo veinte años viviendo con ese miedo.

Dos décadas atrás, Tommy tenía solo dos años. Ninguna madre vivía con el miedo a que su hijo de dos años se convirtiera en un monstruo. ¿Se refería acaso a Mac? ¿Qué había hecho su marido?

Mac siempre está implicado.

—Britt. —Se esforzó por que no le temblara la voz—. Por favor, explícamelo. No lo entiendo. ¿Tommy pidió ayuda a Mac la noche que murió Dani?

No contestó.

—¿Quiénes son los demás? —Sara notó que hablaba en tono suplicante, pero no le importó—. Has dicho que a los demás no puedes detenerlos. ¿Quiénes son?

Britt la miró por fin. Entornó los ojos tratando de concentrarse.

—¿Qué estás haciendo?

Sara percibió su cambio de actitud. La razón había empezado a abrirse paso a través de la neblina del Valium. Aun así, lo intentó de nuevo:

—Háblame, por favor. Dime qué le pasó a Dani.

—¿Cómo voy a…? —Britt se llevó una mano a la cara. Miró a su alrededor como si acabara de darse cuenta de dónde estaba—. ¿Estabas escondida? ¿Esperándome?

—No. Britt, acabas de decirme…

—Yo no te he dicho absolutamente nada. —Recogió las llaves y la barra de labios. Empezó a meter cosas en el bolso a toda prisa. Agarró las gafas de sol de la encimera mientras se ponía en pie con esfuerzo—. Teniendo en cuenta tu trágico pasado, creía que evitarías el aseo de minusválidos.

Sara se sintió como si le hubiera dado una bofetada. Aquella era la Britt McAllister que recordaba: colérica, desagradable, llena de rencor.

—No sé qué crees que has oído… —dijo.

—Sé lo que he oído. —Sara se levantó y volvió al retrete. Recogió su bolso de la cisterna y se dio la vuelta para marcharse.

Britt le cortó el paso.

—No voy a dejar que destruyas a mi hijo.

—Dani Cooper también era hija de alguien.

—¿Qué sabes tú de ser madre?

Sara encajó aquella pregunta en toda su crueldad. Britt sabía mejor que nadie por qué no era madre.

Ya estaba harta de contenerse.

—Lo has hecho muy bien con Tommy. ¿Es la segunda o la tercera vez que lo acusan de violación?

—No has cambiado nada, ¿verdad? —Britt apoyó la mano en la pared, dejándole claro que no iba a ir a ninguna parte—. Santa Sara, la hija del fontanero, con su bisutería barata y sus taconcitos, hablando siempre por los codos como si lo supiera todo.

Sara sintió el impulso de tirarla al suelo.

—Lo que sé es que, si no te apartas, te voy a apartar yo por las malas.

—¿Cuánto ganas en el GBI? ¿Cien mil al año? —Soltó un bufido desdeñoso—. Mac ya ha ganado dos millones este trimestre.

—Qué bien —contestó Sara con sarcasmo—. Felicítalo de mi parte por sacar tajada de mi desgracia.

—¿Crees que lo que te pasó hace quince años fue una desgracia? —Britt se rio—. ¿Un golpe de mala suerte?

—Que te den, a ti y a tu mala suerte. —Sara apretó los puños. Britt solo quería putearla, enredarla en uno de sus juegos psicóticos—. Apártate de mi camino.

—Pobre Santa Sara, tan brillante… Qué tragedia. Quince largos años en la ignorancia, sufriendo porque no veía lo que tenía delante de las narices.

Sara hizo oídos sordos. Tenía que salir de allí o perdería los nervios.

—Te he dicho que…

—Sara. —Britt siseó su nombre como una serpiente—. No me estás escuchando. Lo que te pasó a ti, lo que le pasó a Dani, todo está relacionado.

Sintió que su boca se movía tratando de articular una respuesta sin conseguirlo.

—¿No te acuerdas del guateque?

Había perdido la voz, la templanza, la capacidad de razonar.

Britt volvió a reírse.

—Imbécil. No sabes nada de nada.

2

Sentada a la mesa de la cocina, Faith Mitchell miraba su teléfono.

—Por Dios, qué idiota.

—¿Quién? —Aiden van Zandt, que estaba haciendo la cena, levantó la vista.

—Caracuchara. —Faith ponía motes a todas las madres que no le caían bien del curso de preescolar de su hija—. Está presumiendo en Facebook de haberse metido coca en la reunión de antiguos alumnos de su instituto.

Aiden se rio mientras sacaba dos platos del armario.

—¿Vas a detenerla?

—No, joder. Tendría que hacerme cargo de los días que le toque a ella llevar el almuerzo para toda la clase. —Faith copió un enlace a la normativa sobre posesión de drogas del estado de Georgia y lo publicó sin más comentarios. Luego deslizó el teléfono por la mesa para que Aiden lo viera—. Así aprenderá.

Él sonrió, pero dijo:

—No seas tan dura con ella. Es lo malo de meterse coca: que te da ganas de contarle a todo el mundo que te has metido coca.

Aiden era agente del FBI, pero trabajaba en antiterrorismo, no en narcóticos.

—¿Tú la has tomado alguna vez?

—¿Estás de broma? —Sus ojos se abrieron de par en par detrás de las gafas—. Claro que no. Regina Morrow murió la primera vez que la probó.

—¿Leías los libros de *Las gemelas de Sweet Valley*?

—Tenía trece años y mi hermana me dijo que había sexo. —Puso la cena en la mesa—. Ya te he dicho que tenía muy mala idea.

Faith miró los gruesos raviolis que Aiden había hecho desde cero con ingredientes que había pagado él mismo y llevado a su casa. Despedían un olor delicioso y la salsa parecía de auténticas verduras, no hecha con productos químicos por una máquina.

—Perdona que te lo diga —dijo Aiden—, pero has puesto cara de pánico.

—Qué va —contestó Faith con cara de pánico.

No le gustaban los hombres con gafas. Ella no salía con hombres que pagaban la compra, que hacían pasta fresca y tenían un trabajo estable y un plan de jubilación, y que sabían sin que nadie se lo dijera que había que beber agua. Ella salía con embusteros, tramposos, gilipollas y paletos que nunca tenían dinero para pagar la cuenta y se gastaban mil dólares en las entradas del fútbol, aunque llevaran seis meses sin pagar la manutención de sus hijos.

—A veces es bueno apoyarse en los demás —añadió Aiden.

—Muy bien, doctor. —Faith tomó el tenedor, pero él siguió mirándola como si esperara que dijera algo más—. No sé qué te han dicho, pero estoy bien.

—¿Estás bien a pesar de tener que pasar todo el día en la oficina, detrás de una mesa?

—Paso todo el día en la oficina porque a mi compañero le han asignado una misión de alto secreto. —Faith se encogió de hombros—. Ni siquiera se me permite saber dónde está.

Aiden se limpió las gafas con el faldón de la camisa.

—Ya sabes que me crio una madre soltera que además era policía. Sé lo duro que es.

—¿En serio? Porque a mi hijo también lo ha criado una madre soltera que además es policía y todavía cree que las manchas de sus calzoncillos las lava un hada buena.

—Yo soy un poco mayor que Jeremy.

—No mucho más.

Faith vio que se reía, pero era verdad. Había tenido a Jeremy con quince años. Y luego, hacía tres, a pesar de usar prácticamente todos los métodos anticonceptivos, le había dado una hermanita adorable a su hijo, que ya estaba en edad de ir a la universidad.

—Aún no he cumplido los cuarenta y ya he pasado veintidós años de mi vida siendo madre soltera.

—Tu agotamiento me parece embriagador.

Faith sintió que los ojos se le daban la vuelta del todo, hasta que prácticamente se vio el culo. Luego probó la pasta y volvieron a dársele la vuelta, pero por otro motivo.

—Dios mío, ¿quién te enseñó a hacer esto?

—Mi padre. En mi familia todos los hombres saben cocinar.

Faith se concentró en masticar. El padre de Aiden había muerto siendo él muy niño. Últimamente soltaba indirectas como si quisiera hablar de ello, pero Faith nunca se daba por enterada, porque no eran pareja y se suponía que a ella no tenía por qué rompérsele el corazón cada vez que se lo imaginaba como un niñito con gafas delante del féretro de su padre.

—¿Tan terrible sería tener alguien a quien recurrir? —preguntó él—. ¿Si necesitas ayuda con algo, quizá? ¿O incluso un favor?

—Aiden, soy una persona muy reservada. ¿Recuerdas que una vez te grité por hablarle a mi reloj de Google? —Faith estaba segura de que él sabía lo que quería decir en realidad—. Esto es un ligue, ¿vale? Somos amigos con derecho a roce.

—Seis meses es mucho roce. —Aiden se acabó su cerveza—. ¿Quién se come la tortita fea?

—¿Eso qué es? ¿Algo sexual? Porque ya sabes lo que opino de la higiene.

—Es la vida. Cuando haces tortitas, siempre hay una que te sale mal. Pero, como la comida no se tira, viene bien tener a alguien cerca que se coma la tortita fea.

Faith empezó a sonreír, aunque no quería.

—En mi casa era mi padre quien se comía la tortita fea.

—¿Ves?

El teléfono de Faith emitió un tintineo, salvándola de hurgar en sus recuerdos. Soltó el tenedor.

—Tienes que irte.

—¿Qué?

—Sal por detrás. —Faith ya estaba tirándole del brazo—. Jeremy está a punto de llegar.

—¿Cómo lo…?

—Deprisa. —Abrió la puerta corredera—. No quiero que mi hijo pille a mi follamigo en casa.

—Prefiero lo de «amigo con derecho a roce».

—Y yo prefiero que te largues. —Faith agarró su chaqueta del respaldo de la silla y se la lanzó—. Tienes el coche en la calle, ¿verdad?

—Sí. —Aiden se quedó parado en la puerta abierta—. ¿Me das un beso?

—¡Vete! —Le dio un empujón, cerró la puerta y corrió las cortinas. Los faros del coche de Jeremy barrieron la fachada cuando se detuvo delante de la casa—. ¡Joder!

Se metió el teléfono en el bolsillo de atrás. Guardó a toda prisa las cazuelas y las sartenes usadas en los armarios. Pasó la bayeta por la encimera y metió de cualquier manera los cubiertos sucios en el lavavajillas. Tiró la botella de cerveza de Aiden a la basura y guardó su plato de pasta en la nevera. Oyó la llave de Jeremy en la cerradura de la puerta. Apenas tuvo tiempo de mirarse en el espejito que había junto al fregadero. Se atusó el pelo y rezó por que no se notase que había pasado la tarde como una reina, follando y comiendo pasta.

—¡Mamá! —Jeremy cerró de un portazo y avanzó pesadamente por el pasillo—. ¿Me has lavado la sudadera?

Faith se cruzó de brazos y se apoyó en la encimera.

—Vas a tener que especificar un poquito más, tesoro. Tienes diez mil sudaderas.

—La blanca. —Echó un vistazo a la mesa y a su cena casi acabada—. ¿Has ido al Olive Garden?

—Ajá.

—¿Y por qué lo has puesto en un plato? —Sus sospechas no eran injustificadas—. ¿Has traído grisines?

Faith puso su Voz de Madre.

—Jeremy, soy diabética. Ya sabes que no puedo pasarme con los hidratos de carbono.

Él abrió la nevera y metió la cabeza dentro.

—¿Por qué has pedido dos raciones?

Dios, qué cotilla era su hijo...

—He pensado que te pasarías por aquí.

—¿Me estás vigilando? —Se sacó el teléfono del bolsillo—. ¿No habrás hecho algo raro con mi configuración de Snap?

—No puedo creer que me preguntes eso. Por supuesto que no. —Ella jamás tocaría el teléfono de su hijo. Había escondido el rastreador en el maletero de su coche—. A lo mejor te dejaste la sudadera en tu habitación.

—Puede ser. —Jeremy seguía mirando el teléfono cuando salió al pasillo—. ¿Has visto la foto de Las Vegas que ha colgado la abuela?

Faith había bloqueado a su madre por usar demasiados emojis.

—Se lo está pasando en grande.

—Sí. —Jeremy empezó a subir la escalera con los ojos fijos en la pantalla—. Esta mañana hablé con Emma por FaceTime. Quería enseñarme el cubo de chuches que le ha comprado Victor.

Faith sonrió mientras lo seguía. Le encantaba que su ex se hubiera gastado dos mil dólares en llevar a su hija y a su nueva novia de vacaciones por Acción de Gracias y que lo único que le importara a Emma era el cubo de plástico barato que le habían dado con su Happy Meal.

—Mamá. —Jeremy se paró en lo alto de la escalera y la miró. Antes de que abriera la boca, Faith se dio cuenta de que algo le preocupaba—. La novia de Victor ha estado colgando vídeos de Emma en Insta. ¿A ti te parece bien?

—¿Quieres decir si me parece bien que una mujer a la que no conozco publique vídeos de mi hija que pueden ver extraños que quizá sean pederastas? ¿Y si me parece bien que el padre de mi hija no tenga huevos de decirle que los quite porque acordamos no publicar fotos o vídeos de nuestra hija en las redes sociales, por si los veía algún pederasta? —Faith se encogió de hombros violentamente—. Claro.

Jeremy puso una expresión compungida.

—He descifrado su contraseña.

—¿Qué?

—La de la nueva novia. Se llama Delilah, ¿no? Y tiene un *labradoodle* que se llama Doodle. Así que probé algunas combinaciones y me metí en su cuenta. —Jeremy la miró con nerviosismo—. He borrado todos los vídeos de Emma.

Faith nunca había estado tan orgullosa de él.

—Jeremy, eso es ilegal.

—Sí, bueno. —Se metió corriendo en su cuarto—. Pero es mi hermanita.

Faith sintió que el corazón iba a estallarle de amor. En lugar de seguir a Jeremy a su habitación, abrió la puerta del cuarto de la lavadora. Nada se perdía de verdad hasta que tu madre no lo encontraba. El cesto de la ropa sucia había rebosado encima de la secadora. Adivinó por el olor a sudor y a colonia de Tom Ford que casi todo era ropa de Jeremy.

—Guay. —Jeremy se acercó y sacó la sudadera del fondo del montón. La olisqueó y se la puso mientras volvía a la escalera—. Hasta luego.

—Espera un segundo, tesoro. —Faith lo siguió, tratando de no parecer pesada—. Este fin de semana tienes esa cena con los chicos de 3M, ¿no?

—Eh… —Volvía a tener la mirada fija en el teléfono—. Sí, el viernes.

—Es genial, ¿no? —Faith había aprendido a plantearlo todo como una pregunta—. Te gradúas en Georgia Tech y vas a empezar enseguida en un trabajo estupendo, ¿no?

—Claro. —Abrió la puerta de la casa—. Chao.

Faith se sintió patéticamente agradecida cuando su hijo se volvió y le dio un beso en la mejilla. Se quedó en la puerta abierta mientras él se acercaba a su Kia. La luz del porche estaba apagada. Había anochecido de golpe. Su hijo no era más que una estela con olor a Ombré Leather y a sudor cuando subió al coche. El motor se puso en marcha. Se encendieron los faros. Jeremy salió marcha atrás tan bruscamente que estuvo a punto de arrollar el buzón.

—¿Faith?

—¡Joder! —Retrocedió de un salto y echó mano de la Glock, que no llevaba encima.

—Perdona. —Sara estaba esperando entre las sombras. Faith solo alcanzaba a ver su mata de rizos—. Quería llamarte de camino hacia aquí, pero me he olvidado el teléfono.

Faith tragó saliva, con el corazón todavía en la garganta.

—¿Dónde has dejado el coche?

—He venido andando.

—¿Desde tu casa? —Faith conocía el camino, que estaba lleno de yonquis y vagabundos—. ¿Estás loca?

—Seguramente. —Sara se volvió hacia la calle, donde un vecino estaba paseando a su perro—. Alguien me ha ofrecido veinte dólares por una mamada. Es poco, ¿verdad? Tengo todos los dientes.

—Lo que no es necesariamente positivo.

Faith encendió la luz del porche. Lo que vio la dejó asombrada. Sara tenía el pelo hecho un desastre y la ropa arrugada. Faith sabía que ese mismo día había testificado en el juicio de Dani Cooper. Evidentemente, había cambiado los tacones por unas deportivas para recorrer los tres kilómetros y pico que la separaban de su casa. Tenía los ojos enrojecidos. Saltaba a la vista que había estado llorando. Y seguramente se había tomado un par de copas, puesto que se había arriesgado a contraer la hepatitis en lugar de ponerse al volante de su BMW.

Faith la hizo pasar.

—Entra. Hace frío.

—¿Tienes alcohol?

—No, pero mi madre está en Las Vegas y tiene un bar completo en su casa.

—Llévame allí.

La casa de Evelyn estaba a solo tres calles. Faith recogió sus llaves y cerró la puerta. El relente de la noche la hizo estremecerse cuando bajó los peldaños de cemento. No se molestó en volver por su chaqueta. El frío tenía algo de tonificante.

Sara la esperaba en la acera. Estaba claro que había ido a hablar con ella, pero guardó silencio mientras recorrían la calle. Faith echó la cabeza hacia atrás y miró el cielo. No había estrellas. La luna era como el recorte de una uña. Las farolas estaban tan espaciadas que solo de vez en cuando se veían la una a la otra. Pero no importaba. Sara tenía una expresión ilegible.

Faith decidió dejar que fuera ella quien tomara la delantera, tanto en sentido literal como figurado. Sara era quince centímetros más alta que ella. Faith prácticamente tenía que avanzar a saltos para seguirla. Pasaron junto al hombre que paseaba a su perro. Gracias a Emma, Faith solo conocía a sus vecinos por sus mascotas. Aquel hombre era el papá de Rosco. Las que vivían en la casa amarilla eran las mamás de Tigre. El viejo imbécil que nunca quitaba su cubo de basura de la acera era el abuelito de Duffer.

Sara no habló hasta que doblaron la esquina.

—¿Has hablado con Will?

—No —contestó Faith—. ¿Sabes dónde está?

—Al oeste de Biloxi. Me dijo que llegaría esta noche, sobre la una.

Faith miró su reloj. Aún faltaban seis horas.

Sara sollozó. Se sacó un pañuelo del bolsillo de la falda y se limpió la nariz.

Faith podía contar con los dedos de una mano las veces que la había visto llorar.

—Imagino que el juicio de Dani Cooper no va bien.

—No lo sé. Quiero decir que... No sé cuál será el veredicto. Tal vez, si el jurado se compadece de los padres de Dani... Pero entonces los McAllister apelarán, lo que significará más dinero y más tiempo de espera. —Sara no parecía esperanzada—. No lo sé.

—Lo siento.

Faith sentía la necesidad de disculparse, aunque no había nada más que ella pudiera hacer. Sara le había pedido que revisara el sumario de Dani Cooper y, por una vez, Faith estaba de acuerdo con el fiscal que se había negado a imputar a Tommy. Las pruebas eran endebles. El GPS del Mercedes no estaba activado, de modo que no había forma de rastrear los movimientos del coche. La mansión de los McAllister en Buckhead tenía cámaras de seguridad, pero, curiosamente, las grabadoras habían fallado la noche de autos. Las cámaras de vigilancia de las calles también estaban desactivadas, pero eso se debía a la falta de presupuesto y no a un mal funcionamiento. Si los padres de Dani tenían alguna posibilidad de ganar el juicio era únicamente porque Sara era una testigo muy convincente. Era la única persona que había oído las últimas palabras de Dani. Todo el caso dependía de su credibilidad. Lo que, en opinión de Faith, era casi una garantía de éxito.

—¿Qué tal tú? —Sara se frotó los brazos para combatir el frío—. ¿Cómo te va en la oficina?

—Bueno, ya sabes —contestó Faith, pero Sara no podía saberlo. A ella nunca la habían apartado—. Amanda me ha sepultado en tal cantidad de papeleo que ya ni recuerdo cómo es el sol.

—¿Valió la pena hacerla enfadar?

—Totalmente.

En lugar de reírse, Sara dejó que volviera el silencio. Cruzó los brazos sobre la cintura y miró calle abajo. Avanzaban con paso firme. Un perro ladraba a lo lejos.

Faith aspiró una profunda y reparadora bocanada de aire frío. Intentó liberar parte de la tensión de su cuerpo. Nadie sabía dónde estaba. Nadie le estaba pidiendo que hablara de su relación, ni estaba inundando su bandeja de entrada con emojis sonrientes, ni se lamentaba porque su mantita de Totoro estaba en la lavadora, ni le confesaba como si tal cosa que había infringido la sección 1030 del

Código Penal Federal, conocida también como ley contra el fraude y los delitos informáticos, de 1986.

Doblaron la esquina de la casa donde vivían los dueños de Pappi. Más allá, Faith vio el suave resplandor de la luz del porche de su madre. Evelyn tenía un bar muy bien surtido, y a ella también le vendría bien una copa. Tendría que revisar su bomba de insulina. Por suerte, tenía una médica a dos pasos de distancia. Estaba a punto de preguntarle a Sara qué hacer, pero no le dio tiempo.

—Me violaron —dijo Sara.

Faith tropezó y recuperó el equilibrio en el último momento. Se sentía como si le hubieran dado un puñetazo en la cara.

—¿Qué?

Sara no repitió lo que había dicho. Observaba a Faith atentamente, calibrando su reacción.

—Lo siento.

—Yo… —Faith sintió que tenía lágrimas en los ojos. Sara era una de sus mejores amigas. El mes siguiente, ella iba a ser la madrina de Will en su boda. Aquello era como un golpe físico. Buscó desesperadamente una respuesta adecuada, pero solo se le ocurrió preguntar—: ¿Cuándo?

—Hace quince años. En el Grady. Siento no habértelo dicho hasta ahora.

—N-no pasa nada. —Trató de contener las lágrimas. Lo peor que podía hacer en ese momento era comportarse de modo que Sara sintiera que tenía que consolarla—. ¿Lo sabe Will?

—Fue una de las primeras cosas que le dije. Ni siquiera estábamos saliendo aún. Se lo dije de sopetón. —Sara echó a andar nuevo, más despacio—. Guardar el secreto destrozó mi primer matrimonio. Jeffrey me veía de cierta manera. Pensaba que yo era muy fuerte. No quería que me viera como una víctima. Por favor, no me veas como una víctima.

—No, claro que no. —Faith se limpió la nariz con la manga. Solo acertó a decir—: Lo siento.

—No lo sientas. Detesto tener ese asterisco junto a mi nombre.

No Sara la doctora o la forense o la hija o la hermana o la amiga o la colega. Sara, la víctima de violación.

Faith comprendía la rabia que dejaba traslucir su voz. Se trataba del juicio, del testimonio de Sara. Los abogados defensores no eran precisamente famosos por su discreción. Faith podía imaginar lo alegremente que habría arremetido Douglas Fanning contra ella. Con razón necesitaba un trago.

—No quiero que me definan por una de las peores cosas que me han pasado, ¿entiendes? —añadió Sara.

Faith sintió que la miraba fijamente otra vez. Sara tenía miedo de cómo podía reaccionar. Faith decidió hablar de ello sin rodeos.

—No sé muy bien qué decir, aparte de «lo siento», y decirte que lo siento es una puta mierda, no sirve de nada.

Sara se rio sin ganas.

—La mayoría de la gente quiere saber si detuvieron al violador.

Faith pensó que el hecho de que no lo hubiera preguntado era señal de su estado de shock.

—¿Y lo detuvieron?

—Sí. Era el jefe de conserjería del servicio de urgencias. Hubo un juicio. La transcripción está en los archivos públicos digitales. Para mí es más fácil que lo leas, en vez de contarte los detalles escabrosos.

—No tengo por qué…

—Pero puedes hacerlo —insistió Sara—. No me importa porque eres tú. Lo condenaron a ocho años. Cuando salió, violó a dos mujeres más. No me permitieron declarar en el juicio. El juez dijo que predispondría al jurado. Aun así, le cayeron cinco años más. Ahora está fuera, en libertad condicional por otros delitos.

Faith se alegró de que aquel canalla estuviera vigilado, pero no pudo evitar leer entre líneas. Aquel tipo no habría estado trabajando en el hospital Grady si hubiera tenido antecedentes. Ocho años era una condena muy larga para un primer delito. Por lo general, en esos casos se llegaba a un acuerdo de reconocimiento de culpabilidad, se condenaba al imputado por un delito de menor gravedad y se le concedía la libertad condicional. Lo que significaba que lo que le había sucedido a Sara tenía que ser muy grave.

—No me avergüenzo de ello —prosiguió Sara—. No fue culpa mía.

Faith sabía que sería inútil decirle que tenía razón.

—Lo que pasa es que es todo tan crispante, ¿sabes? Nadie te culpa si te fuerzan el coche o te roban o si a tu abuelo le dispara un ladrón, pero, en el caso de la violación, la gente siempre espera que actúes de algún modo o que hables de ello o… no sé. —Sacudió la cabeza como si llevara los últimos quince años intentando dilucidar ese misterio—. ¿Debería parecer indignada, o hablar de ello con naturalidad, o emocionarme, o mostrarme fría?

Faith no supo qué responder.

—La gente siempre tiene una idea de cómo debe comportarse la víctima de una violación. Te juzgan en función de cómo creen que actuarían ellos si les ocurriera, o de cómo creen que deberías actuar tú, y no hay forma de contentar a todo el mundo. Así que te planteas por qué. ¿Por qué tengo que convencer a nadie, normalmente a un desconocido, de que no me merecía esa agresión traumática que me cambió la vida? O, peor aún, ¿por qué tengo que convencer a nadie de que no me lo estoy inventando para…? ¿Para qué? ¿Para llamar la atención? Y luego están los que sienten pena por ti y te elevan a una especie de santidad, como si fueras mejor persona por haber sufrido… ¿Y debería llamarme víctima o superviviente? Porque a veces, aunque hayan pasado quince años, me siento como una víctima. Y otras veces pienso «Joder, sí, soy una superviviente». Sigo aquí, ¿no? Pero las palabras están tan politizadas que ya no se trata de cómo te sientes tú y acaba pesando más lo que sienten los demás. Y al final es más fácil callarse, tratar de seguir adelante con tu vida y confiar o más bien rezar por que no salga a relucir el asunto, para no tener que enfrentarte a ello una y otra y otra vez.

Hablaba atropelladamente, pero Faith entendía cada palabra que salía de su boca. Era policía y lo había visto muchas veces. Lo había visto como mujer que vivía en el mundo. Y ahora lo sentía en el alma, porque tenía el impulso absurdo de hacer algo y sabía que eso no ayudaría en nada a Sara.

—¿Qué sientes al respecto? —preguntó.

—En aquel entonces estaba completamente destrozada. No podía concentrarme en el trabajo, dejé de cuidarme... El tipo con el que vivía no pudo soportarlo. Y es lógico, no era eso lo que esperaba. —Sara volvió a abrazarse la cintura, pero esta vez parecía un gesto de autoprotección—. Al final, mis padres vinieron a Atlanta y me llevaron a casa. Y fue entonces cuando me puse mal de verdad. Me entraba pánico si mi madre salía de la habitación. Mi hermana volvió de la universidad para ayudarlos a cuidarme. Mi padre dormía en el suelo de mi cuarto con una escopeta porque, si no, yo no pegaba ojo. Dios mío, fue una época horrible para ellos. Aún me siento muy culpable por haberles hecho pasar por eso.

Faith no tenía ninguna duda de que ella también se armaría con una escopeta si alguien amenazara a su familia.

—¿Y cómo te sientes ahora?

—Procuro no pensar en ello, porque, si lo hago, lo que siento es rabia. Puta rabia y nada más.

Estaban debajo de una farola. Faith veía la emoción reflejada en su semblante.

—Me quedé embarazada.

Faith sintió una puñalada en el corazón. Siempre se había preguntado por qué Sara no tenía hijos.

—Estaba de siete semanas. Era un embarazo ectópico y yo conocía los síntomas, claro, pero no hice caso del dolor y dejé que empeorara. Puede que en parte sintiera que me lo merecía.

Faith vio que sacaba el pañuelo otra vez y se sonaba la nariz.

—Cuando mi tía me llevó al hospital, ya se me había roto la trompa. La atonía uterina provocó una hemorragia incontrolada y... Por eso no puedo tener hijos. Tuvieron que extirparme el útero.

Se encogió de hombros como si no tuviera importancia, pero Faith había visto cuánto le gustaban los niños. Tenía toda la importancia.

—Como me violaron, me había resignado a que el asunto saliera a la luz cuando testificara en el juicio de Dani. Está en los archivos. En algún momento saldrá a la luz. Pero el embarazo, y lo que perdí por ello, eso es algo muy íntimo. No se planteó en el juicio contra el hombre que me violó. Me negué a testificar si se hacía público. Pero ya lo he asimilado. No me ha quedado otra. Y es una tragedia, pero no quiero que la gente me vea como una especie de figura trágica. Yo no soy así.

Miraba a Faith casi retándola a llevarle la contraria.

—¿Cómo va Douglas Fanning a acceder legalmente a tu historia médica? —preguntó Faith—. Aunque fuera hace quince años, hay leyes que...

—Britt McAllister —dijo Sara, escupiendo el nombre—. Era amiga del adjunto que estaba de guardia cuando me llevaron al hospital Emory. Él se lo contó. Y Britt se lo dijo a todo el mundo.

—Pero legalmente un médico no puede... —Faith dejó la frase en el aire porque, a fin de cuentas, eso no importaba.

—Llevo seis meses viviendo con ese miedo agobiante. Hablar de ello en público, exponer mi vida para que todo el mundo la desmenuce... No dejaba de darle vueltas. ¿Cómo debía actuar? ¿Qué debía decir? ¿Cómo podía describirlo? ¿Como mujer? ¿Como médica? —Su voz sonaba llena de angustia—. La mayoría de la gente ni siquiera sabe qué es un embarazo ectópico. El óvulo está literalmente fuera del útero. No hay posibilidad de que sea viable, pero el tratamiento se considera un aborto, lo que significa que Douglas Fanning podía decirle al jurado que aborté. Da igual que fuera a morirme si no abortaba. Lo único que necesitaba Fanning era que un miembro del jurado se pusiera en mi contra para que todo lo que han sufrido los padres de Dani (perder a su hija, su matrimonio, los ahorros de toda una vida) no sirviera de nada.

Faith apretó los dientes. Odiaba el mundo a menudo, pero no con tanta intensidad.

—Les dije a los Cooper lo que podía pasar. No quería que se llevaran una sorpresa, pero aun así se empeñaron en que testificara.

Necesitaban que testificara. —Sara se mordió el labio, intentando contener su dolor—. Soy la única persona que oyó a Dani. Era la única que podía contar su historia. Y Fanning, el puto Tiburón, lo único que tenía que hacer era hacerme quedar como una amargada, como una histérica y una asesina de bebés que se quedó estéril y que ahora grita «violación» allá donde va.

Faith nunca había conocido a un abogado defensor que no se lanzara a la yugular. Se maldijo para sus adentros por no haberse tomado el día libre para asistir al juicio.

—¿Cómo lo ha planteado en el juicio?

—No lo ha planteado. —Sara parecía asombrada, como si aún no acabara de creérselo—. Seis meses luchando con ese pánico y no lo ha mencionado.

Faith sintió que fruncía las cejas.

—¿Por qué?

—Puede que le haya influido la opinión de los grupos focales y los asesores judiciales. Soy una mujer blanca, heterosexual, con estudios universitarios, que se expresa bien y que tiene un título de Medicina en la pared y un anillo de compromiso en el dedo. Probablemente eso cuenta más de lo que debería.

Faith había visto cómo la inteligencia y la desenvoltura de Sara podían intimidar a un hombre corriente. Pero sabía que había algo más.

—Eso es bueno, ¿no? Le has caído bien al jurado, así que seguro que creerá que has dicho la verdad sobre Dani.

—Tal vez —reconoció Sara—. Pero, aun así, Fanning metió algo de cizaña. Hizo que pareciera que le guardo rencor a Mac McAllister por haber conseguido la beca. Me la ofrecieron a mí, ¿lo sabías?

Faith negó con la cabeza. No sabía a qué beca se refería Sara.

—El día antes de que me violaran, me llamó la doctora Nygaard. Iba a anunciarlo oficialmente a la mañana siguiente. Para celebrarlo, fui al guateque que se organizaba todos los meses. Todos los residentes quedábamos en un bar cerca del hospital el último viernes del mes. Hasta esa noche, yo siempre me había escaqueado. Muy pocas veces salía de fiesta. Me gradué en el instituto un año antes de lo previsto. Acabé la licenciatura en tres años. Estaba absolutamente centrada en ser una buena médica, pero esa noche no, esa noche salí. Me tomé una copa. Y luego, dos horas después, fiché en el Grady para empezar mi turno y…

Faith vio que se encogía de hombros.

—Me drogaron. No sé cuándo, pero a los veinte minutos de empezar mi turno, estaba hablando con un paciente y empecé a encontrarme mareada. Un rato antes me había tomado una Coca-Cola en la sala de descanso de los médicos. Puede que me pusiera algo en la Coca-Cola. Me la serví de una botella que tenía en la nevera, con mi nombre. —Sara se volvió hacia ella—. Era el conserje. Acababa de limpiar la sala. Tenía, además, llaves de todas partes. El aseo de personal estaba cerrado con llave, así que tuve que usar el de los pacientes. Qué listo, ¿verdad? Fue como cerrar un laberinto para que el ratón fuera en la dirección correcta.

Faith no dijo nada mientras Sara fijaba la mirada en el suelo. Era evidente que necesitaba un momento para serenarse.

—El aseo de señoras estaba cerrado con una cinta, así que tuve que meterme en el de minusválidos —continuó—. Fue muy rápido. Lo tenía todo pensado. Me tapó la boca con cinta aislante antes de que me diera tiempo a gritar. Intenté defenderme, pero me esposó a la barandilla.

El cerebro de policía de Faith se puso en marcha. Retención ilegal.

—Me apuñaló. Con un cuchillo de caza.

Lesiones físicas graves.

—La hoja dentada me entró por aquí. —Se llevó la mano al costado izquierdo—. Casi exactamente en el mismo sitio donde Dani tenía una laceración superficial.

Faith sabía a qué se refería. Había visto las fotos de la autopsia de Dani Cooper.

—El día anterior, alguien escribió «zorra» en el lateral de mi coche, arañando la pintura con una llave.

Faith hizo una mueca al oír aquel insulto odioso.

—Pensé que había sido Britt. Odiaba a todas las mujeres que trabajaban con Mac. Creía que intentábamos robarle a su marido. La veía capaz de arañarme el coche.

Faith había conocido a mujeres así en todas las etapas de su vida. Pero eso no era lo más significativo de lo que estaba diciendo Sara.

—Crees que hay un patrón.

—Creo que hay una conexión —dijo dándole un extraño énfasis a la palabra—. A Dani le enviaron mensajes amenazantes. A mí me enviaron uno. Dani estuvo en una fiesta. Yo estuve en una fiesta. A Dani la drogaron, igual que a mí. A Dani la violaron. A mí también. A Dani la hirieron en el costado izquierdo. A mí me hirieron en el mismo sitio. Dani murió en Grady. Y yo estuve a punto de morir allí.

Faith repitió para sus adentros aquellos hechos, uno por uno. Veía a qué se refería Sara, pero, como policía, también veía la cruda realidad.

—Sara, no intento quitar importancia a nada de lo que estás diciendo, pero a muchas mujeres las drogan para violarlas. A decenas de miles, puede que a cientos de miles cada año. —Se habían alejado de las farolas y no pudo evaluar su reacción—. Lo de la herida en el costado, eso sí es una coincidencia extraña.

—¿Pero?

—¿Cuáles son las estadísticas? En los Estados Unidos, cada dos minutos se viola a una mujer. —Faith había buscado aquel dato espeluznante al enterarse de que esperaba una niña—. Es lo que tienen esos tipos, que en su mayoría son muy predecibles. Siguen todos el mismo patrón: acechar, seguir a la víctima, amenazarla, violarla… Lo que te pasó es… Ni siquiera tengo palabras para describirlo y no quiero restar importancia a tu experiencia. Pero pasa mucho. Todos los días. Cada dos minutos.

—¿No hay conexión, entonces? —preguntó Sara—. ¿Es solo mala suerte?

—Muy mala suerte.

—Eso pensaba yo también. —Sara se detuvo y se volvió para mirarla—. Hasta que Britt McAllister me dijo lo contrario.

Hola Leighann! Encontraste ese libro
sobre la Reforma protestante?

Lol qué?

Lutero y Cayetano en la Dieta Imperial de Augsburgo, 1519?
Preguntaste por él en la biblioteca la semana pasada?

Quién eres?
El bibliotecario?

Me encanta tu sentido del humor!
Sabía que tenía un ejemplar en casa.
Puedo llevártelo si quieres?

Lo siento, te equivocas de nº

Ya no te interesa la Reforma?
Pues te va a costar sacar un 9 en la tesina.

Me parto
eres Jake?
Gilipollas
Casi me da un ataque tío

No soy Jake. No te acuerdas de que Jake se iba de excursión este finde?

Cortó con Kendra antes de meter las cosas en el coche.

Se fue solo.

Podemos hablarlo y echarnos unas risas cuando te lleve el libro.

Sigues viviendo en los apartamentos Windsong, verdad?

Nº 403-B?

Ehhhh… pues no
Quién eres?
No vivo ahí
Me mudé el mes pasado
Ahora estoy con mis padres

Qué graciosa eres, Leighann.

Como si no te hubiera visto anoche paseándote por tu cuarto con tu camisetita blanca y tus braguitas rosas de seda…

Quién coño eres?
Mi padre es policía
Voy a llamarle ahora mismo

Cómo mola!

Y saben los de Coca-Cola que su director de informática tiene dos trabajos?

En serio PARA esto no tiene gracia.

Ojalá pudiera PARAR de pensar en esa camiseta tan ajustada.

En cómo te marca los pechos.

Tengo unas ganas de besarlos y morderte los pezones

… otra vez…

Quién coño eres?

Vas a necesitar un espejo de mano.
Hay uno en el cajón donde guardas el maquillaje.
Busca el circulito negro que tienes en la parte de atrás de la
rodilla izquierda.
Uno que parece dibujado con rotulador.
Eso soy yo.

3

Will Trent estaba sentado al fondo de la abarrotada sala de formación del GBI, intentando no dormirse. La luz estaba apagada. Un chorro de calor salía por los conductos de ventilación. La pantalla de la parte delantera de la sala parpadeaba. La del portátil de Faith emitía un brillo constante mientras ella echaba un vistazo al sitio web de la empresa 3M.

Se suponía que iban a aprender a utilizar la actualización del *software* del GBI, pero el tipo que daba el seminario tenía una voz que no se distinguía del zumbido del compresor de un viejo aparato de aire acondicionado. Y lo que era peor aún, no paraba de mover las manos, blandiendo el puntero láser como un Darth Vader puesto de anfetaminas. Will ya había empezado a fantasear con que el láser le cegara temporalmente. Así tendría excusa para tirarse en el sofá de su despacho y dormir.

—Bien —dijo el Compresor—, si se fijan en la sección G, verán que es muy parecida a la versión anterior, denominada D. Pero no se dejen engañar.

Will no pudo resistirlo más. Cerró los ojos. Hundió la barbilla en el pecho. Su misión encubierta le había obligado a trabajar veinticuatro horas al día, catorce días consecutivos. Había pasado casi toda la tarde anterior y parte de la noche conduciendo por carreteras de mala muerte, sin iluminar, seis horas seguidas. Y al llegar a casa se había encontrado con una mujer cuyo vigor le había distraído del sueño y tres perros que se habían acostumbrado a dormir en su lado de la cama.

Le dolía el cuerpo. Notaba el cráneo como si lo tuviera metido en un tornillo de carpintero. Estaba borracho de agotamiento.

Faith le propinó un codazo antes de que diera un cabezazo contra la mesa. Él miró la pantalla entornando los ojos cuando apareció una nueva diapositiva. Notó un escozor agudo en el rabillo del ojo. Le habían dado un puñetazo y había perdido algo de piel. Había sufrido heridas mucho más graves que aquella, pero menos molestas. Era como cortarse con papel, pero en la cara.

—Luego está esta zona en azul, que es nueva —continuó el Compresor—. Puede que a los más avezados les resulte familiar. Pero digo lo mismo: no se dejen engañar.

Faith soltó un largo y sonoro suspiro.

Will miró el portátil. Su compañera había estado tecleando desde el principio, pero, por lo que vio, había pasado todo ese tiempo mensajeándose con su madre, comparando precios de un triciclo, pujando por un carillón de viento de cristal, haciendo clic en enlaces a los laboratorios de investigación de 3M y, de vez en cuando, consultando un mapa interactivo que parecía estar vinculado a una ubicación GPS en tiempo real.

Miró al frente. Intentó leer la diapositiva. Las palabras se entremezclaban, las letras saltaban como pulgas. Volvían a pesarle los párpados.

Sin previo aviso se encendió la luz del techo.

Will entrecerró los ojos reaccionando al dolor punzante de sus retinas y, acto seguido, al del corte en el rabillo del ojo.

El Compresor emitió un ruido seco que seguramente pretendía ser una risa.

—Nos vemos después del descanso.

—Ay, Dios —masculló Faith—. ¿Es que hay más?

—La última hora ha sido sobre el formulario 503, que ahora es el 1632, ¿verdad? —tuvo que preguntar Will.

—Sí.

—¿Y las cosas que normalmente ponemos en la casilla verde ahora van en la casilla azul?

—Sí.

—¿Eso es todo?

—Eso es todo —contestó Faith—. El resto ha sido una recapitulación de los mismos rollos que hacemos desde que empecé a trabajar aquí.

Will miró su reloj. El descanso era solo de quince minutos.

—¿Has hablado con Sara esta mañana?

—Sí.

Will observó atentamente el perfil de su compañera, que había dejado de mirarlo y de pronto parecía muy interesada en su subasta de eBay.

Le preguntó:

—¿Cómo está?

—¿Sara? —Faith ojeó lentamente la descripción que había leído hacía apenas media hora—. Estupendamente. Hoy estaba guapísima.

Sara estaba guapísima todos los días, pero esa no era la cuestión. Will era el compañero de Faith Mitchell desde hacía casi cinco años. Durante ese tiempo, había descubierto que era una mentirosa prolífica y consumada.

O lo había sido siempre, hasta ahora.

Antes de que pudiera pedirle más detalles, oyó unos fuertes chasquidos, como si alguien estuviera haciendo palomitas con mucha energía.

—Vosotros dos —los llamó la subdirectora Amanda Wagner desde la puerta. Llevaba uno de sus trajes rojos oscuros y unos tacones de aguja negros. Acababa de peinarse el pelo canoso en forma de casco. Echó un vistazo a su reloj, visiblemente irritada porque no se hubieran levantado de un salto al oír el chasquido de sus dedos—. Vamos —dijo—. No tengo todo el día.

Will gruñó al levantarse. La mesa no estaba hecha para un hombre de un metro noventa que intentaba dormir. Cuando llegó a la puerta, iba cojeando.

Amanda lo miró con desconfianza, como si se hubiera lesionado a propósito.

—¿Qué te pasa?

Will se negó a contestar.

—Por favor —dijo Faith—, dime que ha habido un asesinato brutal y que no tenemos que asistir a la segunda parte del seminario.

Amanda la miró fijamente.

—¿Ahora investigas casos de asesinato desde tu mesa en la oficina?

Faith también se negó a responder.

—A mi despacho. —Amanda avanzó enérgicamente por el pasillo. Sus tacones puntiagudos se clavaban en la moqueta industrial como los dientes de un vampiro. Llevaba el teléfono en la mano porque no podía dar más que unos pasos sin alertar al resto de su aquelarre.

Will dejó que Faith se adelantara porque a Amanda le molestaba que le hiciera sombra. Siguieron a Amanda a paso ligero hasta el final del pasillo y bajaron en fila india por la escalera. Will veía oscilar sus cabezas delante de él: una canosa, la otra rubia.

Debería haber sentido al menos cierta curiosidad por saber por qué los llevaba Amanda a su despacho, pero de pronto tenía la necesidad imperiosa de hablar con Sara. La noche anterior había tenido la sensación de que algo iba mal. Y esa mañana también. Cuando había salido de la ducha, ella ya se había ido. Sin darle un beso ni dejarle una nota. Era muy raro, desde luego. Lo había achacado a los desajustes de la *rentrée*, después de dos semanas separados. Pero la extraña torpeza con que había disimulado Faith lo había dejado preocupado.

Amanda se paró en la puerta. Él se adelantó y la abrió, y las siguió por el siguiente pasillo.

La noche anterior, Sara le había dicho que el juicio había ido todo lo bien que cabía esperar. Douglas Fanning le había asestado algunos golpes, pero su vida privada y los detalles íntimos de su desgracia no se habían diseccionado en público. Ahora, al rememorar la conversación, Will se daba cuenta de que no parecía aliviada. Tampoco actuaba como si lo estuviera, lo cual era muy extraño. Llevaba meses angustiada por el juicio. Había perdido el sueño, se levantaba de madrugada y se ponía a leer o a mirar por la ventana, o salía a correr. A veces necesitaba distracciones; otras, prefería estar sola.

Will no se lo reprochaba en absoluto. Conocía su terror, había convivido con él la mayor parte de su vida. Había detalles de su infancia que él tampoco quería que se hicieran públicos. Un tipo que se había criado en un orfanato no solía ser la clase de persona a la que le gustaba hablar de por qué se había criado en un orfanato.

—Faith. —Amanda seguía tecleando en el teléfono cuando entró en el despacho—. ¿Cuándo tendrás terminados esos informes?

Faith miró a Will con fastidio.

—Ya he terminado la mitad…

—Envíamelos todos por correo a última hora de hoy. —Amanda dejó el teléfono sobre la mesa y se cruzó de brazos—. La hija de Bernice ha dado a luz.

Faith profirió los tiernos ruiditos que hacen las mujeres cuando oyen hablar de bebés.

Will esperó a que aquellos ruidos se convirtieran en un exabrupto. Bernice Hodges estaba a cargo de la unidad antifraude del GBI, que trabajaba en colaboración con el Gobierno federal para imputar a personas que cobraban ilegalmente ayudas por incapacidad. Alguien tendría que sustituir a Bernice mientras cuidaba a su hija.

—Joder. —Faith había comprendido por fin lo que suponía aquello—. ¿Quieres que vayamos por ahí con una cámara intentando pillar a algún estafador haciendo *crossfit*?

—Eso es exactamente lo que quiero que hagáis —respondió Amanda—. ¿Algún problema?

—Pues sí, sí que… —Faith se llevó el puño a la boca para obligarse a callar y tomó aire antes de continuar—. ¿No crees que sería más ventajoso que nos dedicáramos a casos más urgentes?

—La unidad antifraude del GBI le ahorró noventa millones de dólares al estado de Georgia el año pasado. Yo diría que eso es muy urgente. —El teléfono de la mesa empezó a sonar. Amanda se quitó el aro de oro que llevaba en la oreja y descolgó el auricular. Escuchó un segundo y luego les dijo—: Salid al pasillo.

Faith salió arrastrando los pies. Miró a Will.

—No es solo cosa mía, ¿verdad? Esto es una putada.

Will estaba de acuerdo, pero tenía cosas más importantes en que pensar.

—¿Hablaste con Sara mientras yo no estaba?

Faith se concentró de repente en su teléfono.

—Sí, ¿por qué?

—¿Te dijo algo sobre el juicio?

—Solo que se alegraba de que hubiera acabado. —Seguía mirando el móvil. Había abierto un correo, pero no parecía estar leyéndolo. Tampoco estaba escribiendo una respuesta. Ni comentando lo absurdo que era.

Will oyó que Amanda colgaba el teléfono fijo.

—¡Faith! —gritó—. Bernice te está esperando abajo. Ve a ocuparte del relevo. Will, entra y cierra la puerta.

Faith cerró la puerta antes de que le diera tiempo de cerrarla a él, con no demasiada suavidad. Las fotos que Amanda tenía en las paredes temblaron. Amanda hizo caso omiso y se sentó detrás de su escritorio. Luego miró a Will como una anaconda.

—¿Qué te ha pasado en el ojo?

—Un anillo en el meñique.

—¿Y el dueño del anillo?

—Tardará un tiempo en volver a usar la mano.

—No te quedes ahí como un pasmarote. —Le indicó que se sentara—. No tengo tiempo de leer tu informe. Hazme un resumen.

Will malgastó tres segundos tratando de poner su cerebro en marcha. Se había pasado las dos últimas semanas rondando por la periferia de un grupo paramilitar de Misisipi, a fin de recabar datos para una investigación que estaba llevando a cabo la división de terrorismo nacional del FBI. Era un trabajo tan agotador como tedioso. O quizá él hubiera llegado a un punto de su vida en el que el hecho de no ducharse y no comer ni dormir con regularidad había perdido todo su atractivo.

—Supremacistas blancos —dijo—. Fuertemente armados. Mal entrenados. Odian al Gobierno y adoran el tequila, aunque no les guste de dónde viene. Algunos juegos de rol militares, pero ninguno de consideración. Ahí es donde entra el anillo del meñique. El tipo iba drogado hasta las trancas. Intentó noquearme y le di su merecido. Sobre todo, beben y fuman demasiado y se quejan de lo mucho que odian a sus mujeres y de las ganas que tienen de estrangular a sus novias.

—Es curioso que nunca se encuentre una con un supremacista blanco que además sea feminista. —Amanda juntó los dedos sobre la mesa—. ¿Cómo está Faith?

Will fingió ignorancia.

—A mí me parece que está bien.

—¿Sí?

Amanda no se lo creía, pero sabía que Will no iba a traicionar a su compañera. Faith creía que la habían destinado a la oficina porque se había pasado de la raya demasiadas veces con Amanda, pero lo cierto era que el último caso en el que habían trabajado la había afectado más de la cuenta. A decir verdad, a él también le había afectado. No le disgustaba del todo la idea de pasarse un par de semanas haciendo fotos por la ventanilla de una furgoneta.

—Avísame si conviene que Evelyn vuelva a casa —ordenó Amanda.

Evelyn era la madre de Faith. También era excompañera de Amanda y su mejor amiga, lo que lógicamente le complicaba mucho la vida a Faith.

Will asintió con un gesto, pero dijo:

—Faith está bien.

—¿Sabes bailar?

Estaba acostumbrado a los repentinos cambios de tema de Amanda, pero esta vez fue como si le hablara en un idioma inventado.

—Para tu boda —explicó ella—. El mes que viene.

Will se frotó la mandíbula. Iban a hacer una pequeña fiesta en el piso de Sara, nada del otro mundo. Treinta personas, como mucho.

—Wilbur. —Amanda rodeó la mesa y se sentó a su lado. A menudo olvidaba lo menuda que era. Sentada en el borde de la silla, parecía tan pequeña como para caber en su bolsillo. Si él fuera capaz de meterse un escorpión vivo en el bolsillo, claro—. Sé que tu primer matrimonio fue una farsa —añadió—, pero, en las bodas de verdad, los novios tienen que bailar.

—Técnicamente, no fue una farsa. Fue más bien un reto.

Amanda le lanzó una mirada mordaz, como si él fuera el único dispuesto a bromear.

—La familia de Sara es muy tradicional, así que seguramente ella bailará primero con su padre y luego su padre te la entregará a ti.

Will sacudió la cabeza. No tenía ni idea de a dónde quería ir a parar su jefa.

Ella le puso la mano en el brazo.

—Tienes que empezar a practicar ya. No te preocupes por la música. Todas las canciones lentas tienen el mismo ritmo. Busca vídeos en YouTube.

—Yo... —Will hizo un esfuerzo por no tartamudear. Amanda estaba hablando en serio—. ¿Qué?

—Practica, Wilbur. —Le dio unas palmaditas en el brazo, luego se levantó y volvió a rodear su mesa—. Todo el mundo os estará mirando. La familia de Sara, sus tías y tíos, sus primos y las parejas de sus primos...

Will recordaba vagamente que Sara le había explicado que tal persona era su tío abuelo por parte de padre y tal otra una prima segunda de su madre, pero entonces los Hawks habían empezado una remontada de doce puntos y él había dejado de prestar atención a lo que ahora comprendía que era un tema muy importante.

—Siempre puedes ir a clases —dijo Amanda.

Will no iba a decir «¿qué?» otra vez.

—¿A clases?

—Si le das a un hombre un paracaídas, vuela una sola vez. Pero, si le empujas de un avión, vuela el resto de su vida. —Levantó el teléfono fijo y empezó a marcar—. ¿Por qué sigues aquí?

Will se levantó, salió del despacho, cerró la puerta, caminó hasta el final del pasillo y salió a la escalera, pero no le dio tiempo a reflexionar sobre lo que acababa de ocurrir porque Faith lo estaba esperando en el rellano.

Le preguntó:

—¿Qué te ha dicho Amanda?

—Me… —Tuvo que hacer una pausa para centrarse—. Quería que le informara sobre mi misión.

—¿Y?

—Y luego me ha dicho que debería ir a clases de baile antes de la boda.

—No es mala idea. Para que lo sepas, tu madrina piensa bailar con todos los hombres de menos de ochenta años mientras su hijo adulto se enfurruña en un rincón. —Evidentemente, para Faith eso zanjaba la cuestión. Empezó a bajar las escaleras—. Eso de asignarnos a la unidad antifraude es otra forma de amargarme la vida. Ya sé que no debería haberle gritado, pero ¡venga ya! La última vez que se cabreó contigo, te mandó una semana a trabajar al aeropuerto. Lo mío ya va para un mes.

Will volvió a cosas más importantes.

—Tú y yo estábamos hablando de Sara.

—¿Sí? —Faith dobló la esquina del siguiente descansillo, pero a él le dio tiempo de ver su mirada de pánico—. Lo que me preocupa es que mi jefa no me deje hacer mi trabajo.

Will no había hablado de preocupación, pero de pronto se preguntó si debería estar preocupado por Sara.

—¿Sabes lo despiadada que puede ser una investigación de fraude? —preguntó Faith—. Seguro que algunos son unos ladrones y unos vagos, pero otros solo malviven. ¿Qué más da que un día se encuentren bien y puedan salir al jardín con sus nietos? ¿Por eso voy a salir de detrás de un arbusto con una cámara y a quitarles su pensión de incapacidad?

Hacía tiempo que Will se había dado cuenta de que Faith sentía una extraña simpatía por la gente que se la jugaba al Gobierno federal. Era su única cosa en común con los paramilitares de Misisipi.

—Quizá sea bueno volver al trabajo con calma. Bueno para mí, quiero decir —comentó.

—¿Bueno para ti? —Faith estaba a punto de abrir la puerta, pero se giró para mirarlo—. ¿Qué coño quieres decir con eso?

Will se dio cuenta de que había caído en una trampa. Era lo que pasaba con Faith últimamente: siempre se había enfadado con facilidad, pero desde su último caso se enfurecía a las primeras de cambio. Por eso la habían destinado a la oficina y por eso iban a sustituir a Bernice a pesar de que el equipo antifraude podía ocuparse perfectamente de su trabajo mientras estuviera ausente.

Faith seguía esperando una respuesta.

—¿Por qué esa mierda de trabajo es buena para ti, Will?

—Ya sabes lo que es trabajar de infiltrado. —Faith nunca había trabajado de infiltrada—. Llevo dos semanas viviendo en el monte. Necesito un tiempo para recuperar mi olfato detectivesco.

—¿En serio? —Su voz se volvió dura—. Pues yo no necesito que me lleven de la manita. Y menos tú. Estoy bien. Puedo hacer mi trabajo, joder.

Will sabía que, si de verdad estuviera bien, no se pondría tan furiosa.

—Está bien tomarse un respiro.

—¿Me estás diciendo que me tome un respiro? Yo no necesito un puto respiro. Necesito hacer el trabajo para el que me formaron —contestó casi gritando—. Yo no conseguí mi placa como tú, Will. La conseguí pateándome las calles. Había noches que detenía por exceso de velocidad a traficantes que podrían haberme pegado un tiro en la cara, y luego me iba a casa a cuidar de mi hijo y estaba bien. ¿Me oyes? Estaba de puta madre entonces y estoy de puta madre ahora.

—Tienes razón. —No iba a pelearse con ella, aunque estaba claro que era lo que buscaba—. Ya lo sé.

—¿Lo sabes? ¿Lo sabes? —Seguía buscando pelea; no podía parar—. ¿Pues sabes quién no necesita que la trates con esa puta condescendencia ahora mismo? Voy a darte una pista, detective: su nombre rima con seis.

Will levantó las manos en señal de rendición.

—Que te den. —Faith abrió la puerta de un tirón y salió al pasillo.

Él dejó que la puerta se cerrara y la miró a través del cristal. Faith se detuvo delante del despacho de Bernice y se obligó a abrir los puños antes de entrar.

La primera vez que se había puesto así con él, Will se había preocupado. Ahora sabía que debía dejarlo correr. Si algo bueno tenía el haber crecido a cargo de los servicios sociales era que uno aprendía que los demás tenían que arreglar sus movidas por sí mismos. No podías hacerlo por ellos.

Su despacho estaba un piso más arriba, pero se dirigió a la planta baja. Abrió la puerta de emergencia y se protegió los ojos del resplandor repentino del sol. Un viento cortante soplaba en la explanada, entre el edificio principal y las instalaciones del depósito de cadáveres, recientemente ampliadas. Fijó la mirada en el suelo mientras seguía el camino. Había dos furgonetas aparcadas frente a la parte nueva del edificio. Se coló por la puerta abierta de uno de los muelles.

Le asaltó de inmediato el olor, que no procedía de los cadáveres, sino de los productos químicos que se usaban para limpiarlos. Dos semanas no era mucho tiempo, pero aquel era un olor que cualquiera estaría deseando olvidar. Sintió que le escocían los ojos a causa de la cera del suelo, de olor acre y avinagrado, mientras avanzaba por el largo pasillo hacia el despacho del fondo. Una de las paredes estaba cubierta de fotografías de escenas de crímenes y pruebas captadas con todo detalle. En la otra pared había ventanas de cristal que daban a la sala de autopsias. Un forense subalterno se estaba poniendo la bata junto a un cadáver. Varón. Herida de bala en la cabeza. El cráneo se había rajado por completo.

Will oyó la voz de Sara antes de verla. Estaba hablando por teléfono. Su despacho estaba en el edificio principal, pero solía transcribir las notas de las autopsias en un cuartito que antes se usaba como almacén. Había una mesa y una silla de oficina encajadas contra la pared y al lado, en la esquina, una silla plegable.

Se quedó de pie en la puerta, pero Sara no se dio cuenta de que estaba allí. Su teléfono del GBI asomaba por debajo de hojas dispersas llenas de anotaciones. Contó al menos tres bolígrafos, seguramente porque Sara acostumbraba a perderlos. Tenía su móvil personal encajado entre el hombro y la oreja y estaba tecleando en el portátil.

—Correcto, pero en la foto que me enviaste parece que usa un agarre cuadrípode. —Sara pasó el dedo por sus notas manuscritas para cotejarlas con el formulario que tenía abierto en el portátil—. No, yo no me preocuparía. Es menos eficiente, pero ella es una genia, básicamente, así que ¿qué más da?

Will dedujo que estaba hablando con su hermana. Tessa y su hija se habían mudado al edificio de Sara el mes anterior, pero seguían hablando por teléfono una vez al día como mínimo, a veces incluso dos, casi siempre sobre su madre, con quien Sara solía hablar cada dos días. A Will le habían dicho que todo aquello era perfectamente normal.

Llamó a la puerta abierta.

Sara se volvió y sonrió al verlo. Le tendió la mano.

—Tessie, tengo que dejarte.

Will esperó a que colgara para inclinarse y darle un beso en la mejilla. Olía mucho mejor que el resto del edificio.

Ella señaló su portátil.

—¿Me das un segundo?

Se sentó en la silla, junto a su escritorio, mientras terminaba. Se giró para poder disfrutar de las vistas. Faith tenía razón al menos en una cosa: Sara no solo estaba guapísima ese día; estaba espectacular. Llevaba el pelo suelto sobre los hombros. Su maquillaje era más oscuro que de costumbre. En lugar del uniforme habitual, llevaba un vestido verde y ajustado que realzaba sus piernas y unos zapatos que costaban más de lo que cobraba él en dos meses, cosa que sabía porque había visto por casualidad el recibo y había sentido como si le acercaran una picana eléctrica a los testículos.

—Vale. —Sara cerró el portátil y se volvió hacia él—. Estaba hablando con Tessa. Está preocupada por cómo agarra Isabelle el lápiz.

La hija de Tessa era un poco mayor que la de Faith.

—¿Es problemático?

—Sí y no. Tessa está desviando la cuestión. Lem se está comportando como un gilipollas con lo del divorcio. —Se quitó las gafas—. ¿No tenías que estar en ese seminario sobre *software*?

Will estaba donde tenía que estar.

—¿Vamos a bailar juntos en la boda?

Una sonrisa iluminó la cara de Sara.

—¿No quieres?

Él supuso que ahora sí.

—¿Qué nombre rima con seis?

Sara frunció el ceño.

—¿Me das más contexto?

—Es algo que ha dicho Faith. «Su nombre rima con seis».

—Faith rima con seis. A tu dislexia no le van ese tipo de juegos de palabras. —Sara sonrió otra vez, pero empezó a dar vueltas a su anillo de compromiso en el dedo—. El procesamiento ortográfico permite visualizar las letras mentalmente, lo que ayuda a descifrar ese tipo concreto de rima. Pero tu cerebro utiliza un área distinta para el procesamiento del lenguaje.

Will pensó que debía usar el cerebro para procesar lo que estaba ocurriendo delante de él. Era evidente que a Sara le pasaba algo. Parecía inquieta. Y ella nunca parecía inquieta.

—¿Ya le has contado a Tessa lo del juicio de Dani?

La sonrisa vaciló. Sara negó con la cabeza. No le había hablado a su familia de Dani Cooper, lo que era muy raro en ella y, pensándolo bien, constituía una bandera roja gigantesca que Will había pasado por alto.

—A lo mejor te ayuda a contextualizar mejor una rima si te enseño cómo procesa la información tu cerebro —dijo.

A Tessa se le daba bien desviar la cuestión y jugar al despiste, pero Sara era una maestra en ese campo.

La vio dar la vuelta a una hoja de papel y empezar a dibujar lo que supuso que era su cerebro. Su anillo de compromiso contrastaba con su ropa cara. Una de las pocas cosas que Will conservaba de su madre era su colección de bisutería. Había muerto siendo adolescente, cuando trabajaba como prostituta en las calles de Atlanta. Sus gustos no eran sofisticados. Por alguna razón, le había parecido buena idea pedirle matrimonio a Sara con uno de los anillos de su madre. Había elegido el de cristal verde porque hacía juego con sus ojos.

Ella lo trataba como si fuera un diamante.

—Esta zona —dijo dando unos golpecitos con el boli en el dibujo— es donde un cerebro típico…

Will cubrió su mano con la suya y usó el pie para cerrar la puerta.

—Háblame de anoche.

—¿De anoche?

—Nos pusimos un poco brutos.

—¿No fue lo que te pedí?

Había levantado las cejas. Un gesto de desafío, pero también otra maniobra de distracción. Sara era extremadamente inteligente, a veces en detrimento propio. Will recordaba el terror abyecto que le había impedido invitarla a salir la primera vez que se vieron. Y la segunda. Y la quinta y la sexta. Se refugiaba continuamente en terreno conocido, en lo que Sara llamaba su «silencio incómodo».

Ahora utilizaba el silencio estratégicamente.

Sara no aguantó mucho tiempo.

—¿Estás diciendo que no disfrutaste? —Su sonrisa había perdido su sesgo burlón—. Solo tengo que estornudar bien fuerte para demostrar que te equivocas.

Will también sonrió, pero siguió insistiendo.

—¿Qué pasó ayer, en el juicio?

—Ya te lo conté. —Apartó la mano y se recostó de nuevo en la silla. De repente había mucho espacio entre ellos—. Bordé mi testimonio. Douglas Fanning perdió los nervios. Mañana el tribunal no se reúne. El juez quiere que los abogados lleguen a un acuerdo, pero eso no va a ser posible porque los Cooper no quieren dinero. Quieren que todo el mundo sepa que Tommy McAllister es el culpable de la muerte de su hija.

Will estudió su semblante. No había ninguna grieta en su armadura. Estaba mostrando esa faceta suya que lo tenía todo bajo control.

—Me estaba acordando del último caso en el que trabajamos juntos —comentó él.

Sara apretó los labios. Por culpa de ese mismo caso, Faith mostraba todos los síntomas de sufrir un trastorno de estrés postraumático.

—Una de las víctimas —continuó Will— te dijo que, después de que ocurriera, después de que la violaran, no podía estar con un hombre a no ser que le hiciera daño. ¿Te acuerdas?

Ella abrió los labios para tomar aire, pero no apartó la mirada.

—Te preguntó si tú también te sentías así alguna vez. Le dijiste que sí.

—A veces —puntualizó Sara—. Le dije que me sentía así a veces.

—¿Anoche fue una de esas veces?

—Tú nunca me harías daño.

—¿Querías que te lo hiciera?

Sara volvió a tomar aire. Miró al techo. Sacudió la cabeza, pero no para mostrar su desacuerdo. Will la había visto reaccionar así otras veces. Estaba reforzando sus defensas, reprimiendo sus sentimientos. Era un buen truco en muchas situaciones, pero no en aquella.

—Esta versión tuya en plan Superwoman que estás mostrando ahora mismo... —dijo—. Puedes hacerlo por ti, pero no tienes por qué hacerlo por mí.

Ella flaqueó por fin, aunque no mucho. Se le saltaron las lágrimas. Intentó contenerlas con la punta de los dedos.

—No te lo dije anoche porque temía que me obligaras a hacer lo correcto.

Will negó con la cabeza, no solo porque jamás intentaría obligar a Sara a hacer algo que no quisiera, sino porque hacía años que la conocía y siempre se había sentido impulsada a hacer lo correcto.

—No quiero hacerlo, Will. No quiero sacrificar mi... mi cordura. Mi identidad. No quiero volver a ese lugar oscuro. No quiero hacer pasar por eso a mi familia. Ni a ti. —Se inclinó hacia delante juntando las manos entre las rodillas—. No sé si sobreviviría.

Will sintió la angustia de Sara como una correa de metal que se apretaba en torno a su pecho.

—¿Qué ha pasado?

Ella se llevó la mano al corazón como si quisiera protegerlo.

—Tuve un… No sé cómo llamarlo… ¿Un altercado con Britt ayer? Estábamos en el aseo. Yo acababa de testificar. Ella entró y… Intentó secarse los ojos de nuevo. Ya no podía contener las lágrimas. Will se llevó la mano al bolsillo y le ofreció su pañuelo. Sara le apretó los dedos un momento. Luego respiró hondo como si se dispusiera a sumergirse hasta el fondo del océano.

—Britt admitió que sabe que Tommy es culpable de la muerte de Dani Cooper.

La sorpresa de Will fue solo momentánea. Entendía lo que implicaba aquello. Sara se había llevado un enorme disgusto al saber que la causa penal contra Tommy McAllister no saldría adelante. Britt le había puesto su imputación en bandeja de plata.

—¿Está dispuesta a declarar? ¿Cómo lo sabe?

—No, no declarará. Estaba totalmente colocada cuando me lo dijo. Luego se dio cuenta de que se había ido de la lengua y volvió a convertirse en una zorra total.

Will siguió teniendo presente el miedo de Sara. Le preocupaba que él la obligara a hacer lo correcto. Pero, de momento, no había hecho nada malo.

—¿Qué más te dijo Britt?

—Que esperaba que el juicio hiciera parar a Tommy. Que todavía tenía la oportunidad de ser un buen hombre.

Will lo dudaba. Sabía por el informe del investigador privado que Tommy había sido acusado de violación anteriormente. Y sabía también que la violación no era un delito que soliera cometerse solo una vez.

Preguntó:

—¿Qué más?

Sara dobló el pañuelo buscando una parte seca para enjugarse los ojos. Will esperó a que continuase. Había aprendido por las malas que Sara tenía una memoria casi perfecta. Seguramente había pasado cada segundo desde el altercado recitando la conversación en su fuero interno.

—Me... —Se le quebró la voz—. Me dijo que lo que me pasó hace quince años, cuando me violaron, no fue mala suerte.

—¿Y qué fue, si no?

—No lo sé. —Renunció a secarse las lágrimas. Dejó el pañuelo en la mesa—. La interpretación obvia es que no fue producto del azar, sino algo organizado, ¿no? Pero ¿eso sería posible?

Will no lo sabía, pero había conocido a mujeres como Britt McAllister, que se servían de su amargura como un arma contra los demás. Su exmujer era exactamente igual.

Preguntó:

—¿Hay alguna posibilidad de que solo intentara joderte?

—Podría ser. —Sara se encogió de hombros, pero su gesto era sobre todo de esperanza—. Vinculó los dos casos, Will. Me dijo que lo que me pasó a mí y lo que le pasó a Dani estaba relacionado. Usó esa palabra: «relacionado».

Miraba a Will con un anhelo tan palpable que él comprendió que aquello era lo importante. Todo lo demás solo había conducido a ese momento. Allí era donde se cruzaban el bien y el mal.

—¿Te dijo en qué sentido estaba relacionado?

—No. Se rio en mi cara y se fue, pero... —Tuvo que parar para recuperar el aliento—. A Dani la estuvieron vigilando. La amenazaron. Estuvo en una fiesta. La drogaron. La violaron. Y tenía un corte aquí, en el costado izquierdo.

Will vio que se tocaba justo debajo de las costillas. Había visto la cicatriz del cuchillo de caza mil veces como mínimo. Su boca conocía de memoria su forma aserrada.

—Britt dijo que no era una coincidencia. Tú también lo ves, ¿verdad?

Él repitió en silencio lo que le había contado Sara sobre el altercado en el aseo, tratando de unir todos los cabos. Luego añadió otro elemento que habían pasado por alto.

—¿Le contaste todo esto a Faith anoche?

Un destello de remordimiento brilló en los ojos de Sara.

—Lo siento mucho. Debería haber acudido a ti primero.

—Eso me da igual. —Le tomó las manos intentando apaciguar su sentimiento de culpa—. ¿Qué te dijo Faith?

Sara no contestó de inmediato. Miró los dedos de ambos entrelazados. Acarició con el pulgar el dorso de la mano de él.

—Que, por el modo en que se derrumbó Britt, por cómo se puso prácticamente a rezar en el aseo para que el juicio hiciera parar a Tommy, probablemente hay otras víctimas de las que no sabemos nada. Y si hay víctimas anteriores, podría haber nuevas víctimas en el futuro. Que Britt confía en que el miedo a que lo imputen le haga parar, pero no lo hará.

Will sabía que Faith no solo le había dicho eso.

—Ella también ve la relación, ¿verdad? Britt tiene miedo de que Tommy se convierta en Mac. Tommy es un violador. A ti te violaron hace quince años. Mac trabajaba contigo. De modo que ¿Mac estuvo implicado en lo que te pasó?

—Ese es el muro contra el que Faith y yo nos damos de cabeza continuamente. Yo conocía al hombre que me violó. Vi su cara mientras sucedía. Su identidad nunca estuvo en duda. Después cometió más violaciones. A Mac nunca lo han acusado de nada parecido. Era un capullo y un arrogante, pero tenía una reputación intachable.

—¿Conocía Mac a…?

—No se conocían. —Sara nunca decía el nombre de su violador, ni quería oírlo—. Mac es de esos imbéciles que chasquean los dedos para llamar al camarero. Es imposible que fuera amigo de un conserje de hospital. Y aunque fueran amigos, estamos hablando de un grado de connivencia que requeriría una enorme confianza. El hombre que me violó estuvo ocho años en la cárcel. Su abogado era del turno de oficio. Aún está en libertad condicional.

—Voy a decir una locura —repuso Will—. ¿Qué posibilidades hay de que Mac sobornara al conserje para que te violara y así conseguir esa beca a la que optabais los dos? O puede que lo sobornara la propia Britt.

—Es un violador en serie. No necesitaba el aliciente del dinero.

—He dicho que era una locura —le recordó Will—. ¿Qué posibilidades crees que hay?

—¿Dónde está el dinero, entonces? —preguntó Sara, y era una buena pregunta—. Britt y Mac son multimillonarios. El conserje sigue viviendo en la miseria. Su agente de la condicional me dijo que ahora vive en un piso de reinserción, en Lawrenceville Highway. Si antes lo hizo por dinero, sería impensable que ahora no estuviera chantajeando a Mac o a Britt para conseguir más. Podrían darle lo suficiente para que se fuera del país. Puede que sea un violador sádico, pero no es tonto.

Will sabía que lo que decía era cierto. También era policía. Y solo veía un camino: el mismo camino que habría visto Faith la noche anterior; el camino que, evidentemente, Sara quería evitar.

—Cuando dos cosas están relacionadas, se investigan ambas. Así que, para investigar las actividades de Tommy, tendríamos que investigar lo que te pasó a ti. Y si hacemos bien nuestro trabajo y encontramos la relación de la que habla Britt, se abrirá un proceso penal, y si se abre un proceso penal...

—Tendré que testificar en el juicio, públicamente, sobre lo que me pasó hace quince años.

Se había echado a llorar. Parecía asustada. Eso era lo peor para Will. Sara había pasado más de una década tratando de superar lo que le había ocurrido en Grady. Aún conservaba las cicatrices de aquel día. Él las había visto la noche anterior, sin ir más lejos. A veces, el mundo te embotaba de tal modo que la única emoción que conseguía aflorar era el dolor.

Se arrodilló delante de ella. Tomó su cara entre las manos. La miró a los ojos.

—Aquí no hay bien ni mal. Lo único que cuenta es lo que tú puedas sobrellevar. Ten siempre presente que yo voy a estar a tu lado, sea como sea.

—Ya lo sé. —Volvió a respirar hondo como si fuera a zambullirse hasta el fondo del mar. Había tomado una decisión—. Le prometí a Dani que haría todo lo posible por detener a Tommy. Si para ello tengo que exponer mi vida delante de extraños, tendré que hacerlo. No podría vivir con ese peso, si la defraudara.

A Will se le partió un poco el corazón, porque durante los últimos seis meses la había visto convivir con el temor paralizante a que ocurriera eso mismo. Le acarició el pelo y trató de alisar las arrugas de preocupación de su frente.

—Puede ser una investigación informal, ¿de acuerdo? No hay por qué hacerlo oficial todavía. Nos reuniremos con Faith esta noche y pensaremos la mejor manera de proceder. ¿Vale?

—Vale.

Sara se deslizó entre sus brazos. Will sintió cómo temblaba su cuerpo cuando se aferró a él. Aun así, sabía que parte de su congoja se había disipado ahora que había tomado una decisión.

—¿Hay algo más? —preguntó.

—Tengo que contaros lo del guateque de los viernes.

QUINCE AÑOS ATRÁS

—¿Un guateque? —La voz de Cathy Linton sonó perpleja a través de la línea telefónica—. No sé si estoy entendiendo cómo usáis esa palabra.

Sara apoyó la cabeza en la mano. Había llamado a su madre para contarle que le habían concedido la beca Nygaard y ahora tenía que explicarle cómo funcionaban las agrupaciones estudiantiles.

—Es una fiesta privada entre una fraternidad y una sororidad, normalmente en una residencia de estudiantes.

—Pero vosotros ya no sois estudiantes. —Su madre seguía pareciendo perpleja—. Y si es en un bar, ¿por qué lo llamáis guateque en vez de fiesta?

—Porque llevan toda la vida obsesionados con quién pertenece y quién no a su pequeño club privado.

—En fin, da igual —concluyó Cathy—. Te han dado la beca, Sara. Si alguien merece ir a ese guateque para celebrarlo, eres tú.

—No sé. —Miró la pila de revistas científicas que aún tenía pendiente de leer. Apgar, su esponjoso gato blanco, se había quedado dormido encima del montón. Su cabeza colgaba a un lado, como una segunda cola—. Esta semana también tengo turno de noche.

—Entonces, ¿por qué has sacado el tema?

Sara ya no estaba segura, pero tenía la sensación de que quizá fuera un intento de disuadir a sus padres de que fueran a Atlanta para celebrarlo.

—No puedes vivir como una monja —añadió Cathy—. Nunca triunfarás como médico si no triunfas como ser humano.

Sara se quedó de piedra.

—¿Crees que estoy fracasando como ser humano?

—Lo que digo —contestó Cathy en tono severo— es que estoy contentísima por ti, pero al final llegará un punto en que ese control férreo que tienes sobre todos y cada uno de los aspectos de tu vida fallará estrepitosamente. Algo pasará, seguro. Y puede que sea bueno o puede que sea malo, pero algo aprenderás de ello. Y eso es una oportunidad magnífica. El cambio te revela quién eres de verdad.

—Tienes razón —dijo Sara, aunque estaba profundamente en desacuerdo.

En todo caso, aquel era momento de extremar el control. Iba a ser la mejor cirujana que hubiera formado la doctora Nygaard. Recibiría ofertas excelentes de los mejores hospitales. Montaría una consulta próspera. Se casaría y tendría dos hijos antes de cumplir los treinta y cinco años. Con suerte, serían dos niñas. Para entonces, Tessa ya tendría por lo menos tres. Criarían juntas a sus hijos, vivirían cerca y todo sería perfecto.

Ese era el plan. Nada iba a cambiarlo.

—Cariño —dijo su madre—, ya deberías saber que dándome la razón no vas a conseguir que me calle.

—Eso sí que sería un cambio radical, ¿no?

Cathy se rio.

—Sí, pero nos hemos desviado de mi objetivo, que era sacarte de ti misma y que salgas al mundo. Te han dado la beca. Tómate libre esta noche para ir a un bar y soltarte la melena. Tu hermana lo hace constantemente.

Su hermana estaba en esos momentos tratándose una clamidia.

—Mamá, todas las personas con las que trabajo son de familias con pasta. Tenían ventajas que yo ni siquiera sabía que existían.

—¿Y tan malo es eso?

—No, me alegro de haber tenido que esforzarme, pero también soy consciente de lo que ha tenido que sacrificar mi familia para que yo llegara hasta aquí.

—No ha sido ningún sacrificio —respondió Cathy, aunque tanto ella como su marido se habían dejado la piel para que la carrera profesional de Sara no se viera lastrada por las deudas de los préstamos estudiantiles. Sin su apoyo, ella nunca habría optado a la beca ni, por supuesto, la habría conseguido.

Aun así, su madre insistió:

—Si quieres devolvérnoslo, devuélvenoslo siendo feliz.

—Soy feliz. —Sara era consciente de que no parecía feliz. Acarició distraídamente la cabeza del gato. Apgar se dio la vuelta y estuvo a punto de caer al suelo—. Lo siento, mamá. Tengo que leer una docena de artículos antes de mañana. Iré a la fiesta el mes que viene. Al guateque o como se llame. ¿Vale?

—No, no vale, pero ya he dejado claro lo que pienso. Y tú también. Seguir discutiéndolo sería una pérdida de tiempo. —Por su tono, era evidente que Cathy daba por zanjado el tema—. Espera. Papá ya ha salido de la ducha. Quiere felicitarte.

Sara tomó a Apgar y lo sostuvo en brazos. Oyó cómo se estiraba el cable del teléfono desde la cocina hasta el cuarto de estar. Se imaginó a su padre acomodándose en su sillón, con una almohadilla térmica en la espalda y hielo en la rodilla porque se había pasado la vida metiéndose en espacios estrechos y desatascando váteres para que su hija mayor pudiera ser especialista en cirugía cardiotorácica pediátrica, y la pequeña, paciente habitual de la clínica gratuita Bryn Mawr.

—¡Cariño! —exclamó Eddie—. Estaba cantando ópera en la ducha y me ha entrado jabón en la boca. No veas qué recital. ¡Ni Pomparotti!

Sara puso los ojos en blanco, pero se rio.

—Qué chiste más malo, papá.

—Seguro que se me ocurre uno mejor —advirtió él, pero le ahorró el intento—. Conque te han dado la beca, ¿eh?

Sara sintió que sonreía como una tonta.

—Sí, papá. Me la han dado.

—No lo he dudado ni un minuto. ¿Tú sí?

—No, nunca —mintió ella.

Mac McAllister había estado muy cerca. Tenía capacidad de sobra y, sobre todo, tenía seguridad en sí mismo. Ella se había puesto tan nerviosa porque iba a conocer a la doctora Nygaard que había vomitado antes de la entrevista.

—Estoy muy orgulloso de ti, cielo —dijo Eddie—. Sé cuánto te has esforzado, pero ahora quiero que me hagas un favor, ¿de acuerdo?

—De acuerdo.

—Haz caso a tu madre y vete a esa puta fiesta.

El teléfono volvió a chisporrotear al moverse el cable. Eddie se lo había devuelto a Cathy. Sara adivinó lo que iba a ocurrir, pero se quedó esperando de todos modos. Sus padres discrepaban a menudo, pero siempre actuaban a la par.

Le habían colgado el teléfono.

Ella también colgó. Llevó a Apgar en brazos mientras se movía por su diminuto apartamento de una habitación, que solo podía permitirse porque estaba encima del garaje de su tía Bella. Echó un vistazo al reloj de la cocina. Faltaban cinco horas para que empezara su turno. Si quería ir al guateque, no tenía mucho tiempo. Una copa de vino tardaba unas tres horas en metabolizarse. Sintió que las revistas médicas la llamaban como sirenas atrayéndola hacia las rocas. La doctora Nygaard no dormía. Tenía fama de preguntar sobre estudios tan recientes que apenas se había secado la tinta con la que estaban impresos. Sara ya había marcado para leer un artículo sobre cirugía cardiaca mínimamente invasiva mediante minitoracotomía por canulación periférica. El equipo de la doctora Nygaard estaba reclutando a pacientes para que participaran en el estudio de ámbito nacional. Sin duda esperaría que ella conociera el procedimiento con cierto detalle.

El ruido de la puerta de un coche al cerrarse la sacó de sus cavilaciones. Apgar pidió que lo bajara. Estaba llenando de pienso el cuenco del gato cuando se abrió la puerta.

—¿Has cortado el césped? —preguntó Mason James.

—Sí. —Sara siempre estaba buscando formas de darle las gracias a su tía Bella—. Hace dos días.

—Eres alucinante. —La agarró por los brazos y la besó—. Yo no encontraría el botón para encender un cortacésped ni aunque me pusieran una pistola en la cabeza.

Sara se rio al imaginárselo entrando en la caseta de las herramientas.

—Buenas noches, joven. —Mason se inclinó para acariciar a Apgar—. ¿Qué planes tienes antes de que empiece tu turno?

Sara tardó un momento en darse cuenta de que no estaba hablando con el gato.

—Mi madre dice que vaya al guateque, pero...

—Tu santa madre tiene razón. Me encantaría llevar a mi chica del brazo. —La besó otra vez—. Deja que me dé una ducha rápida. La pandilla se va a llevar una sorpresa cuando te vea aparecer por fin. Y sin uniforme, además.

Sara lo vio entrar en el dormitorio. Se abrió el grifo de la ducha.

La pandilla.

Lo había dicho como si fuera un personaje de *El gran Gatsby*. Y en cierto modo lo era. Si su hermana se refería a él como «el pijito de Sara», era por algo.

Mason James había nacido y se había criado en Nueva Inglaterra. Su madre —blanca, anglosajona y protestante— destilaba la calidez del hielo seco. Su padre, un hombre emocionalmente inaccesible, había montado una cadena de centros de urgencias y luego se había fugado con su amante. Mason, de todos modos, no había pasado mucho tiempo con ellos. Primero había estudiado en un internado de Connecticut y luego en la Universidad de Nueva York. Había elegido la Facultad de Medicina de Emory porque había oído que en Atlanta los inviernos eran más llevaderos.

De hecho, todo en su vida parecía girar en torno a la búsqueda de la comodidad. Sara se refería exactamente a personas como él al decirle a su madre que la gente que la rodeaba era de familias con pasta. Mason era un buen médico —no podría estar con él si no lo fuera—, pero era la definición misma de un privilegiado. Nunca tendría que esforzarse más de lo necesario para mantenerse al frente del pelotón. Y ella necesitaba un hombre así en ese momento. Mason no ponía mala cara si ella lo hacía mejor que él, ni se ponía celoso si destacaba. Era muy fácil estar con él. El sexo estaba bien. Él nunca iba a exigirle nada y ella jamás se casaría con él.

No le entregaría su corazón a un hombre que no supiera ni arrancar un cortacésped.

Se acercó al armario y rebuscó entre su ropa. No había mucho donde elegir. Mason tenía razón en lo del uniforme. Ella no iba a gastar dinero en vestidos cuando podía gastarlo en libros y comida para gatos. Por suerte, la pandilla no solía ir de punta en blanco. Se decidió por unas mallas negras y un jersey azul claro de Mason.

Se puso delante del espejo. El jersey era bonito, pero el cuello estaba deshilachado y vio que tenía un agujerito en un codo. No desentonaría en absoluto con la pandilla. Una cosa que había aprendido sobre la gente asquerosamente rica era que podían vivir entre mierda e ir por ahí con la ropa llena de agujeros, porque eran asquerosamente ricos y eso era lo único importante.

Mason entró en la habitación desnudo, con el pelo mojado aún, y la miró de arriba abajo con admiración.

—Me gustaría proponer una modificación del horario de esta noche.

Sara también se detuvo a admirar su cuerpo. Ella llevaba un tiempo haciendo el turno de noche y él había encadenado una larga serie de turnos de día. Hacía casi tres semanas que no hacían el amor.

—¿Qué tenías pensado?

—Hacer el amor sin prisas, ir al guateque, hacer el amor otra vez y, luego, tú te vas a trabajar y Apgar y yo disfrutamos de una noche de chicos tomando whisky y viendo *El mentalista*.

Eso no dejaba mucho tiempo para hacer el amor sin prisas, y ella estaba demasiado distraída como para que un polvo rápido la dejara satisfecha.

—Mi turno empieza a las once. Si voy a tomarme una copa esta noche, tiene que ser en la próxima hora.

—Mejor le digo a Apgar que grabe la serie. —Sacó ropa del armario al azar y empezó a vestirse—. Nygaard anuncia su decisión

97

mañana. ¿Eso tiene algo que ver con que vayas a ir por primera vez al guateque de los viernes?

Sara apretó los labios.

—No te habrás enterado de algo. —Mason estaba abrochándose los vaqueros, pero se detuvo—. ¿Verdad?

Esa era otra razón por la que no se planteaba una relación a largo plazo con Mason. No confiaba en que guardara un secreto. Y Mac McAllister no merecía enterarse de que había perdido la beca porque alguien se lo gritara en medio de un bar ruidoso.

—¿Crees que lo guardaría en secreto? —le preguntó.

—Claro que sí. —No parecía preocuparle que así fuera. Se puso una camisa vieja encima de los vaqueros y se pasó los dedos por el pelo—. ¿Qué tal estoy? ¿Presentable?

Sara pensó que estaba lo bastante guapo como para introducir una modificación en el horario. Pero su madre tenía razón cuando decía que debía salir más. Y su padre le había dicho que fuera. Además, estaría bien tomarse una copa rodeada de adultos, en vez de pasarse la tarde sentada a la mesa, con la cabeza inclinada sobre el *American Journal of Neonatal and Pediatric Cardiology*.

Sonó el teléfono.

Mason estaba más cerca de la mesilla de noche.

—¿Sí? —contestó.

Sara vio que levantaba el puño y que una enorme sonrisa se extendía por su cara.

—Estupendo, tío, salimos ahora mismo. —Volvió a colgar el teléfono. Parecía muy emocionado—. ¿A que no adivinas quién viene esta noche?

4

Will percibió tensión en la voz de Sara mientras les contaba lo de la llamada.

—Mason me dijo que Sloan Bauer iba a ir al guateque.

—Bauer. —Faith, que estaba tomando notas en su cuaderno, levantó la vista—. ¿Cómo se escribe?

Sara empezó a deletrear el apellido.

Will se metió las manos en los bolsillos, apoyado en la encimera. Estaban en la cocina de Faith. Los carillones de metal del porche trasero entonaban un suave lamento. Fuera hacía frío y estaba oscuro. Las puertas correderas de cristal reflejaban a las dos mujeres sentadas a la mesa. Faith se encargaba de hacer las preguntas. Él se mantenía en segundo plano porque así era como hacían los interrogatorios. Su labor consistía en observar y evaluar. Con Sara, solo observaba que había adoptado otra vez el papel de Superwoman. Lo único que la delataba era el modo en que hacía girar distraídamente su anillo de compromiso en el dedo.

—¿Por qué se alegró tanto Mason de que Sloan fuera a estar allí? —preguntó Faith.

—Porque le caía muy bien. Eran los dos de la misma zona del país. Conocían a la misma gente. Hablaban el mismo idioma. —Sara se encogió de hombros—. Era más amiga suya que mía, pero a mí también me caía bien.

—¿No vivía en Atlanta?

—No, Sloan se fue a Columbia después de graduarse en Medicina. Solo iba a pasar una semana en la ciudad, creo. —Meneó la cabeza, casi disculpándose—. Me cuesta recordar todos los detalles. Después de lo que pasó, me olvidé por completo del guateque.

—Pero algo pasó en el guateque —dijo Faith—. Eso es lo que te dijo Britt: «¿No te acuerdas del guateque?».

No era una pregunta. A los pocos segundos de salir del juzgado, Sara había transcrito palabra por palabra lo que le había dicho Britt McAllister. Había llenado una ficha de arriba abajo. Faith la tenía junto a su cuaderno, sobre la mesa.

Will sabía que en la ficha solo había unos pocos detalles que importaran.

Dijo:

—Hay dos vías de investigación. Una es Tommy McAllister. La otra es Sara. ¿Qué pistas dio Britt de cada uno?

—Esto se está complicando. —Faith echó un vistazo a la nevera y los armarios de la cocina, luego dijo—: Deberíamos montar en la pared uno de esos diagramas con hilos, como en la tele.

No esperó a que contestaran. Se levantó y empezó a rebuscar en los cajones. Estaban llenos de cosas de niños y utensilios de cocina. Encontró unas tijeras, rotuladores, cinta adhesiva de Hello Kitty, cartulinas e imanes con personajes de dibujos animados.

Will tenía la mano demasiado grande para las tijeras. Usó el borde de la encimera para cortar unas tiras de cartulina y las agrupó por colores. Sara quitó las fotos y los dibujos de Emma de la nevera.

Faith destapó un rotulador.

—¿Sara?

Sara parecía reacia, pero tomó la ficha. Will vio moverse sus ojos mientras buscaba la información relevante.

—La primera es: «Sé lo que le hizo a esa chica. Sé cómo es» —dijo leyendo en voz alta.

Faith empezó a escribir en mayúsculas en una tira de cartulina roja.

—Obviamente, se refería a Tommy. Ponlo a la izquierda. Mac

puede ir a la derecha. Voy a hacer unos encabezamientos para que nos aclaremos.

Esperaron a que terminara de escribir. Le pasó las tiras a Sara. Will notó que a ella le temblaban ligeramente las manos cuando empezó a colocarlas en la nevera. Sujetó las tiras de cartulina con los imanes mientras Sara las sostenía en su lugar correspondiente. Sabía que la columna más llena sería la de Tommy. Puso la primera pista de Britt debajo de su nombre.

—La siguiente. —Sara sostuvo la tarjeta entre las manos y leyó—: «Llevo veinte años viviendo con ese miedo».

—Por cuestión de tiempo, creo que esa debería ir en el lado de Mac —dijo Faith.

Will esperó a que acabara de escribir y después colocó la tira bajo el nombre de Mac.

—«Sé que parará después de esto» —leyó Sara.

Will puso la afirmación en el lado de Tommy.

—«Los oí».

—¿Tommy? —preguntó Will.

—Por ahora, sí. Dos más —siguió Sara—: «Mac siempre está implicado». Y luego: «No puedo detener a los demás, pero puedo salvar a mi hijo».

—¿Se referiría a las mismas personas al decir «los oí» y al decir «No puedo detener a los demás»? —preguntó Faith.

Sara se encogió de hombros de nuevo.

—Las dos cosas pueden estar relacionadas con Mac.

Will puso las dos tiras en el lado de Mac. Esperó a que Sara leyera la siguiente.

—Eso es todo en cuanto a Tommy y Mac —anunció ella—. El resto es sobre mí.

Will le dijo a Faith:

—Necesitamos otra columna. Llámala «Conexión».

—Pégala en el armario. —Faith eligió cartulina rosa, escribió el nombre y le pasó la tira a Will, que la pegó con cinta adhesiva de Hello Kitty en el armario metálico lacado que había junto a la nevera.

Luego miró a Sara.

Ella tomó aire rápidamente antes de leer:

—«Quince años en la ignorancia, sufriendo, porque no veías lo que tenías delante de las narices».

—Eso forma parte de la conexión, sin duda —dijo Faith, y le dio la cartulina a Will—. Esto remite de nuevo al guateque, ¿no?

—Sí —convino Sara.

Will pegó la cartulina con cinta adhesiva mientras Sara leía la siguiente frase.

—«Lo que te pasó a ti, lo que le pasó a Dani, todo está relacionado».

Él esperó a que Faith transcribiera las frases. De todas las cosas que había dicho Britt, esa era la más importante. Enmarcó la tira de cartulina con cinta adhesiva rosa para que resaltara entre las demás.

—Solo hay una pista más —dijo Sara—. Antes de salir del aseo, Britt dijo: «¿No te acuerdas del guateque?».

Faith y Will hicieron su parte mientras ella esperaba, observando las cartulinas. Will la veía de reojo. La pose de Superwoman estaba debilitándose. Aún le temblaban las manos.

A Faith le interesaba más el diagrama de la pared. Sintetizar datos era su pasión.

—Si Sara tuviera dudas sobre la identidad del violador, yo diría que condenaron a quien no debían.

—No tengo dudas —repuso Sara—. Le vi la cara. Lo conocía. No hay duda.

—El guateque —dijo Will—. Todo apunta a eso, claramente. Según Britt, esa noche pasó algo que está directamente relacionado con tu agresión, y tu agresión está relacionada con la de Dani Cooper.

—Entonces —dijo Faith—, ¿de qué estamos hablando? ¿De que Mac le contó a Tommy lo que le había pasado a Sara y a Tommy se le fue la olla y le hizo lo mismo a Dani?

Sara negó con la cabeza.

—No me los imagino hablando de una cosa así en la mesa, mientras cenaban. Después de que me fuera, dudo mucho que volvieran a pensar en mí.

—Britt sí —le recordó Faith—. Tenía muchas cosas que decirte en el baño. Sabe por lo que pasaste. Y por qué no puedes tener...

Tuvo la delicadeza de detenerse, pero Sara no necesitó que acabara la frase. Fingió estudiar el diagrama. Will vio brillar lágrimas en sus ojos a la luz del techo.

—Podríamos catalogarlos como dos casos diferentes —dijo—. Tommy es el peligro inmediato. Ya ha violado una vez antes, puede que dos. Britt se equivoca al decir que va a parar después del juicio. Ya se ha salido con la suya. Lo único que falta es que sus padres extiendan un cheque. Puede que ya esté buscando nuevas víctimas. Deberíamos centrarnos en él.

Faith giró hacia Sara al mismo tiempo que Will y le dijo:

—Refréscame la memoria sobre la chica que acusó a Tommy en el instituto. Leí el informe del investigador privado que contrataron los Cooper, pero ¿por qué no llegó a nada?

—Porque Mac y Britt pagaron para que no trascendiera —respondió Sara—. En el expediente policial, la víctima figuraba como desconocida. Los archivos escolares son inaccesibles. La chica firmó un acuerdo de confidencialidad como parte del trato. El inspector de la policía apenas se acordaba del caso. Ni siquiera tuvo ocasión de entrevistar a la víctima. La familia dejó de cooperar. Solo sabemos que hubo un acuerdo porque apareció en la agenda de vistas del tribunal. Está todo sellado.

—Estupendo —masculló Faith—. Así va el sistema judicial.

Sara se cruzó de brazos, con la vista fija en la columna de la cartulina rosa.

—No sé por qué dejé que Britt saliera del aseo. Si hubiera tenido presencia de ánimo suficiente...

—Fue un momento duro —repuso Will—. Hiciste lo que pudiste.

—Este esquema no nos está aclarando nada —comentó Faith—. Podríamos hablar con Britt. Es la solución obvia.

—No volverá a abrir la boca. —Sara seguía mirando las notas, tratando de dar con la solución. Señaló el lado de Mac de la nevera y añadió—: ¿Quiénes son «los demás»?

—¿Dos personas? —respondió Faith—. ¿Un grupo de gente?

—A mí solo me atacó una persona —dijo Sara—. Y los resultados de la autopsia de Dani Cooper no indicaban que hubiera sufrido una violación grupal.

Will era consciente de que se habían topado con ese mismo muro la noche anterior. Necesitaban más información.

—Háblanos del guateque —le dijo a Sara—. ¿Qué recuerdas?

Ella cerró los ojos como si tratara de imaginarse la escena.

—Era viernes, así que el bar estaba lleno. Nuestro grupo era de unas quince o veinte personas. Había una pandilla que iba al guateque todos los meses. Los llamaban así: «la pandilla». Los demás eran «los acoplados». Luego estaba yo. Nunca había ido al guateque, pero Mason me contaba cómo podían desmadrarse las cosas. A veces llegaba a las cuatro de la mañana. Cerraban el local y se iban a otro bar. Él era mucho más sociable que yo.

—Espera un momento —dijo Faith—. ¿Qué edad tenía Tommy cuando sus padres se quedaban en un bar hasta las cuatro de la mañana?

—Unos seis o siete años —contestó Sara—. Contrataban a una niñera.

—Allá cada cual. Yo no me permití ni tomarme un jarabe para el resfriado hasta que Jeremy entró en la universidad.

—¿De qué conocías a la pandilla? —preguntó Will—. ¿Del trabajo o de la facultad?

—De ambas cosas —respondió Sara—. Mason y yo íbamos a cenar con ellos. A veces, los fines de semana, quedábamos para jugar al tenis en las pistas de Piedmont. Había también una liga de *softball*. Yo no era del todo ajena al grupo, pero el guateque era los viernes por la noche y, cuando tenía un viernes libre, no me apetecía pasarlo en un bar, rodeada de gente que se emborrachaba y se ponía desagradable.

—¿Quién se ponía desagradable?

Ella se encogió de hombros.

—Era algo general, lo que suele pasar cuando se bebe demasiado y la gente desvaría. No había nadie que destacara. A todos les gustaba beber. Es muy aburrido, si eres la única que no está borracha.

Will entendía perfectamente esa situación.

—¿A qué hora llegaste al bar?

—Sobre las seis y media. Me quedé alrededor de una hora. O sea, que llegué al hospital a las ocho, como mucho. Mi turno empezaba a las diez.

Faith anotó las horas en su cuaderno. Recogió las tiras de cartulina morada y volvió a destapar el rotulador.

—Vamos a anotar los nombres. ¿Quién formaba parte de la pandilla? Sloan, Britt, Mac, tú, Mason… ¿Quién más?

Sara inspiró un instante antes de decir:

—Chaz Penley. Blythe Creedy. Royce Ellison. Bing Forster. Prudence Stanley. Rosaline Stone. Cam Carmichael. Y Richie… No me acuerdo del apellido de Richie.

—¿No sería Richie Rich? —preguntó Faith mientras escribía—. Porque la mitad de estos nombres parecen de personaje de dibujos animados, y la otra mitad, de uno de esos deportistas gilipollas de las películas de John Hughes.

Sara se permitió esbozar una sonrisa, pero dijo:

—Sé que es lo que parece, pero no todos eran estereotipos. Rosaline trabajaba como voluntaria en una clínica de planificación familiar. Chaz y yo trabajábamos en un albergue para indigentes algunos días, cuando teníamos libre. Royce colaboraba en verano con Médicos sin Fronteras. Y Blythe era monitora en un programa de los colegios públicos de Atlanta que promovía la dedicación de las niñas a las ciencias.

A Will no le interesaban sus buenas acciones. Empezó a pegar los nombres al otro lado de la columna llamada «Conexión». De momento, todo parecía estar desvinculado, pero tenía la corazonada de que iban por buen camino.

—Cuéntanos más sobre esa noche en el bar —le dijo a Sara—. ¿Qué hacía Britt?

Sara meneó la cabeza, pero contestó:

—No se despegó de Mac en todo el tiempo que estuve allí. Es lo que hacía siempre. Si alguien hablaba con él, sobre todo si era una mujer, ella se metía en la conversación.

—¿Lo hacía por celos?

—En parte sí, pero Britt es una de esas mujeres que se definen por el éxito de su marido. Toda su identidad estaba ligada a él, lo que era extraño, porque ella ya era una médica reconocida y con experiencia. Se las arregló para tener un bebé y seguir estudiando Medicina, y después era la adjunta de obstetricia más destacada. Mac estaba haciendo aún la residencia, pero Britt siempre le daba la razón, hasta cuando se equivocaba. Sobre todo, si se equivocaba. Atacaba a cualquiera que le llevara la contraria.

—Qué pareja tan encantadora. —Faith tamborileó con el boli en la encimera—. ¿Qué hiciste esa noche? ¿Estuviste sentada en una mesa? ¿De pie en la barra?

—Estuve de pie parte del tiempo, hablando con distintas personas. Luego me senté en un reservado del fondo y me quedé atrapada enfrente de Mac y Britt. Por eso, entre otras cosas, decidí irme pronto. —Juntó las manos—. Pero no fue solo por Britt. Me sentía incómoda con Mac porque sabía que había perdido la beca. La doctora Nygaard iba a decírselo al día siguiente, antes de publicar la resolución.

—Háblanos de Mac —dijo Faith—. ¿Cómo se comportó esa noche?

—Estuvo despectivo, arrogante. Como siempre. Hablaba conmigo, pero con condescendencia. En realidad, nunca me vio como una competidora.

—Pero los dos erais candidatos a la beca —dijo Will.

—Sí, pero Mac es exactamente igual que Tommy. Siempre ha tenido lo que quería. Estoy segura de que estaba convencido de que la beca ya era suya.

—¿Recuerdas qué bebiste esa noche? —preguntó Faith.

—Una copa de vino blanco. —Volvió a mirarse las manos—. Estaba pendiente del reloj. Como no me daba tiempo a acabármela para estar despejada cuando empezara mi turno, la dejé en la mesa.

—¿Quién te llevó la bebida?

—Mason. También trajo unos aperitivos. Los compartimos todos.

—¿En algún momento, mientras bebías —dijo Faith—, fuiste al baño o…?

—No me pusieron nada en la bebida —la interrumpió Sara—. El GHB, el Rohypnol y la ketamina tardan entre quince y treinta minutos en hacer efecto. No noté ningún síntoma hasta que empecé mi turno, y eso fue cuatro horas después.

Faith siguió tamborileando con el bolígrafo mientras estudiaba el diagrama de la pared.

Will intentó atraer la mirada de Sara, pero ella tenía de nuevo los ojos fijos en el anillo de compromiso. Toqueteaba con el pulgar el cristal arañado. Iba a romperlo antes de que tuviera oportunidad de ponerle la alianza de boda en el dedo.

—¿Cómo fuiste del bar al hospital? —preguntó Faith.

Sara levantó la vista.

—Andando. Solo estaba a un par de calles y necesitaba despejarme un poco.

—¿Despejarte por qué?

—Me sentía un poco decaída después de conseguir la beca. Cuando te esfuerzas mucho por alcanzar un objetivo, lograrlo es casi deprimente porque te preguntas «¿Y ahora qué? ¿Cuál es la próxima meta?».

—Es lógico —dijo Faith, aunque Will notó que no se lo parecía en absoluto—. Entonces, ¿no le dijiste a Mac McAllister que te habían dado la beca?

—No.

—¿Y Britt McAllister no lo sabía?

—No.

—¿Y Mason?

—No.

—¿Y estos otros chicos, Richie Rich y la pandilla? —Faith señaló la lista—. ¿Ninguno lo sabía?

—Por mí, no.

—¿Alguno estuvo raro esa noche?

—No, que yo notara.

—¿Y ahora dónde están? ¿A qué se dedican?

—Pues…

—Oye... —Will habló en tono suave, pero le dijo a Faith con la mirada que aflojara el ritmo. Aquello no era un interrogatorio. Era la vida de Sara—. Quizá deberíamos hacer un descanso.

—Estoy bien. —Sara señaló las tiras moradas del armario y fue recorriendo la lista—. Mason se dedica a la cirugía plástica. Abrió una clínica en Buckhead. Sloan es hematóloga de pediatría en el Hospital Infantil de Connecticut. Mac, ya lo sabéis. Britt dejó la medicina. Chaz está especializado en atención hospitalaria y trabaja para Atlanta Health. No sé nada de Bing, salvo que era muy molesto.

—¿Molesto en qué sentido? ¿Era un poco siniestro? —preguntó Faith.

—No, era muy pesado, pero no tenía mala intención. —Sara se encogió de hombros mientras añadía—: Blythe y Royce son otorrinos y los dos trabajan en Peachtree Corners. Se casaron después de que yo me fuera de Atlanta. Ella le engañó unos años después con Mason. Mason la engañó a ella con alguien cuyo nombre no recuerdo, pero eso fue antes de sus dos últimos divorcios. Ros es tocoginecóloga en Huntsville. Pru trabaja en MD Anderson, en Houston, y está especializada en cáncer de mama. Cam estaba en Bellevue, en Manhattan, pero murió hace ocho años. Se suicidó.

—¿Cameron? —Faith esperó a que asintiera y luego anotó algo en su cuaderno—. ¿En qué estaba especializado?

—Era traumatólogo, pero Bellevue es un centro de traumatología de nivel 1, así que no era nada fácil.

—¿Te sorprendió que se suicidara?

—Es triste, pero no es infrecuente. Los médicos tienen la tasa de suicidio más alta de todas las profesiones. Es difícil conseguir ayuda. Dependiendo del estado, cada dos o tres años tenemos que renovar nuestra licencia para ejercer. Salvo unos pocos, todos los estados exigen que reveles si has necesitado terapia psicológica o ayuda psiquiátrica. Si mientes, puedes perder la licencia. Y, si dices que has necesitado ayuda, puedes perder la licencia.

—Eso no tiene sentido —dijo Faith.

—Si no estoy bien de ánimo, puedo acabar matando a un paciente. O puedo autorrecetarme cualquier cosa, desde Prozac hasta fentanilo. Pero tienes razón, debería haber un equilibrio.

Faith se quedó mirando la lista.

—Richie Rich. ¿Recuerdas algo de él?

—No estudió en Emory. Vino al Grady de otro estado. Llevaba pajarita. Hablaba mucho. Vestía demasiado bien.

Faith pareció desconcertada.

—¿Cómo que «demasiado bien»?

—Es una cuestión de clase. Puedes gastarte mucho dinero en ropa, pero tiene que ser un tipo de ropa concreto. Y tu coche también tiene que ser un tipo de coche concreto. Y lo mismo ocurre con el sitio donde vives, hasta el tramo de la calle. Y con dónde van tus hijos al colegio y a qué asociaciones perteneces y a qué club vas y… —Sara se encogió de hombros—. Ellos juzgan qué es lo que mola y qué está fuera de lugar. Es un ideal que cambia continuamente.

—Ah —dijo Faith—. No son más que un hatajo de miserables.

—Exactamente.

Will sintió que no avanzaban en la buena dirección.

—Fuiste andando desde el bar hasta el hospital. ¿Pudo seguirte alguien?

—¿Quién? —preguntó Sara—. ¿El conserje? Aunque me siguiera, ¿qué más da? Ya sé que me estaba vigilando.

Will percibió una arista en su voz, pero tenía que seguir presionando.

—Podrías haberle visto hacer algo en el bar. Escoger a otra víctima. Incluso drogarla. No importa si lo viste de verdad. Lo que importa es que quizá pensó que lo habías visto.

Sara negó con la cabeza, pero Will no supo decir si le estaba diciendo que no lo sabía o que no se atrevía a hablar de ello.

—¿Y Mason? —preguntó Faith—. ¿Valdría la pena interrogarlo?

—No —contestó Sara—. No puedo pedirle que reviva aquella noche. Y no estoy segura de que estuviera dispuesto. No le gusta que las cosas se compliquen.

La opinión de Will sobre Mason James empeoró más aún.

—Háblame de Britt —dijo Faith—. ¿Qué clase de arpía es? ¿Cuál es su *modus operandi*?

—Es exactamente como lo que ocurrió en el aseo. De una franqueza brutal y despiadada. Era capaz de decirle a todo el mundo que habían humillado a Pru durante la ronda de visitas, o que Blythe había hecho una chapuza en una operación, o que Cam había perdido a un paciente.

—¿Cómo te atacaba a ti en aquella época?

—Recordándole constantemente a todo el mundo que yo era de familia pobre.

Will vio que Faith se quedaba atónita. Sara también lo vio y se puso colorada.

—Lo siento, debería haber dicho «pobre según sus criterios». Obviamente, no pobre en ningún sentido razonable. Mis padres nos dieron una vida estupenda a Tess y a mí. Tuvimos, tenemos, una suerte increíble.

Will intervino:

—Sigue hablándonos de esa noche. Has dicho que fuiste andando desde el bar hasta el hospital.

—Sí.

—Era tarde. —Will tenía una teoría sobre el motivo por el que a Mason le había parecido bien que fuera andando sola por el centro de Atlanta en plena noche, pero aquel no era momento de exponerla—. ¿Viste a alguien en la calle?

—A nadie que me llamara la atención. Y cuando llegué al hospital, no recuerdo haber visto a nadie ni haber oído nada raro. Me monté en el ascensor. Bajé al nivel dos. Había una sala con camas y una televisión. No había nadie por allí. Estuve leyendo unas revistas y luego dormí un poco antes de que empezase mi turno.

—Necesitamos un mapa para la pared. —Faith abrió su portátil—. Los alrededores del hospital Grady han cambiado en los últimos quince años. ¿El bar sigue existiendo?

—Lo derribaron hace tiempo. Ahora toda la manzana son apartamentos de lujo, y en los bajos hay un mercado de los caros. —Sara se sentó frente a Faith—. El bar era propiedad de un tipo que había estudiado en Morehouse. No recuerdo cómo se llamaba, pero era hepatólogo, o sea, especialista en hígado, vesícula, páncreas y conductos biliares. El caso es que todo el mundo llamaba al bar De-Liver's*.

Sin saber muy bien por qué, Faith soltó una carcajada de sorpresa. Sara miró a Will y le sonrió. Él le devolvió la sonrisa.

—Vale, creo que lo tengo. —Faith giró el portátil para que vieran el mapa. Señaló el cruce de dos calles—. Hay un mercado de lujo en la esquina entre Arendelle y Loudermilk. ¿Es ahí?

Sara asintió.

—El De-Liver's estaba en el centro de Arendelle. Creo que al lado había una zapatería. De calzado deportivo y esas cosas.

Faith volvió a mirar el diagrama. Tenía los brazos cruzados. Saltaba a la vista que estaba intentando idear un plan.

—Así es como plantearía yo la investigación —dijo por fin—. Empezaría con una búsqueda inversa del local. Averiguar el nombre del bar, localizar al propietario, revisar la nómina de empleados para localizar a antiguos camareros, hablar con ellos, ver si recuerdan a algún personaje sospechoso de esa noche o de algún guateque anterior. Luego haría una búsqueda general de atestados policiales en esa zona: ¿hubo alguna otra agresión esa noche o en esa época? ¿Alguien vio algo sospechoso? ¿Hubo intentos de robo que podían ser violaciones fallidas? Luego investigaría a fondo a Richie Rich y al resto de la pandilla para ver qué secretillos guardan en el armario. Y por último empezaría a llamar a sus puertas y a hacerles preguntas.

Sara asentía. Parecía esperanzada. Eso era lo peor. Will no quería que fuera Faith quien tuviera que desengañarla.

—No podemos hacer nada de eso —dijo—. Para que el GBI intervenga, tiene que haber una solicitud previa o se le tiene que asignar el caso. La policía de Atlanta suele jugar limpio con nosotros,

---

Juego de palabras con *liver*, «hígado» en inglés. (Todas las notas son de la traductora).

pero no tenemos motivos suficientes para pedirles que colaboren. No abrirán un caso basándose en lo que tenemos.

Sara lo miró.

—No vais a abrir un caso. Creía que podíamos hacer esto informalmente.

—La parte informal era esta —contestó Will.

—El número de caso que usas en los informes de autopsia lo generamos nosotros —añadió Faith—. Tenemos que introducirlo cada vez que tomamos declaración a un testigo o hablamos con un sospechoso o presentamos un informe o entramos en el portal del GBI. Si no, todo lo que he descrito puede considerarse ilegal, abuso de poder, acoso policial o... Seguro que me estoy dejando algo en el tintero.

—Uso ilegítimo de recursos policiales —agregó Will.

Se quedaron callados, tratando de encontrar una salida.

—Podría usar el número de un caso mío ya existente —propuso él—. Dispondríamos al menos de una semana, puede que más, antes de que alguien se dé cuenta.

—No —dijo Sara tajantemente—. De ninguna manera.

Will no veía cómo iba a impedírselo.

—Espera —dijo Faith—. Britt no es la única fuente de información sobre lo que pasó esa noche. No necesitamos motivos fundados para hablar con un preso en libertad condicional. Podemos interrogar a Jack Allen Wright.

Sara retrocedió físicamente al oír el nombre de su violador.

—Ay, joder. —Faith se dio cuenta de lo que había hecho—. Sara, yo...

Sara se levantó tan bruscamente que la silla arañó el suelo. Salió de la habitación. Will oyó cerrarse la puerta de la calle. Salió al pasillo, pero no para ir tras ella. Necesitaba un minuto para dominarse y no cargar contra la mujer con la que trabajaba codo con codo desde hacía cinco años.

—Lo siento. —Faith estaba detrás de él. Su remordimiento era palpable—. Voy a ir a disculparme.

—Espera a que vuelva.

—Debería ir a hablar con ella. O deberías ir tú. Uno de los dos.

—¿Querías tú hablar conmigo esta mañana?

Ella no respondió.

Will se dio la vuelta.

Faith volvió a la cocina. Se dejó caer en la silla. Abrió el portátil y empezó a teclear. Will seguía furioso con ella, pero no iba a permitir que se arriesgara a perder su placa y su pensión por hacer una búsqueda ilegal.

—Utiliza mi nombre de usuario —dijo.

—No voy a utilizar tu nombre de usuario. Estoy usando Google. —Lo miró—. Los de la pandilla son médicos que trabajan en hospitales. Al menos podemos confirmar dónde están. Dime uno de la lista.

Will no necesitó mirar el armario.

—Doctora Sloan Bauer, hematóloga pediátrica, Hospital Infantil de Connecticut —dijo de memoria.

Faith tecleó los datos.

La página del hospital se cargó al instante. Sloan era delgada como un galgo, con el pelo largo y rubio, la nariz afilada y unos labios que parecían anormalmente carnosos. Usaba unas gafas de montura dorada demasiado grandes para su cara, pero Will dedujo que formaban parte de su estilo.

—Mason se acostaba con Sloan Bauer a espaldas de Sara, ¿verdad?

—Sí. —Si uno no acompañaba a su novia al trabajo a altas horas de la noche, era porque su otra novia, la que vivía fuera, aún estaba en el bar—. Chaz Penley, especialista en atención hospitalaria, Atlanta Health.

Will miró por encima del hombro de Faith mientras ella tecleaba. Chaz Penley aparecía en la parte superior de la página, así que debía de ser el jefe del servicio. Pelo rubio. Ojos azules. Seguro que no le habían faltado ligues quince años atrás, pero esa época había pasado ya, claramente.

—Creo que ya sabemos qué fue de Rolf, el de *Sonrisas y lágrimas*, después de delatar a los Von Trapp.

—Imprime las fotos. —Will la vio volver a la página anterior y darle a imprimir—. La siguiente es Blythe Creedy. Otorrinolaringóloga. Peachtree Corners.

Faith abrió otra pestaña. Y luego otra. Imprimieron fotos de todos los miembros de la pandilla: Royce Ellison, Bing Forster, Prudence Stanley, Rosaline Stone, Mac McAllister. En la página web de los hospitales y las lujosas clínicas privadas, las largas listas de méritos profesionales y especialidades iban acompañadas de fotografías en primer plano. Todos ellos se parecían a los chavales que se sentaban en la mesa de los empollones en el instituto. Y no es que Will hubiera pasado mucho tiempo en la cafetería. Normalmente estaba en el despacho del director.

—Voy a buscar a Britt —dijo Faith—. Seguro que es la típica pija de Buckhead.

Encontrar a Britt no fue tan fácil. No aparecía en la página de ningún hospital o consulta privada porque ya no se dedicaba a la medicina. En Instagram, TikTok y Facebook no aparecía, pero la encontraron en Twitter.

En su foto de perfil aparecía Mac con el brazo sobre los hombros de Tommy, que llevaba toga y birrete. De fondo se veía un atardecer sobre un lago, con montañas a lo lejos.

—Le añades un par de bañeras y podría ser el anuncio de un tratamiento contra la disfunción eréctil —comentó Faith. Fue bajando tan deprisa que Will no consiguió distinguir nada, pero añadió—: Retuitea un montón de cosas sobre asuntos médicos: artículos, recomendaciones, otros médicos, cosas de mamás… Casi no publica contenido original.

—Seguramente algún profesional limpió su cuenta antes del juicio contra Tommy.

—Seguramente. —Faith saltó un anuncio que iba a reproducirse en automático—. El primer día del juicio, tuiteó: «Muy orgullosa de mi Tommy por ser tan fuerte. Estoy deseando que recuperemos nuestra vida normal. Algún día será un médico fabuloso, igual que mi AE».

—¿Que quién?

—AE, «amado esposo», es como llaman algunas cursis al idiota de su marido en las redes sociales. —Faith siguió leyendo—. Día dos: «Mi Tommy tiene un temple increíble. Esos presuntos expertos no tienen ni idea de lo que hablan. ¡Ya verán cuando nos toque a nosotros!».

—¿Y ayer, cuando testificó Sara?

—«Hoy se están contando muchas mentiras. El perjurio es ilegal, que yo sepa. Mi Tommy ni siquiera debería estar aquí, pero nuestra familia va a dar la batalla». Espera, acaba de publicar una cosa. —Faith hizo clic para ver el último tuit de Britt—. «Mañana no hay sesión, pero luego nos toca a nosotros. ¡Qué maravilla! Voy a ir a pelotear un rato por la mañana y luego les haré la cena a mis chicos».

—Se pelotea en una pista de tenis —dijo Will—. Prueba a buscar en la Asociación de Tenis Femenino de Atlanta.

—Claro, tienes razón. Seguro que está federada. —Faith ya estaba abriendo la página web—. Esas mamás pijas son hipercompetitivas. El tenis es lo único que les impide tirarse por un acantilado con su Range Rover.

Will reconoció el logotipo verde claro, con una raqueta de tenis rosa en el centro. En Atlanta había mucha afición al tenis. El emblema de la asociación estaba por todas partes. Faith abrió un mapa del área metropolitana y seleccionó el equipo de Buckhead. Había un montón de fotos grupales —mujeres en la pista, mujeres sosteniendo cintas y trofeos, mujeres bebiendo vino—, pero ningún pie de foto que permitiera poner nombre a aquellas caras alteradas por el bótox.

—Tiene que haber alguna organización benéfica o algún evento que patrocinen —comentó Will.

—¿Alguna organización benéfica? —preguntó Faith con escepticismo, pero siguió desplazándose por la página.

—Ahí. —Él señaló un pavo de colores, rodeado de latas de comida—. Recogida de alimentos de Acción de Gracias.

—¿Cómo sabes tanto de esta gente?

—Soy observador.

—No me digas. —Hizo clic en el pavo y accedió a una página con otro montón de fotos, todas ellas individuales. Pinchó en una.

Soltó una carcajada triunfal y dijo—: Doctora Britt McAllister, coordinadora de voluntarios.

Britt llevaba un vestido de tenis de color fucsia y sostenía una raqueta de tenis en una mano y una copa de vino en la otra. Tenía la frente anormalmente tersa y la piel alrededor de los ojos tirante. Daba la impresión de que sonreír le causaba dolor físico.

—Ni toda la cirugía estética del mundo puede borrar esa clase de maldad —dijo Faith.

Will pensó que era una buena manera de describirla. Britt McAllister era una mujer de aspecto duro. Tenía los huesos demasiado afilados, las facciones demasiado prominentes. Parecía demasiado delgada. Demasiado quebradiza. Demasiado todo. Se inclinó para ver la fotografía más de cerca, pero no era su cara lo que le interesaba. Quería ver el fondo. Britt aparecía de pie en una pista de tenis de tierra batida. Las pistas públicas de Atlanta eran todas de cemento. Detrás de ella, en un edificio, se veía un cartel borroso.

Señaló el escudo dorado y azul, y le dijo a Faith:

—Es socia del Club de Campo Piedmont Hills.

Faith silbó por lo bajo. Piedmont Hills estaba a orillas del río Chattahoochee, rodeado de fincas que valían de diez millones en adelante.

—¿Cómo lo sabes?

—Soy…

—Observador. Sí, ya. Vamos a poner a estos imbéciles en la pared. —Faith imprimió la foto de Britt.

Will entró en la despensa, donde la impresora a color quedaba oculta detrás de materiales de pintura, verduras en conserva, un montón de bolsas de tela y varios rollos arrugados de papel de regalo.

—Perdóname tú también —dijo Faith—. Por lo que he dicho antes. Sé que no solo le ha molestado a Sara.

Will asintió con la cabeza mientras desplegaba las fotos sobre la mesa.

—Nos faltan dos personas.

—Mason James se dedica a la cirugía plástica en Buckhead.

—Faith hizo otra búsqueda en el portátil. Ahogó una exclamación de sorpresa cuando se cargó la fotografía—. ¡Joder!

Will se frotó la mandíbula.

Mason estaba apoyado en un deportivo, con la chaqueta echada al hombro como si estuviera posando para un anuncio de Hugo Boss. Tenía el pelo tan perfecto que seguramente usaba laca. Su barba de tres días parecía demasiado perfecta para ser natural. Pero lo peor era el coche, un Maserati MC20 cupé en *rosso vincente*, que era como se decía «rojo» cuando uno tenía medio millón de dólares para gastárselo en un coche.

—Madre mía —murmuró Faith—. Perdona, pero…, joder, yo con este tío volvería a la pubertad.

Will se inclinó y pulsó las teclas necesarias para imprimir la página.

—¿Qué hay de Cam Carmichael?

—Cameron. —Faith tuvo la decencia de cerrar la pestaña con la foto de Mason.

La nueva búsqueda dio como resultado un artículo publicado en la página web de un tabloide. A Will no le costó reconocer varias palabras del enorme titular porque se empleaban a menudo en su trabajo.

—¿Cómo consiguió una Glock un médico de urgencias de Nueva York? —preguntó.

Faith se volvió para mirarlo.

—¿Lo has leído?

—No soy tonto. Imprime el dichoso artículo.

—¿Qué artículo? —Sara apareció detrás de él y le puso la mano en el hombro.

—Sara. —Faith se levantó—. Siento mucho haber sido tan poco cuidadosa. No tendría que haber…

—No pasa nada —la interrumpió Sara, dejando claro que sí pasaba, pero que prefería olvidarse del asunto—. No quiero que contactéis con él, ¿de acuerdo? Ni que llaméis a su agente de la condicional, ni nada por el estilo. ¿Entendido?

—Entendido —respondió Faith.

Sara apretó el hombro de Will y tomó el portátil. Sin que se lo pidieran, empezó a leer el artículo en voz alta:

—«El doctor Cameron Davis Carmichael, de treinta y cuatro años de edad y cirujano de traumatología del hospital Bellevue, fue hallado sin vida esta mañana después de que su hermana pidiera a la policía de Nueva York que comprobara si se encontraba en su piso de Chelsea. La doctora Jeanene Carmichael-Brown, de Princeton (Nueva Jersey), estaba preocupada porque hacía más de una semana que no tenía noticias de su hermano. Un compañero de trabajo del fallecido que desea permanecer en el anonimato afirmó que Carmichael había caído en una depresión tras la muerte de un paciente y llevaba varios días sin acudir al hospital. Según la oficina del forense, Carmichael murió a consecuencia de una herida de bala autoinfligida. Se ha confirmado que el arma utilizada fue una Glock 19 cuyo robo se había denunciado previamente en Fairfax (Virginia). La policía de Nueva York ha informado de un aumento de la violencia con armas de fuego en las comisarías de Kips Bay. El inspector Danny DuFonzo, que acudió al lugar de los hechos, informó de que la policía cree que Carmichael le compró el arma ilegalmente a un paciente del hospital. Las personas que deseen proporcionar información anónimamente pueden contactar con Crime Stoppers».

—Se le murió un paciente y estaba deprimido —comentó Faith.

Sara volvió a dejar el portátil en la mesa y apoyó de nuevo la mano en el hombro de Will, no para decirle que estaba bien, sino para agarrarse a él.

—¿Cuál es el plan? —le preguntó Will.

—No hay plan. —Era evidente que Sara había tomado una decisión—. No tenemos motivos fundados para abrir una investigación oficial. Desconocemos el nombre de la primera víctima de Tommy. No tenemos forma de acercarnos a Britt sin que os despidan, en el peor de los casos, o Amanda os ponga en la lista negra, como mínimo. Os agradezco vuestro interés, chicos, pero el muro no se ha movido. Si acaso, se ha vuelto aún más impenetrable.

Faith parecía desconcertada.

—¿Nos estás diciendo que lo dejemos?

—Sí —respondió Sara—. ¿Es que hay otra opción?

—Podemos ir a hablar con la pandilla —dijo Faith—. No hay nada de malo en eso. Podemos conectarnos ahora mismo con una tarjeta de crédito y comprobar sus antecedentes.

—¿Con qué fin? ¿Para saber cómo se suicidó Cam o averiguar si Chaz tiene problemas con el juego o si a Pru la han denunciado por negligencia? ¿De qué va a servirnos eso?

—Nos servirá para presionarlos —dijo Faith—. La gente hace lo que sea para ocultar sus secretos, ya sea un problema con el juego, una querella o cualquier otra cosa. Hablarán con nosotros porque les preocupará que empecemos a hablar de ellos.

—No. —Sara no solo parecía frustrada. Parecía enfadada—. Me parece que no debería tener que repetirlo, Faith. He dicho que lo dejéis. No se puede hacer nada.

—Claro que se puede hacer algo. —El tono de Faith era idéntico al de Sara—. No podemos dejar que Britt se salga con la suya. Sabe algo. Te dijo que tu violación y la muerte de Dani estaban relacionadas. Entiendo que quieras dejarlo por motivos personales, pero ¿no te importa Dani?

—¡Joder! ¿Lo dices en serio? —estalló Sara, y estiró el brazo para impedir que Will interviniera—. ¡Dime cómo puedo ayudarla! ¡Dime qué hacer! ¡No se puede hacer nada!

—Hay maneras de…

—¿Qué maneras? —le espetó Sara—. No voy a perjudicaros a Will y a ti. ¡Faith, tienes una hija pequeña en casa! Necesitas tu trabajo, tus prestaciones, tu pensión. Ya ha salido bastante gente perjudicada por mi culpa. No voy a dejar que sufra nadie más.

—¿Sabes quién tiene que sufrir? —respondió Faith—. Britt McAllister. Podemos empezar con ella.

—¿Cómo? —Sara pedía de verdad una respuesta—. Dime cómo puedes hablar con Britt sin destrozarte la vida.

—Tenemos razones legítimas para investigar lo que te dijo en el aseo.

—Vale, vamos a dar eso por sentado. Pero nadie tiene que hablar con la policía si no quiere. Britt está forrada y rodeada de abogados. No pasarás de la verja de su casa. Le dirá a la criada que no te abra la puerta.

—Podemos seguirla. Tenderle una emboscada. Pillarla por sorpresa.

—¿Dónde? ¿En el juzgado? ¿En el spa? ¿En el estudio de yoga? ¿Te das cuenta de lo ridículo que suena eso? Se reirá en tu cara y se irá.

—En el club de campo. Es socia de Piedmont Hills.

—Faith...

—No. —Faith la señaló con el dedo—. Tú misma has dicho que Britt está obsesionada con la clase social. No perderá los nervios delante de su gente. Estará avergonzada. Podemos aprovecharnos de eso.

—¿Sabes lo exclusivo que es ese club? Está lleno de jueces y políticos. No permiten que la policía entre a acosar a sus miembros.

—Pediré una visita guiada.

—¡No hacen visitas guiadas para gente de la calle! —gritó Sara—. Es uno de los diez clubes más exclusivos del país. Se informan sobre ti. Te seleccionan por tu alto poder adquisitivo, tus contactos, tu influencia... ¿Tienes alguna de esas cosas?

Faith no se dio por vencida.

—Tiene que haber otra manera de entrar.

—Tienes que ser miembro del club o conocer a alguien que lo sea. Esa es la única manera de entrar. ¿Conoces a algún miembro, Faith? ¿Conoces a alguien que haya desembolsado doscientos cincuenta mil dólares para ingresar en el club y que pague la cuota de dos mil pavos al mes?

Will tenía que poner fin a aquello.

—Yo sí —dijo.

5

Sara miraba el reflejo borroso de Will en el interior de las puertas del ascensor. Iba muy callado mientras subían a su piso y eso la sacaba de quicio. Le dolía la garganta de alzar la voz durante el trayecto de tres kilómetros desde casa de Faith. Odiaba ser de esas mujeres que levantaban la voz. Odiaba que Faith estuviera dispuesta a arriesgar su empleo y Will su tranquilidad por unos comentarios de mierda que Britt McAllister había hecho en un puto aseo. Ese era el resultado que más había temido durante esos últimos seis meses. Hablar sobre su agresión solo conseguía abrir heridas todavía frescas en la gente que la rodeaba.

—Mi amor. —Procuró mantener un tono de voz suave—. Me dijiste que apoyarías cualquier decisión que tomara. Esta es mi decisión. No voy a dejar que hagáis esto.

Will le lanzó una mirada cortante y luego volvió a fijar los ojos en las puertas del ascensor.

A Sara de dieron ganas de zarandearlo. De suplicarle que no siguiera adelante. Encontrarían otra forma de llegar a Britt McAllister.

No iba a dejar que pidiera ayuda a su tía Eliza.

Will no se había criado en instituciones públicas porque no hubiera otras alternativas. Al morir, su madre tenía un pariente vivo, un hermano que había heredado una riqueza inimaginable, amasada durante generaciones. Su tío podría haber tramitado fácilmente la adopción de Will, o contratado a niñeras, o pagado un internado sin siquiera tener que verle la cara, pero en lugar de eso su esposa Eliza y él habían dejado que se pudriera tutelado por los servicios sociales.

Por lo que a Sara concernía, lo único decente que había hecho el tío de Will era morirse de un derrame cerebral fulminante hacía tres años. Según decía la necrológica, en el momento de su muerte se encontraba en el tercer hoyo del Club de Campo y Ciudad Piedmont Hills, del que su mujer y él eran socios desde hacía mucho tiempo. Si había justicia en el mundo, Eliza pronto se reuniría con él y arderían los dos en el infierno, encima de sus montones de dinero manchado de sangre.

El ascensor llegó a la última planta. Se abrieron las puertas. Will se apartó para que Sara saliera primero. Pero, en lugar de bajar, se volvió y lo miró.

—Will, por favor, no merece la pena. Britt no va a volver a hablar por arte de magia. Ayer solo lo hizo porque estaba drogada y alterada y…

Las puertas empezaron a cerrarse. Will alargó la mano para impedir que golpearan a Sara, pero no dijo nada. Sara sabía que era capaz de quedarse allí plantado toda la noche si ella no se movía. Era insoportable…

No tuvo más remedio que echar a andar por el pasillo, hacia su piso. Esperaba oír a los perros al otro lado de la puerta, pero, al meter la llave en la cerradura, no se oyó nada.

—¡Hola! —Tessa estaba junto al fregadero, lavando los platos. Tenía el monitor vigilabebés en la encimera, por si su hija se despertaba—. Iba a sacar a los perros, pero…

Will tomó las correas del perchero. Billy y Bob, los dos galgos de Sara, se acercaron y esperaron pacientemente a que les pusiera la correa. Sacó la bolsa de basura del cubo y la cerró.

Por fin habló, pero no para dirigirse a Sara:

—¡Betty!

La perrita se quedó tumbada en su colchoneta de raso. Will tuvo que ir al sofá para cargarla. Betty se acurrucó en su pecho y le lamió el cuello, lo que le hizo romper un poco su hosco silencio. Lanzó una mirada reticente a Sara mientras recogía la bolsa de la basura. El chihuahua era un perro callejero que no había tenido valor de dejar en la perrera.

Tessa esperó a que la puerta se cerrara tras él.

—Cuánta frialdad.

Sara no iba a meter a su hermana en aquel lío.

—¿Qué estás haciendo? Tenemos friegaplatos.

—Es mejor fregar a mano.

Sara no sabía para quién era mejor, pero se estiró para agarrar un paño para ayudarla a secar.

—Yo me encargo —le dijo Tessa—. Tú hazme compañía.

Sara se sentó de mala gana. Desde que Tessa se había mudado al edificio, habían vuelto a caer en una rutina ya familiar, en la que Tessa hacía más de lo que debía. Cuando eras un hombre e ibas camino del éxito, tu mujer se encargaba de las labores domésticas esenciales de tu vida. Cuando eras una mujer, o vivías entre mugre o dependías de tu familia.

Sara lo intentó de nuevo:

—Tess, no tienes que limpiarme la casa.

—Tú me ayudas con el alquiler.

—Por razones egoístas. —Sara tomó el vigilabebés. Oyó una respiración suave—. ¿Cómo está mi sobrinita?

—Tu preciosa Isabelle se ha metido un trozo de pan en la nariz porque ha dicho que quería ver cómo sabía.

Sara sonrió.

—Tiene razón. La epiglotis…

—No quiero una lección de anatomía.

Sara dejó el monitor. Vio su anillo de compromiso y sintió que la ansiedad volvía a instalarse en su pecho. Lo más difícil de todo, lo que no quería reconocer, era que deseaba que Faith y Will se encararan con Britt. Quería que la acorralaran. Que se sintiera asustada e indefensa, igual que ella en el aseo del juzgado. Pero aprovecharse de Will para lograrlo, forzándolo a retomar el contacto con una mujer que se había deshecho de él como si fuera basura, le parecía el colmo del egoísmo.

No podía hacerlo.

—¿Qué pasa? —preguntó Tessa—. Últimamente estás muy misteriosa.

—Solo estoy cansada. —Cambió de tema—. ¿Y tú? ¿Por qué estás aquí arriba fregándome los platos en plena noche?

Tessa cedió fácilmente.

—Ha llamado Lem.

—¿Sí?

No hizo falta que Sara le extendiera una invitación formal. Tessa se lanzó a hacerle un informe detallado de su última conversación con su ex. La información no era nueva ni inesperada. Sara se recostó en el taburete de la barra y trató de prestarle atención, pero sus pensamientos viraban continuamente, arrastrados hacia el pasado.

Quince años atrás, cuando se supo que la habían violado, sus compañeros del hospital se dispersaron. Algunos dejaron el hospital, otros pidieron que los cambiaran de departamento. Mason se entregó a sus bajos instintos. Bella, la tía de Sara, comenzó a dormir con un revólver cargado junto a la cama. Sus otras tías, tíos y primos empezaron a atosigarla o pusieron distancia; demostraron demasiada curiosidad o ninguna. Su padre no había vuelto a mirarla igual. Su madre seguía extremando la vigilancia. Tessa nunca se había recuperado del todo. Ver a Sara luchar por volver a encontrarse a sí misma la había marcado. Siempre había pensado que su hermana mayor era invencible, que la protegería pasara lo que pasase. Todos se habían sentido más vulnerables y desprotegidos debido a su relación con ella.

Por eso no le había hablado a su familia de Dani Cooper.

Y por eso no le daría a Eliza la oportunidad de hacer daño a Will.

—Así que se lo he contado a papá —estaba diciendo Tessa—. Y me ha dicho que, si me decido a asesinar a Lem, que lo haga con la tapa de un Tupperware porque nadie las encuentra nunca.

Sara forzó una sonrisa.

—Habla conmigo antes de hacer nada. Sé mucho de asesinatos.

—Cuenta con ello. —Tessa vació el fregadero—. Vale, ahora dime por qué estáis tan tensos Will y tú. ¿Tenéis dudas sobre casaros o qué?

Sara negó con la cabeza; eso era lo único de lo que no tenía que preocuparse.

—Si te sirve de algo, yo creo que Will te conviene —dijo Tessa—. Es diferente.

Sara se puso a la defensiva de inmediato.

—No es tan diferente.

—No me refiero a sus rarezas. Digo comparado con todos los otros tíos con los que has estado.

—¿Con todos los otros tíos? —repitió Sara, porque, aparte de algún ligue de una noche que había salido mal, las dos sabían que era monógama en serie—. No son tantos.

—A eso me refiero precisamente. —Tessa empezó a doblar el paño de cocina—. Steve era aburridísimo.

—En el instituto todos los chicos son aburridos.

—Los que yo conocía, no. Ni las chicas tampoco. —Dejó el paño en la encimera—. Mason era un sinvergüenza muy resultón. Tu vida habría sido la misma con él o sin él.

Sara asintió en silencio. Mason era como la mayonesa, salvo porque ella echaría de menos la mayonesa si no existiera.

—¿Puedes ir al grano?

—Will sabe cómo eres. Con él eres más tú misma que con los otros hombres con los que te he visto.

Sara ya tenía los párpados irritados de tanto llorar. Miró las fotos de la nevera, por encima del hombro de Tessa.

—Es un buen hombre.

—Es un hombre estupendo —dijo su hermana—. Quiero decir que, joder, a eso se referían las Salt-N-Pepa*. El tío saca la basura sin que se lo pidas. Y te escucha.

Sara se rio, porque Will no la estaba escuchando precisamente en aquella cuestión.

—Debería irme. —Tessa rodeó la encimera—. Ya me contarás, cuando te apetezca, por qué estás tan molesta.

---

* Referencia al tema «Whatta Man» del grupo de hip hop Salt-N-Pepa.

Sara asintió.

—Vale.

Tessa se colgó el vigilabebés de los vaqueros. Cuando abrió la puerta para marcharse, Will se disponía a abrir. Ejecutaron un rápido baile mientras Tessa sorteaba a los galgos. Sara les oyó hablar en voz baja. Will cerró la puerta. Volvió a depositar suavemente a Betty en su colchoneta. Ella lo vio cruzar la habitación. Tenía la mandíbula menos tensa. Salir un rato le había sentado bien. Pero Sara sabía que no había cambiado de opinión.

Will dejó su teléfono en la encimera, delante de ella.

La pantalla se iluminó. El fondo de pantalla era una foto de Sara en el sofá de Will, con los tres perros tumbados a su alrededor. Ella se acordaba del día que hicieron la foto. Estaban viendo un partido de los Falcons en la tele. Habían comido demasiado. Pasaron uno de esos días perezosos y sensuales que te hacen darte cuenta de que lo que estás haciendo en realidad es enamorarte.

Sara probó un enfoque diferente.

—¿Por qué tienes el número de Eliza?

Él tardó un momento en contestar.

—Amanda me hizo guardarlo. Dijo que algún día podía tener preguntas que hacerle.

—¿Alguna vez las has tenido?

—No se le pide la verdad a un mentiroso. —Evidentemente, no iba a dejarse distraer—. Britt McAllister es nuestra única pista viable. Y a menos que haya mentido en Twitter, estará en el club de campo mañana por la mañana. Para entrar, necesitamos a Eliza.

Sara tenía que encontrar una estrategia mejor. Lo había intentado gritando y suplicando. Ahora iba a usar una lógica implacable.

—Pues explícame cómo vais a hacerlo. Convences a Eliza para que os ponga a ti y a Faith en su lista de invitados y os presentáis en el club. Dime cómo vais a conseguir que Britt hable.

—Procuraremos pillarla a solas y entonces…

—En ese tipo de clubes hay espacios separados para hombres y mujeres. Vas a llamar la atención.

—Estoy acostumbrado a llamar la atención.

—Así no —dijo Sara—. Y adoro a Faith, pero ella también va a llamar la atención. Está muy resentida con ese tipo de gente y esos lugares. Y es justo que lo esté, pero allí no va a tener la ventaja de jugar en casa. Britt, sí. Y la aprovechará.

—Entonces, le diré que ponga tu nombre en la lista de invitados —repuso Will—. Tú conoces a Britt mejor que nosotros. Sabes qué teclas pulsar. Y sabes desenvolverte en un sitio así.

Sara se había quedado casi sin palabras.

—Yo no soy policía. Y olvidas que ayer me quedé casi paralizada en el baño. Dejé que me arrollara.

—Contó con el elemento sorpresa. Esta vez, lo tendrás tú.

Sara empezó a sacudir la cabeza, aunque en parte la atraía la idea de tomarse la revancha.

—Sigue habiendo un problema fundamental. No pienso hacer nada que suponga que tengas que pedirle un favor a Eliza. Querrá algo a cambio. Y para mí no merece la pena, ni siquiera para poder hablar con Britt.

—Pero si hubiera otra manera, lo harías.

Qué listo era, joder. Había conseguido que reconociera que quería hacerlo.

—Te dije que te apoyaría —añadió Will—. Esto es lo que quieres. Y te estoy apoyando.

—Amor mío, por favor. —Sara no podía seguir luchando contra él—. Estamos moviéndonos en círculos. Sé que estás cansado. Yo también estoy cansada. Vámonos a la cama. Podemos consultarlo con la almohada.

Will ni siquiera fingió pensárselo.

—Háblame de Mac. Has dicho que es como Tommy. ¿En qué sentido?

Sara no sabía a qué venía la pregunta, pero, si hablando de los hombres de la familia McAllister ganaba un poco de tiempo, iba a aprovecharlo.

—Solo conozco a Tommy del juicio, pero parece un arrogante

y un capullo, exactamente igual que su padre. Hasta en la forma en que inclina la barbilla con esa puta condescendencia...

—Y cuando trabajabas con Mac, ¿cómo era?

—¿Me estás interrogando?

—Solo te estoy haciendo unas preguntas.

La estaba interrogando.

—Era brillante —dijo—, uno de los mejores cirujanos que he visto.

—Eso en cuanto a trabajo, pero ¿cómo es en cuanto a personalidad?

—Una cosa da forma a la otra. El corazón es un órgano muy íntimo. Cuando está dentro de un niño, un bebé o un feto, es como si estuvieras tocando la vida misma. Tienes que tener mucho aplomo, paciencia, cuidado, concentración...

—Como tú con Dani.

—Lo que le hice a Dani no podría haberlo hecho con un bebé. Son mucho más pequeños, más delicados. Piensa en lo pequeño que es el corazón de Betty.

—Es diminuto, como una ciruela —dijo Will—. ¿Cómo se repara?

—Con las manos.

Will la miró fijamente, hasta que cedió.

—Es lo más cerca que he estado de presenciar un milagro. —Sara se avergonzó de expresar de forma tan simple algo tan extraordinario—. La primera vez, ayudé a la doctora Nygaard a operar a un bebé de dos meses que sufría CIV, comunicación interventricular. Hay un orificio en la pared entre las dos cavidades inferiores del corazón y, aunque por cómo lo cuento parece mucho menos complicado de lo que es, cuando se abre el esternón y se llega al corazón, es tan impresionante ver la forma en que yace en el pecho... Está en baipás, o sea, completamente inmóvil. Y se ve lo increíble que es, como una escultura. Entonces la doctora Nygaard me dejó hacer la reparación, y fue algo a medio camino entre reparar un tabique de yeso y zurcir un calcetín. Es la manera más sencilla de describirlo que se me ocurre.

Will pareció desconcertado, probablemente porque había hecho ambas cosas.

—Se utiliza un parche de tejido para sellar el agujero y, una vez cosido, ya está. Deshaces el baipás. A veces hay que apretar un poco el corazón para que vuelva a su ritmo. Es casi como darle un empujoncito. Y ya está. Acabas de darle a ese bebé el resto de su vida.

Will le ofreció su pañuelo.

Por una vez, a Sara no le importó que se le hubieran saltado las lágrimas. No había mayor regalo que la vida de un niño.

—Cuando el corazón se cura, pueden correr y jugar y divertirse y crecer y casarse y quizá tener hijos. Pero dentro de su corazón estás tú. Tú eres quien lo ha hecho posible. Eso crea un vínculo increíblemente íntimo con la vida de otra persona.

—Entonces —dijo Will—, quieres decir que Mac es cuidadoso, que presta atención al detalle y… ¿qué más?

—También es arrogante y controlador. —Sara se rio mientras se secaba las lágrimas—. Todos los cirujanos son unos arrogantes y unos maniáticos del control. Es necesario para hacer su trabajo. Pero se puede ser un buen cirujano y una mala persona. Mac nunca admitía que se había equivocado. Cuando un caso se torcía, culpaba a los demás. Tenía un mal genio fuera de lo normal. Su mayor problema eran los padres de los pacientes. No sabía hablar con ellos. Se ponía demasiado técnico y perdía de vista el hecho de que, pasado un rato, no les importan la fracción de eyección y las ondas T. Están literalmente poniendo el corazón de su hijo en tus manos.

—Lo que quieren es que seas empático.

—Sí, pero también quieren que seas realista y que les digas a qué atenerse. Mac se negaba a ser sincero con los padres. A veces no puedes arreglarlo todo. Solo puedes intentar mejorar las cosas. Mac no sabía manejar esas conversaciones, sobre todo si el pronóstico era malo. Los padres son tan vulnerables cuando tienen un hijo enfermo… Se derrumban, se aferran a ti, discuten o gritan o quieren rezar.

—¿Y a él eso no le gustaba?

—Lo odiaba. Lo llamaba «el drama paterno» —dijo Sara—. Vi a la doctora Nygaard reprochárselo muy duramente durante una junta de morbilidad y mortalidad. Cuando un residente interviene en una operación y se da un resultado adverso, como una muerte, el residente tiene que informar del caso ante una junta de facultativos. Te interrogan y analizan tus decisiones y tratan de averiguar si podrías haber hecho mejor las cosas.

—Suena humillante.

—Puede ser muy duro, pero también puede ser un espacio seguro donde aprender. A no ser que seas Mac McAllister. Él no creía que tuviera nada que aprender. Se ponía furioso cada vez que alguien lo cuestionaba. Y Britt también, por cierto. Tenía una necesidad patológica de creer en él, y Mac tenía una necesidad patológica de que le idolatraran.

—¿Por eso te dieron la beca a ti y no a él?

Sara solo le diría aquello a Will.

—La doctora Nygaard me ofreció a mí la beca porque yo era mejor cirujana.

Él sonrió.

—Eres mejor en casi todo.

En ese momento, Sara no sentía que fuera especialmente buena en nada. Acercó la mano a la cara de Will y tocó suavemente la cicatriz que atravesaba su ceja. La fina cicatriz que subía desde los labios era de un color rosa brillante en contraste con su piel. Pensó en la primera vez que se besaron. Le temblaron las rodillas, literalmente. Se sintió embriagada por su sabor. Después se enteró de que las cicatrices de su cara y su cuerpo se debían a que sus tíos no habían tenido la decencia elemental de dar cobijo a un niño indefenso.

—Deja de intentar protegerme —dijo Will.

—Tú también intentas protegerme —contestó Sara—. ¿Cuál es la diferencia?

—Tommy McAllister. Todas esas cosas que me has contado sobre Mac: que es arrogante y egoísta y un mentiroso, que culpa a los demás y que no le importa quién salga perjudicado... Tommy es exactamente como su padre. Se salió con la suya después de violar a una chica en el instituto y dos años después Dani acabó muerta. También se va a librar esta vez. Aunque pierda el juicio, él no será quien firme el cheque. ¿Crees que Britt tenía razón? ¿Crees que escarmentará? ¿O crees que volverá a las andadas?

Sara dejó caer las manos sobre el regazo. En el fondo, Britt sabía la verdad. Y ella también. Tommy volvería a hacerlo. Otra chica resultaría herida o acabaría muerta. Otra familia quedaría destrozada. Amigos, novios, colegas, compañeros de clase, profesores… Todos quedarían atrapados en el horror de un único acto violento.

—De acuerdo —dijo, cediendo al fin—. Consigue que entre en el club.

EL DOWNLOW

La música en la discoteca *pop-up* estaba tan alta que Leighann apenas se oía pensar. Los bajos retumbaban en su caja torácica. La gente la empujaba sin parar, con las manos en alto y la cara vuelta hacia arriba mientras la música rebotaba como las balas de una ametralladora en las paredes de la enorme sala.

—¡Vamos! —le gritó Jake al oído. Al ver que Leighann no se movía, tiró de ella hacia la muchedumbre palpitante que se había apoderado de la pista de baile.

La sesión del Downlow se celebraba una vez al mes en distintas naves industriales de la ciudad. Nadie sabía cuándo ni dónde hasta que recibía un mensaje en el móvil. La noticia de la fiesta de esa noche se había extendido por el campus, veloz como la sífilis. La nave estaba abarrotada de extraños sudorosos y sobones, pero Leighann no iba a dejar que el miedo le impidiera divertirse.

Hacía cuatro días que no recibía ningún mensaje siniestro del tío al que llamaba el Rarito. Estaba harta de dormir en el sofá de Jake. No podía seguir escondiéndose eternamente. No iba a dejar que el Rarito se saliera con la suya.

—¡Por aquí! —Jake se puso a bailar como una cría de chimpancé, con los brazos colgando, las rodillas dobladas y una sonrisa bobalicona en la cara.

Leighann lo imitó, impulsándose como si estuviera en un trampolín. Miró las luces. Una bola de discoteca lanzaba destellos de colores. La música sonaba tan alta que casi veía palpitar el aire. Necesitaba algo para ponerse a tono. Buscó las pastis en el bolsillo de Jake. Rozó el borde de la bolsita de plástico con la yema de los dedos justo cuando él se alejaba.

—¡Jake! —gritó, pero ya se había acercado bailando como un mono a una chica que estaba muy lejos de su alcance.

Leighann se echó a reír al ver cómo le entraba a la chica. Los vaqueros le quedaban tan anchos que se le veía la raja del culo blanco y plano.

Sacó el teléfono del bolso para hacerle una foto.

Y se quedó paralizada.

Había una notificación en la pantalla.

El Rarito había vuelto a mandarle un mensaje.

La música se apagó. Todo se apagó. Tuvo que parpadear para salir del trance.

Buscó a Jake con la mirada. Se había acercado a otra chica. Había decenas de personas entre ellos. Volvió a mirar el móvil. Según la notificación, hacía seis minutos que había recibido el mensaje.

Le sudaban los dedos cuando deslizó el dedo por la pantalla.

Hola Leighann! Te lo estás pasando bien en el Downlow?

Escudriñó la multitud, miró hacia la galería, hacia la barra repleta de estudiantes sudorosos. Nadie la miraba. Nadie le prestaba atención. Volvió a buscar a Jake. Se había alejado más aún. Solo veía la parte de arriba de su pelo rizado mientras saltaba al ritmo de la música.

Su móvil vibró. Un mensaje nuevo.

Por qué no estás bailando?

Levantó el brazo sin querer. Alguien había chocado con ella. Casi se le cayó el teléfono. Otra persona la empujó. Se abrió paso entre la multitud y se puso de espaldas a la pared. Sentía que le faltaba la respiración. El teléfono volvió a vibrar. Le había llegado otro mensaje.

Estás preciosa esta noche.

Tenía los ojos fijos en la pantalla cuando apareció un cuarto mensaje.

Como siempre!

El sudor se le enfrío en el cuerpo. Sentía cómo le latía el corazón. Estaba demasiado borracha para afrontar aquello, pero aun así su cerebro le arrojó un recuerdo. El espejo de mano que guardaba en el cajón de maquillaje del baño. Después de recibir los primeros mensajes siniestros, había cerrado todas las persianas del apartamento, se había tumbado en la cama y se había retorcido para mirarse la parte de atrás de la rodilla.

Tal y como decía el Rarito, tenía un círculo dibujado justo en el centro de la corva izquierda.

Su móvil volvió a vibrar.

No quieres bailar?

Leighann se echó a llorar. Tenía que encontrar a Jake. Él le diría que lo del círculo de su corva era una broma. Que se había emborrachado en una fiesta en la piscina, que había encontrado un rotulador y se lo había dibujado ella misma; o que se había quedado dormida y alguien se lo había pintado; o que, estando sentada en las gradas de la pista de atletismo, alguna de sus compañeras de equipo había tenido la ocurrencia de hacerle una marca.

Pero Jake no estaba allí para darle esas excusas y ella sabía que sus compañeras de equipo no eran tan retorcidas y que nadie le pintaría un redondel en el cuerpo para gastarle una broma, y que ni siquiera con un espejo había forma de que ella se hubiera dibujado aquel círculo perfectamente redondo y centrado en la parte posterior de la rodilla izquierda porque era zurda y le resultaría físicamente imposible hacerlo, y eso no podía cambiarlo ni toda la cerveza ni todo el éxtasis del mundo.

Otro mensaje apareció en la pantalla.

Me encanta cómo te has peinado esta noche.

Cerró los ojos y se apoyó el borde del teléfono en la frente. Se imaginó al Rarito acechándola en un rincón. O quizá estuviera en la galería, mirándola desde allá arriba, observándola y excitándose al verla aterrorizada, y gozando segundo a segundo del control que tenía sobre su existencia.

Todas las chicas que conocía habían sufrido ese grado de acoso diez veces en su vida, como mínimo. Una vez, al salir de una heladería, Beckey se había encontrado con que un cabrón le había rajado las ruedas del coche. El exnovio de Frieda la había avergonzado publicando un montón de fotos de ella desnuda que le había mandado cuando estaban saliendo. Cuando Denishia era pequeña, el mejor amigo de su hermano había intentado meterle mano mientras estaba dormida y su hermano se había enfadado con ella por contárselo a sus padres.

Eso por no hablar de internet, donde las amenazas de violación, los insultos machistas y las fotos de pollas no solicitadas inundaban cada foro que visitaba Leighann. Por eso mirabas las redes sociales de un tío antes de salir con él. Por eso enviabas mensajes a tus amigas antes y después de una cita. Por eso llevabas el localizador activado y el espray antiagresión en el bolso y te quedabas a dormir en el sofá viejo y resudado de un amiga. Porque en este puto mundo tener vagina era aterrador.

Leighann no iba a dejar que el Rarito se saliera con la suya.

Levantó la barbilla con gesto desafiante y miró con furia el club abarrotado de gente, retando a cualquiera a sostenerle la mirada. Nadie tuvo huevos. Sintió que su móvil vibraba otra vez, pero ya estaba harta de gilipolleces. Todo el mundo sabía que la mejor manera de enfrentarse a un acosador era ignorarlo. No podías ser una víctima si no te comportabas como tal.

Desbloqueó el teléfono. Bloqueó el número y borró los mensajes. Volvió a guardar el móvil en el bolso. Abrió la boca y soltó un largo grito inarticulado mientras volvía a mezclarse girando con la muchedumbre de juerguistas, en busca de un desconocido con el que bailar.

No tardó mucho en encontrarlo. Había pasado menos de un minuto cuando se fijó en un tío bueno. Estaba bailando con otra chica, pero no le costó apartarlo de ella. Bailaba bien. Su cuerpo se movía en perfecta sincronía con la música. No era muy alto, pero estaba en forma y era musculoso. Se fue acercando poco a poco. Al poco rato, Leighann prácticamente se contoneaba contra su cuerpo, agarrada a sus fuertes brazos. Era un poco mayor que ella, no se había afeitado y llevaba una gorra de béisbol ladeada. Sintió en la mejilla el roce de su barba incipiente cuando él se inclinó y le dijo al oído:

—Vámonos de aquí.

Leighann se limitó a reír. Era demasiado guapo para estar tan ansioso. Recorrió su espalda con las manos. Tenía la camisa húmeda de sudor. A su alrededor se apretaban los cuerpos, girando sin cesar. La gente chocaba con ellos y los obligaba a acercarse más y más, hasta que no quedó espacio entre ellos. A pesar del ritmo machacón de la música, empezaron a bailar lento, balanceándose al mismo tiempo. Él la miraba con párpados pesados porque estaba colocado o cachondo, o las dos cosas.

Volvió a intentarlo.

—¿Quieres una copa?

Ella negó con la cabeza. Estaba ya medio borracha y, además, no iba a ser una de esas tontas que dejaban que les pusieran algo en la bebida. El Rarito seguía por ahí. Y le había prometido a Jake que esa noche se iría con él a casa, con él y con nadie más.

—Venga ya —insistió él—. ¿Me estás provocando o qué?

A Leighann le apetecía provocarle. Se lamió los labios para que le mirara la boca. Él captó la indirecta. Empezó a besarla. Al principio, dulcemente. Luego fue al grano. Le puso las manos en las caderas. Ella sintió cómo respondía su cuerpo a las caricias de su lengua. El club empezó a desvanecerse. Estaban rodeados de gente pero completamente solos. El beso se hizo más intenso. Leighann se puso de puntillas y él la agarró del culo y empezó a frotarse contra ella.

Joder, la estaba poniendo a mil.

Él le metió la mano por dentro de la camiseta. Leighann comprendió que la estaba poniendo a prueba. Y, en efecto, movió la mano y empezó a acariciarle un lado del pecho con el pulgar. A ella le encantó. Luego deslizó la mano hasta la parte delantera del sujetador. Estaba a punto de decirle que fuera más despacio cuando notó un fuerte pinchazo.

Apartó la boca de la suya.

Lo primero que pensó fue que le había arañado accidentalmente la parte de abajo de las costillas con el botón de la manga, pero el dolor era demasiado intenso, demasiado reconocible.

¿La picadura de un insecto? ¿El aguijón de una abeja?

Una aguja.

Miró hacia abajo. Vio la jeringuilla en su mano. Él tapó la aguja con el capuchón de plástico, se metió la jeringuilla en el bolsillo y fue como si nunca hubiera estado allí.

Salvo por el recuerdo del pinchazo justo debajo de las costillas. Salvo por el calor líquido que inundaba su cuerpo y el presentimiento de que algo malo acababa de suceder y de que se avecinaba algo mucho peor.

La habitación empezó a darle vueltas. Intentó mirarlo, memorizar su cara. Sus ojos se encontraron. Él sonreía mientras la droga hacía efecto. Leighann había confundido la fascinación depredadora con lujuria. Él le rodeó la cintura con el brazo. Tenía la otra mano apoyada entre sus escápulas. No la estaba reteniendo. Estaba esperando para sujetarla cuando se desmayara. Todas las cosas que le habían enseñado, todo lo que sabía que debía hacer si eso ocurría, desfilaron por su mente...

«¡Grita! ¡Corre! ¡Pégale! ¡Aráñale! ¡Muérdele! ¡Sácale los ojos! ¡Dale una patada en los huevos! ¡Agita los brazos! ¡Haz como si estuvieras loca! ¡Intenta llamar la atención! ¡Memoriza su cara! ¡Asegúrate de que su ADN quede debajo de tus uñas! ¡Vomita! ¡Méate encima! ¡Cágate! ¡Tírate al suelo!».

Nada de eso iba a ocurrir.

Todos sus músculos dejaron de funcionar al mismo tiempo. La cabeza se le cayó hacia atrás. Sus ojos se volvieron locos, buscando frenéticamente a Jake. No podía controlar sus movimientos. Le pesaba demasiado el cráneo. Empezó a ver borroso. Parpadeó sin control. La música cambió. El nuevo ritmo retumbaba en su pecho. Vio manos que se alzaban hacia el techo. Luces centelleantes. Una bola de discoteca que giraba, giraba y giraba.

Luego todo se volvió negro.

6

Will estaba en la recepción del Club de Campo y Ciudad Piedmont Hills. Antes de cruzar las enormes puertas de entrada, había alejado de su mente todo el ruido de la noche anterior. Para trabajar de incógnito, tenía que dejar a un lado su yo real. El Will auténtico, el que estaba preocupado por su novia, al que le inquietaba que Sara estuviera a punto de venirse abajo, se hallaba enterrado muy al fondo de su cerebro. Allí, en aquel momento y aquel lugar, era el sobrino malcriado y con cara de capullo de una mujer que obtenía un placer perverso haciendo daño a los demás.

Recorrió la sala con la mirada, proyectando una imagen de hastiada displicencia. Aquel lugar conseguía parecer al mismo tiempo opulento y cutre. Los protectores de fieltro de debajo de las alfombras eran tan gruesos que la suela de sus botas se hundía en ellos, pero las alfombras propiamente dichas tenían los bordes raídos. La tapicería de seda de los sillones y los sofás había perdido su lustre. De las recargadas lámparas colgaban cadenas de oro y caireles, pero varias bombillas estaban fundidas. El techo estaba pintado con escenas bucólicas de rollizas ovejas y labriegas que no conseguían impedir que la camisa les resbalara por los hombros, pero había telarañas en los rincones. Un friso de caoba tallado a mano cubría todas las paredes visibles, pero los arañazos y las grietas estaban sin reparar, y espejos con incrustaciones cubrían las zonas más dañadas.

Mirara donde mirase, se veía reflejado, lo que le ayudaba a acordarse de quién se suponía que era. No vestía un traje de tres piezas.

Llevaba el pelo engominado y no se había afeitado esa mañana. Vestía un polo de cachemira de manga larga que Sara le había regalado las Navidades anteriores y unos vaqueros ajustados de Ferragamo que tenían la etiqueta metida por detrás porque pensaba devolverlos aquella misma tarde. Las botas Diesel quizá se las quedara, pero solo porque estaban a mitad de precio.

El único objeto que lo vinculaba al Will real era su reloj de pulsera. Era un Timex antiguo, nada lujoso, con la correa de cuero medio pelada porque durante su estancia con los paramilitares de Misisipi había sudado hasta eliminar todos los líquidos de su cuerpo. Miró la hora. Eliza le había citado allí a las diez en punto.

Llegaba diez minutos tarde.

—¿Señor Trethewey? —Una rubia delgada se le acercó con la mano extendida. Llevaba una gruesa carpeta de cuero—. Soy Ava Godfrey, la directora de socios del club. Siento que haya tenido que esperar.

Will le estrechó la mano. No tenía ni idea de por qué le llamaba Trethewey. Le había dicho al tipo de la puerta que era sobrino de Eliza, pero no le había dado su nombre.

—Su tía está en el salón. —Ava sacó un folleto de la carpeta—. Le he traído un plano del club. Espero que su familia y usted disfruten de nuestras instalaciones mientras estén en la ciudad. Estaré encantada de facilitarle información para hacerse socio, llegado el momento.

Will fingió estudiar el dibujo codificado por colores, aunque ya había memorizado el plano que había junto a la puerta principal. Sara tenía razón sobre la separación de espacios. El vestuario de señoras estaba junto a las pistas de tenis, en el sótano de lo que se denominaba el Pabellón de Raquetas. El de caballeros estaba en el edificio principal del club, cerca de los tres restaurantes y los dos bares. Y en la planta de arriba se hallaba el salón privado de caballeros. Por si la denominación no bastaba como advertencia, habían añadido una frase en letra pequeña en la parte inferior del plano, recordando que las mujeres tenían prohibida la entrada.

—Si me acompaña… —Ava no esperó respuesta. Pasó junto al letrero que indicaba el camino hacia el salón de caballeros y empezó a subir las escaleras de lado para afianzar sus altísimos tacones.

Will la siguió a cierta distancia, con los ojos entornados para protegerse del torrente de sol que entraba por las ventanas del primer piso. El salón ofrecía una vista espectacular del campo de golf. Cielo azul brillante, colinas onduladas, el río Chattahoochee con sus meandros, golfistas ociosos montados en sus cochecitos mientras esperaban a que llegara su hora de jugar...

Al principio de su relación, Sara había intentado enseñarle a jugar al golf. En aquel entonces habría jugado a la pulga saltarina con tal de estar a solas con ella. Ahora le parecía que el golf no estaba mal del todo, si uno era de esas personas capaces de malgastar cinco horas dando vueltas en un cochecito de juguete y golpeando una bolita blanca con un palo.

Dio la espalda a las ventanas. A pesar del sol implacable, la sala era oscura y deprimente. Peor aún, estaba llena de olores de su sórdida infancia: a humo rancio de puros, a cigarrillos encendidos y a alcohol derramado. Aquel tufo impregnaba todas las superficies, desde la larga barra que ocupaba un lado de la sala hasta los sofás y los sillones de cuero. Incluso el techo, pintado de marrón oscuro para disimular las manchas de tabaco, parecía retener una capa de aire viciado.

Había una sola ocupante en la sala.

Eliza se había instalado al fondo, en un amplio reservado semicircular. Había cambiado desde la última vez que la había visto Will. Siempre había sido delgada, aunque ahora parecía consumida. Cuando acercó el cigarrillo a un cenicero, Will vio que la piel le colgaba de la muñeca huesuda como un trozo de lino mojado. Su cara, en cambio, parecía pertenecer a otro cuerpo. Will no sabía mucho de cirugía estética, pero quien hubiera cortado y recolocado las facciones de Eliza había hecho un trabajo excelente.

De cara, parecía más joven que él.

Ava se encaminó al reservado. Por el camino le ofreció una descripción inconexa del club. Will no le prestó atención. Le estaba costando mantener su fachada porque sentía en cada músculo del cuerpo el impulso de dar media vuelta y salir de allí

—Buenos días, señora. —Ava se detuvo delante del reservado semicircular—. He traído a su sobrino y los papeles.

Eliza, que había seguido con la mirada su avance por el salón, bajó la vista en el último momento, dando vueltas al cigarrillo en el cenicero ya lleno. Delante de ella, en la mesa, había un Zippo dorado, un vaso con líquido ambarino y una pitillera de oro grabada.

Ava dejó la carpeta de cuero sobre la mesa. Tenía el escudo del club repujado en oro. Eliza no levantó la vista ni siquiera cuando Ava dijo:

—Cuando quiera, señora.

Will observó que la más joven de las dos mujeres captaba la indirecta y se escabullía camino de la escalera. Cuando él se dio la vuelta, Eliza seguía con la vista fija en el cenicero, como si estuviera dispuesta a seguir pasando el cigarrillo por el borde del cristal hasta el fin de los tiempos.

—Prohibieron fumar en las zonas comunes allá por los noventa —le dijo—, pero les dije que yo había ingresado en el club como fumadora y que pensaba seguir fumando.

Will le miró la coronilla. Llevaba peluca. Se veían los agujeros del falso cuero cabelludo.

—Tenemos un acuerdo —añadió ella—. Tengo el salón para mí hasta las diez y media. —Hizo un ademán abarcando la habitación—. De todos modos, siempre me he llevado mejor con los hombres. Las mujeres pueden ser tan tediosas con sus juegos mezquinos…

Will sabía que en ese momento ella también estaba jugando a un juego mezquino.

Se deslizó en el asiento corrido, procurando mantener las distancias. En aquel rincón, la temperatura bajaba varios grados. Oyó el viento sacudiendo los ventanales. El humo del tabaco enturbiaba el aire a su alrededor. A juzgar por el cenicero, Eliza llevaba allí largo rato, no solo los diez minutos que le había hecho malgastar abajo.

—¿Trethewey? —le preguntó.

—Supuse que querrías venir de incógnito. Tu nombre de pila es John. ¿Te gusta? —No se limitó a levantar la vista. Se fijó en cada detalle de su apariencia—. ¿Es cachemir?

Él apartó el brazo cuando alargó la mano para tocarle la manga.

—Tranquilo. Cobro extra por morder. —El cigarrillo volvió a

su boca. Observó a Will a través de las volutas de humo—. ¿Es Will o Wilbur?

No contestó. No pensaba quedarse allí el tiempo suficiente para que lo llamara por su nombre.

Ella echó el humo por las fosas nasales.

—Bueno, sobrino, eres policía. Imagino que quieres que añada a otro policía a mi lista de invitados. ¿A qué socio del club estáis investigando?

Will no dijo nada.

—Aquí hay tantos delincuentes a elegir… —añadió ella—. Congresistas, senadores y jueces, ay, Dios… Se confabulan como mafiosos. Se les conoce por los colores. Louis Vuitton, Zegna, Prada. Las Birkencitas montan un buen tinglado los días de fiesta para ver quién recauda más dinero para dar de comer a los pobres. Es una lástima que no se limiten a pagar los impuestos que les corresponden y a dejar que los pobres se alimenten solos.

Will no había ido allí para oír una soflama contra los ricos. Se estiró como para agarrar la carpeta de cuero.

—Todavía no. —Eliza esperó a que retirara la mano—. Me dijiste que necesitabas un favor. Yo también necesito uno.

Will esperaba que se lo pusiera difícil. Lo que no esperaba era sentirse físicamente enfermo cada vez que la miraba.

—¿Qué quieres?

—Tu silencio.

Will acostumbraba a dar su silencio gratis.

—Si te preocupa que le diga a la gente de qué conocías a mi madre…

—No, eso no me importa. En este sitio todas las mujeres son prostitutas. A mí al menos me pagaban por serlo. —Apagó el cigarrillo con cuidado—. Necesito contarte una cosa.

—No soy tu confesor.

—Menos mal —repuso Eliza—. Cada vez que entro en una iglesia, se incendia el altar.

Esperaba que él se riera.

Will no se rio.

—Quiero que me escuches treinta segundos sin interrumpirme. Luego haré lo que me has pedido.

Él miró por la ventana. Fingió pensárselo, como si escucharla fuera un fastidio. Porque, evidentemente, ella pensaba que le importaba un comino lo que tuviera que decirle.

—¿Y bien? —insistió.

Will se quitó el Timex y lo dejó sobre la mesa. Esperó a que el segundero llegara a las doce y dijo:

—Adelante.

—Ya te he hecho un favor enorme.

Will observó como el segundero llegaba al uno. Eliza estaba quemando el tiempo, consumiéndolo mientras se fumaba su cigarrillo.

—Te mantuve alejado de tu tío porque se lo debía a tu madre. No serías el hombre que eres hoy si hubieras vivido en casa de tu tío.

Él vio como la manecilla pasaba por el tres y luego por el cuatro. Eliza se estaba engañando a sí misma o bien estaba jugando con él. Llevaba toda la vida rodeado de personas heridas. Algunas nunca se recuperaban. Otras veían su dolor como una carta blanca para hacer daño a los demás. La supervivencia de los más viles. Su exmujer era una experta en eso. Eliza era la reina.

—Tu madre huyó de casa por razones muy concretas —continuó ella—. Allí no había seguridad. No había paz. Por eso acabó en la calle. Por eso acabó muerta.

Sus treinta segundos habían terminado. Will se recostó en el asiento. Miró por la ventana el límpido cielo azul.

—Acabó en la calle porque la engañó un psicópata.

—No todos los psicópatas acechan en las esquinas de la calle. —Eliza abrió la pitillera—. Tengo algo más que decirte.

Will oyó risas de hombres en el bar. Habían entrado unos cuantos golfistas. Vestían pantalones y camisas chillones. Algunos estaban encendiendo puros.

—Me estoy muriendo. —Eliza observó su cara buscando una reacción de la que él era incapaz—. Has dejado claro que no quieres mi dinero.

—¿A ti te sirvió para comprar la felicidad?

—No, pero gracias a él tuve menos cosas por las que ser infeliz.

—Tenía una sonrisa inquietante en la cara—. Supongo que ahora se lo dejaré todo a Antifa y a Black Lives Matter.

Will no era el público adecuado para sus bromas.

—¿Ves a ese tipo? —Ella señaló con la cabeza a uno de los hombres de la barra—. Es un excongresista. Lo pillaron metiendo sus dedos gordos en las bragas de quien no debía. Ahora forma parte de un *lobby* que promueve los intereses de una tecnológica. Gana millones al año.

Will recordaba vagamente la historia por las noticias, pero ignoraba por qué Eliza le había señalado a aquel tipo.

—Y ese gordo chupapollas que está a su lado es un profesor titular de Derecho que usaba cierta palabra que empieza por ene. Sigue cobrando su sueldo mientras se pasa el día jugando al golf.

A Will solo le sorprendió que ella no llegara a decir *negrata*.

—Y el otro, ese imbécil de la pajarita —continuó—, es un excatedrático de Medicina y médico en ejercicio. Lo pillaron sacándose la polla delante de una paciente y le pusieron un puente de plata. Gana una fortuna como consultor.

Will dio la espalda a la barra.

—¿Por qué crees que me interesan esas personas?

—Estás investigando a alguien de aquí y te aviso de que lo tienes todo en contra. Tienen demasiado dinero, demasiado poder, demasiada influencia. Ninguno de ellos afronta nunca las consecuencias de sus actos. Mira a tu tío. Se fue de rositas.

Su tío la había palmado a unos cientos de metros de donde estaban sentados.

—Al final siempre pierden.

—Sobrino, tú conoces las reglas de este juego. Incluso cuando pierden, salen ganando.

Will volvió a echar mano de la carpeta.

—Fíjate en Tommy McAllister. —Eliza esperó de nuevo a que apartara la mano—. Aquí se habla constantemente de pleitos, y la demanda por homicidio contra Tommy es la comidilla de todo el mundo. No es que a mí me lo cuenten, claro. Yo solo soy la vieja bruja del rincón. Pero oigo cosas.

Will esperó a que le contara esas cosas.

—Pobres Britt y Mac. Pobre Tommy. Los padres de esa chica solo van por la pasta. Si ganan, será porque el jurado quiere castigar al uno por ciento. La verdadera víctima es Tommy. Esos cabrones codiciosos quieren arruinarle la vida.

Will empujó la carpeta hacia ella.

—Hicimos un trato.

Eliza la apartó de sí.

—¿Crees que hombres como Mac y Tommy McAllister de verdad pagan por algo? No como pagó tu madre. No como pagamos nosotras.

Will se pasó la lengua por la parte interior de los dientes.

—Mac es un dios en el gremio de la medicina. Tiene una reputación intachable. Heredó una riqueza repugnante de su querido papá, que, por cierto, era un putero. Podría contarte muchas cosas sobre lo que pasa de verdad en esta sala. Cosas que harían sonrojarse al mismísimo Calígula. —El cigarrillo apagado se balanceaba entre sus labios—. Britt es la que me da pena de verdad.

Will no pudo reprimir un gesto de sorpresa.

—Sobrino, déjame decirte una cosa. —Se quitó el cigarrillo de la boca—. Las chicas nacen con un agujero en el corazón. Necesitan amor y seguridad. Necesitan sentirse valoradas. Protegidas. Queridas.

Will pensó que todo el mundo necesitaba esas cosas. Sobre todo, los niños.

—Ahí es donde entran los chulos, los proxenetas —continuó ella—. Hacen que te sientas especial. Te engatusan. Te compran cosas. Se aseguran de que tengas comida, ropa y techo y, antes de que te des cuenta, no tienes nada y ellos lo controlan todo. Entonces te dicen que te pongas de rodillas. Y tú lo haces, porque ellos tienen el poder.

La vio encender el mechero y acercar la llama al cigarrillo. Echó el humo por la comisura de los labios, alejándolo de Will.

—Por algo son unos embaucadores —dijo—. Un chulo te engaña para que renuncies a todo y te quedes completamente indefensa.

Lo único que tiene que hacer es mirarte así y tú ya sabes que luego va a darte una paliza. Que podría quitártelo todo. Echarte a la calle. Dejarte sin nada. Romperte el corazón. Es aterrador vivir con ese miedo constante.

Will no necesitaba detalles. Había pasado los primeros dieciocho años de su vida conviviendo con ese miedo.

—Mira ese bar —prosiguió Eliza—. No te dejes engañar por su horrible ropa. La mayoría son inofensivos, pero algunos son auténticos proxenetas. Se nota por cómo reaccionan los demás. Una mirada y son como perros a los pies de su amo, todos saludando al gran hombre.

Will echó un vistazo, pero le parecieron un puñado de tipos de mediana edad, gordos y bebedores, tan propensos como su tío a sufrir un ictus fulminante en el campo de golf.

—Controlan a sus mujeres, las maltratan, las humillan, las engañan, las tratan como si fueran una mierda. Y ellas tragan con todo. Se dicen a sí mismas que quieren a su marido o que no se divorcian por el bien de los niños, pero la verdad es que están aterrorizadas. No quieren ser pobres. Y desde luego no saben estar solas. Yo por lo menos sabía que me compraban y pagaban por ello. Britt todavía se cree que tiene elección.

—¿Adónde quieres ir a parar? —preguntó Will—. Su hijo violó y golpeó a una chica de diecinueve años que murió a causa de las lesiones, ¿y se supone que debo dejarlo correr porque su marido la trata mal?

—Solo te estoy explicando las probabilidades, sobrino. —Empezó a dar vueltas al cenicero con los dedos—. Tu madre tenía opiniones muy firmes sobre el bien y el mal. Era un rasgo muy extraño en una puta, pero creía de verdad que el mundo debía tener sentido. ¿Tú lo crees también?

Will empezó a ponerse el reloj.

—Le encantaba la música, ¿lo sabías?

Él había visto algunos de sus pósteres: Aerosmith, The Cure, Bowie.

—Y también le encantaba leer. Novelitas de kiosco, sobre todo.

Historias de amor. Le chiflaban las novelas románticas. Siempre andaba con la nariz metida en un libro. Cuando no la tenía metida en la entrepierna de alguno.

Él la fulminó con la mirada.

—Ojalá hubiera podido salvarla. Ojalá hubiera podido hacer más por ti.

Will se ciñó la correa del reloj.

—¿Buscas redención?

—¿Yo? —Pareció ofendida—. La redención es para los cobardes.

Él señaló la carpeta con la cabeza. Solo necesitaba que rellenara el formulario.

—Te he dado más de treinta segundos.

Sus dedos huesudos se deslizaron como patas de araña para abrir la carpeta de cuero. Dentro había un bolígrafo dorado. Giró la parte de abajo para sacar la punta.

—¿Cómo se llama esa amiga que quieres que ponga en mi lista?

Will se sacó un papel del bolsillo. Había escrito el nombre de Sara con antelación.

Eliza miró el papel.

—Ese nombre no sirve. Ava es una cotilla. La buscará en el ordenador. Vamos a llamar a tu amiga Lucy Trethewey. ¿Te parece bien?

Will no respondió.

—¿No tendrá que enseñar su documentación?

—Aquí les trae sin cuidado la documentación. Total, no estás intentando votar a los demócratas. —Eliza firmó en la parte inferior del formulario con una floritura—. Mi número de socia es el treceveintinueve. Cargad a mi cuenta lo queráis en el bar.

Will la vio deslizarse por el otro lado del asiento. Su fragilidad era más evidente cuando se movía. Saltaba a la vista que tenía dolores. Ponerse de pie le costó un ímprobo esfuerzo. Se le desencajó el semblante cuando echó mano del tabaco y el encendedor, y Will vislumbró a la anciana bajo la piel anormalmente tersa.

Le entregó la carpeta de cuero para que no tuviera que volver a inclinarse. Eliza la sujetó contra su pecho, pero no se marchó.

—El último deseo de tu madre era que vivieras. Puede que seas el único hombre que nunca la decepcionó.

Will no la vio marcharse. Había dejado junto al cenicero el trozo de papel con el nombre de Sara. Lo dobló en dos y volvió a doblarlo. Luego se lo metió en el bolsillo. No quería que nadie lo encontrara por error.

Odiaba imaginarse a Sara en aquel lugar.

Y odiaba aún más que Eliza hubiera adivinado lo que se traía entre manos.

Los hombres del bar se habían dividido en grupitos. El excongresista sobón reconvertido en miembro de un *lobby* estaba brindando con el profesor racista. El excatedrático de Medicina que le había enseñado sus partes a una paciente jugueteaba con la pajarita que rodeaba su grueso cuello. No vestía igual que los demás. Aunque era difícil precisar en qué sentido, su ropa era casi demasiado bonita. No como la del hombre con el que estaba hablando, que era más alto y un poco mofletudo y tenía el porte arrogante de un cirujano cardiotorácico pediátrico.

Mac McAllister era idéntico a su fotografía.

Will se levantó. Intentó respirar una bocanada de aire que no estuviera viciado por la ponzoña de Eliza y el humo del tabaco mientras se esforzaba por expulsar de su cerebro al Will auténtico. Su capacidad para hacerse pasar por otra persona le había salvado la vida en más de una ocasión peligrosa. Un agresor sexual y un gilipollas con pantalones de golf a cuadros no suponían ningún reto. Volvió a adoptar el papel del sobrino capullo mientras se acercaba al bar.

—¿Richie? —le dijo al de la pajarita—. Joder, tío, ¿eres tú? ¡No me lo puedo creer! ¿Quién iba a pensarlo?

Richie se giró y, evidentemente, no lo reconoció. Abrió la boca, pero Will no iba a dejarle hablar aún.

—¿Cuándo fue la última vez que nos vimos? —Notó cómo le olía el aliento a alcohol mientras le estrechaba la mano y le daba una recia palmada en la espalda. No eran ni las once de la mañana y aquel tipo ya llevaba unas cuantas copas encima—. ¿Fue en la fiesta de

Royce y Blythe? Eso fue justo antes de que él se enterara de lo de Mason, ¿verdad? Joder, ese tío la mete donde sea.

—Eh… —Richie le lanzó una mirada a Mac, pero hasta los pervertidos y los gilipollas como aquel se plegaban a la normas de urbanidad. Sonrió a Will y dijo—: Debió de ser entonces. ¿Cuánto tiempo hace ya?

—Poco, para Royce. —Will se rio y luego puso cara de sorpresa—. ¡Mac McAllister! ¿No estaréis volviendo a reunir a la pandilla sin mí? ¿Cuándo es el guateque?

La sonrisa de Mac era tensa como la de un cocodrilo. No estaba tan relajado como Richie. De hecho, parecía muy tenso. Era evidente que estaba a punto de preguntarle quién cojones era.

Will se le adelantó:

—Por cierto, ¿habéis pasado últimamente por el bar? ¿Cómo se llamaba? ¿The Liver o algo así?

—Delivery. —Mac lo observó atentamente mientras tomaba un trago.

Will sacudió la cabeza.

—No, no era eso.

—Era el De-Liver's —dijo Richie—. Desde hace un tiempo quedamos en el Andalusia, cerca de Pharr. La pandilla sigue juntándose, pero hemos perdido a algunos acoplados. Este viernes hacemos una fiesta de padre e hijos. ¿Tú tienes…?

—¿Cómo se llamaba de verdad? —le interrumpió Mac—. El De-Liver's. ¿Cuál era el nombre?

—The Tenth —contestó Richie, aunque estaba claro que la pregunta iba dirigida a Will.

Mac disimuló bien su irritación. Dejó su vaso en la barra con cuidado de alinearlo con el borde y le lanzó a Richie una mirada de advertencia.

Richie no se dio cuenta.

—Lo derribaron hace siglos —añadió—. Es una pena que ya no exista.

—Seguro que fue la única manera que encontraron de limpiar el suelo —respondió Will.

Se rieron los tres, pero Mac seguía en guardia. Intentó de nuevo pillar a Will en un renuncio.

—Hacía mucho que no te veía por el club.

—No debería haberme mudado. Richie, no te asustes, pero creo que veo el fondo de tu vaso. —Will le hizo una seña al camarero, luego le preguntó a Richie—: ¿Sigues en la universidad?

Richie cruzó una rápida mirada con Mac.

—¿No te has enterado?

—Sí que has estado fuera. —Mac pareció relajarse un poco al ver que la conversación no se centraba en él—. A este pobre cabrón le hicieron un MeToo.

—Joder, ya somos dos. —Will bajó la voz—. La verdad es que por eso he vuelto a Atlanta. Voy a ahorraros los detalles escabrosos. Digamos solamente que mi mujer se empeñó en empezar de cero.

—Qué suerte tienes. La mía se largó con la mitad de mi dinero. —Richie había dejado que el camarero le llenara el vaso. Se bebió la mitad de un trago antes de volver a hablar—. Me quedé casi con lo puesto.

—Un *bourbon* solo —le dijo Will al camarero, y vio que le servía automáticamente uno doble—. Mac, me he enterado de lo de tu hijo. Es terrible tener que afrontar eso. ¿Cómo lo lleváis Britt y tú?

Mac se puso aún más tenso, pero contestó:

—Hacemos lo que podemos.

—Todos van buscando un donativo, ¿eh? —Will tomó su vaso. El olor a alcohol era repugnante—. Si eso le pasara a mi chico, plantaría batalla, igual que tú.

Mac picó el anzuelo. Quería pistas sobre su identidad.

—¿Qué edad tiene tu hijo?

—Eddie tiene veintidós. —Will mezcló el nombre del padre de Sara con datos sobre el hijo de Faith—. Se gradúa en Georgia Tech dentro de unos meses. Ya le han ofrecido trabajo en 3M. ¿Tommy estudia Medicina?

Los hombros de Mac se relajaron un poco, aunque no mucho.

—Si sale del juicio intacto.

—Es hijo de su padre —repuso Will—. Seguro que saldrá fortalecido.

—La puta Sara Linton —farfulló Richie—. Esa zorra ya debería haber aprendido a tener la boca cerrada.

—¿Linton? ¿Qué anda tramando ahora? —Will se llevó el vaso de *bourbon* a la boca y fingió beber para no darle un puñetazo a Richie y hundirle los dientes hasta la nuca.

—Nada —contestó Mac—. Es un coñazo, nada más.

—Como siempre. —Richie señaló a Mac con el pulgar—. Siempre le ha tenido envidia.

Mac agitó los cubitos de hielo de su vaso.

—Pues se ha tomado su tiempo para vengarse.

—Mira lo que le pasó a Cam —añadió Richie—. ¿Por qué él y no ella?

—Rich… —le advirtió Mac, echando una mirada a Will.

Will levantó la mano como si quisiera aplacarlos.

—No pasa nada.

—Sí que pasa —respondió Richie—. ¿De Santa Sara se compadece todo el mundo y Cam, en cambio, se pudre en su tumba? Eso no puede ser.

Mac dejó suavemente su vaso en la barra. No decía nada, pero había algo en él que absorbía todo el oxígeno de la habitación. Eliza tenía razón al compararlo con un chulo. Había puesto firme a Richie con una sola mirada.

—Lo siento. —Richie se ajustó la pajarita con nerviosismo—. He bebido demasiado. Ni siquiera me acuerdo de tu nombre.

Mac se tensó como la cuerda de un arco de caza mientras esperaba la respuesta.

Will soltó una carcajada y le dio una palmada en la espalda a Richie.

—Me parto contigo, tío. No cambies nunca.

7

Sara recorrió en coche la sinuosa entrada del Club de Campo y Ciudad Piedmont Hills. El guarda de la verja apenas había levantado la vista de su tableta cuando le dio el nombre falso. Sara dedujo que encarnaba bien su papel. Su BMW X5 seguramente no desentonaba con los demás coches que pasaban por allí. Tampoco desentonaría el deportivo clásico de Will, un Porsche 911 de 1979, aunque él no hubiera extendido un cheque para pagarlo. Lo había restaurado desde cero sirviéndose solo de su ingenio y sus dos manos.

Dio la vuelta al edificio principal, que recordaba a una casona de campo francesa. El campo de golf se extendía junto a las caudalosas aguas del río Chattahoochee. Parecía muy concurrido para ser un día laborable. Hacía un tiempo magnífico, solo ligeramente frío, y el sol traspasaba un cielo sin nubes. Tuvo que aminorar la marcha para dejar pasar a varios coches de golf. Un hombre la saludó llevándose la mano a la gorra.

Las pistas de tenis estaban a bastante distancia del edificio principal. Cuanto más se alejaba del primer hoyo, menos coches había. Reprimió su nerviosismo al girar hacia el Pabellón de Raquetas. Le resbalaban las manos sobre el volante. Se recordó a sí misma por qué estaba allí.

Lo que te pasó a ti. Lo que le pasó a Dani. Todo está relacionado.

No iba a darle tregua a Britt hasta que tuviera una explicación.

Al acercarse a las canchas, empezó a oír el ruido sordo de las raquetas golpeando las bolas. El Porsche de Will estaba en el aparcamiento, en una ligera elevación del terreno. Había elegido una zona apartada desde la que alcanzaba a ver las ocho pistas de tierra batida y el Pabellón de Raquetas, en cuyo sótano se encontraban los vestuarios de señoras. Desde aquel alto, veía con claridad todas las idas y venidas, como un halcón al acecho de una presa.

Cinco minutos antes, aún no había visto a Britt McAllister.

Sara aparcó detrás de él, a la izquierda. Will se bajó del coche. Ella se mordió el labio, porque le repelía su aspecto. El polo de cachemira era bonito —se lo había regalado ella el año anterior—, pero los vaqueros ajustados y el pelo engominado no eran propios de él, sino de un tipo de hombre totalmente distinto. Y lo que era peor aún, esa mañana no se había afeitado y tenía las mejillas ásperas y cubiertas por una sombra de barba.

Abrió la puerta del coche y dijo:

—Sigue sin dar señales de vida.

Sara sintió que se le encogía el estómago cuando Will subió al BMW. El hombre que la había violado llevaba una barba desgreñada, y el recuerdo de su pelo áspero arañándole la cara aún la ponía enferma. En lugar de ofrecerle la mejilla a Will para que la besara, le tomó la mano.

—Faith acaba de llamar desde la unidad antifraude. Se ha puesto en contacto con la policía de Atlanta. Quiere hablar con el inspector que tramitó la denuncia por violación contra Tommy, cuando estaba en el instituto. Quizá pueda convencerlo para que nos diga el nombre de la chica.

A Sara le interesaba más saber cómo estaba él. Por teléfono no le había dicho nada sobre su encuentro con Eliza. Miró sus manos entrelazadas. Will seguía aferrado a ella. Seguramente aquel gesto era su forma de reconocer, aunque fuera lejanamente, lo difícil que había sido para él estar en la misma habitación que su tía.

—El nombre que me dijiste que diera en la puerta —dijo Sara—. ¿Quién es Lucy Trethewey?

—Uno de los alias de mi madre. Eliza me ha anotado como John Trethewey. ¿Lo pillas? John... —Will mantuvo los ojos fijos en el edificio, pero Sara percibía la hosca energía que emanaba de él—. Hablando de nombres, Richie se apellida Dougal.

Sara notó que algo hacía clic en su cabeza. Ahora se acordaba del médico aficionado a las pajaritas.

—¿Cómo te has enterado?

—Me lo dijo el barman cuando Mac y Richie se fueron del salón de caballeros.

Sara sintió que entreabría los labios por la sorpresa.

—¿Los has visto?

—No solo los he visto. He hablado con ellos.

Ella no supo qué decir.

—Eliza lo maquinó todo. Por eso me dijo que viniera al club a las diez en punto. Sabía que estaba investigando a Tommy McAllister.

Sara no entendía aquella artimaña.

—No empezaste a investigarlo hasta anoche. ¿Cómo es posible que se haya enterado?

Por fin, Will se volvió hacia ella. Prefería hablar de aquel misterio antes que de sus sentimientos.

—No es ningún secreto que vamos a casarnos. Ayer testificaste en el juicio contra Tommy. En el club todo el mundo sabe lo de la demanda. Y de repente aparezco yo pidiéndole a Eliza que meta a una amiga en el club. Sabe que soy investigador de la policía. No es difícil sacar conclusiones, si uno está atento.

Sara no hizo la pregunta obvia: ¿por qué estaba atenta Eliza?

—¿Cómo se llama esa lista? —preguntó él—. ¿Esa en la que te apuntas para jugar al golf?

—El horario de salida. —Sara sabía que la información se colgaba en internet para que los miembros del club tuvieran acceso a ella. Así era como se enteraban de quién iba a jugar y qué huecos quedaban libres—. ¿Por qué?

—Eliza debió de mirar el horario. Vio a qué hora iba a estar aquí Mac. Supongo que esos tipos tienen una rutina: ir al bar, salir al campo... Ha jugado conmigo a su antojo. Hasta me ha hecho esperar diez minutos por si tardaban.

Sara vio que desviaba la mirada. Buscaba de nuevo a Britt. Ella no había notado ninguna emoción en su voz, pero aun así sintió aflorar la misma culpa que había experimentado la noche anterior. Aquello era culpa suya. Will se había puesto a tiro de Eliza únicamente por ella.

Le apretó la mano.

—¿Dices que has hablado con Mac y Richie?

—Solo un momento —contestó—. Mac es exactamente como decías. Y como ha dicho Eliza. Es un arrogante y un controlador. Tenías razón sobre esa forma que tiene de inclinar la cabeza. Si ese tipo hubiera ido a mi colegio, le habrían partido la cara todos los días.

Por cómo sonaba su voz, estaba claro que él también se la habría partido en ese momento.

—¿Ha dicho algo sobre mi testimonio en el juicio?

—Richie sí. Ha dicho que siempre has tenido envidia de Mac. Y que por qué Cam estaba muerto y tú seguías viva. Te ha llamado «Santa Sara».

Siempre había odiado aquel mote. Cualquiera era un santo comparado con la gente de la pandilla.

—¿Qué tiene que ver el suicidio de Cam conmigo? ¿A qué ha venido eso? ¿Lo decía como si fuera una de dos: o se suicida Cam o me suicido yo?

—Ni idea, pero ha sido muy raro. —Will volvió a mirarla—. Puede que fuera puro postureo. Sabe lo que opina Mac de que testifiques.

—¿Qué más ha dicho?

—Algo así como: «¿Por qué Cam se está pudriendo en su tumba mientras todo el mundo se compadece de Sara?».

Sara rumió aquella información. Otro comentario que daba a entender que tenía que ser una cosa o la otra. Pero quizá Will tuviera razón, quizá fuera simple postureo. Richie Dougal podía ser un poco pelota; era de las pocas cosas que recordaba de él. Seguramente por eso seguía teniendo relación con Mac. Por algo Mac seguía casado con una mujer que lo idolatraba.

Le dijo a Will:

—Me cuesta sentirme ofendida teniendo en cuenta que ni siquiera me acordaba del apellido de Richie.

—Muy bien visto. —Will se dio la vuelta, alerta otra vez—. De todos modos, estaba borracho. Conseguí sonsacarle un poco más, hasta que Mac le hizo callar. El bar al que solían ir en realidad se llamaba The Tenth. La pandilla sigue haciendo el guateque en otro sitio, el Andalusia. De vez en cuando llevan también a sus hijos. Para pasarles el testigo, supongo.

Sara se sintió inexplicablemente traicionada al enterarse de que seguían haciendo el guateque. Sin saber por qué, había dado por sentado que lo que le había ocurrido aquella noche en el hospital Grady había trastocado significativamente la vida de la pandilla.

—Ninguno llevaba anillo de casado —comentó Will.

Sara pensó que era extraño que se hubiera fijado en ese detalle.

—Hay muchos hombres que no lo llevan.

—No es mi caso. —Will giró la muñeca para mirar su reloj—. ¿Crees que Britt habrá cambiado de planes?

—Puede ser.

Sara se quedó mirando las pistas de tenis, llenas de mujeres musculosas y ferozmente competitivas. Lanzaban la pelota al otro lado de la red como Steffi Graf jugando contra Martina Navratilova. Britt encajaría perfectamente entre ellas. Si se dignaba a hacer acto de presencia, claro.

Respiró hondo al pensar en enfrentarse a Britt.

Años atrás, cuando aún se estaba formando como cirujana, pasaba la noche previa a una operación importante visualizando el procedimiento. A veces incluso movía las manos emulando los gestos precisos, tratando de adiestrar a sus dedos en los pequeños, casi imperceptibles movimientos que requería la reparación de los órganos. Aunque siempre había sorpresas, tener trazada una estrategia de antemano era la mejor manera de prepararse.

Trazó su plan para enfrentarse a Britt. No buscaba en absoluto que acabaran tirándose de los pelos. Quería ser directa y sincera e intentar que Britt lo fuera también. Solo a una de ellas le preocuparía que las oyeran las otras mujeres. Ella tendría a su favor el elemento sorpresa, aunque no por mucho tiempo. Había reducido todas sus preguntas a solo tres: ¿en qué sentido estaban relacionadas la agresión que había sufrido ella quince años tras y la de Dani? ¿Dónde encajaban Mac y Tommy? ¿Y quiénes eran esas otras personas a las que Britt se sentía incapaz de detener?

—Dijiste que a Britt se le cayó el bolso en el baño y que todo se desparramó por el suelo —dijo Will—. ¿Viste el mando de su coche? ¿Tenía algún emblema?

Cerró los ojos, evocando aquel recuerdo. No había reconocido el emblema.

—¿Un círculo plateado y azul? ¿Una cruz, quizá? ¿Un garabato?

—¿Lo llevaba en un llavero?

—No exactamente. Lo lógico sería que llevara un llavero de Cartier o algo así de caro, pero era una especie de ficha redonda de plástico azul, barata y con el centro blanco. Estaba sujeta al mando del coche con un cordón de nailon azul.

Will le soltó la mano para sacarse el teléfono del bolsillo del pantalón.

—Oye, Siri —dijo—. Muéstrame un AirTag de Apple.

Sara reconoció al instante la imagen del pequeño dispositivo de seguimiento.

—Eso es, sí.

—Britt McAllister parece demasiado controladora para perder tanto las llaves. —Will volvió a guardarse el móvil en el bolsillo y agarró de nuevo su mano—. Creo que conduce un Alfa Romeo Stelvio Quadrifoglio en azul Misano.

—Eso es muy concreto.

—El garabato que viste en el mando es una serpiente, el *biscione*. La cruz es la de san Jorge. Ambas cosas datan de las Cruzadas. Forman parte del escudo de Alfa Romeo desde principios del siglo XX. Dos tercios de los coches de este aparcamiento son todoterrenos. El todoterreno de Alfa Romeo es el Stelvio. El modelo más caro es el Quadrifoglio. El color lo deduzco basándome en la ficha de plástico.

—Buen trabajo, Sherlock. —Sara le había visto leer revistas de coches con el mismo interés con el que ella leía el *American Journal of Forensic Medicine*—. ¿Qué coche dirías que conduzco yo si el contenido de mi bolso se desparramara por el suelo?

—Un camión de la basura. —Sonrió al reanudar su vigilancia. En su relación, Sara no era la más ordenada de los dos. Era un milagro que Will no la asesinara cada vez que entraba en su cuarto de baño.

Oyó una repentina ráfaga de voces cuando unas cuantas mujeres salieron del vestuario y se encaminaron hacia sus coches. En las pistas de tenis empezaban a cambiar las parejas de jugadoras. Sara miró el reloj de Will. Solo habían pasado tres minutos.

—¿Así os pasáis todo el día Faith y tú? ¿Sentados en un coche, esperando a que alguien aparezca?

—Faith suele traer algo de picar. —Le acarició la mano con el pulgar—. Pero tú eres mejor compañía.

Sara sonrió al recostarse en el asiento. Una mujer solitaria se paseaba frente a la entrada de los vestuarios, hablando por teléfono. No paraba de hacer aspavientos con la mano. Era evidente que estaba discutiendo con alguien.

—Su marido está intentando explicarle que ha adoptado un chihuahua sin querer —comentó Will.

Sara se rio. Le encantaba que Will hubiera adoptado un chihuahua sin querer.

—Creo que más bien ella se acaba de enterar de que él la engaña.

—Podrías llamar a Mason.

Fue una sugerencia tan inesperada que Sara no supo qué contestar. ¿Le preocupaba que le engañara con Mason o estaba pensando en posibles alternativas por si Britt no aparecía?

Optó por hacerle una pregunta neutra.

—¿Para qué?

—Mason estaba en el guateque. Conoce a toda la pandilla. Puede que viera algo esa noche. O que recuerde algo. Además, es médico. Tendrá buena memoria. Y en aquella época estabais muy unidos, así que es posible que se le haya quedado grabado algún detalle suelto.

—¿Te molestaría que hablara con él?

—¿Debería molestarme?

Sara esperó a que la mirara.

—No.

Él asintió con la cabeza.

—No sé cómo decirte esto, pero creo que Sloan Bauer...

—¿Se acostaba con Mason mientras vivíamos juntos? —Sara había encontrado por fin la manera de sorprenderlo—. Lo sabía, más o menos, pero no me importaba mucho. Nunca me volvió loca. Nunca sentí que fuera a explotar si estábamos en la misma habitación y no le tocaba.

Will miró sus manos entrelazadas. Tenía una sonrisa en los labios cuando volvió a mirar hacia el pabellón. Sara estaba a punto de decir una cursilada que le haría morirse de vergüenza cuando vio a lo lejos un destello azul metálico.

Un todoterreno estaba entrando en el aparcamiento del pabellón. En el lateral delantero del Alfa Romeo Stelvio había un triangulito blanco con un *quadrifoglio*, un trébol verde de cuatro hojas, en el centro. Britt McAllister iba al volante. Conducía despacio, buscando un hueco libre cerca de las pistas.

Sara sintió que la bilis se le revolvía en el estómago. Se había dicho a sí misma que estaba preparada, pero de repente se sentía incapaz de afrontarlo. No podía perder el valor ahora, después de lo que Will se había visto obligado a hacer. No, sabiendo que Tommy McAllister podía estar acechando a su siguiente víctima. Su palma conservaba aún el recuerdo del corazón de Dani Cooper, como un tatuaje invisible que la acompañaría el resto de sus días. Si no podía hacerlo por sí misma, lo haría por Dani.

—¿Estás bien? —preguntó Will.

—Sí.

Habían ensayado posibles escenarios la noche anterior. Tenía que encontrar la manera de que Britt se sintiera atrapada. Y eso no ocurriría en el aparcamiento, junto a su coche, ni en las canchas, rodeada de amigas. El mejor lugar era el de la vez anterior: el aseo de señoras.

Britt salió del todoterreno con el teléfono en una mano y una botella amarilla de agua Yeti en la otra. Llevaba un conjunto de tenis amarillo de dos piezas, con un top holgado de manga larga y una faldita de vuelo que le llegaba unos centímetros por encima de las rodillas. Abrió la puerta de atrás del todoterreno y sacó una mochila de cuero amarilla brillante, a juego con su atuendo. Luego se puso un sombrero de un tono de amarillo tan parecido al de sus otras prendas que Sara se preguntó si lo habría hecho teñir ex profeso.

—Bonita mochila —comentó Will—. ¿De qué marca es?

Sara lo miró con curiosidad. Nunca se interesaba por las marcas.

—De Hermès. Le habrá costado cinco mil dólares, como mínimo.

—Me extraña que el llavero del AirTag sea de plástico, de los baratos. —Se estaba frotando otra vez la mandíbula—. Los diseñadores de alta gama hacen llaveros de ese tipo. Mira cómo va vestida. Está claro que no se compra los accesorios en una tienda de todo a un dólar.

Sara había pasado por alto ese detalle, pero ahora también le inquietaba.

—El número de socia de Eliza es el trece-veintinueve, si quieres pedir algo —añadió Will.

—Prefiero morir de deshidratación antes que gastar un céntimo de su dinero.

Will no se rio. Estaba observándola de esa manera suya tan atenta.

—Todavía estamos a tiempo. Puedes echarte atrás. Podemos irnos ahora mismo. Ir a tomar un café.

Él no bebía café.

Sara le apretó la mano una última vez antes de bajarse del coche.

El viento se enredó en su falda cuando cerró la puerta. Mientras caminaba hacia el pabellón, vio que Britt se dirigía a los vestuarios. Se miró en la ventanilla de un coche. Llevaba el pelo recogido en una trenza suelta. Su maquillaje era ligero. Esa mañana le había costado mucho decidir qué iba a ponerse, más que desde su primera cita con

161

Will. Por fin había optado por un vestido de tenis Lululemon de color morado oscuro y manga larga. Era más ajustado de cintura que el de Britt, pero, como ella había señalado, Sara no había tenido hijos. No había parido hacía veintidós años ni seguía teniendo en la cintura un pliegue de piel sobrante que ninguna operación de cirugía plástica podía ocultar.

Pasó junto a la mujer que se paseaba de un lado a otro hablando por teléfono. La mujer la miró e hizo una mueca de fastidio; o sea, que estaba hablando con su marido, no había duda. Sara se puso a dar vueltas distraídamente a su anillo. Intentó armarse de valor, pero se dio cuenta de que no era necesario. Una extraña sensación de paz iba embargándola a medida que se acercaba a la entrada de los vestuarios.

Que ella supiera, Britt nunca había tenido amigas íntimas. Incluso cuando no estaba llena de odio, podía ser antipática y ligeramente cargante. Desconocía la cultura popular. No leía ni seguía las noticias. Había sido muy buena médica, pero hacía años que no ejercía. El tenis le brindaba una oportunidad única de limar sus asperezas. En la pista, lo único que importaba era lo bien que jugabas. Si estabas en un equipo, tus compañeras de equipo eran tus amigas. El club le daba acceso a una vida que de otro modo no tendría. Allí se sentiría segura.

Sara estaba a punto de echar eso por tierra.

El aire cálido la envolvió cuando entró en el edificio. Había una salita con algunas mesas, un expositor con aperitivos variados y una máquina que dispensaba vino si introducías tu número de socia. Cuatro mujeres jugaban al *bridge* en la mesa más grande. Eran mayores y tenían la piel de color tabaco por décadas de exposición al sol. Ninguna de ellas miraba el enorme televisor de la pared. Sara leyó las palabras que se deslizaban por la parte inferior de la pantalla. Eran las noticias locales.

Desaparecida desde anoche una estudiante cuando asistía a una fiesta en una discoteca… La policía solicita la cooperación ciudadana…

Otro día más. Otra chica desaparecida.

Sara cruzó las puertas que daban a los vestuarios. Había fotos de mujeres vestidas con ropa de tenis que databan de mediados del siglo pasado. Pensó que algunas de aquellas jugadoras de cartas de piel apergaminada debían de encontrarse entre las fotos en blanco y negro de mujeres que alzaban trofeos y raquetas. Cerca de los aseos había una tabla de clasificación.

Britt McAllister figuraba como la decimonovena mejor jugadora del club.

No estaba mal para su edad.

Se inclinó para ver la fila de lavabos. Britt no estaba allí. Las puertas de los váteres estaban entornadas. Dudaba que Britt estuviera dándose una ducha o relajándose en el jacuzzi, la sala de vapor o la sauna, así que pasó de largo junto a la puerta del spa. Solo le quedaban los vestuarios.

Contó doce reservados en forma de herradura, cada uno con un banco en el centro. Las taquillas eran amplias e iban del suelo al techo, por lo que, desgraciadamente, no podía mirar por encima de ellas. Todo parecía lujoso pero un tanto deteriorado. Friso de madera oscura, adornos dorados, placas con nombres grabados en azul, a juego con los colores del club. Miffy Buchanan. Peony Riley. Señora de Gordon Guthrie. Faith se lo pasaría en grande allí.

—¡He dicho que me dejes en paz de una puta vez!

Reconoció la voz de Britt McAllister.

Una mujer más joven, con vestido de tenis azul, salió corriendo del último reservado. Llevaba la cabeza gacha. Parecía avergonzada. Pasó junto a Sara sin mirarla.

A Sara volvió a revolvérsele el estómago. La ansiedad había vuelto. Notó las rodillas agarrotadas al obligarse a seguir avanzando. No iba a regresar al coche y a decirle a Will que había fracasado.

Encontró a Britt sentada en un banco, mirando el móvil con la cabeza gacha. La taquilla de enfrente estaba abierta, pero tenía el bolso y la botella de agua a sus pies.

Advirtió la presencia de Sara, pero no levantó la vista

—Ainsley, siento haberte gritado. Por favor, necesito estar sola un minuto.

Sara notó un asomo de desesperación en su voz. De todos los escenarios para los que se había preparado —Britt en actitud desafiante, enfadada o incluso violenta—, aquel era el que menos se esperaba.

Parecía destrozada.

Pero ella no iba a dejarse engañar y a consolarla otra vez. Tomó aire rápidamente antes de decir:

—Britt.

Levantó la cabeza y contuvo la respiración al verla. La había pillado tan desprevenida que no consiguió articular un exabrupto.

Sara cruzó los brazos.

—¿Cuál es la relación, Britt? ¿Cómo es posible que la agresión que sufrí hace quince años…?

Se levantó tan bruscamente que estuvo a punto de perder el equilibrio y caer hacia atrás sobre el banco. Metió sus pertenencias en la taquilla a toda prisa. Cerró la puerta de una patada y se volvió hacia Sara. Abrió la boca, pero, en vez de hablar, pasó junto a ella. No hacia la salida, sino hacia el spa.

No se detuvo hasta llegar a la puerta de cristal. Se giró para mirar a Sara antes de entrar.

Sara dudó antes de seguirla. Su energía era frenética. No parecía estar drogada como la otra vez. No estaba furiosa ni lanzaba insultos como navajazos. Si Sara hubiera tenido que describir su actitud con una sola palabra, esa sería «atemorizada».

El miedo podía desembocar en todo tipo de errores. Sara alcanzó la puerta de cristal antes de que se cerrara. Dejó que Britt la condujera más allá de las duchas. Una de las cabinas estaba ocupada. Sara sorteó un charco de agua. Oía el burbujeo del jacuzzi y el murmullo de las mujeres hablando. Britt miró a través de la puerta de cristal de la sauna. Dentro había dos personas. Abrió la puerta de la sala de vapor. Salió una densa niebla. Britt agarró una toalla del perchero y miró a Sara antes de entrar.

Sara tomó también una toalla, pero volvió a dudar. ¿Era una estupidez seguir a Britt al único lugar donde nadie las oiría? ¿Era aquello una treta suya para dominar la situación?

La única forma de averiguarlo era entrar.

El aire cálido y húmedo le pareció pesado cuando penetró en sus pulmones. Azulejos iridiscentes cubrían todas las superficies. Las luces del techo no alcanzaban muy lejos. Apenas distinguió a Britt colocando la toalla en la esquina del banco. Dejó la suya más cerca de la puerta y permaneció de pie mientras Britt se sentaba.

—He… Un correo… —Se le quebró la voz—. He recibido un correo electrónico.

Sara oyó un eco apagado a través de la niebla. Se acercó un poco para verle la cara a Britt. Tenía la cabeza entre las manos. Estaba temblando otra vez, casi exactamente igual que dos días antes, en el juzgado.

—Era de…, de nuestro… —Saltaba a la vista que estaba trastornada. El vapor se arremolinaba a su alrededor cuando miró a Sara—. Los Cooper han aceptado nuestra oferta de acuerdo.

Sara tocó la pared con los dedos para sujetarse.

—Mentira.

Pero Britt no estaba mintiendo. Las lágrimas corrían por su cara como gotas de condensación por un vaso de agua fría.

Sara no quería lágrimas. Quería respuestas.

—¿Por qué iban a aceptar vuestro dinero?

Britt sacudió la cabeza. No quería decirlo en voz alta.

—Dímelo —dijo Sara—. ¿Qué les habéis hecho?

—¡Yo no les he hecho nada! —Su voz chillona rebotó en las esquinas del techo. Se llevó la mano a la boca como si quisiera contenerla—. Fue un chico que salía con Dani en el instituto. Encontró un teléfono viejo con algunas fotos. Vino a pedirnos dinero. Siempre quieren dinero.

Sara comprendió a qué tipo de fotos se refería. Cuando trabajaba en pediatría, solía sermonear a todas las chicas que entraban por su puerta, advirtiéndoles de que no mandasen fotos de desnudos. Muy pocas le hacían caso.

—¿Son muy íntimas? —le preguntó a Britt.

Esta la miró con incredulidad, porque no se pedía dinero a menos que fueran muy íntimas.

—Primeros planos de ella apretándose los pechos y abriéndose los labios vaginales. Se le ve la cara en casi todas. Tiene los ojos cerrados y...

Sara no necesitaba oír el resto. Britt había visto las fotos. Mac, sus abogados, Tommy... ¿Quién más las habría visto?

—Dudo que la jueza hubiera aceptado las fotos como prueba —dijo Britt—, pero esas cosas siempre acaban en internet.

Sara se dejó caer en el banco. Creía que no podía rompérsele más aún el corazón por los padres de Dani, pero Britt había encontrado la manera de hacerlo añicos.

—Por favor, dime que los Cooper no las han visto.

—Las recibió su abogada.

—¿Las han visto?

Britt se quedó callada, lo que significaba que los padres de Dani habían visto dos veces a su hija en su momento de mayor vulnerabilidad: primero en el depósito de cadáveres y después cuando Douglas Fanning les había enviado sus fotos desnuda.

—Los habéis amenazado con filtrar las fotos —dijo—. Por eso han aceptado el acuerdo.

Britt la miró fijamente a través del denso vapor.

—¿De verdad crees que Mac me consulta antes de hacer cualquier cosa?

—¿Me estás diciendo que se lo habrías impedido?

—No puedo impedirle nada. Mac hace lo que quiere. Yo no decido nada.

—¿Esa es tu excusa? ¿La pobre Britt en su jaula dorada? —Sara no había olvidado por qué estaba allí. Y ahora importaba más que nunca—. ¿Cuál es la relación? ¿Qué tiene que ver con Dani lo que me pasó hace quince años?

—Santa Sara al rescate —murmuró Britt.

—Cállate. —Estaba harta de su autocompasión y sus lloriqueos—. Me dijiste que querías que Tommy parara. Dime cómo detenerlo.

—No voy a dejar que le hagas daño a mi hijo.

Sara recordó lo que acababa de ver en la televisión de la otra sala.

—Hay otra chica desaparecida. Una estudiante.

—Tommy estuvo en casa anoche. No tiene nada que ver con eso.

—Pero lo has visto en las noticias. Y también te preocupaba que fuera Tommy. No va a parar, Britt. Y menos ahora.

Britt no contestó.

—¿Y Mac? ¿Estuvo en casa anoche?

Britt soltó una risa cortante.

—A Mac no se le levanta desde hace años. Le da al inhalador del asma más que yo. Me sorprende que no se me haya cerrado la vagina.

—Britt. —Sara no sabía cómo razonar con ella. Era tan voluble…—. ¿Qué pasó hace quince años? ¿Qué es lo que no sé?

No respondió.

—Por favor —le suplicó Sara—. No tienes que decírmelo directamente. Solo dame una pista. Un nombre. Algo para tirar del hilo. Algo que me ayude a averiguarlo.

Britt echó la cabeza hacia atrás. Su piel tenía una fina pátina de humedad mezclada con lágrimas y sudor. Se lo estaba pensando. Y entonces tomó una decisión. Empezó a sacudir la cabeza.

—No puedo ayudarte.

Sara buscó desesperadamente una manera de convencerla. Solo se le ocurrió la conversación que Will había tenido con Mac y Richie. Una cosa o la otra. Richie había hablado de ello dos veces.

¿Por qué Cam se está pudriendo en su tumba mientras todo el mundo se compadece de Sara?

Preguntó:

—¿Tiene algo que ver con Cam?

Britt giró la cabeza hacia ella. Separó los labios, pero, al igual que un momento antes, cambió de parecer.

—Déjalo, Sara. Cam está muerto. No bailes sobre su tumba.

Sara no le preguntó por la tumba de Dani Cooper.

—¿Qué le pasó a Cam?

—Que se metió el cañón de una pistola en la boca y apretó el gatillo. —Britt la observaba, atenta a su reacción—. Seguro que en tu trabajo lo habrás visto muchas veces.

—Dime qué es lo que se me escapa.

Dio un fuerte suspiro mientras empezaba a levantarse.

—Llego tarde a mi partido.

—Por Dios santo, Britt, ¿cómo vas a sentirte si Tommy agrede a otra persona?

—No va a agredir a nadie.

—Tú sabes que sí. —Sara se esforzó por no gritar—. ¿Qué pasó en el guateque? Sé que Cam estaba allí. ¿Qué hizo?

Britt volvió a quedarse callada, pero esta vez cedió un poco.

—Estuvo toda la noche bebiendo o con la cabeza metida en el váter.

Sara sintió que un recuerdo empezaba a aflorar en su mente.

—¿Estaba borracho?

—Estaba tirado en el puto suelo. En eso siempre le sacaste ventaja. No tenía cojones para ser médico de urgencias.

—¿Por qué estaba...?

—Perdió a una paciente.

Sara notó que asentía con la cabeza. Se acordaba de Cam dando vueltas por el bar, agarrándose a la gente y rogándole que le escuchara.

—Estaba destrozado. No paraba de beber. Mason tuvo que quitarle las llaves del coche.

—Lástima que no le diera una Glock. Nos habríamos ahorrado casi una década de lloriqueos. —Britt recogió la toalla del banco e hizo amago de marcharse.

Sara le cerró el paso.

Britt no pareció intimidada. Reaccionó como si la hubiera retado.

—¿Esto es una venganza por lo del juzgado?

Sara sabía que no podía razonar con ella como mujer, pero sí como médico.

—Dani sacó un nueve en el examen de acceso a la Facultad de Medicina, cuando estaba en bachillerato.

La sorpresa de Britt fue sincera. Incluso a los estudiantes universitarios les costaba sacar una nota tan alta en el examen de admisión. Sara dudaba que a Tommy le hubiera ido tan bien.

—Fue la mejor de su promoción en el instituto. Su discurso de fin de curso trató sobre la necesidad de mejorar la sanidad en las comunidades minoritarias. Le encantaba la química orgánica. Trabajaba como voluntaria en un centro de salud para mujeres. Quería dedicarse a la obstetricia. —Notó que a Britt la afectaban sus palabras. Le recordaban al camino que había seguido ella misma para dedicarse a la medicina—. Dani condujo hasta Grady esa noche porque sabía que estaba herida de gravedad. Se le escapaba la vida. Sabía perfectamente lo que estaba pasando. Me hizo prometer que lo detendría, Britt. Ayúdame a detenerlo. Dime cuál es la relación.

Britt apretó tan fuerte la mandíbula que Sara casi oyó rechinar sus dientes.

Estaban mirándose en silencio, atrapadas en aquel compás de espera, cuando se abrió la puerta. El vapor se arremolinó, empujado por la repentina ráfaga de aire fresco. Una mujer en bañador esperaba para entrar. Tenía una mirada de extrañeza, seguramente porque no esperaba encontrarse a Britt y Sara completamente vestidas en la sala de vapor.

—¡Darcy! —exclamó Britt con alegría impostada—. ¡Fíjate! Pero si casi no se nota que has tenido un bebé…

Darcy sonrió de oreja a oreja.

—Por fin está en su percentil. Muchas gracias por tus consejos. Zander y yo estábamos muy preocupados.

—Fue un placer. ¡Pero qué maleducada soy! —Britt se volvió hacia Sara—. Darcy, esta es Merit Barrowe. Trabajábamos juntas en el Grady.

—Merit. —Darcy le estrechó la mano—. Qué nombre tan bonito.

Sara no contestó. Estaba demasiado distraída pensando en un recuerdo del guateque del viernes que acababa de aflorar de golpe, claro como el agua. Cam estaba repugnantemente borracho aquella noche; se le trababa la lengua, suplicaba que la gente le escuchara. A ella logró acorralarla junto a la barra. Le apestaba el aliento a whisky y tabaco. Escupía saliva al hablar. Solía pasarse con la bebida, pero aquello era distinto. Era una forma de automedicarse tratando de amortiguar el dolor. Quería hablar con ella sobre lo que había pasado en urgencias dos semanas antes. Ambos estaban haciendo el turno de noche cuando ocurrió la tragedia.

Cam perdió a una paciente.

Veinte años de edad. Pulso inestable. Estado alterado de conciencia. Se desplomó sin previo aviso en el aseo de pacientes. Sus convulsiones eran tan fuertes que golpeó violentamente el váter con la pierna. El crujido de la porcelana al partirse en dos resonó como un disparo de fusil en el servicio de urgencias. La patada fue tan fuerte que la mujer se rompió el tobillo.

Sara estaba dos boxes más allá cuando sucedió. No recordaba de qué estaban tratando a la paciente, pero sí los detalles sobre su fallecimiento, por la junta de morbilidad y mortalidad.

Drogada. Atada. Posible agresión sexual.

Se llamaba Merit Barrowe.

8

Martin Barrowe había sugerido el Prime Craft Café, en el West Side de Atlanta, como lugar de encuentro para hablar con Will de la muerte de su hermana. Will conocía bien la zona. Había pasado la mayor parte de su adolescencia en aquella zona industrial, trabajando en acererías y construyendo expositores para ferias comerciales. Esos negocios habían desaparecido hacía tiempo. Las carpinterías y los talleres mecánicos habían sido derribados y sustituidos por edificios de uso mixto. Arriba, apartamentos caros y, abajo, restaurantes y tiendas de ropa y artículos para el hogar aún más caros.

Tal y como iba vestido, Will pasaba desapercibido entre los oficinistas que llenaban la elegante cafetería. Llevaba puestos los auriculares blancos de rigor, pero era el único cliente que no estaba inclinado sobre un portátil. Seguía con los ojos las líneas de texto en su teléfono móvil mientras escuchaba la voz artificial de su aplicación de texto a voz leyendo el atestado policial acerca de la muerte de Merit Alexandria Barrowe, fechado quince años atrás.

... los padres identificaron a la fallecida de veinte años de edad en el depósito de cadáveres del condado de Fulton. Véase declaración adjunta. Primera impresión: sospecha de sobredosis. La chica decía haber sufrido una agresión sexual; resultados no concluyentes. Véase informe del forense. Se la vio por última vez en una fiesta en el campus de la Universidad

Estatal de Georgia. Véanse declaraciones de los testigos. Las cámaras de seguridad entre el lugar de la fiesta y el hospital Grady no funcionaban. La chica llegó por la entrada oeste de Grady e hizo señas a un guardia de seguridad. Véase declaración del testigo Álvarez, Héctor. Álvarez la acompañó hasta la sala de urgencias. Parecía drogada: le costaba hablar y no podía caminar sin ayuda. Afirmó que había sufrido una agresión sexual, pero no aportó detalles claros. Tras ingresar en urgencias, pidió usar el aseo. Estando allí, sufrió un ataque con convulsiones que le causó una fractura en el tobillo derecho. Véase informe del hospital. Causa de la muerte: sospecha de estado epiléptico poshipóxico/MSIEP; indeterminada, pendiente de los resultados del informe toxicológico.

Will puso en pausa la aplicación de lectura en voz alta.

Sara le había dicho que MSIEP significaba «muerte súbita inesperada en epilepsia». Barrowe había dejado de respirar demasiado tiempo mientras sufría un ataque convulsivo. En resumidas cuentas, se había asfixiado.

Según el informe del forense, Merit Barrowe no tenía antecedentes de epilepsia, lo que apuntaba a que el ataque se había debido al consumo de estupefacientes. Will había trabajado en casos en los que la cocaína, la metanfetamina, el MDMA y, en un caso concreto, el consumo excesivo de marihuana habían provocado ataques semejantes. Probablemente todas esas drogas podían conseguirse en una fiesta universitaria.

Fue pasando el texto en la pantalla del teléfono y dejó que la aplicación leyera el informe de la autopsia. No había mucho a lo que agarrarse. El forense había optado por hacer lo que a veces se denominaba una «autopsia parcial». O sea, que no había abierto el cadáver. Se había limitado a hacer un examen externo: radiografías, fotografías, diagrama corporal.

Will detuvo el lector. Miró el diagrama. La fractura del tobillo y el golpe en la cabeza se explicaban por el ataque epiléptico. No había contusiones ni heridas de arma blanca en el costado izquierdo que pudieran relacionar el caso de Merit con los de Sara y Dani Cooper. El único detalle que el forense había señalado en el lado izquierdo era un tatuaje situado siete centímetros y medio por debajo de la línea media de la axila, entre la cuarta y la quinta costillas. Tenía una longitud de 7,62 centímetros. No se indicaba la anchura ni se especificaba si el tatuaje estaba formado por palabras o símbolos o era un personaje de dibujos animados. Solo había un montón de equis marcadas en el diagrama corporal, formando una línea ligeramente curva, como la boca de un payaso demente.

Tocó el teléfono para volver a la carpeta principal que contenía todos los archivos policiales relativos a Merit Barrowe. Abrió la copia escaneada del certificado de defunción. Ahora todos los registros civiles estaban informatizados, pero quince años atrás aún se utilizaban máquinas de escribir y bolígrafos. La aplicación leía bien lo primero, pero tenía ciertas dificultades con lo segundo. Por suerte, la persona que había rellenado a boli parte del formulario había escrito en letra mayúscula.

Merit Alexandria Barrowe. Cabello negro. Ojos verdes. Edad: veinte años. Causa de la muerte: sobredosis. En el formulario había tres opciones: accidente, homicidio, suicidio. Ninguna de ellas estaba marcada. El apartado llamado «Breve explicación de la causa del fallecimiento» estaba en blanco.

El programa no podía leer firmas, pero por suerte el nombre del facultativo estaba escrito a máquina. No le sorprendió que el certificado médico de defunción de Merit llevara la firma del doctor Cameron Carmichael. Cam era quien la estaba atendiendo en el momento de su muerte, de modo que era responsabilidad suya rellenar el papeleo oficial. Que no estuvieran marcadas las casillas de accidente, suicidio u homicidio no era nada extraño. Tampoco lo era la falta de una «breve explicación» en la casilla rectangular. No era labor del médico investigar las circunstancias que habían rodeado la sobredosis. Eso era cosa de la policía. El patólogo forense se encargaría de marcar la casilla y dar las explicaciones pertinentes.

El hecho de que el inspector de la policía no hubiera solicitado una autopsia completa revelaba muchas cosas respecto a su percepción del caso. Estaba claro que no había visto indicios de delito, a pesar de que dos testigos distintos —Cam y el guardia de seguridad— afirmaban que Merit había denunciado una agresión sexual. También estaba claro que el forense no había insistido en realizar un examen completo. Lo que era interesante, pero, al igual que las deficiencias del certificado médico, no tenía nada de extraño.

La oficina del forense del condado de Fulton había atendido tres mil casos el año anterior. Como la mayoría de los centros médicos en la actualidad, carecía de personal suficiente y el que tenía estaba al borde del agotamiento y estresado por la aplastante acumulación de casos. La situación no era mucho mejor quince años atrás, cuando murió Merit Barrowe. En aquel entonces la economía estaba al borde del colapso. Los Gobiernos recortaban presupuestos. Los militares regresaban de múltiples misiones en Irak y Afganistán. Los ánimos estaban caldeados, había un alto nivel de ansiedad y los delitos violentos se habían disparado.

Will buscó las fotografías de la autopsia, pero solo encontró una. Aunque era en color, parecía descolorida. Merit Barrow yacía en una camilla de acero inoxidable, tapada hasta el cuello con una sábana blanca. Tenía el pelo corto peinado hacia atrás y los ojos cerrados. Parecía muy joven y sola sobre la fría mesa metálica.

Se tomó un momento para estudiar su rostro. Era fácil olvidar el impacto que podía tener una sola muerte cuando la muerte era el pan de cada día en tu trabajo. Los padres de Merit la habían querido. Su hermano la había querido. Había tenido amigos y amigas, y posiblemente también amantes, y apenas había vivido veinte años antes de que todo eso le fuera arrebatado.

Will volvió al informe de la autopsia, aunque esta vez no recurrió al programa de voz. Los formularios estaban estandarizados y no le costó encontrar el sitio donde debían figurar los resultados del análisis toxicológico. La palabra PENDIENTE también le resultaba familiar. Si el análisis había llegado del hospital Grady o del laboratorio de patología del condado de Fulton, nadie se había molestado en adjuntarlo al sumario de Barrowe. El inspector que investigaba el caso tampoco había hecho ningún seguimiento.

Normalmente, Will habría localizado al inspector, pero daba la casualidad de que sabía que Eugene Edgerton había muerto de cáncer de páncreas hacía nueve años.

Era el mismo policía que había investigado la violación de Sara.

—¿Has leído esa mierda de informe? —Faith se sentó frente a él con dos tazas grandes y mala cara—. «La chica decía haber sufrido una agresión sexual».

Will tomó la taza que tenía nata montada por encima, dando por sentado que el chocolate caliente era para él.

—¿Qué quieres decir?

—¿«La chica»? —repitió Faith—. Merit tenía nombre. Si usas la palabra «chica» así en un informe es que una de dos: o eres gilipollas o eres un *incel*.

Will mezcló la nata montada con el chocolate. Ya le había dicho a Faith que Eugene Edgerton se había encargado de ambas investigaciones.

—Edgerton detuvo al culpable, en el caso de Sara.

—No te ofendas, pero Sara es una médica blanca de clase media. Edgerton no la llamó «la chica» en su informe. Ni dijo que «decía haber sufrido una agresión sexual».

—La diferencia es que en un caso la víctima estaba viva y en el otro no —repuso Will—. El informe del patólogo no era concluyente. Barrowe presentaba contusiones y hematomas que podían ser resultado de relaciones sexuales consentidas. No había esperma.

—Ay, vaya, ¿me estás diciendo que un violador usó condón? —Faith no esperaba respuesta—. Te estoy diciendo de todas todas que Edgerton no creía que Merit Barrowe hubiera sufrido una violación y que por eso no buscó posibles sospechosos ni solicitó una autopsia completa, ni relacionó su caso con el de Sara y por eso Jack Allen Wright solo pasó ocho años en la cárcel cuando podía haber estado veinte.

Will entendía su punto de vista, aunque no estaba del todo de acuerdo con cómo había llegado a esa conclusión.

—¿Sabemos dónde estaba Wright la noche que Merit Barrowe ingresó en el Grady?

—He llamado varias veces a la policía de Atlanta, pero me está costando horrores que alguien me devuelva la llamada. —Parecía más enfadada que de costumbre—. Ni siquiera consigo que Leo Donnelly me llame para contarme qué pasa con esa estudiante que desapareció anoche en el Downlow. Ese inútil fue mi compañero casi una década y ahora no se digna contestar el teléfono.

Ambos sabían por qué nadie le devolvía las llamadas. Will había investigado a unos cuantos agentes de alto rango del Departamento de Policía de Atlanta. Uno se había jubilado y varios estaban en prisión. Aunque Will recibiera ochenta puñaladas en medio de la jefatura central de la policía de Atlanta, todos los agentes presentes en el edificio dirían que no habían visto nada. Así le agradecían que hubiera contribuido a limpiar su casa.

Faith era su compañera. Estaba, por tanto, impregnada de su hedor.

—¿Cómo se llama la estudiante desaparecida? —preguntó.

—Leighann Park. Odio decirlo, pero ha tenido suerte de desaparecer en un día que había pocas noticias. Por lo que he visto en la tele, anoche salió de fiesta con un amigo. Al amigo lo han entrevistado esta mañana. Le dijo a la periodista que Leighann estaba asustada porque había recibidos unos mensajes de móvil muy extraños.

—¿Amenazas?

—No lo ha dicho, pero… —Faith se encogió de hombros—. Cada vez que una mujer interactúa con un dispositivo electrónico, o recibe una fotopolla o recibe un mensaje siniestro. Es difícil saber cuáles son un peligro real y cuáles son pura fanfarronada.

Will esperaba que fueran solo fanfarronadas.

—Volviendo a la autopsia, Merit Barrowe no presentaba contusiones ni heridas en el lado izquierdo. Tenía un tatuaje más arriba, en las costillas, pero el forense no lo consideró importante y no lo documentó.

—Porque Edgerton le dijo que era una sobredosis y que no perdiera el tiempo, porque no creyó a «la chica» cuando les dijo a dos personas que la habían violado.

Will bebió un sorbo de su chocolate para darle tiempo a refunfuñar.

—¿No es raro que Edgerton trabajara en los dos casos?

—No. —Faith quitó la tapa de su té y sopló el líquido—. Ocurrieron con dos semanas de diferencia. Era el inspector que estaba de guardia las dos noches.

Will conocía bien los turnos de guardia. Se trabajaba con el mismo horario un mes seguido. Abrió el calendario de su teléfono y se remontó quince años.

—Merit Barrowe ingresó en el hospital un viernes por la noche. Murió esa misma madrugada.

Faith se detuvo a mitad de un sorbo.

—Igual que Dani Cooper.

Ninguno de los dos necesitó el calendario para llegar a la siguiente conclusión.

—E igual que Sara —dijo Will—, solo que ella sobrevivió.

—Joder. —Faith dejó la taza—. ¿Los viernes, guateque y violación?

—El guateque era una vez al mes, el último viernes del mes.

—Vale, pero esto es indicio suficiente para pedir a la policía de Atlanta que reabra el caso de Sara, ¿no?

—Eso es mucho suponer. —Will estaba pensando en Amanda, que iba a ponerse furiosa con ellos porque no se estuvieran dedicando a la investigación de fraudes. Quizá los suspendiera. O peor aún, podía negarse a dejar que siguieran las pistas—. Cam puso en el certificado de defunción que Merit Barrowe murió de sobredosis. El forense indicó que la causa de la muerte era indeterminada, a la espera de los resultados toxicológicos. El informe de toxicología no figura en el sumario. Técnicamente, eso significa que el caso sigue abierto, pero necesitaríamos que Atlanta nos pidiera ayuda, y Atlanta…

—No me devuelve las llamadas, joder. —Faith sacó del bolso su cuaderno—. Estaba pensando en lo que le dijo Britt a Sara. O en lo que no le dijo. ¿Por qué esa zorra se comporta como si estuviera narrando una especie de historia de «elige tu propia aventura»? ¿Por qué no puede decir simplemente qué está pasando?

—Porque nadie quiere ser el malo, y menos aún cuando se trata de tu hijo —contestó Will—. Jeremy es buen chico, pero ¿y si no lo fuera? ¿Intentarías protegerlo?

—Mal momento para hacerme esa pregunta. —Buscó una hoja en blanco en el cuaderno—. Le he preguntado qué va a ponerse para la cena de 3M y no contesta a mis mensajes. No sé qué está pasando y no tengo tiempo de pelarlo capa a capa, como si fuera la cebolla más tonta del mundo.

Will bebió más chocolate caliente mientras ella miraba la página en blanco del cuaderno. Estaba pensando en Jeremy.

—¿Britt? —dijo Will, animándola a seguir.

—Sí, claro. —Faith empezó a escribir—. Britt le dijo a Sara que Cam estaba hecho polvo la noche del guateque. Que estaba muy deprimido por la muerte de Merit Barrowe. Que no tenía cojones para dedicarse a la atención de urgencias. Y que se ponía a lloriquear delante de cualquiera que quisiera escucharle.

Will preguntó lo obvio:

—¿Cam conocía a Merit antes de que ingresara en el hospital?

—Habría estado bien que el inspector *incel* le hubiera interrogado —repuso Faith—. Desde mi punto de vista, casi no investigó el caso.

Will estaba de acuerdo. Edgerton solo había tomado declaración a tres testigos. Uno era Álvarez, el guardia de seguridad del hospital Grady. Los otros dos eran estudiantes de la Universidad Estatal de Georgia que habían visto a Merit en clase ese mismo día. Edgerton no había localizado a ninguno de los asistentes a la fiesta. No había nada en sus notas que indicara que lo había intentado siquiera.

Faith miró su móvil.

—Martin dijo que me mandaría un mensaje cuando llegara. Ya lleva cinco minutos de retraso. Y hoy no estoy de humor para que me toquen las narices.

Will también tomó su teléfono. Buscó una fotografía que había hecho en el club de campo.

—Eché un vistazo al coche de Britt mientras ella estaba en los vestuarios. Esto estaba pegado en la rueda trasera del lado del conductor.

Faith se quedó mirando la foto más tiempo del necesario.

—¿Es un localizador GPS?

Will vio su propio asombro reflejado en el gesto de Faith. Se había quedado tan atónito al encontrar el pequeño rastreador imantado en el coche de Britt que había introducido la foto en Google Lens para confirmar que, en efecto, era lo que él creía.

—Si a Britt le preocupa que le roben el coche, ¿no tendría Lo-Jack? —preguntó Faith.

—No lo necesita. Hay una aplicación, Alfa Connect, que te muestra la ubicación de tu coche en tiempo real.

—Sabes demasiado de coches. Entonces, ¿por qué tiene Britt McAllister un localizador en un coche que ya puede localizar por otros medios?

—¿Y por qué una mujer que lleva una botella de agua de cuarenta dólares a juego con su ropa lleva un AirTag sujeto al mando del coche con una correa de plástico cutre?

—Porque la persona que controla sus movimientos quiere que ella sepa que la tiene controlada —repuso Faith—. ¿Qué clase de psicópata rastrea un coche?

Will no dijo nada sobre la página de seguimiento que había visto abierta en el portátil de su compañera. Seguramente Jeremy estaba tan vigilado como Britt.

—Creemos que es el marido, ¿verdad? —preguntó ella.

—Sara me dijo que Mac es muy controlador. En el bar, con Richie, no paraba de ajustar la posición de su vaso para alinearla con el borde de la barra. Obsesivo compulsivo. —Will dejó su teléfono sobre la mesa y se resistió al impulso de alinearlo con el borde—. Mi tía me dijo algo interesante: que Mac es como un chulo y que Britt está comprada. Todo su poder procede de Mac y ella lo utiliza para hacer daño a otras personas. A veces, las víctimas son los peores maltratadores.

Faith puso una cara rara.

—¿Ahora viene cuando me hablas de tu tía desaparecida de la que no habías oído hablar hasta anoche?

—¿Ahora viene cuando tú me cuentas que nuestro último caso te provocó estrés postraumático y que por eso ayer me mandaste a la mierda?

Faith fijó la mirada en su cuaderno.

—Pensaba pedirte perdón por eso.

Will se quedó mirando su coronilla. Supuso que esa era su forma de pedirle perdón. Bebió más chocolate mientras observaba el local. Algunos clientes le devolvieron la mirada, pero por una vez no era él quien despertaba curiosidad. Faith llevaba puesto su uniforme del GBI: pantalones caqui y un polo azul marino con el escudo del GBI en el bolsillo, y la Glock sujeta al muslo. La pistola, particularmente, despertaba mucho interés. Todo el mundo odiaba a los policías hasta que necesitaba uno.

—Amanda se pondría furiosa si supiera lo que estamos haciendo. —Faith no prestaba atención a las miradas de los clientes mientras hojeaba el cuaderno—. No le encuentro sentido a nada de esto. Tenemos que ponerlo en nuestro diagrama de hilos.

—De momento solo está el diagrama. No tenemos ningún hilo. No sabemos por qué mencionó Richie a Cam ni qué es lo que Britt intentaba decirle a Sara. Seguimos sin saber cuál es la relación entre las dos agresiones. O entre las tres, si contamos a Merit Barrowe.

—Sabemos que Cam tiene algo que ver, cosa que no sabíamos anoche —dijo Faith—. ¿Crees que Sara le sacará algo a Mason?

Will se encogió de hombros, fingiendo que no le crispaba oír el nombre de Mason. Era él quien le había dicho a Sara en el club de campo que llamara a su exnovio. Mason había accedido de inmediato a que se vieran en su despacho. Will desconocía si sacarían algo en claro de la conversación, pero sabía que Sara tenía que intentarlo.

Ninguna de aquellas personas era franca y sincera. La única esperanza era que Mason dijera algo que refrescara la memoria de Sara.

—¿Te molesta? —preguntó Faith—. Que Sara esté hablando con el tío bueno de su exnovio, digo.

Will volvió a encogerse de hombros. Sara estaba en el despacho de Mason en esos momentos, pero volvería a casa con él, a su cama.

—¿Qué has averiguado sobre Martin Barrowe? —le preguntó a Faith.

—Es abogado. Le gustan los pitbulls. Es fanático de los Braves y los Hawks. Trabaja en una asesoría jurídica gratuita. Se considera un luchador por la justicia social. Y es fan de Taylor Swift, pero ¿quién no? —Faith tocó su teléfono y le mostró una foto a Will—. Un tipo guapo.

Will reconoció inmediatamente su cara.

Martin Barrowe era uno de los oficinistas inclinados sobre un portátil en una mesa de la cafetería.

—Lleva aquí unos diez minutos —dijo—. Allí, en la esquina.

Faith sabía que no debía volverse.

—No es que hayamos venido de incógnito. En la espalda de mi camiseta dice GBI en letras fluorescentes de quince centímetros.

—A los abogados defensores no les gustan los policías.

—Los abogados defensores son unos mamones que ayudan a violadores y asesinos a salir libres. —Faith tenía el móvil en las manos. Will adivinó que estaba usando la cámara para mirar detrás de ella—. ¿De qué va? ¿Crees que está jugando con nosotros?

Martin había cerrado el portátil. Tenía las manos juntas, la cabeza inclinada y los ojos cerrados. Will había visto a la madre de Sara hacer eso mismo muchas veces.

—Creo que está rezando —le dijo a Faith.

Ella soltó un profundo suspiro y dejó el móvil en la mesa.

—¿Quizá la persona que no tiene pinta de policía ni odia a los abogados defensores debería invitarlo a acercarse?

Will pensó que era buena idea. Se puso de pie mientras Martin Barrowe empezaba a meter sus cosas en una mochila de cuero. Miró hacia la puerta y entonces vio a Will irguiéndose como un suricata por encima de la clientela que abarrotaba el local. Dudó un momento, tratando de decidir si se quedaba o se iba.

Optó por quedarse.

Se colgó la mochila del hombro y se dirigió a la parte delantera de la cafetería. Faith tenía razón: Martin era un tipo muy atractivo. Traje y corbata. Pelo muy corto. Bigote fino pero sin la molesta perilla. Will le echó unos treinta años. Su parecido con la foto de la autopsia de Merit Barrowe era asombroso, aunque los quince años transcurridos desde entonces habían endurecido sus rasgos. La pena, a fin de cuentas, siempre dejaba su impronta en las caras.

—¿Señor Barrowe? —Will le mostró su identificación, puesto que no la llevaba a la vista—. Soy el agente especial Will Trent. Esta es mi compañera, la agente especial Faith Mitchell. Gracias por reunirse con nosotros.

Martin mantuvo la mochila al hombro. No se sentó.

—Quiero que sepan que mis padres fallecieron sin saber qué le pasó de verdad a mi hermana. Si son ustedes como ese inútil, ese vago de mierda que investigó la muerte de Merit hace quince años, no me hagan perder el tiempo.

Faith se erizó como un puercoespín al oírle hablar así de Edgerton. Will hizo un gesto con la mano para impedir que respondiera. Había consagrado toda su vida adulta a una profesión en la que a menudo se invocaban valores como el compañerismo y la lealtad, pero había descubierto por las malas que esa delgada línea azul no abarcaba a los policías a los que se consideraba distintos.

—Tiene razón —le dijo a Martin—. El inspector Edgerton no manejó como es debido el caso de su hermana.

Faith se encrespó visiblemente al oírle admitirlo, a pesar de que cinco minutos antes se había quejado de lo mismo. Su madre había sido policía. Evelyn conocía de toda la vida a Amanda, que había ayudado a Faith a entrar en el GBI. Faith estaba tan bien anclada dentro de esa delgada línea que prácticamente estaba enmarcada en azul.

Martin Barrowe reaccionó de manera contraria. Estaba tenso y de pronto pareció relajarse un poco.

—¿En qué sentido lo manejó mal? —preguntó.

Will recordó algo que le había dicho Sara la noche anterior acerca del poder de la sinceridad.

—Mire, no voy a mentirle. Lo peor que podría hacer ahora mismo es darle falsas esperanzas, pero estamos intentando encontrar razones fundadas para reabrir el caso de su hermana. Creemos que puede estar relacionado con otros casos. Queríamos hablar con usted sobre esa posibilidad y ver si hay algo de lo que podamos tirar.

Martin se pasó la mochila al otro hombro. No llevaba solo su MacBook Air de un kilo y pico; llevaba muchas más cosas. Las correas se tensaban, tirando de las costuras rojas.

—¿Y si no lo hay?

—Entonces habremos reabierto algunas viejas heridas para nada —reconoció Will—. Es posible, desde luego. Igual que es posible que encontremos algo, pero no podamos hacer nada al respecto. Usted es abogado. Sabe que tener la convicción de que alguien es culpable y demostrarlo son dos cosas muy distintas.

—¿Y se supone que debo confiar en que dos policías van a hacer lo correcto?

Will advirtió el tono con que pronunciaba la palabra «policías», como escupiéndola, pero se encogió de hombros.

—Espero que lo haga, pero no se lo reprocharé si no es así.

Martin no contestó de inmediato. Fijó la mirada en los grandes ventanales de la cafetería y contempló los coches que pasaban.

Will volvió a sentarse a la mesa. Apuró su chocolate caliente. Faith tenía su cuaderno delante, pero había dejado el bolígrafo.

Martin se decidió por fin. La mochila cayó al suelo con un golpe sordo. Retiró una silla y se sentó dejando unos treinta centímetros de separación entre su cuerpo y la mesa. Miró a Faith, luego a Will, y dijo:

—Cuéntenme qué saben.

Faith tomó la palabra.

—Sabemos que su hermana estuvo en una fiesta de la universidad esa noche.

—Primer error —dijo Martin—. Merit estuvo estudiando con una amiga. Fumaron algo de hierba y se tomaron una cerveza o dos, pero no fue en una fiesta. Y no fue en la universidad. Merit estaba matriculada en la Universidad Estatal de Georgia, pero esa noche estaba estudiando en uno de esos apartamentos que Morehouse College tiene en el centro para los estudiantes de Medicina que hacen prácticas en el hospital Grady.

Faith, que había empezado a tomar notas, levantó la vista.

—Morehouse es una facultad masculina. ¿Merit salía con algún estudiante?

—Salía con una chica cuyo hermano estaba en Morehouse. La residencia de Merit estaba en University Village, en North Avenue, así que les resultaba más fácil quedar en casa del hermano.

—Espere —dijo Faith—. ¿Su hermana era lesbiana?

—Sí.

Will sabía lo que estaba pensando Faith. Según las conclusiones del forense recogidas en el informe de la autopsia, el cadáver de Merit Barrowe presentaba contusiones y hematomas que probablemente eran resultado de relaciones sexuales consentidas.

—¿Le dijo usted al detective Edgerton que su hermana era lesbiana? —preguntó Faith.

—Se lo dijimos todos —respondió Martin—. Yo estaba con mis padres cuando el gran detective Eugene Edgerton nos hizo sentarnos en el cuarto de estar. Dijo que quizá oyéramos decir que a Merit la habían violado, pero que no nos lo creyéramos. Mi madre le dijo directamente que Merit era lesbiana. Mis padres nunca tuvieron problemas con eso. Aunque Edgerton sí. Nos soltó un sermón acerca de que las chicas jóvenes no saben lo que quieren y nos dijo que lamentaba decírnoslo, pero que Merit estaba engañando a su novia con un chico, y que por eso mintió y alegó que la habían violado.

Faith había dado en el clavo, pero pareció furiosa al ver confirmadas sus sospechas.

—¿Mencionó el nombre de ese supuesto chico con el que su hermana engañaba a su pareja?

—No. Dijo que quería proteger su intimidad. Que no quería arruinarle la vida. —Martin cruzó los brazos—. Ustedes han leído el informe de Edgerton. «La chica» esto y «la chica» lo otro. El muy gilipollas ni siquiera tuvo la decencia de escribir el nombre de Merit.

Will se daba cuenta ahora.

—El hermano de la novia, ¿cómo se llamaba? —preguntó Faith.

—No fue él —contestó Martin—. Estaba en Howard esa semana. Estudió la carrera allí y volvió a Atlanta para hacer la especialización.

—No se lo pregunto porque crea que era el presunto novio que se inventó Edgerton —aclaró Faith—. Se lo pregunto porque su apartamento fue el último lugar donde se vio a Merit antes de la agresión.

—Llamémosle «mi amigo» —dijo Martin—. No encontrarán su nombre en las declaraciones de los testigos, como tampoco encontrarán el nombre de la novia de Merit. Edgerton no habló con ninguno de los dos.

—¿Su amigo trabajaba en el hospital Grady?

—Era residente allí —reconoció Martin.

Will sabía que no les sería difícil conseguir la lista de los residentes de Morehouse de quince años atrás, pero le interesaba más averiguar por qué se empeñaba tanto Martin en proteger a aquel tipo.

Faith, que también estaba intrigada, le dijo:

—Entiendo que no quiera que un par de policías se presenten en casa de su amigo por su culpa, pero necesitamos hablar con él.

—¿Para qué? ¿Qué quieren preguntarle?

—Con quién trabajaba —respondió ella—. Si su hermana fue a visitarle alguna vez al hospital y llevó a Merit. Si hablaron con alguien allí y con quién…

—¿Qué nombres buscan?

Faith y Will cruzaron una mirada. Will se encogió de hombros, porque no tenían nada que perder.

—Son todos médicos —contestó Faith, hojeando de nuevo su cuaderno en busca de la lista de Sara—. Chaz Penley. Blythe Creedy.

Royce Ellison. Bing Forster. Prudence Stanley. Rosaline Stone. Cam Carmichael. Sara Linton. Mason James. Richie Dougal.

Will observaba atentamente el semblante de Martin, que no pareció inmutarse.

—¿Esos son sus sospechosos? —preguntó.

—Aún no lo sabemos —respondió Faith—. Todos trabajaban en el hospital hace quince años. Estoy siendo completamente sincera con usted. Es toda la información que tenemos.

Martin mantuvo los brazos cruzados. Miró por la ventana. Era hora de tomar otra decisión. No sabía si confiar en ellos o no.

Su decisión sorprendió a Will.

—¿Conocen a esa mujer, a la doctora Sara Linton? —preguntó Martin—. La violaron dos semanas después de que muriera Merit. Edgerton se encargó de los dos casos. Pero solo resolvió uno.

—La doctora Linton identificó sin ninguna duda al responsable —dijo Faith—. El violador trabajaba en el hospital. Ella sabía cómo se llamaba, conocía su cara.

La actitud combativa de Martin dejó paso a una expresión de sorpresa.

—¿Ya han investigado el caso de la doctora Linton?

—Lo estamos investigando todo —le aseguró Faith—. ¿Comentó usted con Edgerton la posibilidad de que ambos casos estuvieran relacionados?

Martin soltó una carcajada sorda.

—Yo era un chaval de dieciséis años afligido por la muerte de su hermana. Ese hombre casi no me daba ni la hora. Y la forma en que trató a mis padres… Nunca le perdonaré su falta de respeto, su desprecio. Ya sé que ese imbécil está muerto. Si me importara lo suficiente como para averiguar dónde está enterrado, iría a mear encima de su tumba.

Will intentó rebajar un poco su hostilidad.

—Parece que leyó usted el informe del inspector Edgerton.

Martin no contestó. Se inclinó y empezó a rebuscar en su mochila. Sacó un grueso fajo de carpetas y, mientras las dejaba caer sobre la mesa una por una, fue diciendo:

—Denuncia inicial. Atestado de Edgerton. Declaraciones de los testigos. Informe de la autopsia. Informe toxicológico. Certificado de defunción.

Faith dio un respingo al oírle decir «informe toxicológico». Sacó la hoja y fue siguiendo los renglones con el dedo. La cruz del hospital Grady figuraba en el encabezamiento de la página, lo que significaba que el documento procedía del laboratorio del hospital. A Merit le habían extraído sangre en urgencias, antes de fallecer.

—«Positivo en marihuana, alcohol y benzodiazepina» —leyó en voz alta.

—Merit no tomaba ningún medicamento —dijo Martin—. Y, aunque lo hubiera tomado, mi amigo me explicó el informe toxicológico. Dijo que el nivel de benzodiazepina que encontraron en su sangre era tan alto que no habría podido ingerir tal cantidad de pastillas porque se habría desmayado antes.

—¿De qué otra forma pudo ingerirlas? —preguntó Faith.

—Dígamelo usted.

—El forense no encontró marcas de pinchazos.

—¿Y de verdad las buscó?

Will dejó de prestar atención a sus voleas verbales y agarró la carpeta de la autopsia, que parecía tener más páginas que el informe oficial. Entre las páginas extra había varias fotos más del examen externo del cadáver. Tampoco habían envejecido bien. Hacía mucho tiempo que Will no veía páginas enviadas por fax. La impresión en papel térmico era tan ligera y clara que las palabras se habían difuminado en gris. El encabezamiento con el número de fax desde el que se habían enviado era poco más que una serie de puntos. La fecha casi había desaparecido, salvo los dos últimos dígitos. El fax databa de hacía quince años.

Siguió pasando páginas hasta llegar al final. Las fotografías del examen externo eran tan difusas que parecían dibujos hechos a lápiz. El tatuaje bajo el brazo izquierdo de Merit quedaba oculto por las líneas de las costillas.

—¿Su hermana tenía un tatuaje? —le preguntó a Martin.

—Según el informe de la autopsia, sí, pero yo era su hermano pequeño. A mí no me habría contado algo así. Y a mi madre tampoco. —Martin puso una sonrisa triste—. Ser lesbiana era una cosa, pero ¿profanar el cuerpo que le había dado Dios? No, señora.

—¿El detective Edgerton vio el informe toxicológico? —preguntó Faith.

—Se lo enseñé yo mismo. Me dijo que Merit estaba de fiesta y se le fue la mano. El tío tenía una teoría metida entre ceja y ceja y no se apartaba de ella por más hechos que le pusiera delante. El típico poli; se creía más listo que nadie.

Faith hizo caso omiso de la pulla y se puso a tamborilear con el boli en la mesa mientras repasaba sus notas.

—¿Sabe si su hermana recibió algún mensaje amenazador en la época en que murió?

—A mí no me comentó nada, pero, como les decía, yo era su hermano pequeño. —Se encogió de hombros—. Nos llevábamos muy bien, pero, si hubiera vivido, ahora estaríamos mucho más unidos. Merit ya tendría hijos. Nunca sabré lo que es ser tío. Mis padres murieron sin tener un nieto al que querer.

Faith le dio unos segundos.

—¿Merit tenía móvil?

—Tenía un iPhone. Entonces eran carísimos. Mis padres se lo regalaron por sacar sobresalientes todo el curso. Nunca la había visto tan emocionada. Me moría de envidia. —Martin hizo una pausa, atrapado en el recuerdo—. En fin… Seguramente ni se cargaría, después de tanto tiempo.

—¿No lo miró hace quince años?

Martin negó con la cabeza.

—No sabía la contraseña y no me pareció que fuera importante. En aquel entonces no llevábamos la vida entera en el móvil. Merit aún anotaba sus contactos en una agenda de papel.

—¿Todavía tiene esa agenda?

Se encogió de hombros.

—Quizá pueda encontrarla.

Will pensó, sin poder evitarlo, en lo mucho que parecía pesar su mochila. Martin había conseguido localizar todos los archivos relativos a Merit con bastante rapidez. Will intuía que tenía tanto el iPhone como la agenda en la mochila. E intuía también que se estaba guardando otras cosas.

—Señor Barrowe —le dijo—, voy a plantearle una hipótesis, pero no tiene que responder si no quiere.

Martin soltó otra carcajada, probablemente porque conocía todas las tácticas policiales.

Pero a Will no le interesaban las tácticas. Le interesaba la ley.

—El estado Georgia tiene una ley de transparencia que pone los documentos institucionales a disposición del público, pero, según esa misma ley, los archivos policiales permanecen sellados en caso de que haya una investigación en curso. Que es el caso de la investigación del fallecimiento de su hermana. Técnicamente, nunca se cerró. Nunca llegó a determinarse la causa de su muerte. Y sin embargo, usted tiene copia de toda la documentación.

Martin mantuvo la boca bien cerrada, pero miró con nerviosismo a Faith, que estaba hurgando en las carpetas.

—Además —prosiguió Will—, algunas de estas páginas se enviaron por fax. Hace quince años, los únicos que todavía usaban el fax eran los organismos públicos y los profesionales de la medicina. Me avergüenza decir que aún los usamos, pero el papel ya no es térmico porque nos dimos cuenta de que la tinta se difumina.

Le dio un momento para reflexionar sobre lo que le había dicho.

—¿Cuál es su hipótesis? —preguntó Martin.

—Mi hipótesis es que consiguió usted esta información por medios ilícitos, pero es abogado, así que sabe que el plazo de prescripción ha vencido en su caso. De lo que deduzco que le preocupa meter a otra persona en un lío. No judicialmente, pero quizá sí con el Colegio de Médicos. Así que quiero que sepa que me importa una mierda que esa persona se meta en un lío. Se inclinó hacia delante, acortando parte de la distancia que Martin había puesto entre ellos—. Lo que quiero saber es por qué le facilitó a usted esa información y qué más ha conseguido averiguar.

—No fue mi amigo —contestó Martin—. Le pedí el informe toxicológico, pero tiene usted razón: no quiso arriesgarse a perder su licencia de médico.

—Muy bien —dijo Will—. Entonces, ¿cómo consiguió un chaval de dieciséis años toda esta información?

Martin volvió a cruzarse de brazos. Su reticencia se transmutó de repente en una expresión de orgullo.

—Cameron Carmichael.

La cabeza de Faith se alzó como una torreta.

—¿Está de coña?

—¿Cómo? —preguntó Will.

Martin aspiró hondo y contuvo un momento la respiración antes de exhalar.

—Gran parte de mi familia vive fuera del estado o en el extranjero. No todos pudieron venir al funeral de Merit. Celebramos otro funeral un mes después de que la incineraran. Había unas cien personas en la iglesia. Todos eran familiares cercanos. Menos Cameron Carmichael.

—¿Cam se presentó en el funeral? —preguntó Faith—. ¿Le invitaron?

—Claro que no. Ni siquiera sabíamos cómo se llamaba. Fue Edgerton quien nos dijo que mi hermana había muerto. No se nos ocurrió hablar con el médico que la atendió. Estábamos destrozados. No tienen ustedes ni idea de cómo afecta una pérdida así a una familia. La herida nunca se cierra.

Faith pasó a una página en blanco de su cuaderno.

—Empiece por el principio.

—Estaba hablando con una tía mía y, de repente, oigo gritar a un tipo. —Su voz se había vuelto ronca. Estaba claro que aquel recuerdo seguía afectándole—. Cam se agarraba a cualquiera que encontraba, lloraba como un niño pequeño, decía que aquello era una puta tragedia. Me encendí al oírle decir eso. Delante de mi madre no se dice esa palabra. No, señor.

—¿Se acercó a él? —preguntó Faith.

—Claro que me acerqué. No era ni mediodía y Cam ya estaba borracho como una cuba. Cuando le dije que Merit era mi hermana, se puso como loco. Se agarró a mí como si se estuviera ahogando. Empezó a suplicarme que le perdonara. Tuve que arrastrarlo fuera para que no les diera un disgusto a mis padres, que bastante tenían ya.

Will sacó un par de conclusiones de su relato. Una de ellas, acerca de Cam. La otra, acerca de un chico de dieciséis años que estaba a punto de convertirse en un hombre.

Faith y él se miraron en silencio. Ella inclinó la cabeza, dándole permiso para que se hiciera cargo del interrogatorio.

—¿Cómo se presentó Cam? —preguntó él.

—Me dijo sin rodeos que era el médico que había atendido a Merit. Que pasó por alto los síntomas de sobredosis. Que era culpa suya que hubiera muerto.

—¿Esas fueron sus palabras? —insistió Will—. ¿Que era culpa suya que hubiera muerto?

—Fueron sus palabras exactas. —Martin apoyó las manos en la mesa, abandonando su postura defensiva—. Miren, voy a ser sincero con ustedes, ¿de acuerdo? Mi tío Felix siempre lleva una botella en la guantera. *Bourbon* añejo. Volví a entrar en la iglesia, agarré sus llaves a escondidas y fui a buscar el *bourbon*. Cam quería fumar, así que nos sentamos en su Honda, que estaba hecho una mierda, y procedimos a bebernos todo el *bourbon*.

—Pero usted no bebió mucho —adivinó Will—. Lo que quería era que Cam se emborrachase aún más.

—Pues claro —respondió Martin—. Cam me contó lo que pasó esa noche. Merit llegó a urgencias aterrorizada. Le dijo a Cam que la habían violado. Nunca había tenido relaciones sexuales con un hombre y tenía sangre seca en las piernas. Por los hematomas, él dedujo que había ocurrido unas horas antes de que ingresara en el hospital.

Will volvió a mirar a Faith, que se mordía el labio mientras iba anotando cada palabra. Ya sabían por qué Edgerton no había tomado declaración a Cam. En lo tocante a pruebas de corroboración, la evaluación de una agresión sexual por parte de un médico era, en la práctica, el criterio de referencia absoluto.

—Cam me dijo que Merit estaba al borde de la histeria —prosiguió Martin—. Ella no recordaba la violación, pero sabía que había ocurrido. Lo último que recordaba era que había salido de clase a las cuatro de la tarde. No recordaba haber visto a su novia. Ni haber estado en el apartamento de mi amigo.

Faith pasó la hoja y siguió escribiendo.

—Cam quería llamar a la policía —dijo Martin—, pero Merit no se lo permitió. Le preocupaban mis padres, ¿entienden? Sabía que enterarse les destrozaría. Entonces Cam se ofreció a examinarla y a recoger muestras biológicas para demostrar la agresión sexual, por si acaso cambiaba de parecer y se decidía a presentar una denuncia. También se negó. Entonces le dijo que quería ir al baño. Él adivinó que quería asearse. Le rogó que le dejara tomarle las muestras, le dijo que tendría todo el cuidado posible, pero ella volvió a negarse. Así que la acompañó hasta el aseo. Ella entró. Él se fue a atender a otro paciente. Ya saben lo que pasó después.

Lo sabían, sí. Merit Barrowe había muerto en el aseo.

—¿Sabe si Cam le contó algo de eso a Edgerton? —preguntó Will.

—Lo escribió todo como si fuera una declaración. Pero Edgerton no se la aceptó. Le dijo a Cam que Merit había mentido. Que el forense no había encontrado signos de violación. Y que, si removía aquel asunto, solo conseguiría hacer sufrir más aún a la familia porque, en lo que a él respectaba, el caso estaba cerrado.

—¿Tiene usted esa declaración? —preguntó Faith.

Martin rebuscó de nuevo en su mochila. Y, de nuevo, Will tuvo la sensación de que se estaba guardando cosas.

Faith dejó el boli y se puso a leer la declaración de Cam.

Will le preguntó a Martin:

—Fue Cam quien le consiguió el informe toxicológico del laboratorio del hospital, ¿verdad?

—Sí.

Will hojeó los archivos de la mesa hasta encontrar el certificado de defunción de Merit Barrowe. Señaló la firma.

—Cam extendió el certificado de defunción. Puso «sobredosis» como causa de muerte, pero no especificó si había sido accidente, suicidio u homicidio. Dejó en blanco la casilla para las explicaciones. Si sospechaba algo, debería haberlo anotado ahí. Y, como mínimo, el forense habría hecho una autopsia completa.

Martin volvió a echar mano de su mochila sin fondo. Sacó otra carpeta y la dejó abierta encima de las demás. Will reconoció el logotipo oficial de la Agencia de Estadística de la Junta Estatal de Salud de Georgia. Martin les estaba enseñando el certificado de defunción original de su hermana. No un fax ni una copia. El borde estaba impreso en azul. La tinta del bolígrafo era azul. Las teclas de la máquina de escribir habían dejado marcas en el papel. Pero se suponía que el formulario original debía estar guardado en los depósitos del registro civil, no en la mochila de un familiar de la fallecida.

—¿Ven la diferencia? —preguntó.

Faith giró hacia sí ambos documentos. Casi de inmediato, empezó a sacudir la cabeza.

—En el certificado original, en la «Breve explicación de la causa del fallecimiento», Cam escribió: «Sospechoso. Sobredosis no accidental. Agresión sexual». Pero en el certificado del expediente policial de Merit ese apartado está en blanco. Edgerton debió de usar Tippex o algo así para tapar lo que escribió —le dijo a Will—. Y luego hizo una fotocopia y la guardó en el expediente de Merit.

—No —dijo Martin—. Edgerton hizo que Cam rellenara otro certificado de defunción y metió el falso en el expediente de Merit. Cam recuperó el original en el hospital. Todavía no lo habían archivado. Es el que tienen delante. El auténtico certificado de defunción de mi hermana, extendido la noche en que murió, dice que su muerte era sospechosa.

Faith se recostó en su silla. Miró fijamente a Martin.

—O sea, que Cameron Carmichael se presentó borracho en el funeral de su hermana. Y entonces usted, que por entonces era un

chaval de dieciséis años, se sentó con él en su Honda a beber *bourbon* y consiguió de algún modo que se lo contara todo, no solo cómo
había muerto su hermana, sino que había falseado un documento oficial, lo que no solo es una infracción penal, sino que le habría hecho
perder su licencia para ejercer la medicina.

Al oír el resumen de su compañera, Will vio el enorme agujero
que presentaba la historia.

—Cam no fue al funeral con todos estos papeles. ¿Qué hizo usted? ¿Registrar su coche?

—Lo llevé a casa. —Martin se encogió de hombros—. No digo
que registrara su piso, pero, hipotéticamente, cabe la posibilidad de que
tuviera estos documentos escondidos en un maletín cerrado con llave en el estante superior de su armario.

—Joder —dijo Faith—. Qué máquina.

Will seguía pensando en la mochila.

—Eso no fue todo lo que encontró, ¿verdad?

Martin volvió a mirar por las ventanas.

—¿Hipotéticamente?

—Claro —contestó Will.

—Puede que tomara su portátil.

El peso de la mochila por fin tenía explicación. Martin también
había llevado el portátil de Cam.

—En algún momento —dijo Faith—, Cam debió de darse cuenta de que le había robado todas esas cosas.

—Tardó cuarenta y ocho horas, pero sí. Se presentó en mi casa
hecho una furia. Por suerte mis padres no estaban. —Martin señaló
las carpetas—. Yo ya había leído todo lo del maletín. Y, obviamente,
tenía algunas preguntas que hacerle.

—¿Las respondió?

—El tipo era como el villano del final de los dibujos de Batman.
Me lo explicó todo con pelos y señales. Ni siquiera me pidió que le
devolviera sus cosas. Confesó y se marchó. Intenté hablar con él por
teléfono varias veces, pero acabó cambiando de número. No tengo
ni idea de dónde está ahora.

Will dedujo que no sabía que Cameron Carmichael se había suicidado hacía ocho años. Y comprendió además que, por más que pareciera despreciar a aquel hombre, seguía intentando protegerlo. La prescripción penal no importaba. Cam habría visto peligrar su sustento si se hubieran descubierto sus múltiples infracciones éticas.

—¿Qué había en el portátil? —preguntó Faith.

—Muchos archivos estaban protegidos por contraseña. No soy informático ni conocía a nadie que entendiera de ordenadores. Y no podía acudir a la policía. Ni entonces ni ahora. Edgerton está muerto, pero la policía de Atlanta intentará encubrirlo. Esa gente es así.

Will se frotó la mandíbula mientras pensaba en los detalles que acababa de revelarles. Había algo que no encajaba en la cronología.

—La confesión del villano de Batman. ¿Le dijo Cam por qué falsificó el segundo certificado de defunción?

—Tenía una denuncia por conducir ebrio. Iban a suspenderle la licencia, o sea, que iba a perder su trabajo. Edgerton se ofreció a hacer desaparecer la denuncia si Cam hacía el cambio.

—¿Por qué quería Edgerton que lo cambiara?

—Cam no tenía ni idea, pero Edgerton le daba mucho miedo. Era un tipo grandullón, con muy mal genio. —Martin meneó la cabeza al recordarlo—. Cam le tenía tanto miedo que se fue de la ciudad. Ya había encontrado empleo en el norte. Se puso a buscar trabajo el mismo día que Edgerton le hizo cambiar el certificado de defunción. Estaba aterrorizado. Quería irse lo más lejos posible de Atlanta.

—Volvamos a la sucesión de los hechos —dijo Will—. El funeral de su hermana se celebró un mes después de su muerte. Ese mismo día, usted entró en posesión de estos documentos, junto con el portátil de Cam. Dos días después, Cam se presenta en su casa y le dice que ya ha encontrado trabajo y que se va de la ciudad. Le dejó su portátil y toda esta documentación, y desde entonces no ha vuelto usted a saber nada de él. ¿Es así?

Martin asintió con la cabeza.

—Sí.

Faith tamborileó con el bolígrafo sobre la mesa. Estaba mirando la línea temporal. La había marcado entre corchetes, pero a Will no le hizo falta para ver la pregunta obvia. A su manera, Martin Barrowe era igual que Britt McAllister: les estaba dejando pistas para ponerlos a prueba y ver si eran capaces de descubrirlas.

Le preguntó a Martin:

—Cuando Cam le hizo su confesión de villano de Batman, ¿le dijo cuánto tiempo pasó entre la muerte de su hermana y el momento en que Edgerton lo sobornó para que cambiara el certificado de defunción?

—Sí, y fue muy claro al respecto. Edgerton se presentó en su casa justo dos semanas y un día después de la muerte de mi hermana.

Will se sintió como si le hubieran dado un puñetazo en la garganta.

—¿Dos semanas y un día?

—Sí —dijo Martin—. El día después de que violaran a la doctora Sara Linton.

9

La sala de espera del Centro James de Cirugía Estética era tan elegante y moderna como cabía esperar. Sillas de cuero negro, sofá de terciopelo morado oscuro y Daft Punk sonando suavemente por el altavoz Bose, encima de la barra de madera sin pulir, sobre la que descansaba una cafetera exprés de acero inoxidable. Las tazas de color negro mate estaban colocadas sobre un calentador. Hasta los palitos de remover eran de un metal robusto e impresionante.

Sara siempre había pensado que Mason acabaría dedicándose a la cirugía estética. La coquetería y el encanto con que era capaz de tranquilizar a los demás era justo lo que exigía ese trabajo, además las ganancias podían ser astronómicas. No es que le reprochara que hubiera optado por el dinero. La medicina era una vocación, pero dedicarse a ella tenía un precio. Pasabas un mínimo de veinticuatro años estudiando, luego cobrabas un sueldo de miseria durante varios años y finalmente tenías que elegir a qué especialidad dedicarte, una decisión en la que influía enormemente el hecho de haber acumulado una deuda de más de medio millón de dólares por tus estudios y estar con el agua al cuello. No había mejor sistema para empujar a los nuevos médicos hacia campos altamente especializados y lucrativos, en lugar de hacia las áreas donde de verdad hacían falta: médicos de atención primaria que te aconsejaran comer sano y hacer ejercicio para que no tuvieras que acudir nunca a los especialistas.

Sara se levantó de la silla. Como no quería ponerse a pasear de un lado a otro, fingió contemplar un collage gigantesco que colgaba junto a la puerta de las consultas. Caras, partes del cuerpo, dientes. Estaba demasiado distraída para formarse una opinión, pero estaba segura de que Mason había pasado varias horas discutiendo la visión del artista con el marchante que le había vendido la obra. Si había algo que le encantaba, era hablar. Seguramente por eso la estaba haciendo esperar.

Miró su reloj.

Will y Faith estarían hablando con el hermano de Merit Barrowe. Ese hecho por sí solo había logrado aflojar en parte el nudo de tensión que notaba en el estómago. Tommy se había librado de la demanda civil por la muerte de Dani Cooper. Sara no necesitaba ser detective para saber que encontraría la manera de violar de nuevo. Britt, a su manera, los había ayudado, pero también había conseguido, a su manera, enturbiar las aguas. La muerte de Merit Barrowe estaba relacionada de algún modo con la agresión sexual que había sufrido ella y con la muerte de Dani Cooper, y todo estaba a su vez vinculado con Cam Carmichael.

Desafortunadamente, no podían contar con las dos mejores fuentes de información, puesto que Cam se había suicidado y Eugene Edgerton había muerto de cáncer de páncreas.

—Dios mío, todavía estás espectacular.

Sara se giró y vio a Mason James de pie en la puerta. Tenía una sonrisa burlona en la cara. La miró de arriba abajo, sin disimulo. Tenía un aspecto tan elegante como la oficina: el pelo engañosamente despeinado, la ropa bien ajustada y la barba de tres días esculpida con esmero. Parecía una versión reducida del personaje que Will había encarnado en el club de campo.

Antes de que ella diera con una forma educada de pararle los pies, Mason la besó en la mejilla. Sara apretó los dientes al sentir el roce de su barba en la cara.

Él no pareció darse cuenta.

—No te imaginas la alegría que me llevé cuando me llamaste.

No paraba de bajar la mirada hacia sus pechos. Sara se había cambiado el traje de tenis y se había puesto un vestido negro con cinturón y una abertura en la falda que, ahora se daba cuenta, podía hacerle concebir ideas equivocadas. No le había anticipado por qué quería verle después de tantos años.

Claro que él tampoco le había pedido explicaciones.

—¿Podemos hablar en privado? —le preguntó.

—Me encantaría invitarte a tomar una copa, pero tengo una paciente dentro de media hora. Una verdadera emergencia. Necesita bótox y relleno antes de que su marido vuelva de Singapur. —Mason le abrió la puerta—. No te preocupes, mi despacho está insonorizado. No quiero que se escape ningún secreto.

Sara no le preguntó a qué secretos se refería. Notó que él le ponía la mano en los riñones cuando cruzó la puerta abierta. Una joven rubia muy guapa atendía el mostrador donde se pagaba. Las vitrinas llenas de cremas y pociones caras estaban discretamente iluminadas. Las paredes se hallaban llenas de fotografías de mujeres y de algunos hombres que posaban antes y después de la operación. A Sara no le sorprendió ver fotos de niños mezcladas con las de estiramientos faciales e implantes de mentón. Estaba claro que Mason también dedicaba parte de su tiempo a operar gratuitamente labios leporinos y paladares hendidos en regiones con carencias sanitarias. Tessa tenía razón al decir que era un sinvergüenza muy resultón, pero ayudar a niños necesitados contribuía en buena medida a redimir su carácter.

La condujo suavemente con la mano a su despacho, situado en la esquina. El sol entraba por los ventanales, que llegaban del suelo al techo. Más cuero, terciopelo, madera y acero. Más fotografías, aunque estas eran más íntimas. Mason con una adolescente vestida de futbolista. Mason y una niña más pequeña montando a caballo por el monte.

—¿Cuántos hijos tienes? —preguntó Sara.

—Una docena, a juzgar por los cheques de manutención que pago mensualmente. Se le suavizó el semblante al mirar las fotografías—. Poppy tiene nueve años; Bess, once.

Sara sintió una tristeza inoportuna al ver a sus dos preciosas hijas.

—En fin… —Mason le indicó la zona de asientos de la esquina—. ¿Nos sentamos?

Sara eligió el sillón. Él se sentó en el sofá, que era tan bajo que al doblar las rodillas le llegaron casi hasta el pecho. No pareció importarle. Se inclinó hacia delante y le dijo:

—Cuéntame cómo es que te has puesto ese vestido tan bonito para venir a verme.

Sara había metido literalmente la mano en el armario y había sacado lo primero que no estaba sucio.

—Debería haber sido más sincera y haberte dicho por teléfono por qué quería que quedáramos.

—¿Santa Sara diciendo una mentira? —Mason resopló—. Dime, ¿cuándo fue la última vez que nos vimos?

—Mi hermana estaba en el hospital. Y tú me tiraste los tejos.

—¿Te gustó?

A Sara no debería haberle sorprendido que pasara por alto que Tessa estaba en el hospital.

—Fue hace mucho tiempo.

—No tanto. Muchas veces me pregunto qué habría pasado si hubiéramos conseguido arreglar lo nuestro.

Sara clavó ostensiblemente la mirada en su alianza.

—Te has casado al menos tres veces, que yo sepa.

—Pero quizá, si tú hubieras sido la primera señora James, no habría sentido la necesidad de buscar a las otras. —Le dedicó una sonrisa astuta—. Pensé en pedírtelo cuando nos fuimos a vivir juntos. En ponerme de rodillas y comprarte un diamante de verdad.

Sara sintió el calor de su mirada fija en su anillo de compromiso. Mason desvió lentamente los ojos hacia su cara.

—Sabes, todos los días paso horas y horas en esta consulta explicándoles a mis pacientes cómo puedo hacerlas más bellas, pero ahora que te tengo delante me doy cuenta de que no hay nada, ni una sola cosa, que yo pudiera mejorar.

Sara no podía permitir que aquello continuara.

—Mason…

—Sí, sí. —Se rio como si estuviera bromeando—. Deduzco por ese interesante anillo que llevas en el dedo que no has venido a reavivar nuestro tórrido idilio.

Sara refrenó el impulso de taparse el anillo. No soportaba la idea de que se burlara de él.

—Estoy prometida. Con un agente especial del GBI.

—Ah, conque vas a casarte con otro policía. —Volvió a sonreír, pero su sonrisa se había afilado—. Siempre te han gustado los hombres que van por ahí blandiendo la porra. ¿Cómo os llaman a las mujeres como tú? ¿Benefactoras de la policía?

A Sara no le gustó su tono mordaz.

—Conejitas de la policía.

—¿Y el que blande la porra cómo se llama?

—Cuando uno la tiene tan grande, no hace falta blandirla.

Mason echó la cabeza hacia atrás y se rio.

—Dios, cuánto echaba de menos tu sucio sentido del humor. ¿Estás segura de que no podemos hacer algún apaño que quede entre nosotros? Seguro que vas a aburrirte.

De lo único que Sara estaba segura era de que Will se sentiría avergonzado si oyera aquella conversación.

—Mason, he venido a hablar contigo de algo concreto.

—Vaya, eso suena muy serio. —Hizo la pantomima de colocarse en posición de escucha—. Continúa, por favor.

Sara tuvo que tomar aire antes de decir:

—Necesito preguntarte por el guateque del viernes.

Él levantó ligeramente la barbilla.

—¿Todavía se hace? No he visto a la pandilla desde que nos fuimos todos del Grady.

Sara advirtió un cambio en su voz. Nunca se había sentido cómodo hablando de cosas desagradables.

—Me refiero a un guateque en concreto. Al de la noche que me violaron.

Mason se echó hacia atrás y apoyó el brazo en el respaldo del sofá. Miró por la ventana. Sara se fijó en las finas arrugas de sus ojos y en la ligera redondez de su mandíbula. Era como si oír la palabra «violación» lo hubiera envejecido de inmediato. Recordó una vez más que ella no era la única que había sufrido a causa de la agresión.

No supo qué decir.

—Lo siento.

Él hizo un esfuerzo visible por recuperar su encanto.

—¿Qué fue de ese pequeñajo? ¿De tu gato blanco, ese tan peludo?

—Apgar —dijo Sara—. Vivió hasta los dieciséis años, hasta que le fallaron los riñones.

—Qué cabrón. Le encantaba el whisky de malta. —Las arrugas de sus ojos se acentuaron cuando sonrió—. Se llamaba así por Virginia Apgar, ¿no? ¿La creadora del test de Apgar?

—Sí. —Sara decidió seguirle la corriente y hablar de banalidades—. En la protectora me dijeron que era hembra. No se me ocurrió comprobarlo hasta que ya le había puesto nombre.

—Sí, ahora me acuerdo. —La sonrisa de Mason seguía siendo forzada—. El bueno de Apgar tuvo suerte de palmarla a tiempo. Últimamente el mundo se está poniendo muy difícil para los hombres blancos. Qué tiempos vivimos.

—¿Controlar el cuerpo de las mujeres, además de todo el Gobierno federal y el poder judicial, te parece poco?

—Venga ya. Tú sabes que las tornas han cambiado. Cualquier día van a castrarnos a todos, como al pobre Apgar.

Sara podía soportar las banalidades, pero no toleraba la autocompasión.

—Mason, en serio, necesito que hablemos de lo que pasó.

Volvió a apartar la mirada.

—No me siento especialmente orgulloso de cómo me porté en aquella época.

—Si te preocupa que te culpe de algo, tranquilo. Cada cual reacciona de una manera distinta al trauma.

—Me lo estás poniendo muy fácil. Podría haberme esforzado más. —De repente se puso serio—. Supongo que sabes que me lie con Sloan después de que rompiéramos.

Sara dejó pasar el «después de que rompiéramos».

—Algo oí de eso.

—Cómo le gustaban los cotilleos a la pandilla —comentó, como si ella hubiera necesitado ayuda para averiguarlo—. A Sloan también le pasó, ¿sabes?

Sara sintió un peso en el corazón.

—¿A Sloan la violaron?

—En el primer curso de Medicina. La primera semana de clase, imagínate. Quedó con un compañero. Bebió un poco. Y el cabrón la violó.

—¿Lo denunció o…?

—No, no quería que se armara un escándalo. Y el tipo dejó la carrera cuando acabó el curso, así que no tuvo que volver a verlo.

—¿Sabes cómo se llamaba?

—Sloan nunca me lo dijo. —Mason se frotó la manga de la camisa—. Quería olvidarse del asunto y pasar página. No es mala idea, de hecho. Así está mucho mejor.

Sara se mordió el labio. No necesitaba que le pusieran a Sloan Bauer como ejemplo de cómo recuperarse de una violación. Respiró hondo de nuevo para tranquilizarse y dijo:

—Cuando terminó la carrera, Sloan se fue a hacer la residencia a otro estado. ¿Fue por eso por lo que se marchó?

—Ni idea, pero fue… ¿Cómo lo llaman ahora? ¿Un disparador emocional? —Se encogió de hombros—. Lo que te pasó a ti la afectó mucho. Lo pasó muy mal.

Sara no pudo contenerse.

—Qué terrible para ella tener que lidiar con mi violación. Menos mal que te tenía a ti.

—No seas rencorosa, cariño. Siempre has sido más fuerte que ella. Tenías a tu familia. Ella solo me tenía a mí, que soy un muermo. —Se inclinó hacia delante de nuevo—. Me gustaría hacerte una sugerencia sin que te lo tomes a mal.

Ella esperó,

—¿Para qué remover el pasado? No puede ser bueno en absoluto. Tienes que olvidarte de eso.

Mason James no tenía derecho a decidir por ella.

—Si recuerdas algo de esa noche, cualquier cosa…

—Fui a cientos de guateques y seguramente al doble de fiestas. Se me mezclan todas.

—Sloan estaba allí —le dijo Sara—. ¿Recuerdas que te llamaron antes de irnos? Te pusiste muy contento al saber que había vuelto.

—En aquel momento no era más que una amiga.

A Sara no se le ocurrió una forma educada de decirle lo poco que le importaba.

—Cam estaba increíblemente borracho esa noche. Más de lo normal. Tuviste que quitarle las llaves.

—¿Sí? —preguntó—. Qué caballeroso por mi parte.

—Había perdido a una paciente dos semanas antes. Se llamaba Merit Barrowe. ¿Te acuerdas?

—Lo siento, cariño. Ya te he dicho que no me acuerdo.

—Pero Cam…

—Siempre estaba borracho. Estuvo entrando y saliendo de Alcohólicos Anónimos hasta el día en que se mató. Su apartamento estaba lleno de botellas vacías.

Sara vio aparecer una expresión de contrariedad en su rostro. Había dicho más de lo que pretendía.

—¿Seguiste en contacto con él? —preguntó.

Se quedó callado mientras trataba de encontrar un modo de desdecirse. Sara recordó de pronto esa faceta suya. Calculadora, sibilina. Por algo no se había dado cuenta de que la engañaba con Sloan hasta más adelante.

—Sabes —dijo él—, creo que me enteré de esos detalles en el funeral. Se armó un poco de revuelo aquí, entre la pandilla. Richie se encargó de dar el discurso en el funeral. Siempre ha sido nuestro archivero. Contó algunas anécdotas y esas cosas. Todo muy conmovedor.

Sara se sintió traicionada y esa sensación la repugnó. Dos minutos antes, Mason la había mirado a los ojos y le había dicho que no veía a la pandilla desde que se habían marchado del hospital Grady.

Pero Cam había muerto hacía ocho años. ¿En qué más le estaba mintiendo?

—Pobre Cam —suspiró Mason—. Siempre fue propenso a la depresión. La verdad es que no me sorprendió que al final se quitara del medio.

Sara volvió a respirar hondo, trémula.

—Siento no haber ido al funeral.

—No te habría gustado nada. Bebimos mucho y estuvimos recordando, nada más. —Volvió echarse hacia delante apoyándose en los codos—. Cariño, ¿por qué me haces todas estas preguntas? ¿Es que ha pasado algo?

Sara refrenó el impulso de apartarse de él. Cuando vivían juntos, Mason solía mentirle sobre cosas triviales, para embellecer historias o tapar sus faltas. Esto era distinto. Le estaba mintiendo para protegerse a sí mismo o para proteger a otra persona.

—¿Sigues en contacto con Richie? —le preguntó.

Tardó un momento en responder.

—La verdad es que no. ¿Por qué?

—Eso que has dicho de él. Que era el archivero del grupo. Seguro que se acuerda de esa noche.

Mason parecía atrapado.

—Seguramente es mejor dejarlo estar.

Sara ya había perdido la cuenta del número de veces que había intentado disuadirla.

—Muy bien —dijo—. Puedo buscar su número en internet.

—No —contestó Mason alzando la voz, y enseguida se esforzó por moderar su tono—. Quiero decir que tengo su número, claro. ¿Te lo mando?

Sara lo vio sacarse el móvil del bolsillo. El sol dio en la pantalla. Una gota de sudor se deslizó por un lado de su cara.

Mason se quedó mirando el teléfono y luego la miró a ella.

—¿Te lo anoto?

Sara se volvió mientras él se acercaba a su escritorio en busca de papel y boli. Tenía su número grabado. Podría haberle enviado el

205

contacto de Richie desde el móvil con toda facilidad. ¿Qué tenía escrito en el contacto que no quería que ella viera?

—Ya que estás —dijo—, ¿te importaría anotar también el nombre de toda la gente de la que te acuerdes? No solo de esa noche, sino de las otras.

—Ya conoces a la pandilla. —Su voz sonó tensa—. Estaba todo el mundo.

—¿Y los acoplados? —preguntó ella—. Había un tal Nathan y un tal Curt y...

—Mel y Don. —Apretaba el bolígrafo con tanta fuerza que Sara oía cómo arañaba el cristal del escritorio—. Anna y Connie.

Esos nombres no le sonaban de nada. Lo miró mientras se acercaba al sillón. Mason dobló el papel en dos y se lo entregó.

—Tengo que prepararme para ver a mi paciente. Se puede perder un dedo en sus pliegues nasolabiales.

Sara desoyó la invitación a marcharse. No iba a esperar para leer los nombres hasta que estuviera en el coche. Quería tener a Mason delante por si tenía alguna pregunta que hacerle.

Desdobló la nota. Los nombres estaban escritos debajo del número de teléfono de Richie. Supuso que era un intento de bromear, uno de sus chistes infantiles.

Mel A. Chupas. Don Devas. Anna Filaxis. Connie Lingus.

Miró a Mason. Estaba sonriendo otra vez, pero sonreía con esfuerzo. Quería que se marchara. Sabía que había hablado demasiado.

Sara recordó un comentario que le había hecho Will sobre su tía Eliza. No se le puede pedir la verdad a un mentiroso. Dobló la nota y se la guardó en el bolso. Se levantó para marcharse.

Mason esperó hasta que estuvo casi en la puerta.

—La verdad es que sí me acuerdo de un nombre.

Sara echó mano del picaporte.

—No tengo tiempo para esto.

—John Trethewey —añadió él.

Sara sintió como si un cuchillo se le hundiera en el pecho. Eliza le había dado a Will ese alias en el club. Si Mason lo mencionaba ahora, era porque había hablado con Mac o con Richie en las últimas horas. ¿Sabían ellos que iba a verse con Mason? ¿Estaban todos confabulados de alguna manera? ¿Eran Mac, Richie y Mason esos otros de los que hablaba Britt?

—¿Te suena el nombre? —preguntó Mason.

—¿Trethewey? —Trató de dominarse mientras se daba la vuelta despacio—. ¿Cómo era físicamente?

—Alto, delgado, con el pelo rubio. Muy directo. Un poco repelente, en realidad. —Mason la observaba con tanta atención como ella a él.

Sara se obligó a asentir con la cabeza.

—Era ortopedista, ¿no?

—¿Me estás diciendo que te acuerdas de él?

Sara sintió una necesidad imperiosa de salvaguardar la tapadera de Will.

—No me extraña que tú no te acuerdes. John siempre estaba ligando conmigo. Nunca hiciste nada al respecto.

—¿Y qué querías que hiciera? ¿Darle un puñetazo en la nariz?

—Podrías haber empezado por no dejar que un ortopedista neandertal me tocara el culo cada vez que se acercaba a mí.

Mason había vuelto a sonreír. Se había tragado la tapadera de Will.

—Eso es que iba directo al orto.

—Por eso lo nuestro no salió bien, Mason. Nunca te tomas nada en serio.

—Y tu policía, el de la porra grande, el que te ha comprado el anillo en una máquina de chicles, ¿él sí te toma en serio?

—Él puede tomarme como se le antoje.

DECLARACIÓN DEL DR. CAMERON CARMICHAEL, MÉDICO QUE ATENDIÓ EN URGENCIAS A MERIT ALEXANDRIA BARROWE

Me llamo Cameron Davis Carmichael. Yo era uno de los cuatro residentes que estaban de guardia en el servicio de urgencias del hospital Grady cuando el guardia de seguridad Héctor Álvarez trajo a Merit Alexandria Barrowe. Merit pasó por triaje en torno a las 23:30. No la atendí en urgencias hasta cerca de medianoche. Lo primero que noté fue que estaba muy alterada. No paraba de llorar. Diría que su llanto era casi incontrolable. HASTA DONDE YO RECUERDO, esto es lo que me contó. Lo último que recordaba era estar en su clase de Introducción a la Literatura en Sparks Hall (Universidad Estatal de Georgia). Después se despertó en la calle, de noche, literalmente tirada bocabajo en una cuneta. Le dolía todo el cuerpo. Pensó que la había atropellado un coche. Consiguió incorporarse, pero enseguida se notó mareada. Vomitó. Vio en el vómito una sustancia blanca, parecida al yeso. Cuando se le pasaron las náuseas, sintió un dolor punzante en el abdomen. Lo describió como peor que un dolor de regla muy agudo. Dijo que notaba en el cuerpo que un hombre la había violado, aunque nunca había tenido relaciones sexuales con un hombre. Entonces empezó a tener recuerdos sueltos: una mano que le tapaba la boca; sus muñecas y tobillos inmovilizados de alguna manera; estaba muy oscuro y solo oía los jadeos del hombre; la mano de él sabía a tabaco; su aliento tenía un olor dulzón, como a jarabe para la tos. El hombre estaba encima de ella. Merit recordaba un dolor muy agudo, deduzco que causado por la rotura del himen. Eso es todo lo que recordaba de la agresión. En urgencias solo me dejó hacerle un examen visual. Enseguida vi que tenía sangre seca y semen seco en la cara interior de ambos muslos. Observé hematomas que debían de haberse producido al menos dos horas antes. Presentaba asimismo hematomas en tobillos y muñecas. Debo mencionar que llevaba un sujetador negro, unos pantalones vaqueros cortos (a medio muslo, no cortos del todo) y una camiseta de la UEG. Llevaba también calcetines blancos, pero solo una deportiva. Le pregunté si podía llamar a la policía. Me dijo que no, porque le preocupaba mucho que sus padres se enteraran de lo ocurrido. No quería que lo supieran, sobre todo su padre. Tenía miedo de que hiciera algo, lo cual es comprensible. Me ofrecí dos veces a hacerle las pruebas correspondientes para recoger muestras biológicas de la agresión, pero se negó ambas veces. Luego dijo que quería ir al baño. Le advertí que, si se limpiaba, eliminaría las pruebas forenses, pero me dijo que no le importaba. Le hice prometer que por lo menos me dejaría quedarme con su ropa. La guardaría por si ella decidía finalmente presentarla como prueba. Acordamos hacerlo así. Le di un uniforme limpio para que se cambiara. La acompañé al aseo de señoras. Entonces me llamaron para atender a otro paciente. Luego recuerdo que empezó a sonar la alarma. Merit sufrió una crisis epiléptica de tipo gran mal que duró más de cinco minutos. Avisé al equipo de trauma para intentar reanimarla. Declaré su fallecimiento aproximadamente a las 00:43 horas. Basándome en lo que me dijo sobre la sustancia blanca parecida al yeso que contenía su vómito, en la pérdida de conciencia y en las lagunas de memoria, creo que la drogaron. Basándome en los hematomas que presentaba en tobillos y muñecas, creo que la ataron. Basándome en su declaración, sus recuerdos, los hematomas de la parte superior de sus muslos, la sangre seca y el semen seco, creo que la violaron. Juro que esta declaración es exacta y verdadera según mi leal saber y entender.

Dr. Cameron Carmichael

10

Faith se fijó en la fecha y la hora que figuraban bajo la firma de la declaración jurada. Cam había anotado sus observaciones una hora después del fallecimiento de Merit Barrowe. Seguidamente había emprendido una investigación por su cuenta, recopilando datos a espaldas de Eugene Edgerton, porque tenía la corazonada de que estaba ocurriendo algo malo. Lo cual era admirable hasta que se llegaba a la parte en que cedía al chantaje, arrojaba un montón de mierda humeante sobre las espaldas de un chaval de dieciséis años que acababa de perder a su hermana y se largaba de la ciudad.

Faith no pensaba que llegaría el día en que sentiría lástima por un abogado defensor.

Miró los papeles que tenía desplegados sobre la mesa de la cocina. La denuncia inicial. El atestado de Edgerton. Las declaraciones de los testigos. El informe de la autopsia. El informe toxicológico. El certificado de defunción.

Martin les había dejado hacer copia de todo, pero conseguir que se desprendiera de la agenda y el iPhone de su hermana, así como del portátil de Cam, había requerido una labor de persuasión magistral por parte de Will.

Por suerte, Martin llevaba en la mochila el cargador del portátil. Por desgracia, no tenía cable para el iPhone de primera generación. Ella tampoco, pero había encontrado uno en una tienda de electrónica a diez minutos de su casa. Jeremy tenía que estar recogiéndolo en ese momento. Faith también iba a ver si podía aprovechar las habilidades de hacker de su hijo para descifrar la contraseña del iPhone y abrir los archivos protegidos del portátil de Cam.

Si es que se dignaba a aparecer, claro.

Miró el reloj de la cocina. Ya llevaba quince minutos de retraso. Al menos había podido descubrir por sí sola que la agenda era un callejón sin salida. Había leído todos y cada uno de los apuntes y ninguno le había parecido sospechoso. No había ninguna clave evidente, ni listas de contraseñas, ni pistas que apuntaran a quién podía ser el responsable de su muerte.

Merit Barrowe tenía veinte años en el momento de su muerte. De la mezcla de una caligrafía infantil con otra letra más firme y segura se deducía que la agenda databa probablemente de su adolescencia. En la tapa aparecían Snoopy y Emilio bailando. Dentro, Merit había anotado sus contactos llamándolos por su nombre de pila, algunos con el número de habitación de la residencia de estudiantes y la mayoría con números de teléfono a los que les faltaba el prefijo. La anotación más sobrecogedora era la de su familia: «mamá y papá».

Faith no podía dejar que el terror a perder un hijo la paralizase. Miró el diagrama, repasando las tiras de cartulina roja, morada y rosa que cubrían la nevera y dos armarios de la cocina: las secciones de Mac y Tommy, con las afirmaciones de Britt; el apartado de «Conexión», con más afirmaciones de Britt pero sin ningún vínculo; y las fotografías de la pandilla.

Un ovillo de lana roja que había encontrado en la cesta de tejer de su madre esperaba sobre la encimera. La faja de papel seguía intacta porque Will tenía razón. De momento solo estaba el diagrama. No tenían hilos para conectar nada. Lo único que Faith sabía con certeza era que faltaban cuatro días para que volviera su hija. Y si Emma veía que habían hecho tiras sus cartulinas, que habían usado su celo de Hello Kitty y quitado sus dibujos de la nevera, le daría tal ataque de furia que aparecerían un par de hobbits para lanzarle unos anillos.

Fijó los ojos al azar en las tiras rojas con los comentarios que Britt había hecho en el aseo del juzgado.

Llevo veinte años viviendo con ese miedo… Los oí… Mac siempre está implicado… No puedo detener a los demás, pero puedo salvar a mi hijo… ¿No te acuerdas del guateque?

Volvió a mirar el reloj. Jeremy seguía sin aparecer. Will y Sara debían llegar en cinco minutos y serían puntuales. Tomó su móvil personal y marcó el número de Aiden.

Él no le dijo ni hola.

—¿Puedes explicarme otra vez por qué querías que investigara a un violador en libertad condicional?

Faith sintió una extraña oleada de vergüenza. Le había prometido a Sara que dejaría en paz a Jack Allen Wright. Y lo había hecho. Era Aiden quien se estaba encargando de vigilar al conserje que había violado a Sara Linton, para cerciorarse de que estaba haciendo lo que se suponía que debía hacer.

—Dijiste que te pidiera un favor —contestó—. Esto es un favor.

—Recuérdame que me importe menos esta relación.

—No es mala idea.

Aiden soltó un gruñido, pero Faith le oyó hojear su cuaderno.

—Hace tres años, Jack Allen Wright seguía llevando un monitor de vigilancia en el tobillo, conforme a los términos de su libertad condicional. Según los registros, iba a casa, al trabajo y a sus sesiones de terapia de grupo, nada más. No hay ninguna incidencia. Le quitaron el localizador el año pasado.

Faith solo se sintió ligeramente decepcionada. La agresión a Dani Cooper, ocurrida hacía tres años, se había investigado a conciencia. Si hubiera alguna posibilidad, aunque fuera remota, de que Jack Allen Wright estuviera implicado, el abogado-tiburón de los McAllister habría envuelto al violador de Sara para regalo y le habría puesto un lazo rojo. Y Britt McAllister no andaría soltando comentarios crípticos por diversos aseos de señoras de Atlanta.

—¿Y ahora? —preguntó—. ¿Hay alguna incidencia?

—No, Wright está cumpliendo totalmente. Su agente de la condicional habló con él esta misma mañana.

—¿Habló con él o lo vio?

—Lo vio con sus propios ojos —contestó Aiden—. Wright

trabaja en uno de esos sitios que te bombardean con mensajes y llamadas para ver si quieres vender tu casa.

Faith pensó que aquel era un nivel del infierno demasiado suave para un violador en serie.

—Dile al agente de la condicional que le haga una prueba de drogas por sorpresa. Que registre su casa. Que intente trincarlo por algo. Ese tipo tiene que volver a la cárcel.

—Para el carro, señorita. Ya tengo al agente de la condicional pensando que Wright puede ser el próximo Unabomber.

Ella notó que fruncía el ceño.

—¿Por qué piensa eso?

—¿Porque pertenezco a la unidad especial antiterrorista del FBI para la región sureste? —dijo en tono de pregunta—. Faith, ¿se puede saber de qué va esto?

Ella fijó la mirada en las fotografías de la pandilla.

—Necesito que me mires unos nombres.

—A ver si me aclaro. Te pregunto por qué me estás haciendo operar en una zona bastante turbia y de dudosa legalidad, ¿y tu respuesta es pedirme que me meta en más zonas turbias?

Faith sabía por experiencia que en situaciones así no valían medias tintas.

—Sí, eso es exactamente lo que te estoy pidiendo que hagas. Más cosas turbias. ¿Puedes hacerme ese favor o no?

Se hizo un largo silencio que le dio tiempo a arrepentirse de estar quemando su relación con Aiden. Y acto seguido experimentó unos segundos de pánico al darse cuenta de que, de hecho, pensaba en aquello como en una relación.

—¿Tú no trabajabas antes en el Departamento de Policía de Atlanta? —preguntó él.

—Correcto.

—¿Y no hay allí ningún inspector ni ningún agente de a pie que se crea que tiene inmunidad absoluta y pueda ayudarte?

Faith estaba harta de rogar.

—¿Quieres comerte la tortita fea o no?

Aiden volvió a quedarse callado un momento.

—Mándame un mensaje con los nombres.

Faith se ahorró el tener que darle las gracias porque él colgó bruscamente.

No tenía tiempo de sentarse a reflexionar sobre el significado de todo aquello. Tecleó los nombres de las fotos del armario y se aseguró de que las mandaba al teléfono personal de Aiden y no a su móvil del FBI, porque él tenía razón: se estaban metiendo en un terreno muy turbio. Llevaba un millón de años investigando a idiotas, y, si algo había aprendido, era que no había que usar el teléfono del trabajo para tus actividades delictivas.

Le mandó el mensaje a Aiden y luego pasó el dedo por la pantalla para acceder al localizador GPS del coche de Jeremy. Había parado en Dunkin Donuts de camino a casa. Le sonaron las tripas. Le mandó un mensaje cortante.

¿Dónde estás? Te estoy esperando.

En DD quieres algo

Por eso necesitaba tener localizado a su hijo. Porque no había forma de entender sus mensajes sin el contexto de la ubicación.

Estaba tecleando su pedido cuando el destello de unos faros barrió las ventanas. Cruzó el pasillo y abrió la puerta principal.

Sara y Will estaban bajándose del Porsche de él.

Les dijo:

—Jeremy llega tarde. Le he dicho que traiga unos dónuts.

—¿Le has…? —dijo Will.

—Sí, le he dicho que traiga chocolate caliente.

Will dejó que Sara subiera los peldaños delante de él. Ella le apretó el brazo a Faith al entrar en la casa. Tenía cara de estar cansada y tensa, y Faith recordó por enésima vez lo difícil que era todo aquello para ella. Y para Will, que la vigilaba con tanta atención que, en otro contexto, Faith se habría preguntado si debía ofrecerse a pedir una orden de alejamiento.

Los siguió hasta la cocina y lamentó a destiempo no haberse molestado en recogerla un poco después de comerse su cena ultracongelada. Tiró el recipiente de plástico a la basura y metió el tenedor en el lavavajillas.

—¿Os ha llamado Amanda? —preguntó.

—No. —Sara estaba repasando el diagrama. Ella también trabajaba para Amanda, pero su relación era totalmente distinta—. ¿Por qué iba a llamarme a mí?

Faith vio que Will la miraba. Sara había pedido un día libre en el trabajo para ir a ver a Britt y a Mason, mientras que ellos dos se las habían arreglado para que el equipo antifraude les cubriera las espaldas. Era muy revelador que la única persona honesta en la sala fuera la que no podía efectuar detenciones.

Will señaló las carpetas esparcidas por la mesa de la cocina.

—¿Alguna novedad?

—Qué va. —Faith se limpió las manos con el paño de cocina—. Parece mucho, pero, si se pudiera imputar a alguien usando los papeles de Cam, Martin ya lo habría movido hace años.

Will hojeó la agenda de Snoopy.

Hacía tiempo que Faith había renunciado a tratar de descubrir qué era lo que podía leer y lo que no.

—No hay apellidos —dijo—. Los números son seguramente demasiado antiguos para que nos sirvan de algo y de todos modos no podemos investigarlos sin autorización. Si el nombre de la novia de Merit está ahí, no tengo ni idea de cuál es.

—Otra aguja en el pajar —comentó Will.

—Solo tenemos paja. —Sara seguía mirando el diagrama—. Seguimos con las mismas preguntas de anoche: quiénes son esas personas a las que Britt no puede detener y qué demonios tienen que ver con lo que me pasó a mí.

—Una de ellas podría ser Mason —dijo Faith.

Sara meneó la cabeza.

—No creo.

Faith mantuvo la boca cerrada, pero no consiguió controlar la expresión de su cara.

—Sé lo que estás pensando —añadió Sara—. Que no tengo buen ojo para juzgar quién es un violador y quién no.

—No es eso lo que estaba pensando —mintió Faith, porque sí lo era, por supuesto.

—Mason estaría dispuesto a encubrir a Mac y Richie porque piensa que eso es lo que hacen los hombres los unos por los otros. Para él todo es un juego estúpido. Nunca piensa en las consecuencias para los demás.

Faith asintió, no porque estuviera de acuerdo, sino porque era más fácil dejarlo correr.

—Qué frustrante es esto, joder. —Sara había puesto los brazos en jarras. Aún tenía la vista fija en los armarios—. Seguimos sin saber de qué relación hablaba Britt. ¿Quería decir que el conserje nos violó a las tres: primero a Merit, dos semanas después a mí y quince años después a Dani?

Faith sintió los ojos de Will taladrándole el cráneo. Estaba claro que su compañero daba por sentado que ella encontraría la manera de seguirle la pista a Jack Allen Wright. Solo pudo hacerle un gesto negativo con la cabeza mientras le decía a Sara:

—Elimina a Merit Barrowe de la ecuación. El primer día, en el juzgado, Britt te dijo que tu caso estaba relacionado con el de Dani. Pero el conserje no encaja en el caso de Dani. Es un valor atípico.

—También lo es Sara —observó Will—. Merit y Dani aún estaban en la universidad cuando murieron. Merit tuvo una crisis epiléptica por culpa de la sobredosis. Y Dani murió como consecuencia de los golpes que había recibido.

—Yo era unos años mayor que ellas —añadió Sara—. Y a mí me apuñalaron. Vi su cara. Recuerdo cada detalle. No sé qué droga les dieron a Dani y a Merit, pero estaba destinada a borrar sus recuerdos. Ninguna de las dos pudo identificar a su atacante. Las dos se despertaron en lugares extraños. Yo estaba esposada a la barandilla del baño. El conserje se aseguró de que supiera que era él. Formaba parte de su deseo de dominación.

—Creo que deberíamos ser claros y decirlo de una vez —dijo Faith—. Mac, Richie, puede que Cam Carmichael, puede que el conserje, puede que Mason James, aunque seguramente no... Puede que Royce y Chaz y Bing... Todos ellos podrían formar parte de una especie de club de violadores, ¿no?

Sara apretó los labios. No le dio la razón a Faith, pero no hacía falta que lo hiciera. No había dejado de mirar el diagrama desde que había entrado en la cocina. Evidentemente, desde su encontronazo con Britt en el juzgado, había pasado todas sus horas de vigilia dando vueltas a cada detalle. Y había comprendido desde el principio que todas esas personas con las que había trabajado hacía quince años y con las que había cenado de vez en cuando y jugado al *softball* y al tenis podían estar hasta cierto punto implicadas en lo peor que le había pasado nunca.

Will captó al instante su ansiedad. Dio media vuelta y sugirió:

—Vamos a actualizar el diagrama.

Faith notó que Sara se relajaba un poco. Metió la mano en su bolso y sacó otra ficha de cartulina.

—Lo de Britt... Lo único que importa es que mencionó a Cam y que me dio el nombre de Merit Barrowe.

—Y lo del acuerdo extrajudicial —dijo Faith—. ¿Estamos seguros de que esas fotos comprometedoras de Dani proceden del teléfono de un antiguo novio?

—No hay manera de que lo comprobemos —contestó Will—. Así que el resultado final es el mismo. Tommy se ha salido con la suya.

Sara levantó la vista de la ficha.

—No quiero ni imaginar lo que debe de ser para los padres de Dani saber que existen esas fotos. Todavía podrían filtrarse. No hay dinero suficiente en el mundo para disipar ese miedo.

Faith reprimió un escalofrío. Se alegraba tantísimo de que los teléfonos móviles no existieran en su adolescencia... Era imposible que no hubiera hecho alguna estupidez. Quería a su hijo más que a su vida, pero Jeremy era la prueba viviente de lo imprudente que podía ser una chica de quince años.

—¿Qué más? —Will señaló la tarjeta que Sara tenía en la mano—. ¿Qué hay de Mason?

—No me ha dicho gran cosa que merezca la pena repetir, pero, como mínimo, ha mentido al decirme que no sigue en contacto con la pandilla. No quiso enviarme el contacto de Richie al móvil, imagino que porque no quería que viera dónde trabaja ahora. Y me preguntó por John Trethewey, lo que significa que Mac o Richie le llamaron después de hablar con Will en el club de campo esta mañana.

Faith vio un fallo en su razonamiento.

—¿No crees que podría ser al revés? ¿Que los llamara Mason porque tú te pusiste en contacto con él y quería ver si sabían por qué? ¿Y que Mac o Richie le dijeran que se habían encontrado con John Trethewey en el club?

Sara se encogió de hombros.

—Es posible.

—¿Dónde trabaja Richie? —preguntó Will.

Faith reactivó su portátil, que estaba en reposo. No había cerrado las pestañas de la noche anterior.

—Es consultor de una empresa, CMM&A.

Will se puso detrás de ella. Señaló el logotipo, que estaba formado por las letras CMM&A inscritas dentro de un círculo negro.

—¿Son siglas de algo?

Faith meneó la cabeza mientras echaba un vistazo a la página.

—No, que yo sepa. Pero ¿podría ser Cam, Mason y Mac? ¿Sería demasiado fácil?

—¿Richie es consultor clínico o de otro tipo? —preguntó Sara.

Faith leyó la declaración de objetivos de la empresa.

—«Estamos especializados en ayudar a los médicos a transitar hacia la creación de sociedades capaces de suplir las necesidades del siglo XXI».

—Ah —dijo Sara—. Lo de M&A seguramente significa «fusiones y adquisiciones»*. Richie estará asesorando a hospitales sobre cómo saquear consultas privadas.

—¿Cómo dices? —pidió Faith.

—Los hospitales compiten por los pacientes, así que, si compran

---

* *Mergers and acquisitions*, en inglés.

la consulta de un médico, se quedan con todo el trabajo de laboratorio que genera, los servicios de diagnóstico por imagen, el apoyo quirúrgico y la derivación a otros especialistas. A cambio, los médicos no tienen que preocuparse del papeleo, ni de la facturación y el cobro, ni de la gestión de las historias clínicas electrónicas. —Sara volvió a encogerse de hombros—. Ganas mucho dinero, pero acabas siendo una pieza más del engranaje de un enorme sistema sanitario. Te llenan la agenda con intervalos de quince minutos, te obligan a cumplir objetivos y ofrecen precios flexibles a tus pacientes. Y si luego intentas volver a establecerte por tu cuenta, te obligan a aceptar pactos de no competencia draconianos y a poner tu consulta a cientos de kilómetros de casa.

Faith solo captó el cincuenta por ciento de lo que había dicho, pero Will pareció entenderlo.

—¿Los fondos de cobertura también se dedican a ese negocio? —preguntó.

—Son peores que los hospitales. Como esperan un beneficio rápido, exprimen a los pacientes a lo bestia, entonces las primas de los seguros suben y la atención se resiente y todos acabamos pagando por ello.

Esa parte Faith sí la entendía. Había tenido que hacer horas extras durante un año y medio cuando Jeremy hizo una tontería con un monopatín y se rompió la clavícula. Lo mejor que Will había hecho por ella había sido presentarle a una pediatra a la que podía consultar gratis.

—Vale —dijo él—, o sea que Richie es un pirata empresarial. ¿Qué más?

Sara dio la vuelta a la ficha y lo miró.

—Cuando Mason me preguntó por John Trethewey, le dije que eras ortopedista.

—¿Ortopedista?

—Así te será más fácil mantener tu tapadera si vuelves a verlos. Un médico jamás hablaría de medicina con un ortopedista.

—¿No son médicos también? —preguntó Faith desconcertada.

—Sí, pero... —Sara pareció avergonzada—. Se les da bien serrar huesos y poner tornillos, pero, si hay una complicación grave, es mejor contar con alguien que entienda de medicina interna. Y que sepa si un electrocardiograma está del derecho o del revés.

Will asintió.

—Es como pedirle a un carpintero que te arregle el ordenador.

Sara volvió a mirarlo y le sonrió como solo le sonreía a él.

—Exacto.

Faith les dejó tener aquel momentito de intimidad. Estaba acostumbrada a hacer el papel de amiga chistosa en su película romántica particular.

Sacó el fajo de cartulinas amarillas y empezó a hacer otro cartel dedicado a Merit Barrowe.

—¿Qué sabemos de Merit?

—Que necesitamos un mandamiento judicial para consultar los archivos de personal del hospital Grady —contestó Will.

Faith le dio la tira de cartulina y vio cómo la pegaba a la derecha de las fotos de la pandilla.

—El residente de Morehouse —añadió Will—, el tipo al que Martin llamó «mi amigo», podría conducirnos a la novia de Merit. Y puede que la novia se acuerde de algún dato previo a la agresión. Quizá hubiera un chico en clase de Merit que la incomodaba. O puede que recibiera notas o mensajes.

—En este momento, lo del mandamiento es imposible. —Faith se volvió hacia Sara—. ¿Y Cam? Estaba fuera de sí por la muerte de Merit. ¿Es un comportamiento normal en un médico?

—Sí y no —respondió Sara—. No era la primera vez que se le moría un paciente. Nos había pasado a todos. Al Grady llegan los pacientes más críticos. Pero hay muertes que te afectan más que otras. Es lo que me pasó a mí con Dani.

—Pero tú no te emborrachaste como una cuba ni te presentaste en su funeral —dijo Faith.

—No, pero hablé con el forense y con la policía, y le di tanto la lata al fiscal que al final me mandó amablemente a la mierda.

—Vale —dijo Faith—. ¿Qué me decís de Eugene Edgerton? ¿Por qué creéis que saboteó la investigación?

—Era un policía corrupto. —Will no tenía reparos en criticar a un mal policía—. Una de dos: o dio por cerrado el caso porque era un incompetente o porque le pagaron.

Faith notó un sudor frío. Odiaba oír decir en voz alta lo que era un secreto a voces.

—¿Quién le pagó?

—Buena pregunta —contestó Will—. Anótala.

Ella eligió otra tira de cartulina amarilla y dijo mientras escribía:

—Sara, tú eres la única que conoció a Edgerton. ¿Cómo era?

—Hablamos por teléfono una vez. Y solo lo vi en persona dos veces. La primera vez, cuando me interrogó en el hospital. La siguiente, en el juzgado, cuando leyeron el veredicto. —Saltaba a la vista que le desagradaban esos recuerdos—. Durante el primer interrogatorio, parecía enfadado por lo ocurrido. Yo no lo llamaría empático. Sobre todo, me alivió que se lo tomara en serio.

—Tuvieron que cortar las esposas y operarte para sacarte el cuchillo —dijo Faith—. Hasta un mal policía se toma eso en serio.

Sara se miró las manos.

—Lo siento mucho —se disculpó Faith—. No debería haber…

—No pasa nada. Solo has dicho lo que pasó. —Sara le dedicó una sonrisa tensa al levantar la vista—. Edgerton fue la primera persona con la que hablé después de la agresión. Acababa de salir del quirófano y no dejaba de pensar en qué podía haber hecho de otra manera. Fui amable con él. No con Edgerton, con el conserje. Me sentía muy culpable por eso. ¿Fui demasiado amable? ¿Le di una impresión equivocada? ¿Le di pie?

Faith observó cómo daba vueltas a su anillo de compromiso. Parecía distinta cuando hablaba de aquella noche en el hospital. Toda su confianza en sí misma se evaporaba.

—Además —prosiguió Sara—, lo que escribió Cam en su declaración sobre Merit, eso de que le preocupaba que se enteraran sus padres… Seguramente era también mi mayor miedo. Me sentía muy culpable por alterar así su vida. Debería haberme quedado en casa para ir a la universidad, podría haber ido a Mercer en vez de a Emory… Esas cosas. Pero lo que más recuerdo del inspector Edgerton es que me hizo un regalo. Me dijo que podría haberme ocurrido en cualquier momento y en cualquier lugar y que debía dejar de culparme a mí misma y empezar a culpar al hombre que me había violado.

Will no se movió, pero hubo algo en la repentina tensión de su cuerpo que puso a Faith en guardia. La mano de Sara había dejado de moverse sobre el anillo. Ambos miraban por encima de su hombro.

—Hola, Jeremy —dijo Sara.

A Faith le dio un vuelco el corazón cuando se giró. Jeremy estaba allí parado, con una caja de dónuts y un portabebidas. Parecía alucinado, lo que era lógico. Su hijo se había encariñado con Sara desde el momento en que Faith los había presentado. Eran los dos unos *nerds* que hacían chistes de ciencia y adoraban el fútbol universitario de la Conferencia Sureste y los problemas matemáticos. Ahora Jeremy acababa de oírle decir algo que le había sacudido hasta la médula.

Faith se levantó. Le pasó los dónuts y las bebidas a Will y se llevó a su hijo al salón.

—No pasa nada —le dijo; lo que le decía siempre que ocurría algo horrible—. Va todo bien.

—Mamá, ¿es...? —A Jeremy se le quebró la voz. Le brillaron los ojos a la suave luz de la lámpara que había junto al sofá—. ¿Sara está...?

—Está bien —le aseguró ella. Se le partía el corazón por su hijo y su amiga.

Estaba viendo suceder en tiempo real lo que más temía Sara cuando hablaba de su violación. Jeremy la veía ahora con otros ojos. Ya no era la tía Sara. Era la tía Sara, a la que habían violado.

—Lo que ha dicho de que... —Jeremy se interrumpió otra vez—. ¿Seguro que está bien?

—Sí, tesoro, está bien. Ahora necesito que me escuches. —Lo agarró de los brazos como si pudiera transmitirle físicamente parte de su fuerza—. La tía Sara y el tío Will han venido a trabajar en un caso. Necesitamos tu ayuda para acceder a un portátil y un teléfono antiguos. ¿Crees que podrás hacerlo?

—Pero lo que ha dicho de que…

—No te preocupes por eso, ¿vale? Haz como si no lo hubieras oído.

—Faith. —Sara apareció junto al sofá. Tenía una sonrisa tan forzada que resultaba dolorosa de ver—. Jeremy, me violaron hace quince años. Al violador lo detuvieron y lo condenaron. Ahora estoy bien, pero a veces todavía me cuesta hablar de ello. Sobre todo, ahora. Estamos intentando averiguar si hay alguna relación con otros dos casos de violación.

Era evidente que a Jeremy le estaba costando controlar sus emociones.

—¿Uno es el de esa estudiante que desapareció en el Downlow?

Faith estaba dispuesta a mentirle, como solía, pero por alguna razón no pudo hacerlo.

—Ahora mismo no sabemos nada. Por eso necesitamos tu ayuda. ¿Puedes hackear un teléfono de hace quince años?

Él miró a Sara un momento. Todavía estaba asimilando la noticia.

—Cariño… —Faith le colocó un mechón de pelo detrás de la oreja—. ¿Crees que puedes ayudarnos?

Se le movió la nuez al tragar saliva.

—Puedo intentarlo —dijo.

—Estupendo, tesoro. Gracias.

Dejó que su madre lo enlazara del brazo cuando siguieron a Sara a la cocina. Will seguía estando alerta. La cocina parecía muy pequeña con cuatro personas dentro. Sara no se sentó. Se apoyó en Will, que le rodeó la cintura con el brazo. La incomodidad de Jeremy se disipó momentáneamente, sustituida por una expresión de curiosidad cuando se fijó en el diagrama. Faith intentó verlo como madre y no como detective. Su hijo ya había sufrido una impresión muy fuerte. ¿Había en el diagrama algo alarmante, o que diera miedo, o demasiado explícito?

La madre estuvo de acuerdo con la detective. No había más que datos inocuos.

Jeremy desvió por fin la vista del diagrama. Miró el portátil y el teléfono que descansaban sobre la encimera. Will apartó la caja de dónuts. Ya se había comido tres de la docena. Le ofreció la caja.

Jeremy negó con la cabeza. No había hablado desde que habían vuelto a la cocina.

—¿Tienes el cable para el teléfono? —le preguntó Faith.

Se descolgó la mochila de la espalda y abrió un bolsillo para sacarlo. Estaba demasiado callado. Seguía impresionado y, aparte de repetirle que todo iba bien, Faith no sabía cómo ayudarlo. Estaba a punto de decirle que no importaba, que se fuera a ver una película o a pasar un rato con su novia, cuando oyó que Sara respiraba hondo.

—Jeremy —dijo sujetando el antiguo teléfono de Merit Barrowe—, tengo curiosidad por saber qué pasará cuando enciendas esto. ¿No intentará conectarse a la red?

—No lo sé. —Él desenrolló el cable, pero no la miró. No tenía ni idea de cómo afrontar aquello—. Puedo echar un vistazo a los protocolos.

Will había captado la tensión, pero no entendía a qué se debía.

—¿Qué es lo que te preocupa? —le preguntó a Sara.

—Si el teléfono intenta conectarse, la tarjeta SIM puede bloquearse. Y entonces perderemos el acceso a la información. ¿Verdad, Jer?

—Sí. —Jeremy enchufó el cable USB al cargador—. En estos teléfonos antiguos, la tarjeta SIM está integrada. Podría romper la carcasa, pero no tengo las herramientas adecuadas. Si intento forzarla, puede que estropee algo.

—¿Por dónde se transmite la señal? —preguntó Sara—. ¿Por delante o por detrás?

Jeremy conectó el teléfono al cable.

—La antena está integrada en la parte de atrás. La transmisión se produce a través de la carcasa metálica.

Estaba claro que Sara sabía la respuesta, pero siguió guiando a Jeremy hacia la solución.

—¿Hay alguna forma de bloquear la señal?

—Puede ser. —Seguía mirando el teléfono en vez de a Sara—. Podría buscar un sitio donde no haya cobertura. O ir en coche hasta una zona rural.

—Eso parece poco seguro —comentó Sara—. ¿No hay una forma más fácil de disipar las corrientes eléctricas generadas por los campos electromagnéticos externos e internos?

Jeremy levantó la vista por fin. Estaba sonriendo.

—Una jaula de Faraday.

Sara le devolvió la sonrisa.

—Vale la pena intentarlo.

Él se puso a abrir y cerrar cajones. Faith no sabía qué estaba buscando, pero se alegraba mucho de que Sara hubiera encontrado la forma de tranquilizar a su hijo. Y le dolía que se le diera tan bien algo que nadie debería tener que afrontar.

—La contraseña será de cuatro dígitos. —Jeremy cortó un trozo de papel de aluminio y empezó a envolver el teléfono, dejando una especie de visor para la pantalla—. Necesito información personal sobre el dueño del teléfono. Solo podemos intentarlo dos o tres veces; después, se bloqueará. La gente suele elegir contraseñas que le resultan fáciles de recordar. O sea, cumpleaños, aniversarios, ese tipo de cosas.

Faith no estaba segura de qué contarle. Nunca había querido que su hijo estuviera expuesto a aquella vida. Se decidió por la agenda de Snoopy.

—Se llamaba Merit Barrowe. Esto era suyo.

Jeremy reaccionó como si acabara de entregarle un hallazgo arqueológico. Hojeó la agenda.

—Ah, son contactos.

—El portátil era de un médico que se llamaba Cameron Carmichael —añadió su madre—. Algunos archivos están protegidos con contraseña. No tengo mucha información personal sobre él. Podría encontrar su fecha de nacimiento, quizá

—Seguramente no hará falta. —Jeremy volteó el portátil Dell para ver las especificaciones—. Es de cifrado con DES. Puedo descargarme un programa y ejecutar un ataque de fuerza bruta. Así se pueden descifrar.

Faith supuso que sabía lo que hacía.

—¿No se puede hacer lo mismo con el teléfono?

—No, a no ser que seas de la NSA. Hasta los más antiguos son muy difíciles de descifrar. —Jeremy tocó la pantalla. No sucedió nada, ni siquiera apareció el icono rojo de batería agotada—. Habrá que esperar unos minutos, a ver si se carga. Si no, puedo reiniciarlo pulsando el botón de reposo y el de encendido.

—¿Y si eso no funciona?

—Es un disco duro. Puedo intentar arrancarlo con mi MacBook. —Sacó el ordenador de la mochila—. ¿Esto es ilegal?

Faith le dijo lo mismo que siempre le había dicho a ella su madre.

—Nada es ilegal si tu madre te dice que lo hagas.

Jeremy ya había escuchado antes esa respuesta.

—Voy a buscar el *software* de ataque. Puede que necesite tu tarjeta para comprar criptos.

Aquello sonaba cada vez peor. Faith recogió su cartera de todos modos y dejó la Visa en la encimera, al lado de Jeremy, aunque estaba segura de que su hijo ya se sabía el número de memoria. Estuvo a punto de decirle que se fuera a trabajar a otro sitio, pero se contuvo. No quería que oyera una conversación sobre agresiones sexuales, pero tampoco quería avergonzarlo diciéndole que se fuera a su habitación.

Miró a Will y a Sara.

—¿Y ahora qué?

Will tuvo que tragarse el trozo de dónut que se había metido en la boca.

—Cronología.

Faith podría haber adivinado la respuesta. A Will le chiflaban las cronologías.

—El viernes por la noche —dijo Faith—, Merit llega a urgencias. Muere la madrugada del sábado.

Por el rabillo del ojo, vio que Jeremy levantaba la vista del Mac-Book. Sara también lo notó.

—Sabemos que la vieron en clase —dijo—. Y que luego estuvo en los apartamentos para médicos residentes de Morehouse. Después apareció en el Grady. Faith, a lo mejor podemos trazar la ruta.

Faith no iba a obligar a Sara a llevarla de la mano como había hecho con Jeremy. Encendió su portátil y abrió la pestaña que mostraba un mapa de los alrededores del hospital. Giró la pantalla hacia Sara y Will. Jeremy miró por encima del hombro, pero su madre se había asegurado de que no viera el portátil desde donde estaba.

—Aquí. —Sara señaló un edificio—. Estoy casi segura de que ahí es donde estaban los apartamentos de Morehouse.

Faith puso una chincheta en el lugar. Luego trazó con el dedo una línea que unía las tres localizaciones.

—Sparks Hall, Grady y el apartamento. Todos a poca distancia andando. Forman básicamente un triángulo.

—El centro de la hipotenusa. —Sara tocó la línea situada frente al ángulo de noventa grados—. Eso es el De-Livers.

—Richie me dijo que en realidad se llamaba The Tenth.

—Ahora me acuerdo —dijo Sara—. El nombre procede de un ensayo de Henry Lyman Morehouse.

Will empujó los dónuts hacia Jeremy y esperó a que eligiera uno.

—Faith, ¿en qué distrito policial está ese triángulo?

—En el cinco. —Faith necesitaba su cuaderno. Lo buscó en el bolso—. Si alguien de la policía de Atlanta me llama por fin, puedo averiguar quién patrullaba por esa zona hace quince años. Quizá recuerde algo.

—¿Conservarán sus partes de incidencias? —preguntó Will.

—Depende. —Ella sí conservaba los suyos. Los partes eran las anotaciones que hacían los patrulleros para llevar el registro de las incidencias que no requerían la presentación de una denuncia oficial. Eran útiles si te encontrabas con las mismas personas haciendo las mismas sandeces una y otra vez. Que era el pan de cada día de un patrullero de la policía— En momentos como este, me encantaría que Amanda estuviera metida en esto. Ella sí que metería en cintura a la policía.

—Volvamos a la cronología —dijo Will.

Faith tocó con el dedo la carpeta que contenía las declaraciones de los testigos.

—Dos compañeros de clase vieron a Merit Barrowe salir de Sparks Hall sobre las cinco de la tarde. Podemos dar por sentado que fue caminando desde allí hasta el apartamento de Morehouse. Pongamos que pasó cuatro horas estudiando con su novia. Cam anotó que Merit pasó por triaje a las once y media. Él no la atendió hasta medianoche. Si las cuentas cuadran, la agresión duró unas dos horas.

Estaba claro que Sara no quería pararse a hacer esas cuentas. Recogió una de las tres declaraciones de testigos que Eugene Edgerton se había molestado en tomar y fue desgranando en voz alta los datos pertinentes:

—Héctor Álvarez, el guardia de seguridad, dijo que Merit Barrowe entró a trompicones por la puerta oeste del hospital hacia las once de la noche. Le costaba mantenerse en pie y se le trababa la lengua. Le buscó una silla de ruedas. La ayudó a sentarse. Entonces, y cito sus palabras: «La señorita Barrowe me dijo que la habían violado. Estaba llorando. Me dijo que nunca había estado con un hombre, con lo que entendí que antes era virgen. Me dijo que le dolía el cuerpo, también por dentro. Vi que tenía moretones en las muñecas y también algo de sangre en sus partes bajas. Llevaba pantalones cortos, por eso lo vi. Le dije que las enfermeras llamarían a sus padres y se alteró mucho. No quería que nadie los avisara. Le preocupada sobre todo su padre, y lo entiendo, porque yo también soy padre. Si eso le pasara a una de mis hijas, saldría a matar a ese hombre».

Se hizo el silencio en la habitación. Jeremy lo notó y empezó a teclear con más suavidad.

—Merit se negó a presentar una denuncia y a que la examinaran para recoger muestras biológicas —dijo Faith—. Cam le dio ropa para que se cambiara. Entró en el aseo y ya no salió. Por lo menos, con vida.

Sara echó un vistazo a la declaración de Cam.

—Lo que Cam denominó «crisis epiléptica de tipo gran mal»

ahora se denomina convulsiones tonicoclónicas generalizadas. Hay dos etapas. La primera es la tónica, en la que el paciente pierde el conocimiento y los músculos se contraen, lo que hace que se caiga si está de pie. Es un shock muy fuerte para el organismo. A veces hay gritos incontrolados, o se vacían los intestinos y la vejiga. Esa fase dura unos quince o veinte segundos. Luego llega la fase clónica, definida por contracciones rítmicas. Los músculos se contraen y se relajan, se contraen y se relajan. Es la más larga de las dos, suele durar dos minutos o menos. Merit estuvo convulsionando más de cinco minutos. No le llegaba oxígeno al cerebro. Técnicamente, eso fue lo que le causó la muerte, pero también hubo factores coadyuvantes, según el primer certificado de defunción.

—¿Y el inventario que hizo Cam de la ropa de Merit? —preguntó Will.

Sara buscó el informe de la autopsia y comparó los documentos.

—La ropa interior de Merit no está catalogada en el inventario. También le faltaba la zapatilla izquierda. Air Jordan Flight 23 de color blanco, negro y limón.

—Eso coincide, Cam dijo que le faltaba una zapatilla. —Faith anotó los nuevos datos en dos trozos distintos de cartulina amarilla.

—Espera un momento —dijo Sara—. Dani estaba descalza cuando la llevaron a reanimación. En el inventario del Mercedes figuraba una sandalia negra de plataforma de Stella McCartney. Solo la derecha, no la izquierda. En aquel momento pensé que habría perdido la otra entre el coche y urgencias.

—¿Es un vínculo? —preguntó Will.

Sara se encogió de hombros.

—Mucha gente pierde los zapatos en urgencias. Y, si estamos tratando de relacionarlo con mi caso, yo conservé los dos zapatos.

—Vale. —Faith tomó otra tira amarilla—. Aun así, deberíamos ponerlo en el diagrama.

Will empezó a pegar los carteles mientras le decía a Sara:

—Vamos a seguir con el informe de la autopsia. El forense no abrió el cadáver. ¿No te parece raro?

229

Sara pareció dudar, pero los médicos, igual que los policías, no se acusaban unos a otros.

—Merit falleció en un hospital, así que estuvo atendida, y se hicieron las pruebas pertinentes, así que puede decirse que queda a discreción del forense.

—¿Pero? —insistió Will.

—Me cuesta criticar a otro patólogo, especialmente sin haber visto el cadáver ni saber qué le dijo el detective Edgerton. Mi regla general como forense es que una mujer de veinte años sana que muere repentinamente de una crisis epiléptica, aunque sea en un centro hospitalario, merece una autopsia completa. Pero los forenses del estado tenemos más presupuesto que los del condado de Fulton, que tienen una escasez de fondos crónica. Además, yo cuento con el apoyo de Amanda. No se suelen cuestionar mis decisiones.

Faith se habría echado a reír si otra persona le hubiera dicho que Amanda siempre la apoyaba, pero la verdad era que siempre les cubría las espaldas. Aunque a veces fuera a punta de navaja.

—¿Qué hay de lo que tenía Merit en el costado, el tatuaje?

—Reconozco que fue una chapuza no detallar exactamente lo que se apreciaba en el cadáver a simple vista. Normalmente, se anota lo que pone, si son palabras, o se copia aproximadamente el tatuaje. Las equis suelen representar heridas, laceraciones, cicatrices... —Ojeó las páginas de fax con las fotografías de la autopsia, sacudiendo la cabeza al ver las imágenes difuminadas—. Ojalá tuviéramos mejores fotos. ¿No hay forma de conseguir el archivo original?

—La copia que te enseñé es del archivo original —contestó Will—. Todo lo demás seguramente acabó triturado hace años. La única foto clara que tenemos es la de Merit tumbada en la mesa de autopsias.

Sara miró la hoja de firmas del informe.

—No conozco al médico, pero, aunque lo conociera, no puedo preguntarle si hace quince años un policía lo sobornó o lo amenazó para que cambiara sus apreciaciones. Ni pedirle que me explique por qué no incorporó los resultados del análisis toxicológico al informe. Eso es lo que más me sorprende. Todos los procedimientos estaban estandarizados antes de que el estado empezara a usar el programa GAVERS para tramitar electrónicamente los certificados de defunción. Los patólogos forenses solo intervenimos en casos abiertos. Cuando acabas tu parte, envías los originales al fiscal o al registro civil del estado.

—¿Hay algo más que te extrañe? —preguntó Will.

Sara negó con la cabeza mientras volvía a echar un vistazo a la declaración de Cam.

—¿Y los moratones que Merit tenía en los muslos y las contusiones que presentaba dentro de la vagina y en sus alrededores? —A Will no parecía importarle que el hijo de Faith estuviera a medio metro de él—. El forense concluyó que podían deberse a relaciones sexuales consentidas, pero Merit era lesbiana.

Sara se encogió de hombros.

—El sexo lésbico también puede producir contusiones y hematomas.

Jeremy giró tan bruscamente la cabeza que estuvo a punto de hacerse un esguince cervical. Faith le lanzó una mirada capaz de hacer añicos un iceberg.

Sara, que se dio cuenta, recondujo la conversación.

—Volviendo a la declaración de Cam, la escribió una hora después de declarar muerta a Merit, así que creo que podemos considerarla exacta. Merit contó que el violador le tapó la boca con la mano y le inmovilizó de algún modo los tobillos y las muñecas; que estaba muy oscuro; que solo oía los jadeos del hombre; que la mano de él sabía a tabaco y que su aliento tenía un olor dulzón, como a jarabe para la tos; que el hombre se puso encima de ella; y que recordaba haber sentido un dolor muy agudo.

—Cam era fumador —comentó Faith.

—Mucha gente de la pandilla fumaba en el bar —dijo Sara—. No recuerdo quién en concreto, pero Cam sí, desde luego. Mason no, por si sirve de algo.

—¿Y el aliento con olor a jarabe para la tos? —preguntó Faith—. ¿Eso te suena de algo?

Sara negó con la cabeza.

—Puede que Merit confundiera olor a alcohol con olor a medicina. Quizá fuera algún tipo de licor.

—No dijo que notara su sabor, lo que significa que no la besó en la boca —comentó Faith.

Sara apartó otra vez la mirada. Faith comprendió que sin darse cuenta había vuelto a tocar un nervio sensible. El conserje debía de haberla besado durante la agresión. Faith reprimió el impulso de pasarse la mano por la boca. No alcanzaba a imaginar lo duro que debía de ser vivir con esos recuerdos atrapados en los sentidos.

—¿Deberíamos hablar de Sloan? —preguntó Will.

—Deberíamos hablar de Sloan —repitió Sara en tono afirmativo—. Faith, ¿qué me dijiste hace dos noches? Que no es ninguna anomalía estadística que se viole a una mujer. Ocurre innumerables veces al día. Puede que sea una coincidencia que a Sloan también la violaran.

—Estaba en primero de Medicina cuando la violaron —arguyó Will—. Eso la sitúa más cerca del rango de edad de Merit Barrowe y Dani Cooper.

Sara se cruzó de brazos y se recostó en la silla.

—Si lo que dice Mason es cierto, Sloan conocía a su agresor. Tuvieron una cita, él la violó y ella no lo denunció. El tipo dejó los estudios y ella se olvidó del asunto y pasó página.

Faith sintió que se encrespaba.

—¿Eso dijo Mason, que «pasó página»? ¿Como si tal cosa?

—Cada persona lo afronta de manera distinta —dijo Sara—. No hay una forma correcta o incorrecta de reaccionar. Puede que algunas mujeres sientan que es intrascendente.

—Y también puede que algunas mujeres pisen Marte algún día.

Will le preguntó a Sara:

—¿Tienes el teléfono de Sloan? ¿Estaría dispuesta a hablar contigo?

—No lo tengo, pero puedo conseguirlo. —Sara miró la lámpara que colgaba sobre la mesa, pero no con su reticencia habitual.

Estaba pensando en algo——. Intento ponerme en su lugar. ¿Cómo preferiría yo que me preguntaran por la violación que sufrí hace casi dos décadas? No me parece bien llamarla por teléfono.

—Podemos ir y volver en el mismo día —propuso Will——. Connecticut está a unas dos horas de Atlanta en avión.

—No quiero tenderle una emboscada. Eso tampoco me parece bien. —Apoyó la barbilla en la mano——. La idea de jugar al gato y al ratón por teléfono o de esperar al fin de semana… No puedo alargar esto mucho más. Ya ha alterado bastante nuestra vida. Y ahora que el caso de Tommy se ha resuelto, ¿quién sabe lo que hará? A su propia madre le da pánico que haga daño a alguien más. Y la chica de las noticias… Todos sabemos lo que está en juego, por eso nos tememos lo peor.

Faith miró a Jeremy para ver cómo reaccionaba. Como de costumbre, tenía la cabeza inclinada sobre el teléfono. Dio un respingo al darse cuenta de que no era su teléfono el que estaba mirando. Era el del envoltorio de papel de aluminio.

—¿Cariño? —dijo——. ¿Has podido abrir el teléfono de Merit?

—Su contraseña eran los cuatro últimos dígitos del número de teléfono de sus padres. —Su voz sonó extraña, lo que significaba que había visto algo que Faith hubiera preferido que no viera.

Le quitó suavemente el teléfono. Antes de que pudiera preguntarle si estaba bien, Jeremy se concentró en abrir los archivos del portátil de Cam. Tenía los dientes apretados. A Faith le dieron ganas de tapar el teclado con las manos, pero sabía que no serviría de nada. Miró el teléfono de Merit. Había decenas de globos de texto, cada uno con una sola línea.

Faith volvió a sentarse a la mesa. Fue pasando la conversación hasta llegar al principio. Se aclaró la garganta y dijo:

—El primer contacto fue diez días antes de la muerte de Merit. El tipo le dice: «Hola, Merit. ¿Ya sabes a qué hora cierra la biblioteca los sábados?». Ella responde: «Sí, gracias». Luego él dice: «Me gustaría mucho volver a verte. A ser posible, con esa camiseta azul ajustada». «¿Quién eres?», contesta ella. Y él escribe: «¿Sigues viviendo en el 1629 de University Village?». «¿Quién eres? Me estás asustando», contesta ella. Y él...

Se le hizo un nudo en la garganta al leer las siguientes palabras. Sus ojos se habían adelantado y de repente se descubrió pensando en su preciosa hijita y en que algún día, inevitablemente, Emma se encontraría en situación de recibir ese tipo de halagos inquietantes y repulsivos.

Se obligó a continuar:

—Él dice: «¿Quién quiere alegrarte el día diciéndote lo guapa que eres? ¿Quién sueña contigo mucho más de lo que debería? ¿Quién está un poquito más tocado que los demás? ¿Quién es quien no merece el placer de tu compañía? ¿Quién te decepcionará cuando descubras quién soy?».

Apartó la mirada del teléfono. Incluso quince años después, los mensajes seguían siendo profundamente perturbadores.

—Después de eso, Merit ya no respondió. Murió dos días después.

—Dios mío —murmuró Sara—. Me recuerdan a los mensajes que recibió Dani antes de morir.

Faith había leído el sumario del caso de Dani Cooper, pero se pasaba la mayor parte del día leyendo sumarios.

—¿Recuerdas lo que decían?

—Puedo conseguíroslos, pero eran más quirúrgicos, como una versión adulta de los de Merit. Le decía que tenía un lunar en la pierna. Sabía dónde vivía, en qué apartamento, cómo se llamaba su gato... —Sara se llevó la mano al cuello—. Las dos últimas líneas eras las peores. Decía: «Haz una lista de todo lo que te aterra. Eso soy yo».

—«Eso soy yo». —Faith volvió a buscar en el teléfono de Merit—. «¿Quién quiere alegrarte el día? ¿Quién sueña contigo? ¿Quién está más tocado? ¿Quién no merece tu compañía? ¿Quién va a decepcionarte?».

—Eso soy yo —repitió Sara.

Aquellas tres palabras resultaban opresivas en la estrechez de la habitación. Faith volvió a pensar en sus hijos, en que lo que más le preocupaba de Jeremy era que se enamorara de una chica que le rompiera el corazón y, en cambio, lo que más le preocupaba de Emma era que se enamorara de un hombre que le rompiera los huesos.

O algo peor.

—Mamá. —Jeremy había girado el portátil de Cam para que viera la pantalla. Había abierto el viejo navegador de Yahoo—. He mirado el historial.

Faith vio el mensaje de error en la página.

12163 – CONEXIÓN A INTERNET INTERRUMPIDA

—El Dell no tiene tarjeta wifi —explicó Jeremy—, pero he copiado manualmente la dirección web en mi MacBook y me ha llevado a este grupo de chat.

—¿Qué? —Faith se levantó tan deprisa que golpeó la mesa—. Por favor, dime que has usado un *proxy* para ocultar tu dirección IP y que no va a presentarse aquí un equipo de las fuerzas especiales y a echar la puerta abajo.

—He pasado por Tor, pero a nadie le va a importar. —Abrió el correo—. La dirección de correo electrónico del propietario del sitio era de AOL. He mandado un correo de prueba a través de una cuenta de Gmail falsa y me lo ha devuelto. O sea, que no hay forma de restablecer el inicio de sesión. Es una página fantasma.

Faith reprimió su admiración.

—Continúa.

—Esa página se creó hace dieciséis años —dijo Jeremy—. La última vez que el administrador intentó acceder a los registros fue hace ocho años.

—Cam murió hace ocho años —dijo Will.

—No ha habido mucho movimiento en los chats durante esos dieciséis años. Entraban unas cuatro veces al año. El administrador intentó borrar todas las transcripciones de los chats, pero no las eliminó de la carpeta de copia de seguridad, así que pude recuperarlas.

—A ver —dijo Faith.

Jeremy hizo clic con el botón derecho del ratón para mostrar el código fuente HTML. Faith no era programadora, pero sabía lo suficiente para hacer una pregunta.

—¿Qué son estos archivos?

—Vídeos —contestó Jeremy—. El administrador también los eliminó, pero el carpeta de copia de seguridad no podía almacenar tantos datos. Los archivos están corrompidos.

—¿Se puede saber cuánto duraban? ¿De dónde proceden? ¿La ubicación?

—Quizá alguien podría. —Jeremy parecía dudoso—. No quiero tocarlos porque podría meter la pata.

—Ahora me toca a mí. —Faith lo apartó suavemente para poder leer el historial de conversaciones—. La página se creó utilizando una plantilla de WordPress para un grupo de chat —le dijo a Will—. Publicas algo y luego otra persona te responde unos minutos, unas horas o unos días después.

—Como Reddit —dijo Will.

—Sí, pero privado, o sea, que solo las personas que tienen autorización del moderador pueden publicar mensajes y no se puede leer nada sin registrarse e iniciar sesión. —Faith bajó por la página—. Hay un total de treinta y ocho páginas de mensajes. Sin asuntos ni nombres de usuario. Parece que usaban números: del 001 al 007.

Will señaló las fotos de la pandilla.

—Siete números, siete tíos. ¿De qué hablaban?

Normalmente, Faith habría empezado por la primera página, pero, teniendo en cuenta que Cam se había suicidado, empezó por la última, que estaba fechada ocho años atrás, un día después del suicidio. No tardó en encontrar su nombre.

Leyó:

—007 escribe: «¿Os habéis enterado de que Cam se ha volado los sesos? Me ha llamado la policía. Tenía mi número grabado en el móvil». 003 responde: «Qué puto cobarde. Espero que no tuviera mi nombre en su móvil, porque pienso mandar a la policía a tomar por culo». 007 responde: «Una cosa os digo, mejor que la puta policía no os llame al trabajo. Las mujeres no paraban de hablar del tema». Ahora interviene 002: «Alguien tiene que ir a NY y encargarse de este marrón». Otra vez 003: «Creo que tenía una hermana, pero que le odiaba, como todo el mundo. ¿Por qué no se mataría antes? ¿Hace siete años, por ejemplo?». Ahora aparece 004: «Tranqui, tíos. ¿Qué os pasa?». 007: «Lee desde el principio, idiota. Cam se ha pegado un tiro. Me ha llamado la policía para ver si yo sabía algo». 004: «El pobre chaval nunca disfrutó mucho de la vida». 002: «Deberíamos hablar de esto fuera de aquí». 007: «Alguien tiene que asegurarse de que Sloan está estable». 004: «Sloan siempre está estable». 003: «No conviene que hable con la policía». 004: «Fuera de aquí, caballeros, nos vemos en el *brunch*». 003: «¿Qué cojones vamos a hacer?». 007: «Cerrar la puta boca. Nadie sabe nada. Ergo, si no abrimos el pico, nadie se va a enterar». 003: «¿Y si hablan con SS? ¿Dónde coño está?». 007: «Cociéndose en orina y vómito en el sur de Georgia». 003: «Exactamente donde debe estar». 002: «EH, IDIOTAS, ESTO SE HABLA FUERA DE AQUÍ».

—SS soy yo. —Sara se había puesto detrás de Faith y estaba leyendo por encima de su hombro—. Santa Sara en el sur de Georgia. 004 es Mason. Es su forma de hablar. Y su cobardía.

—Intervienen en total cuatro personas. ¿Quiénes son los otros tres?

—No lo sé —contestó Sara—. Le preguntaré a Sloan cuando la vea mañana.

11

Sara pensó en Sloan Bauer mientras metía los cacharros del desayuno en el lavavajillas. En la Facultad de Medicina, Sloan había destacado por ser increíblemente competitiva entre un grupo de personas conocidas por su competitividad. En muchos sentidos, Sara se había alegrado de que se marchara a hacer la residencia a otro estado, aunque solo fuera para liberar espacio. Sloan era ingeniosa y divertida aunque con tendencia al humor negro y, excepto porque se había liado con su novio, a Sara le parecía en general una buena persona.

Incluso teniendo en cuenta lo de sus cuernos, la idea de subirse a un avión para tenderle una emboscada en el trabajo seguía sin parecerle bien. Era, sin embargo, lo que tenía pensado hacer. Por lo menos no interrumpiría su horario de consultas. Will le había sugerido que mirara las redes sociales de Sloan antes de reservar el vuelo a Hartford. Según su Instagram, ese día presentaba una ponencia en un congreso de hematología y oncología pediátricas en Nueva York. Y apartarla un rato de sus colegas de profesión le parecía un poco menos reprochable que apartarla de niños muy enfermos.

Por desgracia, no tenía alternativa. Britt no iba a decirle nada. El sumario policial y el informe de la autopsia de Merit Barrowe solo planteaban nuevos interrogantes. Faith no podía rastrear el número desde el que quince años atrás se habían enviado los mensajes amenazadores al iPhone de Merit. Los archivos protegidos del portátil de Cam quedaban fuera del alcance de las habilidades de Jeremy como pirata informático. El chat de internet parecía la única pista viable, y en los mensajes se mencionaba tanto a Sloan como a Sara.

Cociéndose en orina y vómito en el sur de Georgia.

Al oír a Faith leer esas palabras en voz alta, se había sentido como si le dieran un puñetazo en la cara. Suponía que Faith y Jeremy habían pensado que era una referencia a su trabajo como pediatra. Solo Will sabía la verdad.

Quince años atrás, la droga que le había dado el conserje le había provocado náuseas tan violentas que apenas le había dado tiempo a llegar al aseo. Las náuseas no se habían disipado durante la agresión. Ni después. Tenía la vejiga llena cuando empezó todo. Aún se recordaba colgando de la barandilla del aseo, con los brazos separados y sujetos por las esposas, las rodillas desnudas clavadas en las baldosas frías, el estómago contraído por las arcadas y los ojos cerrados con fuerza mientras el vómito y la orina salpicaban el suelo.

Tenía el cuchillo clavado hasta la empuñadura en el costado. No había podido sostenerse en pie, ni hablar como no fuera en un susurro, y menos aún gritar pidiendo auxilio. Estaba empapada en sus propios fluidos. Pasaron casi diez minutos hasta que la encontró una enfermera. Luego llegó otra corriendo. Luego llegaron los médicos. Y después los técnicos de emergencias. Los policías. Y los bomberos.

Todos ellos la habían visto cociéndose en pis y vómito.

Inhaló profundamente mientras contaba hasta cinco, exhaló contando también hasta cinco y siguió así hasta que sintió que el corazón no iba a estallarle dentro del pecho. El ejercicio de respiración era una variante de coherencia cardiaca. La frecuencia cardiaca aumenta ligeramente al inhalar y disminuye al exhalar, por lo que, en teoría, pautar la respiración puede calmar el sistema nervioso parasimpático, el sistema nervioso central y el cerebro.

Aquel ejercicio se lo había enseñado el párroco de su madre, nada menos. Sara había chocado con el pastor Bart desde el primer día de la escuela dominical, pero él la conocía lo suficiente como para saber que podía ayudarla si le explicaba los fundamentos científicos del proceso. Sara tenía que agradecerle que le hubiera hablado del complejo pre-Bötzinger del tronco encefálico, sobre todo porque había tenido que alzar la voz para que le oyera a través de la puerta cerrada de su cuarto de la infancia. Por aquel entonces, aún se estaba recuperando del embarazo ectópico y estaba hundida por haber tenido que renunciar al futuro que había planeado con tanto cuidado. Bart había pasado horas sentado en el pasillo, varios días seguidos, hasta que ella por fin se sintió capaz de mirarlo a la cara.

El hecho de que fuera un hombre había sido quizá lo más aterrador. Durante los meses posteriores a la violación, no soportaba estar a solas con ningún hombre que no fuera su padre. Salir con chicos era impensable. Si algo te enseñaba una violación era que la confianza y la intimidad debían ser las dos caras de una moneda. Había pasado horas leyendo en internet testimonios de supervivientes que hablaban de cuánto les costaba la relación física. Hablaban de «recuperación», como si la violación fuera una enfermedad. Y quizá lo fuera, pero en cualquier caso nadie tenía la cura perfecta. Algunas mujeres optaban por el celibato. Otras follaban con todo lo que se movía. Algunas se curraban el sexo como si fuera un obstáculo que superar. Otras se resignaban a no recuperarse nunca. Ella había estado a punto de integrarse en esa última categoría. Había tardado años en volver a sentirse cómoda estando con un hombre. Haber encontrado a su primer marido y más tarde a Will le parecía un milagro.

Aunque nunca lo reconocería delante del pastor Bart.

Ni delante de la junta de evaluación de personal médico del estado. Un médico podía perder su trabajo por acudir a un psicólogo cualificado, pero, como en todas las facetas de la vida en los Estados Unidos, había una excepción religiosa.

Puso una pastilla en el lavavajillas y lo encendió. Al levantarse, se fijó en la televisión del cuarto de estar. Le había quitado el sonido al marcharse Will, pero leyó los subtítulos.

… desaparecida hace cuarenta y ocho horas. La policía ha solicitado la colaboración ciudadana. Park, alumna de la Universidad Emory, fue vista por última vez…

Apartó la mirada.

Según su teléfono, su avión a Nueva York saldría puntual. Había conseguido el último asiento en el vuelo de las ocho y cuarto de la mañana. Podía llegar a la conferencia justo después de que Sloan presentara su ponencia. No intentaría hablar con ella antes, no sería justo hacerle esa faena. Había reservado el vuelo de regreso para las cinco y cuarto de la tarde, pero podía volverse en cualquiera de los vuelos del puente aéreo a Atlanta, que salían cada hora.

Ese era el plan, al menos. No podía prever cómo reaccionaría Sloan después de quince años sin verse, pero, como mínimo, deduciría de su actitud si Mason la había llamado para asegurarse de que le contara la misma versión de los hechos.

Miró la hora. Aparcar en el aeropuerto era una pesadilla. Tendría que irse pronto. Le mandó un mensaje rápido a su hermana: *Voy a estar todo el día liada. Esta noche te llamo.*

Esperó a que Tessa le mandara un corazón.

Sintió una punzada de culpa por mentirle. No le había contado lo de Dani Cooper. No le había hablado de Britt ni de Merit ni de nada que tuviera que ver con aquel asunto. Se había convencido a sí misma de que estaba protegiendo a su familia, pero la verdad era que se estaba protegiendo a sí misma. Quería mucho a su hermana. Tessa era su mejor amiga. Pero había cosas que era incapaz de entender.

Una de las secuelas más traumáticas de una agresión sexual era saber que solo había otra persona en el mundo que sabía exactamente por lo que habías pasado, y esa persona era el monstruo que te había violado. Durante una agresión, la víctima normalmente cae presa del pánico, su instinto de supervivencia genera un pico de adrenalina, su alma se llena de terror, su cuerpo se paraliza por el *shock*. El agresor no cae presa del pánico. Tiene todo el control, porque ese es el objetivo de la violación: el control. Memoriza cada uno de tus movimientos, cada sonido, cada gesto, porque, a diferencia de ti, quiere recordar los detalles. Uno de los dos pasará el resto de su vida intentando olvidarlo. El otro pasará el resto de su vida regodeándose en ese recuerdo.

Volvió a mirar la televisión. Estaba dando el parte meteorológico, pero ella solo se fijó en los subtítulos de la parte inferior.

*Leighann Park fue vista por última vez en el club nocturno Down-
low, en el West Side de Atlanta. La policía ruega a cualquiera que viera algo esa noche que se ponga en contacto con las autoridades.*

Encontró el mando en la encimera y apagó el televisor. Marcó el
número de Amanda desde su teléfono del trabajo.

—Doctora Linton —contestó. Amanda la trataba con mucha
más formalidad que a Will y Faith, seguramente porque ella no le tenía miedo—, ¿qué puedo hacer por usted esta mañana?

—Necesito tomarme otro día libre para asuntos personales. Estoy al día con mis casos. Ya he hablado con Charlie para que me sus-
tituya, así que no creo que haya ningún problema.

Amanda se quedó callada un momento.

—Supongo que es por la boda.

Sara arrugó la frente. Lo que la desconcertaba de Amanda era
que tenía una relación extrañamente complicada con Will que ella
aún no había aprendido a manejar. Decirle que se llamaban «días
de asuntos personales» porque eran personales no ayudaría en
nada.

—Sí —mintió—. Tengo que ocuparme de unos detalles de última hora.

—¿Está contenta con su vestido? Supongo que su madre y su
hermana la habrán acompañado a las pruebas. ¿Se ha decantado por
un estilo tradicional?

—Eh…, no. No voy a llevar vestido de novia. —Sara tuvo que
hacer una pausa para resituarse. Normalmente, Amanda la acribillaba a preguntas sobre resultados de autopsias y programación—.
Me parecía demasiado, teniendo en cuenta que no es mi primera
boda.

—Seguro que será la última. —Amanda se quedó callada otra
vez—. ¿Cómo es su vestido? ¿Dónde lo ha comprado?

Aquello extrañó a Sara. Amanda nunca perdía el tiempo charlan-
do de trivialidades, y mucho menos por simple cortesía.

—Es entallado, con el largo a media pierna y encaje de tul. Blanco hueso. Con escote princesa. De Carolina Herrera.

—Ese largo de vestido le sienta muy bien —comentó Amanda—. Y tiene hombros para lucir un escote princesa. Supongo que su madre tendrá perlas, pero, si no, puedo prestarle las mías.

—¿Perlas? —Sara nunca se había puesto perlas; no era una debutante.

—Pasaron de mi abuela a mi madre y luego a mí. Mi bisabuelo era un joyero flamenco que hizo dinero gracias a los collares de perlas, que se pusieron muy de moda con la subasta de las Perlas de la Cruz Roja para conmemorar el armisticio de 1918.

—Vaya, menuda historia. —Sara sintió que meneaba la cabeza. Aquella era la conversación más extraña que recordaba en los últimos tiempos.

—Algo prestado, por lo menos. Pero no se sienta presionada. Puede decidir cuando las vea. Las llevaré mañana al trabajo. —Amanda pareció acordarse de algo—. A no ser que necesite otro día libre, doctora Linton.

—No, gracias. Nos vemos mañana. —Colgó y se acercó el teléfono a la barbilla. No sabía qué era más chocante: que Amanda le hablara de escotes princesa o que se ofreciera a prestarle sus joyas familiares.

Se abrió la puerta del piso y entró Will comiéndose lo que quedaba de un bollo pegajoso que había comprado en la gasolinera. Los galgos de Sara lo saludaron levantando la cabeza, pero Betty se bajó de un salto de su colchoneta y se puso a brincar alrededor de sus piernas mientras él dejaba las llaves de Sara en la encimera de la cocina. Will se agachó y levantó a la perrita para que le lamiese el azúcar de los dedos.

Había tantas cosas mal en aquella escena que Sara tuvo que morderse la lengua. Si el páncreas de Will no parecía una cuña de queso suizo, era únicamente porque entrenaba sin parar.

La besó en la mejilla al entrar en la cocina.

—Te he llenado el depósito y he puesto líquido limpiaparabrisas. ¿No te habías dado cuenta de que el piloto naranja estaba encendido?

Sara se había dado cuenta de que, si hacía caso omiso de esas cosas, Will se ocupaba de ellas.

—Acabo de tener una conversación muy rara con Amanda. Me ha preguntado por la boda.

—También a mí me preguntó el otro día. —Will dejó a Betty en el suelo y se lavó las manos en el fregadero—. Me dijo que después de la ceremonia bailarías primero con tu padre y que luego te entregaría a mí.

—¿Entregarme? ¿Como un fardo de ropa vieja?

Will se secó las manos. Luego se alisó el chaleco del traje. Por la expresión de su cara, estaba claro que había estado pensando en algo que a Sara no iba a gustarle.

—Deberías grabar tu conversación con Sloan Bauer.

Sara sabía que Will solía grabar los interrogatorios, pero él tenía una justificación; ella, no.

—Eso es legal en Georgia, pero ¿y en Nueva York?

—También. Es legal siempre y cuando una de las partes sepa que se está grabando la conversación. —Sacó una Coca-Cola de la nevera, por si no había tomado suficiente azúcar esa mañana—. Connecticut exige el consentimiento de una sola de las partes, a menos que la conversación sea por teléfono, en cuyo caso ambas partes tienen que estar enteradas. En Pensilvania es necesario el consentimiento de las dos partes en cualquier circunstancia, así que, si por casualidad cruzas fronteras estatales, ten cuidado.

Sara sabía que hablaba en serio porque era evidente que se había informado sobre el asunto.

—¿Me vas a poner un micrófono como en una película de mafiosos?

Él giró el tapón de la botella.

—Es una aplicación de móvil. La misma que uso yo. Hay un programa de IA que puede transcribir la conversación.

Sara empezó a sentirse incómoda. Ya le parecía mal abordar por sorpresa a Sloan Bauer. Grabar en secreto la conversación era, además, muy poco ético. Pero, como sabía que Will no estaría de acuerdo, optó por cambiar de tema.

—¿Qué voy a preguntarle?

—¿No te has pasado la mitad de la noche en vela dándole vueltas? Ella le tiró del chaleco.

—¿Me recuerdas cómo he pasado la otra mitad?

Will dejó la Coca-Cola. Cruzó los brazos y se apoyó contra la encimera. Había habido una época, al principio de su relación, en que Sara podía distraerlo fácilmente. Pero esa época ya había pasado.

—Sloan puede negarse a hablar conmigo —le dijo Sara.

—Es posible —convino Will—. Pero ¿y si no lo hace?

Sara suspiró con fuerza, porque él tenía razón: se había pasado la otra mitad de la noche en vela, como si su mente jugara al pimpón pensando en cómo podía ir o no ir su encuentro con Sloan.

—Nunca se llevó bien con Britt. Estoy casi segura de que se odiaban. Y lo que me dijo Britt las dos veces... Había un montón de cosas con las que me identifiqué íntimamente, por mi vínculo con Dani Cooper. Y por lo que me pasó hace quince años. No sé si Sloan sentirá esa misma urgencia.

—¿Te preocupa que piense que estás loca?

—No sé qué es lo que me preocupa —reconoció—. En parte pienso que hago bien en ir a verla, pero por otra parte creo que es increíblemente cruel. He echado un vistazo a su Insta. Está casada y tiene un hijo. ¿Y si Mason me dijo la verdad para variar? ¿Y si de verdad Sloan ha conseguido olvidarse del asunto? ¿Y si el hecho de que yo me presente allí y le diga «Oye, me he enterado de que a ti también te violaron» le provoca una especie de crisis que hace que se venga abajo?

—Eso hizo Britt contigo.

—¿Y por eso yo debería hacer lo mismo?

—No. Puedes cancelar el vuelo. Podemos intentar hacer otra cosa.

Sara posó la vista en el televisor. La pantalla estaba en negro. Una chica había desaparecido. Era una chica muy guapa y activa en las redes sociales, de ahí que su desaparición hubiera recibido una amplia cobertura mediática.

—No dejo de pensar en Tommy McAllister —le dijo a Will—. Vi lo que le hizo a Dani. No solo la violó. La drogó, le dio una paliza de muerte. Tuve literalmente su corazón en la mano. Noté en los dedos los trozos de sus costillas rotas.

Will también había seguido las noticias.

—Britt dijo que Tommy estaba en casa la noche que desapareció Leighann Park.

—Britt no distinguiría la verdad ni aunque le mordiera el culo. Y no me contestó cuando le pregunté dónde había estado Mac esa noche. Solo me dijo que era impotente.

—¿Impotente en general o solo con ella?

—No le pedí explicaciones, pero, Dios mío, ¿tú querrías follártela?

Will negó con la cabeza.

—Responde tú misma a tu pregunta. ¿Qué quieres preguntarle a Sloan?

Sara cedió por fin.

—Quiero saber el nombre del tipo que la violó.

—¿Crees que es de la pandilla?

Se encogió de hombros.

—Quién sabe —respondió.

—Sloan le dijo a Mason que el tipo dejó la Facultad de Medicina.

—Mason no es una fuente fiable. —Sara había notado la noche anterior que Will apretaba la mandíbula cada vez que salía a relucir el nombre de Mason—. Es posible que Sloan le mintiera porque sabía que no le gustan las complicaciones. Ya te dije que Mason no es de fiar.

Saltaba a la vista que Will estaba intranquilo. Y también que no quería hablar del asunto.

—¿Qué más quieres preguntarle a Sloan?

Al igual que había hecho con Britt el día anterior, Sara había memorizado una lista de preguntas.

—Britt vio algo que pasó en el guateque. ¿Ella también lo vio?

—Teniendo en cuenta que también la violaron, ¿crees que se callaría un detalle importante si violaran a otra mujer?

—No es una hermandad, como tú crees. Las mujeres que han sufrido una violación pueden ser muy gilipollas con otras mujeres que han pasado por lo mismo.

—Vale. —Will no necesitaba más explicaciones. Había conocido a muchos gilipollas en las residencias de acogida de menores—. ¿Qué más?

Ella continuó con su lista.

—¿Recuerda haber oído algo esa noche o incluso esa semana? ¿Le dijo algo Cam? Aunque no le pareciera importante en ese momento, puede que lo tenga grabado en la memoria. Puede que, si yo le pregunto, algo haga clic. O puede que al verme se le reactiven viejos recuerdos y acabe en posición fetal en el suelo.

El semblante de Will se había suavizado.

—Dime una cosa: si tú tuvieras redes sociales, colgarías fotos de nosotros juntos, ¿verdad? Y de los perros y de tu familia. Vistos desde fuera, pareceríamos felices.

—Somos felices. —Le puso la mano en la mejilla—. Te adoro. Eres mi amor.

Él le giró la mano y le besó la palma. Luego se la apretó.

—Hablar con Sloan no va a ser como hablar con Britt. Va a ser más estresante. Más complicado. Te va a afectar de otro modo.

Sara entendió lo que quería decir. Con Britt no había bajado la guardia porque esperaba lo peor. Con Sloan sería distinto. A ella también la habían violado. Y había vivido su agresión, aunque fuera desde cierta distancia. Tenían una historia común que ninguna de las dos apreciaba especialmente. Sabían cómo hacerse daño de un modo que Britt ni siquiera podía imaginar.

—Si grabas la conservación —dijo Will—, no es por mí. Es para que cuando estés allí puedas concentrarte en lo que te está diciendo Sloan, no en tratar de memorizar todo lo que salga de su boca. Puedes borrarlo después, si quieres. Solo intento quitarte algo de estrés. Estos últimos días han sido muy duros.

—Para ti también. —Le echó el pelo hacia atrás—. Siento haberte metido en esto.

—Yo siento que Mason no quiera ayudarte. —Volvió a apretar la mandíbula—. Aunque no esté implicado, sabe que está pasando algo y prefiere mirar para otro lado.

—No te preocupes por él. Sabe que estoy pillada.

—No me preocupo. —Su mandíbula parecía decir lo contrario—. ¿Se burló de tu anillo?

—Se burló de mí porque mc ponen los policías. —Sara le acarició la cara con los dedos—. Y yo le dije que tienes una polla enorme y que no me canso de ella.

Él esbozó una sonrisa.

—Santa Sara. Siempre tiene que decir la verdad.

Sara le devolvió la sonrisa, porque Will no tenía ni idea de hasta qué punto era cierto lo que decía. Le dio un beso rápido en la boca y dijo:

—Descárgame la aplicación y enséñame cómo funciona.

Will agarró su teléfono personal de la encimera de la cocina. Sara observó sus manos mientras introducía su contraseña para instalar la aplicación. Tres años antes, fantaseaba con besarlo, pero lo que de verdad la turbó fue cómo le tomó la mano por primera vez. Le había acariciado los dedos con el pulgar y ella había sentido una oleada de calor tan intensa que había tenido que ir al baño a echarse agua fría en la cara. Acabar su turno había sido un suplicio.

—Puedo ir contigo a Nueva York si quieres. Esperarte en la calle. Seguro que hay un parque.

—No, puedo con esto yo sola.

—Sé que puedes. —Levantó la vista del teléfono—. Pero estoy aquí si me necesitas.

La emoción embargó de pronto a Sara. Ese era el milagro de su recuperación: que sabía con cada fibra de su ser que Will siempre estaría ahí.

Como de costumbre, él percibió su estado de ánimo.

—¿Estás bien?

Ella asintió.

—Con la aplicación, ¿la transcripción se guarda en la nube?

—Hará una copia de seguridad automática en tu Google Drive, así que, si quieres borrarla, mira ahí también. —Le devolvió el teléfono—. He programado el botón lateral. Púlsalo dos veces para empezar a grabar.

Sara lo pulsó dos veces. La fina línea roja empezó a oscilar como un electrocardiograma defectuoso.

—¿Y para pararlo?

Will puso su mano sobre la de ella y pulsó el botón dos veces. Luego deslizó suavemente los dedos por su brazo. Sara sintió cómo reaccionaba su piel a su contacto. Él estaba inclinado, sus caras casi se tocaban. A ella le dio un vuelco el corazón, como le ocurría siempre, cuando sus labios se rozaron. La cicatriz de su boca seguía produciéndole una sacudida eléctrica, como cuando fantaseaba con ella.

Will le puso las manos en las caderas.

—¿A qué hora tienes que irte?

Ella miró su reloj. Le quedaban diez minutos.

—Tengo el tiempo justo para decirte adiós.

—¿Y cómo vas a hacerlo?

—Con la boca.

Will le dio un beso profundo y sensual. Ella empezó a desabrocharle los pantalones. Él empezó a soltarle el pelo. Se quedaron inmóviles al oír que alguien llamaba enérgicamente a la puerta.

—Voy a matar a tu hermana —dijo Will.

—No te muevas. Voy a decirle que se vaya.

Sara estaba intentando encontrar la manera más rápida de deshacerse de Tessa sin avergonzar a Will cuando abrió la puerta. Pero no era Tessa quien había llamado.

Una mujer mayor, de aspecto frágil, esperaba en el pasillo. Su ropa de diseño no conseguía ocultar su figura esquelética y consumida. Tenía la espalda encorvada como un gato de Halloween y se balanceaba ligeramente. Aunque no estaba fumando, un tufo a tabaco mentolado impregnaba el aire. Su larga melena rubia platino parecía tan falsa como la piel tirante que envolvía su cráneo.

El cuerpo de Sara se dio cuenta antes que su cerebro de a quién tenía delante. Una gota de sudor le cayó por el cuello.

—Eliza —dijo.

Los ojos legañosos de la mujer se posaron en su anillo.

—Era su joya favorita. Lo llevaba siempre.

Sara tapó el anillo con la mano.

—Se llevó un disgusto cuando se le arañó. Se le enganchó en el borde de la puerta de un coche. —Eliza movió sus dedos nudosos, señalando el anillo—. Iba a hacerle un servicio a un joyero para que se lo reparase. Deberías enterarte de si se puede. Quitar el arañazo, quiero decir, no hacer un servicio. Tu madre querría que lo arreglaran.

Dijo las últimas palabras dirigiéndose a Will, que estaba detrás de Sara. Desprendía calor, una especie de rabia hirviente. Sara le tendió la mano, pero él no la tomó.

Eliza inclinó ligeramente la cabeza.

—Sobrino.

—¿Qué coño haces aquí? —La voz de Will sonó tan ronca que a Sara se le erizó el vello de la nuca—. ¿Cómo sabes dónde vivo?

Eliza hizo amago de contestar, pero de repente le dio un ataque de tos. Chasqueó los labios al tragarse la bilis que se le había venido a la boca y dijo:

—Tienes una casa a cuatro calles de aquí. Pasáis allí los fines de semana, pero el resto de los días estáis aquí.

—¿Debería sorprenderme de que hayas contratado a un detective privado para que me siga?

—Siempre hay que mantenerse al tanto de lo que hace la familia.

—Yo no tengo familia —replicó Will—. ¿Qué haces aquí?

—Tú me hiciste una visita. Se me ha ocurrido devolvértela.

Will empezó a cerrar la puerta.

—Alguien en el club está intentando localizarte —dijo ella.

Will sujetó la puerta antes de que se cerrase del todo.

Eliza sonrió como una bruja, mostrando unos dientes que parecían artificiales rectos y blancos en aquel rostro esquelético.

—Esa persona tiene muchas ganas de hablar contigo.

—¿Quién es? —preguntó Will.

Ella no contestó.

—¿No me invitas a pasar?

Sara miró a Will. Vio que tenía una expresión tan dura que su cara parecía tallada en granito. Le suplicó en silencio que se negara a dejar entrar a Eliza.

Él apenas se dio por enterado. Abrió la puerta, invitando a pasar al diablo.

El aire pareció adensarse en el apartamento cuando Eliza cruzó el umbral. Sus tacones arañaron el suelo de tarima como las zarpas de un gato. Se recolocó el pesado bolso en el hombro. Cada vez que exhalaba, sus pulmones emitían un silbido húmedo. La luz del sol no le hacía ningún favor. Sara adivinó por el estado de su cuerpo que padecía un tipo de cáncer muy agresivo. A juzgar por el ruido que hacía al respirar y por el olor a tabaco, seguramente tenía los pulmones cuajados de tumores. Si Dios existía, el cáncer le estaría corroyendo también los huesos.

—¿Qué narices es eso? —Miró a Betty con desagrado.

Sara agarró a la perra antes de que pudiera hacerlo Will. Chasqueó la lengua para llamar a los galgos y los encerró a todos en la espaciosa despensa que había junto a la cocina. Cuando se volvió, la tensión no había hecho más que aumentar.

Eliza contemplaba las vistas por los enormes ventanales, como una turista.

Will tenía los ojos clavados en ella. Abría y cerraba los puños. Su cuerpo prácticamente vibraba de ira.

—Ya ha visto la casa —le dijo Sara a Eliza—. ¿Quién intenta localizar a Will?

Apartó la mirada del horizonte de Atlanta y la fijó en ella.

—Tus ojos son del mismo tono de verde que los de ella.

Sara percibió la angustia repentina e inesperada de Will. Él nunca había visto una fotografía de su madre. La única documentación que conservaba de su existencia era un certificado de nacimiento y un informe de autopsia descolorido.

—El verde era su color favorito. —Eliza volvió a toser ásperamente—. Era alta, como tú. Es curioso. Supongo que es cierto eso de que los chicos se casan con sus madres.

—Deja de hablar con ella. —Will parecía furioso y tenso, como un animal deseoso de atacar—. ¿Quién te ha preguntado por mí?

Eliza metió la mano en el bolso, pero no sacó una tarjeta de visita ni una nota, sino un grueso fajo de papeles.

—Esta es tu copia de un fideicomiso que he creado. Tendrás que esperar a que me muera, pero descuida, que no tardaré.

Will empezó a sacudir la cabeza antes de que terminase.

—Ya te he dicho que no quiero tu dinero.

—No te lo dejo a ti. El fideicomiso es para los chicos que salen de hogares de acogida. Un colchón para que los huerfanitos puedan ir a la universidad o estudiar formación profesional, o lo que decidas hacer con él.

—Yo no voy a decidir nada. Tu dinero no tiene nada que ver conmigo.

—Desgraciadamente, sí tiene que ver. Eres uno de los fideicomisarios. —Eliza dejó caer de golpe los documentos sobre la mesa baja y le dijo a Sara—: Tú eres la otra fideicomisaria. Evidentemente, entiendes más de dinero que él.

Sara luchó por mantener la boca cerrada. Veía las letras en negrita en la parte superior de la página. FUNDACIÓN WILBUR Y SARA TRENT.

—He dado por sentado que vas a adoptar su apellido —dijo Eliza.

Sara se mordió la lengua tan fuerte que notó sabor a sangre. Si Will tenía apellido, era solamente gracias a Amanda. Había sido un niño anónimo hasta que ella intervino.

—En cualquier caso —añadió Eliza cerrando el bolso—, podéis leerlo en los documentos.

—Por mí puedes metértelos por el culo —contestó Will—. No voy a hacerlo. No vamos a hacerlo.

—Entonces el dinero se quedará en el banco, criando más dinero. No puedo llevármelo a donde voy y la verdad es que no voy a enterarme de lo que acabéis haciendo con él, así que puedes joderme a mí o joder a tus compañeros huérfanos. A mí me da igual. —Fijó de nuevo su atención en Sara—. Me alegro de que haya encontrado a alguien.

Sara no pudo contenerse más.

—Espero que el cáncer de pulmón se le extienda al cerebro.

—Tu deseo se ha cumplido. —A pesar de la noticia, Eliza sonreía—. Bien hecho, sobrino. Con esta te irá bien.

Will dio un paso hacia ella en actitud amenazadora.

—Puedes salir por la puerta o puedo tirarte por la ventana.

—Mi cuerpo se rompería antes que el cristal.

—No me amenaces con eso, sería una gozada.

Sin darse cuenta, Sara había dado un paso atrás. No estaba segura de qué iban a hacer ninguno de los dos.

Eliza rompió el empate soltando una carcajada. Metió otra vez la mano en el bolso y le entregó a Will una hoja de papel doblada.

—Como te decía, esa persona tiene muchas ganas de hablar contigo. Parecía bastante urgente.

Will abrió la nota y esperó lo justo para dar la impresión de que podía leerla; después, se la guardó en el bolsillo. Señaló con la cabeza los documentos del fideicomiso.

—Recoge tus cosas y vete de aquí cagando leches.

—¿Con mi osteoporosis? No creo. —Hizo ademán de marcharse, pero no sin antes echar un último vistazo al anillo de Sara. Le cambió la cara. De pronto había en ella un asomo de tristeza—. En serio, le rompió el corazón que se rayara el cristal. Arréglalo, ¿quieres? Por ella.

Sara no iba a darle la satisfacción de responder.

Eliza se colgó el bolso del hombro huesudo. Saludó a Will con la cabeza antes de echar a andar con penosa lentitud hacia la puerta. Le costaba mantener el equilibrio. Probablemente, los tumores que tenía en el cerebro presionaban sus nervios craneales. Estiró el brazo hacia un lado, un contrapeso inútil para un barco que se hundía. Cuando llegó a la puerta, sus dedos artríticos no acertaron a agarrar el picaporte. Lo intentó otra vez. La puerta se abrió. No miró atrás. Sus tiempos de salidas airosas habían terminado. Lo único que dejó a su paso fue un olor rancio a tabaco y la furia incandescente de Will.

Apenas se había cerrado la puerta cuando gritó:

—¡Joder!

Dio una patada tan fuerte a la mesa baja que se desportilló al chocar con la pared. Las revistas y los documentos del fideicomiso se esparcieron por el suelo.

A Sara le dio un vuelco el corazón.

—¡Maldita sea! —Will dio un puñetazo a la pared. El yeso se resquebrajó, igual que la piel del dorso de su mano. Empezaron a sangrarle los nudillos.

—Will...

—¡Joder! —Sacudió la mano intentando disipar el dolor—. ¡Joder!

Sara lo observó pasearse por la habitación. El corazón le latía a toda prisa. Los perros habían empezado a aullar. Estaban arañando la puerta de la despensa.

Fue a abrirles, pero Will se le adelantó. Abrió la puerta de golpe. Los perros no salieron corriendo. Billy y Bob se deslizaron en la cocina con la cabeza gacha y miraron con nerviosismo a Will. Betty se puso a gemir. No quería salir de la oscura despensa.

Su miedo hizo reaccionar a Will. La dureza de su rostro se disipó poco a poco. Vio la mesa desportillada. El desconchón en la pared. Solo pudo sostenerle la mirada a Sara un segundo. Se arrodilló delante de los perros y les acarició la cara peluda, murmurando carantoñas. Los galgos se apoyaron contra él. Betty dejó por fin de gemir y se tumbó de lado, enseñando la barriga para que se la acariciara.

La mano de Will era casi tan grande como el perro. Sara solía olvidar lo grande que era Will. Tendía a encorvarse. No le gustaba llamar la atención. Prefería escuchar a hablar. Su dislexia le producía una vergüenza infundada y persistente, y su infancia tumultuosa le había hecho ansiar calma y paz. Llevaba toda la vida buscando seguridad.

Eliza había dado al traste con su calma en cuestión de minutos.

—No debería haber reaccionado así —le dijo a Sara—. Lo siento.

Ella se llevó la mano al pecho, tratando de aquietar su corazón.

—No pasa nada.

—Sí que pasa. —Se levantó, sosteniendo a Betty en brazos como a un bebé. Los galgos lo siguieron cuando fue a depositar a la perrita con cuidado sobre su cojín. Esperó a que primero Billy y luego Bob subieran al sofá. Les acarició las orejas y le dijo a Sara—: He perdido los nervios. Lo siento.

Sara apretó los labios. Will seguía disculpándose, a pesar de que la culpa era de ella. Ella le había empujado a ver a Eliza. Will había ido al club de campo para ayudarla, únicamente por eso.

—¿Quieres que te vea la mano? —le preguntó.

—No. —Flexionó los dedos con una mueca de dolor—. ¿Estás bien?

—Sí. —Sara se secó las lágrimas. Su arrebato la había conmovido profundamente. Odiaba verlo angustiado—. ¿Y tú? ¿Estás bien?

—Puedo arreglarlo con pegamento. —Se refería a la mesa de café—. Y repararé la pared este fin de semana.

—Eso me da igual.

Will sacó su pañuelo y se limpió la sangre de la mano. La manga de su chaqueta de traje estaba manchada de rojo. Estaba agitado, tan inquieto como ella.

—Deja que te mire la mano. —Sara esperó a que se acercara. Examinó con cuidado las heridas de su hermosa mano. El quinto metacarpiano había recibido de lleno el impacto contra la pared. No podía saber si había fractura. La sangre no iba a coagularse. Necesitaría puntos de sutura, una semana de antibióticos—. Quiero que paremos. Todo esto. Voy a anular mi billete de avión. Tenemos cosas más importantes en las que pensar.

—Eliza no tiene nada que ver con lo que estamos investigando.

—Se ha metido en esto porque ha querido —contestó Sara—. Ha contratado a un investigador privado. Te está haciendo seguir. Conoce a la persona del club que está intentando ponerse en contacto contigo. Podría hacer algo, Will. Podría…

—Mírame. —Will tomó su cara entre las manos—. Te dije cuando nos conocimos que no soy de los que se rinden. No podemos dejar que gane ella.

—Mira lo que acaba de pasar. —Sara intentó que no se le quebrara la voz—. No se trata de que ella gane. Se trata de que nosotros perdamos.

—¿Te he perdido?

—Claro que no. Nunca me vas a perder. No vuelvas a preguntarme eso.

—Entonces, escucha lo que te digo. —Le secó las lágrimas con el pulgar—. Eliza quiere jodernos la vida. Ya me quitó dieciocho años. No voy a darle ni un día más. Y tú tampoco. ¿De acuerdo?

—Will...

—¿De acuerdo?

La miró con tal anhelo que Sara notó un dolor físico en el corazón. Sabía lo que estaba haciendo Will porque ella había hecho lo mismo. Quince años atrás, respirar hondo no había sido el único mecanismo de afrontamiento que le recomendó el pastor Bart a través de la puerta cerrada de su cuarto. Levantarse de la cama. Ducharse. Vestirse. Salir de casa. Ir a trabajar. Hacer su trabajo. Dejar que la negación embotara el filo cortante de la memoria. Permitir que el paso del tiempo le diera cierta distancia. Y entonces, cuando estuviera preparada para afrontar lo ocurrido, los cortes ya no le parecerían tan profundos.

Asintió con la cabeza.

—De acuerdo.

Will soltó lentamente un suspiro de alivio. Se metió la mano en el bolsillo y sacó la nota doblada de Eliza. El papel blanco se manchó de sangre. Allá donde tocaba, dejaba huellas dactilares de color óxido.

A Sara no le temblaron las manos cuando desdobló la hoja. El nombre estaba escrito en cursiva, con letra de médico. El número de teléfono no era el mismo que Mason le había dado el día anterior.

—Richie Dougal —dijo—. Ha puesto: «Te estoy buscando».

—No me busca a mí —contestó Will—. Busca a John Trethewey.

FRENTE A LOS APARTAMENTOS
WINDSONG-MIDTOWN ATLANTA

Tenían un gato cuyo nombre oficial era Pepper, pero que, como todo gato, tenía varios motes. Brincos, Pompita y, luego, cuando se hizo mayor, Pancho de León.

Era voluble: de día iba de un miembro a otro de la familia, pero cada noche se acostaba a los pies de la cama de Leighann. En la vejez, había desarrollado un fuerte ronquido. A veces hacía tanto ruido que despertaba a Leighann. A veces soñaba que perseguía ardillas o conejos, y ella sentía cómo le pateaba la pierna con sus pequeñas zarpas mientras los perseguía en sueños.

Leighann bajó la mano para acariciar su cabeza peluda, pero Pancho no estaba allí. Intentó darse la vuelta en la cama. Notó un dolor agudo en la cara. Tenía los párpados cerrados y cubiertos por una capa de costra. Se llevó la mano a la cara, intentando limpiarse las legañas. Tenía las yemas de los dedos ásperas. Parpadeó varias veces.

Unas motitas verdes, caleidoscópicas, salpicaron su visión. Sus párpados no se abrían del todo. Quería volver a dormirse. Quería que Pancho se acurrucara contra ella. Tenía frío. Le picaba la piel. Se estaba haciendo pis. Una brisa le helaba los nervios.

Algo malo pasaba.

Respiró hondo bruscamente, como si volviera de entre los muertos. Las motitas verdes eran hojas diminutas en varios tonos de esmeralda. Vio ramas, palitos y un rayo de luz que venía de arriba. Se llevó los dedos a la boca. Tenía los labios agrietados. Estaba sangrando.

Imposible sentarse. Tuvo que arrastrarse por la tierra, apoyándose en los codos y el culo, para salir de debajo de la espesa hilera de arbustos. *Arborvitae*. Leighann sabía su nombre porque se lo dijo su madre cuando la ayudó a mudarse a su primer apartamento.

«Mira qué seto tan bonito, cariño. Es *arborvitae*».

Un repentino estallido de sol hirió sus ojos. El cerebro le martilleaba dentro del cráneo, al compás de los latidos del corazón. Oyó el canto de los pájaros. Motores de coches. Se encogió y levantó la mano para tapar el sol implacable.

El edificio donde vivía se alzaba frente a ella. Los coches llenaban la calle, esperando a que cambiara el semáforo. Era la hora punta de la mañana. Lo supo por los conductores. Algunos iban tomando café. Una mujer se pintaba los ojos mientras esperaba a que el semáforo se pusiera en verde.

«¿Qué coño estaba pasando?».

Se miró las piernas. Minúsculas manchas de sangre surcaban su piel. ¿Sería de arrastrarse por debajo del seto? ¿De estar tumbada en el suelo? No recordaba cómo había llegado hasta allí. Había estado en casa de Jake, escondida. Evitando al Rarito. Durmiendo en el sofá. Jake le había dicho que salieran de fiesta. Ella quería, pero se había hecho de rogar de todos modos. Luego habían ido en coche hasta el sitio nuevo del Downlow. Y entonces…

Apoyó la cabeza en las manos. El martilleo no cesaba. Buscó su bolso. Lo encontró debajo del seto. Hizo un rápido inventario, no de memoria, sino por puro hábito. Cuando salía, llevaba siempre lo mínimo en el bolso: el carné de conducir, la tarjeta de crédito, un billete de cinco y otro de veinte, pintalabios, crema de manos, un tampón y el móvil. Lo único que faltaba era el preservativo de emergencia.

Se le paró el corazón. Se llevó la mano a la entrepierna.

No llevaba bragas.

Cerró los ojos. Se le vino una náusea a la boca.

«¿Qué coño había hecho?».

El bocinazo repentino de un coche estalló en su cerebro. Se levantó como pudo. Estaba descalza. Agarró su zapato derecho, pero no encontró el izquierdo y no le importó. Tenía que entrar. Las pinochas se le clavaron en las plantas de los pies. Un líquido cálido le resbalaba por la cara interna de los muslos. Se bajó el dobladillo de la falda. Llevaba puesto el vestido de la discoteca, uno muy corto y ajustado, con mangas obispo y escote grande. Las recriminaciones inundaron su cerebro.

«Qué te creías que iba a pasar por qué te pusiste este vestido por qué hablaste con él por qué bailaste con él por qué te fiaste de él por qué por qué por qué…».

Se apretó los párpados con los dedos.

Él.

Fue un recuerdo fugaz. Una bola de discoteca girando. Los graves sonando en los altavoces. Cuerpos sudorosos en la pista de baile. Su cara. ¿Por qué no se acordaba de su cara?

Oyó abrirse la puerta de un coche. Un hombre estaba subiendo a un Kia azul. Evidentemente, la había visto, pero también era evidente que quería evitarla.

«¿Qué te esperabas?».

Leighann agarró con fuerza el bolso y el zapato mientras cruzaba la hierba. El asfalto del aparcamiento estaba frío. Vio su Toyota RAV-4 aparcado en su sitio de siempre. En lugar de entrar en el portal de su edificio, dio la vuelta por el lateral. La puerta de la escalera estaba siempre abierta. Entró en el vestíbulo. Apoyó la espalda en la pared. El frío la hacía temblar. O tal vez fuera el recuerdo.

Jake con las manos en alto, saltando al ritmo de la música. Chicas a su alrededor. Cuerpos apretujados. Destellos de luces. Los labios de un desconocido rozándole la oreja. *¿Quieres una copa?*

Notó la garganta en carne viva al tragar. Le dolía la mandíbula. Se le vino otra náusea a la boca. Esta vez no pudo contenerla. Se inclinó y vomitó tan violentamente que se le saltaron las lágrimas. La bilis salpicó el cemento. Sintió que el líquido caliente acribillaba sus piernas desnudas. Se agarró a la barandilla para no caer hacia delante.

Se obligó a incorporarse otra vez. Puso el pie en la escalera. La luz del techo parpadeaba en las oscuras paredes de bloques de hormigón. Sin previo aviso, la atenazó el dolor. Tenía los pechos doloridos. Le dolían las lumbares y las piernas como si hubiera corrido un maratón. Y lo que era peor aún, notaba un dolor profundo en las entrañas. Peor que un calambre. Peor que una noche de juerga.

Tenía que darse una ducha. La carne se le erizaba como si fuera a desprendérsele de los huesos.

Se agarró con fuerza a la barandilla y subió con esfuerzo las escaleras. Su apartamento estaba en el segundo piso. Le pareció que subía al Everest. Los peldaños eran cuchillas que le cortaban los pies descalzos. Aquel líquido seguía goteando entre sus piernas. No quería mirar abajo. No podía mirar.

La puerta pesaba tanto que tuvo que apoyarse en ella para abrirla. Avanzó tambaleándose por el pasillo. Seguía sin mirar abajo, pero sabía que iba dejando un rastro de sangre. Casi se echó a llorar al llegar a la puerta de su apartamento. Marcó el código en la cerradura electrónica.

—¡Leighann! —Su madre se levantó de un salto del sofá—. ¿Dónde estabas?

Se estremeció al oír el estruendo de su voz. Dejó caer el bolso y el zapato al suelo.

—Mamá, necesito…

—¡Estábamos muertos de preocupación! —gimió su madre. Rompió a llorar, cruzó corriendo la habitación y la abrazó con fuerza—. ¿Dónde estabas?

—Mamá… —Leighann se llevó la mano a la boca. Iba a vomitar otra vez.

Se apartó bruscamente y corrió al baño. Casi no le dio tiempo a echar el pestillo. Cayó de rodillas delante del váter. Las arcadas eran tan violentas que sentía como si le estuvieran clavando un cuchillo en las tripas. Se le contrajeron los intestinos. La orina le chorreó por las piernas.

—¡Leighann! —Su madre estaba aporreando la puerta—. ¡Leighann! ¡Abre la puerta! ¡Nena! ¿Dónde has estado? ¿Qué ha pasado?

—¡Estoy bien! —gritó—. ¡Déjame en paz!

—¡No! —respondió su madre—. ¡Háblame! Por favor.

Leighann se llevó las manos a la cabeza. El cerebro le resonaba como un gong dentro del cráneo. Tenía ramitas en el pelo. Hojas. Tierra. Notaba la piel áspera y sucia. Metió la mano en la ducha y buscó a tientas el grifo. Un chorro de agua mojó los azulejos.

—Leigh, ¿qué estás haciendo? —Su madre lloraba y golpeaba la puerta—. Cariño, por favor… Déjame entrar. Tienes que dejarme entrar.

Leighann evitó mirar el espejo del armario al levantarse del suelo. Se bajó despacio el vestido por las caderas y las piernas. Tenía los muslos salpicados de puntos negros y azules. El líquido que le chorreaba era sangre. Orina. Y otra cosa. Se llevó la mano al culo. Cuando se miró los dedos, vio que los tenía manchados de sangre y mierda.

Le dio otra arcada, pero ya no le quedaba nada en el estómago.

—¿Leighann? —La voz de su madre sonaba tensa, suplicante—. ¿Qué te ha pasado, cielo? ¿Qué te ha pasado?

Una bola de espejos. Gente bailando. El sonido de los graves. Un aliento caliente en su oído. *¿Me estás provocando o qué?*

—Cariño, sé que es difícil, pero… —La voz de su madre se entrecortaba—. No puedes ducharte, ¿vale? No te laves eso.

Eso.

Sangre. Pis. Mierda. Saliva. Esperma.

Pruebas.

Su madre sabía lo que significaba, su padre sabía lo que significaba…

Cerró los ojos con fuerza. La negrura la envolvió. El dolor empezó a remitir. Su cuerpo iba entumeciéndose. El silencio nubló su cerebro. Sentía un deseo abrumador de desvanecerse, de dejar de ser ella, de convertirse en una mujer invisible. La ingravidez se apoderó de ella. Sentía que sus brazos flotaban. Que sus pies querían despegarse del suelo.

La boca de él, muy cerca. *Vámonos de aquí.*

No.

Se obligó a abrir los ojos. Regresó a su cuerpo. Sus pulmones aspiraron aire, sus pies absorbieron el frío del suelo, su piel se empapó del vapor de la ducha. Estaba de pie, desnuda, en medio del cuarto de baño. El agua seguía sonando. Su madre le suplicaba que la dejase entrar. Había un espejo de cuerpo entero detrás de la puerta. Leighann no quería, pero necesitaba verse para asegurarse de que seguía allí.

Se volvió despacio.

Se miró el cuerpo desnudo en el espejo.

Y empezó a gritar.

12

Faith sabía que no debía mirarse en el espejo de la cocina mientras recogía las cosas del desayuno. Tenía bolsas en los ojos. Esa noche se había pasado horas leyendo cada línea del chat grupal que Jeremy había encontrado en el portátil de Cam. Después lo había imprimido todo y había vuelto a leerlo. Luego había tomado notas. Y por fin se había quedado dormida sentada en el sofá. Esa mañana estaba tan agotada que había encendido la vitro y había estado diez minutos cociendo aire antes de darse cuenta de que el escalfador de huevos seguía en la encimera.

Como todo en aquel caso que no era un caso, había muchos datos sueltos y poco hilo. Echaba de menos todas las cosas que daba por descontadas en una investigación oficial, y no solo la posibilidad de pedir una orden judicial. En el GBI había toda una trastienda llena de agentes que se pasaban el día encorvados frente a los ordenadores intentando descifrar archivos. En el portátil de Cam había seis PDF protegidos por contraseña. Estaban, además, los archivos de vídeo corruptos que habían encontrado en la página del chat. Quién sabía qué más había en el disco duro. O en el iPhone de Merit Barrowe.

Lo peor de todo, lo que solo estaba dispuesta a admitir en sus momentos de desesperación, era que echaba muchísimo de menos la capacidad de Amanda para separar el grano de la paja.

Y allí había mucha paja.

Por cada pequeño detalle que había conseguido sacar en claro la noche anterior, surgían diez preguntas más; la principal de todas, quién seguía pagando el sitio web del chat. El correo electrónico de AOL era un callejón sin salida, pero, si el sitio se había mantenido activo dieciséis años, era porque alguien había puesto un número de tarjeta en GoDaddy. ¿Había sido un descuido? ¿Se había renovado el pago en bloque, junto con un montón de dominios registrados? Era imposible saberlo porque según Whois, la base de datos que permitía buscar la identidad de los propietarios de un dominio web, el registro era privado.

Otra situación en la que habría sido muy útil contar con una orden judicial.

Faith miró la mesa de la cocina. Los documentos robados de Martin Barrowe estaban perfectamente apilados junto a las transcripciones de los chats y las demás porquerías que había imprimido la noche anterior y esa mañana temprano con la esperanza de que algo, lo que fuese, encajara.

Pero nada encajaba.

Se quedó mirando el diagrama. Seguía faltando el hilo.

Había añadido una nueva sección a otro grupo de armarios. Las tiras de cartulina eran azules. El encabezamiento decía EL CLUB DE LA VIOLACIÓN, que era como ella llamaba al sitio web del chat, aunque técnicamente el nombre del dominio era CMMCRBR.com.

¿Chaz, Mac, Mason, Cam, Royce, Bing, Richie?

Siete hombres. Siete nombres de usuario. Siete números, del 001 al 007.

Había hecho un perfil de cuatro de los números, de los mismos que aparecían en la última conversación sobre Cam.

002, 003, 004, 007.

Si Sara tenía razón, 004 era Mason James. Por lo que Faith había oído contar sobre él, Mason era un cobarde y un gilipollas, lo que encajaba en el perfil. 004 solía reírse de las bromas más groseras, hacía algunas de su cosecha y, cuando las cosas adquirían un tinte un tanto oscuro, se salía de la conversación.

Resultaba evidente que 007 y 003 eran amigos en la vida real. Se hacían continuamente comentarios sarcásticos. 003: «guárdate la munición para el campo de golf, capullo». 007: «hablando de capullos, ¿qué tal tu vida sexual?».

Teniendo en cuenta que 007 era el nombre más guay por James Bond, Faith sospechaba que Richie Dougal era 003. No se podía ser guay llevando pajarita.

En cuanto a Mac McAllister, su personalidad cuadraba claramente con el perfil de 002. Sus mensajes eran los más cautos y controladores. EH, GILIPOLLAS, ESTO SE HABLA FUERA DE AQUÍ.

De modo que 007 era el hombre misterioso.

Miró las fotos de la pandilla. Los únicos sospechosos vivos eran Chaz Penley, Royce Ellison y Bing Forster. Un especialista en atención hospitalaria, un otorrinolaringólogo y un nefrólogo, o sea, un especialista en riñón. A juzgar por sus mensajes, todos eran gilipollas, pero uno de ellos era un hijo de puta particularmente desagradable. Para regocijo de los demás, no paraba de hablar de sus conquistas sexuales, del tamaño de su pene, de si una mujer era *una cachonda de la hostia* o *un bloque de hielo* o estaba *prieta* o *floja* o *apretaba como una puta boa constrictor* o si *la polla le bailaba tanto dentro del coño que metérsela era como tocar un cencerro*. Ni siquiera las mujeres que parecían gustarle salían bien paradas: eran unas *perras arrastradas*, unas *putas histéricas*, unas *psicópatas de mierda*, unas *calientapollas*.

Nunca daba nombres, pero en una ocasión la tomaba con una de las mujeres de la pandilla:

007: ¿Alguien ha oído lo que ha dicho Pru esta noche? He tenido que contenerme para no meterle la polla hasta la garganta. 003: ¿No sabes si tu pollita de lápiz daría para cerrarle la boca o qué? 004: Vamos, señores, creo que Pru estaba de broma. 007: Necesita un buen polvo, a ver si así se relaja. 002: ¿De verdad vamos a empezar con eso otra vez? 004: Conmigo no contéis. Yo me piro. 007: Me encantaría

hacerle trizas el coño. Partirla por la mitad como el mar Rojo.
003: La sangre es un buen lubricante, Maestro. 007: Acuér-
date de que no toda la orina es estéril. 003: Uf.

Faith creía que el comentario sobre la orina apuntaba hacia
Bing Forster, aunque dudaba que hubiera que ser nefrólogo para
saber de orina. Pru tenía que ser Prudence Stanley, la especialista
en cáncer de mama que vivía en el sur de California. Curiosamente, el nombre de Blythe Creedy no salía a relucir en ningún momento, a pesar de que había estado casada con Royce Ellison y le
había puesto los cuernos con Mason James, otro detalle que no se
mencionaba en las conversaciones. A Rosaline Stone, la ginecóloga
afincada en Alabama, tampoco se la mencionaba. Sloan Bauer solo
aparecía una vez, junto con Santa Sara. Hablaban de ambas cuando les entraba el pánico por las posibles consecuencias del suicidio
de Cam.

007: Alguien tiene que asegurarse de que Sloan esté estable. 003: No conviene que hable con la policía. 003: ¿Y si hablan con SS? ¿Dónde coño está? 007: Cociéndose en orina
y vómito en el sur de Georgia. 003: Exactamente donde debe
estar.

Volvió a mirar el diagrama, dejando que sus ojos se deslizaran
hasta las tiras azules incompletas: 001, 005, 006. No había podido
asignar un nombre definitivo a aquellos números, aunque tenía varias corazonadas. Por eliminación, uno de ellos tenía que ser Cam
Carmichael. Faith pensaba que era 006, el que menos mensajes había publicado. Aunque el sitio web tenía dieciséis años, el chat solo
había estado activo ocho años. 006 hacía múltiples apariciones al
principio, normalmente para quejarse de pacientes, casi siempre mujeres, pero desaparecía por completo al cabo de año y medio. Después de las violaciones de Merit Barrowe y Sara Linton.

O sea, que quedaban 001 y 005.

Sus mensajes parecían sacados de un manual titulado *Cómo hacer que las mujeres te desprecien*. Su primera conversación aparecía en la primera de las treinta y ocho páginas de transcripciones del chat.

005: Las tías deberían ser más sinceras sobre lo que quieren de los hombres, que es dinero y seguridad. Mientras yo proporcione esas dos cosas, tendría que poder hacer lo que me dé la puta gana. 001: Vale, pero siempre y cuando se entienda que el dinero es tuyo. 005: Obviamente, si me deja se va sin nada. Ni con la ropa, que para eso la pago yo. 001: Dirán que odiamos a las mujeres, pero solo odiamos a esas zorras que se lo tienen tan creído.

Faith había sentido un cosquilleo en su sentido arácnido al leer por primera vez la palabra «zorra». Dos días antes de la violación de Sara, ese mismo insulto repugnante apareció escrito en el lateral de su coche, arañado en la pintura. Luego, Faith había leído la palabra en los chats una y otra vez y se había dado cuenta de que la utilizaban con tanta liberalidad que casi perdía por completo cualquier significado.

Se acordó de sus días de patrullera, cuando la llamaban «zorra» tan a menudo que había empezado a responder cuando oía esa palabra.

Juntó los papeles y los alineó sobre la mesa. Una vez más, añoró los recursos informáticos del GBI. Podrían analizar cada mensaje, buscar identificadores y, sobre todo, aislar el uso de las palabras para compararlas con los mensajes amenazadores enviados al iPhone de Merit Barrowe.

Buscó la copia impresa de la captura de pantalla. Volvió a leer los anónimos:

¿Quién quiere alegrarte el día diciéndote lo guapa que eres? ¿Quién sueña contigo mucho más de lo que debería? ¿Quién está un poquito más tocado que los demás? ¿Quién es quien no merece el placer de tu compañía? ¿Quién te decepcionará cuando descubras quién soy?

Se estremeció involuntariamente. El mensaje era ingenioso por su ambigüedad intrínseca. Podía interpretarse de una manera (que quien lo mandaba estaba enamorado) o de otra (que estaba obsesionado y era peligroso).

Faith había sido agente de policía; sabía cómo lo interpretaría un policía; sobre todo, quince años atrás. En retrospectiva, era fácil ver los signos de alarma, las banderas rojas, pero la gente mandaba banderas rojas constantemente. Amenazas de muerte, amenazas de violación, amenazas de bomba: las soltaban como si nada. La mayoría de las veces no eran más que desahogos de idiotas. Pero a veces iban en serio. Descubrir la diferencia era casi imposible, sobre todo cuando se te acumulaban otros diez avisos en la radio.

Devolvió la captura de pantalla del teléfono de Merit al montón de papeles. Se quedó mirando los globos de texto. ¿Los había visto Eugene Edgerton? ¿Sabía que alguien estaba acosando a Merit Barrowe? Estaba claro que desde el principio había enfocado el caso con un único resultado en mente. Will lo había señalado la noche anterior. Edgerton era un mal policía o un policía corrupto, o ambas cosas. Llevaba años muerto, pero sus registros bancarios todavía existirían. Si alguien le había pagado para que echara tierra sobre el asunto, habría pruebas documentales.

Para lo que también les vendría de perlas poder pedir una orden judicial.

Su móvil personal empezó a sonar. Rezó por que fuera por fin alguien de la policía de Atlanta, pero era Aiden. Prefirió ignorar que a una parte muy pequeña de su ser —una parte que no pertenecía a su faceta de investigadora— le pareció muy agradable ver su nombre en la pantalla.

—Buenos días —dijo él—. He hecho tus cosas turbias.

Faith miró las fotos de la pandilla. No había olvidado que le había pedido que hiciera averiguaciones sobre ellos discretamente.

—¿Y?

—Hay varios tonos de gris —contestó—. A Chaz Penley lo denunciaron por conducir borracho por el centro de Atlanta hace dieciséis años. Le metieron un paquete por conducción temeraria y tuvo que ir a clases de control de la ira como parte de la sanción. Royce Ellison se declaró en quiebra hace cuatro años, pero parece que salió a flote. Bing Forster está limpio. A Richie Dougal lo demandaron por acoso el año pasado, pero llegó a un acuerdo extrajudicial y, evidentemente, el caso se cerró. Mason James está limpio, pero tiene pasta para aburrir. Y lo mismo Mac McAllister.

—Penley. —A Faith le había llamado la atención la fecha de la denuncia y la imputación. Quince años atrás, Edgerton había hecho desaparecer la denuncia de Cam por conducir bajo los efectos del alcohol. Quizá Penley hubiera llegado a un acuerdo parecido con él un año antes—. ¿Puedes conseguirme una copia del expediente?

—¿No puedes conseguirla tú?

Ella mantuvo la boca cerrada.

—Está bien —dijo Aiden—. Lo de Dougal es interesante. Se quedó sin trabajo por la demanda por acoso, pero su informe de crédito no se resintió por ello. De hecho, parece que mejoró.

Faith intuyó que había algo más.

—¿Y?

—Trabaja para una empresa, CMM&A, que actúa como intermediaria para hospitales y fondos de cobertura que quieren comprar consultorios médicos. Hay mucho dinero de por medio. Los he buscado, pero no he encontrada nada sobre ellos. Su sitio web está inactivo. No hay más que publicidad y un número de teléfono. No parece que tengan oficina. Su dirección es un apartado de correos.

Faith había encontrado más o menos lo mismo.

—Gracias por buscar. Te lo agradezco de verdad.

Él no respondió, lo que era raro. Aiden no era un hombre al que le gustaran los largos silencios. Faith se sentó en la mesa de la cocina. Apoyó la cabeza en la mano. Iba a romper con ella. No es que hubiera mucho que romper. Ella había hecho todo lo posible por alejarlo. ¿Por qué había permitido Aiden que lo alejara?

—Deberías saber algo sobre mí, ¿vale? —dijo—. Soy como el *beagle* más pesado que hayas conocido nunca.

Ella levantó la vista.

—¿Qué?

—Que soy un *beagle* —repitió él—. Si intentas ocultarme algo, lo encuentro, fijo. Y no paro de ladrar hasta que lo encuentro.

Aiden se había adentrado de lleno en territorio turbio. Faith nunca se había sentido más atraída por él que en ese instante.

—¿Qué has descubierto?

—La empresa, CMM&A. Utilizan como pantalla un par de sociedades de responsabilidad limitada, pero los tres miembros de la junta directiva están en tu lista. —Aiden se había ganado la pausa dramática—. Charles *Chaz* Penley, Thomas *Mac* McAllister y Mason James.

—Ajá —dijo Faith.

—¿Eso es todo lo que vas a decir? ¿«Ajá»? —También se había ganado el derecho a parecer decepcionado—. Pensaba que te impresionaría mi destreza alucinante.

—Y me impresiona —contestó ella—. Pero es que saber que tres ricachones blancos han rescatado a otro ricachón blanco y que se están haciendo aún más ricos no me lleva a ninguna parte.

—¿Y si te digo que me he pasado por su sede?

Otra vez se estaba poniendo sexi.

—¿Y?

—Está en un edificio llamado Triple Nickel, en el 555 de Warren Drive, junto a Buford Highway, cerca del aeropuerto. Hay una mesa en el vestíbulo, unas cuantas sillas y un callejón sin salida en la parte de atrás. Rejas antirrobo por todas partes. Cámaras en la salida y la entrada, y también en el aparcamiento y el callejón. Estaba cerrado. Hablé con la gente del salón de uñas de al lado y me dijeron que nunca ven entrar o salir a nadie. Y que deje de pellizcarme las cutículas.

Faith se encogió de hombros, pero tenía que contestar algo. A fin de cuentas, su iniciativa le había ahorrado la molestia de acercarse allí.

—Gracias por comprobarlo, pero sigue sin llevarme a ninguna parte.

—Ajá —repitió él, imitándola—. ¿Y no se te ha ocurrido pensar que, si me dijeras adónde quieres llegar, quizá podría ayudarte?

La idea no se le había pasado por la cabeza en ningún momento.

—Vale, muy bien, a lo mejor mi último dato te entusiasma más. Conseguí que el agente de la condicional de Jack Allen Wright le hiciera una inspección por sorpresa. El tipo tenía revistas porno debajo del colchón.

Eso sí que era algo que había que celebrar. En el estado de Georgia, los términos de la libertad condicional para delincuentes sexuales establecían la prohibición de comprar o estar en posesión de cualquier material pornográfico o sexualmente explícito. Si te pillaban con algo así, te revocaban la condicional y volvías a la cárcel.

Faith solo tenía una pregunta.

—¿Revistas?

—Es más fácil deshacerse de una revista guarra que limpiar un disco duro.

A Faith se le ocurrió algo.

—¿Wright tenía ordenador?

—Sí. Nada de porno, pero, como era de esperar, es fan de páginas *incel*.

Faith había pasado casi toda la noche leyendo lo que podía considerarse una página *incel*.

—¿Qué sabes de los *incels*?

—Son los «célibes involuntarios». El movimiento lo inició en los años noventa una universitaria canadiense que creó un sitio web para gente solitaria y socialmente inepta, vírgenes en su mayoría. Lo llamó Proyecto de Celibato Involuntario de Alana.

—¿Y Alana era una mujer? —preguntó Faith.

—Sí, qué ironía, ¿no? Un mujer monta algo bueno para ayudar a la gente y viene una panda de tíos y se lo jode.

—Primera vez que oigo algo así —contestó Faith con el mismo sarcasmo—. Es de locos.

—Lo nunca visto —dijo Aiden—. El movimiento *incel* actual es el principal engranaje que mueve la maquinaria supremacista masculina en internet. Casi todos blancos, casi todos jóvenes, todos varones, todos rebosantes de odio, misoginia, autocompasión y baja autoestima. Creen que el sexo es su derecho, tienen pasión por la violencia contra las mujeres y una buena dosis de racismo, como es de rigor.

—¿Cómo es que sabes tanto del tema?

—Porque de vez en cuando matan a gente. Y normalmente su primera víctima es una mujer. Por no decir que todas sus víctimas lo son. —Aiden hizo una pausa—. Oye, ¿te he comentado alguna vez que formo parte de la unidad antiterrorista del FBI para la región sudeste?

Faith sintió que sonreía.

—¿En serio?

—Sí, a las chicas les suele molar. Les parece muy sexi.

Ella se rio a su pesar.

—Podría pasarme esta noche por tu casa y enseñarte mi placa —añadió él.

El teléfono del trabajo de Faith empezó a sonar.

—Te mando un mensaje cuando esté volviendo a casa —le dijo.

El teléfono estaba enterrado en algún lugar de su bolso, que era como un morral. Tuvo que hurgar en él para encontrarlo. Cuando vio la pantalla, notó que fruncía el ceño. Tocó la pantalla para contestar.

—Coño, Leo. Te he llamado ochenta veces.

—¿Crees que no tengo vida o qué?

—Sé que no la tienes —respondió—. Fuimos compañeros diez años. ¿Has cambiado de personalidad desde entonces?

—Estoy en ello. Es un proceso.

Faith miró el reloj de la cocina. Tenía que llamar a la brigada antifraude.

—¿Has oído mis mensajes?

—Por eso te llamo. Estabas buscando a Leighann Park, ¿no?

Faith apoyó la mano en la encimera. De pronto se daba cuenta de que arrastraba una sensación de angustia desde que se había enterado de la desaparición de la chica. Otra estudiante asesinada. Otros padres que perdían a su hija. Otra mujer cuyo nombre quedaría olvidado en cuanto hubiera otra desaparecida.

—¿La habéis encontrado? ¿Dónde? —preguntó.

—Aquí —contestó Leo—. Acaba de presentarse en comisaría.

Faith estaba tan acostumbrada al griterío de los detenidos que apenas lo notaba. Leo los había aparcado a Will y a ella en un banco de metal, frente al mostrador de guardia. El banco estaba diseñado para resultar incómodo. El asiento era demasiado estrecho, el metal estaba tan frío que Faith lo sentía en el colon y había ganchos a intervalos de un metro para las esposas, porque era allí donde sentaban a los detenidos antes de ficharlos. A Faith no se le escapó que Leo no los había llevado a la sala de la brigada, donde habrían estado un poco más cómodos. No eran bienvenidos en comisaría, y el motivo era el hombre que estaba sentado a su lado con el ceño fruncido.

Miró el perfil de Will. Estaba encorvado, de espaldas a la pared; si no, sus ojos les habrían llegado a la altura del hombro. No supo cómo interpretar su expresión, pero intuía que algo iba mal. Will no era muy hablador, pero esa mañana hablaba aún menos que de costumbre. Tenía las manos apoyadas en el regazo y la mirada fija al frente. En la mano izquierda llevaba una venda que le llegaba hasta el dedo meñique. Cuando ella le había preguntado cómo se había hecho daño, no le había dado ninguna explicación. Se había mirado la mano, luego la había mirado a ella y le había preguntado si había sacado algo en claro leyendo las transcripciones del chat.

Faith no podía seguir sentada en aquel banco. La falta de sueño, la ansiedad y la frustración la estaban poniendo tan nerviosa que parecía que iba puesta de *speed*. Se levantó. Había un teclado junto a la puerta que daba a la parte de atrás. Aún recordaba su contraseña de cuatro años antes. La marcó. Esperó. La luz roja parpadeó tres veces. La puerta no se abrió.

—Esto podría ser una pérdida de tiempo por partida doble —le dijo a Will—. No tenemos ni idea de si Tommy McAllister tiene algo que ver con este caso. Ni tampoco Mac o los otros capullos del Club de la Violación.

Will no dijo nada, pero levantó una ceja, lo que significaba que había captado el apodo: el Club de la Violación.

—Deberíamos estar haciendo nuestro trabajo de verdad. —Faith miró su reloj—. El equipo antifraude no puede seguir cubriéndonos las espaldas. Amanda se va a enterar. Creo que deberíamos esperar cinco minutos más y luego largarnos.

Will volvió a fijar la mirada al frente.

Ella empezó a pasearse de un lado a otro, concentrándose en el único rompecabezas que podía resolver. La lista de cosas que podían hacer infeliz a Will era bastante corta: empezaba con cualquier cosa que hiciera infeliz a Sara y terminaba con que no hubiera bollos pegajosos en la máquina expendedora. Faith sabía que Sara iba en un avión en esos momentos. Era imposible prever cómo iría su reunión por sorpresa con Sloan Bauer. La única esperanza era que esta recordara algo de aquel puto guateque.

—¿Te mandó Sara los mensajes que recibió Dani Cooper antes de morir? —le preguntó Will.

—Hizo que me los mandara la abogada. La primera impresión es que el tío era mayor que ella, porque usaba más signos de puntuación. O bien intentaba hacernos creer que es mayor. —Faith se alegró de tener algo que hacer. Sacó su móvil personal del bolso—. Empieza en tono bastante neutro y luego entra en un rollo más personal: cosas que hace ella, dónde vive, el nombre de su gato… Dani le pregunta todo el rato quién es. Y él va a más. Está claro que le excita aterrorizar a las mujeres.

Will esperó.

Faith miró su teléfono y leyó en voz alta:

—«No dejo de pensar en ese lunar que tienes en la pierna y en las ganas que tengo de besarlo otra vez».

—¿Dani tenía un lunar en la pierna?

—Figuraba en el informe de la autopsia. En el interior del muslo derecho, arriba, cerca de la ingle, a pocos centímetros de una pequeña cicatriz que seguramente se hizo en la infancia. No se le habría visto con pantalones cortos. ¿Quizá con bañador?

Will movió la cabeza para que siguiera leyendo los mensajes.

—Dani responde: «No tiene gracia, dime quién cojones eres».

—Faith siguió bajando—. Él contesta: «Hay boli y papel en el cajón al lado de tu cama. Haz una lista de todo lo que te aterra. Eso soy yo».

—«Eso soy yo». —Will se frotó la mandíbula. Su meñique sobresalía como si se estuviera mofando de los británicos cuando toman té—. ¿Había boli y papel en el cajón?

—No lo sé, pero es probable.

—El tipo tuvo acceso a su apartamento. Lo registró cuando ella no estaba.

Faith sabía a dónde quería ir a parar. Jack Allen Wright era conserje. Sería lógico que hubiera trabajado en un edificio de apartamentos.

—Wright estaba en la cárcel cuando murió Dani —le dijo—. Ahora trabaja en un centro de llamadas, ficha todos los días al entrar y al salir. Te alegrará saber que ayer incumplió la condicional. Está en el centro de detención del condado de Dekalb, a la espera de que se celebre la vista. Imagino que su supervisor recomendará que lo manden de nuevo a prisión.

—Le dijiste a Sara que ibas a dejar a Wright en paz —repuso Will.

—Creía que habíamos dejado claro que soy una mentirosa terrible.

Will la miró.

—Vale, una persona terrible que miente de maravilla. —Faith hizo una pausa—. Pero te alegras de que esté encerrado, ¿no?

Will asintió y preguntó:

—¿Qué más has averiguado?

—La empresa para la que trabaja Richie, la de fusiones y adquisiciones... Los propietarios se esconden detrás de un entramado de sociedades, pero son Chaz Penley, Mac McAllister y Mason James.

Will pareció sorprendido, pero no por la información. Sabía que Faith no tenía herramientas para indagar hasta ese punto.

—Richie le dijo a mi tía que me estaba buscando. He quedado con él para comer en el club.

Faith sintió que se le abría la boca de asombro.

—¿Y no se te ha ocurrido decírmelo durante estos últimos diez minutos de silencio incómodo?

—¿Ha sido incómodo?

Faith se encogió de hombros. Estaba acostumbrada a sus silencios. Volvió a guardar el teléfono en el bolso.

—¿Qué crees que quiere Richie?

—No tengo ni idea. —Will apoyó la mano en el banco y luego se lo pensó mejor. Se miró el meñique magullado, intentó moverlo.

Ella preguntó:

—¿Vas a contarme qué te ha pasado?

—¿Vas a contarme tú lo de tu síndrome de estrés postraumático?

—¿Vas a contarme lo de tu tía?

—¿Y tú vas a decirme quién se está ocupando de tu investigación en la sombra?

A Faith se le acabaron las preguntas.

—Técnicamente, la investigación en la sombra es de los dos, tuya y mía.

—¿Respondo o quieres seguir hablando tú sola?

—Lo segundo. —Faith empezó a pasearse otra vez—. Odio decirlo, pero me encantaría que pudiéramos meternos en el cerebro de Amanda. Estamos demasiado cerca. No vemos el panorama completo.

—¿A qué te refieres concretamente?

A ella le preocupaba sobre todo una cosa.

—A Edgerton. Echó tierra sobre el caso de Merit Barrowe. ¿Fue porque no quería que lo relacionaran con la violación de Sara, dos semanas después?

—Según la cronología de Martin Barrowe —dijo Will—, Edgerton se presentó en casa de Cam al día siguiente de que violaran a Sara y le obligó a cambiar el certificado de defunción de Merit para que no hubiera nada sospechoso. No parece una coincidencia.

—Lo que nos lleva de nuevo a Britt. Le dijo a Sara que había algún vínculo entre algo que pasó en el guateque y lo que le pasó a Sara. Cam está en el centro de todo. Debió de decir algo en el guateque.

—Puede que Sloan Bauer nos lo aclare. —Will no parecía muy convencido—. ¿Tu ayudante en la sombra no puede intentar abrir los archivos protegidos del portátil de Cam?

Faith negó con la cabeza. Entre lo turbio y lo ilegal había una línea muy fina y no iba a pedirle a Aiden que la cruzara. Al menos, de momento.

—Lo que de verdad quiero saber es qué hay en esos vídeos corruptos de la página web.

—¿No se deduce por los chats?

—No, qué va. Supongo que es porno, pero en los chats no hay ninguna referencia a los vídeos.

—El porno lleva circulando por internet casi desde que existe la red —dijo Will—. Háblame de las transcripciones de los chats. ¿Alguna pista?

—No. La mayoría son mensajes de 007 jactándose de todas las zorritas imbéciles a las que hacía callar metiéndoles la polla en la boca. —Vio que Will parecía sorprendido—. Palabras suyas, no mías.

—¿Cómo respondían los demás?

—Jaleándolo. Como era de esperar, ni más ni menos.

—¿Y 004?

Se refería a Mason James.

—En mi opinión es igual que los demás. Puede que peor. Leía sus gilipolleces, a veces les reía las gracias y luego, cuando se les iba la olla, se largaba.

—No tenía huevos para llamarles la atención —dijo Will.

—Exacto. —Faith cruzó los brazos y se apoyó en la pared—. Hace unos años, oí a un amigo de Jeremy hablar mal de una chica y me sentí muy orgullosa porque Jer le dijo que se callara la puta boca. ¿Tan difícil es? Mi hijo tenía diecinueve años. Esos tíos son adultos.

—Cuando formas parte de un grupo, cuesta ser el único que no está de acuerdo con lo que hacen los demás. Es más fácil seguirles la corriente para llevarse bien con ellos. Si no, te encuentras completamente aislado. —Will se encogió de hombros—. Eso si no se vuelven contra ti. A la gente que hace cosas malas no le gusta que le digan que está haciendo cosas malas. Si los pones en evidencia, intentan machacarte.

Faith tuvo la sensación de que ya no estaban hablando de Mason James. La primera vez que vio a Will, le habían pintado el coche con espray: en un lado ponía CHIVATO y, en el otro, CABRÓN. Nadie investigó el suceso porque quienes tendrían que haberlo investigado eran los responsables. Will era el motivo por el que los habían relegado a un duro banco de metal de los calabozos, en vez de hacerlos esperar en las duras sillas de plástico de la oficina de la brigada.

Faith volvió a mirar su reloj.

—¿A qué hora llegaba el avión de Sara?

—A las diez y media. —Will también miró la hora—. Iba a tomar el tren para ir al congreso en el que hablaba Sloan. Es en Times Square, no tiene pérdida. Ha quedado en llamarme de regreso al aeropuerto.

—Seguramente estarás todavía con Richie Dougal, el nuevo amigote de John Trethewey.

—Seguramente.

Se giraron ambos al oír el zumbido de la puerta.

—Mitchell. —Leo Donnelly había engordado y sus ojillos tenían una expresión más astuta desde que no eran compañeros—. ¿Sigues aquí?

—Obviamente —contestó ella—. ¿Por qué coño nos hacéis esperar?

—¿Entiendes la palabra «cortesía», como cuando se dice que el Departamento de Policía de Atlanta va a incluir al GBI en una investigación «por cortesía»? —Leo miró a Will como si acabara de ver una llaga supurante en el escroto de otro hombre—. Sobre todo, estando aquí el mayordomo de la familia Addams.

Will volvió la cabeza, pero siguió encorvado en el banco metálico.

—¿Conocías a un tal Eugene Edgerton, que era inspector en la zona cinco?

Leo parecía ofendido.

—¿Qué vas a hacer? ¿Sacarlo de su tumba para investigarlo?

—Creo que lo incineraron —contestó Will.

—Valiente cabrón —replicó Leo—. Edgerton era un buen policía. Tenía sus cosas, pero cumplía.

—Entonces, ¿lo conocías?

Leo abrió la boca y la cerró.

—¿Y a Merit Barrowe? —preguntó Will—. Veinte años, estudiante de la Universidad de Georgia. Murió hace quince años.

—Este tío… —le dijo Leo a Faith.

—¿Qué hay de los policías que patrullaban la zona cinco en esa época? ¿Sabes el nombre de alguno?

—Dile a esa rata que deje de hablarme —le pidió Leo a Faith—. Tengo a toda la brigada escondiendo el queso de los bocadillos para que no se lo robe.

Will se levantó. Era más alto que Leo. También era más joven y fuerte, y no apestaba a fracaso.

—Leighann Park —dijo—. ¿Qué ha pasado?

La grasa de la nuca de Leo se plegó como un edredón cuando subió la cabeza para mirarlo.

—Mucho ruido para nada. Su madre es productora de WSB Radio. Movió algunos hilos cuando su niñita no apareció después de una noche de fiesta.

Eso explicaba por qué el caso había sido noticia tan rápidamente.

—¿Qué explicación ha dado Leighann? —preguntó Faith.

—Que se despertó esta mañana entre los arbustos de enfrente de su casa y que no recuerda cómo llegó allí. Se duchó, se arregló y ha venido con su madre a comisaría. Yo creo que salió de fiesta y se le fue la mano. Se asustó al enterarse de que su mamá había llamado a la policía. No quería que sus padres le cerraran el grifo y se ha inventado una historia para no meterse en líos.

Faith se mordió la punta de la lengua unos segundos, intentando reprimir el deseo repentino de abofetearlo.

—Leighann llevaba treinta y seis horas desaparecida y esta mañana se ha presentado voluntariamente en comisaría. ¿Ha venido a saludar? ¿O quería denunciar un delito, como un secuestro o una violación?

—Es una listilla —dijo Leo—. Yo a esas chicas les hago siempre una prueba muy sencilla. Si cuando entro en la habitación parecen aliviadas al verme, es que les ha pasado algo malo. Park no parecía aliviada.

Faith pareció incrédula.

—¿Qué narices quieres decir con eso?

—Soy un tío grandullón con un arma en el cinto. Si les ha pasado algo malo, se alegran de verme porque saben que conmigo están a salvo.

Hacía semanas que Faith no oía una estupidez semejante.

—¿Y nunca se te ha ocurrido pensar que pueden sentirse asustadas porque el hombre que las ha violado también era un tío grandullón con un arma?

—A esa chavala solo la asusta que su madre le cierre el grifo —insistió él—. Deberías ver cómo va vestida. Ni que fuera a irse de juerga otra vez.

—Donnelly, perdona, se me ha olvidado —dijo Will—. ¿Cómo tiene que vestirse una persona después de que la violen?

Leo lo miró con cara de pocos amigos.

Faith no solía refrenar su mal genio, pero lo intentó para variar. Will también, aunque a él no le costó ningún esfuerzo. Los dos sabían que Leo tenía razón al decir que les estaba haciendo un favor, por simple cortesía. Si las cosas se les iban de las manos, podía irles con el cuento a sus jefes y entonces Amanda se enteraría y ellos dos tendrían suerte si encontraban trabajo recogiendo los carros de la compra de algún supermercado por diez dólares la hora.

Leo fue el primero en ceder. Resopló soltando el aire por los labios húmedos y dijo:

—¿Vamos a hablar con ella o no?

—¿Quiénes? —preguntó Faith—. ¿Tú y quién más? ¿Llevas un ratón en el bolsillo?

Volvió a resoplar, pero por fin marcó el código de la puerta.

El griterío de los calabozos fue desvaneciéndose a medida que se adentraban en el edificio. Al pasar, Faith echó un vistazo a la sala de la brigada. Había pasado diez años de su vida en aquella oficina junto al ascensor. Vio operarse el mismo cambio de expresión en todas las caras: primero, una sonrisa de sorpresa al verla a ella; después, una mirada de puro odio al reconocer a Will. Era como ver un truco de magia, solo que aquella magia surgía de una necesidad de sacrificio ritual.

Leo se paró delante de la puerta de la sala de interrogatorios. Estaba puesto el cartel de OCUPADO.

—¿No vas a darme las gracias antes de mandarme a la mierda?

—Gracias —dijo Faith—. Y vete a la mierda.

Leo la saludó llevándose la mano a la frente y volvió a la oficina.

—Habrá que tratarla con mucho cuidado —le dijo Will a Faith.

Ella había pensado lo mismo. No podían mirar a Leighann Park como si fuera solo una posible pista. Era una joven cuya vida había dado un vuelco en las últimas treinta y seis horas. Estadísticamente, había una probabilidad del 5 por ciento de que Leo tuviera razón respecto a sus motivaciones. O sea, que había un 95 por ciento de posibilidades de que la hubieran secuestrado y agredido sexualmente. Que su caso tuviera algo que ver con los McAllister, con el Club de la Violación o con las muertes de Merit Barrowe y Dani Cooper era irrelevante. Leighann era una víctima que merecía justicia. O, al menos, lo que pasaba por serlo.

Will llamó a la puerta antes de abrirla y dejó que Faith entrara antes que él.

Leighann Park estaba sentada a la mesa, sola, con las manos juntas. Se sobresaltó al abrirse la puerta. Una espesa capa de rímel perfilaba sus ojos enrojecidos. Los labios le relucían, pintados de brillo rosa caramelo. Tenía las mejillas afiladas por el contorno y los párpados pintados de sombra azul. Se había ahuecado el pelo. Llevaba una camisa blanca y ajustada, abierta por arriba para dejar al descubierto el escote y el encaje de un sujetador negro. Faith vio sus piernas torneadas y desnudas bajo la mesa. La falda negra y ceñida le llegaba a medio muslo. Sus tacones de diez centímetros reposaban en el suelo.

No tenía las piernas cruzadas. Las mantenía separadas unos centímetros. Incluso a la sombra de la mesa, Faith distinguió una serie de hematomas en el muslo, como si alguien la hubiera tocado con los dedos manchados de tinta.

Le enseñó su identificación.

—Soy la agente especial Faith Mitchell, del GBI. Este es mi compañero, Will Trent. ¿Le importa que me siente?

La mujer no contestó. Le quitó de las manos la cartera con la identificación. Observó la foto detenidamente. Pasó el dedo por debajo del nombre de Faith.

Faith miró su pelo alborotado. Leo tenía razón: daba la impresión de que Leighann se disponía a volver a la discoteca. Pero eran las diez de la mañana. No había ninguna discoteca abierta. Los hombres solían dar por sentado que las mujeres solo se arreglaban para atraer a los hombres, cuando lo cierto era que a veces solo querían ponerse guapas para sí mismas. Era una especie de armadura contra el mundo.

Faith comprendió por la expresión de su boca y la rigidez de su postura que eso era lo que necesitaba Leighann.

Le devolvió la cartera a Faith y miró a Will con nerviosismo.

—¿Dónde está el Babas?

Faith la felicitó en silencio por el apodo.

—El inspector Donnelly ya no se ocupa del caso. Si no le importa, me gustaría hablar con usted sobre lo ocurrido.

—Vale. —Leighann se recostó en la silla y cruzó los brazos. Su hostilidad era como una cuarta persona en la habitación—. Ya le he dicho al Babas lo que pasó. Estuve en la discoteca. Después de esto, tengo la memoria en blanco. Literalmente. Me desperté debajo de un seto. ¿De verdad tengo que volver a contárselo?

Faith indicó la silla.

—¿Puedo sentarme o prefiere que me quede de pie?

—¿Cómo que si puede sentarse? —Leighann volvió a mirar a Will—. ¿Y él por qué no dice nada?

Will le dijo:

—Estamos poniendo en práctica el protocolo de entrevistas de atención informada en casos de trauma. El objetivo es generar confianza entre nosotros tres para que se sienta cómoda y pueda contarnos su experiencia.

—Pues no está funcionando, joder —replicó—. Por Dios, señora, siéntese de una puta vez. ¿Y tú cuánto mides?

Esta última pregunta iba dirigida a Will. Contestó:

—Uno noventa.

—Eres como el puto Hodor. Bueno, no lo digo por lo feo, sino por lo grande que eres y… ¡Joder! ¡Dios! No estoy tonteando contigo, ¿vale? Es que necesito un minuto…

Faith se sentó frente a ella mientras Leighann se secaba furiosamente las lágrimas. No era la primera vez que se sentaba delante de una víctima de agresión sexual. Había aprendido a endurecerse para que sus historias no le afectasen, pero esta vez era distinto. Pensó en lo hostil y furiosa que parecía Leighann y se preguntó si ella reaccionaría igual si le ocurriera algo horrible.

—El Babas me ha dicho que mi madre no podía estar aquí, conmigo —dijo Leighann.

—¿Se sentiría más cómoda si su madre estuviera aquí? —preguntó Faith.

—Joder, no. Ya ha… —Se interrumpió y apretó los dientes al intentar contener las lágrimas—. ¿Qué quieren que les cuente?

—¿Por dónde quiere empezar?

—¿Qué tal por el hecho de que he perdido dos putos días de mi vida? —replicó con aspereza—. Menuda mierda, no recuerdo nada de lo que pasó, solo cosas sueltas. Y no, tampoco me acuerdo de la cara del tío. Era blanco, pero ¿y qué? Todo el mundo es blanco. Él es blanco. —Señaló con enfado a Will.

Faith no sabía si Leighann quería que Will se fuera o que se quedara para demostrar algo.

—No sé de qué color tenía el pelo, ni los ojos —continuó—. No recuerdo si era alto o bajo o… Bueno, joder, no era tan alto como este tío.

—Puedo irme si quiere —dijo Will.

—¿Si quiero? ¿Esto qué es, una comisaría *woke*? —Leighann se secó los ojos con el puño y se le corrió el rímel por las mejillas—. Estuve bebiendo. No me había drogado, aunque lo intenté. Me habría tomado una pasti. Quería tomármela. Y además iba vestida como una puta. Así…, ¿ven lo que llevo puesto? Pues es muy parecido a lo que llevaba esa noche. El puto vestido lo metí en la lavadora. Mi madre me dijo que no lo lavara, pero lo lavé de todas formas.

—¿Solo el vestido o algo más? —preguntó Faith.

—No llevaba ropa interior, si se refiere a eso. —Volvió a frotarse los ojos—. Bueno, sí, llevaba sujetador, pero bragas no. Me las puse antes de ir a la discoteca, pero… Joder, yo qué sé. Y me faltaba un zapato. Uno solo.

Faith procuró hablar con calma. Tanto a Merit Barrowe como a Dani Cooper les faltaba un zapato; en concreto, el izquierdo.

—¿Era el zapato derecho o el izquierdo? ¿Lo sabe?

—El izquierdo, y son unos zapatos de Marc Jacobs de seiscientos dólares, en terciopelo azul con tacón cuadrado y cordones. Del mismo color que el vestido. —Se limpió la nariz con el dorso de la mano—. El vestido lo lavé con agua caliente, qué puta idiota.

—No se preocupe —dijo Faith—. A veces es posible extraer pruebas de la ropa después de lavarla. Podemos recoger las prendas cuando quiera.

—¿Cuando yo quiera? —preguntó.

—Usted decide.

—¿Es que van a dejar esta movida en mis manos? —De pronto montó en cólera. Golpeó la mesa con las manos—. Lo he hecho todo mal, ¿vale? Me duché, me quité toda la mierda de encima. Me metí el chorro de la ducha en todos los putos agujeros del cuerpo. No podía… Me sentía sucia, ¿vale? Tenía que limpiarme. Vomité hasta la primera papilla. Y me meé encima. Me salía sangre por el culo. Tenía la sensación de que me estaban clavando un cuchillo ahí dentro. Y aun así me puse de rodillas y limpié el cuarto de baño. Usé lejía, otro error enorme. Eliminé todas las pruebas. ¿Qué clase de imbécil hace eso?

Faith lo intentó.

—No hay una manera correcta o incorrecta de…

—Tía, ¿tú te crees que nunca he visto un episodio de *Dateline*? —Dio un puñetazo en la mesa. Estaba furiosa—. Limpié la puta escena del crimen yo misma. ¿Qué coño me pasa?

Faith recordó algo que les había contado Sara sobre su primera conversación con Eugene Edgerton. Aquel tipo había hecho al menos una cosa bien.

—Leighann, lo que sientes ahora mismo, toda esa ira y esas recriminaciones… No lo dirijas contra ti misma, dirígelo contra quien de verdad lo merece: el hombre que te violó.

Pareció asombrada. Luego, horrorizada. Se tapó la cara con la mano y empezó a llorar.

Fue la referencia a la violación lo que la hizo reaccionar así. Ninguna mujer quería oír esa palabra.

—Leighann, tranquila —añadió Faith—. Ya estás a salvo.

Intentó recomponerse. Sorbió por la nariz, se secó los ojos de nuevo.

—¿Eso forma parte de la atención en casos de trauma? ¿Decirme que no es culpa mía?

—Es lo que le diría a mi hija si estuviera sentada delante de ella en esta habitación. No es culpa tuya. No has hecho nada malo. Tienes todo el derecho del mundo a ir a una discoteca y a beber y bailar y divertirte. El monstruo es el cabrón que te agredió. No tú.

Leighann volvió a secarse los ojos. Vetas negras irradiaban de sus ojos.

—Siempre he pensado que sería más lista. Soy lista. No hago estupideces. Y ahora las he hecho todas a la vez.

Faith rebuscó en su bolso. Encontró un paquete de Kleenex. Lo puso sobre la mesa.

Leighann sacó unos pañuelos, pero no los utilizó.

—Tengo como *flashes*, como el parpadeo de una película antigua. Veo la discoteca, luego veo una… una manta. Es de pelo blanco, como de piel de oveja, quizá. Pero no sé.

Faith pilló a Will metiéndose la mano en el bolsillo para encender la grabadora del móvil.

—¿Puedes decirme algo más sobre esa manta de piel de oveja?

—¿Quizá fuera una alfombra? Tenía la cara pegada a ella, eso lo recuerdo, se me metía en la nariz. Los pelos o la piel de oveja o lo que fuese… —Se limpió la nariz—. Y olía a algo.

—¿Podrías describirme el olor?

—¿Dulce? Como a Mountain Dew de cereza.

Faith apretó los dientes para no poner palabras en su boca. Merit Barrowe le había dicho a Cam que a su agresor el aliento le olía a jarabe para la tos.

—¿Recuerdas algo más sobre el olor?

Negó con la cabeza.

—Pregúnteme otra cosa.

—¿Qué pensaste? ¿Tienes algún recuerdo de lo que pensaste mientras estaba teniendo lugar la agresión?

—¿En qué momento? —preguntó Leighann—. Fueron dos putos días. Joder, señora, ¿usted sabe cuántas veces te puede follar un tío en dos días? Porque yo desde luego no lo sé. No me acuerdo, joder.

Faith vio que empezaba a deshacer un pañuelo.

—Se me olvidaba respirar —dijo Leighann—. Estaba dormida y me despertaba pensando que me estaba asfixiando, pero era porque mi cerebro había dejado de decirles a mis pulmones que respiraran.

Faith resistió el impulso de agarrar su cuaderno. No quería detener el flujo.

—No podía mover los brazos ni las piernas. Controlarlos, quiero decir. Se movían. Yo sentía que se movían, pero estaba dormida y era como un maniquí. Me movía él. Para ponerme en distintas posturas, supongo. —Se llevó la mano a la frente—. ¿Qué más? Ayúdeme a recordar.

—¿Oías algo mientras sucedía?

Negó con la cabeza, pero dijo:

—¿Una especie de ronroneo? No sé. No era como el de un gato, sino como un zumbido electrónico. Zzzz. Zzzz. ¿Qué era, joder?

Faith no sabía a qué sonido se refería, pero quería que siguiera hablando.

—¿Y tus sentimientos mientras ocurría? Emocionalmente, ¿dónde estabas?

—¿Mis sentimientos? —Pareció de nuevo a punto de estallar, pero su hostilidad se apagó rápidamente—. No tenía miedo.

Faith percibió su asombro repentino.

—Recuerda que aquí no hay nada correcto o incorrecto.

—Pero es que no lo entiendo. Cuando estaba pasando, ¿por qué no tenía miedo? Debería haber estado aterrorizada, pero estaba como... ¿como embotada? ¿O como fuera de mí? No solo de mi cabeza, sino fuera de mi cuerpo. Tenía la sensación de estar desapareciendo. Había un ruido blanco dentro de mi cabeza, y mis brazos y mis piernas... Pensé que se me iban a desprender del cuerpo. No lo entiendo. ¿Estaba viendo lo que pasaba? ¿De verdad me pasó a mí?

Faith notó que se llevaba la mano al costado izquierdo. Apoyó la palma justo a lo largo de la última costilla.

—Leighann, ¿puedes decirme por qué tienes la mano ahí?

Ella miró hacia abajo. Giró la mano como si tuviera la respuesta escrita en la palma. Miró a Faith.

—Me drogó. Aquí es donde me clavó la aguja. Justo aquí.

—¿Cuántas veces?

—No lo sé. —Se apretó el costado con la mano—. Una vez en la discoteca, por lo menos. Sentí el pinchazo, fue como una picadura. Y luego, más tarde... Recuerdo que fue después, pero no sé cuántas veces, ni dónde estaba, ni qué pasaba. ¿Por eso lo recuerdo tan mal? ¿Porque me drogó?

Faith no debía sacar conclusiones precipitadas, pero no pudo contenerse.

—Eso parece, sí.

—Tiene sentido —contestó Leighann—. Por eso..., por eso no me acuerdo. Si me drogó, si siguió pinchándome, entonces es lógico. Yo no tenía miedo, así que ¿puede que fuera Xanax o Valium o algo así?

Faith la sintió retroceder, como si, ahora que las lagunas de su memoria tenían una explicación, lo demás ya no importara.

—Leighann, ¿y de antes de que estuvieras en la discoteca? —preguntó—. ¿Puedes contarnos algo?

Apretó los labios. Era evidente que se estaba callando algo.

Faith no podía dejar que volviera a replegarse sobre sí misma.

—Si quieres, podemos buscar otro momento para hablar. Aquí el control lo tienes tú.

Leighann asintió, pero no pidió marcharse.

—Estaba durmiendo en el sofá de Jake. Me daba miedo estar en mi casa.

—¿Por qué?

—Por los mensajes —contestó—. ¿El Babas no se lo ha dicho?

Faith iba a matar a Leo Donnelly.

—¿Puedes enseñármelos?

—No, los borré. No sé por qué, pero los borré. —Se pasó los dedos por el pelo—. Otra estupidez que hice. Se lo he notado en los ojos al Babas cuando se lo he dicho, como si pensara: «Qué puta imbécil». Y es verdad. No sé por qué los borré. Sentí como que recuperaba el control, ¿sabe? Como si dijera: «Jódete, cabrón, estoy borrando tus mierdas».

—¿Eres capaz de recordar los mensajes?

—Él sabía cosas de mí —dijo Leighann—. Sabía que estuve buscando un libro sobre la Reforma protestante en la biblioteca. Y sabía dónde vivía, hasta el número de mi piso. Me dijo algo sobre lo que llevaba puesto, no sé, puede que incluso el color de mis bragas, pero daba mucha grima, porque las llamaba «braguitas». Y sabía dónde trabaja mi padre y...

Se llevó la mano a la boca. Cerró los ojos con fuerza. Se le escaparon las lágrimas.

Faith aprovechó para mirar a Will. Estaba observando a Leighann. Los dos sabían que la chica era muy frágil en ese momento. Incluso un suave empujoncito podía ser demasiado. Lo único que podían hacer era esperar.

Leighann tardó casi un minuto en sentirse capaz de volver a hablar. Sacó más pañuelos del paquete. Se secó los ojos. Respiró hondo.

—Me decía que sacara el espejito que tenía en el cajón del maquillaje. Como si supiera que estaba ahí. Y ahí es donde lo guardo. Me decía que me mirara la parte de atrás de la rodilla izquierda. Que tenía un círculo ahí. Miré. Hice lo que me decía. Tomé el espejo y me tumbé en la cama. Tenía un redondel pintado en la corva, justo en el centro, un círculo perfecto.

Faith sacó su cuaderno del bolso. Lo abrió por una página en blanco, sacó la punta del bolígrafo y puso ambas cosas delante de Leighann.

—Dibújalo, por favor.

Leighann sujetó el bolígrafo con la mano izquierda. Dibujó un círculo del tamaño aproximado de una moneda de diez centavos. Luego lo rellenó con cuidado, sin salirse de la raya.

—¿Era así de grande? —preguntó Faith.

—Puede que un poco más pequeño. Pero era perfecto, completamente redondo, como si lo hubiera hecho pasando la punta del boli alrededor de algo. Y estaba en el centro exacto. —Leighann sacudió la cabeza—. No sé. Debería haberle hecho una foto, pero me lo quité restregando, hasta que lo borré. Me asusté muchísimo y Jake... Me dijo que seguramente era una broma de alguien. Nos habíamos emborrachado un par de noches antes de que lo viera. Es una tontería, ya lo sé, pero pensé que a lo mejor me lo había pintado alguna amiga.

—¿Y Jake? —preguntó Faith—. ¿Pudo pintártelo él?

—Ya está hablando como el Babas, que me ha dicho que me estaba tirando a Jake y que no quería que mi madre se enterase de que ya no soy virgen. —Levantó las manos bruscamente—. Pues para que se enteren, mi madre sabe que no soy virgen. ¡Joder, si me llevó a ponerme un DIU cuando tenía quince años! Me tomó de la manita mientras me metían la jeringa por el coño.

Faith procuró ir con cuidado.

—¿Cuánto hace que conoces a Jake?

—Dos años. ¿Y eso qué importa?

—Sé que es tu amigo, pero...

—Nada de peros, señora. Jake no me ha hecho esta putada.

Estaba en la discoteca conmigo. Lo vi con mis propios ojos bailando con una chica mientras yo recibía mensajes del Rarito.

—¿El Rarito?

—Así es como lo llamábamos.

—¿Jake también vio los mensajes?

—Sí, pero eso no es lo que importa. El Rarito me estaba mandando mensajes mientras yo veía a Jake en la pista de baile. Por eso sé que no fue él.

—Vale.

—No me dé la razón como si estuviera loca. Fue el Rarito quien me mandó esos mensajes. Y fue él quien me hizo esto. Es la misma persona.

—Lo tengo en cuenta.

—Más les vale tenerlo en cuenta. No quiero que le jodan la vida a Jake. Que así es como la policía acaba matando a tiros por la espalda a un hombre desarmado.

Faith trató de reconducir la conversación.

—¿Podemos seguir hablando de los mensajes? ¿Decía algo más el Rarito que te parezca importante?

—Sí. Yo no paraba de preguntarle quién coño era y me dijo que mirara el puto círculo. Que era él.

—¿«Soy yo»? —Faith se acordó al instante de la transcripción de los anónimos que había recibido Dani Cooper—. ¿Esas fueron sus palabras exactas? ¿«Soy yo»?

—No, era… —Se le quebró la voz. Se llevó los dedos a los párpados. De pronto, la ira dio paso al abatimiento. Empezó a sollozar. Apoyó la frente en la mesa, tapándose la cara con las manos.

Faith sintió que un tornillo le estrujaba el corazón. A veces, Emma hacía ese mismo gesto en la mesa de la cocina.

—¿Puede…? —susurró Leighann—. ¿Puede decirle que se vaya? Por favor, que se vaya. Necesito que se vaya. Por favor.

Will dejó caer su teléfono en el bolso de Faith antes de salir y cerrar la puerta suavemente. Faith apenas oyó el chasquido de la cerradura.

—Leighann —dijo—, se ha ido. Tranquila. Estás a salvo.

Siguió con la frente apoyada en la mesa y las manos en la cara. Las lágrimas mojaban la superficie metálica. Alargó la mano en silencio. Faith se la agarró. La sintió temblar.

—Lo siento —murmuró Leighann—. Me ha entrado miedo.

—No pasa nada, cielo. —Faith le apretó la mano—. ¿Quieres que paremos? Puedo ir a buscar a tu madre. O llevarte a casa. No hace falta que sigamos.

—Tengo que hacerlo —dijo ella—. Sé que tengo que hacerlo.

—Lo que tienes que hacer es cuidarte —le dijo Faith—. Eso es lo único que importa.

Leighann le apretó la mano con más fuerza.

—No he podido quitármelo. Lo he intentado una y otra vez, pero no se va.

—¿Qué es lo que no se va?

Faith esperó, pero no hubo respuesta. Se recordó que no debía presionarla, que debía dejar que ella tomara la iniciativa. Fue contando los segundos para sus adentros, a la espera, rezando por que la chica continuara.

Leighann se incorporó lentamente. Soltó la mano de Faith.

Tenía una expresión decidida. No dijo nada. Bajó la cabeza. Le temblaban las manos cuando se desabrochó los botoncitos de perlas de la ajustada camisa blanca. Cuando la tela se abrió, Faith vio moratones, marcas de dientes, vasos sanguíneos rotos que formaban puntos rojos bajo la piel.

Leighann se bajó la camisa por los hombros. Llevaba un sujetador *push-up* negro de encaje. Sus aréolas eran círculos oscuros bajo el tejido semitransparente. El cierre estaba por delante. Seguían temblándole las manos cuando desabrochó los corchetes. Sujetándose la prenda con los dedos, dijo:

—Esto es lo que decía en el mensaje.

Faith la vio descubrirse el pecho izquierdo.

Había tres palabras escritas alrededor del arco del pezón.

Eso soy yo.

13

—«Eso soy yo» —repitió Sara al teléfono.

Había salido un momento de la conferencia de Sloan para atender la llamada de Will. Levantó la vista hacia el altísimo techo de cristal del atrio del Marriott Marquis de Times Square. Su cerebro descompuso visualmente la oración de tres palabras. *Eso soy yo*: sujeto, verbo y predicado. Un pronombre demostrativo, un verbo copulativo y un pronombre personal en respuesta a las preguntas que le hicieron a Merit Barrowe quince años atrás: ¿Quién quiere alegrarte el día? ¿Quién sueña contigo? ¿Quién está más tocado? ¿Quién no merece tu compañía? ¿Quién te decepcionará cuando descubras quién soy?

Eso soy yo.

Le preguntó a Will:

—¿Has visto la foto del pecho de Leighann?

—Hay tres. Una de frente, una de cerca y otra de lado —contestó él—. Faith me las ha descrito. Leighann no quería que yo las viera. Lógico, claro. Además, no sé qué podría aportar yo.

Sara sabía que, gracias a su dislexia, Will a veces encontraba pistas que otras personas pasaban por alto. Y sabía también que a veces él daba por sentado, erróneamente, que su dislexia le convertía en un estorbo.

—Leighann dijo que se había restregado con fuerza en la ducha —dijo—. ¿Sabes qué usaron para escribir las palabras?

—Rotulador permanente negro. Puede que un Sharpie. Por lo visto, se restregó tan fuerte que se hizo sangre.

Sara cerró los ojos al imaginarse el pánico de Leighann. Sabía lo que era darse cuenta de que tu cuerpo ya no te pertenecía solo a ti.

—Sería mejor que se frotara con alcohol.

—Le diré a Faith que se lo diga —dijo Will—. Ha conseguido que Donnelly traslade el caso a delitos sexuales. Ahora sí se lo están tomando en serio. He hablado con el amigo de Leighann, Jake Calley. Ha confirmado que vio los mensajes. Los técnicos de la policía de Atlanta están hurgando en el teléfono de Leighann, a ver si encuentran las copias de seguridad.

—¿Han mandado el zapato y el vestido al laboratorio?

—Parece que sí. Faith tiene la descripción de ambas cosas.

—¿Había marcas de agujas de las inyecciones?

—Hay que esperar al examen físico.

—¿Qué hay de esa especie de ronroneo mecánico que oyó Leighann? —preguntó Sara—. ¿Te suena a algo?

—Voy a enviarte el audio de la entrevista para que lo escuches en el avión. No sabría decirte. Hay muchas máquinas que hacen ruidos así. Podría ser un compresor, una caldera, el zumbido de una radio mal sintonizada o… ¿una máquina de ruido blanco?

—Estoy pensando en el tatuaje del que se hablaba en la autopsia de Merit Barrowe —dijo Sara—. Puede que fuese rotulador permanente, no un tatuaje. Quizá le escribiera *Eso soy yo* en el costado.

—Quizá —contestó Will—. Pero tú no viste que Dani tuviera nada escrito.

—No, es cierto —contestó ella.

—¿Y eso de la alfombra blanca de piel de oveja? Leighann dice que recuerda que tenía la cara pegada a una especie de alfombra.

—A Dani no le dio tiempo a entrar en detalles antes de perder el conocimiento.

Sara parpadeó, y de pronto estaba otra vez en el hospital Grady, apretando con la mano el corazón de Dani para devolverle la vida.

—Incluso dejando aparte la alfombra de piel de oveja —le dijo a Will—, la agresión a Leighann coincide en muchos detalles con los casos de Dani Cooper y Merit Barrowe. Los mensajes amenazantes, la droga y el secuestro, la amnesia, el olor dulzón del aliento del agresor… Y luego están las palabras escritas en el pecho de Leighann, que coinciden con las de los mensajes que recibió Dani. Y las bragas y los zapatos desaparecidos. No se trata de suposiciones. Son vínculos clarísimos.

—Sí, lo son. Y así se lo hemos explicado a la policía de Atlanta, pero no quieren revisar el caso de Merit Barrowe. Si Eugene Edgerton era un policía corrupto, muchos de los casos en los que trabajó podrían reabrirse. Y si a eso se le añade que el forense quizá estuviera implicado, estamos hablando de que podrían derogarse cientos de condenas.

—Parecía más frustrado que enfadado. Sabía hasta qué punto podía la política obstaculizar una investigación—. El caso de Dani también está descartado. Les dan pavor los McAllister, sus abogados y su dinero. Y no me extraña, claro. Nadie quiere que le demanden.

—¿Eso significa que no van a enseñarle a Leighann fotos de sospechosos entre los que esté Tommy McAllister?

—¿De verdad crees que Faith no se las ha arreglado para colar una? —preguntó—. Leighann tiene la memoria borrada. No ha reconocido a Tommy.

—Algunos de los síntomas que describe apuntan al Rohypnol: la pérdida de memoria, la desorientación, la depresión respiratoria… Pero treinta y seis horas es mucho tiempo para estar bajo sus efectos. No me sorprendería que le hubieran añadido ketamina. Tiene efectos más alucinógenos, pero aumenta la frecuencia cardiaca y la presión arterial. Es un equilibrio delicado, si lo que intentas es dejar a alguien noqueado, pero mantenerlo con vida.

—Entonces, ¿se necesitan conocimientos médicos?

—En mi opinión, sí.

Sara observó a los médicos que pululaban por la cafetería. El congreso de hematología y oncología pediátrica estaba en su apogeo. Sloan estaba en la sala principal, presentando su ponencia «Consideraciones sobre las diferencias sexuales en el tratamiento del dolor en casos de hematología pediátrica». Su investigación le había parecido fascinante y, además, le había venido muy bien para distraerse. Incluso había empezado a tomar notas.

—Faith quiere que informemos a Amanda de lo que estamos haciendo —dijo Will.

Sara apretó los labios. Involucrar a Amanda suponía contarle toda la historia, de principio a fin, o sea, explicarle a una persona más lo que le había sucedido hacía quince años. No dejaba de ser irónico, y lo sabía, que eso mismo que tanto temía era lo que estaba a punto de pedirle a Sloan Bauer.

—La prensa se va a hacer eco de esto —añadió Will—. La madre de Leighann se asegurará de que la policía note la presión. Se va a armar mucho revuelo, así que puede que se presenten testigos que estuvieran en la discoteca.

—¿No había cámaras de seguridad?

—Era una fiesta montada en una nave industrial que están a punto de demoler. Había dos guardias de seguridad. Ni cámaras ni personal extra. Solo admitían tarjetas de crédito, así que por lo menos hay una forma de encontrar a posibles testigos.

—Menos mal.

Como siempre, Will notó que algo iba mal.

—¿Estás bien?

—¿No me enviaste un mensaje hace dos horas diciéndome que dejara de preguntarte si estás bien?

—Eso es distinto —contestó él—. Yo sé que estoy bien.

Sara sintió que sonreía.

—Me he pasado por Ace y he comprado unos parches para la pared —añadió Will—. Creo que tendré puesta la primera capa antes de que aterrice tu avión.

—Más te vale —bromeó ella, pero luego se puso seria—. Siento que por mi culpa hayas tenido que volver a relacionarte con Eliza.

—Nunca me he relacionado con ella y así sigue siendo —puntualizó él—. ¿Te preocupaba que fuera a tirarla por la ventana?

—Un poco, pero solo porque seguramente tenía razón cuando

dijo que se rompería su cuerpo antes que el cristal. Y sería difícil explicarle esos hematomas al forense del condado de Fulton.

Will se rio.

—¿Quieres que lea los documentos del fideicomiso? —preguntó ella.

En lugar de decirle que no, Will respondió:

—¿Sigues indecisa sobre lo de hablar con Sloan?

Sara se obligó a dejar de dar vueltas al anillo.

—Mi madre siempre dice que hay que tener cuidado con perseguir fantasmas porque puedes encontrar demonios.

—Podrías tomar antes el avión de vuelta.

Sara agradeció que le siguiera ofreciendo la posibilidad de echarse atrás.

—Puede que lo haga de todos modos. Sloan no tiene por qué hablar conmigo. No sé si yo lo haría.

—Lo harías si así pudieras ayudar a alguien. Y por lo que me has contado de Sloan, a ella también le gusta ayudar a los demás.

—Puede ser. —Sara vio que algunos médicos empezaban a salir de la sala principal. La conferencia de Sloan estaba terminando—. Siento no haber podido decirte adiós esta mañana.

—Puedes compensarme dejándome que te diga hola esta noche.

—¿Qué tal si yo te digo adiós mientras tú me dices hola?

—Trato hecho.

Sara colgó. Respiró hondo tratando de calmar su nerviosismo. No era solo por la perspectiva de hablar con Sloan. Aún estaba alterada por la impactante visita de Eliza y por el estallido, aún más impactante, de Will. Había tenido que darle tres puntos en el nudillo a toda prisa, luego había esperado ansiosa al taxi que la había llevado al aeropuerto, había cruzado la terminal corriendo como una loca y había llegado a la puerta de embarque segundos antes de que la cerrasen.

Tomarse un *gin-tonic* doble antes de despegar no había sido buena idea. Había pensado en tomarse otro, pero, como todos los médicos, temía oír al piloto preguntar por megafonía si había algún médico a bordo que pudiera atender una urgencia.

En lugar de aprovechar el vuelo para concentrarse o beber para olvidar, había acabado escuchando la *playlist* que Will le había preparado para el viaje. Alabama Shakes. Luscious Jackson. P!nk. Un hombre que te hacía una lista de canciones que te gustaban en lugar de encasquetarte su música favorita era una joya. No habría podido soportar dos horas escuchando temas poco conocidos de Bruce Springsteen.

Un ruido repentino de voces la sacó de su ensimismamiento. La sala principal había empezado a vaciarse. Se levantó y dio la vuelta a la tarjeta que llevaba colgada del cuello para que mirara hacia dentro. Había enganchado su identificación del GBI a una cinta de color amarillo brillante con las siglas HEM-ONC NYC que había encontrado en el suelo del aseo de señoras. Si algo había aprendido con los años era que nadie le llevaba la contraria a una de aquellas cintas.

Echó un vistazo a la cola de la cafetería para asegurarse de que Sloan no se le escapaba. Podía distinguir a las distintas generaciones de médicas solo por su forma de vestir: las más mayores llevaban trajes pantalón negro, azul marino o rojo, de corte impecable, y tacones altos. Las que rondaban su edad vestían blusas de colores y faldas negras o azul marino y zapatos bajos. Las más jóvenes, las recién salidas del cascarón, vestían como se sentían más cómodas: con vestidos bonitos y vaporosos o camisas entalladas, e incluso con vaqueros y deportivas. 2017 había sido el primer año con más mujeres que hombres matriculadas en las facultades de Medicina. Sara dedujo que las jóvenes se habían librado de la antigua práctica de aconsejar a las doctoras que se vistieran con formalidad si querían que sus pacientes las tomaran en serio.

Sloan Bauer había recibido aquel mismo consejo, pero llevaba muchos más accesorios de los que dictaba esa norma reaccionaria. Pendientes de aro, pulseras y un medallón de oro al cuello. Su alianza de boda era curiosamente discreta: una fina sortija de oro, mucho menos llamativa que el pedrusco que lucía Britt McAllister.

Sara la observó avanzar por la fila, hacia la sibilante cafetera. La gente se acercaba a hacerle preguntas o a comentar la conferencia.

Sloan se había ganado los elogios. Su currículum era el más impresionante de toda la pandilla, incluido Mac. Había estudiado en el Boston College y en Emory, donde se había licenciado en Medicina, había hecho la residencia en el Centro Médico Langone de la Universidad de Nueva York, se había especializado en hematología en el Johns Hopkins y actualmente era jefa de hematología pediátrica del Hospital Infantil de Connecticut. Aquella conferencia era un gran acontecimiento para ella, un punto culminante en una carrera ya de por sí espectacular.

Lo que explicaba que Sara tuviera un nudo en el estómago. La sensación de que aquello estaba mal no solo había vuelto a asaltarla, sino que había empezado a socavar su determinación. Se alejó de Sloan y miró hacia los ascensores. La sala de conferencias del hotel estaba en la séptima planta. Podía cambiar su vuelo y estar de vuelta en Atlanta antes de la hora pico. Will le había dicho que podían encontrar otra solución.

—¿Sara Linton?

Sintió que el nudo se apretaba. No tuvo más remedio que darse la vuelta.

—Me habías parecido tú. —Sloan se acercó a ella con una gran sonrisa en la cara—. Dios mío, no has cambiado nada.

—Has estado genial ahí dentro. —Sara señaló con la cabeza la sala de conferencias—. Lo de las secuelas del dolor mal atendido en la anemia falciforme me ha parecido muy revelador.

—Bueno… —Sloan hizo un ademán para quitarse importancia, pero Sara notó que su cumplido la alegraba—. ¿Qué haces en Nueva York? Mierda, no estarás pensando en mudarte aquí, ¿verdad? Me vendría fatal la competencia.

—No, sigo en Atlanta. —Sara juntó las manos. Todavía podía echarse atrás. Hacía muchos años que Sloan había dejado la Facultad de Medicina. Si se parecía en algo a ella, seguramente habría puesto mucho empeño en dejar atrás lo que le había sucedido en Emory, el dolor de haber sufrido una agresión sexual.

—Sara… —Sloan la miraba con curiosidad—. No me digas que

estás aquí por diversión. Ni siquiera yo voy a un congreso médico en vacaciones.

—No, yo… —Trató de recuperar la voz. Había ido allí a costa de las emociones de mucha gente. Y le había prometido a Dani Cooper que no se rendiría—. Quería hablar contigo de lo que me pasó en el Grady. Y de lo que te pasó a ti en Emory.

La expresión acogedora de Sloan cambió tan bruscamente que fue como ver cerrarse una puerta de golpe.

—¿Qué quieres decir?

Sara era consciente de que estaban en un lugar público. Bajó la voz.

—Mason me contó que…

—Será cabrón. —Sloan no se había molestado en hablar en voz baja. Notó que varias personas la miraban con curiosidad desde la cola del café y le hizo un gesto a Sara para que la siguiera, lejos de la multitud.

Se detuvo junto a los imponentes ventanales. El frío silbaba por entre las rendijas de los cristales. No le dio a Sara la oportunidad de explicarse.

—Este no es lugar para venirme con eso.

—Lo sé. Lo siento mucho.

Sloan empezó a sacudir la cabeza. Se notaba que estaba furiosa.

—No pienso hacerlo. Puedes irte. Yo me marcho.

Sara sintió un peso en el corazón mientras Sloan se alejaba. No podía reprochárselo. Sabía desde el principio que lo que estaba haciendo era un atropello. Sloan se había ido hacia los ascensores. Seguirla le parecía una ofensa más. Recorrió la sala con la mirada, buscando las escaleras.

—¿Qué te ha dicho? —Sloan había regresado, visiblemente furiosa aún—. ¿Qué pasa? ¿Es que lo cuenta en las fiestas como si fuera un puto chiste? «No os los vais a creer, colegas, pero me he follado a dos tías que han sido…».

Sara luchó con su propia tristeza cuando Sloan se detuvo antes de decir aquella palabra.

Violadas.

—No sé qué hace Mason en las fiestas —le dijo Sara—, pero no me extrañaría que se comportara así. Solo he hablado con él porque Britt...

—¿Britt? ¿Por qué sigues hablando con esa gente tan tóxica? Son unos gilipollas —le espetó Sloan—. Sara, nunca han sido tus amigos. Se reían de ti a tus espaldas. Te llamaban...

—Santa Sara, lo sé.

Sloan se cruzó de brazos. Estaba claro que intentaba recobrar la compostura.

—¿A qué viene esto? ¿Qué esperas conseguir? ¿Quieres avergonzarme? ¿Es una especie de venganza por haberte quitado a Mason?

—Claro que no. No me quitaste nada. —Sara sintió que su determinación se desmoronaba del todo. Tenía que salir de allí—. Te pido disculpas, Sloan. Tienes razón, no debería haber venido. Me voy ahora mismo. Tu investigación es fantástica. Va a ayudar muchísimo a los pacientes. Tienes muchas cosas por las que estar orgullosa. Siento haberte estropeado este momento.

Esta vez, fue ella quien se marchó. Empezó a dar vueltas a su anillo en el dedo mientras buscaba una señal luminosa que indicara la salida. El hotel era enorme; tenía dos alas que daban a calles distintas. Se sentía revuelta, fuera de sí. Los reproches que se hacía a sí misma se apoderaron de ella cuando por fin desistió de buscar las escaleras y se dirigió hacia la columna de los ascensores en forma de minarete.

¿Por qué había hecho aquel viaje absurdo? ¿Qué creía que iba a pasar?

Le temblaban las manos mientras intentaba descifrar el funcionamiento de los dichosos ascensores. No había botón de subida o bajada. Había que marcar en un panel la planta a la que ibas. Estaba buscando el vestíbulo cuando una mano pasó junto a la suya y marcó la planta treinta. La pulsera de oro que Sloan llevaba en la muñeca golpeó el panel cuando retiró la mano.

—Está bien. —Sloan tiró su vasito lleno de café a la papelera—. Vamos a terminar esto en mi habitación.

Sara no se sentía capaz. Vio que Sloan tenía lágrimas en los ojos. Iba a corrérsele el maquillaje que se había aplicado con tanto esmero. Le habían asignado la sala principal para que diera su conferencia, el público se había mostrado fascinado, su investigación era cautivadora. Debería estar celebrando su triunfo, no llevando a Sara a su habitación del hotel para hablar de algo que seguramente llevaba casi dos décadas tratando de olvidar.

—Sloan —dijo—, me voy. No tienes que...

Se oyó un fuerte tintineo cuando llegó el ascensor. Sloan se sumó al gentío que entró en la cabina. Sara la siguió de mala gana. La empujaron contra unos turistas sudorosos, cubiertos con abrigos mullidos, que iban al restaurante de la última planta. Intentó verle la cara a Sloan, pero estaba de espaldas.

Se oyeron risitas nerviosas cuando la cabina se zarandeó. El núcleo de hormigón de los ascensores recorría el centro del edificio formando un atrio central vertiginoso desde el vestíbulo hasta lo alto del restaurante. Cada planta estaba rodeada por una galería de hormigón blanco. Sara vio pasar fugazmente las puertas de las habitaciones por los cristales del ascensor. Aquel lugar le recordaba a una prisión de máxima seguridad. Trató de verle de nuevo la cara a Sloan, pero tenía la vista fija en el móvil; lo miraba con tanta atención como si estuviera estudiando un frotis de sangre al microscopio.

El ascensor se detuvo por fin en la planta treinta. Sara esperó a que Sloan saliera del fondo. Tenía una expresión hosca. Iba apretando los dientes. Cruzó el vestíbulo de ascensores y torció a la izquierda por la larga galería. Sara la siguió a cierta distancia. La vio pararse delante de una habitación. Llevaba la mano en el bolso, como si aún estuviera decidiendo si debía seguir adelante con aquello o no. Finalmente sacó la tarjeta y abrió la puerta.

Desde el pasillo, Sara vio que la *suite* tenía una sala de estar junto al dormitorio. La ventanas tenían vistas al río Hudson, donde estaba atracado el Intrepid. En la mesa baja había un cubo de hielo con champán puesto a enfriar. Flores. Fresas cubiertas de chocolate.

Sloan le hizo señas de que entrara.

—Es mi aniversario —explicó—. Mi marido va a venir esta noche. Íbamos a pasar una velada romántica en la ciudad.

Sara captó la indirecta: todo eso se había venido abajo.

—Todo lo malo que estás pensando de mí ahora mismo… Yo pienso lo mismo.

—¿Y se supone que eso debe consolarme?

—No, pero es la verdad.

Sloan dejó caer su bolso al suelo. Entró en la otra habitación y dijo:

—Sírveme algo del minibar. Tengo que usar el baño.

Sara no se molestó en mirar la hora mientras abría la pequeña nevera y elegía cuatro botellitas de Bombay Sapphire y una de Fever Tree. Hacía meses que no bebía tanto. Will tenía asociado desde la infancia el olor a alcohol con una violencia inefable, igual que ella llevaba quince años estremeciéndose ante la sola idea de que la barba de un hombre le rozase la cara. Ambos se esforzaban por respetar los límites del otro. Pero en ese momento los separaban unos ochocientos kilómetros. Era límite más que suficiente.

Estaba sirviendo las bebidas cuando Sloan salió del baño. Parecía temblorosa. Era evidente que había vomitado. Aun así, agarró una de las copas. Bebió un buen sorbo y removió el líquido en la boca un momento antes de tragar.

—¿Todavía vomitas a veces cuando piensas en ello?

Sara asintió con un gesto.

—Sí.

—Siéntate. —Sloan se dejó caer en el sillón.

Sara se sentó en el sofá. Tenía el teléfono en el bolsillo. Pensó en accionar la grabadora, pero no se atrevió. Solo pudo decir:

—Lo siento.

—Sé que lo sientes, pero no te disculpes más. —Sloan apuró su bebida. Estiró el brazo hacia la nevera y sacó otra botellita de ginebra—. Lo que te he dicho abajo… Sé que no habrías venido por capricho. Y también que no estás aquí por Mason.

—Lo has imitado muy bien, me lo imagino perfectamente fardando así en una fiesta.

—Es un mierda, además de un inútil. —Bebió directamente de la botellita. La vació en dos tragos. Luego se quedó mirando el champán del cubo de hielo—. Mi marido leyó en algún sitio que hay que beber champán cuando una está triste, porque te pone contenta.

Sara se encogió de hombros.

—Vale la pena intentarlo.

Sloan tomó la botella y empezó a quitar el envoltorio del tapón.

—Debería haberme portado mejor contigo cuando pasó.

—¿Cuando me violaron? —Sara se estremeció al comprobar la facilidad con que se le había escapado la pregunta—. Normalmente evito a toda costa decir esa palabra.

—Pertenecemos las dos al peor club de la historia. —Sloan descorchó la botella y atrapó el tapón con la mano—. Es más fácil hablar de violación con alguien que ha pasado por lo mismo. No tienes que explicarte, ni preocuparte por cómo va a encajarlo ni por su reacción ni… Pásame eso.

Sara vació su copa de un trago para que Sloan la llenara de champán.

—¿A qué hora llega tu marido?

—Tiene que ir a buscar a nuestra hija al entrenamiento de fútbol y luego tomar el tren. —Llenó los dos copas hasta el borde—. Él lo sabe, pero ella no. Me digo constantemente que tengo que encontrar el momento oportuno para contárselo, pero la verdad es que no sé si quiero que lo sepa. O si quiero lidiar con el hecho de que lo sepa, que es otra carga completamente distinta.

Sara no podía darle una solución.

—¿Qué edad tiene?

—La edad de darse cuenta de que soy la tía más tonta que jamás ha pisado la faz de la tierra.

—¿Trece?

Sloan asintió mientras daba un trago.

—Molly es lo único bueno que he sacado de un ligue de una noche. Odio que las mujeres hablen de sus hijos como si fueran seres mágicos, pero la verdad es que me ayudó muchísimo a recuperarme.

Sara bebió un sorbo de champán, a pesar de que su sabor le parecía demasiado dulce.

—Joder, perdona. Sé que no puedes…

—No pasa nada. He tenido quince años para acostumbrarme. —Se encogió de hombros—. Además, estoy en una edad en la que ya no importa.

—No me jodas, Sara. No eres demasiado vieja ni te has acostumbrado —contestó Sloan—. No te conozco mucho, pero eso lo sé.

Sara pensó que, si iban a tener aquella conversación, debía ponerse cómoda. Se acurrucó en el sofá con su copa y dijo:

—Mi novio tiene una perrita que rescató de la perrera. Y la quiero un montón. Bueno, es una perrita, claro que la quiero. Pero a veces, cuando veo a Will ser tan cariñoso y tan paciente con ella, siento un vacío dentro, como si dijera: «¿Qué derecho tengo a privarle de ser padre?».

—¿Él quiere ser padre?

—Dice que no, pero… —Sara no iba a hablarle de los sentimientos íntimos de Will. Él le había dicho más de una vez que no le agradaba la idea de traer un niño al mundo, porque sabía demasiado bien todas las cosas malas que podían sucederle.

Y aun así…

—¿Sabes lo que odio yo? —preguntó Sloan—. La verdad es que odio muchas cosas, pero me repatea que la gente diga: «Todo ocurre por una razón». Venga ya… ¿En serio? ¿Cuál es la razón?

Sara negó con la cabeza, porque ella tampoco tenía ni idea.

—A mí me gusta «El tiempo lo cura todo».

—Por desgracia, no evita que vomites hasta las entrañas en un hotel.

Sara levantó su copa en un brindis.

Sloan la imitó.

—¿Y qué tal «Eso te ha hecho más fuerte»?

—Es una de mis favoritas. La violación como ejercicio de formación del carácter.

Volvieron a brindar.

—Mi pregunta favorita es «¿Le dijiste que no?» —dijo Sloan.

—Parece de locos, pero cuesta un montón hablar cuando tienes la boca tapada con cinta aislante.

—Perdona, pero no es violación a no ser que él te oiga decirle que no con firmeza.

Sara se rio.

—¿Y qué me dices de cuando te preguntan si intentaste defenderte?

—Esa es la que más me gusta de todas —contestó Sloan—. Todo el mundo piensa que es fácil darle una patada en los huevos a un tío, pero son más difíciles de encontrar de lo que la gente se cree.

—«¿Y gritar? ¿No intentaste gritar?».

—Claro, eso es fácil. Menos cuando se te paralizan las cuerdas vocales.

—«¿Y qué estabas haciendo allí, a ver?».

—«¿Qué llevabas puesto?».

—«¿Le diste pie?».

Sloan se rio.

—«Si me hubiera pasado a mí, le habría sacado los ojos».

—Ya, solo que yo estaba esposada.

—Y a mí me ató las muñecas a la cama.

Sara comprendió que habían dejado de jugar.

Sloan se llevó la copa a la boca, pero no bebió.

—Quizá debería haberle mordido, haberle hecho un Mike Tyson en la oreja. O en la nariz. O en la cara. Donde fuese. Pero no lo hice. Me quedé allí parada y esperé a que terminara.

Sara observó cómo hacía girar la copa entre las manos.

—Salí voluntariamente con él —continuó Sloan—. Era una cita formal. Bebí demasiado. Los dos bebimos demasiado. —Dejó la copa vacía en la mesa—. Pero, ya sabes, si te emborrachas y tomas el coche y matas a alguien, no te lo pasan. No dicen: «Bueno, no matarías a nadie estando sobrio. Tú no eres un asesino. Ve con Dios».

—No —dijo Sara—. No lo dicen.

Sloan apoyó la cabeza en el sillón y fijó la mirada en el techo.

—No habría conocido a mi marido si no me hubieran violado.

Me habría quedado en Atlanta. Seguramente habría sido la primera o la segunda señora de Mason James.

Sara esperó.

—Se llama Paul —añadió Sloan—. Sé que no está muy de moda que una mujer quiera a su marido, pero yo quiero al mío. Me apoya. Me escucha. Y hace una cosa increíble. A veces estamos hablando y me dice «tienes razón».

—El mío también. —Sara sintió ganas de sonreír al pensar en Will—. Nunca he entendido a las mujeres que prefieren que las toleren a que las quieran.

—Eso me pasó con mi primer marido. —Sloan volvió a enderezarse y se sirvió más champán—. Y con el segundo. Y casi con el tercero. No tengo ni idea de por qué seguía aceptando casarme con ellos. Tuve que follarme a muchas ranas antes de conocer a Paul.

—Después de lo que pasó, yo creía que no volvería a follarme a una rana.

Sloan esbozó una sonrisa irónica.

—Mason me llamó cuando nació su primera hija. Quería disculparse. Me dijo que ahora que era padre lo entendía.

Sara puso los ojos en blanco. Era como un meme: hombres que, al tener hijas, de repente se daban cuenta de que la violación, el acoso y la agresión sexual eran algo malo.

—Conmigo nunca se disculpó.

—Bueno, técnicamente yo no diría que se disculpó. Me dijo que quería disculparse. Pero en realidad no se disculpó. —Carraspeó para imitar de nuevo a Mason—. «Si te digo la verdad, Sloany, es muy emocionante mirar a los ojos a mi niña. Siento un impulso enorme de protegerla. Ahora me doy cuenta de que lo que te pasó fue bastante terrible».

Sara intentó que su risa no sonara amarga.

—Si alguna vez dejas la medicina, podrías ganarte la vida imitando a Mason.

—En fin… —Sloan se puso seria de repente. Todavía estaba

pensando si podía seguir adelante o no. Por fin miró a Sara—. No estoy del todo desconectada de los cotilleos. Sé que han juzgado por violación al hijo de Mac y Britt.

—¿Te sorprendió?

—Nunca me sorprende que haya una violación.

A Sara tampoco le sorprendía.

—Ayer por la mañana cerraron un acuerdo extrajudicial. El chico se ha salido con la suya.

—Como suele pasar. —Sloan volvió a apoyar la cabeza en el respaldo y miró el techo—. Antes de que dijeras nada abajo, he tenido la corazonada de que estabas aquí por Britt.

—¿Por qué?

—Porque es una mala persona. Tú has ido por su hijo y ella tenía que cobrarse su libra de carne. —Volvió a mirarla a los ojos—. Nunca te oculté nada a propósito. Quiero que lo sepas.

Sara volvió a pensar en la grabadora del móvil. Seguía teniendo el teléfono en el bolsillo. Lo dejó allí y dijo:

—Vale.

—Estaba muy jodida después de lo que me pasó. Tú lo entiendes.

—Sí, lo entiendo.

—Me fui a hacer la residencia a otro estado para alejarme de él.

—Mason me dijo que el tipo dejó la facultad.

—No es cierto. —Sloan sacudió la cabeza—. Seguía en Emory. Tuve que verlo todos los días hasta que acabé la carrera. Hacíamos las rondas juntos. Era una tortura lenta y agotadora fingir que me reía de sus chistes y tratar de no ponerme a gritar a pleno pulmón.

Sara se mordió el labio para no preguntarle su nombre. Tenía que dejar que Sloan hablara a su ritmo.

—Después de que me violaran, fue cuando empecé a beber de verdad. —Señaló la botella de champán casi vacía—. Esto solía ser mi desayuno.

—Sloan

—No te atrevas a tenerme lástima —le advirtió ella—. Lo digo en serio, joder.

Sara asintió en silencio, aunque el sentimiento de culpa era inevitable. Su miedo a que aquel encuentro hiciera que Sloan se derrumbara se estaba haciendo realidad delante de sus ojos, en tiempo real.

—Yo quería hablar contigo cuando te violaron —prosiguió—. Pero Mason me dijo que te dejara en paz. Y seguramente tenía razón. Lo digo porque me lo estaba follando a tus espaldas. Pero tenía la fantasía de que podía ser... No sé, ¿tu mentora en esto de ser víctima de una violación?

Sonrieron ambas. Todo el mundo quería hacer algo, pero nadie sabía de verdad qué.

—¿Qué te dijo Britt? —preguntó Sloan.

—Que mi violación estaba relacionada con algo que ocurrió la noche del guateque.

Sloan pareció sinceramente sorprendida.

—¿Te dijo en qué sentido?

Sara abrió la boca, pero fue la propia Sloan quien contestó.

—Britt no te diría eso. Es una manipuladora. Se las da de feminista, pero solo es fuerte cuando tiene delante a alguien más débil. Sabes que Mac la maltrataba, ¿verdad?

Sara sintió que algo encajaba de pronto. Siempre le había parecido un poco chocante que Britt no se separara nunca de Mac. De pronto se daba cuenta de que era Mac quien lo propiciaba.

—¿Psicológicamente?

—Y físicamente también —contestó Sloan—. ¿Nunca te fijaste en sus moratones?

Había muchas cosas en las que Sara no se había fijado.

—No pasaba mucho tiempo con ella.

—Dejó la medicina porque tenía una hernia de disco en la C-6. No sé exactamente qué ocurrió, pero creo que Mac la tiró por las escaleras. Fue todo muy oportuno. Britt ganaba un sueldo mientras Mac todavía estaba formándose, pero, en cuanto acabó la especialidad, se las arregló para que Britt se quedara en casa. Aunque nadie lo lamentó por ella. —Sloan soltó una risa seca—. No es muy buena víctima, ya sabes.

Sara lo sabía. La gente sentía una compasión infinita por las mujeres que eran «buenas» víctimas: comprensivas, estoicas, ligeramente trágicas. Britt estaba demasiado enfadada, era demasiado cruel como para que alguien no sintiera que lo suyo era cuestión de karma: que tenía lo que se merecía.

Pero Sara no había ido allí para hablar de si Britt McAllister era merecedora o no de compasión. Respiró hondo antes de preguntar:

—¿Puedes decirme si recuerdas algo del guateque? ¿O algo que pasara por esas mismas fechas?

Sloan pareció reticente, como era lógico, pero aun así siguió adelante.

—Cam estaba borracho. Se le trababa la lengua. Iba al baño, vomitaba y luego volvía y seguía bebiendo. Era lo que solía hacer los fines de semana, solo que esa vez fue mucho peor. Era como si se diera atracones y luego se purgara, algo así.

Sara asintió.

—Eso lo recuerdo.

—Le pedí varias veces a Mason que se ocupara de él. Que le hiciera marcharse.

—Le quitó las llaves del coche.

—Mi héroe —dijo Sloan con sorna—. Cam estaba muy disgustado porque una paciente suya había muerto.

—Merit Barrowe —dijo Sara—. Entró en urgencias dos semanas antes del guateque. La habían drogado y violado. Le dio una crisis epiléptica en el baño y murió.

—Nunca he olvidado su nombre —comentó Sloan—. Cam estaba muy enfadado por su muerte. Me dijo que la policía ni siquiera se había molestado en investigar. El inspector que se encargaba del caso era un capullo. Cam le dijo que a la chica la habían drogado y violado, y el tipo o no le creyó o le dio igual.

Sara esperó a que continuara.

—Cam estaba recopilando papeles, informes y esas cosas para demostrar que a Merit la habían violado y asesinado. Quiero decir que estaba obsesionado con el asunto. Quería enseñarme las pruebas.

Me rogó que fuera con él a su apartamento. Le dije rotundamente que no. —Sloan fijó la mirada en ella—. No iba a caer otra vez en la trampa.

A Sara estuvo a punto de caérsele la copa de la mano.

—¿Cam fue quien te violó?

Sloan la observaba atentamente.

—¿Mason no te lo dijo?

Sara solo pudo decir que no con la cabeza.

—Eso sí que me sorprende. Es más cotilla que mi hija de trece años. Claro que, por otra parte, quizá no sea tan sorprendente. Protege a cualquiera que sea de la pandilla. Es su código de conducta. —Se inclinó hacia delante y echó mano de la botella de champán, pero se lo pensó mejor y volvió a recostarse en el sillón—. Primera semana en la Facultad de Medicina. Cam me pide salir. No era mi tipo. Fofo, soso, alcohólico y fumador empedernido. Aun así, estaba emocionada. Ya sabes cómo son las cosas. Bajas tanto el listón que te vale casi cualquiera al que consigas hacerle un hueco en tu horario.

Sara seguía conmocionada por la noticia. Se obligó a asentir para que Sloan continuara.

—Me compré un vestido nuevo. Muy escotado, obviamente. Y unas botas de cuero hasta el muslo. Me llevó a la pizzería Everybody's. ¿Todavía existe ese sitio?

Sara negó con la cabeza.

—Cerró hace unos años.

—Bebimos mucha cerveza. —Sloan miraba fijamente la botella de champán—. Me invitó a ir a su casa. Me lo estaba pasando bien. Eso fue lo que me perdió. Cam, cuando conseguías que dejara de decir gilipolleces, era divertido y parecía tierno y serio. Íbamos hacia su apartamento y recuerdo que noté un ligero cosquilleo cuando me cogió de la mano.

Sara se fijó en que empezaba a dar vueltas a su alianza de casada.

—Nos enrollamos en el sofá. Me gustó. Me di cuenta de que quería volver a salir con él y como nunca te volvían a llamar si follabas en la primera cita... —Sloan respiró hondo—. Le dije que me iba a ir. Empezó a besarme otra vez y a decirme que quería que me quedara a pasar la noche, que iba en serio conmigo. Y yo le creí. Así que me fui con él al dormitorio.

Sara vio que se levantaba y empezaba a pasearse por la habitación, con las manos en las caderas.

—Su apartamento estaba muy ordenado. Eso es lo que más me llamó la atención. Yo tenía hermanos. Lo dejaban todo por ahí, tiraban la ropa al suelo, pero Cam no. Hasta abrió la cama, como en los hoteles. Le pregunté en broma que si esperaba que me rindiera a sus encantos.

Se había detenido junto a la ventana. Miró hacia el río. Su actitud había cambiado. Estaba intentando hablar de lo sucedido sin volver a caer en ese pozo.

—Empezamos a besarnos otra vez. Nos liamos. Y entonces me sujetó las manos por encima de la cabeza. Me las inmovilizó de verdad, para que no pudiera moverme. Eso no me gustó; no me gustó entonces ni me gusta ahora. Le dije que me soltara y me apretó más fuerte. Intenté zafarme, pero…

Sara vio que se agarraba la muñeca izquierda con la otra mano. Su voz sonaba tranquila en la espaciosa habitación.

—Le cambió la cara por completo. Fue como si se le cayera la máscara. De un momento a otro pasó de ser un tipo dulce y encantador a tener la cara contrahecha como un monstruo. Me separó las piernas por la fuerza. Usó su peso para inmovilizarme. Casi no podía respirar. Pesaba por lo menos veinte kilos más que yo. —Se volvió para mirar a Sara, pegando la espalda a la ventana—. Es raro, porque al principio no me asusté. Tuve una especie de *flash*, me acordé de pronto de que, al entrar en la habitación, cuando encendió la luz, vi una cuerda larga, como de seda negra, colgando del cabecero. Tenía un lazo hecho en un extremo, una especie de nudo corredizo. Así que eso fue lo que pensé cuando me ató: «Pero ¿tú eres idiota? ¿Por qué no te has fijado en la puta cuerda?».

Sara apretó los labios. Sabía que sería inútil decirle que no había sido culpa suya.

—Siguió intentando… No puedo llamarlo «besarme». Me metió la lengua hasta la garganta. No sé, como si me follara la cara. Me dolía la mandíbula. Sus dientes chocaban con los míos. ¿El tuyo hizo eso?

Sara asintió.

—Es un recuerdo fantástico para conservarlo el resto de tu vida, ¿verdad? —Sloan se tocó el cuello con los dedos—. Paul fue el primer hombre al que pude besar sin pensar en el puto sabor a amoxicilina de Cam. ¿Te acuerdas de que llevaba el frasco a todas partes, como si fuera una botella de agua? Se la bebía para el acné.

Sara había olvidado ese detalle, pero de pronto se acordó de Cam tomando el antibiótico directamente del frasco. Tenía un sabor dulzón, casi como jarabe para la tos.

—Le dije que no, eso sí lo hice, por lo menos. Cada vez que intentaba gritar, me metía la lengua en la boca. Me mordía, me arañaba. Hasta me arrancó mechones de pelo. —Se llevó la mano a la nuca—. Me violó. Sin condón, por supuesto. Fue solo penetración vaginal, pero, Dios mío, cómo me dolió. No cerró los ojos en ningún momento. Casi ni parpadeaba. No paraba de gruñir como un cerdo, empujando tan fuerte que mi cabeza golpeaba contra el cabecero. No aguantó mucho, supongo que eso fue una suerte. Se corrió en mi cara. Luego me desató las muñecas. Y me dio las gracias. ¿Te lo puedes creer? «Gracias, lo necesitaba». Y salió a fumarse un cigarrillo.

Sara vio que se retorcía las muñecas con nerviosismo.

—No sabía qué hacer, solo se me ocurrió limpiarme y vestirme. —Se encogió de hombros—. Estaba en estado de shock. Entumecida. Necesitaba irme de allí antes de que volviera por otra. Estaba en las escaleras de la entrada del edificio cuando me fui. Me besó en la boca y yo le dejé. No dije nada. No le aparté. Solo pensaba en hacerme un análisis de sangre. Me preocupaba que me hubiera contagiado algo, claro. O que me hubiera dejado embarazada. O las dos cosas. Pero le dije «chao» y me contestó: «Me lo he pasado muy bien esta noche. Te llamo mañana».

Sara casi podía oír las recriminaciones silenciosas que desfilaban en ese momento por la mente de Sloan. Probablemente eran un eco de las suyas. Después de tantos años, aún podía dejarse arrastrar por el carrusel del «debería haber hecho esto o aquello», como si hubiera una palabra o un gesto mágicos que hubieran podido detener a su agresor.

Sloan se secó los ojos.

—Yo tenía la idea de que era una persona fuerte. Cam la hizo trizas. En realidad fue un asesinato, porque nunca volví a ser la misma después de que me violara. No he vuelto a sentirme completamente a salvo. Desde entonces no soy capaz de confiar por completo en nadie. Ni siquiera en mi marido, que es en quien más confío del mundo. Solo me fío de él en un noventa y nueve por ciento. Ese uno por ciento ha desaparecido para siempre.

Sara estaba especialmente capacitada para entenderlo.

—No podía permitirme reconocer que me habían violado —añadió Sloan—. Tardé como una semana en aceptar lo que había ocurrido, y ya había pasado demasiado tiempo. Eso es lo que siempre te dicen, ¿no? ¿Por qué has esperado tanto para ir a la policía? ¿Y qué iba a decirles, de todos modos? Me emborraché con él, fui a su casa con intención de que folláramos. Cambié de opinión. Y aun así me forzó. Fue hace casi veinte años. Nadie me habría creído.

Sara sabía que las cosas no habían cambiado tanto con el paso del tiempo. Todo el mundo decía que era la palabra de él contra la de ella, como si la palabra de una mujer tuviera el mismo peso que la de un hombre.

—Me llamó al día siguiente para invitarme a salir. Me asusté. Le dije que ya tenía planes y volvió a llamarme unos días después. Me invitó otra vez a salir. Yo seguí poniendo excusas: que tenía que ir a la biblioteca a estudiar, que tenía una fiesta de cumpleaños o un compromiso familiar… Fue muy insistente. Estuve a punto de decirle que sí para que parase.

Sara sabía que no estaba exagerando.

—Estuve así más de un mes. Luego empezó a tontear conmigo en clase. La gente hacía bromas con eso, decían que estaba colado por mí. Un día me siguió hasta casa y estallé. Le grité: «¿Por qué voy a salir contigo si me violaste?».

Sara la vio secarse las lágrimas.

—Se quedó horrorizado. O al menos actuó como si lo estuviera. Empezó a llorar. Aquello me cabreó muchísimo. En todo ese tiempo, yo no había llorado ni una sola vez. Y allí estaba ese puto violador lloriqueando como un bebé en medio de la calle. ¿De verdad esperaba que lo consolara?

Sara sintió su propia rabia reflejada en la voz de Sloan.

—No paraba de decir que era un malentendido. Que creía que él me gustaba. Que yo le gustaba de verdad. Y que pensaba que era lo que yo quería. Me fui a casa con él, fui yo quien lo besó y luego me fui con él a la habitación. Pero de que no paraba de decirle que no, de que intenté gritar y apartarle porque tenía la sensación de que me estaba raspando por dentro con papel de lija… De eso no se acordaba. Había bebido demasiado.

Sara la vio sentarse de nuevo en el sillón y fijar la mirada en la botella de champán. Era evidente que tenía ganas de acabársela.

—Pensándolo ahora, me alegro de que me atara, ¿sabes? Porque, si no, habría tenido mis dudas.

Sara creía saber lo que quería decir, pero aun así preguntó:

—¿Tus dudas?

—Puedes rebatir todo lo demás, pero, si alguien está atado contra su voluntad, eso no puedes rebatirlo. No es tan claro como lo que te pasó a ti, pero al menos es algo en lo que apoyarse.

Sara asintió con la cabeza. Había una extraña jerarquía entre las víctimas de violación. Sara se consideraba de las afortunadas. En su caso, el delito era claro y manifiesto. Ella era una médica blanca de clase media con buena reputación y un fuerte apoyo familiar. El inspector de la policía había sido comprensivo, el fiscal había actuado con diligencia y el jurado había impartido justicia hasta cierto punto.

Menos del uno por ciento de las violaciones acababan en una condena firme.

—Así fue como le puse en evidencia —dijo Sloan—. Cuando me encaré con él, Cam tenía una excusa para todo, pero entonces le dije: «Y si creías que era lo que yo quería, ¿por qué tuviste que atarme?».

—¿Qué te contestó?

—Nada. Se quedó totalmente perplejo. Se lo noté en la cara. No sabía de verdad la diferencia entre sexo y violación. —Comenzó a frotarse de nuevo las muñecas—. Intenté marcharme, pero me siguió. No paraba de preguntarme: «¿Te violé? ¿De verdad te violé?». Llegué al punto de decirle que iba a llamar a la policía si no me dejaba en paz. Yo no pensaba tranquilizarle. Quería que me compadeciera de él. La verdad es que por eso me fui de Atlanta. Casi podía soportar que me hubiera violado. Pero no soportaba que encima se hiciera la puta víctima.

Sara vio que se encogía de hombros intentando quitarle importancia al asunto, pero estaba claro que seguía enfadada.

—Y ya está. Eso es lo que pasó. —Sloan juntó las manos—. Cuando me fui de Emory, volví a ver a Cam unas cuantas veces, pero nunca sola. Volvía a Atlanta sin decírselo a nadie para ver a Mason, y él me llevaba a cenar o lo que fuese, y Cam aparecía de pronto por allí. Me cuesta creer que tardara tanto en decir «se acabó». Qué puta idiota fui.

—¿Qué te hizo alejarte por fin?

—Tú. Se ponían tan desagradables cuando hablaban de lo que te pasó… Yo nunca les seguía la corriente, pero tampoco te defendía, y me sentía fatal.

Sara no iba a reprochárselo.

—¿Recuerdas qué decían? ¿Algo concreto?

—No, la verdad. Y en aquella época bebía mucho. No lo recuerdo.

—¿Puedes decirme algo sobre el guateque?

—Cam no me dejaba en paz. Yo no paraba de pedirle a Mason que hiciera algo, pero se le había metido en la cabeza que podíamos «resolver el malentendido».

Parecía muy propio de Mason.

—¿Antes has dicho que Cam quería demostrarte que estaba investigando la muerte de Merit Barrowe?

—Sí. Me lo dijo con mucho énfasis, como si así fuera a redimirse. Luego se echó a llorar otra vez y me dijo que siempre me había querido.

Sara sintió que empezaba a revolvérsele el alcohol que tenía en el estómago.

—¿Te dijo… te dijo que te quería?

—Sí. —Asintió lentamente, abstraída en el recuerdo—. No puedo describirte el asco que me dio. No paraba de hablar de su cruzada para que se le hiciera justicia a Merit, se comportaba como si una cosa pudiera anular la otra. Y no podía. Hacer algo bien una vez en tu vida no borra que seas un puto violador y un gilipollas el resto del tiempo. Sobre todo, si ni siquiera eres capaz de reconocerlo.

—Por si te sirve de consuelo —contestó Sara—, su cruzada no duró más que dos semanas. Dejó de investigar la violación de Merit en cuanto el inspector que llevaba el caso se ofreció a traspapelar una denuncia que tenía por conducir bebido.

—¿Estás segura de que era solo una denuncia por conducir bebido?

Sara sintió que otra pieza encajaba en su sitio.

—No crees que fueras la primera mujer a la que violaba.

—La cuerda estaba atada al cabecero de la cama cuando llegué —dijo Sloan—. Su forma de agarrarme y de tumbarme en la cama y atarme… Todo eso requería práctica.

Sara había pensado lo mismo del hombre que la había violado. Había actuado tan deprisa, estaba tan concentrado, que parecía imposible que fuera la primera vez que lo hacía.

—¿Cam te escribió algo alguna vez o te envió notas o mensajes de texto?

—¿Por qué?

Sara se dio cuenta de que no había respondido a la pregunta, pero aun así explicó:

—Merit Barrowe recibió anónimos amenazadores. Dani Cooper, la chica a la que presuntamente violó el hijo de Mac y Britt, también los recibió. Y hay ciertos detalles que coinciden con lo que me pasó a mí.

—Pero Cam está muerto.

—Lo sé.

Sloan se inclinó hacia delante, apoyando los codos en las rodillas.

—Me llamó antes de suicidarse.

—¿Cuándo? —preguntó Sara.

—Justo antes de apretar el gatillo, según la policía. —Juntó las manos—. Mi número fue el último que marcó. La policía se presentó en mi trabajo. Creo que esperaban que rompiera a llorar, pero no me he reído tanto en mi vida. Sentí tal alivio que fue como si se me llenara el cerebro de helio. Sentí de verdad que flotaba. Hasta ese momento no me di cuenta del peso que llevaba encima sabiendo que Cam Carmichael seguía por ahí, suelto.

Sara anhelaba ese alivio.

—¿Qué te dijo Cam por teléfono?

—Las mismas gilipolleces que otras veces: que estaba enamorado de mí, que quería casarse conmigo y no sé cuántas tonterías más. Luego me pidió perdón. Dijo que quería que supiera que nunca se había perdonado a sí mismo. Bueno, pues muy bien. No tenía que perdonarse. Estuvo a punto de acabar conmigo. —Sloan cruzó los brazos de nuevo—. Luego me dijo que me había mandado una caja al trabajo. Y añadió: «Haz lo que creas correcto».

Sara se había acercado al borde del sofá.

—¿Qué había en la caja?

—Una memoria USB.

Sara sintió que despegaba los labios por la sorpresa. El portátil de Cam. Los archivos protegidos por contraseña. Los enlaces corruptos del sitio web del chat. Había dejado un rastro de datos.

—Nunca miré el contenido. Lo siento, pero pensé que… —Se le tensaron los músculos del cuello al intentar contener la emoción—. Cam estaba muerto. Pensé que si miraba la memoria, si había algo terrible dentro, le estaría dando la oportunidad de seguir haciéndome daño.

Sara tampoco podía reprocharle ese argumento.

—¿Te dio alguna pista de lo que contenía la memoria?

—No. Lo siento.

Sara recordó que no había respondido a su pregunta anterior.

—¿Dejó alguna nota?

—Sí.

—¿Qué decía?

—Cosas personales. Cosas sobre esa noche. —Necesitó un momento para reponerse. Volvió a mirar al techo—. Decía que siempre me había amado. Que ojalá las cosas hubieran sido distintas. Que yo era una persona maravillosa y que sabía que haría lo correcto.

—¿Y qué es lo correcto?

Sloan cerró los ojos un momento.

—¿Estás segura de que quieres saberlo?

Por primera vez, Sara tuvo la sensación de que le estaba ocultando algo. Repasó en silencio los últimos minutos de conversación. Sloan le había dicho que Cam le había enviado una caja. Pero una memoria USB de ocho años atrás era aproximadamente la mitad de ancha que una tarjeta de visita y solo un poco más gruesa que un smartphone.

—No sé si entiendo tu pregunta —contestó—. ¿Por qué no iba a estar segura?

—Porque después no hay marcha atrás —dijo Sloan—. Es la misma decisión que tuve que tomar con la memoria USB. ¿Lo miras, te arriesgas a que te hagan daño de otra forma o pasas página y sigues con tu vida?

Sara no veía alternativa.

—Estás hablando como Mason.

—Pasar página tiene muchas ventajas.

—Para ti es muy fácil decirlo. Cam está muerto.

Sloan se recostó en el asiento.

—Nada es fácil.

—Antes tenías razón. No he venido hasta aquí por capricho. ¿Crees que no he tenido en cuenta el peaje que iba a tener que pagar por esto? ¿Cómo iba a repercutir en mis amigos? ¿En el hombre con el que me voy a casar? —No le quedó más remedio que suplicar—. Sloan, por favor. ¿Qué más te mandó Cam?

Respiró hondo y contuvo la respiración unos segundos. En lugar de responder, recogió su bolso del suelo. Sacó su móvil. Marcó un número. Se acercó el aparato a la oreja. Esperó a que alguien contestara al otro lado.

—Paul, hay una bolsa de plástico con cierre en el cajón de abajo de mi cajonera negra, en el sótano. Necesito que me la traigas cuando vengas. —Hizo una pausa—. Sí, esa.

Sara esperó a que colgara. Luego preguntó:

—¿Qué hay en la bolsa?

—La ropa interior de Merit Barrowe.

14

Will esperó a la entrada del Comedor del Río del club de campo, que, como proclamaba su nombre, tenía magníficas vistas sobre el río Chattahoochee. En las mesas redondas había sobre todo hombres, en su mayoría vestidos de *sport*, algunos con ropa de golf y unos pocos con traje y corbata. Abogados, médicos, banqueros, rentistas de fondos fiduciarios... Will no tenía ganas de volver a meterse en la piel de John Trethewey. Se sentía mucho más a gusto haciéndose pasar por un matón o un atracador. Tenías que mostrar el mismo grado de soberbia, pero esa soberbia se basaba en el hecho de que eras capaz de partirle la cara a cualquiera, no de que podías comprar a cualquiera.

La diferencia no era nada sutil.

Los matones, por lo menos, llevaban ropa más cómoda. Se había pasado por el centro comercial después de la entrevista con Leighann Park para devolver la ropa de pijo que había usado el día anterior y comprar otra nueva. Esta vez, los vaqueros ajustados eran de un diseñador italiano, y le estaba costando quitarse de la cabeza la idea de que llevaba puesta una coquilla. Por lo visto, las botas Diesel ya formaban parte de su vestuario. En cuanto a la camisa, había elegido un modelo parecido al polo de cachemira que le había regalado Sara. El precio le había dejado pasmado. Tanto, que había manchado de sudor el datáfono al pasar la tarjeta de crédito.

La puerta se abrió a su espalda. Will no se volvió. Hombres con pantalones de golf de colores chillones. Ninguno de ellos era Richie, aunque hacía ya cinco minutos que debería haber llegado. Will supuso que era cosa de ricos, eso de hacer esperar a la gente. Volvió a recorrer el comedor con la mirada, buscando a la encargada. Solo vio camareras yendo de acá para allá. Si alguna de ellas se había dado cuenta de que estaba esperando, no había dado aviso. Iban y venían en silencio por la alfombra de dibujos llamativos. Los abigarrados remolinos de color marrón y crema estaban ideados para camuflar las manchas, pero nada podía ocultar la salpicadura de vino tinto, semejante a sangre, que había en un rincón. Una cosa que Will estaba descubriendo sobre los clubes de campo exclusivos era que no estaban tan bien cuidados como un Holiday Inn corriente.

Se frotó la cicatriz de la mandíbula. Su barba pinchaba. Tendría que afeitarse antes de que volviera Sara. Y también lavarse el pelo con el chorro de la ducha a presión, para quitarse la gomina. Miró el reloj. Dedujo que Sloan había accedido a hablar con Sara. En parte había tenido la esperanza de que lo llamara diez minutos después de su última conversación para decirle que la cosa se había torcido. Pero sabía también que a Sara se le daba muy bien conseguir que la gente hiciera lo correcto.

Su teléfono vibró. Miró el mensaje de Faith. Le mandaba un puño con el pulgar hacia arriba. Esa tarde estaba trabajando con el equipo antifraude. Llegaría un momento en que Amanda se enteraría de lo que estaban haciendo. Había muchas situaciones en las que era más sencillo pedir perdón que pedir permiso, pero a su jefa nunca le había gustado que le pidieran perdón.

—¿Señor Trethewey? —La encargada había aparecido por fin. Era delgada y muy joven, y vestía falda negra y camisa blanca, como en un Holiday Inn—. Por aquí, por favor.

La siguió por el comedor, tratando de recordar por qué estaba allí. Entre la herida de la mano, el corte en el rabillo del ojo que le había hecho el miliciano con el anillo del meñique y que estaba tardando en curar, y las etiquetas del precio que llevaba escondidas por dentro de la ropa, cada paso que daba era una tortura. Procuró alejar todo eso de su mente y dejó que John Trethewey ocupara su lugar. Un refugiado en busca de asilo, una víctima del MeToo; padre de un chaval huraño llamado Eddie, cuya trayectoria se parecía curiosamente a la de Jeremy, el hijo de Faith; casado con una esposa decepcionada... En resumidas cuentas, un capullo que quería empezar de cero.

La encargada no lo condujo a una de las mesas redondas, sino que abrió una puerta situada al fondo del salón. Al lado había una placa dorada que Will no se molestó en descifrar. Le interesaban más los ocupantes de la zona privada del comedor.

Richie Dougal había llevado a algunos amigos.

Mac McAllister estaba sentado a la mesa cuadrada, con Chaz Penley a su lado.

—John. —Richie se levantó para estrecharle la mano—. ¿Te acuerdas de...?

—Chaz —dijo Will. Había visto su foto en el diagrama de Faith. Pelo rubio. Ojos azules. Muy desmejorado. Faith había hecho una broma sobre él; había dicho que era quien había entregado a los Von Trapp a los nazis—. Casi no te reconozco. Se nota que no entrenas mucho últimamente.

—Veo que sigues siendo un gilipollas, Trethewey. —Chaz sonrió al estrecharle la mano con firmeza—. ¿Dónde te habías metido?

—Aquí y allá. —Will se sentó frente a Mac. Puso el móvil bocabajo y apretó el botón para encender la grabadora. Una camarera apareció de la nada y le puso delante un vaso de licor. Empezó a llenarle el vaso de agua. Los demás hicieron como que no la veían, y Will los imitó—. Estaba en Texas. Menudo infierno. Cuando no se va la luz, te dicen que hiervas el agua. El país entero se está yendo a la mierda.

—Ni que lo digas —contestó Richie—. Tendrías que ver los baches que hay en mi calle.

—¿Qué te ha pasado en la mano? —preguntó Chaz.

Will se miró el vendaje. Sara le había dicho lo que tenía que decir.

—Me he librado por los pelos de una fractura de boxeador. Menos mal que todavía puedo manejar la jeringa.

Chaz miró a Mac, haciéndole notar tácitamente que Will no había respondido a su pregunta.

—Caballeros, ¿puedo traerles algo más? —preguntó la camarera.

Richie siguió ignorándola y le dijo a Will:

—Nos hemos tomado la libertad de pedir chuletones. ¿Te parece bien?

—¿Seguro que tú no prefieres una ensalada? —le preguntó Will a Chaz.

Se rieron todos, pero la rigidez con que reaccionó este demostraba que había acusado el golpe.

Mac inclinó la cabeza para despedir a la camarera, que cerró la puerta del reservado al salir.

—Esta tiene buenas tetas —comentó Chaz.

—Ya lo creo. —Richie acabó de beberse su whisky. Tenía otro esperando en la mesa, delante de él—. John, gracias por venir tan pronto. Aunque es una pena que no hayamos podido echar una partida. ¿Has jugado alguna vez aquí?

—No mucho. Prefiero el tenis o el baloncesto. Algo que te acelere el ritmo cardiaco.

—Típico de un ortopeda, ser deportista —comentó Chaz, pero el chiste no surtió efecto.

Will aprovechó el silencio que siguió para hacer patente su fracaso. Desdobló sin prisa la servilleta y se la puso sobre los muslos. La dinámica que había entre ellos era fácil de adivinar. Mac era quien estaba al mando. No había hablado desde que él había entrado en la habitación. Richie era como un labrador deseoso de agradar. Él se ocupaba de las conversaciones triviales. Chaz actuaba con más astucia, tratando de obtener información. Era evidente que ocupaba un puesto más alto en la cadena de mando. Y que Mac disfrutaba viendo cómo se metían con él.

—Bueno —dijo Will—, aunque me encanta comer chuletones gratis, ¿se puede saber por qué estoy aquí?

Mac siguió sin decir nada, pero Richie y Chaz sonrieron como cocodrilos.

Richie dijo:

—Se nos ha ocurrido darte la bienvenida a Atlanta.

—No sabía que Eliza tenía parientes vivos —añadió Chaz.

Will se encogió de hombros.

—Nunca es mala idea hacerle la pelota a tu tía rica.

—Tiene un pie en la tumba —afirmó Chaz.

Will se recostó en la silla, esperando a que continuaran. Richie empezó a beberse su segundo whisky.

Mac habló por fin:

—¿Qué te ha pasado en la mano?

Volvió a mirarse el vendaje.

—No supe alejarme a tiempo de una situación desencadenante.

A Chaz se le escapó la risa. Will sabía que había tenido que ir a clases de control de la ira como parte de la sanción que le impusieron por conducir bebido dieciséis años atrás. La frase parecía sacada directamente de un manual titulado *Nociones básicas para aprender a controlar tu mal genio*.

—¿Tu mujer o tu hijo? —preguntó Mac.

Will bebió de su vaso de agua, fingiendo que necesitaba calmar su irritación.

—Eddie es un poco más pequeño que Tommy. Ya sabes cómo se ponen a esa edad. Empiezan a pensar que pueden con el viejo. Un rollo muy primitivo. Y hay que ponerlos en su sitio.

Los otros tres aprovecharon para cruzar otra mirada. No era de desaprobación. Era una mirada calculadora.

Will dejó su vaso.

—Hablando de hijos, he oído que el juicio de Tommy ha acabado de puta madre.

Mac se lo quedó mirando un instante antes de contestar.

—He tenido que extender un cheque por dos millones de dólares. Yo no diría que ha acabado «de puta madre».

—No me parece mucho dinero a cambio de evitar que Britt se pase la vida lamentándose por la reputación de su pequeñín.

Mac se permitió esbozar una sonrisa.

—Tienes razón.

Will empujó su whisky hacia Richie.

—Estoy tomando Percocet para la mano. Bébetelo tú.

Richie cogió el vaso como un oso mojando la zarpa en un panel de miel.

—Te he buscado en las redes sociales, Trethewey —dijo Chaz—. Y no he encontrado nada, eres como un fantasma.

—Estupendo —contestó Will—. Porque pagué un montón de dinero por conseguirlo.

Mac preguntó:

—¿Qué pasó en Texas?

Will le dirigió una mirada dura.

—¿A qué viene tanta curiosidad?

—Es solo por conversar —respondió Mac—. Aquí estás entre amigos.

—¿Ah, sí? —Will arrojó la servilleta sobre la mesa—. Os habéis tomado muchas molestias para traerme aquí y reconozco que tenía curiosidad, pero esto empieza a parecer un puto interrogatorio.

—Espera. —Mac levantó las manos, instándole a seguir sentado—. Perdona que te hayamos hecho el tercer grado. Hacía mucho que no te veíamos.

—No creas que no me he dado cuenta —respondió Will—. Joder, me enteré de lo de Cam en un congreso. Habría estado bien que me invitarais al funeral. Fue él quien me metió en la pandilla.

Richie puso una expresión burlona.

—¿Cam te metió en la pandilla? —preguntó Mac—. No recordaba ese detalle.

—Sí, se ve que tenéis muy poca memoria —repuso Will—. Ya sé que yo siempre estuve un poco al margen, pero ¿quién creéis que le consiguió el trabajo en Bellevue? Y vosotros, capullos, ni siquiera me disteis las gracias por sacarlo de aquí. ¿Os dais cuenta de la que podía haber liado si se hubiera quedado?

—Perdona —murmuró Richie—. Eran malos tiempos.

Will dio una palmada en la mesa, mostrando abiertamente su enfado.

—Tuve que llevarme a mi familia a dos mil quinientos kilómetros de ese bocazas de Cam. Menuda mierda.

Nadie dijo nada.

—Así que ¿a qué viene esto? —continuó Will—. ¿Qué queréis? ¿Aseguraros de que os he guardado el secreto? ¿Creéis que volvería a asomar la cara por Atlanta si no lo hubiera hecho?

Se quedaron completamente callados. Will no sabía si se había pasado de la raya. Solo se oía el chirrido de los cuchillos y los tenedores sobre la vajilla en el comedor principal. Mantuvo la calma y los miró a los ojos uno por uno. Le sostuvieron la mirada, escudriñando su rostro como si pudieran leerle el pensamiento.

¿Qué sabía? ¿Qué quería? ¿Qué le había contado Cam?

—No —dijo Richie por fin—. Eso no nos preocupa.

Will notaba que sí les preocupaba, y mucho.

—¿Cómo es que volviste a ver a Cam? —preguntó Mac.

Will soltó un gruñido.

—Venga ya, lo que Cam me contó se fue con él a la tumba, por lo que a mí respecta. Tengo problemas muchos más urgentes que un borrachín que no aguantaba que las cosas se desmadraran un poco.

Mac no le quitaba ojo. Irradiaba una frialdad que hasta ese momento no se había manifestado tan claramente. Will se acordó de cómo le había descrito Sara la profunda alegría de ver latir un corazón por primera vez. Mac McAllister no había mirado nada con alegría en toda su vida.

—En fin… —Dio otra palmada en la mesa—. ¿Qué queréis de mí? ¿Eso era todo?

Antes de que pudieran responder, se abrió la puerta y entraron dos camareras con la comida. Chuletones con patatas asadas. Más whisky. Vasos de té helado. Se hizo un silencio incómodo mientras les servían la comida y la bebida y les retiraban los vasos vacíos. Las mujeres salieron marcha atrás como si estuvieran abandonando la sala del trono.

Chaz y Richie tomaron sus cubiertos y empezaron a comer. Mac y Will no se movieron.

—¿Qué piensas hacer en Atlanta, John? —preguntó Mac.

Will se encogió de hombros.

—Buscar trabajo. Mantener a mi familia. ¿Qué voy a hacer, si no?

Chaz chasqueó los labios y preguntó:

—¿Eliza no va a echarte una mano?

—No, gracias, prefiero vivir sin que esa vieja bruja me pise el cuello. —Se acordó de algo que había dicho Faith sobre el chat grupal de la página web—. ¿Qué queréis que os diga? Alguien tendría que meterle la polla en la boca, a ver si así se calla de una puta vez.

Richie soltó una carcajada, lo que no fue ninguna sorpresa. Pero entonces Chaz se rio también. Y a Mac le entró la risa. De hecho, se inclinó y se agarró a la mesa como para no caerse al suelo. Se rieron tanto que Will sintió el impulso de reírse también.

—¡Joder! —Chaz golpeó la mesa con la mano—. ¡Qué bueno!

—Cam te enseñó bien, ¿eh?

Will siguió sonriendo. No estaba seguro de qué era lo que acababa de pasar, pero sabía que su dardo había caído muy cerca de la oscuridad que atravesaba como un río a aquellos hombres adinerados que se creían con derecho a todo.

Richie levantó su vaso.

—¡Por Cam!

—¡Por Cam! —añadió Chaz.

Mac levantó su vaso.

—Uno de los grandes Maestros.

—Hasta que el cabrón se cagó de miedo. —Richie se bebió el whisky de un trago.

Will se sumó al brindis mientras, para sus adentros, buscaba la manera de volver a sacar a colación la palabra «maestro». ¿Qué querían decir con que Cam se había cagado de miedo? ¿Tenía algo que ver con Merit Barrowe? No sabía cómo sacar el tema, pero debía conformarse con lo que había conseguido. Los otros tres se habían relajado. El interrogatorio de John Trethewey había terminado. Ignoraba qué había provocado aquella repentina muestra de confianza, pero sabía que no debía insistir. Tomó el cuchillo y el tenedor y trató de cortar la carne con la mano herida.

Mac también se puso a comer.

—¿Dijiste que tu hijo está a punto de acabar la universidad?

—Si espabila un poco, sí. —Will se metió un trozo de carne en la boca y procuró que no le diera una arcada. Estaba llena de nervios y aderezada con un condimento extraño. Había comido mejor en el orfanato—. Eddie estudia no sé qué de unos polímeros. Francamente, lo único que me importa es lo que están dispuestos a pagarle los cazatalentos.

—3M, ¿verdad? —Richie también había estado atento la mañana anterior—. No está nada mal.

—Quiere viajar por el mundo. —Will había oído a Faith hablar tanto de aquella empresa que podía dar una conferencia sobre el tema—. Y tienen una sede en Sídney. No es mala idea que se vaya lejos. A ver si así aprende a valerse solo.

—¿Le pagan bien? —Chaz lamió el tenedor sacando la lengua como un reptil.

—Lo suficiente para que se vaya a Sídney. —Will tuvo que obligarse a tragar la carne. Luego probó la patata, pensando que era imposible cagarla cocinando una patata asada. Pero se equivocaba—. Y su madre también. Por lo menos tendré un mes de tranquilidad cuando vaya a visitarlo.

—Lo tienes todo planeado —comentó Mac.

—Esperemos que al muy memo le salga bien la entrevista.

—¿Y si…? —dijo Richie, pero de pronto se oyó un ruido, como el gemido de un perro.

Will sintió que John Trethewey empezaba a escapársele. Aquel sonido le recordó a los perros esa mañana, cuando la visita de Eliza le había hecho perder los nervios. Miró a su alrededor, pero nadie parecía haber notado su nerviosismo. Los demás no le prestaban atención. Se estaban mirando entre sí como tres adolescentes que acabaran de descubrir el porno.

Volvió a oírse aquel gemido. Procedía del lado de Mac.

—¿Quieres enseñárselo? —dijo Richie.

Chaz se sacó un trozo de carne de entre los dientes.

—Deberías enseñárselo.

—¿Enseñarme qué? —preguntó Will.

Mac se metió la mano en el bolsillo de la chaqueta y sacó su iPhone. Los gemidos continuaron hasta que desbloqueó la pantalla. Tocó algo y le pasó el teléfono a Richie.

Will mantuvo la boca cerrada mientras Richie acercaba su silla. Le enseñó la pantalla. Estaba dividida en cuatro recuadros, cada uno de los cuales mostraba una parte del interior de una casa. Will dedujo que la aplicación estaba conectada a un sistema de seguridad, pero las cámaras estaban situadas en espacios íntimos: un dormitorio, un cuarto de baño, un salón y una cocina.

Tenía que ser la casa de los McAllister, aquella mansión con verja y un montón de servicio. Las habitaciones palaciegas estaban decoradas en un blanco apagado, como las que salían en las revistas de arquitectura. La lente parecía cóncava, lo que significaba que las cámaras estaban ocultas. O sea, que Mac estaba pisando un terreno peligroso. En Georgia era ilegal grabar a una persona en la intimidad, fuera de un lugar público, sin su consentimiento.

Will pensó en el GPS del coche de Britt, en el AirTag de sus llaves. Ella sabía que Mac la tenía localizada. También sabría lo de las cámaras.

—Mira esto. —Richie tocó uno de los recuadros de abajo para ampliar la imagen de la cocina.

El volumen estaba al máximo. Will oyó correr el agua. La cámara se hallaba encima del fregadero y apuntaba directamente a Britt McAllister.

Tenía un semblante inexpresivo, casi demasiado plano. Will se acordó de las pastillas de Valium que Sara había visto desperdigadas por el suelo del aseo del juzgado. Britt había tomado algo, no había duda. Tenía los párpados pesados y la boca floja mientras fregaba los platos a mano. Llevaba una camiseta negra muy ceñida, como el ama de casa aburrida de una película para adultos. Solo que estaba bañada en sudor. El tejido satinado se le pegaba a la piel. Tenía el pelo lacio. Se secó la cara con un paño de cocina.

—Mac subió la calefacción hace una hora. —Chaz quitó las migas que se le habían salido de la boca. Parecía casi entusiasmado—. Cuando está a la vista de las cámaras, suena la alerta.

—¿No puede abrir una ventana? —preguntó Will.

—No, si Mac no pulsa el botón de pánico de la alarma. —Richie se echó a reír—. Él controla las luces, las persianas, las cerraduras...

—¿Y el servicio?

—Solo van dos veces por semana —contestó Mac—. Britt no trabaja. Tiene tiempo de sobra para ocuparse de la casa.

Will compuso una sonrisa desagradable, idéntica a la de Mac. Eliza había dado en el clavo. Mac era como un proxeneta y, como todos los proxenetas del mundo, quería tener el control total.

—Enséñale cómo se hace, Rich —dijo Chaz.

Richie miró a Mac para pedirle permiso.

Mac hizo un leve gesto con la cabeza.

—Aquí. —Richie señaló el icono de una nota musical que había en la parte inferior de la pantalla—. Tócalo.

Will volvió a mirar a Mac. Tenía la barbilla un poco levantada y la misma expresión desdeñosa que había mostrado cuando él se había metido con Richie o se había mofado de Chaz por su peso. No sabía qué estaba pasando en la pandilla, pero Mac se hallaba en el centro de todo. Gozaba viendo sufrir a los demás.

—Adelante —dijo—. Toca la nota de abajo.

Will lo hizo y se sobresaltó al oír un repentino y ensordecedor estallido de música. Dentro de la casa, la reacción fue más marcada. Britt se apartó de un salto del fregadero, abrió la boca y empezó a gritar al oír el chirrido inesperado del *death metal*. El sonido achicharraba el pequeño altavoz del teléfono y reverberaba en la cocina. Britt se tapó los oídos. Seguía gritando cuando se tiró al suelo y se acurrucó contra los armarios, con la boca abierta de terror.

Will sintió que Mac lo observaba, calibrando su reacción. Se obligó a tensar la boca en una sonrisa semejante a la mueca petulante de Mac, a su suficiencia, a su repugnante regocijo al contemplar el sufrimiento de su esposa.

La pantalla mostraba a Britt con la cabeza entre las rodillas. Sus hombros subían y bajaban. Intentaba no hiperventilar.

Richie hizo amago de retirar el teléfono, pero Will lo agarró de la muñeca. Tocó la nota musical y el *death metal* dejó de sonar. Se quedó mirando el teléfono, procurando que sus ojos se nublaran para no ver el terror de Britt. Pero era imposible bloquear el sonido. Britt lloraba tan fuerte que se le escapaba un gemido cada vez que intentaba tomar aire.

Will se humedeció los labios. Miró a Mac. Luego volvió a fijar la vista en el teléfono.

—¿Cuánto tiempo va a estar así?

—No mucho —contestó Mac—. Diez o quince minutos.

Diez o quince minutos.

Will había sentido un pánico parecido siendo niño. Diez minutos. Quince. Incluso si solo era un minuto, sentías que ibas a morir. ¿Cuántas veces le había hecho aquello Mac a Britt? ¿Cuántos hombres se habían reído de su sufrimiento?

Britt había empezado a tragar aire tratando de calmarse. Will miró los otros iconos de la parte de impreso la pantalla. Un termómetro. Una cerradura. Un automóvil.

Preguntó:

—¿Las cerraduras las controlas tú?

—Lo controlo todo —respondió Mac—. Incluido su coche.

—El muy cabrón le apagó el motor en la 285. Iba a ciento treinta —dijo Richie—. Se cagó encima, literalmente.

—No quiso volver a usar al coche por el olor. —Chaz se rio mientras doblaba la piel de la patata asada y se la metía en la boca—. La tía se fue al concesionario al día siguiente y se compró uno nuevo al contado.

—Con dinero de Mac —añadió Richie.

Will se obligó a mantener la sonrisa cuando le preguntó a Mac:

—¿No sabe cómo impedir que se la líes?

—Ya conoces a las mujeres. No tiene cabeza para la tecnología.

—Ella no quiere que pare —dijo Richie—. Le gusta.

Will volvió a mirar la pantalla. Britt estaba aferrada a la encimera, tratando aún de calmarse. Si le gustaba, lo disimulaba muy bien.

—Se toma la revancha con la American Express —comentó Chaz—. ¿Cuánto te costó su último bolso, Mac? ¿Cien de los grandes?

—Ciento diez.

—Valió la pena.

Will le devolvió el teléfono a Richie y fingió que no le daban ganas de volcar la mesa y darles una paliza a todos los presentes.

—Te comprendo perfectamente, tío. La mía agotó el crédito de todas sus tarjetas después de lo de Texas.

—¿De sus tarjetas? —preguntó Richie.

Will se rio como si no ganara ni la mitad que su futura esposa.

—Tienes razón.

—¿Cómo te las arreglaste para que no te dejara con tu…? —Richie agitó la mano.

Will esperó a que terminara la frase. Richie pareció incómodo.

—Dijiste que te hicieron un MeToo.

—¿Qué pasó? —preguntó Chaz.

Will volvió a enfadarse.

—Pasó mis cojones. ¿Quieres verlos?

—No, no, no. —Chaz levantó las manos—. Solo quería saber si ya estaba solucionado. ¿Conseguiste llegar a un acuerdo? ¿Lo tienes todo bien atado?

—¿Tengo pinta de estar en la cárcel, gilipollas?

Richie se rio, incómodo, pero preguntó:

—¿Tan grave fue?

Will bebió un sorbo de té, pero no contestó.

Mac preguntó:

—¿Y tu mujer?

Él se encogió de hombros.

—Inviolabilidad de las conversaciones entre cónyuges. No pudo testificar.

—Texas es un estado de bienes gananciales. Se habría quedado con la mitad de todo si te hubiera dejado.

—Con el acuerdo prenupcial, no —contestó Will—. Eso fue algo bueno que aprendí de Eliza. Nunca dejes que una tía controle tu dinero.

—¿Vas a heredar? —preguntó Mac—. ¿Por eso has vuelto?

—Joder, más le vale dejarme algo. —Will no sabía a dónde querían ir a parar con aquel interrogatorio, pero estuvo a punto de crisparse otra vez—. A no ser que quiera morirse en la residencia de ancianos más cutre que encuentre.

—Yo aparqué a mi suegra en un sitio de esos —comentó Chaz—. Apestaba a meados. La única vez que fui, me dieron ganas de vomitar.

Mac esbozó una sonrisa satisfecha.

—Algunas mujeres merecen cocerse en su propia orina.

Otro súbito estallido de carcajadas sacudió el aire.

De todas las cosas de las que se habían reído, aquella fue la que más dolió a Will. Se referían a Sara. La piel se le calentó de repente. Los músculos se le tensaron. Sintió un dolor agudo al apretar el puño como un acto reflejo. No podía moler a golpes a aquellos hombres, si no quería estropear su tapadera. Pero podía conseguir que siguieran hablando, porque cada palabra que decían podía conducirlos a prisión.

—Hablando de orina —dijo—, yo habría pagado por ver la cara que puso Linton cuando se enteró del acuerdo de Tommy.

—Joder —dijo Mac—, yo habría pagado un millón más por estar presente en ese momento.

—Lo mismo digo —añadió Chaz—. Esperemos que esto sea el final.

—Más vale que lo sea —dijo Richie—. A no ser que Santa Sara quiera volver a verse encadenada en un váter.

Hubo otra ronda de carcajadas. De nuevo, Will se obligó a reír también, pero apretaba el puño tan fuerte que sentía cómo se filtraba la sangre entre los puntos de sutura.

Chaz le preguntó:

—¿Por qué has vuelto a Atlanta? Seguro que tenías otras opciones.

Will notó un sabor a sangre en la boca. Se había mordido el interior de la mejilla.

—Eddie ya estaba estudiando aquí y mi mujer quería estar cerca de él. Tenía que ceder en algo.

—Deberías meterla en cintura —le aconsejó Mac—. Ya que sabes que no te va a dejar, ¿por qué no te diviertes un poco?

Will se obligó a asentir.

—A lo mejor puedes ponerme en contacto con tu empresa de seguridad.

Mac enarcó una ceja.

—Yo no me arriesgaría a algo así, sería exponerme demasiado. Fue un proyecto padre e hijo.

Will no debería haberse sorprendido. Había visto el informe de la autopsia de Dani Cooper. Tommy hacía honor al refrán: de tal palo, tal astilla.

—¿Tú tienes hijos? —le preguntó a Chaz.

—Sí, uno, Chuck. Es un poco más pequeño que Tommy, pero siempre se han llevado bien. —Chaz preguntó a Richie—: ¿Y Megan? ¿Ha entrado en razón?

—Solo por el dinero —contestó Richie—. No sabéis la suerte que tenéis por no tener hijas. Estoy a favor de los derechos de la mujer, pero esto está yendo demasiado lejos.

—Dímelo a mí. —Chaz seguía mirando a Will—. Has dicho que aún puedes sostener una jeringa. ¿Es que no operas?

Will bebió un poco de té para quitarse el regusto a sangre de la boca, volvió a encerrarse dentro de John Trethewey y soltó el discurso que le había preparado Sara.

—Llevo un tiempo haciendo PRP, células madre, algo de cortisona y tramadol… Sin seguro médico. Pago en efectivo, por adelantado. Y un plus si traigo al anestesista, y todos quieren que lo traiga. Es un buen negocio.

—Hacemos mucho de eso en el área metropolitana de Atlanta —comentó Chaz—. Sobre todo a través de consultas privadas, pero cada vez hay más hospitales que lo ofertan. Tienes razón, es muy lucrativo.

Will se aferró a su vaso.

—¿Es que estáis pensando en meteros en el campo de la ortopedia?

—Somos inversores —contestó Mac—. Buscamos centros

médicos que necesiten dar un vuelco a su negocio, encontrar nuevas fuentes de ingresos o monetizar los servicios existentes con un modelo más personalizado, a la carta.

—¿Ortopedia a la carta?

Ese era el verdadero motivo por el que habían invitado a John Trethewey a comer. Por eso le estaban haciendo tantas preguntas. Querían asegurarse de que su caso de acoso sexual en Texas estaba zanjado porque veían la oportunidad de amasar más dinero.

—Las botas y las férulas no dan mucho beneficio —respondió.

—Ahí es donde entra la cuota de socio —dijo Richie—. ¿Chaz?

Este tomó la palabra y se puso a parlotear sobre clientes con alto poder adquisitivo y sobre la reserva inagotable de personas mayores que iban en busca de curas mágicas que los rejuvenecieran. Will fingió interés y procuró hacer caso omiso del latido de su sangre, que le atronaba los oídos. Había trabajado de infiltrado tantas veces que había perdido la cuenta. Le habían dado palizas, le habían metido una pistola en la boca, le habían hecho cacheos integrales en busca de micrófonos y una vez habían estado a punto de cortarle una mano, pero nunca había sentido un deseo tan intenso de revelar su verdadera identidad como en ese momento. Si hubiera creído que podía salir indemne, les habría pegado un tiro en la cara a aquellos psicópatas.

—Nos damos cuenta de que es una decisión importante —concluyó Chaz—. Tómate tu tiempo.

—Pero no tardes demasiado —añadió Mac.

Richie añadió:

—Sabemos que tendrás que pensártelo.

—¿Sabéis qué estoy pensando? —preguntó Will—. Que habláis mucho y no ofrecéis nada concreto.

—La oferta concreta es esta —dijo Mac—. Te colocamos en una de esas clínicas para que seas nuestro informante. Te enteras de cómo funcionan las cosas desde dentro. Y nos cuentas dónde hay que meter la tijera.

Will se obligó a abrir las manos. Uno de los puntos se había soltado. Tenía gotas de sangre en los vaqueros italianos.

—¿Como un espía?

—Como un espía, no. Un espía de verdad —respondió Richie—. Buscamos maximizar nuestros beneficios. Tú entras y nos dices qué hay que recortar y qué hay que reforzar. No pensando a largo plazo, sino en el futuro inmediato. ¿Qué hay que hacer ahora mismo para que este sitio parezca rentable?

—Nos da igual si se va a la mierda después de la venta —añadió Chaz—. Eso no es problema nuestro.

—¿Y yo qué saco a cambio? —preguntó Will—. Porque, en realidad, me estáis pidiendo que haga dos trabajos.

—Tendrás una compensación —dijo Mac—. Digamos, ¿el dos por ciento de la venta?

Will se rio.

—¿El dos por ciento? Será una broma. ¿Y a dónde voy cuando vendáis?

—A la siguiente clínica —contestó Chaz—. Y te llevas otro dos por ciento. No serías el primero. Hemos comprobado que es un sistema muy provechoso para todos los implicados.

Will sacudió la cabeza.

—Por el dos por ciento, ni hablar. Necesito ver cifras concretas. Y no olvidéis quién es mi tía. Sus abogados os machacarán si me la jugáis.

Mac pareció impresionado.

—Aquí todos estamos para ganar dinero. Cuidamos de nuestra gente.

—Yo no soy vuestra gente —replicó Will—. Quiero una participación significativa. Creo que me lo he ganado. Y no solo por lo de Cam. Hace dieciséis años, me contenté con mirar desde fuera. Pero ya no.

Se hizo otro largo silencio. Había puesto el dedo en la llaga.

—Lo pasaste muy mal por ese asunto de Texas, ¿no? —dijo Mac.

Will se recostó en la silla.

—Pues sí. Ahora soy más fuerte. Más listo.

—¿De veras?

—¿Habéis encontrado algo sobre mí o sobre mi caso en internet? —preguntó—. Soy como un fantasma porque sé lo que me hago.

—En eso tiene razón —dijo Chaz—. Nuestra gente no ha encontrado nada.

Will dedujo que eso le daba margen para ir un poco más lejos.

—Estoy harto de portarme bien. Merezco divertirme un poco.

Mac soltó una risotada.

—Eso es mucho pedir.

—Yo no pido las cosas —respondió Will—. Las tomo.

Chaz y Richie estaban en guardia, sentados prácticamente al borde de sus respectivos asientos. Will mantuvo los ojos fijos en Mac, porque era Mac McAllister quien mandaba allí.

—Deberíamos seguir hablándolo —dijo Mac—. ¿Por qué no vienes al guateque del viernes? Y tráete a Eddie. Así conocerá a Tommy. Y Chaz va a llevar a Chuck.

Will le preguntó a Richie:

—¿Cómo se llama tu hija? ¿Maggie?

—Megan, pero ella no va. —Hasta ese momento, Richie no había hablado con tanta rotundidad. Era un padre de mierda, pero sentía la necesidad de proteger a su hija—. No está metida en esto.

—Así es —dijo Chaz, como si fuera algo que tenían acordado.

—Entonces, ¿os esperamos a ti y a Eddie el viernes? —preguntó Mac.

Will los miró uno por uno: Mac, con la barbilla levantada en un gesto imperioso; Richie, con sus ojos llorosos de alcohólico; Chaz, con su boca húmeda y reptiliana. Se habían abierto a él, pero no lo suficiente. Tenía que demostrarles que era de fiar. Seguía observando desde fuera su oscuridad. Y para imputarles algún delito, necesitaba ver esa oscuridad desde dentro.

—Claro —contestó.

Ahora solo necesitaba un hijo.

15

—Hijo mío. —Faith sujetó a Jeremy por los hombros y lo apartó del diagrama de la cocina—. Hazme caso, esto no es asunto tuyo.

Jeremy trató de mirar de todos modos.

—Era asunto mío cuando necesitabas mi ayuda.

—No, no lo era. —Sacó una caja de galletas de la despensa para distraerlo—. Necesitaba que me ayudaras con el ordenador y el teléfono e hiciste un trabajo cojonudo.

—Hice un trabajo a medias. —Abrió las galletas—. Puedo descifrar esos archivos protegidos si me das más tiempo.

—Prefiero que emplees tu tiempo en pensar qué te vas a poner mañana para la cena de 3M. —Intentó atusarle la mata de pelo—. Y a lo mejor podría cortarte un poquito el pelo.

Él le apartó las manos.

—Mamá…

—Solo intento ayudar. Esos ejecutivos son unos estirados. Y con tu adorable pelo despeinado, una sudadera y unos vaqueros no te los vas a ganar.

—¿Qué sabrás tú de ejecutivos?

—He detenido a bastantes. —Faith le dio una palmada en el hombro—. Venga, tesoro. Necesito la habitación para trabajar. Largo.

Jeremy siguió sin moverse.

—Hasta dentro de media hora no he quedado con Trevor y Phoenix. Pensaba quedarme en el sofá.

Normalmente, Faith se habría llevado una alegría al saber que su hijo quería quedarse en casa, pero le escamaba que rondara por la cocina.

—Vale, pero solo hasta que lleguen Will y Sara. No quiero que te metas en esto, ¿vale?

—Claro. —Jeremy se llevó las galletas y salió tranquilamente de la habitación.

Faith contó hasta veinte y luego se asomó a la esquina. Su hijo estaba en el sofá, en lo que ella llamaba «la Posición»: la columna encajada en la curva del sofá, los auriculares Beats puestos, los pies descalzos, con calcetines, enganchados al borde de la mesita, y el mando de la Xbox en las manos. Técnicamente, los auriculares y el mando eran de Faith, pero era lo que tenía ser madre: que ya nunca nada volvía a ser verdaderamente tuyo.

Se volvió hacia la cocina y le mandó rápidamente un mensaje a Aiden para avisarle de que tenían que posponer su cita. Y luego procuró ignorar su sentimiento de decepción, porque no era de esas mujeres a las que le preocupaba ser la única persona que roncaba en su cama.

Miró el diagrama de la cocina, que seguía sin tener hilos, pero únicamente porque iba a dejar que Will hiciera los honores. Tenían dos conexiones que hacer.

Una: Dani Cooper había recibido un mensaje que decía *Eso soy yo*, las mismas palabras escritas en el pecho izquierdo de Leighann Park.

Y dos: a Merit Barrowe, Dani Cooper y Leighann Park les faltaba el zapato izquierdo.

Había impreso fotos de las Air Jordan Flight 23 blancas, negras y amarillas de Merit, de las sandalias negras Stella McCartney de Dani y de los zapatos Marc Jacobs de terciopelo azul, con cordones y tacón cuadrado, de Leighann.

Lo único que sabía con certeza era que aquellas jóvenes tenían más dinero para zapatos que el que ella había tenido a su edad para comer.

Se obligó a dejar de mirar el diagrama que pronto tendría hilos y catalogó mentalmente el trabajo que había hecho en las últimas dos horas. Las impresiones estaban ordenadas en montones sobre la mesa: las transcripciones del chat del Club de la Violación, los documentos que Martin Barrowe le había robado a Cam Carmichael, una copia de la declaración de Leighann Park, el sumario del caso de Dani Cooper, los mensajes de texto y el informe de la autopsia, un *pendrive* con la grabación que había hecho Will de la entrevista con Leighann y copias de las tres fotos desde distintos ángulos que había hecho ella de las palabras escritas en el pecho de Leighann.

Se estremeció y metió las fotos entre otros papeles por si Jeremy volvía a entrar.

El portátil de Cam seguía sobre la encimera. Los archivos protegidos por contraseña aún estaban por abrir. Quizá los procesadores de datos del GBI pudieran restaurar los archivos de vídeo del sitio web. Quizá encontraran alguna información escondida en el antiguo iPhone de Merit Barrowe.

Quizá.

Lo más importante era la lista de documentos que quería pedir por vía judicial: los registros de GoDaddy para averiguar a quién pertenecía el sitio web del Club de la Violación, la nómina de empleados del hospital Grady de hacía quince años, la lista de residentes de Morehouse en ese mismo periodo, los movimientos bancarios de Eugene Edgerton y del forense que había hecho la autopsia chapucera de Merit, y los números de teléfono del iPhone de Merit.

Estaba todo listo para enseñárselo a Amanda. Ahora solo tenían que idear la manera de explicarle el caso sin que los destripara como un jabalí furioso.

Volvió a mirar qué hacía Jeremy. Seguía con los auriculares puestos, jugando a Grand Theft Auto. Sabía que tenía el volumen tan alto como para romperse los tímpanos, pero no iba a arriesgarse a que oyera algo que no debía oír. Bajó el volumen de su portátil al sentarse a la mesa.

Ya había sacado su cuaderno y su boli. Abrió el correo

electrónico. Encontró el audio que Will había grabado mientras comía con Mac, Richie y Chaz en el club de campo. Will la había prevenido sobre las peores partes, pero aun así tenía la sensación de que escucharlo iba a ser un mal trago.

Pulsó el *play*.

Se oyó el suave tintineo de los cubiertos al chocar con los platos y un murmullo de conversaciones. Luego, unos chasquidos apagados cuando Will dejaba el móvil sobre la mesa. Su voz salió del altavoz del portátil como un susurro.

Estaba en Texas. Menudo infierno. Cuando no se va la luz, te dicen que hiervas el agua. El país entero se está yendo a la mierda.

Faith se estremeció al oír su tono. Era alarmante lo bien que se le daba hacerse pasar por un tipo con carné de un club de campo. Cerró los ojos y trató de imaginarse el escenario, pero solo consiguió evocar la cena de *Titanic*, cuando Jack respiraba el aire enrarecido de primera clase.

Sacudió la cabeza para despejarse y se concentró en las voces de los hombres. Hablaban de esto y aquello: de la herida de la mano de Will, del sobrepeso de Chaz, de las tetas de la camarera. Apoyó la cabeza en las manos mientras intentaba averiguar quién era cada cual. Richie Dougal, Chaz Penley, Mac McAllister. Sus fotos estaban pegadas en el armario de la cocina, pero ninguno hablaba como ella imaginaba. La voz de Richie era algo nasal. La de Chaz, aguda. La de Mac era suave, pero estaba claro que era uno de esos hombres acostumbrados a que los demás estuvieran pendientes de cada palabra que decía. Hablaba poco, pero, cuando hablaba, lo hacía con precisión quirúrgica.

¿Qué te ha pasado en la mano? ¿Qué pasó en Texas? ¿Cam te metió en la pandilla? No recordaba ese detalle.

Se dio cuenta enseguida de que le gustaba que Will se metiera con los demás. Si hubiera tenido que aconsejar a sus hijos sobre cómo enfrentarse a un matón, les habría dicho que pusieran la otra mejilla. Pero, en el caso de Will, se alegró al comprobar que devolvía los golpes. Su compañero se las había arreglado para sacar el tema de Cam desde el principio y darles a entender que estaba al tanto de lo que había ocurrido con la investigación de la muerte de Merit Barrowe. Incluso se atribuía el mérito de haber sacado a Cam de Atlanta. Y luego deslizaba una frase que ella había extraído de las transcripciones del chat del Club de la Violación. Era cuando hablaba de su tía. O de la tía de John Trethewey.

¿Qué queréis que os diga? Alguien tendría que meterle la polla en la boca, a ver si así se calla de una puta vez.

Al oír las risotadas, se le revolvió el estómago. Volvió a mirar las fotografías mientras seguían riéndose. Un especialista en atención hospitalaria, un cirujano cardiotorácico y un nefrólogo. Todos parecían tan normales… El tipo de personas en las que se podía confiar.

Se obligó a apartar la mirada.

La grabación continuaba. Advirtió un cambio en tono. De pronto se sentían más cómodos con John Trethewey. Se mostraban tal y como eran. La broma chabacana de Will sobre cómo hacer callar a su tía le había franqueado las puertas del club. Los oyó brindar por Cam Carmichael como si fuera una especie de vikingo camino del Valhalla.

Richi: Por Cam.

Chaz: Por Cam.

Mac: Uno de los grandes Maestros.

Richie: Hasta que el cabrón se cagó de miedo.

—Mierda. —Faith paró la grabación.

Hojeó las transcripciones del chat del Club de la Violación hasta encontrar lo que buscaba. 007, 004, 003 y 002 hablaban de un comentario que había hecho Prudence Stanley en una de sus muchas cenas.

007: Necesita un buen polvo, a ver si así se relaja. 002: ¿De verdad vamos a empezar con eso otra vez? 004: Conmigo no contéis. Yo me piro. 007: Me encantaría hacerle trizas el coño. Partirla por la mitad como el mar Rojo. 003: La sangre es un buen lubricante, Maestro.

Faith había visto muchas películas de vampiros. No había reparado en la palabra «Maestro» porque aparecía muy cerca de «sangre», y no había caído en que podía tener un significado oculto. Estaba escrita en mayúscula, lo que significaba que la utilizaban a modo de título. Que apareciera dos veces y que la usaran para referirse a Cam era una señal inequívoca de alarma.

Miró hacia atrás para ver qué hacía Jeremy antes de volver a pulsar el *play*. A pesar de que los cuatro hombres parecían relajados, la conversación se crispaba ligeramente. Su angustia aumentó cuando Will empezó a responder a más preguntas; concretamente, sobre su mujer y su hijo. No sabía qué era más chocante: si que hablara como un capullo u oírle hablar de un hijo ficticio llamado Eddie cuyo currículum era idéntico al de Jeremy.

Al oír gimotear a un perro, se le encogió el estómago.

Will le había advertido sobre las torturas electrónicas a las que Mac sometía a Britt, pero oírlo en tiempo real era espeluznante. Faith había leído sobre esa forma de maltrato. Vivir con un maltratador era insoportable, pero que Mac aprovechara las herramientas informáticas para vigilar y controlar a Britt a través del internet de las cosas era de un nivel de sadismo inaudito. La música *death metal* tenía tintes nazis. Faith bajó el volumen todo lo que pudo para sofocar los gritos de terror de Britt. No quería imaginársela acurrucada en el suelo. No quería pensar en Britt McAllister como en una víctima, sobre todo porque Britt tenía por costumbre ensañarse con otras mujeres.

Cuando los gritos terminaron, había empezado a sudar. Se acordó de un detalle de la demanda civil por la muerte de Dani Cooper: el servidor que grababa las imágenes de las cámaras de seguridad de los McAllister estaba averiado la noche que murió Dani. No había vídeos de su llegada a la casa ni de su marcha en el Mercedes de Tommy. Faith se preguntó si habría grabaciones del interior de la casa.

Lo anotó en su larga lista de cosas que habría que investigar si aquel caso que no era un caso llegaba a abrirse oficialmente. Luego subió el volumen y siguió escuchando la conversación. La cantidad de dinero que manejaban aquellos tipos era asombrosa. Siempre había pensado que los ricos no hablaban de dinero, pero dedujo que solo era así cuando estaban rodeados de pobres. Casi había llegado al final de la grabación cuando oyó un extraño chasquido. Subió un poco el volumen y retrocedió diez segundos para volver a escucharlo.

Chaz: Aparqué a mi suegra en un sitio de esos.

Will: Yo habría pagado por ver la cara que puso Linton cuando se enteró del acuerdo de Tommy.

Volvió atrás. Se oyó claramente un clic, un cambio sutil en el ruido de fondo entre la intervención de Chaz y la de Will. Sintió que fruncía el ceño. ¿Por qué iba a editar Will la grabación? Nunca lo había hecho.

Por Sara.

Chaz debía de haber dicho algo sobre Sara que Will no quería que ella supiera.

Luchó por refrenar su curiosidad natural. Aiden no era el único *beagle* dispuesto a seguir un rastro hasta el final, ladrando como un loco. Odiaba que la gente intentara ocultar cosas. Era una de las características que la convertían en una buena investigadora y en una madre entrometida. Decidió olvidarse del asunto, de todas formas. Si Will ocultaba algo privado sobre Sara, sin duda era por un buen motivo. Además, ya había traicionado a Sara al hacer averiguaciones sobre Jack Allen Wright.

Aun así, la decisión le dejó un mal sabor de boca.

Escuchó el resto de la grabación, pero no había nada más sobre Sara ni sobre Cam, ni nada interesante que no estuviera relacionado con sus intenciones al invitar a John Trethewey a comer. Aguantó su charla mientras intentaban convencerlo de que actuara como espía en alguna de sus clínicas. Le impresionó la astucia con que Will consiguió cambiar las tornas. Su habilidad para meterse en la piel de otras personas era impresionante. Faith no tenía ni idea de cómo lo hacía. A ella se le daba bien mentir, pero solo podía mantener la mentira un rato.

La grabación se detenía justo después de que le dijeran dónde iba a celebrarse el guateque del viernes. *Ropa informal. A las copas invitamos nosotros. Vendrán algunos acoplados: Davie, Mark, Jackson, Benjamin, Layla, Kevin, hasta puede que aparezca la loca de Blythe. Procura llevar a Eddie. Nos encantaría que conociera a los chicos.*

Faith miró sus notas.

Maestro.

Volvió a pasar las páginas, buscando los perfiles que había hecho sobre los participantes anónimos del chat. 001: ¿Royce? 002: ¿Mac? 003: ¿Richie? 004: Mason. 005: ¿Chaz? 006: Cam. 007: ¿Bing?

Trató de resolver los interrogantes. Esa mañana estaba bastante segura de sus conclusiones, pero escuchar la grabación le había hecho replantearse la lista. Ahora le parecía que Mac encajaba mucho más en el perfil de 007. Claro que, por otra parte, no parecía dispuesto a ensuciarse las manos. Había hecho partícipe a su propio hijo del acoso y el maltrato a Britt. Era repugnante que dijera que aquel sistema de vigilancia era «un proyecto padre-hijo».

Había muchas cosas que le chirriaban en aquel asunto, pero lo de los gemidos de perro se llevaba la palma.

Hasta cierto punto, se preguntaba por qué Britt no se marchaba, aunque sabía que nunca era tan sencillo. La violencia machista era uno de los delitos más complicados: en parte era agresión, en parte coacción, en parte lavado de cerebro y en parte detención ilegal. Tanto si la víctima vivía en una mansión como si vivía en una barriada, había toda clase de razones para que no se marchara: aislamiento, vergüenza, humillación, negación, miedo a perder a sus hijos o a quedarse sin hogar, y, sobre todo, miedo a la propia violencia, porque cuando una víctima corría más peligro era cuando intentaba abandonar a su agresor. Decirle a alguien que se marchara era fácil cuando no te habían golpeado tantas veces la cabeza contra una puerta que habías acabado con el cráneo fracturado.

Por eso, entre otras muchas razones, ella nunca dejaría que un hombre controlara su dinero.

—¡Mamá, ha llegado Will! —gritó Jeremy.

Se dio la vuelta cuando Will entró en la cocina. Venía solo.

—¿Dónde está Sara? —preguntó.

—Aún no ha aterrizado. Tuvo que esperar a que llegara el marido de Sloan. —Parecía más tenso que de costumbre—. Fue Cam quien la violó en la Facultad de Medicina.

—Joder —masculló Faith, y se levantó para comprobar qué hacía Jeremy. Estaba otra vez en la Posición, con los auriculares puestos—. ¿Cómo? —le preguntó a Will—. Quiero decir, ¿qué pasó?

—Quedaron un día para salir y la violó. Luego intentó comerle la cabeza, hacerle creer que había sido un malentendido. Le destrozó la vida. Y él siguió con la suya. —Will se sentó a la mesa, lo que era extraño. Por lo general, se quedaba de pie, apoyado en algún sitio. Solo se sentaba cuando Amanda estaba presente—. Justo antes de pegarse un tiro, le mandó a Sloan por correo una caja con una memoria USB, una carta y la ropa interior que llevaba Merit Barrowe la noche de su muerte.

Faith se hundió en su silla.

—Joder.

—El *pendrive* y la carta se han perdido. Sloan los tiró. —Will se encogió de hombros, a pesar de que sabía lo valiosas que habrían sido aquellas cosas—. Sara tiene la ropa interior. La cadena de custodia es una mierda. Ha estado ocho años guardada en una bolsa de plástico con cierre, en una cajonera del sótano de Sloan.

Faith trató de asimilar aquel torrente repentino de información.

—Pero si la ropa interior tiene rastros de ADN, quizá podamos relacionarlo con Merit y con alguien del Club de la Violación.

—El Club de la Violación.

Faith se estremeció al oírle pronunciar el nombre. De pronto le sonó increíblemente frívolo. Se levantó, se acercó a la pared y quitó la tira de cartulina, dando gracias a Dios por que Sara no hubiera visto «CLUB DE LA VIOLACIÓN» escrito en mayúsculas.

—Hay que secuenciar el ADN que haya en la ropa interior. Y luego hay que encontrar la manera de conseguir muestras de ADN de todos. Ninguno de ellos está fichado. Por eso se han salido con la suya tantos años.

—Podemos recoger las muestras mañana, en el guateque —dijo Will—. Que varios agentes nuestros se hagan pasar por camareros y recojan los vasos.

—Eso va a costar mucho dinero. A Amanda no va a gustarle nada.

Will se encogió de hombros. A Amanda no iba a gustarle nada de aquel asunto.

—Sloan no sabía lo del chat —añadió—. Lleva quince años sin pisar Atlanta. Cortó lazos con Mason unos meses después de que violaran a Sara.

—¿Unos meses?

—El trauma afecta a cada persona de manera diferente.

—Lo que nos lleva de nuevo a Britt —dijo Faith—. Ahora mismo estaba pensando que dejar una situación de maltrato nunca es fácil.

—El miedo a lo desconocido es una razón poderosa —repuso Will—. Te machacan tanto que al final no sabes cómo vivir sin que te machaquen.

Faith sabía que hablaba por experiencia. Su exesposa era una de esas mujeres a las que habían maltratado tanta veces que ya no sabían cómo estar con un buen hombre.

—¿No has puesto el hilo? —Will estaba mirando las fotos de los zapatos de las tres mujeres, desplegadas sobre la mesa—. Tenemos dos vínculos: los zapatos y el *Eso soy yo*.

—He pensado que querrías ponerlo tú.

Will levantó la mano herida para mostrarle que no podía.

—¿Has sacado algo en claro del audio de la comida?

—Mac llama a Cam «uno de los grandes Maestros».

—«Hasta que el cabrón se cagó de miedo» —repuso Will citando a Richie—. ¿Qué más?

Faith pensó en el fragmento de la grabación que él había editado, pero dijo:

—Hablan como monstruos. Todos ellos.

—Porque lo son. —Apoyó la mano herida en la única parte de la mesa que no estaba cubierta de papeles.

La sangre había calado el vendaje. Tenía los dedos hinchados. Faith sabía que no debía ofrecerle un analgésico, porque Will siempre aceptaba el dolor con resignación estoica; era su reacción por defecto.

—¿Lo tienes todo listo para presentárselo a Amanda? —preguntó él.

—Sí. —A Faith se le encogía el estómago cada vez que pensaba en cómo iba a reaccionar Amanda—. Ya lo he escaneado todo. Mañana por la mañana lo subiré al servidor, si es que seguimos vivos.

—Vamos a repasarlo. Recapitulando, ¿qué tenemos?

—Merit Barrowe, Dani Cooper, Leighann Park. —Faith cruzó los brazos y se recostó en la silla—. La policía de Atlanta no está dispuesta a reabrir los casos de Merit ni Dani, pero están investigando el de Leighann. No están escatimando esfuerzos. Tienen a la prensa encima y los jefazos están atentos. He hablado con el inspector de delitos sexuales, un tal Adam Humphrey. Tiene cara de hurón, pero se está tomando el tema en serio. No va a cagarla, como hizo Donnelly. Quiere demostrar que son capaces de investigar una agresión sexual como es debido.

—¿Leighann confía en él?

—Adam está intentando ganarse su confianza y creo que lo conseguirá. Por lo menos, su estatura no es problema. Es más bajo que yo. —Faith no podía seguir sentada. Juntó las fotos de los zapatos y se puso a pegarlas en los armarios—. ¿Cómo está Sara?

—No muy bien —contestó Will.

Él tampoco tenía buena cara. Faith le había oído hablar de su tía Eliza en la grabación. No sabía qué clase de relación tenían, pero no debía de ser fácil para él saber que se estuviera muriendo.

Y lo que estaba a punto de decirle tampoco iba a facilitarle las cosas.

—He estado revisando los cuatro casos, buscando coincidencias —dijo—. Merit, Dani, Leighann, Sara.

Will empezó a asentir.

—El caso de Sara no encaja con los otros tres —contestó él—. El *modus operandi* es distinto. Al conserje lo detuvieron. No fue nada cuidadoso. Actuó por su cuenta.

Faith sacó tres ovillos de lana roja de la cesta de labor de su madre. Obviamente, estaba de acuerdo con él, pero tenía que poner a prueba su teoría.

—Britt dijo que había un vínculo.

—El vínculo es Edgerton.

Faith se dio la vuelta. Will hablaba con mucha certeza.

—Fíjate en la cronología —dijo, porque él siempre quería fijarse en la cronología—. Retrocede quince años. A Merit Barrowe la secuestran, la drogan y la violan. Consigue llegar al hospital, pero fallece a causa de un ataque epiléptico provocado por una sobredosis. A nadie parece importarle, más que a su familia. Edgerton no investiga. Cam indaga por su cuenta, pero Edgerton consigue pararle los pies. El resultado es que todo el asunto se desvanece.

Faith asintió para que siguiera adelante.

—Dos semanas después, violan a Sara. Su caso levanta bastante revuelo, no como el de Merit. Sale en los periódicos. Se arma mucho jaleo. El hospital Grady está implicado porque Sara trabaja allí. La Universidad Emory también, porque era una de sus residentes. La plana mayor de la policía de Atlanta está al tanto. No hay forma de echar tierra sobre el asunto.

Faith retomó el hilo de la narración.

—Edgerton fue a ver a Cam al día siguiente de que violaran a Sara. Lo sobornó para que dejara de hacer averiguaciones.

—Vale, pero deja a Eugene Edgerton a un lado —dijo Will—. Imagínate este escenario. Eres el inspector de guardia del distrito cinco. Te toca el caso de Merit. Y luego, dos semanas después, el de Sara. Eres un buen policía y quieres cumplir con tu trabajo. ¿Qué haces?

—Investigar ambos casos a la vez —contestó Faith—. Dos violaciones en dos semanas, una en el hospital Grady y otra en sus inmediaciones. Una de las víctimas es una estudiante, y la otra, una doctora. Montaría un equipo de investigación: patrullas que pregunten puerta por puerta y hablen con la gente, agentes que consigan grabaciones de cámaras de seguridad y revisen casos anteriores y partes de incidencias... Interrogaría a la novia de Merit, a sus profesores, al residente de Morehouse. Buscaría elementos coincidentes con el caso de Sara: testigos, transeúntes, compañeros de trabajo, lugares, eventos, horarios... Intentaría averiguar si algún nombre aparece en ambos casos.

—Exacto —dijo Will—. Ahora imagínate que eres Eugene Edgerton y que te han pagado para que barras bajo la alfombra la agresión y el asesinato de Merit Barrowe. Lo haces. Y entonces violan a Sara.

—Y me entra el pánico —continuó Faith—. El revuelo que se arma por lo de Sara va a hacer que salga a relucir lo de Merit. Tengo que catalogar la muerte de Merit como sobredosis para que su caso no aparezca cuando busquen agresiones similares en la zona. Obligo a Cam a cambiar el certificado de defunción. Me aseguro de que el forense no haga preguntas. Informo a los jefes de que no hay ningún vínculo entre los dos casos. Lo de Merit fue una sobredosis; es una tragedia, pero era una estudiante y son cosas que pasan. Mientras tanto, me vuelco en el caso de Sara. Detengo al conserje en cuestión de cuatro horas. Le doy al fiscal todas las pruebas que necesita para su procesamiento. Wright va a prisión. Sara vuelve a casa. Y yo quedo como un puto héroe.

—¿Y? —dijo Will.

Faith se quedó callada mientras cavilaba. Seguía sin verlo.

—El vínculo es que no hay vínculo —explicó Will—. Eugene Edgerton se aseguró de ello. Aisló el caso de Merit. Mintió sobre las circunstancias que rodearon su muerte para que no se abriera una investigación más amplia. Protegió al hombre que violó a Merit y que fue el responsable de su muerte.

—Joder —dijo Faith. Al parecer, esa noche era su respuesta recurrente—. Si a Sara no la hubieran violado, ni siquiera sabríamos el nombre de Merit Barrowe.

—Tampoco lo sabríamos si Britt McAllister hubiera mantenido

la boca cerrada. El que pagó a Edgerton consiguió lo que quería. —La voz de Will sonaba áspera. Miró su reloj. Estaba pensando en Sara—. Por si sirve de algo, Sloan no creía haber sido la primera víctima de Cam. Parecía bastante segura de que no era la primera vez que cometía una violación.

—Es lo que suele pasar. —Faith dejó el hilo rojo y se sentó de nuevo a la mesa—. Estamos dando por sentado que a Merit la violó alguien del Club de la Violación, ¿verdad?

Will asintió.

—Los mensajes que recibió Merit hace quince años eran similares a los que recibieron Dani y Leighann. Y sabemos que los casos de Dani y Leighann están vinculados por el *Eso soy yo.*

—Vale, entonces, hace quince años, ¿Cam sabía que Merit había sido víctima del Club de la Violación? —Faith se frotó la cara con las manos—. Vamos a llamarlo el Club, ¿vale?

Will volvió a asentir.

—Sara cree que Cam sabía que alguien del Club era el responsable de lo que le había pasado a Merit. Las urgencias del hospital Grady atienden con frecuencia casos de violación y agresiones sexuales. Merit no era la primera víctima a la que atendía Cam, pero fue la única que le impactó de verdad. Algo hizo clic en su cabeza. Vio que lo que estaba haciendo el Club, lo que hacía él, estaba mal.

Faith se resistía a reconocerle ningún mérito.

—Cam tenía que saber que, si Edgerton se enteraba de lo del Club, él también acabaría detenido. Era imposible que cayeran todos y que no lo arrastraran en su caída.

—Los borrachos no son famosos por su capacidad como estrategas —dijo Will—. Piénsalo. El tío tenía veintitantos años y ya le había caído una sanción por conducir borracho. Era un alcohólico. Había algo que lo torturaba. Sabía que lo que hacía estaba mal. Buscaba la absolución en la botella. Veía a Merit como su única oportunidad de redención y Edgerton no quería picar el anzuelo. No soy de los que creen que los criminales quieren que los atrapen, pero Cam Carmichael quería que lo atraparan.

—Sí, bueno, cuánto lo siento por él. —Faith sabía que la ex de Will también había luchado contra su adicción a las drogas y el alcohol, pero aun así no iba a justificar a Cam—. Podría habernos hecho un favor a todos y haberse matado antes.

—Eso mismo le dijo Britt a Sara.

—Santo Dios. —La comparación hizo palidecer a Faith—. Pasemos a Leighann Park.

Will esperó.

—Alguien le dibujó un círculo en la parte de atrás de la rodilla izquierda —prosiguió ella—. Leighann es zurda, pero yo intenté dibujarme uno con la mano derecha en la rodilla derecha. Bien sabe Dios que no soy tan flexible como una veinteañera, pero el círculo que me salió era un churro. Y de colorearlo sin salirme de la línea ya ni hablamos. Leighann me dijo que estaba en el centro exacto de su corva y que era casi perfectamente redondo. Es imposible que se lo pintara ella misma.

—¿Lo vio el amigo? ¿Jake Calley?

—Sí. Quiso hacerle una foto, pero ella no le dejó. Estaba muy asustada, como es lógico.

Will empezó a frotarse la mandíbula.

—Alguien le pintó el círculo. Alguien sabía que Leighann estaba buscando un libro en la biblioteca. Alguien le envió mensajes. Alguien registró su apartamento. Alguien sabía que tenía un espejo en el cajón.

—«Eso soy yo» —citó Faith.

—¿Y Dani Cooper?

Faith repasó la lista.

—Alguien sabía que quería trabajar como voluntaria en una campaña política. Alguien sabía que tenía un lunar en la parte de arriba del muslo. Alguien sabía que guardaba papel y un boli en el cajón de su mesilla de noche.

—¿Qué harías tú si un desconocido empezara a enviarte ese tipo de mensajes?

—Rastrear su origen y… —Faith se dio cuenta de que se refería a qué haría si fuera una persona normal—. No lo sé. Me asustaría muchísimo, desde luego. Son detalles personales, muy íntimos. ¿A dónde quieres ir a parar?

—Pero ¿responderías a los mensajes? Porque esa es la cuestión. Esas mujeres contestaron. Podrían haberlo bloqueado, pero no lo hicieron. Así que ¿es una especie de *spam*? ¿El violador manda un montón de mensajes esperando que alguien pique? ¿O es más selectivo y se informa minuciosamente? ¿Dedica tiempo a elegir a mujeres que cree que es más posible que le contesten?

Faith negó con la cabeza.

—Si el violador conoce a las víctimas, entonces las víctimas conocen al violador. Leighann no reconoció al tipo del club. Y hasta donde sabemos, Merit no identificó a su secuestrador. Dani tampoco le dio un nombre a Sara.

—Has oído la grabación de Richie, Mac y Chaz. Parecen un equipo, ¿verdad? Cada uno tenía su papel, uno me soltaba el rollo sobre el espionaje empresarial y otro intentaba averiguar qué sabía de Cam. Se pasaban la pelota continuamente.

Faith asintió, porque de pronto, afortunadamente, todo empezaba a cobrar sentido.

—Trabajan en equipo. Uno manda los mensajes. Otro registra el apartamento. Otro escucha conversaciones. Otro se encarga de la vigilancia.

—Y uno de ellos la viola.

Faith recogió las transcripciones del chat.

—007 alardea de todas las mujeres con las que se acuesta y los demás le jalean. Puede que no hablara de conquistas, sino de violaciones.

Will esperó a que continuara.

Faith leyó:

—«007: Chicos, para que lo sepáis, la de anoche tenía el chochito bien prieto. Tuve que abrírselo como una lata de sardinas. 003: ¿Tuviste que usar la navaja? 002: ¿Se quedó dormida?».

Will guardó silencio mientras ella buscaba otra conversación.

—Esto es de cuatro meses después —dijo—. «007: ¿Por qué las rubias montan tanto escándalo? 004: A mí me encanta que griten. 003: Puede que gritara porque tienes la polla del tamaño de un Pontiac. 002: ¿De los de juguete, quieres decir? 007: Está claro que le iba la marcha. 004: Caballeros, sintiéndolo mucho, esto no es para mí».

—Mason. —Will apretó los dientes—. Dejaban pasar un tiempo entre las violaciones. Anoche dijiste que normalmente hay un lapso de cuatro meses entre las conversaciones del chat, ¿verdad? O sea, tres mujeres al año durante dieciséis años.

—Cuarenta y ocho víctimas. Dios mío. —Faith ojeó en silencio más pasajes. De pronto lo veía todo de forma completamente distinta, a la luz de su teoría sobre cómo funcionaba el Club. Leyó—: «007: No veía la hora de librarme de esa zorra, cómo chillaba la condenada. 002: ¿En serio estamos con eso otra vez? 003: Me encantan las tías con las tetas gordas. 007: Eran implantes salinos. 003: ¿Y cómo era? ¿Como apretar un globo o una pelota blandita? 007: Como apretar la bocina de una bici, por los gritos que pegaba».

—Si 007 es el violador, ¿cómo sabía 003 cómo eran los pechos de la víctima? —preguntó Will.

Faith miró el portátil de Cam.

—Los archivos corruptos del sitio web eran vídeos.

—¿Videovigilancia?

—Tendría sentido, si trabajaban en equipo. Y además es muy astuto, porque, si pillaban a uno, no estaría con los demás. Los cargos serían irrelevantes. Con un buen abogado, podrían sobreseerse.

—Pueden permitirse buenos abogados —comentó Will—. Y están acostumbrados a quitarse los problemas de encima a base de dinero. Mira el juicio de Tommy. Los Cooper aceptaron el acuerdo porque los detectives privados de Mac desenterraron esas viejas fotos que Dani le envió a su novio. Ir así de puerta en puerta cuesta dinero.

Faith buscó entre las capturas de pantalla de los mensajes que recibió Dani antes de morir y leyó:

—«Sé que te encanta la vista del parque desde tu habitación en la esquina».

—Lo sabía porque la estaba vigilando —dijo Will—. ¿Y Leighann?

Faith buscó su declaración.

—«En uno de los mensajes —leyó—, el Rarito me decía que me había visto paseándome por mi cuarto con una camiseta blanca y unas braguitas rosas, y yo me asusté porque eso era lo que llevaba puesto la noche anterior. Estuve dando vueltas por mi cuarto mientras hablaba por teléfono, así que tuvo que verme por las ventanas, porque se me olvidó cerrar las persianas».

Dejó la declaración y miró los montones de documentos, su cuaderno casi lleno, el portátil, el teléfono, las montañas de datos.

—¿Cuál es la única pregunta que nos va a hacer Amanda y para la que no tenemos respuesta?

—¿Qué pintamos nosotros en todo esto? —preguntó Will—. La policía de Atlanta se está encargando del caso de Leighann. Nadie nos ha pedido que investiguemos nada. ¿Dónde entra el GBI?

—Nos va a tener que meter con calzador en el caso de Leighann —dijo Faith—. Pero seguro que puede pedir algún favor. Se le da muy bien conseguir que la gente haga lo que ella quiere.

Will volvió a mirar la hora. Seguramente seguiría mirándola hasta que aterrizara el avión de Sara.

—Están introduciendo a sus hijos en el Club, ¿verdad? —dijo—. A Tommy y a Chuck. Y supongo que ahora quieren que John Trethewey presente también a Eddie como candidato.

Faith había pensado lo mismo.

—Leighann dijo que el tipo que la drogó en el club era atractivo. Es imposible que Chaz, Mac o Richie encajen en esa descripción. Son unos pervertidos de cincuenta y tantos años, gordos y asquerosos. Y piensa en lo que están haciendo: vigilar, registrar, escuchar a escondidas... Tienen que pasar desapercibidos para acercarse tanto a esas chicas. Un tío mayor llamaría la atención.

—Otra buena pregunta. ¿Cómo eligen a sus víctimas?

—Pues… —Faith se encogió de hombros—. Esas chicas cuelgan cada segundo de su vida en internet. Y luego están las aplicaciones de citas, los mensajes privados, Snapchat… Orden judicial, orden judicial y orden judicial.

Will estudió en silencio el diagrama.

—Mac parece ser el que manda, ¿verdad?

—Sí.

—Entonces, lo lógico sería que él elija a las víctimas.

—Si Dani hubiera tenido algún vínculo con Mac, habría salido a la luz en el juicio de Tommy.

—Era amiga de su hijo —dijo Will—. Con eso bastaba, no habrían indagado más.

A Faith se le ocurrió otra idea.

—La empresa que tienen, CMM&A. La C probablemente es de Chaz. La M, de Mac. Suponemos que la otra M y la A significan «fusiones y adquisiciones», pero ¿y si la M es de Mason y la A de alguien que no conocemos?

Will se quedó mirándola. Evidentemente, se habían topado con su dislexia, pero no iba a decírselo.

Ella reformuló el argumento:

—Esos tipos le ponen sus iniciales a todo: a la dirección del sitio web del chat, al nombre de la empresa… Pero hay una inicial que no se corresponde con ningún nombre. Un nombre que empezaría por A.

—¿Podría ser un segundo nombre? —preguntó él.

—Tal vez. —Faith hizo una anotación en su lista de cosas que debían investigar oficialmente. Una mascota familiar, un pariente lejano, una novia del instituto. El equipo de procesamiento de datos del GBI era extremadamente hábil encontrando datos personales raros—. Podemos preguntarle a Sara cuando llegue.

—Vamos a dejar que duerma tranquila esta noche —repuso Will—. Quiere ser ella quien hable con Amanda mañana por la mañana. Va a intentar asumir toda la culpa.

—¿Es que no conoce a Amanda? —preguntó Faith—. Es como un camello de la culpa. No se le acaba nunca.

—A quien va a castigar es a ti. A mí me tocará después. Tengo que ir al guateque. Tú eres prescindible.

Faith sintió que volvía a agriársele el estómago. Amanda no era solo su jefa. Era la mejor amiga de su madre y la madrina de Jeremy y Emma. Sus hijos la llamaban tía Mandy, igual que ella y su hermano mayor desde niños, porque formaba parte de su familia.

Nada de lo cual impediría que la relegara a hacer comprobaciones de antecedentes para la concesión de licencias de lotería y licores durante el resto de su malograda carrera policial.

—Vamos a necesitar un dispositivo de vigilancia importante en el guateque —dijo Will—. Camareros para recoger muestras de ADN, agentes de apoyo... Puede que el tipo del FBI al que me cedieron para lo de la milicia de Misisipi pueda echarnos una mano. Nos debe un favor.

Faith sintió un sofoco repentino.

—¿Quién es?

—Van. Trabajaste con él el año pasado en aquel asunto.

Aiden Van Zandt.

—¿El gilipollas de las gafas? —preguntó.

Will la miró con curiosidad.

—Ya sabes que no me fío de los hombres que llevan gafas. ¿Por qué no ven? —Faith dio un golpecito a su portátil para que se despertara. Tenía que cambiar de tema—. ¿Cómo se llama el sitio donde habéis quedado?

—Andalusia. Es un restaurante cerca de Pharr Road. También tiene bar. Parece un sitio para tomar algo después del trabajo.

Empezó a teclear la búsqueda. Le sudaban los dedos. Will seguía observándola atentamente.

—Hípsters, banqueros, abogados —prosiguió él—. Gente de Buckhead. Quizá tengamos que recurrir a la policía de Atlanta para encontrar a un chaval que se haga pasar por mi hijo.

Faith se humedeció los labios. Parpadeaba demasiado. Le picaba la piel. Saltaba a la vista que estaba fingiendo.

—Pues va a ser difícil encontrar a un policía que no parezca un policía.

—Puedo hacerlo yo.

Faith se giró bruscamente. Jeremy estaba de pie en la puerta de la cocina. Tenía los auriculares colgando del cuello porque había estado escuchando todo ese tiempo.

—Puedo hacerme pasar por Eddie —dijo.

Faith le echaría la bronca por escuchar a escondidas más tarde.

—¿No habías quedado con tus amigos hace veinte minutos?

—Les he dicho que no podía. —Jeremy dejó los auriculares en la encimera—. Puedo hacerlo. Puedo fingir que soy el hijo de Will.

Faith reprimió una mueca de fastidio.

—De ninguna manera.

—Mamá, piénsalo. Ningún policía va a poder hablar como un estudiante de Georgia Tech. Ni va a parecerlo. Tommy y Chuck se darán cuenta enseguida.

Will se levantó.

—Debería sacar a los perros antes de que llegue Sara.

—Mamá, yo… —dijo Jeremy.

Faith le hizo callar con una mirada. Esperó a que Will cerrara la puerta al marcharse. Luego le dijo:

—Vale, primero, no digas «Tommy y Chuck» como si formaras parte de esto, porque no es así, y segundo, tú, pipiolo, vas a ir a la cena de 3M mañana por la noche, así que caso cerrado, inspector Gadget.

Jeremy tenía una expresión preocupante. No se estaba riendo ni le estaba tomando el pelo. Estaba muy serio.

—He cancelado lo de 3M.

Faith casi se quedó sin habla.

—¿Qué?

—Que lo he cancelado. No quiero trabajar en 3M.

Faith tuvo que hacer una pausa para tomar aire.

Tenía entre manos la investigación de un horrible caso de violaciones múltiples y su hijo había decidido que aquel era buen momento para lanzar una granada en medio de su vida perfectamente planificada. No había aire suficiente en la habitación para que se llenara los pulmones. Se levantó de la mesa para poder mirarlo a los ojos.

Le dijo:

—Vale, tienes otras posibilidades. Dupont está bien. O Dow.

—Ya sé que tengo otras posibilidades.

—Bien. —Procuró que su voz no sonara angustiada. La aterraba el desempleo desde el instante en que sostuvo por primera vez en brazos a Jeremy—. Te gradúas en Georgia Tech dentro de dos meses. Puedes decidir a qué quieres dedicarte.

—Sí, a poner multas. —Su cara seguía teniendo aquella expresión preocupante—. Estoy pensando que quizá quiera dedicarme a eso. A poner multas. Ingresar en la policía de Atlanta, como hicisteis tú y la abuela.

Faith se echó a reír. Y siguió riéndose. Se rio tanto que se dobló por la cintura. Su risa sonaba como el ladrido de una foca. Luego pareció que se atragantaba con un pulpo. Y a continuación volvió a ladrar. Se secó las lágrimas mientras se incorporaba.

—Ay, cariño, por favor, hazle esto a tu abuela cuando vuelva de Las Vegas. Se va a mear de risa.

Jeremy no se inmutó.

—Acabo de decirte que quiero ingresar en el Departamento de Policía de Atlanta. ¿Por qué te ríes?

—Porque es una broma. —Faith volvió a reírse. Jeremy ya se estaba pasando de la raya—. Vas a graduarte en Ingeniería Química en una de las universidades públicas más prestigiosas del país. Vas a trabajar en una oficina y a llevar traje y corbata.

—El tío Will lleva traje y chaleco al trabajo.

—Porque el tío Will es un friki —dijo Faith—. ¿Por qué lo pones como ejemplo? Tu verdadero tío puede que sea un imbécil, pero por lo menos es médico.

—¿Y a quién voy a poner de ejemplo, si no? —replicó Jeremy—. Solo conocía a Victor y se te ocurrió tener un bebé con él.

—Oye, que no fue a propósito —dijo Faith—. ¿Y de verdad me

estás diciendo que tu abuelo no te cuidó todas las tardes cuando volvías del colegio? Te llevaba al campamento de ciencias y al de la banda y...

—Vale, mamá, ya lo sé. Sí, el abuelo me cuidaba y me acuerdo de él todos los días. Pero tienes que escucharme. —La miró directamente a los ojos, y eso fue lo más aterrador de toda la conversación—. No lo estoy diciendo a lo loco, ¿vale? Lo he pensado mucho.

Faith se sintió como si le hubieran dado un mazazo en el estómago. Hablaba en serio. No podía estar hablando en serio, joder.

—No vas a ser policía.

—Tú eres policía. La abuela era policía. La tía Mandy es policía —contestó Jeremy apuntándola con el dedo con enfado—. ¿Qué intentas decir de verdad, mamá? ¿Es que crees que no soy lo bastante duro? ¿Que no podría soportarlo?

—¡Que eres mi niño, eso es lo que estoy diciendo! —gritó Faith. Claro que no podría soportarlo. Todavía era redondito como un bebé. Tenía mofletes de ardilla—. Puedes hacer todo lo que quieras, Jeremy, cualquier cosa. Tienes toda la vida por delante, una vida fantástica. Tienes oportunidades con las que yo no podía ni soñar.

—¿Y por eso tengo que renunciar a mis sueños? ¿Para cumplir los tuyos?

—¿Sueños? —Aquella palabra atravesó su cerebro, retorciéndose. Necesitó hacer otra pausa para respirar. Había empezado a temblarle todo el cuerpo. Sentía que le iba a dar un infarto. Tuvo que hacer un esfuerzo para que no se le quebrara la voz—. Escúchame. —Le agarró de los brazos, ansiosa por hacerle entrar en razón—. ¿Quieres poner multas? Pues es así: paras a alguien por exceso de velocidad y no sabes si te va a pegar un tiro o a apuñalarte o...

—Sé cómo es el trabajo.

—No lo sabes, tesoro. Es... peligroso. Es muy peligroso.

—La abuela y tú siempre me decíais que no lo era.

—¡Te mentíamos! —gritó—. ¡Te hemos mentido siempre las dos!

—Genial, mamá. Muchísimas gracias. —Empezó a alejarse, pero se volvió—. Ya soy un adulto. No necesito el permiso de mi madre.

—¡No eres un adulto! —Faith estaba atónita—. ¿En serio quieres saber cómo es el trabajo? ¿En serio?

—¿Crees que podrás decirme la verdad?

—Claro que puedo. Es una puta mierda —le dijo—. Es muy duro, trabajas un montón de horas por un sueldo de mierda y ves siempre lo peor de la gente. Se lían a tiros por un par de calcetines, o matan a golpes a su mujer o estrangulan a sus hijos, y, cuando llegas a casa, solo puedes pensar en que es mejor que metas la puta pistola en la caja fuerte para que no te den tentaciones de usarla.

Jeremy parecía aturdido. Faith vio que tragaba saliva.

Se había pasado. Las cosas se le estaban yendo de las manos.

Él volvió a tragar saliva.

—¿De verdad te sientes así?

Faith no podía desdecirse.

—A veces.

Jeremy le sostuvo la mirada unos segundos; luego, fijó la vista en el suelo.

—Cariño, lo siento, yo… —dijo Faith.

—Pero también ayudas a los demás. Lo sé. Me lo has contado.

—Quizá puedas ayudar a una persona, pero el resto de la gente te odia, joder. —Faith nunca le había hablado con tanta franqueza—. Tengo que aguantar muchísima mierda solo por hacer mi trabajo. ¿Sabes cuántos gilipollas me han tocado el culo o han intentado manosearme o me han escupido? En serio, escupirme a la cara, de verdad… ¿O me han dicho porquerías o han amenazado con violarme si no me callaba de una puta vez? Y algunos de ellos llevaban uniforme, Jer. Las hermanas no formamos parte de la hermandad.

Él sacudió la cabeza con obstinación.

—Yo no voy a ser un policía así.

A ella le dieron ganas de reírse en su cara otra vez. ¡Qué iluso era!

—Nadie piensa que va a ser así.

—¿Ves las noticias, mamá? La gente tiene razones para odiar a la policía.

—¿Que si veo las noticias? Claro que veo las noticias. Todas las personas con las que hablo las ven. ¿Por qué crees que me odian tanto? ¿Por qué crees que no se fían de mí? ¿Por qué crees que tengo que rogarles que se den cuenta de que intento ayudar?

—Por eso quiero ser policía. —Jeremy hablaba cada vez con más vehemencia—. No se puede cambiar el sistema desde fuera. No quiero pasarme el día sentado en un laboratorio. Quiero contribuir a que cambien las cosas.

—¿Eso es lo que quieres: cambiar las cosas? —Sintió un ligero alivio—. Estupendo, cariño. Búscate un buen trabajo en una empresa que te pague un montón de pasta y dona todo lo que puedas a una causa…

—No voy a pagar a otros para que lo hagan por mí.

—Ay, joder, escúchame. Tú no puedes cambiar el trabajo. El trabajo te cambia a ti.

—Eso no lo sabes.

—¡Lo vivo a diario! —gritó Faith—. ¿Sabes por qué me han relegado a la oficina? No es porque Will estuviera destinado en una misión encubierta. Es porque un hombre, un sádico repugnante, mutilaba a mujeres, las violaba y las torturaba y ni siquiera puedo cerrar los ojos por la noche sin ver lo que les hacía a sus cuerpos. Les dejaba marcas de dientes en los pechos. Las desollaba. Dejaba cosas dentro de ellas. Ni siquiera tenía la decencia de matarlas. Las abandonaba para que se murieran. Y nadie pudo salvarlas. ¡Yo no pude salvarlas!

Su voz retumbó en la casa. Temblaba tanto que se balanceaba, parada delante de él.

Jeremy tenía otra vez la vista fija en el suelo. Se mordía el labio para impedir que le temblara. Tenía lágrimas en los ojos.

Faith había vuelto a pasarse de la raya, pero su hijo tenía que saber la verdad.

—No podía soportarlo más. Amanda me puso a trabajar en la oficina porque estaba a punto de venirme abajo, ¿vale? Will no para de decir que tengo síndrome de estrés postraumático porque está claro que lo tengo. Estoy rabiosa y me cuesta controlarme. No pego ojo. Y lo único que quiero es investigar esta mierda de caso que va a hacer que me despidan. Eso es lo que te hace este trabajo. Te lo quita todo. Todo menos tú, mi niño. Eso no voy a permitirlo. No puedo permitirlo. No vas a hacerlo.

Jeremy seguía mirando el suelo.

Cuando dejaron de oírse los gritos de Faith, un silencio mortal se apoderó de la casa. Faith oyó la secadora puesta en el piso de arriba y oyó gotear el lavabo del baño, porque se jugaba la vida a diario por ayudar a gente que la odiaba y aun así no podía permitirse pagar a un fontanero.

—Mamá. —La voz de Jeremy sonó crispada—. ¿Por qué no me lo has dicho?

—Porque mi deber es protegerte. —Se llevó la mano al corazón para que no se le saliera del pecho—. Por favor, cariño. Por favor, deja que te proteja.

Él se quedó callado largo rato. Demasiado rato. Su hijo era una persona muy reflexiva. Era atento y analítico, tenía una mentalidad científica. Lo sopesaba todo metódicamente: qué zapatos se compraba, qué película veía, qué pedía para cenar... Jeremy no hacía nada impulsivamente. Ni cancelar la cena de 3M, ni decirle que quería ser policía o que su sueño era vestir el uniforme, como su madre, su abuela y su tía.

Aun así, Faith tuvo un momento de esperanza antes de que él empezara a sacudir la cabeza lentamente.

Volvió a mirarla. Directamente a los ojos.

—No puedes decirme lo que tengo que hacer con mi vida.

A Faith se le saltaron las lágrimas. Le estaba perdiendo.

—Claro que puedo. Te parí.

—Una sola vez, hace veintidós años —contestó él.

Faith quiso reírse, pero estaba demasiado asustada.

—Jeremy, por favor...

Él se enderezó. Irguió la columna y la miró desde arriba. Qué alto era... ¿Desde cuándo era tan alto?

—¿Por qué no lo dejas? —preguntó.

Aquella era una pregunta sin respuesta.

—Si odias tanto tu trabajo, ¿por qué no lo dejas?

—Jeremy… —Faith volvió a agarrarlo de los brazos. Estaba desesperada por encontrar una salida. Nunca había añorado tanto a su madre como en ese momento—. Es una decisión muy importante. Vamos a hablarlo con la abuela cuando vuelva.

—No vuelve hasta el domingo. Y Will necesita a alguien que se haga pasar por su hijo mañana por la noche.

Faith apartó las manos. Jeremy tenía, desde luego, la arrogancia de un policía.

—¿Sabes cuánto tiempo se entrena a un agente antes de mandarlo a una operación encubierta? ¿Las pruebas psicológicas, el entrenamiento, los cursos, los años y años de esfuerzo que requiere?

—Estudio en la misma universidad que Eddie. Conozco a Will desde hace cinco años. Soy de la misma edad que Tommy y Chuck. Y ya he estado en el Andalusia. Sé cómo se comporta un estudiante en un bar.

Ella solo pudo sacudir la cabeza.

—¿Crees que es tan fácil?

—He oído la grabación, mamá. Se supone que Will no se lleva bien con su hijo. Sé quedarme enfurruñado en un rincón. Según tú, es una de mis especialidades. —Jeremy se cruzó de brazos—. Dime que me equivoco.

—Te equivocas porque se trata de trabajo policial. Nada sale como lo planeas. La gente está loca. La motivan cosas que tú no puedes comprender.

—Siempre me dices que se aprende a hacer las cosas haciéndolas.

—Me refería a poner la puta lavadora, no a que te juegues la vida.

—Vale. ¿Y si no me gusta nada?

Por una vez, Faith no supo qué responder.

—A lo mejor voy de incógnito y al final lo odio y decido trabajar en 3M. O en Dupont. O en Dow. Me atenderán, si los llamo. Voy a graduarme en Ingeniería Química en una de las universidades públicas más prestigiosas del país.

Era demasiado listo, más de lo que le convenía.

Pero, por suerte, su madre era aún más lista.

—Esto no depende de mí, tesoro. Depende de Amanda. ¿Quieres hacerlo? Pues vas a tener que armarte de valor y pedirle permiso a tía Mandy.

Él sonrió, porque Faith había caído en la trampa.

—Genial.

16

Parado delante de la puerta cerrada del despacho de Amanda, Will vio a Faith caminar hasta el fondo del pasillo, dar media vuelta y volver hacia él. Iba murmurando para sí misma. Tenía los ojos rojos e hinchados y la ropa arrugada. Hasta él se daba cuenta de que no iba peinada como de costumbre.

Lo de Jeremy la estaba matando. No quería que su hijo fuera policía, pero no podía impedírselo. Una de dos: o apoyaba su decisión o hacía que le guardara rencor el resto de su vida. No soportaba ninguna de las dos cosas. Le había contado a Will que la noche anterior se había pasado tres horas llorando como una histérica mientras hablaba con su madre, que seguía en Las Vegas, y que al final se había quedado dormida llorando, en la litera de Jeremy.

Will y Sara habían pasado una noche menos dramática pero también dolorosa. Como había prometido, Will le había enviado a Sara por correo electrónico tanto la grabación de Leighann Park como el audio sin editar de su conversación con Mac, Chaz y Richie. Sara lo había escuchado todo en el avión, pero no había querido hablar de ello al llegar a casa. Apenas había tenido fuerzas para ducharse. Después, se había desplomado en la cama. Estaba agotada por el viaje, hundida por su conversación con Sloan, profundamente angustiada por lo de Leighann Park y tenía, además, una resaca mayúscula por haber bebido durante el día. Esto último, a Will le estaba costando aceptarlo. Aunque había disimulado, le molestaba.

DESPUÉS DE ESA NOCHE

Le molestaba de veras.

—Joder —masculló Faith parándose delante de él—. ¿Cuánto tiempo van a tardar?

—Sara se lo está contando todo. —Will miró su reloj. Sara llevaba casi media hora en el despacho de Amanda. Su minuciosidad tenía ese inconveniente—. ¿Quieres que esperemos en la sala de descanso?

—No, no quiero ver cómo te zampas doce chocolatinas mientras yo me tomo una manzanilla de esas de bolsita de plástico. —Faith se pasó los dedos por el pelo despeinado—. Está abajo, Will. Está esperando en el vestíbulo. Se ha puesto traje y todo, joder.

Se refería a Jeremy. Will lo había visto al entrar en el edificio. El chico se había peinado con raya. Parecía que estaba haciendo cola para hacerse la foto de la facultad.

—No lo tiene, ¿verdad? —preguntó Faith—. No tiene lo que hay que tener.

Will se encogió de hombros, porque eso no se sabía hasta que uno se jugaba el pellejo.

—No los meten en un coche patrulla sin más. Tendrá que formarse. Puede que no apruebe.

—A mi hijo no van a suspenderlo en la Academia de Policía —replicó Faith—. Tiene un título universitario. Es el nieto de Evelyn Mitchell. Lo arrastrarán por el cuello de la camisa, si hace falta.

Will no podía negarlo. Faith podía haberse contagiado de su hedor, pero su madre seguía formando parte de la realeza de la policía de Atlanta.

—Yo así no puedo —dijo Faith—. Vas a tener que hablar.

Will no solía ser quien hablaba. Buscó mentalmente un tema inocuo.

—Hacía frío esta mañana. Betty estaba tiritando cuando saqué a los perros. Los galgos de Sara tienen jersey. Quizá debería…

Faith lo miró como si estuviera loco.

—No, bobo. Ahí dentro. Con Amanda. Vas a tener que hablar. Yo no puedo.

Él se alisó el chaleco. Aunque solía ser a Faith a quien Amanda acribillaba a preguntas, contestó:

—Vale.

Se abrió la puerta. Sara pareció sorprendida al verlos allí esperando, como niños díscolos en la puerta del despacho del director. Dijo:

—La he informado de todo. No tengo ni idea de cómo ha ido. No ha dicho gran cosa.

—Joder —murmuró Faith—. Mi hijo intenta que lo maten. Mi hija llega dentro de dos días. Mi casa es un desastre. Mi vida se está desmoronando. Parece que me han pegado en la cara con una pala. Y estoy a punto de perder mi trabajo.

—Iré mañana para ayudarte a desmontar el diagrama —dijo Sara.

—Gracias. Ya veremos si sigo viva después de esto. —Faith recogió su maletín, que había dejado en el suelo. Le lanzó una mirada desesperada a Will y entró en el despacho de Amanda.

Will se quedó atrás y le preguntó a Sara:

—¿Qué tal tu dolor de cabeza?

Ella no contestó. Le agarró suavemente la mano herida. No había vuelto a darle puntos; no había tenido tiempo.

—¿Te has tomado el antibiótico?

Él asintió en silencio.

—Tengo que ponerme al día con el trabajo. Va a ser una noche muy larga. —Sostuvo su cara entre las manos—. Le prometí a Faith que revisaría las transcripciones del chat para ver si consigo relacionar los nombres con los números. Aparte del de Mason.

Will sintió que rechinaba los dientes. Odiaba oírla pronunciar el nombre de Mason.

—Esta noche haremos grabaciones de audio en el bar. Quizá escucharlas te refresque la memoria.

—No —contestó—. La verdad es que no quiero oír a Jeremy llamarte papá.

Le tocó la mejilla antes de alejarse. Dejó una estela de tristeza a su paso. Will, sin embargo, sabía que no debía ir tras ella. No todo tenía arreglo.

—¡Wilbur! —bramó Amanda—. No vamos a empezar sin ti.

Esperó a que Sara doblara la esquina y se perdiera de vista, entonces se preparó para afrontar el infierno que le aguardaba.

Amanda acechaba como una hiena detrás de su mesa. Sus garras descansaban sobre el vade de cuero. Tenía la columna recta. Siguió a Will con la mirada, con una expresión sedienta de sangre.

Faith estaba encorvada frente a ella como una adolescente, con el maletín abierto en el suelo y los papeles medio desparramados.

Will ocupó la otra silla, pero no se encorvó.

—¿Por qué me siento como si fuera la única humana en una película de los Teleñecos?

Will siempre se inquietaba un poco cuando hacía alguna referencia a la cultura pop.

—Jefa, yo...

—¿Se puede saber por qué la doctora Linton, que no es investigadora, me ha informado de las diligencias que habéis llevado a cabo en los últimos días para intentar resolver tres casos archivados, ninguno de los cuales es competencia de esta oficina?

Will abrió la boca, pero Amanda levantó un dedo.

—Mi patóloga forense se va a Nueva York, uno de mis agentes pasa el rato en un club de campo, otra elude sus obligaciones ¿y ahora se espera de mí que así, de repente, coordine una operación encubierta que me obligará a pedir la colaboración de la policía de Atlanta y a agotar el poco presupuesto que me queda para resolver un caso que ni siquiera es oficialmente del GBI?

—Es culpa mía —dijo Will.

Amanda arqueó una ceja.

—Sara me habló de este asunto —prosiguió él—, pero yo tomé la decisión de investigarlo. Y convencí a Faith. Le pedí que me cubriera cuando debería haber estado trabajando con el equipo antifraude. Es todo culpa mía.

Amanda no había parpadeado desde que él había entrado.

—La doctora Linton me ha dado a entender que la única culpable es ella.

—La doctora Linton se equivoca.

—¿Ah, sí? —preguntó Amanda—. ¿Moviste tú los hilos en el condado de Dekalb para que pillaran a Jack Allen Wright con una revista porno debajo del colchón?

Will sintió que se le secaba la boca. Sara no sabía lo de Wright, lo que significaba que Amanda se había enterado por su cuenta. O sea que, como de costumbre, iba dos pasos por delante de ellos.

No había terminado.

—¿Convenciste a tus contactos en la policía de Atlanta para que te permitieran hablar en privado con una mujer de veinte años a la que habían violado y mantenido secuestrada treinta y seis horas?

Will dijo:

—Hablé con Donnelly sobre la posibilidad de que hubiera otros casos abiertos que convendría investigar. Todo esto empezó con el juicio de Dani Cooper. Había similitudes entre...

Faith soltó un gruñido.

—Venga ya, Amanda. Sabes que estamos metidos los dos hasta el cuello en esto. ¿Qué quieres que digamos?

Amanda la miró como si la apuntara con un rayo láser.

—Cuidado, estás andando sobre una capa de hielo muy fina.

—Pues rómpela —contestó Faith—. Tírame al agua helada. Me da igual. Pero date prisa.

Amanda parecía dispuesta a tomarle la palabra. Will abrió la boca para interceder, pero Amanda hizo algo que muy pocas veces la había visto hacer.

Reculó.

—Está bien. —Se sentó en su silla—. ¿Qué pensamos? ¿Qué sabemos? ¿Qué podemos demostrar?

Will se frotó la mandíbula. Miró a Faith. Estaba igual de perpleja. Amanda les estaba pidiendo que le explicaran el caso. Will no iba a darle tiempo para reconsiderar su postura. Empezó a hablar:

—Lo que pensamos es lo siguiente. Mac McAllister, Chaz Penley, Richie Dougal y puede que dos o tres personas más llevan dieciséis años secuestrando a mujeres para violarlas. Se reparten el trabajo para que no pueda relacionarse a ninguno de ellos en concreto con la víctima. Uno la vigila. Otro le envía mensajes amenazantes. Es posible que otro la drogue. Otro se encarga de trasladarla. Y otro, al que creemos que llaman «el Maestro», la viola. Van relevándose en las tareas para que ninguno esté más expuesto que los demás. Es como un grupúsculo terrorista. Así es como han podido operar tanto tiempo. Hay que ponerlos a todos juntos para seguir el rastro del delito.

—Lo que sabemos es esto —terció Faith—: Merit Barrowe, Dani Cooper y Leighann Park son víctimas que encajan en el *modus operandi* del grupo. Hay demasiadas similitudes entre sus casos como para que sea una coincidencia, aunque haya quince años de diferencia. Todas recibieron mensajes amenazantes. A todas las drogaron, las secuestraron y las violaron. A todas les faltaba el zapato izquierdo después de la agresión. Una zapatilla Air Jordan. Una sandalia Stella McCartney. Y un zapato Marc Jacobs. A Dani le enviaron un mensaje con las palabras *Eso soy yo*. Cuando Leighann se despertó después de la agresión, tenía las palabras *Eso soy yo* escritas en el pecho izquierdo con rotulador permanente negro.

—Lo que podemos demostrar —concluyó Will—: que se llevan el zapato izquierdo como trofeo. Es lo único que vincula a las tres mujeres. No hemos encontrado nada más.

Amanda juntó los dedos mientras reflexionaba.

—¿Cuál es la relación con el caso de la doctora Linton?

—No hay relación —contestó Will—. Britt McAllister está desesperada. Quiere que Sara detenga a Mac y a la pandilla. Sabe lo que está pasando. Y cree que así puede proteger a su hijo.

—Es un poco tarde para eso —repuso Amanda—. Le he dicho a la doctora Linton que lleve la ropa interior de Merit Barrowe al laboratorio. En Georgia las violaciones prescriben a los quince años, pero el plazo se interrumpe cuando hay ADN que analizar. No es que el ADN vaya a servir más que para corroborar los hechos. Sin testigos, podría argumentarse fácilmente que el sexo fue consentido. Lo que nos lleva a la muerte de Merit. Incluso con el informe toxicológico, es imposible demostrar que la sobredosis que sufrió Merit no fue responsabilidad suya. Ergo, no hay caso.

—El caso de Leighann Park tampoco es pan comido —comentó Faith—. Ella no recuerda lo que pasó. Quizá podamos sacar ADN de su vestido o su zapato, pero aun así sería un delito de violación, no de asesinato. No es una buena testigo, lo cual no es culpa suya. Los jurados pueden tener muchos prejuicios y ser muy idiotas. Si la chica es demasiado guapa, significa que dio pie al violador. Si no es lo bastante guapa, entonces miente para llamar la atención. Si el violador es guapo, es imposible que fuerce a una mujer. Todo apunta a que el tipo saldrá libre. En el mejor de los casos, se declarará culpable de un delito menor, quizá le incluyan en el registro de agresores sexuales y seguirá con su vida como si nada.

—De Dani Cooper tenemos aún menos —continuó Will—. Y estamos casi seguros de que hay otras víctimas, pero no sabemos quiénes son.

—¿Cuántas víctimas? —preguntó Amanda—. ¿En cuántos años?

—Al menos tres al año desde hace dieciséis años —respondió Faith.

—Entonces, no estamos hablando de delitos individuales. Es un caso de conspiración.

—¿Podría aplicársele la ley RICO? —Will odiaba reconocer que por eso habían necesitado a Amanda desde el principio.

Se refería a la ley contra la delincuencia organizada del estado de Georgia. A nivel federal, la ley RICO había sido diseñada originalmente para acabar con la mafia. Georgia había ampliado sus atribuciones y, lo que era más importante, no exigía la existencia de una sociedad empresarial para que pudiera aplicarse el cargo de delincuencia organizada. Solo había que demostrar un patrón recurrente de conducta delictiva. El Estado había utilizado la ley para enjuiciar a personas y entidades de todo tipo, desde asesorías contables hasta raperos, con mayor o menor éxito.

—Contadme cuál sería el resultado —ordenó Amanda.

Will dijo:

—Con la ley RICO, el plazo de prescripción de cinco años puede ampliarse tomando como referencia la fecha del descubrimiento de los hechos o de comisión del último delito. La pena mínima es de cinco años. La máxima, de veinte.

—Los delitos que contempla —continuó Faith— incluyen cualquier acto o amenaza que implique el asesinato, el secuestro, la detención ilegal, el asalto y la agresión, el soborno, la obstrucción a la justicia y el tráfico de drogas peligrosas.

—Ahí tenemos a Merit Barrowe, Dani Cooper y Leighann Park —dijo Amanda—. Continuad.

—En 2019, el Estado añadió el proxenetismo y la explotación sexual —prosiguió Faith—. Las transcripciones del chat podrían respaldar la imputación. Además, si conseguimos abrir los vídeos corruptos de la página web, sería distribución de pornografía por medios digitales.

—Tendré que consultar los pormenores legales, pero esto pinta bien. —Amanda hizo una anotación en el vade—. ¿Tenéis alguna teoría sobre cómo eligen a las víctimas?

Se habían preguntado eso mismo la noche anterior. Will respondió:

—Creemos que las elige Mac McAllister, pero no es más que una corazonada. No lo sabemos a ciencia cierta. Ni tenemos ninguna prueba.

—Y tampoco sabemos cómo las selecciona —añadió Faith.

—¿Por las redes sociales? —sugirió Amanda—. ¿A través de su hijo? ¿Cómo se llama?

—Tommy —contestó Will—. Tommy conocía a Dani Cooper desde pequeño, así que seguramente fue así como la eligió. Chaz Penley tiene un hijo, Chuck, que es más o menos de la edad de Tommy. Puede que uno de los dos se fijara en Leighann en un bar o en una fiesta del campus.

—¿Y Merit Barrowe?

—Ni idea —respondió Faith—. El caso no se investigó porque el inspector, Eugene Edgerton…

—Era un policía corrupto —concluyó Amanda en su lugar—. ¿Le preguntaste por él a tu madre anoche?

Faith puso mala cara.

—¿Cómo sabes que hablé con mi madre anoche?

Amanda ya estaba harta de mostrarse complaciente.

—Evelyn es mi mejor amiga desde hace cuarenta años. ¿A quién crees que llamó después de hablar contigo? Tienes suerte de que no me mandara a tu casa con una pistola de dardos tranquilizantes.

A Faith se le hincharon las fosas nasales, pero no dijo nada.

—Evelyn conocía a Eugene —dijo Amanda—. Se jubiló anticipadamente. Se compró una casa en el lago Lanier.

—¿En el lago? —Will conocía la zona. Las casas allí no bajaban de dos millones de dólares—. Sí que era corrupto.

—Sí, mucho.

—¿Por qué has preguntado antes cómo eligen a las víctimas? —le preguntó Faith.

—Porque es el eslabón débil de la cadena. Averiguar cómo seleccionan a las chicas nos conducirá al cabecilla de la organización. Y en cuanto le tengamos, nos entregará a los demás. —Amanda extendió los brazos y se encogió de hombros—. Podéis estar seguros. Llevo toda la vida tratando con hombres poderosos y nunca se sacrifican. Procuran llevarse por delante a todos los que los rodean. ¿Qué más?

—Tengo el portátil de Cam Carmichael y el teléfono de Merit Barrowe —dijo Faith—. Necesitamos que los informáticos abran siete archivos protegidos por contraseña. Y también hay varios vídeos corruptos procedentes de la página web. No estoy segura de que puedan restaurarse, pero no soy especialista en informática.

Amanda le ordenó con un ademán que continuara.

Faith abrió su cuaderno encima de la mesa.

—He hecho una lista de las órdenes judiciales que tenemos que pedir.

Amanda recorrió la página con el dedo.

—GoDaddy tardará al menos dos semanas en entregar la información sobre los titulares del sitio web. El Grady tardará siete días, como máximo. La información bancaria de Edgerton tardará un mes o más. Y lo mismo la del forense. Los registros son tan antiguos que puede que ya no los tengan. ¿Por qué no está Cam Carmichael en la lista? También necesitamos ver sus movimientos bancarios. Traspapelar una denuncia por conducir bebido es poca cosa. Nueva York es una ciudad muy cara y se mudó allí de un día para otro. La fianza, los electrodomésticos, la mudanza entre estados, incumplir su contrato de alquiler en Atlanta… Dudo que un violador alcohólico tuviera dinero ahorrado para emergencias.

Faith hizo otra anotación en la lista.

Amanda preguntó:

—¿Qué es esto de las grabaciones de las cámaras de seguridad?

—Del interior de la casa —dijo Faith—. Mac tiene cámaras instaladas en algunas habitaciones. Está maltratando electrónicamente a su mujer.

—Un dormitorio, un baño, un salón y la cocina —añadió Will.

—Déjalo en la lista, pero vamos a necesitar más de lo que tenemos ahora mismo si queremos registrar la casa. La policía de Atlanta no es la única institución de este estado que no quiere toparse con el dinero de los McAllister. —Amanda empujó el cuaderno hacia Faith—. ¿Dónde retienen a las víctimas?

Will miró a Faith.

Faith miró a Will.

Otra razón para poner a Amanda al corriente. Se quedaron totalmente en blanco al oír la pregunta, pero aquellas mujeres habían sido secuestradas, lo que significaba que las habían retenido en alguna parte. En la memoria de Leighann había una laguna de treinta y seis horas. En la cronología del caso de Merit Barrowe, esa laguna era al menos de dos horas. Nadie sabía cómo había acabado Dani Cooper en el Grady. El GPS del Mercedes de Tommy no estaba conectado. Las cámaras de vigilancia que el ayuntamiento tenía en casi todas las esquinas o bien apuntaban en otra dirección o bien estaban averiadas.

Faith contestó:

—Hay una cosa que surgió cuando… cuando estuve investigando la empresa para la que trabaja Richie Dougal, CMM&A.

—¿Estuviste investigándola? —preguntó Amanda.

—Sí, yo solita. La empresa tiene un local en un edificio llamado Triple Nickel, en la zona de Buford Highway. Estuve echándole un vistazo. Hay un mostrador con un teléfono, unas pocas sillas y una puerta que da atrás. Los del salón de uñas de al lado dicen que nunca han visto a nadie usarlo, pero Leighann estaba drogada. No creo que gritara. Hay una entrada trasera. Se puede entrar y salir fácilmente sin que te vean.

—¿Estuviste echándole un vistazo? —Amanda dejó la pregunta en suspenso unos segundos antes de añadir—: Ponlo en la lista, pero no podemos vigilarlo. No tenemos presupuesto ni personal y, de momento, tampoco tenemos justificación legal.

Faith asintió mientras escribía.

—Volviendo a los mensajes amenazantes —siguió Amanda—, ¿cómo consiguieron los números de teléfono?

Will volvió a mirar a Faith. Ella ya lo estaba mirando. Otra cosa que no habían tenido en cuenta. El hombre que mandaba los anónimos tenía que conseguir los números de las mujeres de alguna manera.

—Si nos retrotraemos al caso de Merit Barrowe, hace quince años la mayoría de los planes de telefonía móvil todavía facturaban por minuto. Los iPhones eran una novedad muy cara. Todavía usábamos BlackBerrys. Si tenías que dar tu número, dabas el del teléfono fijo.

—¿Todavía se extendían cheques? —preguntó Faith—. Si estabas en una tienda y pagabas con cheque, tenías que dar tu número de teléfono. Y si había alguien detrás de ti, podía oírlo.

—Es una posibilidad —repuso Amanda—. La doctora Linton me ha dicho que Leighann Park recuerda una alfombra de piel de oveja.

—Ese dato no apareció en el caso de Dani ni en el de Merit —dijo Will—, pero una de ellas murió antes de poder decir nada y la muerte de la otra no se investigó.

—¿Y el ruido que oyó Leighann? ¿Ese sonido mecánico?

—Puedes escuchar cómo lo describe. Tengo todos los archivos de audio en un *pendrive*: la entrevista de Leighann, la comida de Will en el club de campo... También he escaneado los informes de las autopsias, las declaraciones de los testigos y las notas de la investigación. Está todo listo. Solo necesito un número de caso para subirlo al servidor.

—Esperemos que pueda darte uno —dijo Amanda—. Voy a tener que pedirle un favor muy grande a la policía de Atlanta para que esto sea posible. El caso de Leighann Park está armando mucho revuelo. Los medios de comunicación no paran de hablar del asunto. Tendremos que andarnos con pies de plomo.

Will vio que Faith apretaba el puño. No le importaba la política. Estaba pensando en su hijo.

Amanda también se había dado cuenta.

—¿Qué quieres que haga respecto a Jeremy?

Faith dejó el bolígrafo y se recostó en la silla. Se le habían saltado las lágrimas.

Will pensó que era buen momento para marcharse.

Amanda lo detuvo.

—Siéntate.

Volvió a sentarse. Faith suspiró y se limpió la nariz con el dorso de la mano. De repente, el despacho parecía muy pequeño.

—Evelyn y yo solíamos llevarte con nosotras cuando nos tocaba estar de vigilancia —le dijo Amanda—. Dos mujeres en una ranchera con un bebé en el asiento de atrás. Nadie se fijaba en nosotras. Éramos invisibles.

Will oyó que Faith suspiraba otra vez y deseó ser invisible.

—Una vez estábamos montando guardia delante de una casa de empeños —prosiguió Amanda—. Era un tipo que compraba en efectivo Rolex robados. Entramos y lo detuvimos. Y cuando lo sacamos esposado, vimos que había alguien en la parte de atrás de la ranchera de Ev. Una de las chicas que hacían la calle en aquella esquina necesitaba sentarse un rato, así que pescó a un cliente y se metió con él en el coche de Evelyn. El coche entero temblaba. Tú ni te enteraste, seguiste durmiendo todo el rato.

—¿Todo el rato? —preguntó Faith—. ¿Es que dejasteis que el tipo acabara?

—No tardó mucho. Tú naciste en este mundillo, Faith. ¿Te acuerdas de que Ev y yo solíamos pegar fotos y pistas en la pared de tu habitación?

Faith lanzó a Will una mirada de advertencia, por si se le ocurría mencionar el diagrama de la cocina.

—Evelyn siempre intentaba protegerte, pero eras una niña muy curiosa. Recuerdo que una vez te encontró sentada en el suelo de la cocina en plena noche, leyendo los expedientes de sus casos y mirando fotos de las autopsias. —Amanda hizo una pausa—. ¿No te recuerda eso a Jeremy?

—Las fotos no las miré.

—Porque eres escrupulosa —repuso Amanda—. Pero leíste los informes. Querías empaparte de todo. Y cuando le dijiste a Evelyn que ibas a ingresar en la policía de Atlanta, se llevó un disgusto tremendo.

—Estaba orgullosa de mí.

—Estaba aterrorizada. Nos bebimos casi media caja de tequila ese fin de semana.

Faith se secó las lágrimas con el puño. Will pensó en el pañuelo que llevaba en el bolsillo trasero. Había pañuelos de papel en la mesa de Amanda. Podría acercarle la caja. Podía ofrecerle un pañuelo. O podía quedarse callado e intentar mimetizarse con la tapicería de piel sintética.

Amanda dijo:

—Tu padre te ofreció cinco mil dólares para que terminaras la carrera en vez de ingresar en la policía. ¿Te acuerdas de eso?

Faith señaló a Will.

—¿De verdad tiene que quedarse?

No, no tenía que quedarse. Hizo amago de marcharse otra vez, pero Amanda le indicó que volviera a tomar asiento.

—Wilbur —dijo—, ¿le has contado alguna vez a Faith cómo acabaste en el GBI?

Se frotó la mandíbula. Ahora entendía por qué quería que se quedara.

—Will probó suerte en el Ejército. Probó suerte en McDonald's. Probó a robar en tiendas. Probó la cárcel de Atlanta.

Will sintió que Faith lo miraba fijamente. Nunca le había contado nada de aquello porque no era asunto suyo.

—Moví todos los hilos que pude para asegurarme de que acababa en el GBI —añadió Amanda—. Policías, jueces, agentes de la condicional... A todo el que pude apretarle las tuercas, se las apreté bien fuerte. No iba a permitir que fuera por el mal camino. Y, por supuesto, tampoco iba a dejar que trabajara en un sitio donde yo no pudiera velar por él.

Will se miró la mano herida. Le palpitaban los dedos. Se preguntó cuánto tiempo iba a tener que tomar los antibióticos.

—Dime una cosa —dijo Amanda—. ¿En quién confías más para que le cubra las espaldas a Jeremy: en Leo Donnelly o en el hombre que tienes sentado a tu lado?

Will notó que Faith quería protestar, pero Amanda tenía razón. Faith no podía decidir por Jeremy, pero podía guiarlo por el buen camino.

—Esta noche, en el bar —dijo Faith—, ¿cómo lo haríamos?

—Trataremos a Jeremy como si fuera un informante, de ese modo estará cubierto por el seguro de responsabilidad civil.

—Genial.

—Es papeleo, Faith. Y tiene edad suficiente para firmar en la línea de puntos.

—No va a odiarlo. —Faith se secó los ojos otra vez—. Dijo que a lo mejor lo odiaba, pero no va a ser así. Es emocionante. Es peligroso. Y él tiene veintidós años. No piensa en cómo será el trabajo dentro de diez años.

—Está esperando abajo. —Amanda miró su móvil y luego lo dejó del revés sobre la mesa—. Dime qué hacemos —le dijo a Faith—. ¿Acogerlo en nuestro seno o echarlo?

—Ahora mismo siento tantas cosas que noto que me estoy ahogando. —Levantó las manos—. Es mayor de edad. No puedo encerrarlo en su habitación. Y no puedo juzgar si esto es buena idea o no, porque es mi niño y me aterra perderlo.

—Las ardillas pierden el setenta y cinco por ciento de las nueces que entierran. Gracias a eso tenemos árboles.

—¿Te parece un momento apropiado para esa metáfora?

Amanda suspiró.

—Lleva el portátil y el teléfono a Servicios Digitales. Dile a Liz que se pongan con ello enseguida. Luego la llamo para darle el número de caso. Y dile a Caroline que mande subir a Jeremy.

Faith volvió a meterlo todo en su maletín. Tomó la caja de Kleenex de la mesa y se la puso bajo el brazo antes de salir.

Will intentó seguirla, pero captó una mirada de Amanda y volvió a sentarse. Dedujo que también iba a acabar sirviendo como ejemplo para Jeremy. Se agarró a los brazos de la silla. Un dolor agudo le atravesó la mano.

—Sara me ha contado cómo te hiciste eso.

Will se rio. Sara no le había contado nada.

Ella suspiró, dándose por vencida.

—¿Cómo está Eliza?

—Muriéndose.

—Ya era hora —dijo Amanda—. ¿Cómo crees que va a ser lo de esta noche? Mac, Chaz y Richie estarán allí. ¿Quién más?

—Mason James. —Will odiaba pronunciar el nombre de Mason casi tanto como odiaba oírselo decir a Sara—. Royce Ellison y Bing Forster. Puede que también vaya Blythe Creedy. También hay un grupo al que llaman «los acoplados», así que serán en total diez personas, puede que quince. Richie solo me dijo los nombres de pila cuando me invitó. Imagino que fingirán que me conocen porque Mac me ha aceptado en el grupo.

—¿Cuántos agentes necesitamos?

—He encontrado el plano del edificio en internet. Alquilan el local para fiestas. La zona del bar es grande, de unos diez metros por veinte, con unas veinte mesas altas y ocho reservados a lo largo de la pared que lo separa del comedor. Creo que necesitaremos al menos tres camareros para recoger las muestras de ADN. Me gustaría tener a dos agentes en la puerta delantera, dos en la trasera y otro enfrente de la entrada. Necesitamos también a alguien en el comedor, por si no caben en el bar. Hay una terraza cubierta para fumadores detrás del edificio. Lo ideal sería tener a alguien ahí también.

—Diez personas —dijo Amanda—. Yo puedo montar guardia dentro del restaurante. Estoy en esa edad en la que vuelvo a ser invisible. El detective que lleva el caso de Leighann Park, Adam Humphrey, también habrá que contar con él. Faith no puede estar en el edificio. Sería demasiado para ella. La pondré en el centro de mando móvil, con Charlie Reed en los monitores. Él procurará tranquilizarla. Y puedo recurrir a algunas agentes del equipo antifraude. ¿Quién más?

—Aiden Van Zandt nos debe un favor. Es de fiar. Estaría bien contar con él. —Will dijo esto último pensando en Faith. Sara había visto al agente del FBI saliendo de su casa unas noches antes—. No tenemos tiempo de instalar micrófonos en el local. ¿Qué llevamos? ¿Cámaras corporales, auriculares, micros?

—De todo. —Amanda había empezado a hacer una lista—. Teniendo en cuenta que tú vas a dirigir el dispositivo, no sé si fiarme de la policía de Atlanta para que nos dé cobertura. Si necesitas ayuda, no acudirán corriendo. Voy a tener que recurrir a algunas de mis amigas jubiladas. ¿Te parece bien?

Will asintió. Sabía que las amigas de Amanda eran duras de pelar.

—¿Qué hay de Jeremy?

—Necesitamos un figurante al que John Trethewey pueda presentar como su hijo —contestó ella—. Si está nervioso o de mal humor o enfurruñado o hace alguna tontería, tendrás que improvisar. No es una operación peligrosa, no va a haber armas ni cuchillos. A nadie le va a extrañar que un chaval de veintidós años se cabree con su padre o se quede en un rincón como una seta. Solo necesitamos que diga que se llama Eddie.

Will no estaba tan seguro.

—Desde el punto de vista profesional, es mala idea. Es el hijo de Faith. Estaré centrado en protegerlo y no en conseguir información. Él no sabe lo que va a hacer. O peor aún, lo ve como un juego.

—Yo me encargo de quitarle esa idea —dijo Amanda—. Quiero que sepas que para Jeremy esto no es una broma. No intenta escaquearse de sus responsabilidades ni rebelarse contra su madre. El año pasado le dijo a Evelyn que quería ingresar en la policía.

Will dedujo que Evelyn no se lo había dicho a Faith.

—¿Y?

—Ev le hizo prometer que esperaría hasta acabar la carrera. Pensó que perdería el interés.

—Faith no lo perdió.

—Faith era una madre soltera de diecinueve años con un niño a su cargo y muchas ganas de salir de casa de sus padres. Sus prioridades eran otras.

—¿Cuáles son las de Jeremy? —preguntó Will.

—Las mismas que tenías tú. Quiere hacer lo correcto. Quiere ayudar a la gente. Quiere demostrar que es un hombre.

Will se frotó la mandíbula. Solo conocía dos expresiones del rostro de Amanda: condescendencia e irritación. Ignoraba qué estaba pensando en ese momento.

—¿De verdad crees que puedes meter a Jeremy en el GBI?

—Te metí a ti, ¿no? —Estaba claro que Amanda no esperaba respuesta—. Se me ha olvidado enseñarle las perlas a Sara. Tiene el cuello más bien largo. Le vendrá bien algo que rompa la línea del escote princesa. Pero, como le dije, sin presión. Puede que su madre tenga algo que le guste más.

Will se sintió atrapado en un bucle temporal. Amanda le estaba hablando otra vez en un idioma inventado.

—Supongo que, con tus actividades extracurriculares, no habrás tenido tiempo de buscar clases de baile.

Había buscado bailes de boda en YouTube. Padre/hija, madre/hijo, novio/hermana, novia/hermano, en grupo, con *striptease*… Cada cual elegía lo suyo.

—Sara no quiere que haya baile padre-hija. Y bailar lento solo consiste en balancearse, así que creo que lo haré bien.

—Ah. —Amanda quitó una pelusa imaginaria de su mesa.

Will miró la parte de arriba de su pelo rizado y canoso. Su cuerpo le decía que se estaba perdiendo algo. El cuello de la camisa le apretaba. Había empezado a sudar.

—Hola, tía Mandy. —Jeremy entró en el despacho luciendo una gran sonrisa bobalicona que Amanda borró de un plumazo con una sola mirada—. Digo, jefa…, subdirectora…, eh…, señora Wagner.

Amanda dejó que se retorciera de inquietud mientras el silencio se prolongaba.

Jeremy miró a Will en busca de ayuda, pero Will no estaba allí para ayudarlo. Creía que lo menos que podía hacer por Faith era intentar acojonar a su hijo.

—Señora —le dijo Jeremy a Amanda—, gracias por su tiempo. Quería pedirle…, solicitarle formalmente que me permita trabajar en la operación de esta noche en el Andalusia.

Amanda alargó el silencio un poco más.

—Exponme tus argumentos.

Jeremy hizo amago de sentarse, pero se lo pensó mejor.

—Encajo en el perfil del hijo de Will. Tengo la edad adecuada. Tenemos un color de pelo parecido. Estudio en Georgia Tech. He crecido viendo a mi madre y a mi abuela. Sé que el trabajo policial es duro. Sé que no hay dos operaciones iguales. Que las cosas pueden salir mal. Y que hay que estar preparado. Y yo lo estoy.

Amanda preguntó:

—¿Estás preparado para hablar con Tommy McAllister y Chuck Penley?

La seguridad de Jeremy en sí mismo flaqueó, pero procuró mostrarse decidido.

—Querrán hablar contigo —añadió Amanda—. Por eso tienes que estar allí. Es una reunión de padres e hijos. Y los hijos no pueden quedarse sentados y callados como pasmarotes.

Jeremy asintió con tanta vehemencia que el pelo le cayó sobre los ojos.

—Vamos a hacer un ensayo —dijo Amanda—. Will es Tommy McAllister. Jeremy, tú finge ser Eddie Trethewey.

Will no se dio prisa en levantarse. Medía treinta centímetros más que Jeremy y tenía veinte kilos más de músculo. Había trabajado como infiltrado en prisiones. Cuando estabas allí dentro, aprendías el arte de la violencia. Si se te daba bien, no tenías que recurrir a los puños. Mirabas a un tipo de cierta manera, lo achantabas mediante tu actitud, tu evidente fortaleza física y tu cruel desprecio por la vida; le dabas a entender que, antes que dejar que se saliera con la suya, estabas dispuesto a clavarle un cuchillo en el ojo.

La nuez de Jeremy se balanceó como un sedal mientras miraba a Will.

Will le preguntó:

—¿Listo?

El chico asintió.

—Eh, tío. —Will le dio un ligero puñetazo en el hombro y tomó prestada una frase de Chaz—. Tiene buenas tetas esa camarera.

Jeremy no pudo evitar que se le dibujara una sonrisa en la cara. Will tuvo que recordarse a sí mismo que era el hijo de Faith. Si no, le habría dado un puñetazo mucho más fuerte en el hombro.

—¿Te hace gracia la situación?

Jeremy miró a Amanda.

—No la mires a ella. Mírame a mí. —Will se cernió sobre él—. Tommy McAllister violó a una chica y la chica murió. ¿Te parece divertido? ¿Te vas a reír de él?

—Yo no me...

—Has leído los documentos que había en la mesa de tu madre. Has leído las descripciones de lo que les pasó a esas chicas. Has escuchado algunas de las grabaciones. Esto no es un juego. Hay tres mujeres a las que secuestraron y violaron. Dos de ellas murieron. ¿Te parece gracioso?

Jeremy se había puesto blanco como la leche.

—No, señor.

—Sé lo que estás pensando. Te estás diciendo a ti mismo: «Lo haré bien cuando sea de verdad. Esto es solo un ensayo». Pero no funciona así. Ensayas para no tener que pararte a pensar cuando estés en plena operación.

Jeremy volvió a asentir.

—Tommy McAllister y Chuck Penley no van a intentar hacerse amigos de Eddie Trethewey porque se sientan solos. Querrán ver si tienes lo que hay que tener para violar a una mujer.

—Vale. Sí. —Jeremy tomó aire rápidamente—. ¿Qué van a decir?

—Van a ponerte a prueba, a presionarte, a intentar averiguar cuáles son tus límites. Lo de las tetas no va a ser lo peor.

Esta vez, Jeremy no sonrió.

—Empezarán poco a poco. Acosarán a la camarera. Y, si ven que reaccionas bien, elegirán a una mujer del bar. Se pondrán a hablar de ella, dirán cosas desagradables. Sobre follar, chupar, meneársela... Estarán atentos a cómo respondes. A cómo los miras. No puedes proyectar confianza en ti mismo. Tienes que proyectar ira.

—¿Ira hacia ellos?

—Hacia mí —contestó Will—. Tu padre es un gilipollas. No te respeta. Piensa que eres un mierda. Y tú le odias, pero también quieres demostrarle que se equivoca.

—Hiciste algo malo en Texas —dijo Jeremy—. Te acusaron de agresión sexual. Todos mis amigos se enteraron. Todo el mundo sabe que eres culpable. Los padres de mi novia la obligaron a romper conmigo. Te mudaste a Atlanta sin hablar conmigo primero. Mamá se pasa la vida llorando. Sé que no va a dejarte, por el dinero, y la odio por eso, pero yo tampoco quiero ser pobre. Voy a quedarme sin mi coche, sin mi paga. Seguramente tendré que dejar los estudios. Mi vida se acabará. Y todo porque tú no pudiste tener las manos quietas.

Will bajó la mirada. Jeremy le había clavado un dedo en el pecho. El chico tuvo la sensatez de parar.

—¿Anoche buscaste en Google «cómo escribir los antecedentes de un personaje»? —le preguntó Will.

Jeremy palideció igual que palidecía Faith cuando la pillaban en un renuncio. Aun así, preguntó:

—¿Qué importa eso? Ni siquiera tengo que hablar con ellos. Les dejaré claro que no me interesa.

—¿Qué quieres decir? —preguntó Amanda.

—Cuando intenten tantearme, puedo decirles que se callen. —Jeremy se encogió de hombros con el mismo gesto de Faith. Y la misma lógica—. No voy a ir allí para convertirme en el mejor amigo de Tommy y Chuck. No soy policía ni investigador. No voy a encontrar la pista que solucionará el caso y los mandará a todos a la cárcel. Eso es trabajo de Will. Lo único que necesitáis es que aparezca. ¿No, papá? —preguntó dirigiéndose a Will.

Fue inquietante oírle decir eso. Ahora entendía por qué le molestaba a Sara.

—Jeremy —dijo Amanda—, sal y cierra la puerta.

Will volvió a sentarse cuando la puerta se cerró. No iba a decirle a Amanda que el chaval acababa de darles una lección, porque era evidente que les había dado una lección.

—¿Quieres que le diga a Faith que va a hacerlo?

—Se lo dirá Evelyn. —Amanda dio la vuelta a su móvil y empezó a teclear—. Anoche tomó el vuelo nocturno de Las Vegas a Los Ángeles, luego dio media vuelta y voló a Atlanta. Ha venido directamente desde el aeropuerto. Ya está en el edificio.

—Qué noche más larga.

Amanda levantó la vista del teléfono.

—Es lo que hacen las madres.

17

Will estaba fuera del centro de mando móvil, esperando a que Sara le devolviese la llamada. Richie Dougal le había dicho que el guateque empezaba a las siete. Pensaba presentarse con Jeremy veinte minutos tarde. Hacía una hora que Amanda había empezado a mandar poco a poco a su gente. Algunas de sus amigas jubiladas, a las que había sacado de su retiro. Varios agentes de la unidad antifraude de Bernice. Adam Humphrey, el inspector de la policía de Atlanta que llevaba el caso de Leighann Park. Todos habían estudiado el plano del edificio, habían marcado las entradas y salidas, señalado las zonas de embudo y repasado las mejores vías de escape y, aun así, Will no conseguía sacudirse el presentimiento de que iba a ocurrir algo malo.

Por eso Jeremy era una distracción. Necesitaba concentrarse en el trabajo y de momento solo conseguía pensar en que debía asegurarse de que el hijo de Faith estuviera a salvo.

Se apoyó contra el autobús. El ruido procedente de un muelle de carga sofocaba el suave ronroneo del generador. Habían aparcado detrás de un gran almacén, a dos calles del Andalusia. Era un lugar apartado pero no tranquilo. Había varios camiones articulados descargando mercancías. Algunos trabajadores del almacén le observaban sin disimulo. No le extrañaba. Seguramente, para alguien de fuera, parecía un chulo esperando a sus chicas para llevarlas a una fiesta.

El autobús había servido antaño para ese propósito. Era un autobús de fiesta reconvertido que el GBI le había confiscado a un traficante de drogas y había reacondicionado con pantallas y ordenadores para vigilar a delincuentes con relativa comodidad. Will volvía a llevar su ropa de capullo: los vaqueros ajustados con una mancha de sangre de su mano herida, las botas Diesel y una camisa entallada que tenía un extraño estampado de paramecios.

Esa última prenda no la había comprado en el centro comercial; era cortesía de la división de investigaciones especiales del GBI. El estampado disimulaba los cables de fibra óptica del micrófono insertado en el interior del cuello de la camisa, así como la cámara integrada en el botón del centro del pecho. El cable le bajaba serpenteando por la pierna, hasta el transmisor que llevaba sujeto a un lado del tobillo. Los vaqueros se fruncían un poco alrededor de la fina cajita negra, lo cual no le importaba, pero hubiera preferido llevar en el tobillo la Sig Sauer Nitron compacta que le había regalado Sara por su cumpleaños.

Su teléfono vibró al recibir una llamada. Antes de contestar, comprobó la luz del receptor del tobillo para cerciorarse de que el transmisor estaba apagado. No quería que todo lo que decía se oyera dentro del autobús.

—¿Todo bien? —le preguntó a Sara.

—Ahora sí —contestó—. A Isabelle se le ha caído un pendiente de Tessa por el triturador de basura. He tenido que buscar la llave Allen para quitar la tapa del impulsor.

Will pensó que esa era una de las mayores ventajas de vivir con la hija de un fontanero. La oyó moverse por la cocina. Los collares de los perros tintineaban porque era su hora de cenar. Sara chasqueó la lengua dos veces y los galgos se quedaron quietos. Solo el collar de Betty siguió tintineando, porque Will era un blando y Sara no iba a interferir.

—¿Cómo está Faith? —preguntó ella.

—No muy bien.

Will miró hacia el autobús. Las ventanas eran opacas, pero supuso que Faith seguía de pie, rígida, en el rincón, mientras observaba cómo Charlie Reed le colocaba el micro a su hijo. Afortunadamente, Jeremy podía llevar gafas, por lo que no era necesario ponerle una cámara en la camisa. La montura negra de pasta encajaba con su aire de estudiante y la lente de alta definición quedaba perfectamente disimulada en el puente. Aun así, era un problema que se tocara constantemente las gafas. Will solo esperaba que pareciese un tic nervioso y que no los delatara.

Le preguntó a Sara:

—¿Qué tal tu dolor de cabeza?

—Por fin se me ha quitado. Recuérdame que me lo tome con más calma la próxima vez.

Will confiaba en que no hubiera una próxima vez.

Ella entendió de inmediato su silencio.

—¿Querías decirme algo?

Will observaba cómo un minicargador movía un palé lleno de cajas. Había trabajado como mozo de almacén para pagarse la universidad. Era un trabajo agotador, pero con el tiempo había conseguido comprarse una moto, tener un techo y, de vez en cuando, darse el gusto de comer algo que no hubiera salido del microondas. Entonces apareció la mujer que acabó siendo su primera esposa y le robó todo lo que tenía para satisfacer su adicción.

—Estoy preocupado por Jeremy —dijo—. Me molesta meterme en esto con esa inquietud.

—Hay mucha gente vigilándolo.

—Sí. —Incluso él notaba la incómoda tensión que reinaba entre ellos. Pensó que era hora de afrontarla—. No me gustó mucho que te emborracharas en pleno día.

—No me digas. —Sara se rio—. Me sorprende que anoche pudieras andar, con el palo gigante que llevabas metido en el culo.

Will sintió que sonreía.

—Lo siento. Ya sé que es una historia mía y que soy yo quien tiene que resolverla.

—Los dos tenemos historias que resolver.

Will notó un residuo de tristeza en su voz. Sabía que estaba pensando en lo que había perdido quince años atrás. Y sabía también que nada que él dijera podía arreglarlo.

—Será mejor que empiece a leer las transcripciones del chat —dijo Sara—. Llámame cuando estés volviendo a casa.

—Oye —dijo Will—, siempre se me olvida decírtelo, pero te quiero muchísimo.

—Qué coincidencia. Yo también a ti.

Él esperó a que colgara. Aún tenía el teléfono en la mano cuando abrió la puerta del autobús. La luz repentina le hizo parpadear. Charlie Reed estaba sentado delante del tablero de mandos, comprobando la señal de las gafas de Jeremy. Como Will había previsto, Faith seguía parada en el rincón, observando cada uno de sus gestos. No solo estaba angustiada por Jeremy. Aiden Van Zandt estaba ajustando la cámara que llevaba dentro del sombrero de vaquero. Amanda y Evelyn estaban hablando con Kate Murphy, que había sido compañera suya en la policía de Atlanta. Murphy era ahora subdirectora ejecutiva de inteligencia del FBI. Y además era la madre de Aiden.

Faith le lanzó a Will una mirada de pánico cuando subió los peldaños del autobús.

—Jeremy. —Will esperó a que el chico le prestara atención—. Deja de tocarte las gafas. Te estás delatando.

—Perdón. —Jeremy no pudo evitarlo: volvió a tocarse las gafas—. Lo siento.

Will se paró frente a él.

—¿Estás nervioso?

Jeremy asintió con un gesto, pero preguntó:

—¿Es una pregunta trampa? Si digo que no, ¿vas a decirme que debería estarlo y, si digo que sí, que no puedo hacerlo?

Will lo agarró del hombro para tranquilizarlo.

—Deja de darle vueltas y métete en tu papel. Tu padre es un gilipollas y tú estás muy enfadado. No te interesa hablar de nada con esos otros gilipollas. ¿Verdad?

Jeremy empezó a asentir con la cabeza.

—Verdad.

Will tomó un iPhone que Charlie había dejado sobre el tablero de mandos. La pantalla no estaba bloqueada. El Servicio de Datos del GBI había creado un perfil digital de Eddie Trethewey.

Will le dio el teléfono a Jeremy.

—Es exactamente igual que tu iPhone. Los contactos son falsos, pero cada llamada que hagas te conectará con este tablero de mandos. Contestarán Charlie o tu madre, dependiendo del contacto que elijas. Los correos electrónicos y los mensajes son todos falsos, pero si alguien los lee le parecerán normales. En las fotos hay un montón de chicas. Elige una como tu novia, por si surge el tema.

El dedo de Jeremy dejó una marca de sudor cuando lo deslizó por la pantalla.

—Si necesitas ayuda —añadió Will—, pulsa el botón lateral cinco veces seguidas, rápidamente.

—Así es como funciona mi teléfono —dijo Jeremy—. Bueno, todos los iPhones. Si pulsas cinco veces, te pregunta si quieres llamar a la policía.

—Este no pregunta, llama directamente, y la policía es tu madre, que cruzará corriendo el aparcamiento con una escopeta. ¿Entendido?

—Sí, señor.

—¿Will? —Charlie sostenía un auricular diminuto con unas pinzas. Era tan pequeño que cabía dentro del canal auditivo sin que se viera, pero no tanto como para colarse hasta el tímpano—. ¿Listo?

Will intentó no estremecerse cuando Charlie le colocó el dispositivo. Los auriculares de plástico tendían a recalentarse, pero la calidad del sonido era buena. Podría escuchar cualquier conversación que mantuviera Jeremy. De momento, lo único que oía era una respiración agitada. Miró a Faith. Tenía que conseguir que su hijo se calmara.

—Cariño —dijo ella—, vamos fuera a tomar un poco el aire.

—El equipo uno acaba de ocupar posiciones. —Charlie acercó su silla a los monitores—. Deberíamos mandar al equipo dos en los próximos diez minutos. El bar está empezando a llenarse.

Will miró por encima del hombro de Charlie. Las doce pantallas mostraban doce perspectivas distintas. La mitad del equipo de vigilancia ya estaba en el local.

Los tres agentes del GBI que se hacían pasar por camareros se encargaban de recoger vasos o servilletas desechadas, o cualquier otra cosa que pudiera servir para hacer perfiles de ADN de los miembros del Club.

Adam Humphrey estaba sentado en un banco, en la calle, junto a la entrada. Era un puesto un poco ajetreado, pero el inspector parecía encantado de estar allí.

El equipo uno estaba en torno a una mesa alta, en la parte delantera del bar. Dona Ross y Vickye Porter eran dos viejas amigas de Amanda. Dona había dejado su bolso sobre la mesa para que la cámara oculta captara la larga barra de madera.

Evelyn y Amanda formaban el equipo dos. Ambas llevaban una cámara oculta dentro del bolso. Iban a situarse al fondo del bar, de tal modo que pudieran grabar tanto la entrada a los aseos como la puerta que llevaba a la zona de fumadores de detrás del edificio.

Fuera, Aiden estaría apostado en una de las dos mesas de pícnic. La cámara oculta en su sombrero de vaquero apuntaría hacia donde él girara la cabeza.

Kate Murphy estaría sentada en un reservado del restaurante. La cámara del broche de su americana captaría a cualquiera que saliera del bar.

Todos iban a usar sus teléfonos para grabar audio, pero solamente Jeremy y Will llevaban micrófono y cámara, porque solo ellos hablarían con los sospechosos: Mac y Tommy McAllister, Richie Dougal, Chaz y Chuck Penley, Royce Ellison y Mason James.

—Tesoro.

Faith estaba fuera con Jeremy, pero su voz sonaba como un susurro en el oído de Will. Buscó en el panel de control la forma de apagar la señal. Tres de las ruedas de volumen tenían etiquetas, pero no conseguía entender la letra de Charlie.

—Respira hondo —dijo Faith.

Will oyó resoplar a Jeremy como un caballo de carreras.

—¿Te sentirías más cómodo si me quedo en mi coche en vez de en el autobús? —preguntó ella.

—Tienes que estar en el autobús, es tu trabajo —contestó él—. Además, escucharías de todos modos.

—Will no está aquí para hacerte de niñera. ¿Lo entiendes?

—Sí.

Faith resopló, lo que significaba que estaba llorando otra vez.

Will miró desesperado las etiquetas.

—¿Quién ha escrito esto? ¿Un pollo? —le preguntó a Charlie.

—Perdón. —Charlie se rio y señaló una etiqueta—. Ese eres tú. La rueda de la izquierda es Jeremy. Y la de la derecha, Amanda.

Will giró la rueda del medio. El llanto de Faith se desvaneció.

—¿Will? —Charlie se había puesto los auriculares—. ¿Está encendido tu transmisor?

Se inclinó y pulsó el interruptor de la cajita.

—Probando, probando.

Charlie tocó algunos mandos.

—Estamos listos.

Amanda dio unas palmadas para llamar la atención.

—Escuchad, chicos. Esta noche debemos tener mucho cuidado.

Evelyn se puso firme en broma. Kate Murphy tenía una expresión burlona. Seguramente hacía décadas que no recibía órdenes.

—Will —continuó Amanda—, tu tarea consiste en seguir integrándote en el grupo. No vamos a resolver el caso esta noche, pero puedes hacer algún progreso. Si puedes sacarles información, mejor que mejor, pero nuestra prioridad es recoger muestras de ADN. El objetivo principal es Mac McAllister, seguido de Richie Dougal y Chaz Penley. También Tommy McAllister y Chuck Penley, a través de los cuales podemos cotejar el ADN familiar. Una vez que tengamos sus perfiles, podremos compararlos con el ADN de la ropa interior de Merit Barrowe. Si coinciden, tendremos un punto de partida. ¿Entendido?

Will asintió.

—Entendido.

—Aiden, te quiero conectado. Charlie, encárgate de que pueda escucharnos. Si algo le pasa a Jeremy, te quiero en el bar inmediatamente. Esa es tu tarea esta noche: cubrir a Jeremy. ¿Está claro?

—Sí, jefa.

Aiden le ofreció el oído a Charlie. Will comprendió por la mueca que hizo que no era la primera vez que usaba uno de aquellos auriculares. Charlie colocó el dispositivo y luego hizo otra etiqueta para el tablero de mandos. Empezaron a probar el volumen.

Amanda se volvió hacia Kate.

—¿Vas armada?

Will sintió que apretaba la mandíbula. Conque no iba a haber armas ni cuchillos, ¿eh?

Kate dio unas palmaditas a su bolso.

—Estoy perfectamente preparada.

—Yo tengo mi revólver —añadió Evelyn.

—¿Sigues guardándolo en una bolsa de whisky Crown Royal? —preguntó Kate.

Se rieron las tres de aquella broma que solo entendían ellas. Amanda fue la primera en parar. Miró su reloj.

—Kate, ocupa tu posición en el restaurante. Aiden, tú también. Will, Evelyn, vosotros quedaos. Charlie, necesitamos el autobús.

—Señoras. —Aiden se tocó el sombrero mientras iba hacia la puerta.

Charlie le ofreció la mano a Kate para ayudarla a bajar. Ella bajó las escaleras casi deslizándose. Will no era ajeno al hecho de que poseía cierta elegancia. Tenía la edad de Amanda, pero parecía de otra época.

—¿Faith? —Amanda chasqueó los dedos, instándola a volver a entrar—. Sube. Tenemos que irnos.

Faith subió los peldaños de mala gana. Le lanzó a su madre una mirada llena de anhelo, como si le pidiera a Evelyn que parara todo aquello.

Will estudió las imágenes de los monitores. La entrada del bar y el interior. Tres vistas diferentes de tres agentes que iban de acá para allá con bebidas y aperitivos, fingiendo ser camareros. El local estaba medio lleno. Hombres y mujeres trajeados bebían y comían cacahuetes. Will observó sus caras. No había nadie del Club, pero supuso que algunos «acoplados» habrían llegado ya. Ellos aparecerían a las siete, justo a tiempo. La gente guapa siempre llegaba tarde.

Faith le dijo a Amanda:

—Jeremy necesita un minuto.

Will volvió a subir el volumen para poder escuchar. Solo oyó la respiración agitada de Jeremy. No sabía qué le había dicho Faith, pero no había sido una arenga. Jeremy tomó una gran bocanada de aire y luego vomitó. Las salpicaduras resonaron en el cerebro de Will. Bajó el volumen. Amanda se acercó y también ajustó su auricular.

Evelyn no tuvo que oír a Jeremy para saber lo que estaba pasando. Le dijo a Faith:

—Lo estás poniendo nervioso.

Faith se limpió la nariz.

—¿Me pusiste tú con Leo Donnelly?

—¿Qué?

—Cuando estuve en homicidios, me asignaron al inspector más vago del cuerpo.

Evelyn le guiñó un ojo a Amanda, pero contestó:

—Eso fue mala suerte.

—¿Sí? ¿No sería que te aseguraste de que tuviera un compañero que nunca sería el primero en entrar?

Evelyn se fingió sorprendida.

—¿Por qué iba a hacer eso?

—¿Cómo es que acabé en el GBI cuando tú dejaste el cuerpo?

—Eso fue buena suerte —terció Amanda.

—¿Sí? —repitió Faith—. ¿No será que habéis estado dirigiendo mi carrera entre las dos desde el principio?

—¿Nosotras? —preguntó Evelyn, pero nadie se molestó en responder . Mandy, te espero en el coche, cuando estés lista.

Faith se mordió el labio como si tuviera que controlarse para no explotar. Will dedujo que no estaba pensando en la pestaña que tenía abierta en el portátil y que conectaba con el localizador GPS que había puesto en el coche de su hijo.

—Faith —le dijo Amanda—, puedes parar esto. Will puede poner alguna excusa.

—Es demasiado tarde. —Empezó a sacudir la cabeza—. Jeremy terminará en la policía. Y yo no podré protegerlo. La influencia de mi madre se va a acabar en algún momento. Todos sus compañeros se están jubilando. Y los nuevos me odian por Will.

—¿Has pensado en el FBI? —preguntó Amanda—. Aiden podría cuidar de él. Y se nota que está deseando hacerte feliz.

Faith abrió la boca, la cerró y volvió a abrirla.

—Joder, ¿es que no hay ninguna parte de mi vida en la que no fisgues?

—La verdad es que no.

Will volvió a ajustar el volumen del micro de Jeremy. Por suerte, el chico había dejado de vomitar. Su abuela le estaba echando la bronca.

—Y eso sin contar que no he dicho nada este último año.

—Sí, señora —dijo Jeremy.

—Muy bien, se acabó el sermón. Esta es tu única oportunidad, hijo. O te pones las pilas y demuestras que vales para esto o no vuelves a hablar del asunto.

—Sí, señora.

Will oyó a Jeremy sorber por la nariz y resoplar después, que era lo que solía ocurrir después de vomitar. Will lo recordaba aún, de la primera vez que trabajó en una misión encubierta. Solo era un poco mayor que Jeremy. Amanda no le había dicho que se pusiera las pilas, pero no había tenido reparos en ordenarle que dejara de lloriquear y cumpliera con su trabajo.

Vio movimiento en el monitor. Dona había movido su bolso para captar a Richie Dougal entrando en el bar. Richie frunció el ceño, miró a su alrededor y luego se fue derecho por una copa.

Amanda también lo había visto.

—Will, entra tú primero. Ev y yo esperaremos cinco minutos para que Jeremy y tú tengáis tiempo de acomodaros.

Will cambió su teléfono por el que le había dado Charlie y le dijo a Faith:

—Jeremy va a hacerlo bien, ¿de acuerdo? Todo va a salir exactamente como lo hemos planeado. No voy a dejar que le pase nada a tu hijo.

Ella parecía ansiosa por creerle, pero por una vez no pudo decir nada.

Will la dejó con Amanda. Charlie se cruzó con él cuando bajaba las escaleras y le hizo una seña con la cabeza dándole a entender que cuidaría de Faith. La operación estaba a punto de comenzar. Will encontró a Jeremy detrás del autobús. Parecía como si alguien le hubiera sacado una cuerda de la coronilla y hubiera tensado todas sus articulaciones. Will sacó su pañuelo y se lo ofreció. Ya no era tiempo de asustarle. Ahora necesitaba que Jeremy cumpliera con su trabajo.

—¿Estás bien? —le preguntó.

—Sí, no hay problema. Estoy bien.

Su voz resonó en el oído de Will. Por suerte, Charlie bajó el volumen del auricular.

—¿Sabes conducir un coche con marchas?

Jeremy asintió.

Will le lanzó las llaves de su Porsche. Le dieron justo en el pecho y empezaron a caer. Jeremy consiguió a duras penas atraparlas antes de que cayeran al suelo. Parecía avergonzado, que no era lo que pretendía Will. Solo pudo caminar hacia su coche. Esperó a que llegara Jeremy. Luego esperó a que descubriera cómo se abría la puerta.

Tardaron un momento en ajustar los asientos. Jeremy tuvo que echar el suyo hacia delante y Will tuvo que echar el suyo hacia atrás porque la última persona que se había sentado en el lado del pasajero era Faith, cuyas piernas tenían la longitud aproximada de las de un caniche gigante.

Jeremy levantó la llave como si no supiera dónde encajarla.

Will dijo:

—El contacto está…

—A la izquierda. —Jeremy insertó la llave—. Ya está.

Will escuchó el rugido del motor al encenderse. El asiento vibró mientras el tubo de escape bramaba. Le dijo a Jeremy:

—El verano pasado le puse un minimotor de arranque de alto rendimiento. Le costaba arrancar en caliente, pero no quería recurrir al relé de solenoide de control remoto.

Jeremy le lanzó una mirada idéntica a la que le había lanzado Faith cuando le habló de aquella nueva pieza.

—Tío, no sé de qué me hablas.

—Vamos.

Jeremy hizo avanzar el coche con cuidado. No había mentido al decir que sabía conducir un coche con marchas, pero el seis cilindros tenía ciento ochenta caballos bajo el capó y a ninguno de ellos le gustaba ir despacio. El coche dio una sacudida cuando doblaron la esquina del edificio. Jeremy tocó el freno y luego el acelerador, lo que hizo que ambos se mecieran a la vez.

—Tu tía Amanda me enseñó a conducir —comentó Will.

Jeremy le miró y Will se imaginó a Faith sentada junto a Charlie en el autobús, con la misma expresión de sorpresa en la cara.

—En aquellos tiempos tenía el Audi A8 Quattro, el de batalla larga. Era como un tanque —añadió.

Jeremy se paró en un semáforo en rojo.

—Me acuerdo de ese coche. Era verde oscuro.

—Color cuero tostado —dijo Will—. Llevaba el asiento tan echado hacia delante que el volante prácticamente le tocaba el pecho.

Jeremy se rio.

—Todavía lo lleva así.

—La primera vez que salí con él, me subí a un bordillo. Reventó la rueda trasera. —Will sintió que sudaba al recordarlo—. Casi me da un infarto. Sabía que Amanda iba a matarme.

—¿Y te mató?

—No. Me hizo cambiar la rueda. Y pagarle una nueva. Tardé un año entero en pagársela.

Jeremy giró hacia la calle principal cuando cambió el semáforo.

—Ya sé que el GBI no paga mucho, pero hasta mi madre puede permitirse comprar una rueda nueva.

—Yo todavía estaba en la universidad —explicó Will—. Amanda estaba intentando reclutarme. Yo solo había conducido una moto hasta entonces. Me dijo que tendría que sacarme el permiso de conducir o no me admitirían en la academia.

Jeremy estaba muy atento a sus palabras. Faith seguramente también.

—Amanda no recluta agentes. Nunca se ha dedicado a eso.

Will no supo qué responder, porque lo que decía era cierto.

Jeremy giró hacia el aparcamiento. Los letreros de neón del bar parpadeaban en las ventanas. Un despliegue de plumas de color azul, turquesa y verde rodeaba la puerta. Estatuas de pavos reales asomaban entre las plantas de liriope que bordeaban la acera. Habían llegado al bar parrilla Andalusia, que, según su página web, debía su nombre a la casa de campo de Flannery O'Connor, no a la comunidad autónoma de la España peninsular.

—La policía de Atlanta paga mejor que el GBI —comentó Jeremy.

—Si lo que te interesa es el dinero, yo que tú optaría por 3M.

Jeremy torció la boca mientras recorría el aparcamiento en busca de un sitio vacío.

—¿Te ha metido mi madre en esto?

Will señaló una plaza libre.

—Allí.

Jeremy aparcó el coche. Miró a Will.

—Estoy bien, ¿vale? No tienes que cuidar de mí.

Era el hijo de Faith. Will tenía que cuidar de él. Pero no tenía que humillarlo. Asintió con la cabeza.

—Vale.

Will salió del coche. Echó un vistazo al aparcamiento. Podía haber estado en el club de campo. Todos los coches eran de alta gama, la mayoría todoterrenos. Las matrículas eran de Fulton y del condado de Gwinnett. No vio ningún Maserati MC20 cupé en color *rosso vincente*, pero seguramente Mason James estaría cansado a esas horas y, como el deportivo era tan bajo, le molestarían la espalda y las rodillas al subir y bajar.

Se sacó del bolsillo de atrás el teléfono del GBI. Los datos falsos eran los de John Trethewey, pero el botón lateral no era para pedir ayuda. Lo pulsó tres veces y apareció en pantalla la vista de las gafas de Jeremy. Vio que el chico miraba hacia abajo al meter la llave en la puerta del Porsche para cerrarlo. Luego se vio a sí mismo mirando el teléfono mientras Jeremy caminaba hacia él por el aparcamiento descubierto.

Pulsó el botón una sola vez para dejar de ver la transmisión y se guardó el teléfono en el bolsillo cuando Jeremy se reunió con él. Se encaminaron hacia la entrada.

Adam Humphrey había apoyado el brazo en el respaldo del banco. Miró por encima a Will mientras observaba la calle. Will sabía que la cámara de sus gafas transmitía las imágenes al autobús. Cuando Adam volvió a mirarlo, Will hizo un leve gesto con la cabeza, confiando en tranquilizar a Faith.

Dejó que Jeremy abriera la puerta. Le parecía el tipo de juego de poder propio de alguien como John Trethewey. En ese momento, necesitaba olvidarse del resto de sus preocupaciones —de Faith, de su hijo, de Amanda, de Sara, incluso de Aiden Van Zandt, porque era un buen tipo y el historial sentimental de Faith apuntaba a que acabarían rompiendo de mala manera— y centrarse en su papel de médico ortopedista y sinvergüenza que se había escabullido de Texas bajo una nube de sospecha, perseguido por una acusación de agresión sexual.

—¡Richie! —vociferó, proyectando su voz hacia el otro lado del local.

Este lo miró con sorpresa y, al reconocerlo, puso una gran sonrisa, dejando ver las fundas increíblemente blancas de sus dientes.

—Dios, somos los únicos que hemos venido. Ni siquiera los acoplados se han molestado en aparecer.

—Que les den —dijo Will—. Este es mi hijo, Eddie.

—Eddie. —Richie miró a Jeremy de arriba abajo—. Encantado de conocerte.

—Genial. —Jeremy sacó su móvil y le mostró a Richie la coronilla mientras empezaba a enviar un mensaje.

Will sacudió la cabeza mirando a Richie. Este hizo lo mismo.

— Bueno, chaval. —Will le puso las manos en los hombros a Jeremy—. Lárgate. Los adultos tienen que hablar.

Jeremy se fue hacia la tercera mesa desde la puerta de atrás, exactamente la mesa a la que debía dirigirse. Había allí dos agentes de Bernice, que se levantaron y se alejaron para que él pudiera ocuparla.

Will se sentó en un taburete de la barra junto a Richie. Desde allí veía a Jeremy reflejado en el espejo, detrás de las botellas de licor. Otra agente de Bernice hacía de camarera. Pasó detrás de él con una bandeja cargada.

—Siento lo de mi hijo —le dijo a Richie—. Ha salido a su madre.

—No te disculpes —contestó Richie—. Por lo menos ha venido. Mi hija piensa que soy un cerdo fascista y un machista. Solo me devuelve las llamadas cuando quiere algo.

Will oyó chisporrotear el auricular dentro de su oído. Charlie había vuelto a subir el volumen del micrófono de Jeremy. Will echó un vistazo rápido al local. Habían montado un dispositivo de vigilancia con diez agentes y solo había un triste alcohólico en la barra.

—¿Y el resto de la pandilla, tío? ¿He llegado tarde o pronto?

—Has llegado bien. Son unos putos gilipollas. —Richie apuró su copa de un trago y pidió otra—. Cada vez cuesta más que vengan. Ya nadie respeta las tradiciones.

—Seguro que algunas respetarán, ¿no? —preguntó Will.

Richie negó con la cabeza, pero Will no supo si quería decir que ahora no o que nunca.

—¿Señor?

Will reconoció a Louisa Jennings, de la brigada de Bernice. La mujer retiró con cuidado el vaso de Richie y lo sustituyó por otro. Al menos sacarían una muestra de ADN de aquella colosal pérdida de tiempo y recursos.

—Un Old Pappy solo —pidió Will.

Louisa puso un vaso sobre la barra. La botella de Old Pappy de debajo de la barra contenía un refresco de té, en lugar de *bourbon*. Le sirvió una dosis generosa.

—Creía que Blythe iba a hacer acto de presencia —le comentó Will a Richie.

—Ya sabes lo calientapollas que es. Dice que va a venir y luego no se presenta. No me extraña que Bryce esté tan neurótico.

—Como para no estarlo, con Mason husmeando por aquí.

—Bah. —Richie hizo un ademán, quitando importancia al asunto—. Mason se ha follado a todas nuestras mujeres. Menos a Britt. Ese hielo solo puede romperlo Mac.

Will agarró su vaso de té de la barra y se lo bebió de un trago.

—¿Quién eligió este sitio? Está lleno de banqueros y viejas.

—A Mac le gusta. Está cerca de casa. —Richie hizo un gesto para pedir su tercera copa en el bar, aunque estaba claro que no era la tercera que tomaba esa noche—. ¿Qué te pareció nuestra propuesta de ayer?

Will se encogió de hombros.

—Es interesante.

—¿Pero?

—No sé si quiero ser un espía. Ni estar a las órdenes de Mac.

—Amigo mío, cómo te entiendo. —Richie miró cómo llenaban su vaso con un whisky triple. Will pidió más té—. No me malinterpretes, le estoy agradecido por tener trabajo, pero trabajar con Mac no es nada fácil. Y Britt... En fin, ya sabes lo cabrona que puede ser.

—¿Y Chaz?

—Mientras sigan llegando los cheques, con él todo bien. —Richie aflojó un poco el ritmo y bebió un sorbo en lugar de un trago largo—. Una cosa te voy a decir, y a lo mejor te sientes identificado: la vida se vuelve solitaria de cojones después de lo que nos ha pasado. Tú tienes suerte de tener todavía a tu familia.

Will enarcó una ceja.

—La puta mierda del MeToo... —La voz de Richie sonó como un susurro ronco—. Nunca pensé que echaría de menos a mi mujer y mi hija. Me dejé la piel durante casi veinte años para que tuvieran una vida cómoda y, en cuanto las cosas se ponen feas, me abandonan las dos. Se acabaron las fiestas de cumpleaños y Acción de Gracias. Joder, voy a terminar cenando comida para llevar en Navidad. Megan ni siquiera me deja ir a su graduación. Dice que le da vergüenza.

—Yo tampoco lo tengo fácil —repuso Will—. Mi mujer sigue haciéndome la vida imposible. No paro de decirle que, si decidió quedarse, que me ponga buena cara de una puta vez o se busque a otro que la mantenga.

—¿Y se calla?

—Qué se va a callar, tío. Si por lo menos luego me la chupara…

Richie soltó una carcajada.

—Dios, eso es lo mejor del mundo. Sentir una boca caliente y húmeda.

Will levantó su vaso. Volvió a mirar a Jeremy y vio que seguía mirando su móvil. No sabía si estaba metido en su papel o intentaba mantener la cabeza gacha, pero se alegraba de que estuviera sentado en un rincón.

—¿Qué hay de nuevo, caballeros?

Will podría haber adivinado que Mason James hablaría como un personaje de una película de mafiosos de los años treinta. Se giró lentamente en el taburete. Mason vestía vaqueros y una camisa ajustada, igual que él, pero parecía que la ropa le había costado muchos miles de dólares más. Hasta sus botas parecían más puntiagudas.

—Trethewey —dijo Mason—, cuánto tiempo.

Will le estrechó la mano con más fuerza de la necesaria. A Mason no pareció importarle. Le dio una palmada en el hombro. Era casi tan alto como él, pero en parte se debía a que se peinaba por delante de modo que su flequillo parecía la punta del trasero de un pato.

—¿Qué tal te ha ido la vida, Johnny, chaval? Me enteré de que tuviste problemas en Texas.

—Dudo que te enteraras —contestó Will—. Pagué mucho dinero para que nadie se enterara.

—Claro que sí. No te mosquees. —Mason le dio otra palmada en el hombro—. ¿En qué acabaste especializándote? ¿En ortopedia?

Sara le había enseñado a Will un trabalenguas con el que podía ganarse a Mason.

—En ortogenuflexología pediátrica.

Mason se quedó parado un segundo. Luego echó la cabeza hacia atrás y soltó una carcajada.

—¡En rodillas de niños! Me encanta.

Will también se rio, aunque le ponía enfermo ver a aquel imbécil reírse del galimatías de Sara, sobre todo porque a él había tenido que explicárselo.

—Amigos, la próxima ronda la pago yo. —Mason sacó su tarjeta negra de una gruesa cartera de cuero—. Pero no os volváis locos, que dentro de poco tengo que pagar la matrícula del colegio.

—Te lo puedes permitir, cabrón. —Chaz Penley acababa de unirse al grupo. Le estrechó la mano a Will y le dio una palmada en el brazo—. John, me alegro de que hayas venido.

Will vio una versión más joven de Chaz detrás de él: un Rolf antes de entregar a los Von Trapp.

—Joder, ¿este es Chuck? Es tu vivo retrato.

—Chuck, este es el doctor Trethewey. —Chaz empujó a su hijo hacia Will—. ¿Dónde está tu chaval?

—Allí, en la esquina, con la cara pegada al teléfono. —Will señaló a Jeremy—. Ve a saludar a Eddie, Chuck.

Fue evidente que a Chuck no le hacía ninguna gracia que un desconocido le diera órdenes, pero también saltaba a la vista que no tenía ningún interés en emborracharse con los amigotes de su padre.

—¿Dónde están los acoplados? —preguntó Chaz—. ¿De quién nos vamos a reír ahora?

—De Richie, no —dijo Mason—. Como no sea de su peinado.

Will dejó de prestar atención a las risas y las burlas de los otros. Lanzó una mirada al espejo. Chuck se había sentado frente a Jeremy. Oía sus voces por el auricular.

—No sé por qué quería que viniera a esta mierda de sitio —estaba diciendo Chuck.

—Yo igual —dijo Jeremy—. No soporto estar con ese imbécil.

—¿Tommy ha venido?

—¿Quién es Tommy?

—Johnny, chaval. —Mason volvió a apretarle el hombro a Will. Si no paraba, acabaría con la mano rota—. ¿Cómo está tu mujer?

—Está estupenda —contestó solo para ver la cara de decepción que ponía.

—Eso es malo para mi negocio pero bueno para ti, supongo. —Mason se recobró rápidamente—. Cuéntanos qué has estado haciendo últimamente.

—He estado valorando algunas ofertas. —Will se giró para que Mason tuviera que soltarle el hombro—. No sé si vamos a quedarnos en Atlanta. A mi mujer le gusta esto, pero Eddie se gradúa dentro de un par de meses. Yo preferiría la Costa Oeste.

—Esos putos progres… —farfulló Richie—. Yo no me acercaría por allí, John. El estado entero se está yendo a la mierda.

—Es alucinante que se las hayan arreglado para ser la cuarta economía del mundo. —Mason le guiñó un ojo a Will—. Hay buenas oportunidades de negocio para tíos como nosotros. Sin seguro, todo a tocateja.

Will supuso que se refería al montón de pasta que se le podía sacar a gente mayor.

—No le hagas caso, John. —Richie le puso la mano en el brazo—. Lo que necesitas es tener la cabeza agachada una temporada, créeme.

Will lo miró fijamente.

—Lo que yo haga con mi cabeza es asunto mío.

—¿De qué cabeza habláis?

Mac había aparecido por fin. No se molestó en presentar a Tommy. Su hijo ya se estaba acercando a la mesa del fondo. Will lo reconoció por las fotos, pero lo habría reconocido igualmente por la descripción de Sara. Levantaba la barbilla con tal arrogancia que daban casi más ganas de pegarle un puñetazo que a Mason.

—John. —Mac ocupó el lugar de Mason, poniéndole una mano en el hombro—. Es muy guapo tu hijo. ¿Todavía le peina su madre?

Will soltó un bufido burlón.

—Todavía le sujeta la pilila cuando mea.

Se oyeron más risotadas.

Will se volvió, obligando a Mac a soltarlo. Llamó a Louisa con un gesto y lanzó otra mirada al espejo. Tommy había ocupado la silla contigua a la de Chuck. Suzan, otra agente de la brigada antifraude, estaba retirando los vasos vacíos y sirviéndoles otra ronda. Ya tenían el ADN de Chuck Penley. Ahora solo necesitaban muestras de Mac y Mason.

—Lo siento, tío. —Oyó mascullar a Jeremy a través del auricular—. Le he dicho a mi padre que me piro en media hora.

—¿Vas a tomar un Uber? —preguntó Tommy—. Porque hay una fiesta en casa de unos colegas, en Brookhaven.

—No me interesa. —Jeremy miró su teléfono.

Chuck y Tommy se miraron. No estaban acostumbrados a que los rechazaran.

—¿Señor? —Louisa estaba de pie detrás de la barra.

—Llévate esta porquería —dijo Will—. Sírvele otra a mi amigo. Pappy para mí y...

—Un Bruichladdich doble —lo interrumpió Chaz—. ¿Mason?

—Lo siento, caballeros, pero tengo una cirugía a primera hora.

—Yo también —dijo Mac—. No puedo quedarme mucho rato. Solo quería hablar un momento con John.

Will empezó a irritarse. No iba a permitir que Mac y Mason se marcharan sin dejarles una muestra de ADN. Le dijo a Mac:

—No sé si me puedo fiar de un tío que no bebe.

Mac parecía distraído, pero el comentario surtió efecto. Le dijo a Louisa:

—Whisky escocés, pero échale un poco de agua, por el amor de Dios.

Louisa empezó a servirles las copas. Will volvió a mirar a los tres chavales. Jeremy seguía con la vista fija en el móvil. Tommy y Chuck no parecían muy contentos. Seguramente a Jeremy le parecía una buena táctica quedarse callado y pasar de ellos, pero Will había visto estallar peleas por menos.

Oyó que Chuck intentaba trabar conversación con él diciéndole:

—Así que estudias en Georgia Tech.

—Sí —respondió Jeremy.

—¿Conoces a Bradley Walford? —preguntó Tommy.

—No.

Chuck volvió a intentarlo.

—¿Qué estudias?

Jeremy suspiró.

—Es muy complicado de explicar.

—John. —Mac estaba junto al codo de Will, con el *whisky* con agua en la mano—. Espero que ayer no te entráramos demasiado fuerte. Chaz tiene tendencia a hablar más de la cuenta.

—Sí, desde luego. —Will chocó su vaso con el de Mac—. Por los viejos amigos.

—Eh…, vale. —Mac no bebió. Volvió a dejar el vaso en la barra—. ¿Te importa que hablemos un momento?

Will empujó el vaso hacia él con el dorso de la mano.

—Claro.

Mac frunció el ceño. No estaba acostumbrado a que lo mangonearan. Aun así, tomó el whisky y le indicó con un gesto que lo siguiera.

Will miró a Jeremy sin disimulo mientras iban hacia el fondo del local. Trethewey vigilaría a su hijo y lo animaría a hacerse amigo de los hijos de los hombres que querían contratarlo.

Jeremy apartó la vista del móvil y al instante desvió la mirada. Will oyó decir a Chuck:

—Tu padre es un poco capullo.

—Un poco, no —contestó Jeremy—. Es un capullo.

—¿Por qué? ¿Qué hace? —preguntó Tommy—. Peor que Richie no puede ser. El tío hizo un agujero en la pared para hacerse pajas mientras sus pacientes se cambiaban en la habitación de al lado. La enfermera lo pilló meneándosela.

Chuck se echó a reír.

—Como ese episodio de *Padre de familia*, cuando Peter va a la ferretería a comprar un taladro.

Jeremy no dijo nada. Seguía mirando el móvil.

Will pasó junto a Amanda y Evelyn. Sus bolsos apuntaban a los baños y a la puerta de la zona de fumadores. Ninguna de las dos lo miró.

—John, voy a ir al grano. —Mac dejó su vaso en el alféizar de la ventana—. Eso que dijiste ayer de Cam, lo de que fuiste tú quien lo sacó de aquí... Me di cuenta de que nunca te he agradecido como es debido que cuidaras de nuestro amigo.

Will sintió que el corazón empezaba a latirle más deprisa. Había estado buscando una oportunidad para hablar de Cam. Aun así, se encogió de hombros como si no tuviera importancia.

—Hice lo que tenía que hacer.

—Bueno, no. La verdad es que no tenías por qué hacer nada. Nunca participaste en nuestras... —Mac pareció buscar la palabra—. Actividades.

—¿Así las llamabais? —preguntó Will—. No lo sé, porque nunca me dejasteis probarlas.

—No sé qué te contó Cam, pero sobre todo hablábamos. Era sobre todo eso. Fue él quien se lanzó primero a actuar y... —Mac se detuvo de nuevo. A pesar de sus juegos de poder, no era muy persuasivo—. Lo que hizo Cam fue inconcebible. No teníamos ni idea de que estaba poniendo en práctica esas fantasías.

—¿Qué fantasías?

—Obviamente, todos nos quedamos de piedra cuando nos enteramos. —Agarró su vaso y por fin bebió un trago—. Uno piensa cosas, ¿vale? Uno tiene ideas en la cabeza y habla de ellas, pero en la vida real nunca las lleva a la práctica.

—¿Uno? ¿Quién?

Mac soltó una risita avergonzada.

—Bueno, yo no suelo hablar de estas cosas.

—No me digas —dijo Will—. ¿Y quién habla de ellas?

Mac se terminó el whisky. Volvió a dejar el vaso en el alféizar.

—Respecto a la oferta de trabajo...

—No me interesa.

—Bueno, da igual. —Mac miró al grupo.

Will se volvió, pero no supo a quién estaba mirando.

—¿Cuánto? —preguntó Mac—. Porque se trata de eso, ¿no? ¿Cuánto quieres?

Will tardó un momento en comprender lo que intentaba decirle. Cam. Las fantasías. La oferta de trabajo. Estaban intentando comprar a John Trethewey. Pero necesitaba que Mac lo dijera en voz alta.

—¿Cuánto por qué?

—Por tu silencio, claro está.

—¿Mi silencio sobre qué?

Mac empezaba a ponerse nervioso. Volvió a echar un vistazo a la barra, seguramente buscando a la persona que solía encargarse de aquello. Will también miró. ¿Chaz? ¿Richie? ¿Mason?

—Dime qué te contó Cam exactamente.

—¿Te refieres a la página web? —Will vio cómo se disipaba la arrogancia del rostro de Mac—. ¿O a las trampas que les tendíais a esas chicas entre todos?

Mac pasó la mano por la boca.

—Vale, Cam te contó bastante.

—Lo justo para abrirme el apetito. Lo que os traíais entre manos era muy astuto. Divertirte un poco mientras tus colegas te cubren las espaldas. Me habría venido bien en Texas. Y me gustaría probarlo ahora.

—¿Por qué crees que seguimos haciéndolo?

—Leí sobre el juicio de Tommy. Le estáis introduciendo en el tema, ¿no? Eso me gusta. Tiene una simetría bonita. —Will miró a Jeremy—. Ojalá mi hijo tuviera cojones para hacer algo así.

—A Tommy nunca le ha faltado seguridad en sí mismo.

—A lo mejor tiene demasiada. Casi lo pillan. ¿Siguió el plan?

Mac volvió a pasarse la mano por la boca.

—Solo estoy autorizado a hablar de dinero.

Will se dio cuenta de que Mac estaba a punto de venirse abajo. Lo peor que podía pasar en ese momento era que alguien más listo que él ocupara su lugar. El único sustituto que se le ocurría era Chaz Penley, lo que explicaba las miradas de desagrado que les lanzaba sin cesar. Estaba claro que Chaz había obligado a Mac a ensuciarse las manos para variar. Quizá la pandilla no estuviera tan unida como antes. El juicio de Tommy los habría asustado a todos.

—¿Cuánto crees que vale mi silencio? —preguntó.

—¿Sería…? No sé, ¿como medio millón?

Will sintió que se le secaba la boca. Mac McAllister le estaba ofreciendo medio millón de dólares.

—¿Qué haría yo con tanto dinero? No puedo meterlo en el banco.

—¿Y en cripto?

—Vete a la mierda.

Mac lo agarró antes de que pudiera alejarse.

—Podemos pagarte con dinero de la empresa.

Will se volvió hacia él.

—¿Cómo lo haríais?

—Con un sueldo —dijo Mac—. Todo legal. Deduciendo los impuestos, la seguridad social y todo eso.

Estaba enumerando delitos federales como si fuera una lista de la compra.

—¿La solución que me ofreces es reducir la cifra a la mitad?

—No, no me refería a eso —contestó Mac—. Pon que llegamos a las siete cifras. Podríamos pagarte en un año. Una parte en efectivo, para ayudarte con los pequeños gastos. Y el grueso en nómina, para que todo sea legal. Seguro que podrás hacer algo con las cuentas. Los contables son muy creativos para esas cosas.

Will no tenía ni idea de cuánto era un millón de dólares repartido en doce meses, pero no era una cifra que pudiera ocultarse en un balance anual.

—Deberíamos continuar esta conversación en otro momento, ¿no crees? —dijo Mac.

Will comprendió que intentaba retirarse. Necesitaba hablar con los demás.

—Normalmente me pagan por mi tiempo.

La sonrisa de Mac lo delató. Creía haber atrapado a Will.

—¿Cuánto cobras por hora?

—Podemos empezar por veinticinco de los grandes. —Will necesitaba que pisara territorio delictivo—. En efectivo.

—Puedo arreglarlo.

—¿Qué hay del papeleo? —preguntó Will—. ¿Cómo consigo mi sueldo?

—Puedo mandar que preparen los documentos cuando quieras —contestó Mac—. El contrato laboral, el alta en la seguridad social, etcétera. Serás un asesor.

—¿Como Richie?

Mac enarcó las cejas, pero no estaba dispuesto a descubrir por completo su juego.

—¿Qué me dices, John? Tú te olvidas de los desvaríos de nuestro difunto amigo el borrachín depresivo y nosotros te proporcionamos un pequeño colchón para que puedas recuperarte. ¿Trato hecho?

Will fingió pensárselo. El pago en efectivo era un buen punto de partida, pero blanquear el dinero a través de la empresa suponía cargos de soborno y malversación de fondos. Mac tenía una responsabilidad fiduciaria para con la empresa. De momento, sin embargo, podía alegar que solo estaba hablando por hablar. Para asegurar su imputación, Will necesitaba tener el dinero en mano y el sueldo transferido a una cuenta bancaria falsa.

—Quedamos mañana en el club —dijo—. Podemos…

—¡Imbécil! —La voz de Tommy restalló en su oído.

Se dio la vuelta. Tommy había hablado tan alto que el resto de la gente también se había girado. Tenía el semblante desencajado por la rabia. Le dijo a Jeremy:

—Eres aún más gilipollas que tu padre.

Jeremy se encogió de hombros, pero saltaba a la vista que estaba nervioso.

—Me da igual.

—A mí no me digas que te da igual, idiota.

Will hizo amago de acercarse, pero Mac lo agarró del brazo.

—Deja que se las arreglen solos.

—Tom —dijo Chuck—, tranquilo, tío. Solo estaba…

—¡Tú no te metas, joder! —Tommy lo empujó violentamente contra la mesa.

Las sillas se volcaron. Se rompieron varios vasos. A Jeremy casi se le cayó el teléfono cuando se apartó de un salto. Tenía la boca abierta. Parecía aturdido, desorientado, asustado y, lo que era peor aún, completamente desvalido.

—¡Cabrón hijo de puta! —Tommy levantó el puño.

No iba por Chuck. Estaba amenazando a Jeremy.

Will cruzó la habitación en cuatro zancadas, pero no se acercó a Tommy. Agarró a Jeremy por el cuello de la camisa y lo llevó a rastras hacia la puerta trasera. No iba a dejar que el hijo de Faith se llevara una paliza. El aire de la noche le dio en la cara. Notó un olor a tabaco y a cerveza rancia. Aiden se levantó, con los puños cerrados. Will le lanzó una mirada para advertirle que no interviniera. Una pareja que estaba sentada en una de las mesas de pícnic se apresuró a entrar cuando Will le dio a Jeremy un empujón lo bastante fuerte como para que se tambaleara, pero no tanto como para tirarlo al suelo.

—¡Joder! —Jeremy se recolocó la camisa—. ¿Vas a…?

Will se dio la vuelta para ver por qué se había callado. Chuck los estaba observando desde la puerta abierta.

—¿Vas a dejarme en paz de una puta vez? —Jeremy siguió colocándose la camisa. Parecía muy alterado, pero también saltaba a la vista que intentaba mantener su tapadera—. Joder, papá, ¿qué coño…?

—¡Imbécil! —Will le clavó un dedo en el pecho—. Te dije que Tommy es hijo de Mac. ¿Quieres seguir teniendo tu paga? ¿Tu coche? ¿Tu vida? Pues no me jodas esto.

Chuck tenía una sonrisa burlona en la cara cuando Will se volvió hacia la puerta, pero tuvo la sensatez de echarse a un lado para dejarlo pasar.

Will recorrió el bar con la mirada. Amanda y Evelyn seguían sentadas a la mesa. Tenían la vista fija en el teléfono de Amanda. Seguramente estaban viendo la transmisión de las gafas de Jeremy.

Mac había vuelto con la pandilla. Estaban riendo otra vez, bromeando y dándose palmadas en la espalda. Mac lo miró y se encogió de hombros como diciendo «¿Qué se le va a hacer?». Chaz sonrió y le hizo señas de que se acercara.

Will no se acercó. Se volvió hacia el aseo de caballeros. Cerró la puerta y se apoyó contra ella. Sacó su teléfono. Pulsó el botón tres veces. Vio lo que Jeremy estaba viendo: a Chuck Penley de pie frente a él.

—Tienes que seguirle la corriente hasta que te gradúes —dijo Chuck.

—Es un cabrón. —Jeremy aún parecía agitado, pero estaba intentando reponerse—. Puedo arreglármelas solo. No necesito que intervenga como si fuera mi madre, joder.

—Claro, tío —dijo Chuck, aunque no parecía muy convencido.

Jeremy miró la puerta que daba al edificio.

—No quiere arriesgarse a que Mac se cabree. Lo único que le importa es el dinero.

—Mac no está cabreado. Le encanta enfrentarnos. A todos les gusta. —Chuck se sacó un paquete de tabaco del bolsillo de la chaqueta—. ¿Quieres uno?

La imagen de la pantalla osciló cuando Jeremy sacudió la cabeza. Will distinguió a Aiden Van Zandt entre las sombras. El agente del FBI estaba tenso todavía, listo para intervenir si Jeremy lo necesitaba. Will no sabía si Chuck se había percatado de su presencia, pero estaba seguro de que Faith estaría gritándoles a los monitores en el autobús. Le estaría suplicando a Jeremy que cerrara la puta boca, que se fuera de allí, que se metiera en el coche de Will y esperara a que llegara la hora de irse.

Pero Jeremy no se iba.

Le preguntó a Chuck:

—¿Qué le pasa, de todas formas?

¿A Tom? —Chuck echó el humo por la comisura de la boca—. Sabes lo del juicio, ¿no?

—Violó a una chica.

—¡Presuntamente, tío! —Chuck soltó una carcajada áspera—. Dani era buena tía. Bueno, se lo tenía un poco creído, pero era buena tía.

—Se murió.

—Pero Tom no tuvo nada que ver con eso. —Chuck echó más humo—. Se estrelló con el coche. Fue culpa de ella.

Jeremy fijó la vista en el suelo. Will vio que tenía casi desatados los cordones de una de sus Nike. El dobladillo de sus vaqueros estaba roto. Seguramente Faith estaría cruzando el aparcamiento a todo correr. No estaría enfadada con Jeremy. Estaría enfadada con él porque le había prometido que protegería a su hijo y, en vez de eso, lo había llevado a rastras por el bar y luego lo había dejado fuera, con el hijo de un sádico.

—¿Fue él? —preguntó Jeremy.

—¿Quien la violó? —Chuck le dio otra calada al cigarrillo—. Qué va. A Dani se la pasaron por la piedra la mitad de los chicos del instituto, así que no es que tuviera el coño a estrenar. Era la que más ligaba del barrio.

—¿Salían juntos?

—No, tío. Ella solo quería que fueran amigos. El tío estuvo años detrás de ella. Me extraña que no se la tirara antes.

—Ya. —Jeremy se miró otra vez los pies—. ¿Estaba buena?

—Buenísima —contestó Chuck—. Pero era una estirada. Como Britt, supongo. Mi padre dice que para abrirle las piernas a Britt McAllister hace falta una cizalla hidráulica.

A Will, la risa de Jeremy le sonó forzada, pero Chuck no pareció darse cuenta.

—¿Quieres ver una cosa? —le preguntó a Jeremy.

Las gafas de Jeremy se movieron cuando se encogió de hombros.

—Claro.

—No puedes decírselo a nadie, ¿vale? —Chuck lo observaba atentamente—. Lo digo en serio. Es una cosa muy fuerte.

Otro encogimiento de hombros.

—Claro.

Chuck dio una última calada al cigarrillo y lo tiró a la hierba. Sacó su móvil. Tocó la pantalla y levantó el teléfono para que Jeremy lo viera.

La imagen estaba en pausa.

Dani Cooper.

Completamente desnuda. Con los ojos cerrados y la cabeza echada hacia atrás.

Estaba tumbada sobre una alfombra blanca de piel de oveja.

—¿Quién es? —preguntó Jeremy.

—Me lo mandó Tom. —Chuck estaba sonriendo—. Dale al *play*.

Jeremy tocó la pantalla con el dedo.

Will se llevó la mano a la oreja para escuchar, pero el aseo estaba tan en silencio que oía perfectamente lo mismo que oía Jeremy. El sonido amortiguado de la piel al rozarse con otra piel. Los gemidos suaves. El golpeteo rítmico. El sonido escalofriante de una risa. Sintió que su sangre se convertía en cristal molido. Levantó la vista hacia el techo. No podía hacer nada.

El hijo de Faith estaba viendo un vídeo de cómo violaban a Dani Cooper.

18

Faith se movía por la cocina como si se estuviera hundiendo en arenas movedizas. Cerró las persianas para que no entrase el sol de media mañana. Había vuelto a pasar la noche en vela, dando vueltas en la cama y llorando de angustia. No se sentía tan falta de sueño desde que Emma tuvo un virus respiratorio durante las vacaciones de primavera.

Se detuvo y prestó atención por si oía a Jeremy en el piso de arriba. Seguía durmiendo. Solo oía el goteo del grifo del baño del pasillo. Siempre la alegraba que su hijo se quedara a dormir, pero aquello era distinto. No recordaba cuándo había sido la última vez que su hijo se había tumbado en el sofá y había apoyado la cabeza en su regazo. Jeremy no había llorado, exactamente, pero bastaba que fuera evidente que tenía ganas de llorar para hacerla sentir que iba a romperse en mil pedazos.

El vídeo.

Chuck solo le había puesto tres minutos de una grabación que era claramente más larga. Faith lo había visto todo desde el centro de mando móvil, a través de los ojos de su hijo.

Dani Cooper con la cabeza echada hacia atrás, los labios entreabiertos y los ojos cerrados, no de placer, sino porque estaba drogada, casi inconsciente. Su cuerpo desnudo era el único toque de color de la habitación. Las paredes estaban pintadas de negro. El suelo de cemento era negro. La alfombra de piel de oveja era de un blanco brillante, pero tenía manchas. Algunas hebras estaban resecas y apelmazadas.

Los gemidos de la joven seguían atormentando a Faith. Dani estaba atrapada en algún lugar entre el sueño y la vigilia. Si era consciente de lo que le estaba ocurriendo, por suerte la droga le había impedido recordarlo al llegar al hospital Grady.

En el vídeo no se veía al hombre que la había secuestrado, pero sus manos aparecían en imagen al manipular su cuerpo inerte. No llevaba anillos ni reloj. No tenía marcas distintivas, pero aquellas eran sin duda las manos de un hombre joven, con la piel tersa y un poco de vello oscuro en los nudillos. Faith suponía que eran las manos de Tommy McAllister.

El sonido escalofriante de su risa se oía en el vídeo mientras colocaba a Dani para hacerla posar ante la cámara. La ponía de lado, de espaldas, bocabajo, y la enfocaba de lejos o de cerca. No la manejaba como si fuera una muñeca, porque con una muñeca habría sido más delicado. La zarandeaba, la empujaba y la pinchaba, le metía los dedos en la boca y entre las piernas. Enfocaba sus pechos, sus partes íntimas. Luego colocaba la cámara en un pequeño trípode y grababa la violación.

Faith se sentó a la mesa de la cocina. Se frotó los ojos. A lo largo de su carrera, había visto muchas aberraciones. Aquel vídeo estaba sin duda entre las cinco cosas más horribles que había visto nunca. Si a eso se sumaba el hecho de que su hijo también lo había visto, no había palabras para describir su congoja.

Lo peor, lo más inaceptable de todo, era que Jeremy seguía queriendo ingresar en la policía.

Apoyó la frente en la mesa. Abrió la boca. Respiró varias veces. Lo único que le impedía ponerse a gritar era saber que, al final, alguien pagaría por lo que su hijo se había visto obligado a ver.

El plan de Amanda requería dos equipos para atacar desde dos direcciones distintas. Lo llamaba Operación Dominó porque una pieza tumbaría a otra y, con un poco de suerte, el resto de las piezas caerían sucesivamente.

Will encabezaba el primer equipo. Había quedado con Mac McAllister a mediodía para comer en el club de campo. Se suponía que Mac iba a llevar 25 000 dólares en efectivo junto con los papeles del contrato para pagarle un millón de dólares más.

El GBI tenía ya la grabación en la que Mac reconocía que estaba sobornando a John Trethewey a cambio de su silencio. La entrega del dinero en efectivo era muy buena noticia, pero sería el sueldo lo que sellaría la suerte de Mac McAllister. En cuanto el dinero estuviera en la cuenta de John Trethewey, detendrían a Mac por fraude electrónico, evasión fiscal, soborno, malversación de fondos y blanqueo de capitales. Le caerían entre cinco y veinte años. Y sin duda él trataría de llegar a un acuerdo para no ir a la cárcel.

Y ahí era donde entraba el segundo equipo.

A Amanda no le había costado encontrar a un juez que firmara una orden de registro del iPhone de Chuck Penley. Las gafas de Jeremy habían grabado el vídeo de Dani Cooper. Y también habían grabado a Chuck diciéndole que el archivo se lo había mandado Tommy McAllister. Esos dos hechos constituían fundamento legal más que suficiente para registrar el teléfono de Chuck.

En cuanto se llevara a efecto la orden, no haría falta ser un genio para deducir que el hijo de John Trethewey había acudido a la policía. A Chaz Penley le aterrorizaría que el vídeo no fuera lo único de lo que habían hablado los chicos y estaría ansioso por salvar tanto su propio pellejo como el de su hijo.

La única duda era cuál de los dos confesaría primero. Solo tenían una moneda de cambio en el bolsillo. ¿Se ofrecería Mac a delatar al Club para conseguir una reducción de condena? ¿Ofrecería Chaz lo mismo? ¿O irían los dos a juicio, dispuestos a gastar montones de dinero y a arriesgarse a destruir su reputación y a perder su carrera profesional y a su familia, con la esperanza de que un jurado los declarara inocentes?

Decidieran lo que decidiesen, era imposible que el Club sobreviviera a la bomba que estaba a punto de estallar en su seno. Si Amanda jugaba bien sus cartas, las fichas de dominó empezarían a caer al final de la semana.

Faith había quedado apartada de ambas operaciones, pero estaba decidida a contribuir en lo que pudiera. Se incorporó y agarró el montón de papeles de la impresora. El equipo de Servicios Digitales no había podido restaurar los archivos de vídeo dañados del sitio web del chat, pero, afortunadamente, habían tenido más suerte con los archivos protegidos del ordenador de Cam Carmichael.

Estaban todos en PDF. Cam había hecho capturas de pantalla de transcripciones de chats que habían sido eliminados del sitio web del Club al día siguiente de la violación de Sara Linton. Los mensajes componían una especie de historia de los antecedentes de sus miembros. La primera entrada databa de dieciséis años atrás. A diferencia de las entradas posteriores, publicadas sobre todo por 002, 003, 004 y 007, en aquel momento todo el grupo parecía estar implicado.

> 002: Tenéis que tener más cuidado, idiotas. 005: ¿Quién te ha puesto a ti al mando? 001: Bien dicho. 003: ¿Por qué vamos a hacerte caso? 002: Casi os pillan, gilipollas. 004: Lo siento, caballeros, pero a mí esto no me atañe. 006: Puto cobarde. 002: ¿Y tú no lo eres? 007: ¿Qué querías que hiciéramos? 003: Estoy a favor de pasarlo bien, pero que conste que no estoy dispuesto a ir a la cárcel por esto. 005: Yo tampoco, así que más vale que encontréis una solución, cretinos.

Faith anotó la fecha. Tendría que hablar con Adam Humphrey para ver si estaba dispuesto a consultar la base de datos de la policía de Atlanta. Aquello era la prueba de que Merit Barrowe no había sido la primera víctima del Club. Por lo que estaba leyendo, al violador habían estado a punto de atraparlo. Seguramente la víctima cero era una mujer cercana a alguien del grupo. La manera tan sofisticada con que habían borrado su rastro en los casos de Dani Cooper y Leighann Park apuntaba a una planificación laboriosa y premeditada. Las transcripciones revelaban cómo habían dado con la solución.

> 006: Deberíamos repartirnos las tareas. 002: Exacto. 001: ¿Cómo, a ver? 006: Abordarlo como un caso en urgencias. Por especialidades. 002: Oh, el poderoso cirujano de

traumatología ha hablado. ¿En serio vamos a empezar con esto otra vez? 007: Deja ya de fastidiar. 006: Estoy intentando encontrar una solución. 003: Vale, creo que tienes razón. 002: Esto hay que compartimentarlo. 006: Es lo que intentaba decir.

Faith tenía abierto su cuaderno de espiral. Buscó la lista de perfiles del grupo de chat. Había dado por sentado que 006 era Cam Carmichael. Era el único cirujano de traumatología del Club. Hizo una señal junto a su nombre antes de seguir leyendo.

005: ¿Se os ha ocurrido alguna vez que a lo mejor alguno de nosotros también quiere que le toque el turno? 001: ¿Desde cuándo tienes cojones para ser Maestro? 003: Yo de Maestro nada, a mí me gusta mirar. 005: A todos nos gusta mirar, pero algunos además queremos mojar. 006: Podríamos rotar como en una consulta de urgencias. Ir turnándonos. 002: Joder, ¿puedes parar ya con las urgencias? Que aquí todos sabemos manejar un bisturí. 007: Tiene razón. 006: Pues vamos a hacerlo, entonces. 002: ¿Quién se encarga de hacer la lista? 007: ¿Quién crees tú? 002: ¿Por qué siempre me toca a mí hacer los horarios?

Faith pasó el dedo por la lista de perfiles. Antes había tenido la impresión de que 002 era Mac McAllister, pero ahora le parecía que tenía un tono quisquilloso que no había notado en la voz de Mac la noche anterior. Miró el diagrama. Chaz Penley era otra posibilidad. Era antipático, quisquilloso y ordenado. En la comida del club de campo, había sido él quien se había encargado de exponer las cifras y de intentar persuadir a John Trethewey para llevarlo a su terreno.

Lo que significaba que 007 podía ser Mac. En mensajes posteriores hablaba de sus conquistas, que en realidad —ahora lo sabía— eran violaciones. Habría apostado su sueldo a que los archivos de vídeo corruptos eran similares al que Tommy había grabado de Dani

Cooper. Britt había dicho que Tommy se estaba convirtiendo en su padre. ¿Habría aprendido del hombre al que llamaban «el Maestro»? Faith intentó no pensar en el vídeo. Volvió a los perfiles. Por eliminación, Richie Dougal tenía que ser 003. Decía que le gustaba mirar. La noche anterior, Tommy había revelado que las acusaciones de abusos sexuales contra Richie se debían a que había hecho un agujero en la pared de su consulta para ver cómo se desnudaban sus pacientes.

Hizo otra señal en la lista.

Royce Ellison y Bing Forster podían ser 001 o 005. O quizá se estuviera equivocando por completo; a fin de cuentas, todos aquellos sádicos empezaban a expresarse como mandos intermedios.

002: ¿Puestos a cubrir? 005: Maestro, amo de esclavas. 006: Joder, ¿encima tenemos que parecer unos racistas? 002: Es importante respetar la corrección política cuando hablamos de vigilar, acosar, secuestrar, drogar y violar a chicas jóvenes. 007: Entonces, ¿esos son los puestos? 002: Nos vamos turnando y los que se quedan en el banquillo que miren. 005: Me parece bien. 006: Sí. 001: Sí. 003: Claro. 007: Os mando el objetivo del próximo trimestre en cuanto tenga los datos.

Faith tuvo que hacer una pausa. Qué fácil había sido todo. Uno vigilaba. Otro acosaba. Otro secuestraba. Otro drogaba. Y otro violaba. Cinco hombres. Siete miembros del Club. Mason se había retirado pronto y Cam se había pegado un tiro en la cabeza. Royce y Bing no habían ido al guateque el día anterior, pero Chuck y Tommy sí. Estaba claro que los estaban introduciendo en el Club.

Lo que remitía otra vez a lo que Britt le había dicho a Sara cuatro días antes...

No puedo detener a los demás, pero puedo salvar a mi hijo.

Faith no creía que eso fuera posible. La noche anterior, Tommy había estado a punto de golpear a Jeremy por una discusión sobre una falta señalada en un partido de fútbol de hacía dos años. Era impredecible, iracundo, propenso a la violencia. Se había grabado violando a Dani Cooper. Había sido acusado de violar a una chica cuando estaba en secundaria y la acusación tenía visos de ser cierta. Y estando en primaria, la policía se había presentado en su casa porque había hecho daño al perro de un vecino.

La cuestión no era salvar a Tommy. Era salvar a quienes lo rodeaban.

Faith se obligó a leer las capturas de pantalla restantes. El cuadrante de turnos lo había publicado 002. A cada uno se le asignaba una tarea y cada uno tenía un turno. No se permitían sustituciones. Estaba claro que 007 se encargaba de elegir a las víctimas. Faith fue saltándose líneas, en busca de su número.

007: Te he mandado un mensaje con la foto del objetivo. 007: Dirección del objetivo enviada. 007: Número de teléfono del objetivo recibido.

Todos respondían lo mismo.

001: Confirmado. 002: Confirmado. 003: Confirmado. 005: Confirmado. 006: Confirmado.

Mason James estaba ausente de aquellas maquinaciones, pero Faith daba por sentado que leía los mensajes. 004 todavía entraba en el sitio web ocho años atrás, cuando se enteraron de que Cam había abandonado el Club definitivamente.

Faith oyó llegar un coche. Sara se había ofrecido a ayudarla a desmontar el diagrama para que Emma no viera que habían gastado su celo de Hello Kitty y empezara a retorcerse por el suelo de la cocina como una estrella de mar chillona.

—¿Hola? —dijo en voz baja mientras avanzaba por el pasillo. Faith le había dicho que entrara sin llamar para no despertar a Jeremy.

—En la cocina. —Faith amontonó las siete hojas y las puso encima de las otras transcripciones del chat. Iba a necesitar un par de archivadores. Con un poco de suerte, Servicios Digitales podría hacer algo con aquella montaña de papeles.

—Buenos días. —Sara dejó su bolso en la encimera. De nuevo se sintió atraída por el diagrama. Las tiras de cartulina roja, morada, rosa y amarilla parecían un proyecto de manualidades malogrado—. He hablado con Will cuando venía para acá. Ha quedado con Mac en el club de campo a la una.

Faith no iba a sentirse aliviada hasta que todo aquello hubiera terminado.

—¿Se sabe algo de la ropa interior de Merit Barrowe?

—El laboratorio ha encontrado dos cadenas distintas de ADN. Vamos a necesitar una muestra de Martin Barrowe para cotejarla con el perfil femenino. El otro perfil es masculino, desconocido. —Sara estaba mirando las tiras de cartulina amarilla—. Van a tardar todo el fin de semana en analizar el ADN de toda la gente de anoche. Excepto de Mason, que no tocó ningún vaso.

—¿Eso es raro?

—No sabría decirte —reconoció Sara—. Hace mucho tiempo que no le trato.

Faith advirtió su renuencia cuando apartó la mirada de la pared. Parecía haber pasado tan mala noche como ella.

—Will está destrozado por lo de Jeremy —dijo Sara.

—Will hizo exactamente lo que tenía que hacer. —Faith ya había hablado con él dos veces esa mañana—. Yo casi podría haber aceptado que a Jeremy le pegaran un puñetazo, pero sus gafas podían acabar rotas. Y, si Tommy y Chuck hubieran visto los componentes de la cámara, todo esto no habría servido para nada.

—¿Es así como lo ve Jeremy?

—Sí, por desgracia. —Faith se mordió el labio. No iba a llorar otra vez—. Sigue queriendo ser policía.

—Podría hablar con él —se ofreció Sara—. Hay otras formas de trabajar en esto. El año pasado hice un curso de técnicas forenses en Quantico. Tienen todo tipo de juguetes chulos. Y seguro que conoces a alguien que pueda meterlo.

A Faith le dieron ganas de reír. Quantico era el FBI.

—¿Es que todo el mundo sabe que me veo con Aiden?

Sara no tuvo que contestar.

—Kate Murphy es increíble.

—A mí me da pavor. —Faith no sabía cómo actuar delante de la madre de Aiden. Era demasiado perfecta, demasiado guapa, demasiado distinta a ella—. Cambiando de tema, ¿has sacado alguna conclusión de las transcripciones del chat? Estoy casi segura de que Cam es 006. Mason es 004. Y Mac podría ser 007.

—Lo mismo pienso yo. —Sara se apoyó contra la encimera—. 002 tiene un rasgo distintivo. Repite siempre alguna variante de la misma frase: «¿En serio estamos con eso otra vez?».

¿De qué le servían sus habilidades como investigadora si ni siquiera había visto eso?, se dijo Faith. Volvió a hojear las páginas. Se fijó en esas palabras:

007: Necesita un buen polvo, a ver si así se relaja. 002: ¿De verdad vamos a empezar con eso otra vez?

007: No veía la hora de librarme de esa zorra, cómo chillaba la condenada. 002: ¿En serio estamos con eso otra vez?

002: Oh, el poderoso cirujano de traumatología ha hablado. ¿En serio vamos a empezar con esto otra vez? 007: Deja ya de fastidiar.

Faith se dio cuenta de otra cosa.

—002 siempre está hablando mal de 007. ¿Quién tiene huevos para hablar mal del puto Mac McAllister?

—Nadie. O sea, que o bien Mac no es 007, o bien… —Sara se encogió de hombros. Había llegado al mismo callejón sin salida que Faith—. He sacado más en claro del mensaje que recibió Merit Barrowe. Me suena a Cam.

Faith buscó la captura de pantalla del teléfono de Merit. Leyó:

—«¿Quién quiere alegrarte el día diciéndote lo guapa que eres? ¿Quién sueña contigo mucho más de lo que debería? ¿Quién está un poquito más tocado que los demás? ¿Quién es quien no merece el placer de tu compañía? ¿Quién te decepcionará cuando descubras quién soy?».

—Es un poco patético —comentó Sara—. Soy un tarado, no merezco tu compañía. Te llevarás una decepción cuando descubras quién soy.

Faith empezó a asentir, porque de pronto le parecía obvio.

—Probablemente lo idealizaba, se convenció a sí mismo de que estaba escribiendo una carta de amor en vez de estar acosándola. Y luego Merit llegó al Grady y él vio de cerca el daño que habían hecho.

—Sloan Bauer me dijo que Cam se mostró horrorizado cuando lo acusó de haberla violado. Pero por lo visto no se molestó en aprender la diferencia entre sexo y agresión. —Sara se cruzó de brazos. No parecía darle ninguna pena—. Cam trató de detener a la pandilla mediante el certificado de defunción de Merit y guardándose el informe de la autopsia y su ropa interior. Y entonces Edgerton le ofreció una salida fácil.

—Lo que le dio una salida fácil fue la Glock. —Faith dejó escapar un largo suspiro. Tenía que encontrar la manera de detener a aquellos bestias—. El nombre de la empresa, CMM&A. ¿La A te dice algo?

Sara negó con la cabeza.

—Qué frustrante es todo esto… Hemos descubierto un montón de cosas y seguimos exactamente en el mismo sitio que la primera noche.

Faith sabía lo que quería decir.

—No podemos probar nada. El Club lleva dieciséis años activo y, de momento, solo se puede acusar de violación a Tommy. ¿Y quién sabe si la acusación se sostendrá en el juicio? Su cara no aparece en el vídeo.

—Vamos a hacer un repaso —dijo Sara—. ¿Qué otros interrogantes tienes?

—Esa especie de zumbido que describió Leighann Park no tiene explicación. No sabemos cómo consiguen el número de teléfono de las víctimas. Ni cómo las seleccionan, para empezar. Amanda cree que esa es la clave para descubrir quién está al mando. Si encontramos el vínculo entre el Maestro y las víctimas, resolvemos el caso. Y luego están los zapatos. —Faith señaló las fotos que había pegado en los armarios, junto al fregadero—. Las Air Jordan Flight 23 de Merit. Las sandalias de plataforma Stella McCartney de Dani. Los Marc Jacobs de terciopelo con cordones de Leighann. Alguien se está llevando trofeos. Eso es lo típico que convence a un jurado. Con los zapatos, no podrán absolverlos.

Sara observó las fotos.

—Me encanta ese tacón grueso.

—¿Verdad que sí? —Faith no usaba tacones desde que Emma había convertido la parte baja de su espalda en un trampolín—. También está la alfombra de piel de oveja. Leighann la describió en su declaración y también aparece en el vídeo de Dani. Me pareció que había una cantidad importante de ADN en esa alfombra. ¿Tú qué opinas?

Sara apretó los labios.

—¿No lo has visto? Está en el servidor.

Sara negó con la cabeza.

—No quería que Will tuviera que pasar por eso otra vez. Y con todo lo que ha ocurrido últimamente, bastante me cuesta ya dormir.

—No me digas —dijo Faith—. Hasta esta semana, yo pensaba que la peor noticia que podía darme Jeremy era que voy a ser abuela antes de cumplir los cuarenta.

—Lo siento mucho. No me puedo ni imaginar el miedo que debiste pasar anoche.

—Me alegro mucho de que Will estuviera allí. —Faith se secó los ojos. No dijo que también se alegraba de que estuviera Aiden—. Nadie te advierte que ser madre consiste en un noventa y nueve por ciento en andar por ahí aturdida preguntándote qué coño acaba de pasar.

Sara se miró las manos. Había empezado a darle vueltas al anillo. Faith no le preguntó qué estaba pensando porque ambas sabían qué estaba pensando. A ella le habría encantado andar por ahí aturdida.

Faith juntó algunos papeles y ordenó los montones. El ruido del goteo en el piso de arriba agudizaba la tensión.

—Mándame una foto del grifo —le dijo Sara—. Puedo pedir la junta por internet.

—¿En serio?

—Soy hija de un fontanero. —Sara puso una sonrisa—. Tessa te lo puede arreglar. Así Emma e Isabelle podrían jugar juntas un rato.

Aquello era como magia obrándose ante sus ojos.

—A Emma le encantaría. Y a mí también.

—Entonces, todo arreglado.

Faith no pudo pasar por alto la alegría forzada de su voz. Tuvo que preguntarle:

—¿Nunca te cansas de facilitarles las cosas a los demás?

Sara sacudió la cabeza, pero no para negar, sino para decirle que no podía hablar de ello. Hizo un gesto con la mano, abarcando la cocina.

—¿Por dónde quieres que empecemos?

Faith gimió como una anciana al levantarse.

—Por el diagrama. No te preocupes, no hace falta que tengas cuidado. Ya sé que el celo va a arrancar la pintura.

Sara era más alta. Empezó con los armarios, arrancando las muchas tiras de adhesivo que delimitaban la columna titulada «Conexión».

Lo que te pasó a ti. Lo que le pasó a Dani. Todo está relacionado.

—No puedo creer que haya sacrificado mis armarios por una ricachona drogada que se fue de la lengua en un aseo público. —Faith quitó los imanes que sujetaban las tiras rojas de las notas acerca de Britt—. No dejo de preguntarme si de verdad estaba tan colocada. Ya sé que estaba llorando, pero quizá fuera de alivio. Puede que estuviera manipulándote desde el principio. Le estamos dando justo lo que quiere. Tommy está a salvo. Y seguramente el Club desaparecerá si no está Mac.

—No sé. En parte creo que se fue de la lengua. Pero luego me acuerdo de que es una de las cirujanas con mejor técnica que he visto nunca. Y no hay duda de que, en mi caso, aplicó el bisturí con precisión. —Sara tiró con cuidado de otra tira de celo—. Britt es una de esas mujeres que dicen que se lleva mejor con los hombres, cuando lo cierto es que las demás mujeres no soportan sus manejos y a los hombres les cae bien solo porque putea a otras mujeres.

Faith se había topado con ese tipo de mujer muchas veces a lo largo de su carrera policial.

—Will opina que Britt es al mismo tiempo víctima y verdugo. Supongo que habla por experiencia.

Sara hizo una mueca al ver que se desprendía un trozo de pintura. Nunca hablaba de la vida privada de Will y Faith sabía que no iba a empezar ahora.

—Volviendo a tu lista de interrogantes, ¿qué hay de ese ruido que oyó Leighann?

Faith colgó un dibujo que había hecho Emma de un oso panda o de una lata de alubias negras.

—El único sonido parecido que se me ocurre es el de una lámpara antimosquitos.

Sara dejó de quitar cinta adhesiva y la miró.

—¿Era una especie de zzz o más bien un zumbido mecánico?

—¿Por qué lo dices?

—Cuando era pequeña, mi padre compró una cámara de vídeo RCA en Radio Shack. Todavía tenemos cientos de cintas de VHS en el sótano.

Faith sonrió a pesar de las circunstancias.

—Mi padre también tenía una.

—¿Te acuerdas del sonido que hacían cuando se usaba el *zoom*?

Faith se acordó de pronto. Sonaba exactamente igual que el ruido que había descrito Leighann: un zzz-zzz mecánico cuando la estabilización óptica funcionaba a la vez que el enfoque automático.

—El vídeo era de alta definición, así que no están usando VHS —dijo.

—Mejor aún que sea digital. Los metadatos nos dirán la ubicación, la fecha, la hora y puede que incluso quién es el dueño de la cámara.

—Si conseguimos esa alfombra de piel de oveja, tendremos ADN de todos los que hayan estado encima de ella.

—Si la conseguimos —repitió Sara, porque en aquel caso sobraban los condicionales y faltaba acción—. ¿Se oye algo parecido a un *zoom* en el vídeo de Dani?

Faith negó con la cabeza. Solo se acordaba de los horribles gemidos.

—Me entró tal agobio que no recuerdo nada concreto.

—Has dicho que el vídeo está en el servidor, ¿no? —Sara buscó en su bolso y sacó un par de AirPods.

—Mis auriculares están en el cuarto de estar. —Faith se sentó a la mesa. Abrió su portátil y emparejó los AirPods de Sara con su Mac. Sara volvió con los auriculares cuando estaba entrando en el servidor del GBI.

—Puedo verlo yo sola —le dijo—. No tienes que volver a verlo.

Faith esperó a que se sentara. Abrió el archivo y subió el volumen. Se puso los auriculares y esperó a que Sara se pusiera los Air-Pods para darle al *play*.

El vídeo le pareció igual de horrible la segunda vez. La manipulación de los brazos y las piernas de Dani. Su cuerpo violado. Su cara flácida, porque no tenía ni idea de dónde estaba ni de lo que le estaba ocurriendo.

Faith cerró los ojos y se concentró en el sonido. Una respiración agitada. La risa de un hombre. Movimiento. Un chasquear de labios. La respiración superficial de Dani.

Zzz-zzz.

Abrió los ojos de golpe. Miró a Sara. Ambas habían reconocido el sonido. La estabilización óptica. El enfoque automático.

Faith se quitó los cascos. No necesitaba oír más. Tocó la barra espaciadora para parar el vídeo.

—Faith. —Sara se llevó la mano al corazón—. Las fotos de Dani desnuda, las que les enseñaron a sus padres, Britt me dijo que un exnovio de Dani las encontró en un teléfono viejo. Dijo que eran horribles. Lo suficiente como para que los Cooper accedieran a firmar un acuerdo.

—Sí.

—Cuando estábamos en el vestuario, Britt me describió las fotos. Dijo que Dani tenía los ojos cerrados, pero que se le veía la cara. Que se apretaba los pechos y se abría los labios vaginales. Así es exactamente como aparece Dani en el vídeo. Las fotos no eran de un novio del instituto. Sacaron fotogramas del vídeo. Mira.

Faith la vio rebobinar y adelantar la grabación. Dani no tenía control motor. Dejaba las manos donde se las ponían. En los pechos. Entre las piernas. Alguien con un mínimo conocimiento de edición fotográfica podía hacer que aquellas poses parecieran voluntarias.

—¿Crees que Britt sabe lo del vídeo? —preguntó Faith.

—Puedo preguntárselo. Mac va a estar en el club con Will dentro de dos horas. Puedo ir a su casa. Quizá esté dispuesta a hablar.

—¿Y si Mac te ve por las cámaras?

—Will puede arreglárselas para que no mire el móvil.

Faith no lo dudaba, pero había un problema.

—Tenemos que decírselo a Amanda. No quiero que sigamos actuando a sus espaldas.

—De acuerdo —dijo Sara—, pero esto podría ser otro dominó. No tengo ninguna duda de que Britt apoyará a Mac si lo acusan de soborno, pero no si está en juego la vida de Tommy. Echará a Mac a los leones.

—¿Y ese acuerdo te parecería bien? —preguntó Faith—. ¿Dejar libre a Tommy a cambio de que Mac vaya a prisión?

—No, Tommy también tendría que ir a la cárcel. Eso no es negociable.

Faith no podía dejarla creer que sería tan sencillo.

—Está por un lado la forma en que una quiere que funcione el sistema y por otro la forma en que funciona de verdad.

—Entonces, ¿Britt vuelve a ganar?

Faith no supo qué responder. No se trataba solo de Britt. Tommy McAllister seguiría agrediendo a mujeres hasta que alguien encontrara la manera de detenerlo. Por desgracia, era probable que muchas otras mujeres sufrieran antes de que eso llegara a ocurrir.

Era evidente que Sara estaba pensando lo mismo. Suspiró despacio y se arrellanó en la silla. Se quedó mirando la imagen detenida de Dani en el portátil. Seguramente estaba pensando en la promesa que le había hecho tres años antes.

O quizá no.

Se enderezó y señaló la pantalla.

—¿Puedes ampliar y definir un poco más esta zona?

—¿Alrededor del lunar?

Sara asintió.

Faith hizo una captura de pantalla y la abrió en J-Pixia, una aplicación gratuita de edición fotográfica. Ajustó los filtros para oscurecer el lunar y aclarar la piel de Dani. Entonces se dio cuenta de que no era el lunar lo que interesaba a Sara. Quería ver la cicatriz de unos dos centímetros y medio que tenía un poco más abajo. La piel presentaba una leve depresión, casi como una punción. Las líneas azules de las venas se dividían como la corriente de un río alrededor de una roca. Ajustó los colores hasta que la cicatriz se volvió rosada.

Entonces se acordó de un detalle de la noche que montaron el diagrama.

—¿Dijiste que la cicatriz era antigua, seguramente de su infancia?

Sara no contestó. Estaba sacudiendo la cabeza. Parecía desconcertada.

—¿Leighann tenía alguna cicatriz visible?

—Eh… —Faith buscó entre los montones de documentos hasta que encontró las tres fotos que había tomado del pecho de Leighann: de cerca, de lejos y de costado.

Sara escogió la vista lateral.

Leighann había levantado el brazo por encima de la cabeza, dejando el pecho completamente al descubierto para que Faith documentara las palabras escritas alrededor del pezón. En aquel momento, Faith no se había fijado en la cicatriz descolorida que tenía en el costado izquierdo. Ahora notó que la fina línea rosada, situada unos centímetros por debajo de la axila, apuntaba como una flecha hacia el pecho.

Eso soy yo.

—¿Dónde está el informe de la autopsia de Merit? —preguntó Sara.

Faith no tardó en encontrar las páginas enviadas por fax.

Sara señaló las tres equis del diagrama corporal. Estaban en el mismo lugar que la cicatriz de Leighann Park.

—El forense dijo que era un tatuaje, pero ¿y si era una cicatriz? ¿Y si Edgerton le hizo cambiarlo y poner que era un tatuaje? Eso explicaría por qué no concretó en el informe lo que decía.

—¿Y por qué querría Edgerton que pusiera que era un tatuaje en vez de una cicatriz?

Sara volvió a dejar el informe sobre la mesa. Ya no parecía desconcertada.

—Esto no puede ser lo que creo que es.

—¿Qué crees que es?

Miró a Faith.

—Después de una operación a corazón abierto, te queda una cicatriz de esternotomía media. El cirujano te rompe el esternón y luego lo vuelve a unir con alambre y cierra la incisión. Te queda una cicatriz importante en el centro del pecho, a veces de entre veinte y treinta centímetros de largo.

Faith no tenía idea de adónde quería ir a parar.

—Ninguna de las víctimas tenía una cicatriz en el centro del pecho.

—Exacto. —Sara levantó la foto del pecho de Leighann—. Esta cicatriz es de una minitoracotomía anterolateral izquierda, un tipo de incisión que se utiliza para operar una CIA o una CIV, una comunicación interauricular o interventricular, un orificio entre las dos cavidades superiores o inferiores del corazón.

Faith la vio levantar el diagrama de la autopsia de Merit Barrowe y señalar las tres equis.

—El mismo sitio: una cicatriz de minitoracotomía anterolateral izquierda. Probablemente, la misma intervención. —Giró el portátil hacia Faith y señaló la cicatriz de debajo del lunar de Dani Cooper—. Acceso transfemoral para un cateterismo cardíaco del lado izquierdo. Si la CIA es lo suficientemente pequeña, se puede colocar un implante especial mediante el catéter. La presión interior del corazón lo mantiene en su sitio hasta que el tejido crece por encima.

Faith estaba perpleja.

—Reconozco muchas de esas palabras, pero juntas no tienen ningún sentido para mí.

—Cuando yo estaba en el Grady, la doctora Nygaard participaba en un ensayo del Instituto Nacional de Salud para probar la cirugía cardiaca mínimamente invasiva mediante minitoracotomía con canulación periférica. Se elegía a pacientes al azar y se les daba la oportunidad de participar en el ensayo. La mayoría de los padres de niñas aceptaban. Los resultados son similares. Es una opción cosmética. Preferían que su hija creciera con una cicatriz mínima en un lado del pecho en vez de con una cicatriz de veinte centímetros en medio del escote.

Faith empezaba a comprender. Esperó a que Sara continuase.

—La doctora Nygaard es zurda, como yo, así que prefería abrir por el lado izquierdo. Todos sus residentes y becarios de cirugía aprendíamos a operar por ese lado, a no ser que el derecho ofreciera alguna ventaja. Cuando no estaban en quirófano, los becarios acompañaban a la doctora Nygaard en consulta. Asistían al seguimiento de los pacientes, ayudaban a evaluar a posibles candidatos para una intervención, trataban con los padres para intentar tranquilizarlos y les explicaban los procedimientos.

Por fin Faith lo entendía.

—Todos los residentes y los becarios de cirugía de la doctora Nygaard.

—¿Dónde hay que dar siempre una dirección y un número de teléfono actualizados?

—En la consulta del médico.

—Merit, Dani, Leighann... Así es como seleccionan a las víctimas. Mac McAllister las ha operado del corazón.

19

Sara estaba sentada, sola, en el asiento del copiloto del Lexus de Amanda. El motor estaba en marcha para que la calefacción siguiera encendida. Frank Sinatra sonaba suavemente por los altavoces. Amanda estaba apoyada en el BMW de Sara, aparcado frente al Lexus. Tenía la cabeza agachada y estaba hablando por teléfono.

La conversación parecía tensa.

Era una conferencia con el primer ayudante del fiscal del condado de Fulton y el fiscal general del estado de Georgia a fin de coordinar una especie de operación secreta. Sara estaba a punto de llamar a la puerta de Britt McAllister. Esta vez no podían confiar únicamente en su memoria ni en su capacidad para anotar sus recuerdos en una ficha. Llevaba una chaqueta de pana verde oscura con una cámara integrada en el botón del bolsillo izquierdo del pecho y un micrófono en el interior de la solapa derecha. El transmisor estaba en el bolsillo lateral. Amanda estaba acordando una estrategia con los letrados porque quería cerciorarse de que cumplían estrictamente con la legalidad. De lo contrario, la grabación no sería admitida como prueba en el juicio.

Ignoraban si Mac guardaba en casa los vídeos de las cámaras y dónde estaba el servidor. No tenían ni idea de si podía borrar a distancia los discos duros, igual que se habían borrado las grabaciones de las cámaras exteriores de la casa la noche en que murió Dani Cooper.

Amanda empezó a pasearse entre los coches. Extendió el brazo en un ademán de exasperación, pero, si algo sabía Sara sobre la subdirectora, era que siempre se las arreglaba para encontrar una solución.

Pero ¿para qué?

En parte, no podía evitar pensar que se estaban tomando demasiadas molestias, teniendo en cuenta la tediosa costumbre de Britt de conducirlos a callejones sin salida. Había llorado por «los demás», pero no había querido darles sus nombres. Había mencionado a Cam, pero Cam estaba muerto. Les había señalado a Merit Barrowe, pero no podían hacer nada al respecto. Había dicho que había un vínculo entre Sara y Dani Cooper, pero la relación más obvia parecía ser que a las dos las habían violado, lo que también las vinculaba con casi medio millón de mujeres al año en los Estados Unidos.

El auténtico vínculo era Mac.

Pero Britt nunca había tenido intención de señalar a su marido. Su arrebato de sinceridad en el aseo del juzgado había sido un lapsus inducido por las drogas. Desde entonces, se había visto obligada a darles algunas pistas. Había dejado caer el nombre de Merit Barrowe en el vestuario. Les había ofrecido a Cam como sospechoso. Había denigrado su nombre y su reputación. Culpar de todo a un muerto no era mala estrategia, pero Britt no sabía que Sara había visto el vídeo de Dani, que había leído las transcripciones del chat, los informes de las autopsias y la declaración de Cam. Y lo que era más importante: Britt parecía haber olvidado que Sara era una doctora excelente.

Los programas de residencia tenían como fin ofrecer una formación integral en múltiples disciplinas, pero, en la práctica, parecían diseñados para aplastar tu espíritu. Horas interminables. Salario bajo. Cero reconocimiento. Muy escasos alicientes. Durante el primer año, no hacías más que revolotear por ahí intentando no matar a nadie. No te ganabas el título de residente hasta que llegabas al segundo año. Cada residencia es distinta, pero por lo general todos los residentes pasan por bloques de rotación clínica dentro de su especialidad: medicina de urgencias, medicina interna, pediatría, psicología, neurología y cirugía. Cada bloque dura entre cuatro y nueve semanas y, mientras estás haciéndolo, te ocupas de todo tipo de tareas, desde rellenar formularios a examinar a pacientes o ayudar en intervenciones a corazón abierto.

Sara se había enamorado de la cirugía cardiotorácica pediátrica durante su primera rotación con la doctora Nygaard. Mac también, pero por otros motivos. Cuando había que operar a un bebé del corazón, el riesgo era muy alto, pero también había mucho prestigio en juego. Tanto Mac como ella se habían esforzado por entrar en las rotaciones de la doctora Nygaard lo más a menudo posible. Se habían disputado la beca. A ambos se la habían ofrecido, pero solo uno de ellos había estado en situación de aceptarla.

Y después Mac se había servido de ella para satisfacer sus impulsos más siniestros.

Sara miró su teléfono. Había hablado con los padres de Dani Cooper. Dani había nacido con una comunicación interauricular secundaria, el tipo más común de CIA. Los médicos que la trataban habían decidido esperar, por si el orificio de cinco milímetros se cerraba por sí solo. A los seis años, Dani empezó a quejarse de fatiga y arritmia, por lo que se le insertó un catéter en la arteria femoral para cerrar el orificio.

La cirujana que la operó fue la doctora Nygaard.

Mac McAllister era entonces su becario.

Faith había llamado a la madre de Leighann Park. A la joven también la habían tratado en el hospital Grady. Sufría una CIV congénita que le intervinieron cuando empezó a mostrar síntomas, a los siete años.

La cirujana que la operó fue la doctora Nygaard.

Mac McAllister era su becario.

Faith también había hablado con Martin Barrowe. Era un adolescente cuando murió su hermana, así que había tenido que llamar a varios familiares para descubrir la verdad. Merit había nacido con una insuficiencia de la válvula mitral. Se le había implantado un anillo artificial para reforzar la válvula. La operación había tenido lugar en el hospital Grady. Sus familiares no se acordaban de quién la había operado, pero sabían que Merit tenía que ir a revisión cada año para cerciorarse de que el anillo seguía funcionando correctamente.

De esas revisiones rutinarias solía encargarse un residente de cirugía.

Mac McAllister era residente de cirugía de la doctora Nygaard en la época en que falleció Merit.

Mac era la clave que estaba buscando Amanda para desbloquear el caso. Había elegido a las víctimas. Había facilitado la violación de Merit Barrowe o había participado en ella. Con Leighann había jugado a largo plazo, aguardando a que cumpliera veinte años para atacarla. Seguramente Dani también estaba señalada, pero Tommy lo había estropeado de algún modo. No había forma de saber cuántas de sus antiguas pacientes figuraban en la lista de objetivos de Mac el Maestro. En los últimos dieciséis años tenía que haber visto a miles de bebés y niñas en sus momentos más vulnerables. Después se había mantenido al acecho, esperando a que tuvieran edad suficiente para satisfacer sus fantasías perversas.

Como patóloga forense, Sara había visto ejemplos horrendos de crueldad, pero como médica, como cirujana y como mujer que antaño había tenido el honor de reparar el corazón de numerosos niños, Mac McAllister le parecía, inevitablemente, uno de los seres humanos más depravados que habían pisado la faz de la tierra. Esa traición de la relación médico-paciente era de una maldad indescriptible.

Se abrió la puerta. Amanda había terminado de hablar por teléfono. Subió al coche. En lugar de hablar, metió la mano en el bolsillo de la chaqueta de Sara y sacó la fina cajita negra conectada a los cables del micrófono y la cámara, insertos en el forro. La luz del transmisor estaba apagada, pero aun así desconectó los cables.

Dijo:

—Lo que necesitamos de Britt es lo siguiente. Qué sabe sobre el Club. Quiénes son sus miembros. Cuánto tiempo lleva funcionando. Y cómo entró Tommy en el Club.

—No va a entregar a Tommy.

—Déjele claro que ya no tiene salvación. Tenemos el vídeo de Dani. Ningún jurado va a ver esa grabación y a declararlo inocente. Lo único que puede hacer Britt es negociar unos términos más llevaderos.

Que nos dé la información que necesitamos sobre Mac y el Club y nos aseguraremos de que su hijo no muera en prisión.

Sara notó un nudo en el estómago. Por lo que a ella respectaba, Tommy merecía morir en prisión.

—Britt sabe que no tengo potestad para ofrecerle un acuerdo vinculante.

—Su papel no es negociar un acuerdo, es ayudar —repuso Amanda—. Hágala creer que viene como amiga. Convénzala de que quiere lo mejor para Tommy. De que está de su parte. Sosténgale la mano, muéstrese atenta, empática, incluso comprensiva, para que confíe en usted y se abra.

Sara no sabía si era capaz de ese grado de duplicidad.

—¿Cuánto puedo contarle?

—Lo que haga falta para que hable. Las demás piezas están en su sitio. Las fichas de dominó van a caer. La única duda es si alguna conseguirá apartarse.

—¿Y si Tommy está en casa?

—Está en el club de campo jugando al golf con unos amigos. El centro de mando móvil ya está en la calle, preparado para la operación de Will. Tommy no saldrá del recinto sin que lo sepamos.

—Habrá personal en la casa. En el jardín.

—¿Un sábado? —preguntó Amanda—. Tengo a alguien vigilando la casa desde las ocho de la mañana. No ha entrado nadie. Tommy se fue a mediodía. Y Mac salió hace cinco minutos.

—De acuerdo. —Sara no añadió que sabía por la grabación de Will que el servicio solo iba dos veces por semana—. ¿Qué hay de las cámaras de dentro de la casa? Mac recibe una alerta cuando Britt entra en las habitaciones que tienen cámara.

—Le he dicho a Will que se asegure de que Mac apaga su móvil. No será difícil, teniendo en cuenta que ambos van a cometer un delito manifiesto.

Sara veía otro problema.

—Esta gente vive del cotilleo. Alguien llamará a Britt en cuanto se haga efectiva la orden de registro del teléfono de Chuck Penley.

—La orden no se hará efectiva hasta que usted se vaya, y la primera persona a la que llamará Penley será su abogado, que le dirá que no abra la boca bajo ningún concepto. —Amanda se giró en su asiento para mirarla—. ¿Puedo darle un consejo?

Sara asintió. Lo necesitaba de veras.

—Cuando Wilbur era pequeño, organicé en mi comisaría un amigo invisible para el hogar infantil. Obviamente, yo saqué su nombre. Era un niño muy artístico, así que le compré uno de esos juguetes mecánicos para dibujar que se borran cuando los agitas, los que tienen el marco rojo y unas ruedas blancas.

—Una pizarra mágica.

—Sí, eso. Le dije que, mientras dibujaba, pensara en todas las cosas que le molestaban. Los padres de acogida malos, los niños que lo acosaban, sus tíos odiosos, cualquier cosa o persona que le hubiera hecho daño. Y que luego, cuando terminara el dibujo, solo tenía que agitarlo. Hacerlo desaparecer. Olvidarse de él.

Sara se mordió el labio. Esa historia explicaba muchas cosas sobre Will.

—Mi consejo es que haga lo mismo ahora —prosiguió Amanda—. Olvídese de lo que esto significa para usted personalmente. Deje de preocuparse por Faith, por Jeremy, por Will y por lo que vivió hace quince años. Obvie la mezquindad y el desprecio de Britt. Agítelo todo hasta hacerlo desaparecer y concéntrese en poner a Britt McAllister de nuestra parte. Es la mejor oportunidad que tenemos de detener a esos hombres. Necesitamos que diga la verdad. ¿Entendido?

Sara asintió.

—Entendido.

—Abra la guantera.

Sara obedeció. Solo había una cosa dentro: una bolsa de terciopelo morado de Crown Royal. Pero no contenía la característica botella de whisky canadiense. En cuanto tomó la bolsa, Sara se dio cuenta de que lo que tenía en la mano era una pistola. Apartó el cordón dorado con borlas y sacó un revólver de cañón corto. Era un arma pequeña, un poco más larga que un billete de dólar, y le cabía perfectamente en la mano. El experto en armas era Will, pero hasta ella sabía que era un revólver antiguo, como el que podía llevar Colombo en el bolsillo de la gabardina.

—Fue mi primera pistola de reserva. Una Smith and Wesson del calibre 38 y acción simple, modelo Chief's Special —dijo Amanda—. El mismo modelo que llevaba Angie Dickinson cuando interpretaba a Pepper Anderson en *La mujer policía*.

Sara estaba aprendiendo toda clase de cosas sobre Amanda. Soltó el cilindro. El arma estaba cargada. No tenía seguro. Solo había que amartillarla y apretar el gatillo.

—¿Por qué está en una bolsa de Crown Royal? —preguntó.

—Así la pelusa que hay en el bolso no se cuela en el percutor. Cuando yo era joven, se consideraba poco femenino que una mujer llevara pistolera —explicó Amanda—. No se lleve la pistola si no se siente cómoda usándola.

Sara sabía usarla, pero no estaba segura de sentirse cómoda. Aun así, volvió a meter el revólver en la bolsa de terciopelo y la guardó en su bolso. Miró el reloj del salpicadero.

Eran las 12:52.

Will debía encontrarse con Mac ocho minutos después.

—¿Qué posibilidades cree que hay de que Mac vaya a la cárcel? —preguntó.

—Creo que hay bastantes. Y aunque no las hubiera, defenderse de imputaciones estatales y federales sale muy caro. Perderá su reputación y, con el tiempo, tendrá que cerrar su consulta. Se quedarán sin la casa, sin los coches, sin el club de campo… La mejor forma de hacer daño a los ricos es volverlos pobres.

Sara sabía que había cosas mucho peores.

—Son delitos de guante blanco. Acabará tejiendo cestos en alguna cárcel donde lo traten a cuerpo de rey.

—Doctora Linton —dijo Amanda—, si va a hacer esto, tiene que estar convencida.

Sara se miró las manos. Había empezado a darle vueltas al anillo otra vez. Puso las palmas hacia arriba. Nunca olvidaría lo que había sentido al sostener el corazón de Dani en la mano. El mapa de las arterias le había recordado a un dibujo topográfico. Arteria coronaria derecha. Arteria descendente posterior. Arteria marginal derecha. Arteria descendente anterior izquierda. Arteria circunfleja.

Leighann Park. Merit Barrowe. Dani Cooper.

Mac había sido de algún modo responsable del latido del corazón de todas ellas y, en lugar de maravillarse por su capacidad para curarlas, las había señalado para su destrucción.

—Estoy convencida —le dijo a Amanda.

—Muy bien. —Amanda empezó a conectar los cables al transmisor—. Una cosa más. No le diga a Will que va a hacer esto. Tiene que concentrarse en Mac McAllister, no en usted.

—No puedo…

—Quítese de la cabeza la idea de que debo guiarme por su brújula moral —dijo Amanda—. Este circo es mío y Will es mi mono. ¿Entendido?

Sara no supo qué le pareció más molesto, si lo que había dicho o su forma de expresarlo. Aun así, contestó con firmeza:

—Sí, señora.

Amanda pulsó el botón que activaba el transmisor. Comprobó que la luz verde estaba encendida y volvió a meterlo en el bolsillo de la chaqueta de Sara. No necesitaban un centro de mando para una sola persona. El receptor estaba en el portavasos del coche. Era del tamaño de un *walkie-talkie* antiguo. Estaba conectado por un cable a una tableta. Amanda se acercó unos auriculares a la oreja para asegurarse de que todo funcionaba. Sara miró la pantalla de la tableta. La cámara del botón de su chaqueta mostraba las manos de Amanda sosteniendo la tableta. La resolución era nítida, pero tendría que mantenerse a cierta distancia de Britt para grabar su cara.

—Tenga cuidado con el micrófono —dijo Amanda—. Es muy sensible, así que, si se rasca el cuello o mueve mucho la chaqueta, o si lo toca, Dios no lo quiera, no captará el sonido.

Sara se llevó los dedos a la solapa. Notó el diminuto micrófono en el extremo del cable.

—Sí, eso es justo lo que no debe hacer. —Amanda bajó los auriculares—. El transmisor tiene un alcance de ochocientos metros. Yo voy a estar una calle más allá. El parque que hay enfrente de la casa de los McAllister está muy transitado. No quiero arriesgarme a que alguien llame a la policía o a Britt para avisar de que hay un coche sospechoso. Necesitamos una palabra clave, por si acaso se encuentra usted en apuros.

Sara había buscado la finca de los McAllister en el callejero. Si se encontraba en apuros, Amanda tendría que atravesar un cruce importante, bajar por un tramo sinuoso de carretera, atravesar la verja de la finca y recorrer el camino de entrada, que tenía la longitud aproximada de un campo de fútbol. Y luego tendría que encontrarla dentro de la casa, que probablemente medía más de mil metros cuadrados.

—¿«Strangers in the night»? ¿«New York, New York»? ¿«Luck be a lady»? —sugirió.

Amanda reconoció al instante los clásicos de Frank Sinatra.

—Si me está preguntando por canciones para la boda, «Fly me to the moon» es la opción más obvia. Pero lo importante de una palabra clave es que pueda incorporarse fácilmente a la conversación para no poner sobre aviso a la persona que está haciendo que te sientas en peligro.

—Pizarra mágica —dijo Sara.

Amanda asintió.

—Podemos empezar cuando quiera.

Sara salió del coche. El aire frío le produjo un cosquilleo en la piel. Había empezado a sudar en cuanto Amanda le había dicho que abriera la guantera. ¿De verdad iba a entrar en casa de Britt McAllister con una pistola cargada? Ella era médica, no investigadora.

Pero también era la única persona con la que Britt podía prestarse a hablar.

Subió a su BMW y encendió el motor. El reloj marcaba las 12:56. Mantuvo la cámara del botón apuntando lejos de su teléfono cuando le envió a Will un puño con el pulgar hacia arriba porque, naturalmente, le había dicho lo que iba a hacer. Se casaban al mes siguiente. Y ella no iba a ser una de esas mujeres que mentían a su marido.

Will contestó al instante con el mismo símbolo. Sara vio que los puntitos ondulaban. Luego, él le envió un cronómetro. La cuenta atrás había comenzado. Había conseguido que Mac apagara el móvil.

Suspiró lentamente antes de arrancar.

El Lexus de Amanda la siguió a distancia cuando se adentró en Buckhead. La primera vez que había visitado Atlanta, había un cine porno en aquel barrio comercial. Ahora, en cambio, el Village estaba lleno de tiendas de lujo y restaurantes que cobraban veinte dólares por una hamburguesa. Tomó una bocacalle y casi enseguida el hormigón dio paso a parques frondosos, árboles centenarios y extensas urbanizaciones. Andrews Drive. Habersham. Argonne. Muchas de las casas databan de la Primera Guerra Mundial. La construcción de mansiones no se había detenido con la Gran Depresión. Aquella zona había crecido exponencialmente con el paso de los años y, como en todas las ciudades del mundo, la población negra y pobre había sido desplazada por las élites blancas y adineradas.

Mac y Britt McAllister respondían sin duda a esa descripción. Su casa de ladrillo de estilo neogeorgiano estaba situada en una parcela de varias hectáreas de terreno ondulado y cubierto de hermosos jardines. Sara había mirado las imágenes de satélite y había visto una piscina, una casita con vestuarios junto a la piscina, una pista de tenis, un campo de fútbol, una casa de invitados, un aparcamiento para unos veinte coches y un garaje de al menos cinco plazas.

Volvió a mirar por el retrovisor. Amanda estaba apartando el Lexus a un lado de la calle. Ella siguió adelante y dobló a la izquierda para tomar la calle de los McAllister. No había otros coches a la vista. Una mujer y un hombre empujaban un cochecito de bebé. Otra pareja caminaba con un niño hacia el parque. Pensó en su conversación con Sloan Bauer en Nueva York. Habían bromeado sobre el hecho de que la gente considerara la violación como un ejercicio de fortalecimiento del carácter. Sloan había dicho que no habría conocido a su marido de no ser porque la violaron. Sara sin duda no habría acabado viviendo en una finca espectacular en Buckhead aunque no la hubieran violado, pero sí habría conocido el gozo de sentir crecer un bebé dentro de su vientre.

Recibió un mensaje en el móvil.

Amanda: *¿Probamos?*

Quería asegurarse de que el micrófono funcionaba. Sara dijo:

—Escafoides, semilunar, piramidal, pisiforme, trapecio…

Otro mensaje apareció en la pantalla.

Amanda: *Perfecto.*

Sara adivinó que no quería oír el resto de los huesos del carpo. También supuso que debía dejarse de tonterías y afrontar lo que estaba a punto de hacer.

Intentó no mirar el reloj mientras seguía calle arriba, pero le resultó imposible dejar de contar para sus adentros. Amanda no tardaría segundos en llegar, sino minutos. Unos minutos larguísimos. Luego tendría que atravesar por la fuerza la verja de hierro forjado. Y luego, si conseguía atravesarla, saltaría la bolsa de aire del Lexus.

Luego…, luego…, luego…

Enfiló la entrada de la finca y se detuvo junto al interfono. La imponente verja tenía una M cursiva a cada lado. No habría apostado por ella frente al Lexus de Amanda, pero con un poco de suerte esa contienda nunca tendría lugar. Bajó la ventanilla. Pulsó el botón del timbre. Miró directamente a la cámara situada sobre el interfono. Se imaginó a Britt dentro de la casa viendo su cara en la pantalla y dudando si contestar o no.

Por fin se decidió. Se oyó un suave chisporroteo y luego dijo:

—¿Qué haces aquí?

—Necesito hablar contigo.

—Que te den.

El chisporroteo dejó de oírse. Britt había colgado.

Sara volvió a pulsar el botón. Nada. Al pulsarlo por tercera vez, lo mantuvo apretado un rato. Volvió a oírse el chisporroteo.

—¿Qué?

—¿Quieres que Tommy vaya a la cárcel?

Britt se quedó callada. Sara oyó música alegre de fondo. Pasaron unos segundos. Y luego algunos más. Britt volvió a colgar.

Sara agarró con fuerza el volante. Miró las puertas. No iba a darse por vencida. Treparía por la verja, si era necesario.

Por suerte, no lo fue. Las puertas empezaron a abrirse.

Volvió a respirar hondo antes de avanzar. Siguió el sinuoso camino de entrada. Había un estanque. Un puente cruzaba un arroyo de aguas bravas. Por fin, la casa apareció ante su vista. Tuvo que admitir que era espectacular. El adornado pórtico estaba sostenido por columnas jónicas de mármol sobre las que parecía apoyarse la preciosa ventana tripartita de la primera planta. Los lujosos modillones estaban tallados en el mismo mármol mantecoso. El camino se volvía circular al llegar a lo alto de la colina. En el centro de la glorieta había una fuente formada por un jarrón del que brotaba un agua burbujeante. Un seto de boj bordeaba el camino de grava. Oyó a lo lejos un soplador de hojas, el ave oficiosa de Atlanta.

Britt estaba de pie en la puerta cuando salió del coche. Iba vestida con ropa de deporte: pantalones de chándal lilas y una camiseta de tirantes a juego, con un grueso collar de oro, una pulsera fina de brillantes y el enorme pedrusco de su anillo de compromiso. Tenía los brazos cruzados. Una fina capa de sudor cubría su piel bronceada. Eso explicaba la música alegre. Debía de haber un gimnasio completo en la casa. Al parecer, Britt se dedicaba a cuidar su cuerpo con el mismo afán con que antaño se había dedicado a la medicina. Tenía los bíceps bien definidos y los músculos de los hombros afinados por horas y horas en la cancha de tenis.

—¿A qué viene eso de que Tommy vaya a la cárcel? —preguntó con aspereza—. ¿Es una broma de mal gusto?

Sara decidió no andarse con rodeos.

—¿Creías que no iba a darme cuenta de que las fotos que les enseñasteis a los padres de Dani Cooper procedían del vídeo que grabó Tommy?

Britt puso los brazos en jarras.

—No sé de qué me hablas.

Sara empezó a subir las escaleras.

—¿Qué haces?

—No voy a hablar de esto en el porche de tu casa.

—¿Esto te parece un puto porche? —Britt indicó las columnas—.

445

Philip Trammell Shutze eligió en persona este mármol en una cantera italiana.

—Caray, qué impresionante. —Sara la miró, a la espera.

Britt giró sobre sus talones y entró en la casa.

Sara rozó con los dedos una de las columnas de mármol al entrar. El vestíbulo no era tan impresionante como sugería la fachada. Había dos pasillos; uno conducía al ala izquierda y otro al ala derecha. Una modesta escalera subía a la primera planta. La araña era moderna, demasiado pequeña para un espacio tan grande. La alfombra era blanca. Las paredes eran blancas. Los suelos de tarima estaban teñidos de blanco. Los cuadros de las paredes eran bocetos a carboncillo de cuerpos femeninos sobre papel blanco brillante. Era como estar atrapado en un sanatorio de los años veinte.

—¿Decoraste la casa tú misma? —preguntó.

—Esto no es una visita de cortesía —replicó Britt—. ¿De qué vídeo estás hablando?

—Del que grabó Tommy mientras violaba a Dani Cooper.

El rostro de Britt no se inmutó.

—¿Se ve la cara de Tommy? ¿Alguna marca identificativa?

Sara sabía que no debía mentir. Britt había visto al menos parte del vídeo.

—Los metadatos mostrarán dónde se grabó, quién lo grabó, en qué fecha y a qué hora… Todo.

Britt se encogió de hombros.

—Los metadatos pueden falsificarse. Cualquier experto en informática puede corroborarlo ante un tribunal.

Sara notó que estaba solo ligeramente preocupada. Tenía demasiado dinero para asustarse de verdad.

—¿Por qué empezaste esto? —le preguntó—. En el aseo del juzgado. ¿Por qué?

—Yo no empecé nada. —Britt había bajado la voz—. ¿Qué intentas conseguir, Sara? Como no puedes tener hijos, ¿intentas quitarme al mío?

La acusación no resultó tan hiriente como la primera vez. Sara advirtió que seguía repitiendo lo mismo. Quizá hubiera perdido ímpetu. Quince años atrás, su crueldad tendía más a aniquilar a su adversario mediante la acumulación de insultos.

—¿Y bien? —preguntó.

Sara se encogió de hombros, igual que ella.

—Tienes razón. No puedo tener hijos, pero no soy yo quien te está quitando a Tommy, sino Mac, delante de tus narices.

—Mentira —dijo Britt—. Siempre has tenido celos de Mac. No soportas que viva a su manera.

—Cuando alguien dice que vive a su manera, siempre hay otra persona que paga por ello.

Britt soltó una carcajada.

—Santa Sara y sus homilías de campesina.

—¿Qué pensamos? ¿Qué sabemos? ¿Qué podemos demostrar? Esa es la homilía del GBI —replicó Sara.

—¿Y?

—Sabemos que Mac forma parte de un grupo de hombres que se dedica a violar a mujeres —explicó Sara—. Sabemos que es un grupo descentralizado: cada miembro cumple una misión. Sabemos que vigilan y siguen a sus víctimas. Les envían mensajes anónimos cada vez más amenazadores. Las graban. Registran su casa. Y luego, cuando llega el momento, las drogan, las secuestran y las violan.

El rostro de Britt se había vuelto ceniciento, pero se había formado como obstetra. Seguía conservando la frialdad en momentos de tensión.

—¿A qué categoría pertenece esa teoría? ¿Al pensar, al saber o al demostrar?

—Lo sabemos. Necesitamos ayuda para demostrarlo. Y tú necesitas ayuda para salvar a Tommy de ir a prisión.

—Tommy no aparece en el vídeo de Dani.

—¿Lo has visto entero?

Britt apartó la mirada.

—Es inocente. No podéis probar nada.

—Una cosa que he aprendido sobre los juicios con jurado es que muchas veces al jurado las pruebas se la sudan. Les traen sin cuidado los datos científicos y los expertos. Lo que les importa es el instinto visceral, y ver ese vídeo les dará ganas de vomitar.

—El juez no lo admitirá como prueba.

—Lo admitirá, porque el caso entero se basa en ese vídeo. —Sara no le dio tiempo a reaccionar—. ¿Cómo crees que tuvo conocimiento el GBI de la existencia del vídeo?

Su expresión de sorpresa dejaba claro que no lo había pensado hasta ese momento.

—Tommy se lo envió a alguien. Y esa persona lo denunció. Incluso estar en posesión del vídeo es un delito. —Sara pensó que había llegado el momento de mentir—. El GBI le ofreció un trato a esa persona para que testificara contra Tommy. El papeleo se firmó esta mañana. Tommy estará en la cárcel antes de que acabe el día.

Britt se llevó la mano al cuello. Su piel se había ruborizado.

—¿Quién ha sido?

—Lo sabrás cuando se levante el secreto de sumario.

Britt se acarició el cuello. Estaba pensando, tratando de ver el asunto desde todos los ángulos. Mac era quien solía ocuparse de las cosas. Sentía que aquello la superaba.

Aun así, dijo:

—Por aquí.

Sara la siguió por el largo pasillo que llevaba al lado derecho de la casa. Había un armario, un tocador, una amplia biblioteca con un sillón *chesterfield* de cuero blanco y un sillón reclinable. No había nada personal a la vista. Ni fotos familiares ni figurillas. Ni premios ni diplomas. La extrema pulcritud de todo resultaba inquietante. No se veía ni una mota de polvo o suciedad.

Britt atravesó el salón, con su televisor gigante y sus sofás y sillones mullidos. La cocina tenía armarios blancos y encimeras de mármol de Calacatta con vetas doradas. Los grifos eran dorados, igual que los herrajes de los armarios. En un rincón había un banco esquinero de cuero blanco. Un pasillo trasero conducía a lo que parecía ser el ala que albergaba la *suite* principal. Sara alcanzó a ver un banco blanco al final de la cama. Las sábanas eran blancas. Las paredes eran blancas. La alfombra era blanca.

De hecho, todo lo que había visto en la casa era blanco o dorado, salvo los libros de la biblioteca, el frutero de la isla de la cocina y la caja verde de pañuelos que había al lado. Incluso la tarima que rodeaba la piscina era blanca. Sara la veía a través de los grandes ventanales que daban al jardín de atrás. El sol, que entraba a raudales, hacía que todo pareciera antisépticamente limpio. Aquella luminosidad era sin duda muy útil para el funcionamiento de las cámaras escondidas que vigilaban los espacios diáfanos.

Will les había descrito las habitaciones que había visto en el teléfono de Mac. La espaciosa cocina. El salón monocromático. El dormitorio principal con su cama con dosel. El cuarto de baño con dos inodoros y una ducha enorme.

Que Sara supiera, no había cámaras en el vestíbulo ni en los largos pasillos que salían de él. Britt la había llevado a dos de las cuatro habitaciones que Mac tenía vigiladas.

¿Estaba fingiendo? ¿Pidiendo auxilio? ¿Esperaba que saltara una alarma en el móvil de Mac y que su marido acudiera corriendo para salvarla?

—Podemos sentarnos aquí. —Quitó su bolsa de tenis de cuero de una de las ocho sillas de la extensa isla central y la tiró al suelo. La raqueta sobresalía como el timón de un barco—. Estoy demasiado sudorosa para sentarme en el sofá.

Sara ocupó la silla del extremo opuesto de la isla para que la cámara de su botón captara el rostro de Britt. Dejó caer su bolso sobre la encimera. El ruido que hizo le recordó que llevaba dentro el revólver de Amanda. Echó un vistazo por el pasillo trasero, hacia el dormitorio. La luz encendida del vestidor proyectaba un triángulo blanco al final del pasillo. De pronto la embargó la inquietud. Confiaba en que Amanda tuviera razón al decir que Britt estaba sola en casa.

—¿Cómo puedo ayudar a Tommy? —preguntó Britt—. ¿Qué puede hacerse?

Sara recordó que Amanda le había dicho que fingiera que estaba de su parte. También recordó algo que le había dicho Faith: la mejor manera de evitar que un sospechoso llamara a un abogado era decirle que llamara a un abogado.

—Primero, deberías hablar con un abogado —dijo—. ¿Tienes dinero propio? ¿Tu propia cuenta corriente?

—¿Por qué?

—Porque te conviene tener un abogado que trabaje para ti, no para Mac.

—Vale. —Britt asintió—. Y luego, ¿qué?

—Que tu abogado se ponga en contacto con el GBI para negociar un acuerdo. Puedes cambiar la vida de Tommy por la de Mac. Pero tienes que ser sincera —añadió Sara—. Y tienes que proporcionar información suficiente para mandar a Mac a prisión.

—¿Y si Mac no tiene nada que ver?

En cualquier otra circunstancia, Sara se habría echado a reír. Después de todo lo que había pasado, Britt seguía intentando proteger a su marido.

—El GBI sabe que Mac está implicado.

—¿Cómo lo saben?

Sara no tenía nada que perder.

—Todas las víctimas eran pacientes suyas.

—Eso es ridículo. Mac opera a niños.

—Lo que estoy a punto de decirte entra dentro de las cosas que el GBI puede probar —dijo Sara—. Está demostrado que todas las víctimas fueron pacientes de Mac. Él las trató. Ayudó a salvarles la vida. Y luego esperó a que crecieran para violarlas.

Britt desvió la mirada. Por fin, algo había logrado atravesar su duro caparazón. Emitió un sonido gutural al intentar tragar saliva. Los ojos se le llenaron de lágrimas. Tomó un pañuelo de la caja. Sacudió la cabeza. No quería creerlo.

—Merit Barrowe fue paciente de Mac cuando él era médico residente —añadió Sara—. Mac era becario cuando operaron a Leighann Park y Dani Cooper, y ayudó en la operación. El GBI conseguirá los nombres de todas las pacientes a las que haya atendido y los cotejará con las denuncias de violación. Es cuestión de tiempo que esa lista aumente.

Britt sacó otro pañuelo de la caja.

—¿Y si Mac acepta testificar?

—No es así como funciona —respondió Sara—. No se negocia de arriba abajo. Siempre se negocia de abajo arriba. Y Mac es el cabecilla de la red.

—Te equivocas —dijo Britt—. El jefe no es Mac. Es Mason. Es él quien está al mando.

Sara se quedó tan sorprendida que casi no pudo responder. De no ser por las transcripciones del chat, habría creído lo que decía Britt.

—¿Cómo sabes que es Mason?

—Tuve un lío con él hace unos años. Ya sabes cómo le gusta fanfarronear. Me lo contó todo. Cómo empezó, lo que hacían… Puedo testificar contra él. Dar fechas, nombres, detalles concretos.

Sara no dudaba de que hubieran estado liados, pero el hombre al mando del grupo era alguien reservado y astuto. Mason no era ninguna de las dos cosas. Y Sara no olvidaba dónde estaban sentadas. Britt la había llevado a la cocina porque quería que Mac oyera lo que decía. De ese modo, podrían contar la misma versión.

Sara le siguió el juego y preguntó:

—¿Cuándo empezó?

Britt no contestó. Metió la mano en el frutero y sacó un inhalador de Albuterol. Mac había empezado a tener asma ya de adulto, durante su residencia. Sara le había visto usar el inhalador innumerables veces. Ahora vio a Britt darle vueltas sobre la encimera igual que ella daba vueltas a su anillo cuando necesitaba sentirse unida a Will.

Mac había torturado a Britt. La había acobardado. Britt había visto cómo envenenaba a su propio hijo. Y sin embargo, aunque pareciera mentira, seguía buscando la manera de protegerlo.

Sara esperó un momento antes de repetir:

—¿Cuándo empezó?

—Con Merit Barrowe. —Britt sorbió por la nariz. Sus lágrimas habían desaparecido—. Por eso te di su nombre en la sauna. Sabía que mirarías su caso. Esperaba que te llevara hasta Mason.

Merit Barrowe no había sido la primera víctima. Sara sabía por las transcripciones del chat que había habido al menos una agresión anterior. Habían estado a punto de pillarlos y les había entrado el pánico.

—Vale —dijo—. ¿Cómo empezó?

Britt tenía el inhalador en la mano.

—Al principio, se lo tomaron como un juego. Seguir a las chicas, asustarlas... Pero Mason quería ir un paso más allá. Violó a uno de los objetivos. Los otros se enteraron, pero no hicieron nada. Se enfadaron por no haber podido verlo.

Sara notó que había usado la palabra «objetivo». Así era como llamaba 007 a las víctimas en el grupo de chat.

—¿Qué pasó después?

—Mason decidió que había que compartir los riesgos. —Britt aferraba con fuerza el inhalador—. Dijo que tenían que rotar, como los especialistas en urgencias. Cada uno tendría su especialidad. Así podrían negarlo todo. Si pillaban a uno mandando mensajes a una chica, no se le podría relacionar con el que la seguía. Esas cosas.

Sara se mordió el labio. Otra gran mentira. En los chats, era 006 quien proponía que rotaran como los especialistas en urgencias. Y 002 se burlaba de él: *el poderoso cirujano de traumatología ha hablado.* Cam Carmichael era el único cirujano de traumatología del grupo.

—¿Y Cam? —preguntó.

—Cam era patético. Bebía demasiado. Y hablaba demasiado. —Empezó a dar vueltas al inhalador otra vez. La bola de dentro chirriaba al rozar contra el metal—. Le gustaba mandar mensajes a las chicas. Creía que les estaba escribiendo cartas de amor. Se las daba de romántico. El muy idiota creía de verdad que algún día se casaría con Sloan Bauer, cuando estaba claro que ella ni siquiera soportaba estar en la misma habitación que él.

Eso al menos parecía cierto.

—¿Entonces Cam vio a Merit en el Grady y se dio cuenta de que lo que hacían estaba mal?

—Si te crees lo que contaba... —contestó Britt—. Mason tuvo

que sobornarlo para que se fuera de la ciudad. Lo hizo a través de un intermediario, uno de los acoplados. Un tal John Trethewey.

Otra mentira demostrable. Y una prueba de que Britt sabía mucho más de lo que pensaban.

—¿John, el ortopedista?

—Cam le contó lo que pasaba. Lo único que pudo cerrarle la boca fue una Glock.

—¿Por eso se fue Cam? ¿Solo por dinero?

—Le habían denunciado por conducir borracho —dijo Britt—. Había un inspector al que Mason conocía de urgencias que se encargaba de ese tipo de cosas. Todos habían recurrido a él en algún momento. Menos Mac. Él no tenía nada que ver con la policía.

Sara trató de llevarla por el camino de la verdad.

—¿Así que Mason violaba a las mujeres y Chaz, Richie, Royce, Bing, Cam y Mac se encargaban de los preparativos? Seguían a las chicas, les mandaban mensajes, entraban en su casa, las acosaban y las grababan.

—Al principio, todos se turnaban en las diferentes tareas, pero con el tiempo se fueron especializando. Al final, era principalmente Mason quien cometía el acto —dijo Britt, una forma cobarde de referirse a la violación—. Mac nunca rotaba. Nunca entró en una casa ni grabó a nadie. A veces las seguía. En plan de broma. Por divertirse. Para él era solo eso, un poco de diversión.

Sara dudaba de que a las mujeres a las que seguían les pareciera divertido.

—¿Y?

—A Richie le gustaba grabarlas. A través de la ventana de su casa o en el coche o en una cafetería. —Britt no parecía darse cuenta de que estaba demostrando un amplio conocimiento del contenido de los vídeos—. Seguro que sabes por qué lo despidieron del hospital. Es un pervertido asqueroso.

Eran todos asquerosos.

—¿Y Bing y Royce?

—Bing nunca estuvo implicado. Y Royce se descolgó muy pronto.

Nunca le perdonó a Mason que se tirara a Blythe a sus espaldas, así que dejó la pandilla. —Britt se encogió de hombros, como si estuviera hablando de un equipo de tenis—. En cambio, Chaz... A Chaz le encantaba. Siempre estaba incitando a Ma... A Mason. Ya sabes que a Mason le encanta llamar la atención. Se jactaba todo el tiempo. Daba asco oírlo.

Sara fingió que no se percataba del desliz. Britt había estado a punto de decir Mac en vez de Mason, porque era de él de quien estaba hablando en realidad. Su marido era el Maestro. Él era quien elegía a los objetivos. Y quien había violado a decenas de mujeres.

—¿Quién intentó introducir a Tommy? —preguntó.

Britt dejó el inhalador en posición vertical sobre la encimera. Miró a Sara.

—Mason.

—¿Y a Chuck?

—¿Penley? —Britt pareció sorprendida. Escudriñó el semblante de Sara. Estaba repasando la conversación, tratando de averiguar a qué venía esa pregunta.

—El GBI sabe muchas cosas, Britt —le dijo Sara—. Así es como te engañan. Te hacen preguntas de las que ya saben la respuesta.

—¿Eso es lo que intentas? ¿Engañarme?

—Intento ayudarte.

Britt dejó escapar una risa corta y aguda. Volvió a tomar el inhalador.

—¿Qué más quieres saber? ¿O confirmar?

—¿Qué le pasó a Dani? —preguntó Sara.

Britt miró al techo. Había mantenido la compostura hasta ahora. Respiró hondo y exhaló lentamente. Luego repitió el proceso.

Sara reconoció el mecanismo de defensa. Hablar de Dani podía implicar a Tommy. Britt iba a ser aún más cautelosa a partir de ese momento.

—La posología de los fármacos es complicada y... —Britt se detuvo—. Hay que administrarlos en el momento adecuado.

Sara pensó que debía hacer una lista de las múltiples maneras en que se estaba autoimplicando Britt.

—¿Rohypnol y ketamina? —preguntó.

Britt le lanzó una cauta mirada de respeto.

—Avisaron a Mason para que lo arreglara.

Sara notó que no había dicho quién le había avisado.

—¿Para que arreglara qué?

—Aplicaron una dosis insuficiente. Les preocupaba que se le deprimiera la respiración. Se despertó. Hubo un forcejeo. Recurrieron a la fuerza bruta. Intentaron reducirla, pero Dani logró escapar. Y se metió en el coche.

—En el coche de Tommy.

Britt hizo oídos sordos.

—Llegó hasta el hospital. Chocó contra la ambulancia. Y luego llegó Santa Sara al rescate.

Sara ignoró la pulla y se fijó en el cuidadoso lenguaje que estaba utilizando Britt: «dosis insuficiente», «les preocupaba», «intentaron reducirla»… Había una forma más sencilla de describir lo ocurrido.

—Tommy se preocupó cuando vio que la respiración de Dani se volvía superficial. Dejó de administrarle el cóctel de fármacos y ella se despertó. Tommy pidió ayuda. Dani se las arregló para defenderse de ellos. Alguien la golpeó con un objeto contundente. Aun así, logró escapar.

Britt frunció los labios.

—Desconozco los detalles. Yo me enteré después.

—¿Dónde tenían retenida a Dani?

Britt negó con la cabeza.

—No tengo ni idea.

Sara sabía exactamente dónde había llevado Tommy a Dani. A aquel mausoleo de paredes blancas y muebles blancos. Tenía que haber una alfombra de piel de oveja manchada en alguna parte. Una cámara digital. Un trípode. Focos profesionales. Era allí donde Mac llevaba a sus víctimas. Y donde Tommy había aprendido a ser el hombre que era.

Y, entretanto, Britt había vivido bajo ese mismo techo.

—¿Es suficiente para llegar a un acuerdo con el GBI? —preguntó—. Te he contado todo lo que sé sobre Mason. Todo lo que hacían. Tommy y Mac estaban prácticamente al margen. Mason es el cabecilla. Es él quien debería ir a la cárcel.

A Sara le había preocupado desde el principio que fuera una pérdida de tiempo intentar sacarle la verdad a Britt McAllister. Britt había tenido muchas oportunidades de escapar de aquella locura. Y cada vez se había retirado al amparo de su vida tóxica. Era tan adicta al sadismo de Mac como a sus pastillitas azules.

—Eras tan buena médica... —dijo Sara.

El cumplido pareció sorprenderla.

—Sé que no nos llevábamos bien —añadió Sara—, pero nunca dudé de que te preocupabas por tus pacientes. Eras tan amable con ellos... Era lo único que me impedía odiarte.

Britt soltó una risa sorda.

—Vaya, muchas gracias.

—No es demasiado tarde. Sería duro, pero podrías volver a ejercer. Podrías ser voluntaria, o viajar, o trabajar con niños, o hacer un doctorado, o ayudar a otras mujeres. Podrías demostrarle a Tommy que su madre merece que la respeten.

Britt parecía perpleja.

—¿De qué coño estás hablando?

—¿Por qué siempre lo proteges? —preguntó Sara—. Incluso cuando Mac era un humilde residente, lo tratabas como a un dios. ¿Tan frágil es su ego? ¿Se le caería la polla si tuviera que reconocer que ha cometido un error?

—Tú no lo entiendes —replicó Britt—. Tu vida es tan insignificante comparada con la mía...

Sara sabía adónde quería ir a parar.

—¿Porque no soy madre?

—Sí —contestó Britt con sencillez—. Solo una madre puede entenderlo.

—Ponme a prueba.

—No puedo abandonar a mi hijo. Mac ya tiene demasiada influencia sobre su vida. Tommy lo idolatra. —Su voz fue endureciéndose—. Si dejo a Mac, Tommy estará perdido para siempre. Y Mac me sustituirá por una modelo más joven. Todos nuestros amigos elegirán a Mac y su juguetito. Yo acabaré siendo una vieja amargada y solitaria, y él seguirá en la puta cima del mundo.

—Eso no parece amor. Suena a que no puedes dejar que Mac se salga con la suya.

—No hay ninguna diferencia —contestó Britt—. Llevamos juntos veintidós años. Ya lo único que hacemos es competir. ¿Cómo puedo hacerle daño yo a él? ¿Cómo puede hacerme daño él a mí?

Sara sabía cómo le hacía daño Mac.

—Te maltrata.

Britt pareció atónita. Creía que era un secreto.

—La gente ya veía los moretones en el Grady —le dijo Sara—. Tienes un localizador GPS en las llaves, en el coche. Mac vigila todos tus movimientos. No puedes respirar sin que se entere.

—No se entera de todo. —Britt levantó una ceja. Se refería a lo que le había contado a ella esos últimos días, pero seguía teniéndole tanto miedo a Mac que no se atrevía a decirlo en voz alta, a la vista de las cámaras—. Tú estás especialmente cualificada para comprender lo delicado que es su trabajo. Los niños y sus padres dependen de él. Nadie más puede hacer lo que hace Mac. El estrés puede ser insoportable. Si se distrae con algún que otro juego, eso no es nada comparado con lo que le da al mundo. Con gusto me sacrificaría por él.

—Mucha gente puede hacer lo que hace Mac —repuso Sara—. Y aunque no fuera así, eso no le da derecho a maltratarte.

—No es maltrato, es una compulsión. Todo lo que hace Mac, cada vez que me hace daño, sé que lo que me está diciendo en realidad es que sigue viéndome. ¿Sabes cuántas mujeres de cuarenta y siete años pueden decir eso de sus maridos? Mac siempre me ha visto. Me quiere.

Sara sacudió la cabeza. Ese tipo de razonamiento la dejaba sin palabras.

—Mira. —Britt señaló su bolsa de tenis de cuero—. Esto le costó diez de los grandes.

Sara la vio sacar la raqueta y arrojarla despreocupadamente sobre la encimera. El emblema de Chanel destacaba en la empuñadura.

—Seis mil dólares y la uso para calentar. —Señaló sus joyas—. Este collar costó dieciocho mil dólares. La pulsera, veinte mil. Me compré un anillo de compromiso nuevo. De cuatro quilates. Noventa mil dólares. La alianza costó treinta mil.

—Así que ¿Mac te tortura, pero no pasa nada porque a cambio te compras cosas caras que a nadie le importan?

—A todo el mundo le importan, Sara. Eso es lo que nunca has entendido. Llevas ese anillo barato en el dedo y te crees que eso te hace especial, pero pronto te darás cuenta de que no es así. Te estás haciendo mayor. No podrás volver a atraerlo con tu coño apretado y tus tetas altas. —Britt se inclinó sobre la encimera—. Cómo conseguir que te hagan caso, cómo conservar su atención, de eso se trata. El matrimonio es un deporte sangriento. Quien diga lo contrario miente.

Sara sabía que se equivocaba. Su primer matrimonio no había sido así. Su relación con Will no era así.

—Eres tú quien ha optado por convertirlo en un deporte sangriento.

—¿Sabes cuántas zorritas de veinte años hay por ahí deseando reemplazarme? Solo tienen que batir las pestañas para que yo desaparezca. Da igual cuántas comidas me salte o cuánto ejercicio haga, o cuántas putas inyecciones me ponga en la cara, no puedo competir con la juventud. No estamos en igualdad de condiciones.

—Pues no compitas.

La risa de Britt era tan dura como la expresión de su cara.

—¡Imbécil! ¿De verdad crees que es tan fácil? Los hombres pueden hacer lo que quieran. Tratan a las mujeres como tampones. Absorbemos su rabia y sus abusos y, cuando estamos completamente pringadas de sus babas, nos cambian por otra nueva.

—Solo cierto tipo de hombres.

—Todos ellos. Toman y toman sin darte nada. —Britt levantó el inhalador—. ¿Sabes cuántas veces le he dicho a Mac que no deje el puto Albuterol por ahí? Es lo único que le he pedido que haga, lo único, y no lo hace, joder.

Sara la vio abrir un cajón y tirar dentro el inhalador, entre un batiburrillo de cosas. Bolígrafos, monedas sueltas, paquetes de chicles y caramelos.

—Si Dios existe, le dará un ataque de asma en el coche y se estrellará de frente contra un autobús.

Sara miró el cajón cerrado. Otra pieza del rompecabezas acababa de encajar en su sitio. Como pediatra, había extendido multitud de recetas de Albuterol. El medicamento resecaba la boca y dejaba un regusto a tiza. Siempre les decía a sus pacientes que mascaran chicle sin azúcar o chuparan un caramelo. Por eso su aliento solía tener un olor dulzón y empalagoso.

Merit Barrowe le había dicho a Cam que el aliento del hombre que la había violado olía a algo dulce, como a jarabe para la tos.

Leighann Park le había dicho a Faith que el aliento del hombre que la había violado olía como a refresco de cereza.

Y sin embargo, como todo lo que les había revelado Britt, no podían hacer nada con esa información. Pensar y saber no equivalía a poder demostrar lo que se pensaba y se sabía; eran cosas muy distintas.

—Esta conversación ha sido una pérdida de tiempo —dijo Britt—. Tommy no tiene nada que ver con ese vídeo. Está claro que es un *deep fake*. Alguien intenta incriminarlo. Que yo sepa, podrías ser tú. Estaría encantada de firmar una declaración contando el rencor que le has tenido siempre a Mac.

Sara se rio, sorprendida.

—Te has pasado los últimos veinte minutos implicándote en todo tipo de actividades delictivas. Sabías cuándo empezó a actuar la banda. Sabías qué drogas usaban, conocías el contenido de los vídeos con que acosaban a las chicas. Sabías cómo operaban. Sabías lo de Dani. Sabías que la drogaron y la golpearon. Sabías que...

—Buena suerte en el estrado. Nuestro abogado no te lo pondrá tan fácil la próxima vez. —Britt levantó su bolsa de tenis del suelo—. Además de ser estéril, no eres más que una puta envidiosa.

Sara se sintió de pronto al borde de las lágrimas. Odiaba que Britt aún pudiera hacerle daño.

—Ya puedes irte. —Britt empezó a abrir bolsillos de la bolsa. Sacó un horario de tenis—. Tengo que hacer el cuadrante del mes que viene. Siempre me toca a mí hacer los horarios.

Sara sintió que se le erizaba el vello de la nuca. Aquellas palabras le habían sonado extrañamente familiares.

Britt notó su cambio de actitud.

—¿Qué?

Sara estaba sin habla. Algo iba mal. Se sentía temblorosa y mareada.

—¡Por Dios! —Britt dejó de golpe el horario sobre la encimera—. ¿En serio vamos a empezar con esto otra vez?

Sara contuvo la respiración. Tuvo que hacer un esfuerzo por exhalar. Esa misma frase aparecía muchas veces en las transcripciones del chat. 007 hacía un comentario sarcástico o machista y 002 respondía *¿En serio vamos a empezar con eso otra vez?*

Sara exhaló de nuevo para poder hablar.

—Has dicho que Bing no formaba parte del grupo.

Britt levantó la vista.

—¿Y?

Siete miembros del grupo. Siete números en las transcripciones del chat. Faith había formulado la pregunta antes. ¿Quién tenía huevos para burlarse del puto Mac McAllister?

Su mujer.

—Eras tú —dijo—. Tú eras 002 en el grupo de chat.

Las fosas nasales de Britt se ensancharon. Enderezó la hoja del horario sobre la encimera.

—No sé de qué me hablas.

—Encontramos la página web del chat. Tú ayudaste a elaborar las reglas para que estuvieran todos a salvo. Así es como mantienes la atención de Mac. Llevas dieciséis años ayudándole a violar a otras mujeres.

Los músculos del cuello de Britt se tensaron.

—No sé nada de una página web.

—Claro que lo sabes. Tu nombre de usuaria era 002. Cam era 006. Mason, 004. Él sabía lo que estaba pasando, pero no le importaba.

Mac era 007. Él es el Maestro. Elige a los objetivos. Tú haces el cuadrante, repartes las tareas. Haces las reglas. Y esta casa, este manicomio, es donde Mac se graba violando a sus antiguas pacientes.

Britt se quedó totalmente quieta. Lo único que la delataba era el rubor que le subía desde el pecho.

—He dicho que te vayas.

—Y, si no, ¿qué? —preguntó Sara—. ¿Llamarás a la policía?

Britt apoyó la mano en la encimera.

—Tú no... no lo entiendes.

—¿Porque no soy madre? Sigues usando esa palabra como si no supiera perfectamente cómo eres. Mac no es el único sádico en esta casa. Tú también has violado a todos los efectos a esas mujeres. Tommy no sería como es si tú no fueras una madre de mierda.

La gélida fachada de Britt empezó a resquebrajarse. Las lágrimas inundaron sus ojos. Le temblaban los labios.

Entonces agarró la raqueta y arremetió contra ella.

—¡Dios! —Sara levantó las manos para detener el golpe. El borde de la raqueta se le clavó en la muñeca izquierda. Oyó el crujido del hueso, pero estaba demasiado aturdida para sentir el dolor.

Britt echó de nuevo la raqueta hacia atrás.

Sara agarró su bolso con la mano derecha. No tuvo tiempo de sacar la bolsa de terciopelo morado. Utilizó el bolso como escudo. La raqueta rebotó al chocar contra él. La cabeza se le fue hacia atrás. Sintió que se le astillaba la nariz. Tuvo que soltar la correa. El contenido del bolso se desparramó. La pistola se salió de la bolsa y chocó contra el suelo de madera.

El mundo se detuvo.

Ninguna de las dos se movió.

Pero Britt no estaba mirando el revólver. Tenía la mirada fija en la cajita negra que se le había salido del bolsillo de la chaqueta a Sara. Los cables seguían conectados. La luz verde estaba encendida.

¿Qué...? —Britt jadeaba tan fuerte que apenas podía hablar—. ¿Qué es eso?

Sara también jadeaba. Le palpitaba la muñeca. No podía mover los dedos. Era imposible que alcanzara la pistola. Oyó a lo lejos el ulular de una sirena de policía. Amanda estaba a una calle de distancia. Luego había un cruce. Luego, otra carretera. Después, una verja. Más allá, el camino de entrada. Y, por último, la casa.

—Es un transmisor —dijo—. La policía te ha estado vigilando todo este tiempo. El cable conecta con la cámara que hay dentro de este botón.

Los ojos de Britt siguieron su dedo hasta el botón.

—¿Oyes la sirena? —El aire silbaba al salir por su nariz rota. Se agarró la muñeca. Fractura de radio distal. El shock inicial había dado paso a un dolor casi paralizante—. Llegarán enseguida.

Britt bajó lentamente la raqueta de tenis. No miró a Sara. Miró directamente a la cámara del botón.

—Fui yo. Fui yo quien golpeó a Dani. Intentaba escapar. La perseguí hasta el garaje y la golpeé. Di por sentado que estaba muerta. La dejé allí.

A Sara se le estremeció el corazón al oírla confesar.

—La raqueta de tenis todavía está en el garaje. La Babolat Pure Aero Plus de color verde lima. Intenté limpiarla, pero su sangre se había incrustado en los surcos. Mi ADN está en el mango. Fui yo.

A Sara solo le importaba la raqueta de tenis que sostenía aún. Britt estaba fuera de sí, se había quedado sin opciones. La sirena del coche de Amanda estaba demasiado lejos. Igual que la pistola, en el suelo.

—Mac no les hizo ningún daño —prosiguió Britt, mirando a la cámara—. Solo eran una diversión, una forma de disipar el estrés. Las chicas ni siquiera se enteraban de lo que pasaba. La mayoría no se quejaban o, si se quejaban, aceptaban el dinero. Era mucho dinero. No acudían a la policía. Y después estaban bien. Estaban todas bien.

Sara se mordió la lengua. Ninguna estaba bien.

—Yo no solo me inventé las reglas —añadió Britt—. Creé el sitio web. Asigné las tareas. Sabía lo que les gustaba, para lo que eran más adecuados. Traían aquí a las chicas porque yo se lo dije. Yo las filmaba. Hice todos los vídeos. Están guardados en el servidor del sótano. Todo lo organicé yo. Yo tengo la culpa. Asumo toda la responsabilidad.

La sirena se acercaba.

Britt también la oía. Bajó la mirada hacia la raqueta. No volvió a blandirla. La dejó sobre la encimera.

Luego se inclinó y recogió la pistola.

—¡Britt! —Sara se levantó de la silla.

Fue un esfuerzo innecesario. Britt no la apuntó. Se acercó el cañón a la cabeza.

—Esta confesión es mi declaración final. Juro que es la verdad. —Seguía hablando a la cámara—. Tommy, Mac, os quiero.

—Baja el arma —dijo Sara—. Por favor.

—No quiero que mis chicos vean esto. —Dio un paso atrás. Luego otro. Iba hacia el pasillo del dormitorio. Lejos de la cámara de Sara. Lejos de la de Mac—. Déjame marchar, Sara. Déjame marchar.

Sara no iba a permitírselo. Britt iba a pagar por sus crímenes. Ella le había hecho una promesa a Dani. Lo había jurado por el corazón de la chica. Los Cooper merecían justicia. Leighann Park. La familia de Merit Barrowe. Todos merecían que se hiciera justicia. Sara entró en el pasillo tambaleándose. El dolor le daba náuseas. Le palpitaba la nariz. Tenía la mano izquierda completamente entumecida. Se apretó la muñeca contra el cuerpo.

Britt entró en el vestidor y desapareció de su vista.

Sara fue tras ella. La encontró de pie en el centro de la habitación. Aún tenía la pistola apoyada a un lado de la cabeza. El vestidor estaba pintado de rosa brillante, como el de una adolescente. Del techo colgaba una araña de cristal. Las estanterías estaban hechas a medida. Había allí zapatos y prendas de ropa por valor de cientos de miles de dólares, llenando cada hueco y cada rincón.

Excepto una zona.

Había una antesala al otro lado del vestidor. La puerta estaba abierta. Paredes negras. Suelo negro. Una sucia alfombra de piel de oveja. Una cámara digital. Un trípode. Iluminación profesional.

—Aquí es donde sucede. —Britt estaba delante de un espejo de tres paneles. Había empezado a temblarle la mano. El cañón rozaba su cráneo—. A Mac le gusta que mire. Quiere que me sienta incluida.

Un estruendo hizo vibrar el aire. Amanda había reventado la verja. La sirena siguió aullando mientras recorría a toda velocidad el camino de entrada.

—Compartimos… —Britt tragó saliva—. Compartimos esto. Es algo que solo hace conmigo.

Sara no miraba Britt, ni la sala negra, ni la alfombra manchada. Miraba las hileras de zapatos. No eran Louboutins ni Jimmy Choos. Había deportivas, mocasines, chanclas. No por pares, solo el zapato izquierdo. Las luces del techo estaban orientadas hacia abajo, como las del escaparate de una tienda. Había casi cincuenta zapatos en total. Sara reconoció tres por las fotos del diagrama de Faith.

Una zapatilla Air Jordan Flight 23.

Una sandalia con plataforma de Stella McCartney.

Un zapato Marc Jacobs de terciopelo con cordones.

—Mis trofeos. —Britt parecía orgullosa, feliz porque todo hubiera salido por fin a la luz—. Yo los agarraba. Esto es obra mía. Todo esto. Puede que Mac tenga otras mujeres, pero es a mi casa a donde las trae. Sabe que yo lo protegeré. Siempre lo he protegido.

Sara no podía asimilar lo que estaba oyendo. Su único objetivo era impedir que Britt apretase el gatillo.

—Britt, baja el arma. Tommy aún te necesita.

—No intentes salvarme, Santa Sara, después de todo lo que te he hecho.

—Eso no importa. Lo solucionaremos.

—Pero aún no sabes lo que pasó, ¿verdad?

—No. —Sara hizo caso omiso del tono burlón de su voz—. No lo sé. ¿Por qué no me lo cuentas?

—Yo soy la razón por la que te violó Jack Allen Wright.

La sirena dejó de oírse.

El campo de visión de Sara se estrechó de repente. Una especie de entumecimiento se apoderó de su cuerpo. Sus sentidos empezaron a embotarse. Solo oía el sonido suave de la voz de Britt.

—Sabía que iban a darte la beca. No podía dejar que se la quitaras a Mac.

Sara sintió que le resbalaba sangre por la garganta.

—Jack estaba obsesionado contigo. Le vi haciéndote fotos, siguiéndote por ahí, robándote cosas del bolso, coleccionando mechones de tu pelo. Es tan fácil convencer a un hombre de que haga las cosas violentas que desea hacer...

Sara se tragó la sangre.

—Le dije que te creías superior a él. Que te estabas follando a todos los tíos del hospital menos a él. Esa noche fue fácil incitarlo. Dejé las esposas en su taquilla. Puse el Ipecac en tu refresco para que te marearas. Cerré con llave el aseo de personal y los otros váteres. Le dije a Jack exactamente dónde ibas a estar y a qué hora. Fue como dar cuerda a un juguete y empujarlo en la dirección correcta. Él se encargó del resto.

Sara pestañeó y de pronto estaba otra vez en aquel aseo. Las muñecas esposadas a la barandilla del váter. La boca tapada con cinta aislante. El olor penetrante de los productos de limpieza. El tufo de su propia orina. La sangre chorreándole por el costado, la vida amenazando con escapársele y, sin embargo, solo acertaba a pensar en el sabor que le había dejado su sucia boca cuando la forzó a abrir la mandíbula para besarla.

—Fue brillante. —A Britt no se le desdibujó la sonrisa—. Más de lo que jamás hubiera imaginado. Porque te apuñaló. Te apuñaló de verdad.

Las lágrimas nublaron la vista de Sara.

—¿Crees que soy un ama de casa patética? —Britt se apoyó el arma en el hombro—. Hice que Jack te violara. Hice que Edgerton echara tierra sobre el caso Barrowe. Hice que el forense cambiara su informe. Dejé que Mac se divirtiera. Lo protegí. Me aseguré de que consiguiera la beca. Construí esta vida para nosotros, esta vida magnífica. Crie a nuestro precioso hijo. Soy increíble.

Sara sintió que le flaqueaban las rodillas. No soportaban aquel peso.

—Estuviste a punto de quedarte después de aquello —continuó Britt—. Pero entonces tuviste el embarazo ectópico y pensé, qué regalo. Qué puto regalo. De eso no se recuperará nunca. Nunca. Y tenía razón.

A Sara habían empezado a castañetearle los dientes. El dolor era aplastante. Todo lo que había perdido. La beca. Su futuro cuidadosamente planeado. Su sensación de seguridad. Su capacidad de confiar plenamente, de amar sin reservas. Su familia: dos niñas. Tessa tendría tres. Criarían juntas a sus hijos y vivirían cerca… Nada de eso había sucedido por culpa de Britt McAllister.

—¿Cómo…? —Su garganta amenazaba con cerrarse—. ¿Cómo pudiste ser tan cruel?

Britt se encogió de hombros.

—Soy así. Eso soy yo.

Se acercó el revólver a la cabeza. Apretó el gatillo.

No ocurrió nada.

Ni siquiera se oyó un clic.

—¡Sara! —Amanda estaba dentro de la casa. Corría por el pasillo. Sus pasos resonaban como un redoble de tambor. Había ido en dirección contraria—. ¡Sara!

Britt miró el revólver tratando de descubrir por qué no se había disparado.

Sara acercó la mano al micrófono de su solapa y pellizcó el cable para obturar el sonido.

—Echa el percutor hacia atrás con el pulgar.

Britt tiró del percutor.

Se acercó la pistola a la cabeza.

Esta vez, funcionó.

UNA SEMANA DESPUÉS

Will estaba junto al fregadero de la cocina de su casa, secando los platos que lavaba Faith. El tiempo se había vuelto caluroso. En la barbacoa humeaban los últimos rescoldos de mezquite. Miró por la ventana a Sara y a su hermana. Estaban sentadas en la mesa de fuera, cada una con una niña en el regazo. Tessa sostenía a Isabelle. Sara, a Emma. Tenía la nariz rota y el brazo escayolado, pero aun así se las arreglaba para hacer pompas soplando por una varita. Las niñas extendían sus pequeñas manos para hacerlas estallar. Betty atrapaba las que se les escapaban. Los galgos de Sara, demasiado perezosos para hacer otra cosa que mirar, estaban tumbados en la hierba.

Era la primera vez que celebraba una barbacoa en su casa. De hecho, nunca había invitado a tanta gente. Jeremy, Aiden, los padres de Sara, su excéntrica tía... Todos habían acudido y se habían ido ya. Solo quedaban Faith, Tessa y sus hijas, lo que era agradable, pero también le recordaba por qué nunca había invitado a tanta gente. No necesitaba que ningún médico le dijera que era un introvertido. Aunque cierta médica parecía encantada de recordárselo a cada rato.

—Oye —le dijo Faith—, presta atención. Me estoy quedando sin espacio.

Will tomó un montón de tenedores y los puso sobre un paño de cocina. Antes de que Sara llegara a su vida, solo tenía dos cuencos, dos platos, dos tenedores, dos cuchillos y dos cucharas. Ella había ido introduciendo más cosas durante el año anterior, casi a escondidas. Los

Linton tenían muchas ideas sobre cuál era la manera correcta de cenar. Su padre usaba un par de tenedores en cada comida. Su hermana gastaba rollo tras rollo de papel de cocina. Y su madre opinaba que los cubiertos y los platos desechables constituían una ofensa moral.

No es que Will se quejara. Estaban todos mimando a Sara mientras se curaba. Los dos primeros días, no se habían despegado de ella. No era la primera vez que Will advertía que gran parte de la fortaleza de Sara procedía de su familia.

Faith le dio un empujón con el hombro.

—¿Cómo está Sara?

Él le devolvió el empujón.

—Pregúntale a ella.

—Ya se lo he preguntado. —Faith le dio otro empujón—. Me ha dicho que estaba intentando asumirlo. No sé muy bien cómo. El vídeo de Britt era brutal. Lo que le contó sobre Jack Allen Wright... No sé si yo podría levantar cabeza después de eso.

Will se puso a secar otro plato.

—Es raro cómo se corta el sonido al final.

Le devolvió el plato a Faith.

—Te has dejado una mancha.

Ella raspó con la uña del pulgar la mancha de kétchup.

—¿Estás enfadado con Amanda por dejar que Sara fuera a casa de Britt?

—Fue decisión de Sara —contestó Will—. Era imposible prever lo que pasó. Amanda no la habría dejado acercarse a esa casa si hubiera sabido de lo que era capaz Britt. Me alegro de que saliera como salió.

—Hoy estás muy diplomático, y es un fastidio. —Faith empezó a fregar otro plato—. A mí en parte me molesta cómo salieron las cosas. Estoy harta de ver fotos de Britt por todas partes, con su cara de bótox. Cualquiera diría que se ha muerto una celebridad.

Will la entendía perfectamente. Por primera vez en su vida adulta, había dejado de encender la televisión por la mañana. Y solo entraba en internet si era absolutamente necesario.

—A la gente solo le importa la loca de Britt —comentó Faith—. No le importa que violaran casi a cincuenta mujeres en dieciséis años.

—¿Y la lista? —preguntó Will. La policía de Atlanta había encontrado en el portátil de Britt una hoja de cálculo con una lista de todos los objetivos, pero solo incluía iniciales—. ¿Han localizado a alguna víctima más?

—Es complicado, por la privacidad de los pacientes. Los consultorios médicos y los hospitales se resisten a cumplir las órdenes judiciales. Se han presentado algunas mujeres por iniciativa propia, pero se niegan a declarar. Temen que se filtren sus nombres, recibir amenazas de muerte o que las acosen los periodistas. Y entretanto a la prensa se la sudan Leighann Park y los padres de Dani Cooper. Martin Barrowe es como si no existiera. Solo hablan de Britt, todo el tiempo. Solo se da tanto bombo a una mujer si es una mala mujer.

Will lo había visto con sus propios ojos. Britt McAllister estaba en la portada de todos los sitios web de noticias y los periódicos. Se habían hecho varios memes de ella, la mayoría con una raqueta de tenis. Sus amigas del club de campo estaban concediendo entrevistas exclusivas. *Dateline* y *48 Hours* habían emitido varios programas dedicados a ella. Hulu estaba rodando un documental. Un *streamer* estaba haciendo un biopic. Igual que HBO.

Britt había encontrado por fin la manera de eclipsar a los hombres de su vida.

Afortunadamente, el sistema judicial no funcionaba a base de clics y visitas. La grabación que había hecho Sara lo había puesto todo en contexto, y la ciencia se había encargado del resto.

El ADN de Dani y Leighann hallado en la alfombra de piel de oveja coincidía con el de Mac y Tommy McAllister. Había ADN de Chaz Penley en las paredes de la sala negra y ADN de Richie Dougal en el suelo del vestidor. Por si no bastaba con eso, había un servidor en el sótano que contenía más de treinta vídeos. Estaba conectado al *home cinema* de la casa. El Club no se conformaba con aterrorizar a las mujeres. Después evaluaban sus métodos. Sara lo comparaba con las juntas de revisión de morbilidad y mortalidad a las que todos ellos habían asistido durante sus respectivas residencias.

—¿Sabes qué me fastidia también? —Faith había fregado todos los platos y empezó con los cuencos de helado—. Que la policía de Atlanta se está llevando todo el mérito por resolver el caso. El comisario jefe se pavonea delante de los medios como si fuera una estrella del rock y Leo Donnelly aparece detrás de él en cada rueda de prensa. Nos hemos matado a trabajar. Podrían habernos despedido. Me he quedado sin la mitad de la pintura de los armarios de la cocina. Jeremy se jugó el tipo en el bar. Y a Sara la atacó una psicópata. Debería ser el GBI el que estuviera dando la vuelta de honor.

A Will también le fastidiaba, pero ese era el trato que había hecho Amanda con la oficina del fiscal general del Estado y el fiscal del distrito del condado de Fulton.

—Por lo menos el nombre de Sara ha quedado al margen.

—Todos nos hemos quedado al margen.

Will la miró.

—¿Has averiguado algo?

—¿Crees que la policía de Atlanta me cuenta algo a mí? —Ni siquiera ella mentía tan bien. De hecho, todavía tenía sus fuentes—. No tienen nada sobre Royce Ellison. Fue muy listo al descolgarse cuando lo hizo. Chuck Penley lo cantó todo a cambio de que le den la condicional. Afirma que no tuvo nada que ver con Dani. Dice que se enteró después, que no daba crédito a lo que vio en el vídeo, pero que no pudo hacer nada, qué putada.

—¿Ha contado qué pasó con Dani?

—Tommy se emborrachó, discutió con ella y decidió que iba a elegir él solito un objetivo de la lista. Mac y Britt no estaban en casa esa noche. Tommy se equivocó al administrar las drogas. Se asustó y los llamó. Sus padres volvieron y solventaron el asunto. Más o menos. —Faith se encogió de hombros—. Britt dijo la verdad sobre el ADN de la raqueta. Fue ella quien golpeó a Dani. Pero son todos culpables de un delito de asesinato con premeditación. Mac y Tommy están intentando llegar a un acuerdo para evitar la pena de muerte. Aun así, seguramente morirán los dos en prisión.

Will empezó a colocar los cuencos. Sara tenía razón: necesitaba más espacio en la encimera.

—¿Fue Mac quien introdujo a Tommy en el Club?

—Chuck no tiene muy claros los detalles. Dice que Tommy descubrió los vídeos de las violaciones por accidente, cuando estaba en secundaria. —Faith volvió a encogerse de hombros—. A saber qué pasó después, pero está claro que a Tommy le gustó lo que vio. Y puede que a Chuck también. Te apuesto lo que quieras a que esta no va a ser la última vez que ese cretino se las vea con la policía.

Will no iba a aceptar esa apuesta.

—¿Y Richie Dougal?

—Supongo que no te sorprenderá saber que al doctor Mirón le entró diarrea oral. Contó lo que pasó con Leighann a cambio de salir en libertad dentro de diez años. Fue él quien la filmó. Britt se encargó de mandar los mensajes. Tommy la secuestró en el Downlow. Mac la violó. Y Chaz la dejó delante de su edificio. —Faith aclaró un cuenco—. Esa fue la moneda de cambio que usó Richie: entregarles a Chaz. Van a caerle veinte años.

Veinte años en prisión eran una eternidad para un hombre como Chaz Penley.

—Fue un poco arriesgado secuestrar a Leighann Park durante el juicio de Tommy.

—Sí, por lo visto a esos tíos tan ricos y con tanto éxito les chifla correr riesgos enormes solo para putear a los demás.

Su tono sarcástico estaba justificado.

—¿Quién le dibujó el círculo en la rodilla a Leighann? —preguntó Will.

—La misma psicópata que le escribió *Eso soy yo* en el pecho. —Faith vació el fregadero—. Britt estuvo siguiendo a Leighann para enterarse de detalles de su vida. Leighann se descuidó en una fiesta. Se quedó dormida en una tumbona junto a la piscina. Y Britt aprovechó la ocasión, como un Caminante Blanco.

—Más bien como el Rey de la Noche, que controlaba el...

—Da igual —dijo ella—. Están todos negociando acuerdos, lo que significa que no habrá juicios y que Sara no tendrá que testificar sobre el vídeo. O sea, que nadie va a indagar más. Lo que seguramente es bueno, ¿no?

Will apiló los cuencos. Todavía le dolía el dedo meñique, por su pelea con la pared del piso de Sara.

—¿Y Mason?

—No hay ADN. Ni pruebas. Ni imputación, por lo tanto. —Faith apoyó la mano en la cadera—. Su nombre aparece registrado como propietario del sitio web del chat, pero él alega que es un error administrativo. Tiene muchas otras páginas de servicios y productos que renueva automáticamente. La policía lo ha dejado en paz de momento. Una cosa te digo: si quieres ir por la vida flotando en una nube esponjosa, viene fenomenal tener un pene blanco.

El pene blanco de Will se contentaba con tener a Sara.

—¿Han investigado esa empresa que tiene con Mac y Chaz?

—Es totalmente legal. La oficina del Triple Nickel la usaban para almacenar historias médicas. Por eso había tanta seguridad. Ganaban dinero a montones. Y la A del nombre era de Britt. Su apellido de soltera es Anslinger. —Faith le pasó unos cuencos para que los guardara—. Montar la empresa fue idea suya. Era ella quien redactaba las propuestas para ayudar a vender las consultas médicas a hospitales e inversores. Ella se encargaba de los números. Elegía los consultorios interesantes. Le asignaba a cada uno su tarea. Dios mío, ¿te imaginas que hubiera usado su cerebro para hacer el bien en vez del mal?

El nombre de Britt había sustituido al de Mason en el panteón de nombres que Will no quería volver a oír.

—La policía registró la casa de los McAllister cuando investigó la muerte de Dani Cooper. ¿Por qué no encontraron el servidor del sótano?

—La orden judicial especificaba que solo podían buscar la grabadora de las cámaras de seguridad, que guardaban en un cuarto junto al garaje. Su abogado se aseguró de que no husmearan por ahí. La policía ni se acercó al armario de las violaciones de Britt. —Faith pasó la bayeta por la encimera—. He visto desmontar una casa móvil de arriba abajo por una orden judicial para encontrar una bolsa de marihuana de diez centavos. La Constitución está fenomenal, si te la puedes permitir.

Will abrió el cajón de los cubiertos.

—Yo puedo guardar el resto de las cosas.

—Que ni un solo tenedor se quede atrás. —Faith dejó caer unos tenedores en su hueco correspondiente. Miró a Will—. ¿Seguro que Sara está bien?

Él colocó los tenedores para que todos miraran hacia el mismo lado.

—¿Y tú? ¿Estás bien?

Faith normalmente le habría devuelto la pregunta, pero esta vez se apoyó en la encimera.

—Estoy criando a una hija en un mundo en el que, si la drogan y la violan, la gente le echará la culpa a ella o la ignorará, y en un estado que la dejará morir si tiene un desprendimiento de placenta, y además mi hijo quiere dedicarse a una profesión en la que un número alucinante de sus futuros compañeros tienen denuncias por violencia machista y aun así conservan su trabajo. Así que sí, estoy genial.

—¿Jeremy no va a ir a visitar Quantico la semana que viene?

Faith puso cara de fastidio.

—La semana pasada decía que iba a ir a la cena de 3M.

Will alineó las cucharas. De pronto se acordó de algo que había dicho Jeremy en el despacho de Amanda: que no era él quien iba a dar con la pista que resolviera el caso y mandara a los culpables a prisión. Pensó que había hecho justo eso, pero optó por no decírselo a Faith.

En cambio, le dijo:

—Emma parece muy contenta de estar de vuelta en casa.

Faith resopló.

—Tendrías que haberla visto ayer. El queso de su sándwich tocó el plato, lo que al parecer abría un portal al infierno.

—Sé que el último caso todavía te preocupa.

Faith arrugó la bayeta.

—Imagínate que es un dibujo hecho en una pizarra mágica —dijo Will—. Sacúdelo para que desaparezca. Bórralo de tu mente.

—¿De dónde has sacado ese sabio consejo?

Will había descubierto hacía poco que se lo había dado Amanda.

—Solo digo que a veces es mejor olvidarse de las cosas.

—¿De qué cosas, concretamente?

—Hemos desmantelado el Club. Martin Barrowe y los padres de Dani saben por fin qué pasó. Leighann va a ver entrar en prisión a los hombres que la agredieron. Britt se ha quitado del medio. Si asumes las derrotas, tienes que asumir también las victorias —añadió, entrando en temas más íntimos—. Jeremy es un buen chico. Emma es inteligente y divertida. Aiden es un tipo de fiar. Sara va a estar perfectamente. Amanda va a volver a encargarnos misiones de campo. Son cosas buenas.

—Venga ya. —Ella levantó las manos como si quisiera detenerlo—. ¿Por qué te pones tan sentimental? ¿Vas a señalarme en un muñeco dónde te hizo pupa el hombre malo?

—Siempre me dices que tengo que hablar más.

—Ya, pero no en plan Oprah Winfrey. —Tiró la bayeta a la encimera—. Madre mía, a este paso me va a subir otra vez la leche.

Se abrió la puerta trasera, salvando a Will de otras referencias a la lactancia materna. Emma e Isabelle entraron dando brincos. No iban gritando, lo que era buena noticia. Los perros parecían cansados del ajetreo del día. Tessa fue la siguiente en entrar, seguida por Sara. Buscó a Will con la mirada mientras se quitaba las deportivas. Los hematomas que tenía debajo de los ojos empezaban a verdear. Tendría que llevar la escayola de fibra de vidrio al menos un mes y medio más. Aún tenía los dedos hinchados. Los médicos habían tenido que cortar su anillo de compromiso.

—Bueno, tesoro, es hora de irse. —Faith levantó a Emma y se la apoyó en la cadera. A pesar de sus quejas, cuando estaba con sus hijos prácticamente resplandecía de amor—. Dale un beso al tío Will.

Él ofreció la mejilla para que la niña le diera un beso. Luego le llegó el turno a Isabelle. Will hizo caso omiso de las otras despedidas mientras observaba a Sara. Ya le costaba menos moverse. El dolor había remitido por fin. Había empezado a dejar los opiáceos que le habían recetado en el hospital; era lo que había que hacer cuando uno no luchaba contra la adicción.

Ella le apoyó la mano buena en el hombro.

—Tess e Isabelle van a adoptar un gatito.

—Mamá y papá me están ayudando a comprar el piso —añadió Tessa—. Y se nos ha ocurrido completar la familia.

—Una casa no es casa si no hay un minino —comentó Faith.

Sin saber muy bien por qué, se echaron todos a reír.

Sara sonrió a Will.

Will sonrió a Sara.

—Bueno… —le dijo Faith a Emma—. Gracias por la comida. ¡Vámonos!

Hubo más abrazos y adioses porque, por lo visto, ya nadie respetaba un buen apretón de manos. Sara las siguió hasta la puerta para otra ronda de despedidas. Will se quedó en la cocina. Dobló bien la bayeta mojada y la colgó del grifo para que se secara.

—Gracias, mi amor. —Sara estaba de pie en la puerta de la cocina—. Gracias por este día tan maravilloso. Gracias por reírte de las bromas tontas de mi padre. Y gracias por recoger.

—Es una lástima que estés escayolada. Sé cuánto te gusta fregar los platos.

Ella no pudo ocultar una sonrisa.

—Y yo sé cuánto te gusta estar rodeado de personas que esperan que les hables.

Will también sonrió.

—Creo que voy a terminar pintándole los armarios de la cocina a Faith.

—Y yo creo que tienes razón. —Señaló con la cabeza hacia el cuarto de estar—. Vamos a sentarnos en el sofá. Estoy harta de hablar en cocinas.

Will se secó las manos en los vaqueros. Sara había dicho «hablar» como si quisiera hablar de algo serio. Entró en el cuarto de estar. Ella ya estaba en el sofá. Los galgos se habían acurrucado en su colchoneta. Betty seguía en la cocina, bebiendo agua. Will oía el tintineo de su collar contra el recipiente metálico. Iban a reformar la casa después de la boda, pero en ese momento le parecía que tenía el tamaño ideal.

—¿Quieres un gato? —le preguntó a Sara.

—Me encantaría tener varios, pero los galgos están entrenados para perseguir animales peludos. —Se recostó en los cojines, apoyando el brazo con cuidado—. ¿Faith sigue preguntando qué pasó de verdad en el vestidor de Britt?

—Creo que sabe que el sonido no se cortó por sí solo. —Will se sentó, le levantó los pies y se los apoyó en el regazo—. Pregunta porque es una cotilla, no porque vaya a hacer nada al respecto. Está claro lo que se ve en el vídeo. Britt no consiguió disparar el arma a la primera. La miró, se dio cuenta de lo que pasaba y se pegó un tiro en la cabeza. A nadie le preocupa que el micrófono se silenciara. Y de todos modos no va a salir a la luz. Todos los imputados están llegando a acuerdos con la fiscalía. Tu parte de la historia no se va a contar.

Sara asintió, pero no parecía aliviada.

—El suicidio asistido es ilegal en Georgia.

—Le diste a Britt información sobre cómo funciona un revólver. No tenía por qué matarse. Le habría sido igual de fácil apuntarte a ti. —La miró. Seguía sin parecer aliviada. Aquella tampoco era la conversación que quería tener. Llevaban hablando del tema toda la semana, intermitentemente—. ¿Te preocupa algo más?

—Odio sentirme mejor por lo que me dijo Britt. —Fijó la vista en el techo. Su pecho se levantó cuando respiró hondo—. Después de que me violaran, me angustiaba haber hecho algo mal. ¿Le había dado pie sin querer? ¿Había coqueteado con él? ¿Le hice creer lo que no era? Ya sé que es absurdo. La violación no es sexo. No es una relación íntima. Pero saber que Britt incitó al conserje, que lo manipuló para que me agrediera, me quita parte de esa culpa.

A él le aliviaba saber que, si Britt la hubiera oído decir eso, se habría cabreado muchísimo.

Sara le dio un empujoncito con el pie.

—¿Te molesta que no pueda darte hijos?

—No. —Le gustaban Emma e Isabelle, pero también le gustaba que se fueran—. ¿A ti te molesta que mi cerebro no procese los juegos de palabras?

—Me encanta tu cerebro y cómo lo procesa todo. —Le tendió la mano buena para que la ayudara a sentarse—. Si algo me ha demostrado Britt McAllister es que ser madre no te hace mejor persona.

Will había crecido rodeado de niños abandonados. Muchos de ellos habían acabado a cargo del Estado por culpa de la pobreza. Casi ninguna de esas madres era tan mala como Britt.

—¿Vas a contarle a Tessa lo que pasó de verdad en el vestidor?

—Ya fue bastante difícil explicarle el resto. No quiero que mi familia tenga que volver a ir corriendo a verme al hospital. Seguramente mis padres no volverán a irse a casa. —Se le saltaron las lágrimas. Odiaba disgustar a su familia—. No puedo decirle la verdad a Tess. No sería justo hacerle cargar con ese secreto. No sé si es justo que tú cargues con él.

—Quedamos en que siempre seríamos sinceros el uno con el otro.

—¿Leíste los documentos del fideicomiso de Eliza?

Will comprendió que era de eso de lo que quería hablar, pero no estaba seguro de estar listo para tener esa conversación.

—Los escaneé en la aplicación de voz. Fue raro oír el nombre Sara Trent.

—¿Quieres que adopte tu apellido?

Él negó con la cabeza. Su apellido nunca había significado nada para él.

—Tú también has leído los documentos. ¿Qué opinas?

—Que es un poco tarde para que quiera ayudar a niños huérfanos.

Will notó un deje de ira en su voz.

—¿Pero?

—Se puede hacer mucho bien con esa cantidad de dinero.

—¿Como qué?

—Bueno, en primer lugar, no tendrías que ser tú quien tomara las decisiones. —Sara entrelazó sus dedos con los de él. Entre los dos, juntaban dos manos intactas—. Podrías nombrar a alguien para que supervise a una junta. Y la junta podría decidir cómo ayudar a los chavales a medida que van saliendo de la tutela del Estado. Ayudas para el alquiler y la matrícula de la universidad o la formación profesional, gastos sanitarios, prácticas laborales, nociones de economía... Ese dinero podría cambiarles la vida. Podría romper el ciclo de la pobreza, evitar que acaben detenidos o que vayan a la cárcel. Ayudarlos a criar a sus hijos como es debido.

Will sabía que a ella la habían educado para que entendiera de dinero. Por algo su hermana estaba formándose como comadrona, sin cobrar, y al mismo tiempo se había comprado un piso de 300 000 dólares.

—¿A quién podría nombrar?

Ella se encogió de hombros, aunque estaba claro que tenía un nombre pensado.

—Amanda te ayudó a desenvolverte dentro del sistema de acogida. Tú no te dabas cuenta entonces, pero estuvo pendiente de ti desde el principio. Si a las mujeres solteras se les hubiera permitido adoptar, te habría adoptado.

Las uñas de Betty repiquetearon en el suelo cuando se acercó a su colchoneta de raso. Will la observó hacer lo de siempre: dar unas cuantas vueltas sobre sí misma antes de echarse y apoyar el hocico en las patas.

—He guardado la pistola en la caja fuerte antes de que vinieran las niñas —le dijo a Sara—. He visto las perlas de Amanda.

—¿Verdad que son preciosas? —dijo ella con una nota de asombro—. Nunca había tenido en mis manos perlas de verdad. Son exquisitas.

Will había notado que no eran perfectamente redondas, nada más.

—¿En qué se diferencian de las perlas falsas?

—Me alegro de que me lo preguntes, porque lo he investigado.

—Volvió a sonreír—. Son más pesadas. Son orgánicas, así que al principio parecen frías, pero se calientan al contacto con la piel. Tienen una textura arenosa. Cuando se forman de manera natural, el molusco segrega diminutas capas concéntricas de nácar formando una matriz. Se ven las imperfecciones. Cada una es única.

A Will le encantaba que quisiera aprenderlo todo.

—¿Te las vas a poner para la boda?

—Me gustaría ponérmelas. Quedarán genial con mi vestido. Y Amanda es importante para ti, así que también es importante para mí. —Sara le apretó la mano—. Creo que sabe que silencié el micrófono a propósito. Prácticamente hice una prueba en su coche, antes de entrar.

—¿Ha vuelto a sacar el tema?

—No, pero me regañó por no usar la palabra clave que habíamos acordado, porque al parecer que me golpearan con una raqueta en la cabeza no era suficiente indicio de que algo iba mal. Luego me echó esa mirada que pone a veces, que no sabes si va a matarte o a darte una palmadita en la espalda.

Will conocía íntimamente esa mirada.

—Estaba pensando en la boda. Ya sé que lo tienes todo planeado, pero me apetecería hacer una cosa.

—Es nuestra boda. Puedes hacer lo que quieras.

Will no estaba tan seguro. No le entusiasmaba la idea de que las Chiavari costaran el doble que la clásica silla plegable.

—Dijiste que no querías bailar el primer baile con tu padre, pero quizá tú podrías bailar con tu hermana y yo podría pedirle a Amanda que baile conmigo.

Sara no pareció tan sorprendida como él esperaba. Fue más bien como si por fin algo cobrara sentido.

—No deja de preguntar por la boda porque quiere participar en ella.

—Supongo que se lo ha ganado.

Tienes toda la razón. —La sonrisa volvió a aparecer—. Podemos poner una canción de Sinatra. «Fly me to the moon».

—Springsteen tiene una versión de…

—No —dijo Sara, lo que aparentemente zanjó la cuestión—. Tengo que decirte otra cosa.

Will confiaba en que no fuera sobre la boda.

—La semana pasada le dijiste a Eliza que no tienes familia. Pero Amanda siempre ha sido tu familia. Y ahora Tessa, Isabelle, mis padres y, sobre todo, yo… Somos tu familia también.

Aquella información le afectó de manera extraña. Volvió a mirar a Betty. Había empezado a rascarse la oreja. Su chapita metálica sonaba como un cascabel.

—He llevado tu anillo de compromiso al joyero —dijo—. Dice que tardará una semana.

Sara levantó la mano hinchada.

—Me preocupa más la alianza que se supone que debe acompañar al anillo. Puede que tengamos que sustituirla por un dónut para la ceremonia.

—Pregunté si se podía quitar el arañazo de la piedra. —Will volvió la mirada hacia Betty, pero sintió que Sara lo observaba—. Sé que Eliza es una embustera, pero creo que es cierto que mi madre hubiera querido que lo arreglaran. Era una adolescente. Y a los adolescentes no les gusta que las cosas no sean perfectas.

—¿Qué te dijo el joyero?

—Que seguramente podría quitarlo yo mismo. Se hace una pasta con bicarbonato y agua. Se agarra una bayeta de microfibra y se frota firmemente la piedra en círculos, hasta que el arañazo desaparece.

—Frotar en círculos firmemente con los dedos es algo que se te da muy bien.

Will se dio cuenta de que estaba demasiado nervioso para bromear. Tal vez él también quería tener una conversación.

—También me dijo que algunas mujeres no llevan el anillo de compromiso después de casarse. Solo llevan la alianza. Sobre todo, si trabajan mucho con las manos.

Sara estiró el brazo y le hizo girar la cabeza para que la mirara.

—¿Intentas decirme algo?

Él no sabía qué intentaba decir.

—Tus zapatos son muy caros. Y tu ropa es muy bonita. Y eso es genial. Trabajas mucho. Te mereces gastarte el dinero en lo que te apetezca. Pero no quiero que la gente vea tu anillo de compromiso y piense que por qué no te he comprado algo de lo que puedas estar orgullosa.

—Nunca me he sentido tan orgullosa como cuando me pusiste el anillo de tu madre en el dedo. Tu corazón está en ese cristal. Tu historia. Me duele estar sin él. —Hablaba muy seriamente—. Will, no quiero llevar un anillo por los demás. Quiero llevar tu anillo por ti.

La miró a los ojos. Los tenía llenos de lágrimas.

—Mi madre me dijo una cosa hace quince años —añadió ella—. Fue la noche del guateque. Me acababan de ofrecer la beca. Todo estaba encajando en su sitio. Lo tenía todo planeado, todos los aspectos de mi vida. Mi madre me dijo que no podía planearlo todo. Que para bien o para mal, algo iba a cambiar.

Will apretó su mano.

—Dijo que era una oportunidad magnífica porque el cambio te revela quién eres realmente. Y tenía razón. Después de esa noche, mi vida cambió por completo. La persona que iba a ser desapareció. Tenía dos opciones. Podía desaparecer junto con ella, o podía luchar por recuperar las partes que más me importaban. No digo que agradezca esa lección. La verdad es que no la agradezco. Pero sí agradezco que me convirtiera en la clase de mujer que sabe cómo amarte.

Will notó un nudo en la garganta. Observó a Betty, que se estaba acomodando otra vez en su cojín. Se le humedecieron los ojos.

—Sabes que esto va a ser para siempre, ¿verdad?

—Sí, lo sé.

AGRADECIMIENTOS

En primer lugar, gracias, como siempre, a Kate Elton y Victoria Sanders. Emily Krump me proporcionó información valiosa sobre los niños y el alcohol (entre otros temas). Gracias al equipo de VSA, incluidas Diane Dickensheid y mi colega Bernadette Baker-Baughman. En WME, Hilary Zaitz Michael está haciendo cosas increíbles, por las que le estaré eternamente agradecida. Heidi Richter-Ginger y Liz Dawson siguen siendo expertas pastoras de gatitos. Sería imperdonable por mi parte no dar las gracias a mis amigos del GPP del mundo entero, que siempre me cuidan tan bien; sobre todo, aquella vez que dije que quería montar en bici en Ámsterdam, porque, vamos a ver, ¿a quién se le ocurre?

El marido de Shanda London, Shane McRoberts, hizo una contribución muy generosa a la Writer's Police Academy para que su nombre apareciera en esta novela. Daniel Starer, de Research for Writers, se esforzó con diligencia por localizar el origen de la frase «Habla desde la cicatriz, no desde la herida». Greg Guthrie y Patricia Friedman respondieron a algunas dudas de carácter legal. Les estoy muy agradecida a Dona Robertson y a los muchos agentes del GBI, tanto en activo como jubilados, que siempre tienen la amabilidad de responder a mis tediosas preguntas.

Durante veinte años, el doctor David Harper ha demostrado una paciencia infinita al ayudarme a conseguir que Sara hable como una médica. Sería un descuido por mi parte no dejar claro que he trastocado algunos de los pasos que conducen a la cirugía cardiotorácica, molestando seguramente con ello a muchos cirujanos cardiotorácicos, pero, por favor, tengan en cuenta que no ha sido David. He sido yo escribiendo ficción, en mi afán por hacer avanzar la historia. Hablando de expertos en medicina, quiero mandar un caluroso saludo a todos los trabajadores sanitarios que han pasado por *Eso* en los últimos años: se os valora y se os aprecia, y sois increíbles. Ah, y aunque no haga falta decirlo, también sois mejor que Google.

Las estadísticas sobre violaciones y agresiones sexuales que cito en este libro proceden de varias fuentes, entre ellas *Archives of Sexual Behavior*, RAINN, *National Intimate Partner and Sexual Violence Survey*, el Centro de Control de Enfermedades y el Departamento de Justicia de los Estados Unidos. Cuando las estadísticas varían, he indicado una cifra intermedia. Más del 40 por ciento de las mujeres estadounidenses y el 20 por ciento de los hombres han sufrido algún tipo de violencia sexual a lo largo de su vida. Menos del 20 por ciento de estos casos son denunciados a la policía y aún menos llegan a juicio. *RAINN.org* es un buen recurso para víctimas y supervivientes que buscan apoyo. Si te sientes incómoda o insegura accediendo al sitio web desde casa, las bibliotecas locales suelen facilitar acceso a internet imposible de rastrear. Decidas lo que decidas, que sepas que no estás sola.

Por último, gracias a mi padre, la persona más terca que conozco, y a D. A., que soporta a la segunda persona más terca de mi familia. Como siempre, sois mi corazón.